Kjell Westö
Dämmerung

KJELL WESTÖ

DÄMMERUNG

Roman aus Kriegszeiten

Übersetzung aus dem Schwedischen
von Kristina Maidt-Zinke

PIPER

Mehr über unsere Autorinnen, Autoren und Bücher:
www.piper.de/literatur

Die Übersetzung wurde gefördert von

FILI FINNISH LITERATURE EXCHANGE

Die Übersetzung wurde vom Deutschen Übersetzerfonds gefördert.

MIX
Papier | Fördert gute Waldnutzung
FSC www.fsc.org FSC® C014496

PRODUZIERT MIT VERANTWORTUNG

ISBN 978-3-492-07359-2

Titel der schwedischen Originalausgabe:
»Skymning 41«, Albert Bonniers förlag, Stockholm 2023
und Förlaget M, Helsinki 2023

Für einen direkten Kontakt und Fragen
zum Produkt wenden Sie sich bitte an:
info@piper.de
Gesetzt aus der Minion Pro
Satz: Satz für Satz. Wangen im Allgäu
Druck und Bindung: GGP Media GmbH, Pößneck
Printed in Germany

I
Molly, im Winter

1

Der Zug rollte langsam aus dem Bahnhof von Helsingfors, um zwanzig Minuten vor Mitternacht an einem bitterkalten Donnerstag im Januar. Der Krieg dauerte schon fünfzig Tage, und Molly Timm beugte sich vor, in der Hoffnung, etwas zu sehen; Menschen, die zum Abschied lächelten, winkende Hände, einen Lichtstreifen, was auch immer. Aber der Bahnsteig war verdunkelt, wie die ganze Stadt ringsum, und alles, was sie sah, war ihr Gesicht, das sich im Fenster spiegelte, bleich und mit Augen, die ihr so sorgenvoll entgegenschauten, dass Molly sich zusammennehmen musste, um nicht wegzusehen.

Sie verzog den Mund, machte ihre Augen schmal und gab dem Spiegelbild einen neuen, anderen Blick. Einen fragenden und amüsiert ironischen Ausdruck, geradezu spöttisch. Und dann fügte sie noch ein kleines bisschen Mystik hinzu, etwas Geheimnisvolles und Verletzliches. In den guten Jahren hatten die Regisseure der Filmgesellschaften und die Werbeleute vom »Timm-Blick« gesprochen, der jeden Widerstand dahinschmelzen ließ und Männer und Frauen gleichermaßen verhexte. Doch jetzt war das Gesicht nackt und ängstlich, so als würde es um mehr Puder und Schminke betteln, und als ihr Gegenpart war es furchterregend und kannte sie in- und auswendig. Jedes Mal, wenn sie ihr Mienenspiel veränderte, zahlte es ihr die dunkle Doppelgängerin hinter dem Glas mit gleicher Münze zurück. Aber Molly gab nicht auf. Zuerst warf sie einen verstohlenen Blick über ihre Schulter ins Abteil; da saß Asta Heikel mit geschlossenen Augen, den Mantel bis zum Hals zugeknöpft, und schien zu schlafen. Molly lehnte sich wieder vor, so nahe ans Fenster, dass ihre Lippen die eisige Scheibe berührten. Als sie die Worte flüsterte, beschlug das Glas, aber sie konnte sehen, wie die Lippen der Doppelgängerin sich bewegten:

Ich. Bin. Molly. Timm.

I. Am. Undeniably. Molly. Timm.

Wieder begegnete sie dem Blick im Spiegel, er war müde und hart geworden. Dann wiederholte sie die Worte auf Schwedisch und auf Englisch. Das machte sie manchmal, dass sie sich diesen einen Satz immer und immer wieder vorsagte.

Denn es gab so viele, die nicht so hießen, wie sie behaupteten.

Und die nicht waren, was sie zu sein vorgaben.

Und zu Letzteren gehörte sie selbst, auch wenn sie es sich nur ungern eingestand.

Sie streckte ihrer Doppelgängerin die Zunge heraus, zog die schwarze Verdunkelungsgardine zu und spürte, wie der Druck der Räder auf die Schienen zunahm, wie der stampfende Rhythmus in ihren Körper eindrang, als der Zug sich beschleunigte, um nach Fredriksborg, Åggelby und weiter gen Norden zu fahren. Draußen in der Dunkelheit herrschten minus fünfundzwanzig Grad, die Kälte kroch unbarmherzig in das zugige Abteil, und sie zog den Ulster enger um ihre Schultern. Es hatte eine Zeit gegeben, in der sie davon träumte, dass aus Molly Timm die neue Hanna Taini[1] werden und der hässliche Ulster sich in einen Chinchillapelz verwandeln würde: Das war die Zeit, als sie angefangen hatte, Englischunterricht zu nehmen bei Mr. Theodor Kossloffsky, einem schlaksigen Amerikaner, der in den Zwanzigerjahren als Jazzmusiker nach Helsingfors gekommen und geblieben war.

Aber jetzt war Molly fast zweiunddreißig, und die Tagträumereien hatten sich erledigt. Sie warf noch einen Blick auf Asta, die ihre Position verändert hatte und nun mit der Wange an der Abteilwand lehnte, die linke Gesichtshälfte zusammengedrückt, einen Speichelfaden im Mundwinkel. Etwas an der schlummernden Asta, vielleicht die Fäuste, die sie sogar noch im Schlaf wie zum Kampf ballte, ließ Molly an Henry denken, und das wollte sie nicht, deshalb öffnete sie die Gardine einen Spaltbreit, und trotz der Dunkelheit erahnte sie die Umrisse des Bahnhofsgebäudes, als der Zug durch Fredriksberg fuhr. Jäh überfielen sie Unruhe und Rauchlust, beides kam gleichzeitig, und ungeduldig stand sie auf, öffnete die Abteiltür und trat in den Gang hinaus. Dort schwankte alles, es klopfte und klirrte, und als sie die Tür zum Nachbarabteil aufriss, musste sie ihre Stimme erheben: Hast du was zu rauchen?

Walter Venho stand in Hose und Unterhemd vor seinem Bett und antwortete trocken: Wie wär's mit »Entschuldige die Störung«? Findest du es gut, wenn Leute bei dir reinstürmen, ohne anzuklopfen, wenn du dich gerade ausziehst?

Was hast du gesagt?, schrie Molly, obwohl sie alles gehört hatte, und als Venho seine Worte wiederholte, warf sie ihm ein »Oh, Verzeihung« hin, ohne Bedauern in ihre Stimme zu legen.

Sie blieb draußen im Gang stehen, während sie weiterredete:

Mir ist einfach so langweilig, dass ich eine Zigarette brauche. Jetzt sofort!

Langweilig?, sagte Venho und hob eine wohlgepflegte Augenbraue. Was fehlt dir, ein Bombenangriff?

Molly verzog den Mund zu einem säuerlichen Lächeln und schüttelte den Kopf: Ich muss auch den Hunger betäuben. Hab es den ganzen Tag nicht geschafft, was zu essen. Nicht, dass ich was in der Speisekammer gehabt hätte.

Und ich hab keine Zigaretten, sagte Venho mitleidlos. Hab vergessen, welche zu kaufen.

Die offene Abteiltür schwang in den Kurven vor und zurück und verdeckte immer wieder die Sicht, und Venhos Schlafabteil war ebenso schwach beleuchtet wie das von Molly und Asta. Aber Molly sah, dass er seinen Gürtel geöffnet und das Hemd hochgezogen hatte, als sei er im Begriff gewesen, die Kleidung gegen den Pyjama zu tauschen. Trotz der Dunkelheit zeichneten sich die Muskelstränge auf seinem Bauch deutlich ab, und Molly ärgerte sich. Walter Venho war sowohl schamlos als auch selbstverliebt, und er konnte es sich leisten, denn er war *en vogue*. Noch nicht mal dreißig, noch zwei Jahre darunter – wenn das angegebene Alter denn stimmte –, und schon so verehrt wie ein

Santeri Soihtu[2] oder ein Kullervo Kalske[3]. Im Herbst, gleich nachdem die finnische Armee mobilisiert worden war, hatte er als Sänger und Komödiant die zukünftigen Frontsoldaten unterhalten. Und kürzlich war er von einem Gastspiel in der Nähe der Front zurückgekehrt, mit dem neuen Star Kirsti Pera[4] hatte er Duette für die Kämpfer gesungen. Takolander hatte das Ensemble in zwei Hälften geteilt: Die eine sollte nach Osten fahren, wann immer es möglich war, und die ruhenden Kompanien aus den schwedischsprachigen Regimentern mit Schwänken und Gesang unterhalten, die andere sollte in Schweden herumreisen, Stücke aufführen und Geld für Finnlands Sieg einsammeln. Molly fragte sich, warum Venho sich der Schwedentruppe angeschlossen hatte, obwohl er als einer der Ersten dort im Osten aufgetreten war. Vielleicht hatte der Theaterdirektor sich mit einem Stabsoffizier oder Beamten beraten, und vielleicht benutzten sie Venho als lebenden Köder, der reiche Damen und Witwen in ganz Schweden dazu bringen sollte, ihre Brieftasche zu öffnen.

Hast du gar nichts? Molly versuchte es noch einmal. Ich nehme alles, auch Machorka[5].

Ihr war bewusst, dass sie quengelte und ihre Stimme noch dunkler machte, als sie von Natur aus war. Sie kam sich vor wie die Karikatur einer Sirene in Wollpullover und Skistiefeln. Aber Not kannte kein Gebot.

Nitschewo, sagte Venho. Ich habe absolut gar nichts.

Molly liebte es, mit russischen Wörtern zu spielen, aber jetzt ließ Venhos *nitschewo* sie schaudern. Seit mehreren Wochen war kein Brief von Henry gekommen, sie wusste nicht, wo er sich befand und warum er so schweigsam war. Die Sorge um ihn war heftig und hartnäckig, und das erstaunte sie; sie hatte sich für eine unbeugsame Natur gehalten, und nach den chaotischen Jahren mit Mitja Wendelin hatte sie sich geschworen, dass in ihrem Leben kein neuer Mann mehr wichtig werden dürfe. Aber nun dachte sie jeden Tag an Henry, und die Ungewissheit zehrte und nagte an ihr. Wohin hatte es ihn verschlagen, war er überhaupt noch am Leben? Und wie hatte er es fertiggebracht, sich so tief in ihrer Seele einzunisten? Indem er möglichst viel verschwieg und sich so benahm, dass sie nie richtig wusste, woran sie mit ihm war? War es so einfach, war sie wirklich so leicht zu erobern?

Wie auch immer: Sie hatte ihm am Morgen geschrieben, nachdem sie ihre Reisetasche und den großen Koffer gepackt hatte, und dann war sie hinausgegangen in die beißende Kälte der stillen Stadt, um den Brief abzuschicken. *Noch* einen Brief, obwohl da so eine quälende Ahnung war, dass Henrys Feldpostadresse nicht mehr funktionierte, dass er sich inzwischen woanders aufhielt. Sein letzter Brief war kurz und knapp gewesen. Er hatte geschrieben, er hoffe, dass Molly gesund und bei guter Stimmung sei, und er hatte Irene und Lilly grüßen lassen und ganz besonders innig Asta. Er hatte die Nachricht erhalten, dass Edwin Heikel gefallen war, und er wünschte Asta viel Kraft, um die Trauer zu ertragen. Natürlich sei das Leben von Grund auf ungerecht, hatte er geschrieben, und das müsse man akzeptieren, aber in diesem Fall sei die Ungerechtigkeit himmelschreiend. Asta und Eddie waren gerade einmal drei Monate verheiratet gewesen. Er selbst befinde sich »hier irgendwo« auf einem ruhigen Stützpunkt, aber den Heiligen Abend habe er »in der Heißluftzone« verbracht, wo ununterbrochen russische Bomben fielen, als Reaktion auf die finnische Gegenoffensive am Tag zuvor. Und da wolle er wieder hin, schrieb er, er wolle wieder nahe an den Frontkämpfen sein, denn dort seien die Männer und die Geschichten.

Der Brief war gleich nach Neujahr angekommen, und kurz darauf verschwanden Henrys Reportagen aus der Zeitung. Nach zehn Tagen rief Molly in der Redaktion an, um zu fragen, ob sie etwas von ihm wüssten. Der Mann, der das Gespräch annahm, hieß Forss und behauptete, die Zeitung habe keinerlei Informationen über Henrys aktuellen Aufenthaltsort. Molly hatte das Gefühl, dass Forss log, und nach dem Gespräch begann der Verdacht, dass Henry tot sei, ihr schlaflose Nächte zu bereiten. Schlecht geschlafen hatte sie schon seit Anfang des

Krieges, auch weil die Bilder des ersten Kriegstages sie nachts heimsuchten. Wenn sie ungeschminkt vor dem Spiegel stand, sah sie, dass die Ringe unter ihren Augen immer dunkler wurden und dass sie abgemagert war.

Trotzdem schaffte sie es nicht, von Walter Venho unbeeindruckt zu bleiben, auch diesmal nicht, sogar mitten in der Kriegshölle wirkte er trotz seiner Unausstehlichkeit anziehend. Er war schlank, aber breitschultrig, im Theater stand er gern halb angekleidet vor seiner Garderobe, unterhielt sich mit männlichen Kollegen und tat, als würde er die Frauen nicht bemerken, die sich in dem engen Korridor an ihm vorbeidrängten. Auf der Bühne bewegte er sich geschmeidig wie eine Wildkatze – sie hatte in der Zeitschrift *Helsingfors Journalen* gelesen, dass er ein ehemaliger Hochspringer, ein extrem reaktionsschneller Fußballer sowie Meister im Überschlag und Salto mortale war –, und sein dunkles Haar war auf attraktive Art widerspenstig, und seine Gesichtszüge waren so scharf und klar gezeichnet, dass es schon fast komisch wirkte.

Takolander hat gesagt, bis zur Grenze dauert es mindestens dreißig Stunden, sagte Molly, um den Gedanken an Zigaretten und andere Dinge zu verjagen. Glaubst du, wir könnten unterwegs von Molotowbombern beschossen werden?

Die haben sicher Wichtigeres zu tun, sagte Venho träge. Natürlich nur, wenn sie uns nicht als Truppentransport betrachten.

Sind wir das? Befinden sich denn Soldaten im Zug?

Ich glaube nicht. Am Bahnhof habe ich keine gesehen.

Venho heftete seinen Blick auf einen Punkt knapp über Mollys Kopf und fing an, von sich selbst zu reden, was er oft tat.

Ich bin gestern in der Henriksgatan ausgerutscht. Bin auf den Rücken geknallt, und jetzt tut mir die Schulter weh. Wenn wir in Schweden sind, gehe ich zu einer Masseurin. Und dann kaufe ich mir Lucky Strike. Zehn Schachteln. Und ich trinke Mokka von der besten Sorte, viele Kannen. Und esse Garnelen und trinke Wein!

Wo zum Teufel willst du Garnelen herkriegen?, fragte Molly.

Wenn die Frachtschiffe im Kattegat festfrieren und die Leute bis runter nach Italien im Schneesturm bibbern?

Venho machte eine wegwerfende Handbewegung: Dieser Winter ist mörderisch, aber er soll uns nicht dran hindern, eine Prise Luxus zu ergattern. Welchen Sinn sollte eine Tournee sonst haben? Und sei nicht so vulgär, durch Fluchen leidet Frauenschönheit sehr.

Wie gut du reimen kannst, sagte Molly höhnisch. Aber es geht mir hinten vorbei, ob du findest, dass meine Schönheit leidet.

Sie schloss die Tür mit Nachdruck, blieb eine Weile in dem schlingernden Korridor stehen und starrte hinaus in die Finsternis. Während sie dort stand, kam es ihr so vor, als würde der Duft von Zigarettenrauch aus dem Abteil dringen. Aber drinnen war es dunkel, und sie widerstand der Versuchung, die Tür noch einmal zu öffnen und ihn zu ertappen.

Stattdessen ging sie in ihr eigenes Abteil zurück und stand einen Augenblick vor dem Bettrand, bevor sie sich zum Schlafen hinlegte. In ihr kochte es, sie hatte so viele Gründe, sich über Walter Venho aufzuregen. Er war vom Kriegsdienst befreit, aber keiner der anderen Schauspieler kannte den Grund dafür. Nur Takolander wusste es, aber als Molly ihn danach fragte, hatte er eine abweisende Miene aufgesetzt und auf seine Verantwortung als Direktor hingewiesen. »Wie Sie sicher wissen, Fräulein Timm, unterliege ich in solchen Dingen der Schweigepflicht.« Aber warum durfte Venho hier in seinem Privatcoupé sitzen, ein Privileg, das er seinem Ruhm verdankte, und über amerikanische Zigaretten und Garnelen und Wein reden, während er eigentlich an der Front seine Gesundheit und sein Leben riskieren sollte, wie alle anderen arbeitsfähigen Männer in seinem Alter? Oder wie Henry, der schon dreiundvierzig war, aber dort draußen sein wollte, um über den Mut und die Zuversicht der Soldaten zu schreiben, statt sich zu Hause in der Redaktion zu verstecken.

Inzwischen war Asta in das obere Bett geklettert, sie jammerte leise im Schlaf. Sie schlief fast ununterbrochen, so war es schon seit Neujahr; als sie während der Dreikönigswoche im Theater probten, hatte sie über Erschöpfung und Kopfschmerzen geklagt und sich oft in ihre Garderobe zurückgezogen. Alle hatten Verständnis dafür, niemand machte ihr Vorwürfe; allerdings hatte es Verwunderung ausgelöst, als sie mitteilte, dass sie trotz allem mit auf die Tournee gehen würde. Astas Trauer war so diskret wie beharrlich und verzehrte sie von innen, sie weinte nicht und sprach nie über Edwin, nicht einmal mit Molly. Sie redete und reagierte überhaupt kaum, und Molly fragte sich, wie sie eine lange und anspruchsvolle Tournee durchstehen wollte.

Vor der Reise hatte Asta sich ausgiebig mit Takolander beraten, und bevor sie sich in ihr Schweigen zurückzog, hatte sie Molly erzählt, dass auch ihre Schwiegereltern, der Anwalt Ture Heikel und seine Frau Amelie, ihr zur Mitfahrt geraten hätten. Sie hatten Eddies sterbliche Überreste zurückerhalten und für ihn in der neuen Kapelle von Sandudd ein einfaches Begräbnis arrangiert. Das war längst nicht allen vergönnt: Im Chaos des Krieges gab es keine klaren Regeln, und nur das 2. Armeekorps, in dem Eddie gedient hatte, sorgte dafür, dass die Gefallenen von der Front weggebracht und in ihrer Heimat beerdigt wurden. Wichtig sei einzig und allein, hatte Ture Heikel zu Asta gesagt, dass sie in angemessener Form von Eddie Abschied nehmen könnten. Die anstehenden juristischen Formalitäten würden die Eltern auf sich nehmen, darum müsse Asta sich nicht kümmern und auch nicht um die Wohnung in der Minervagatan, denn Ture und Amelie wussten, dass Eddie Asta geliebt hatte und sie ihn, und sie würden Asta niemals betrügen oder ihr etwas verweigern, weder jetzt, in der schwärzesten Trauer, noch in Zukunft.

Molly legte sich in das untere Bett. Es war nicht größer als eine Pritsche, hart und höckrig, und sie befürchtete eine durchwachte Nacht. Aber sie schlief rasch ein und wurde auch nicht von Albträumen heimgesucht, sondern hatte einen Traum, in dem es wieder Herbst war und sie mit Henry in Max Espings Sommerhaus draußen in Korsnäs wohnte. Sie ging in langen Hosen den Waldweg entlang zum Wendeplatz, wo Henry ankommen würde, der Himmel war hoch und klar, der Wind frisch, und die Laubbäume versprühten Oktobergold. In diesem Traum war der Krieg vorbei, es hatte in Wirklichkeit gar keinen Krieg gegeben, er war bloß ein böser Traum gewesen, nichts weiter. So fühlte es sich an, als sie über die Baumwurzeln tänzelte und den Geruch des feuchten Laubs einatmete, der verrottenden Pilze und der Blumen, mit denen der Waldboden dicht bewachsen war. Dann aber, gegen ihren Willen, begann eine Ahnung sich durch den Schlaf hindurch heranzuschleichen, sie kam näher und näher, wuchs zu einer Gewissheit an und füllte ihr Bewusstsein immer mehr aus. Du betrügst dich selbst, sagte diese Gewissheit, es sind der Waldweg und dieser Herbsttag und deine großen Erwartungen, die unwirklich sind, in der wahren Wirklichkeit ist Henry tot und verschwunden. Sie versuchte sich der Erkenntnis zu widersetzen, versuchte die dumpfe Bedrückung von sich abzuwehren, sie wollte es bis zum Waldrand schaffen und auf den Wendeplatz hinaustreten. Dort würde Henry neben ihrem geliehenen grünen Auto stehen, und sie würden sich wiedersehen. Aber es wurde immer schwerer, die Illusion aufrechtzuerhalten, die Sekunden des Traums dauerten jetzt eine Ewigkeit, zugleich waren sie dünn und brüchig, sie konnten jeden Augenblick zersplittern und sich in dunkle, bleischwere Kriegszeit verwandeln. Und als sie widerwillig erwachte, verblasste und verschwand der Traum genau innerhalb einer Sekunde, das Abteil war eiskalt, und zu ihrer Überraschung stand der Zug still.

Asta, schläfst du?, fragte sie geradewegs in die Dunkelheit hinein, aber als Antwort erhielt sie nur schwere Atemzüge. Sie setzte sich im Bett auf und schwang die Beine so hastig über die Kante, dass sie den Koffer umwarf, der auf dem Fußboden stand. Asta schlief trotz des Krachs weiter, und Molly hockte sich bibbernd auf die Knie, tastete nach den verkratzten Schlössern und öffnete sie. Sie durchsuchte den Koffer, zog sich ein paar Wollsocken über und eine grob gestrickte Jacke mit großen Knöpfen, ein Weihnachtsgeschenk von ihrer Mutter. Dann öffnete sie die Gardine und ließ den Mond durch das halb vereiste Fenster hereinscheinen, die Wolkendecke war während der Nacht aufgerissen. Sie betrachtete die schlafende Asta, die auf dem Rücken lag und einen so traurigen Gesichtsausdruck hatte, dass Molly ihr in einer plötzlichen Anwandlung über die Wange streichelte. Doch sie zog ihre Hand sofort zurück, erschrocken über ihre Kühnheit, obwohl Asta weiterschlief und nur leise aufseufzte.

Statt wieder ins Bett zu kriechen, drückte Molly ihre Wange gegen die Fensterscheibe und sah, dass sie an der Station Toijala hielten. Die Bahnhofsuhr zeigte halb fünf, und das Mondlicht fiel so schön auf das Empfangsgebäude, dass sie sich minutenlang nicht von dem Anblick losreißen konnte und patriotische Gefühle verspürte. Dann lag sie unter sämtlichen Wolldecken, die sie hatte auftreiben können, und versuchte wieder einzuschlafen, aber es gelang ihr nicht. Sie fürchtete, dass sie gezwungen sein würde, Henry zu vergessen, so wie sie Mitja hatte vergessen müssen, die Stimme des Geliebten und den Duft seiner Haut und das Leuchten in seinen Augen, wenn er sie ansah. Sie schob den Gedanken weg und fragte sich, warum sie hier so lange hielten und warum es im Abteil so furchtbar kalt war. Sie wusste, dass sie in wenigen Tagen ihre Periode bekommen würde, sie spürte schon den ziehenden Schmerz im Bauch und die graue Verstimmung, sie mussten es unbedingt vorher bis Norrköping schaffen, denn sie brauchte Binden, sie hatte nur ein paar Stoffstreifen, die sie zu Hause in aller Eile von einem aussortierten Kissenbezug abgerissen hatte, und mitten in ihrem Gedankenwirrwarr klopfte es, die Coupétür öffnete sich, und da stand Takolander in seinem schwarzen Pelzmantel, blinzelte ins Abteil und flüsterte in Souffleurlautstärke: Fräulein Timm? Witwe Heikel? Sind Sie wach?

Ja, ich bin wach, sagte Molly. Aber die Antwort hätten Sie ruhig abwarten können, bevor Sie die Tür aufmachten, es ist erst fünf Uhr.

Sie sagte das in lockerem Ton, um die Schärfe ihrer Worte abzumildern. Sie wollte Takolander nicht zeigen, wie sehr er ihr auf die Nerven ging, es hatte keinen Zweck, sich mit seinem Chef zu überwerfen. Sie ärgerte sich über sein Herumscharwenzeln, aber noch schlimmer war seine altertümelnde, gezierte Art. Zum Beispiel, dass er Asta neuerdings mit »Witwe« anredete; es war gedankenlos und betonte genau das, was alle anderen zu vergessen suchten.

Ich bitte vielmals um Entschuldigung, Fräulein Timm, entgegnete Takolander, und seine Stimme klang hochnäsig. Ich wollte nur berichten, dass ich beim Zugführer war und mich erkundigt habe. Wir warten auf einen Sanitätszug mit Verwundeten. Er wird uns jeden Moment passieren, dann ist das Gleis für uns frei.

Oh, sagte Molly. Ich dachte schon, wir hätten keinen Brennstoff mehr.

Danach habe ich auch gefragt, sagte Takolander. Mit Holz sind wir versorgt, aber leider nicht mit dem besten …

Er brach ab und horchte, und auch Molly hörte das Geräusch. Zuerst entfernt, dann immer lauter, und nach einer knappen Minute fuhr der Krankentransport auf dem Gleis neben ihnen vorbei. Der Lärm war stark und durchdringend, der Zug jedoch nur als dunkle Silhouette zu erahnen: Er hatte sich nicht durch einen Lichtkegel angekündigt, denn die Scheinwerfer der Lok waren abgedeckt, bis auf einen Schlitz ganz unten. Der war für den Lokführer, damit er direkt vor sich genug sehen konnte, während der Zug bei seiner Fahrt durch die Nacht fast unsichtbar blieb. Mitten in dem Radau machte Takolander eine zufriedene Geste, denn ihr Zug setzte sich nach einem Ruck langsam in Bewegung. Davon wurde Asta wach und setzte sich verwirrt in ihrem Bett auf:

Was ist los?

Nichts, antwortete Molly, als der andere Zug vorbei war und wieder Stille einkehrte, schlaf nur weiter, es ist immer noch Nacht.

2

In der Morgendämmerung erreichten sie Tammerfors, hinter einem der Fenster des Bahnhofsgebäudes sah man einen schwachen, flackernden Lichtschein. Die Lok gab ein schweres, drachenartiges Fauchen von sich, und dann stand der Zug still. Molly zog ihre Stiefel und ihren Ulster an und begab sich auf den eisigen Bahnsteig. Sie hatte richtig vermutet, das Bahnhofscafé war geöffnet, und sie kaufte Piroggen für sich und Asta. Am Tresen trank sie eine Tasse Kaffee, der abgestanden war und übel schmeckte, und sie war so müde, dass sie fast im Stehen eingeschlafen wäre. Als sie halb im Laufschritt zum Waggon zurückkehrte, wurde ihr Atem in der Kälte zu Dampf, und nur Sekunden, nachdem sie wieder eingestiegen war, setzte sich der Zug in Bewegung. Sie hatte Fruchtsirup vom vorigen Jahr in einer Flasche mit Patentverschluss dabei, und während sie den Bahnhof verließen, aß sie eine der trockenen Piroggen, trank etwas und stupste Asta vorsichtig an, um sie zu wecken.

Der Morgen war sonnig und knisternd kalt, und bald saß Asta neben Molly und betrachtete ebenfalls die Aussicht. Aber sie war so verschlossen und schweigsam wie immer, bibberte in der Zugluft, die vom Fenster kam, antwortete einsilbig oder gar nicht, und es dauerte nicht lange, bis Molly es leid war, das Gespräch in Gang zu halten, und stattdessen einen Roman aufschlug. *Korståget*, Der Kreuzzug, verfasst von einem jungen Autor namens Tito Colliander[6]. Ernsthaft und leidenschaftlich erzählte er davon, wie im Innern des jungen Protagonisten Thomas widersprüchliche Kräfte um die Herrschaft rangen, wie er von den Frauen in seinem Leben mal verhext und mal angekelt war, und wie sein Streben nach seelischer Reinheit mit der Fleischeslust und anderen sinnlichen Begierden im Streit lag.

Die jungen Männer schrieben gern über so etwas, sie benutzten große Worte und dichteten mit Feuer und Pathos, als ob sie Dostojewski nacheifern wollten, aber manchmal hatten ihre Gedanken für Molly etwas Einschläferndes, und sie hätte lieber etwas von Jascha Golowanjuk[7] oder Gabriella Linde[8] gelesen. Sie kämpfte bis weit in den Vormittag hinein mit dem Roman, aber dann legte sie das Buch weg und aß die beiden hart gekochten Eier, die Irene ihr mit auf die Reise gegeben hatte, trank von dem Sirup und fand, dass er nach Sommer und Frieden schmeckte. Aber an dem Tag, als sie die Himbeeren pflückten, hatten sie schon geahnt, dass es Krieg geben würde, denn Irene hatte gesagt, wenn die »Frauenzimmerwoche« (die Woche vom 18. bis 24. Juli mit lauter weiblichen Namenstagen) so warm und schön sei, dann würde bald die Hölle losbrechen, so sei es auch im Sommer 1914 gewesen, wisst ihr noch, Molly und Lilly, ihr wart damals erst sechs und vier, aber könnt ihr euch noch erinnern?

Es ging auf zwölf, und sie waren in den Wäldern hinter Orivesi, auf einer flachen, aber langen Steigung, wo der Zug allmählich so langsam wurde, dass Molly zu hören glaubte, wie die Lok schnaufte und ächzte, während sie vor ihrer Aufgabe kapitulierte. Dann hielten sie plötzlich auf der Anhöhe, Asta setzte sich wieder neben Molly und sah hinaus, sie saßen stumm da und schauten auf die schneebedeckten Fichten und die Sonnenstrahlen, die in den Lichtungen zwischen den dunklen Baumstämmen spielten. Nach einer Weile steckte Takolander den Kopf herein und verkündete, dass er sich noch einmal mit dem Zugpersonal beraten werde, und als er wieder gegangen war, fing Molly Astas Blick auf, zog sarkastisch die Augenbrauen hoch und lächelte. Zum ersten Mal seit vielen Wochen lächelte Asta zurück, für einige Sekunden vermochte das Lächerliche an Takolanders Aufgeblasenheit die dicke Schicht ihrer Trauer zu durchdringen.

Als Takolander zurückkam, sagte er, dass das Holz zu nass

gewesen sei und nicht brennen wollte, dass aber trockenes Holz per Schlitten aus Juupajoki unterwegs sei und dass sie in ungefähr einer Stunde die Reise fortsetzen würden.

Ich weiß nicht, ob ich das noch länger aushalte, sagte Asta tonlos, als der Theaterdirektor die Abteiltür hinter sich geschlossen hatte und verschwunden war, ich weiß nicht, ob ich die Tournee und diesen widerwärtigen Krieg und das alles durchstehe.

Du musst, antwortete Molly, wir müssen alle durchhalten, wir haben keine Wahl.

Der Luftalarm kam spätnachmittags, als der Zug in Richtung Westen fuhr und die Schatten auf der weiten Ebene schon lang und blau waren. Ein Schaffner eilte durch den Waggon und trommelte an alle Abteiltüren, während der Lokführer so heftig bremste, dass es sich anfühlte, als würde der Wagen umkippen: Bombenflugzeuge näherten sich von Süden, und alle sollten ihre weißen Schutzanzüge überstreifen und sofort den Zug verlassen.

In den Wald!, schrie der Schaffner, lauft in den Wald und versteckt euch hinter einem Baum oder einem Stein, und rührt euch nicht!

Molly presste die Wange an die Fensterscheibe und versuchte, den Wald zu erspähen, den der Schaffner meinte. Aber ihr Wagen war der letzte, und alles, was sie sah, war eine ausgedehnte weiße Ebene mit spärlich darüber verstreuten Höfen und Scheunen, sie befanden sich schon in Österbotten, und das Licht über der Ebene war rötlich, bald würde es dunkel werden. Sie zog ihren Ulster an und fragte sich, warum sie nicht mehr Angst verspürte, dann den Schutzanzug darüber, der hatte Schmutzflecken, fühlte sich an wie grobes Papier und knisterte, wenn sie sich bewegte.

Als sie fertig war, sah sie, dass Asta draußen im Gang stand, wie zu Eis gefroren, ihre Arme hingen hilflos an den Seiten herunter, und die linke Hand umklammerte den Schutzanzug mit krampfhaftem Griff. Ihr Haar war struppig, und ihre Fingerknöchel waren rot und aufgesprungen, Tränen liefen ihr über die Wangen, und als Molly in den Gang hinaustrat, hörte sie, dass Asta ihre Worte vom Vormittag wiederholte: Ich schaffe es nicht mehr, ich halte das nicht mehr aus.

Zum Teufel mit dir!, schrie Molly und riss ihr den Anzug aus der Hand, wir können doch nicht hierbleiben, wenn sie Bomben werfen, verbrennen wir hier drin!

Sie stieß die Freundin, die wie paralysiert wirkte, in das Coupé und drückte sie gewaltsam auf die Sitzbank. Ohne recht zu wissen, wie sie es anstellte, schaffte sie es, sie in den Anzug zu zwängen, und dann fasste sie Astas Hand, und sie stolperten aus dem Abteil und rannten durch den Gang bis zur Tür. Molly versuchte den schweren Griff zu bewegen, während der Zug mit einem durchdringenden Quietschen zum Stehen kam, aber die Tür klemmte, und für einige Sekunden glaubte Molly, sie sei zugefroren, denn draußen hatte es dreißig Grad minus. Sie spürte, wie Panik sie überflutete, aber dann ging die Tür endlich auf, und im selben Moment wurde ihr klar, dass es schon viel zu spät war, den Waggon zu verlassen, denn sie hörte ein dumpfes, aber deutliches Grollen hinter dem Zug und oben am Himmel. Sie rutschten auf den vereisten Treppenstufen aus und fielen vornüber in den Tiefschnee, und als sie wieder auf die Füße gekommen waren, ergriff Molly Astas Hand und stapfte los, weg vom Gleis, hin zum Wald, den sie nun in der Ferne erkennen konnte.

Während sie durch den Schnee stiefelten und das Grollen hinter ihnen zunahm, sah sie vor ihrem inneren Auge, wie die Flugzeuge sich gegen den Himmel abzeichneten: sie wusste, wie sie aussahen, sie hatte sie schon am ersten Kriegstag gesehen. Da war sie nachmittags, wenige Minuten vor drei Uhr, aus dem Haus gegangen, sie wollte zum Hutgeschäft Le Chapeau in der Glogatan, um sich ein Paar hübsche Handschuhe für den Winter zu kaufen, sie kannte den Besitzer und hatte ihn vorher angerufen, und obwohl seit dem Morgen Krieg herrschte, hatte er versprochen, extra für sie das Geschäft zu öffnen. Aber bevor sie es bis dorthin schaffte, kamen die Flugzeuge über den Finnischen Meerbusen, schwarze Vögel vor dem grauweißen Novemberhimmel, es war schon der dritte Angriff an diesem Tag. Sie befand sich mitten im Stadtzentrum, als die ersten Bomben fielen, nach einigen Minuten hatte sie den Laden erreicht, aber bis dahin war sie nur durch ein gnädiges Schicksal vor einem Treffer bewahrt worden. Andere hatten weniger Glück gehabt, fast hundert Menschen starben, in fast jedem Stadtbezirk brannte es, und der schwarze Rauch stieg zum Himmel, vor allem unten am Westhafen. Als der Angriff vorüber war und Molly durch das Zentrum in Richtung Tölö lief, sah sie einen verkohlten Mann in einem ausgebrannten Auto, sein Kopf war nur noch ein rußiger Totenschädel, das Bild hatte sie seitdem in den Nächten verfolgt. Und ein paar Häuserblocks von ihrem Wohnhaus entfernt, in der Arkadiagatan, war sie an einem kleinen Mädchen vorbeigelaufen, das furchtbar weinte und an der Fahrbahn entlang stolperte, und sie hatte die Kleine auf Finnisch gefragt, wo sie wohne und wo ihre Mutter sei, und das Mädchen hatte schniefend geantwortet, *Apollonkadulla,* in der Apollogatan, und sie wisse es nicht. Da hatte Molly sie hochgehoben und auf den Arm genommen und war so durch die letzten Häuserblocks bis zur Apollogatan gerannt, und das Kind hatte seine Ärmchen so fest um Mollys Hals geschlungen, als gelte es das Leben, und so war es ja auch. Als sie das Haus erreicht hatten, war die Mutter des Mädchens zum Glück daheim und nicht in irgendeinem Luftschutzbunker, eine hoch aufgeschossene, ausgemergelte Frau mit tief liegenden Augen, die wie schwarze Edelsteine in ihren Höhlen saßen, und Molly übergab ihr das Kind, ohne zu fragen, warum sie während des Bombenangriffs getrennt gewesen waren, sie ließ das Mädchen los, ohne mehr zu sagen als *viekää hänet turvaan,* »bring sie in Sicherheit«. Dann lief sie nach Hause, so schnell sie konnte; hier, im vorderen Tölö, waren keine Bomben gefallen, soweit sie feststellen konnte.

Jetzt heftete sie ihren Blick auf den Wald da vorn und verstärkte den Griff um Astas Hand, hielt sie so fest, wie sie in Helsingfors das kleine Mädchen festgehalten hatte, während sie rannte, aber

Asta widersetzte sich, sie war außer sich vor Angst und wollte anhalten und einfach dort stehen bleiben und schreien und weinen. Sie schwankte und fiel hin und versuchte ihre Hand loszureißen, aber Molly zerrte sie jedes Mal wieder hoch und griff noch etwas härter zu, sie würde nicht zulassen, dass Asta auf der Strecke blieb wie ein Beutetier, Molly würde sie beide in Sicherheit bringen, auch wenn Asta sich benahm, als ob sie sterben wollte. Bis zum Wald waren es an den Schienen entlang vielleicht noch zweihundert Meter, dunkel und kompakt stand er im blauenden Nachmittag, und ein Stück vor ihnen stapften Takolander und Walter Venho. Keiner der beiden hatte den Schutzanzug übergezogen, Takolander trug seinen fast bodenlangen Pelz und Venho nur eine wattierte, aber kurze Sportjacke, trotz der strengen Kälte, die sich in jede unbedeckte Hautpartie geradezu einbrannte. Noch etwas weiter vorn sah Molly andere Passagiere, Theaterkollegen und Fremde, sie stapften und stolperten, standen aber jedes Mal wieder auf, schwankende Insekten, die um ihr Leben kämpften, und die Schnellsten waren schon am Ziel und tauchten im Schutz der Bäume unter. Das Grollen war ununterbrochen stärker geworden und ging jetzt in ein Brüllen über, und Molly begriff, dass Asta und sie es nicht schaffen würden, und Takolander und Venho auch nicht. Sie hatten sich im Zug zu viel Zeit gelassen, und die Teufel waren jetzt genau über ihnen, sie konnten sich nur noch zu Boden werfen und dort auf der Ebene flach liegen bleiben. Genau das tat Molly, sie warf sich hin und schubste gleichzeitig Asta um und ließ ihre Hand los, um beide Hände schützend über den eigenen Kopf zu legen. Aber gerade, als sie ihr Gesicht im Schnee vergraben und ihr Schicksal der Hand jenes Gottes überantworten wollte, an den sie nicht glaubte, sah sie, dass Asta, der schniefende Angsthase, wieder aufgestanden war und weiterlief. »Nicht rennen, du Idiotin!«, schrie Molly, »zur Hölle mit dir, nicht rennen, schmeiß dich hin und lieg still!« Die Freundin hörte sie nicht, denn das Brüllen war ohrenbetäubend und Asta wie von Sinnen vor Angst, aber zum Glück fiel sie wieder hin, vielleicht aus purer Erschöpfung, und blieb einige Meter vor Molly liegen. Noch weiter vorn hatten Takolander und Venho sich ebenfalls in den Schnee geworfen, sie waren vom Weiß fast bedeckt, nur ihre Mützen und Stiefel schauten hervor. Molly blieb regungslos liegen, während die Bomber über sie hinwegflogen, und als das Geräusch leiser wurde, hob sie den Kopf, um zu sehen, was mit den anderen war. Asta hatte keine Kontrolle mehr über sich, sie schrie und zitterte, und Molly wusste keinen anderen Rat, als zu ihr zu kriechen, um zu helfen und zu trösten. Aber es war zu früh, denn der Motorenlärm nahm wieder zu, und als sie den Blick zum Himmel richtete, sah sie, dass die Flieger auf dem Rückweg waren, sie hatten nur gewendet und näherten sich nun von Norden und flogen noch tiefer als beim vorigen Mal. Sie warf sich neben Asta in den Schnee und legte den Arm über ihren Rücken, und dann lagen sie wieder still, während die Bomber über sie hinwegflogen und sich entfernten und noch ein drittes Mal zurückkamen, als wollten sie ihnen den Verstand rauben. Das Brüllen und Donnern schien kein Ende zu nehmen, und Molly fühlte, wie die Kälte des Bodenfrostes sich in sie hineinzufressen begann, sie sickerte von unten her ein und war noch eisiger als der Schnee, sie fraß sich in Mark und Bein und bis in ihre Seele, und gleichzeitig wartete sie auf die ersten Explosionen und Bodenerschütterungen, obwohl sie davon vielleicht gar nichts mehr hören oder fühlen würde, denn schon die erste Bombe wäre ein Treffer und Asta und sie im Bruchteil einer Sekunde tot, oder vielleicht wäre es stattdessen ein MG-Schütze, vielleicht saß in einem der Flugzeuge so einer, der die Waffe senkrecht nach unten richtete und Kugeln auf die Ebene pfefferte, sodass ganze Schwärme davon auf Asta und sie und Takolander und Venho niedergehen würden, und einer von ihnen würde vielleicht schnell und gnädig sterben, während ein anderer unglücklich getroffen würde und furchtbare Schmerzen erleiden müsste, bis zu dem Augenblick, wo die Polarkälte ihren Griff lockerte und in ein trügerisches Gefühl der Wärme und Taubheit überging, während die Bewusstlosigkeit eintrat und danach der Tod.

Aber während sie dort lag und auf das Ende wartete, geschah

etwas Merkwürdiges: Die Panik verschwand, und stattdessen trat ein Zustand der Ruhe und Stille ein. Das war, als die Flieger sich zum dritten Mal näherten, der Überflug dauerte jedes Mal länger, und das Brüllen dort oben zerriss ihr beinahe die Trommelfelle, aber dann war das Geräusch von einer Sekunde zur anderen nicht mehr hörbar, in ihrem Innern war es ganz still geworden, und sie beschloss, dass ihre letzten Gedanken um etwas Schönes kreisen sollten. Sie sah den Abend vor sich, den sie im Runden Saal des Restaurants *Fiskartorpet* und draußen im Garten verbracht hatten, einen der ersten Abende im August, im Saal spielte das Swingorchester, und die Musik kam gedämpft bei ihr an, die weiche Sommerwärme und die samtige Dunkelheit umhüllten sie, alles Herbe und Bittere war nun fort, all die schneidenden und pochenden Schmerzen, die den ganzen Winter lang in ihrem Körper gehaust hatten, und stattdessen waren da das Zirpen der Grillen und die schweren Aromen der Rosen und die Sanftheit der Abendbrise, die vom Meer kam. Und Henry war da. Henrys Duft nach Tabak und Eau de Cologne – und ja, nach Cognac und Whiskey, aber auch Molly hatte an jenem Abend unbekümmert getrunken – und das Spiel seiner Muskeln unter dem dünnen Stoff des Hemdes, als sie seinen Arm festhielt und sich an ihn lehnte, während sie da unten am Strand beobachteten, wie die Nacht über die Bucht herangeschlichen kam.

Das war erst ein halbes Jahr her, es war vor dem verdammten Krieg gewesen; es war der Abend, bevor sie die Straßenbahn nach Brändö nahm, um einige Tage bei ihrer Mutter Irene zu wohnen. An diesem Abend war es ihr ausnahmsweise einmal gelungen, den scheuen Henry auf ein Fest zu locken. Sie feierten den Abschluss der Dreharbeiten von *Mokka und Satin*, und alle wichtigen Leute waren da, auch die Hauptdarsteller Santeri Soihtu und Kirsti Pera. Die Stimmung war ausgelassen an der Grenze zur Wildheit, und genau deshalb hatten Molly und Henry sich hinausgeschlichen: Anders als die meisten Männer, die sie kannte, fand Henry kein Gefallen an lärmendem Frohsinn. Aber es war nicht *nur* Henrys wegen. Mollys Rolle in

Mokka und Satin war unbedeutend, sie fühlte sich überflüssig und ausgegrenzt. Der Film handelte von reichen Menschen, die zehn Jahre jünger waren als sie, er erzählte vom sorglosen Leben der schönen, blutjungen Bewohner von Helsingfors, und Molly huschte nur manchmal durchs Bild als eine schon leicht ramponierte Frau von zweifelhaftem Lebenswandel. Es waren solche Rollen, die sie seit einigen Jahren spielen musste, nachdem sie Direktor Dringmann auf dem Premierenfest von *Unsere schöne Cousine Adèle* eine Abfuhr erteilt hatte. Aber Henry war an jenem Abend im *Fiskis* heiter gewesen, nicht verschlossen und in düsterer Stimmung, wie sonst so oft, wenn er gezwungenermaßen an einer Feier teilnahm und dort Menschen traf, die er oberflächlich und dumm fand. Er hatte Wein getrunken und sogar mit Molly einen Foxtrott getanzt, aber als das Orchester sich schwerfällig am *One O'Clock Jump* versuchte, hatte er ihr einen Korb gegeben und lächelnd ihre Hand gedrückt. Ach, tanzen zu dürfen! Schon im Herbst war es offiziell verboten worden, und seitdem standen Mollys Abendschuhe in ihrer Wohnung in der Museigatan in einer eiskalten Abstellkammer, während sie in Schnürstiefeln und Galoschen der derbsten und tristesten Sorte herumlief und ausrutschte und hinfiel, wenn sie versuchte, sich an den Wällen aus Eis und gefrorenem Schnee entlang vorwärtszubewegen, die überall in der verdunkelten Stadt die Straßen und Bürgersteige säumten.

Und jetzt würde sie sterben, es war so lächerlich, die Schauspielerin Molly Timm, *Sie wissen schon, die mit dem Blick und der heiseren Stimme,* lag da in einem hässlichen Schutzanzug, ihre Erinnerungen hatten sie nur für einige Sekunden weggetragen, und nun hörte sie das Brüllen wieder, lauter als je zuvor, ihr Körper spannte sich wie eine Violinsaite, vor Schreck trocknete ihr Hals aus und schmerzte. Wie ein kleiner Fliegendreck lag sie auf der Schneefläche, bereit, unter dem Daumen Gottes zerquetscht zu werden, und neben ihr lag Asta und zitterte und weinte, und jeden Augenblick konnten die Explosionen beginnen, mit glühenden Splittern und Flammen, die sie verzehren würden. Sie dachte wieder an Henry, an seinen starken, sehnigen Körper, an den sie sich gelehnt hatte, und wie er sich heruntergebeugt und ihr Haar geküsst hatte, und sie dachte, dass auch Henry bestimmt schon tot war, wie so viele andere, dass er von Granatsplittern getroffen worden oder auf eine Mine getreten war, und nur Sekunden später hatten einzelne Teile von ihm in den Zweigen der Bäume gehangen, während andere sich in einen blutigen Matsch auf dem erbarmungslos weißen Schnee verwandelt hatten. Sie ahnte, dass solche Dinge geschahen, obwohl weder Henry noch die anderen Männer je darüber schrieben, sei es in den Zeitungsreportagen oder in ihren Briefen in die Heimat, und sie war nahe daran, sich zu übergeben, denn jetzt blieb das Bild des zerfetzten Henry hartnäckig vor ihrem inneren Auge, er war kein Mensch mehr, sondern nur noch Materie ohne Bedeutung, Blutlachen und Fleischstücke und Gedärm und Knochen. Sie fragte sich, ob Henry in seinen letzten Augenblicken genauso viel Angst gehabt hatte wie sie jetzt, aber während sie den Kopf hob und sich zwang, ihre Arme und Beine zu bewegen, während sie fühlte, dass ihre Zehen und Finger schmerzten und ihre Wangen vom Frost allmählich taub wurden – während also jene Bilder durch ihren Kopf taumelten und gleichzeitig eine strenge Stimme zu ihr sprach und sagte, *du darfst nicht still liegen bleiben, sonst erfrierst du,* drang auch eine neue Erkenntnis in ihr Bewusstsein: Es waren keine Bomben gefallen. Kein MG-Schütze hatte Kugeln auf die Schneefläche gepfeffert. Nach der dritten Runde waren die Flugzeuge in Richtung Norden abgebogen. Man vernahm nur noch ein fernes, allmählich ersterbendes Grollen, bald hörte es ganz auf, und nun war die Stille nicht mehr in ihrem Innern, sondern draußen, um sie herum. Sie war nicht tot. Sie lebte. Und dicht neben ihr lag Asta und schluchzte leise, aber Molly hätte in diesem Moment nicht sagen können, ob vor Erleichterung oder vor Enttäuschung.

3

Das Spiel, das die Kampfpiloten mit ihrer Hilflosigkeit und Angst getrieben hatten, beschäftigte sie alle noch während der Fahrt bis Torneå und weiter durch Schweden. Immer wieder kamen sie auf die Ereignisse zurück, alle außer Asta Heikel, die völlig verstummt war: Mehrere Tage lang konnte Molly ihr kein einziges Wort entlocken. Walter Venho und Direktor Engelbrekt Takolander waren dafür umso gesprächiger. Sie spekulierten darüber, ob die Molotow-Flieger den Auftrag gehabt hätten, Vasa oder vielleicht Uleåborg zu bombardieren, aber noch mehr redeten sie über sich selbst. Venho hatte ein taubes Gefühl in den Zehen und zeigte immer wieder seinen nackten, bleichen rechten Fuß her, den Molly für so ein schönes Mannsbild erstaunlich abstoßend fand. Und Takolander erzählte von seinem Widerstandskampf mit einem bürgerlichen Freikorps vor Helsingfors im Februar 1918.

Auch damals mussten wir im Schnee ausharren, sagte er pathetisch, aber wir haben gekämpft, wir hatten Waffen, um unsere Freiheit zu verteidigen, wir waren viel zu wenige, aber wir haben Widerstand geleistet, so gut wir konnten.

Aber Sie haben doch aufgegeben, sagte Molly, sind nicht alle Freischärler festgenommen worden?

Ja, räumte Takolander widerwillig ein, wir mussten den Hof verlassen, auf dem wir uns versammelt hatten, und auf das zugefrorene Meer hinaus, und dort waren die roten Teufel in der Überzahl.

Der Zug ratterte schon durch Mittelnorrland, als Takolander von seinen kriegerischen Heldentaten berichtete, er wollte damit den jungen Venho beeindrucken, und Molly hatte bald genug davon und hörte nicht mehr zu. Stattdessen dachte sie darüber nach, wie zeitraubend die Reise gewesen war: Aus den dreißig Stunden, die Takolander von Helsingfors bis zur schwedischen Grenze veranschlagt hatte, waren fünfzig geworden, und in Torneå-Haparanda hatte sich eine weitere Verzögerung ergeben. Als die Theatertruppe vom finnischen in den schwedischen Zug umsteigen wollte, wurden dreiundneunzig Gepäckstücke gezählt, viele davon waren schwer und unhandlich, was vor allem den Kostümen und Requisiten geschuldet war. Die finnischen Grenzschützer hatten zum Abschied mürrisch genickt, und Molly hatte sich an Tante Thelmas Erzählungen über dieselbe Grenzstation vor zweiundzwanzig Jahren erinnert. Thelma war die Jüngste der vier Timm-Geschwister und mit einem russischen Geschäftsmann namens Valerij Bogdanov verheiratet, und nach den Streiks und Ermordungen im November 1917 hatte das Ehepaar beschlossen, von Finnland nach Schweden umzuziehen. Es gab damals noch keine Brücke über den Torneälven, sie waren mit dem Schlitten über den zugefrorenen Fluss gefahren und hatten in der finsteren Nacht gleichzeitig Schusswechsel und Wolfsgeheul gehört. Von diesem Abenteuer erzählte Thelma mit Vorliebe, als Molly und ihre Schwester Lilly noch Kinder waren. Thelma besuchte jeden Sommer ihre alte Heimat ohne ihren Gatten Valerij und trug die Torneå-Geschichte stets auf die gleiche theatralische Weise vor, mit hoher Stimme und einem gluckernden Lachen, wenn sie bei einer Pointe ankam, die sie lustig fand.

Aber es gab auch noch eine andere Geschichte, und die hatte sie nur ein einziges Mal erzählt, als Molly und Lilly schon erwachsen waren. Mit starr zu Boden gerichtetem Blick hatte Thelma sich daran erinnert, wie sie gezwungen worden war, sich auszuziehen, und dann nackt und vor Kälte bibbernd vor den russischen Grenzsoldaten gestanden hatte. Eine Krankenschwester war hinzugerufen worden, und man hatte Thelmas Vagina und Anus untersucht, denn es käme vor, hatten die Wachen behauptet, dass Spionagenachrichten auf diesem Weg über die Grenze gelangten. Molly fand es vollkommen daneben, dass Tante Thelma flüsterte und den Blick gesenkt hielt, als sie berichtete, was ihr passiert war; es war ja nicht sie, die sich schämen musste, sondern der Offizier, der den Befehl gegeben hatte. Das sagte sie auch zu Thelma, die sie daraufhin mit einem seltsamen Ausdruck ansah, spöttisch und traurig zugleich, und antwortete: Es war Krieg. Und wir leben nicht in einer Welt, in der diejenigen, die sich schämen sollten, die Scham ertragen müssen.

Molly tat nicht mehr so, als würde sie den Roman *Der Kreuzzug* lesen, stattdessen schaute sie aus dem Fenster. Hier war die Landschaft ganz anders als zu Hause, unwegsam und spektakulär, mit hohen, von Nadelwäldern bedeckten Hügelkuppen, wuchtigen Brücken über zahlreiche Flüsse und Stromschnellen. Aber die schönen Anblicke halfen nichts. Ihr Körper schmerzte. Er schmerzte von der langen Reise in der Kälte, von ihrer Periode, die in Torneå eingesetzt hatte, von den langen Winterstunden im Dunkel der Schutzräume, zusammen mit fremden Menschen, die Gerüche und Dünste absonderten, von Wochen und Wochen, in denen sie auf den eisglatten Bürgersteigen und notdürftig freigeschaufelten Wegen der menschenleeren Stadt entlanggerutscht war. Er schmerzte vor Sehnsucht nach Henry und vor Angst, dass ihm etwas passiert sei, und er schmerzte vor Sorge um Max, ihren Großcousin, und um alle anderen, die dort draußen zusammengekauert an der Front lagen, während um sie herum das russische Artilleriefeuer donnerte und krachte.

In der Morgendämmerung hielt der Zug in einer Kleinstadt, wo es so sanft schneite, dass die Flocken den Boden kaum zu berühren schienen. Molly schlich sich hinaus und kaufte sich ein belegtes Brot, trank eine Tasse Kaffee und stellte fest: Sie befand sich in einem Land, in dem der Kaffee noch gut war und die Brote mit Leberpastete knusprig und in dem kein Krieg herrschte, obwohl der Bahnhofswartesaal voller Bereitschaftssoldaten war. Ein Zittern durchfuhr sie, wie ein allmählich nachlassender Krampf, und in den Abendstunden zog sie sich zurück, ging in den Korridoren der Waggons auf und ab und hörte, wie die anderen Schauspieler in den Schlafabteilen ihre

Dialoge übten. Dann saß sie im geschlossenen Restaurant, kritzelte gedankenverloren mit dem Bleistift in einem Schreibblock herum und träumte sich fort. Um ihre Gedanken an Henry und den Krieg zu verdrängen, rief sie sich die Jahre ihrer Erfolge ins Gedächtnis: Wie Lilly sie heimlich zu einem Schönheitswettbewerb angemeldet hatte, als sie schon sechsundzwanzig war, eine reife Frau im Vergleich zu den mageren Mädchen, die sich im *Mikado* oder im *Börs* drängelten; wie sie zu Verhandlungen – eigentlich waren es Audienzen – bei Filmmagnaten wie dem Produktionsdirektor Dringmann und den Regisseuren Kaltio und Haarla eingeladen wurde; wie sie in *Die Reise nach Jerusalem* debütierte und dann größere Rollen bekam, und wie zwei Jahre später der Gipfel erreicht war, als sie für die Hauptrolle in *Unsere schöne Cousine Adèle* gefeiert wurde. Sie hatte sich vorgestellt, dass dieser Triumph der erste von vielen sein würde, sie hatte große Träume gehabt, obwohl sie schon auf die dreißig zuging. Für die Dreharbeiten zu *Adèle* hatte der Chefkameramann Koskimaa einen neuen Filter aus Paris mitgebracht, der Mollys Augen glänzen und schimmern ließ wie ferne Sterne, sodass Koskimaa und die anderen bei der Produktionsgesellschaft »Taika-Filmi« vom Timm-Blick sprachen, der dem Blick der Dietrich oder der Garbo in nichts nachstand.

Kurz vor der Premiere von *Adèle* fing sie an, Englischstunden bei Mr. Kossloffsky zu nehmen. Lilly neckte sie damit, wie es nur Schwestern können, und sagte, dass Molly von Natur aus vornehm sei und davon träumte, in einem Bungalow in Bel-Air oder Brentwood zu wohnen, die Träume von der UFA und Babelsberg reichten ihr jetzt nicht mehr. Molly hatte geantwortet, dass Lilly Blödsinn redete: Es machte Spaß, neue Sprachen zu lernen, nichts weiter, und von der UFA und Babelsberg hatte sie nie geträumt, denn Berlin hatte schon seinen Charme verloren, als Lola Lola[9] nach Amerika ging, und war vollends uninteressant geworden, seit Korporal Pinsel[10] und seine Horden die Macht übernommen hatten.

Sie schauderte, als sie sich an diese Worte erinnerte, die sie auf einem Liegestuhl im Garten der Villa Hamberg geäußert hatte; bestimmt wäre jetzt, da Krieg war und Hitler und Stalin Europa unter sich aufteilen wollten, eine derart höhnische Bemerkung lebensgefährlich gewesen.

Oh, da waren sie schon wieder, die Gedanken an den Krieg! Sie schüttelte sich wie ein nasser Hund und dachte stattdessen an Mr. Kossloffsky. Ihr ehemaliger Englischlehrer war ein gescheiterter Musiker, der bei seinem ersten Aufenthalt in Helsingfors eine Einheimische geheiratet, sich dann aber von ihr hatte scheiden lassen und seitdem ständig damit drohte, in seine Heimat zurückzukehren. Während der Großen Depression hatte er seine Drohungen wahr gemacht und war in sein geliebtes Chicago gezogen, aber einige Jahre später war er wieder da, und manche, die ihn schon lange kannten, sagten, dass seine Klagelieder über die Trostlosigkeit Finnlands ihm so ans Herz gewachsen seien, dass er ohne sie nicht mehr leben könne. Mr. Kossloffsky selbst meinte, die Frauen von Helsingfors seien ihm zum Schicksal geworden; er hatte während seiner Zeit in Chicago mit einer gewissen Aino aus Gardesstaden korrespondiert, und sie war es, die ihn dazu überredet hatte, eine Fahrkarte für den Atlantikdampfer *Majestic* zu kaufen und zurückzukommen. Aber Aino hatte bald genug von ihm, und danach hatte Mr. Kossloffsky in seiner kleinen Mietwohnung in der Berggatan gesessen und Sprach- und Musikunterricht gegeben und war als Klarinettist in kurzlebigen Tanzorchestern überall in der Stadt eingesprungen. Molly gegenüber verhielt er sich am Anfang ausgesucht freundlich, »please, don't you mister me, Miss Molly: for you, I'm Theo.« Aber nur solange er glaubte, sie würde sich verführen lassen – sie, ein gefeierter Filmstar, und er, ein abgetakelter Musikant! –, und als sie ihn abgewiesen hatte, verlor er das Interesse an ihr und dem Unterricht und nahm seine Klagelieder wieder auf. »This awful climate, this awful people, all this coldness and awkwardness – it's downright impossible to live here!« Molly hatte der Versuchung widerstanden, ihn zu fragen, »then why are you still here«, stattdessen hatte sie die Lektionen abgebrochen, aber weiterhin alle erreichbaren englischsprachigen Zeitschriften gekauft, und in Ermangelung anderer Übungsmöglichkeiten hatte sie angefangen, mit ihrem Spiegelbild Englisch zu sprechen, und das hatte sie über mehrere Jahre beibehalten. Bei der Erinnerung an Mr. Kossloffsky musste sie lächeln, und sie fragte sich, ob er wohl immer noch in der Berggatan wohnte, ob er in seinem Bau hockte wie alle anderen, die in der Stadt geblieben waren, mit angespanntem Körper und ständig bereit, beim Heulen des Fliegeralarms in den nächstgelegenen Schutzraum zu rennen. Oder hatte er es geschafft, an einen sichereren Ort zu flüchten, vielleicht nach Stockholm oder Kopenhagen? Aber wie lange waren *diese* Städte noch sicher, wie lange würde irgendein Ort in Europa verschont bleiben, wenn die Diktatoren immer gieriger wurden?

Wie viele Jahre waren vergangen seit ihrem letzten Sommer mit Mitja Wendelin, dem Sommer, in dem Mitja sich anfangs noch gegen seine Dämonen zur Wehr gesetzt und sie für eine Weile besiegt hatte? Nur etwas mehr als drei. Und doch fühlte sich jene Zeit so weit entfernt an wie eine kolorierte Ansichtskarte von anno dazumal, obwohl sie, wenn sie wollte, immer noch die Düfte von damals riechen und die Ereignisse in bewegten Bildern vor sich sehen konnte. Manche Erinnerungen an jenen Sommer würde sie Henry nie mitteilen, sie kannte ihn nicht gut genug, um sicher zu sein, dass er Verständnis dafür haben würde. Und sie war nicht einmal sicher, ob sie selbst alles verstand, sie war nur erleichtert, dass niemand diese Augenblicke im Bild festgehalten hatte. Die drei Wochen in Korsnäs am westlichen Schärengarten. Das Sommerhaus ihres Großcousins Max und die neu erbaute kleine Gästehütte und das Zelt, das sie im Garten aufgebaut hatten. Die sengende Sonne, tagein, tagaus. Die Touren mit dem Motorboot und die Paddeltouren zu den Sommerinseln mit dem Zweierkajak, das Max angeschafft hatte, weißer Sand unter den Fußsohlen und kristallklares Wasser in den Buchten. Die Abende mit Cocktails und Wein und Gesang, die Momente um Mitternacht mit verstohlenen Blicken und dem Glühen auf der Haut nach dem Tag in der

Sonne, die kurzen Nächte mit warmer Luft und einem fast weißen Himmel. Da waren Mitja und sie, Max und seine neue Geliebte Lu Lilliehjelm, und da war Adrienne von Wendt mit ihrem neuen »Freund« Paul Manelius. Sie waren wie Geschwister in jenem Sommer, außer Mitja, der sich zurückzog und anfing zu trinken, sie waren freie, wilde Fünflinge, und sie alle empfanden es als die größte Tragödie, dass so viele Menschen sich jetzt für Misstrauen und Hass entschieden statt für Vertrauen und Liebe, die sich doch so leicht herstellen ließen, wenn nur der Wille stark genug war. Aber eines Tages würde die Menschheit wieder die richtige Wahl treffen, und dann würden die Völker sich erheben und den Diktatoren und Kriegsherren begreiflich machen, dass sie falschlagen, wenn sie glaubten, mit Kriegen und Invasionen irgendetwas Gutes zu bewirken. Denn ein solches Denken war ja vollkommen unsinnig, der Mensch war nicht dafür gemacht, in Angst und Zwietracht zu leben, er war geschaffen für ein Dasein in Harmonie und Freude!

In der Nacht blieb der Zug wieder einige Stunden lang stehen, und Molly lag in ihrem Abteil wach. Im anderen Bett murmelte Asta Heikel im Schlaf, schrie sogar manchmal auf, und Molly spürte Angst und musste an die Figuren denken, die sie in ihren Notizblock gezeichnet hatte, als sie in dem geschlossenen Zugrestaurant saß. Sie hatte sie skizziert, ohne nachzudenken: eigentümlich lange und schmale Gestalten mit dünnen Armen und Beinen, die verdreht und in unnatürlichen Positionen fixiert worden waren. Es war etwas Bedrohliches an diesen nachlässig hingeworfenen Figuren, sie waren eher Monster als Menschen, sie glichen lebenden Skeletten, und um dem unbehaglichen Gefühl zu entkommen, lenkte sie ihre Gedanken zurück zu jenem Sommer der Lebensbejahung. Sie sah ihn in völliger Klarheit und Intensität vor sich, inklusive der Glücksgefühle und auch einiger Erinnerungen, für die sie sich schämte. Sonne, o warme Sonne, zu was für Dingen kannst du ein Menschenkind verleiten! Aber das Glück war stärker als die Scham, und die Erinnerungen an den Sommer 1936 ließen sie liebevoll an all die Freundschaften denken, die ihr zuteilgeworden waren. Es zuckte in ihrem Innern, sie fühlte, wie das Blut durch ihre Adern brauste, und wenn sie sich die Ohren zuhielt, konnte sie hören, wie es dadrinnen rauschte. Aber das neu erwachte Gefühl der Lebendigkeit ließ sie auch wieder an Henry denken, die beständige Sorge um ihn grundierte alles wie ein dunkler, mahlender Klang. In der Finsternis des Abteils war er ihr näher als je zuvor, sie vermisste ihn so sehr, dass ein schneidender Schmerz durch ihren Körper ging.

Der Tag brach an, stürmisch und grau, draußen löste sich der Schnee in großen Fetzen von den schwankenden Bäumen, und die Fahrt nach Stockholm war lang und trist. Als sie ankamen, war es schon Nachmittag, und ihr Gepäck wurde sofort auf Lastkarren geladen – sie mussten am selben Abend weiter nach Norrköping, es blieben nur noch zwei Tage bis zur Premiere von *Daniel Hjort*. Eine Journalistin von *Dagens Nyheter* interviewte Takolander und die Superstars Gun Wideman und Erik Landgren auf dem Bahnsteig des Hauptbahnhofs, und Molly stand zufällig in Hörweite. Sie waren vier Tage unterwegs gewesen, und sie war so müde, dass alle Geräusche wie aus der Ferne widerhallten, als würde sie auf dem Grund eines Brunnens stehen. Sie hatte den Arm um Asta Heikels magere Schultern gelegt und hörte, wie Wideman und Landgren das Tourneerepertoire beschrieben und wie Takolander von den russischen Bombenfliegern erzählte. Er redete laut, und mitunter war er so ergriffen, dass seine Stimme brach. Die Journalistin, eine Frau in den Dreißigern mit Kurzhaarschnitt, hörte aufmerksam zu, warf aber gleichzeitig neugierige Blicke zu Molly und der wachsbleichen Asta hinüber. Molly tat so, als bemerkte sie nichts davon, ruhig rückte sie ihren Rucksack zurecht und den von Asta, und dann nahm sie die Freundin beim Arm und schob sie vorsichtig zur Treppe, die zum Gleis für den Zug nach Norrköping führte.

Sie kamen um Mitternacht an, der Theaterdirektor und der Bürgermeister des Ortes warteten auf dem Bahnsteig, und die

Stimme des Bürgermeisters hörte sich an wie Donnerhall, als er sein dröhnendes »Willkommen, liebe Brüder und Schwestern aus dem Osten!« ertönen ließ. Aber als sie zum Hotel gingen, lag der Fluss Motala stumm und zugefroren da, und kein Mensch war zu sehen. Das Hotel hieß *Splendid*, erinnerte jedoch eher an eine Wanderherberge, und als sie sich bei einem mürrischen Nachtportier anmeldeten, entschied Molly, dass es besser sei, weiterhin auf Asta aufzupassen. Sie ergatterte mit Überredungskunst ein großes Doppelzimmer, und eine Viertelstunde später hatte sie Asta ins Bett befördert, strich ihr hastig übers Haar und sagte Gute Nacht. Sie schaffte es nicht mehr, ihr Nachthemd und ihr Reisenecessaire hervorzusuchen, schlich sich stattdessen im Unterrock hinaus in den Korridor und in eines der Badezimmer, beugte sich über das gesprungene Waschbecken und spülte ihr Gesicht mit dem kalten Leitungswasser ab, das anders schmeckte als zu Hause. Dann machte sie ihre Abendtoilette, so gut es ging, kehrte ins Zimmer zurück, drehte den Schlüssel um und legte sich in dem schmalen Bett auf den Rücken. Sie streckte ihre Arme und Beine, sie wollte die Steifheit loswerden, die sich während des Winters in sie hineingefressen hatte und jede Woche tiefer eingedrungen war wie eine schleichende Krankheit. Als das Bett ein lautes Knarren von sich gab, sah sie besorgt zu Asta in dem anderen Bett hinüber, aber Asta schlief schon mit offenem Mund, und Molly streckte noch einmal ihre Gliedmaßen und schaute gleichzeitig aus dem Fenster auf eine kopfstehende Welt, über der eine Mondsichel verkehrt herum am schwarzen Himmel hing. Sie ließ die Hände unter die Decke gleiten und über den schmerzenden Bauch, und ausnahmsweise weigerte sie sich, an Henry zu denken oder an Max und die anderen Frontsoldaten oder an den verkohlten Mann in dem ausgebrannten Auto oder das kleine weinende Mädchen, das sich so eng an ihre Brust geschmiegt hatte. Sie dachte auch nicht an Asta oder Takolander oder jemand anderen in der Theatertruppe, sie verdrängte alle Menschen, um die sie sich sorgen oder über die sie sich ärgern musste, sie unterdrückte alle Furcht vor dem, was die nächsten

Tage mit sich bringen würden, und langsam, langsam wichen Spannung und Angst, und das Wunder geschah: Ihr Körper wurde weich, und die Muskeln entspannten sich.

4

In der ersten Nacht im Hotel *Splendid* schlief sie den schweren Schlaf der Erschöpfung, aber dann kamen die Angst und die Albträume zurück. Während der restlichen Woche in Norrköping war ihr Schlaf flach und unruhig, und eines Nachts träumte sie, dass Henry, Max und alle anderen, die ihr etwas bedeuteten, tot seien. Danach spielte sie die Rolle der Katri, Daniel Hjorts Mutter und Symbolfigur des unterdrückten finnischen Volkes, derart schlecht, dass das ganze Stück ins Wackeln geriet. Die alte Primadonna Gun Wideman als Witwe Ebba Fleming wurde so wütend, dass sie anfing, ihre gemeinsamen Szenen zu sabotieren, sie dehnte die Kunstpausen so lange aus, bis Molly nicht mehr wusste, was sie mit ihrer Mimik und ihrem Körper anfangen sollte, während sie auf Ebba Flemings Repliken wartete. Und auch Takolander erteilte ihr nach der letzten Vorstellung einen Verweis; auf dem Empfang im Rathaus nahm er sie beiseite und sagte mit leiser, aber eindringlicher Stimme: Sie können das doch so viel besser, Fräulein Timm.

Sie reisten weiter in die Hauptstadt und checkten im Hotel *Plaza* ein, und Molly hatte ein zuversichtliches Gefühl: Nun würde alles besser werden. Aber auch in der ersten Vorstellung in Stockholm war sie schlecht. Anschließend gab der finnische Gesandte Erkko einen Empfang, und Molly versuchte ihre Enttäuschung zu verbergen. Sie lächelte, als sie ihr Sektglas entgegennahm, und stellte sich dann artig zu den anderen. Aber als Erkko seine Willkommensansprache hielt, dachte sie wieder an Henry und an etwas, das er gesagt hatte, bevor er den Zug in Richtung Osten nahm: dass viele der Ansicht waren, Erkko sei schuld an dem Krieg. Er war Außenminister gewesen, während die Bedrohung wuchs, hatte sich aber darauf verlassen, dass Finnland Beistand erhalten würde, und nicht begriffen, dass das Land vollkommen isoliert war. Und als Takolander zu seiner Dankesrede ansetzte, wurde Mollys Unruhe nur noch stärker. Er drückte sich schwülstig aus, wie es Männer als Redner gern taten, und sie konnte es nicht mehr ertragen, sich Parolen wie »Schicksalsstunde« und »ritterliche Wacht« anzuhören, sie hatte sie seit September im Ohr. Und bei den Phrasen über die Bedeutung des Theaters schämte sie sich für ihre eigene Leistung, ihr Lächeln fühlte sich an wie eine ins Gesicht geklebte Gummimaske, und sobald es ging, zog sie sich in einen Nebenraum zurück. Dort stellte sie sich in einen Erker, nippte am Sekt und bereute, sich nicht eine von den Zigaretten genommen zu haben, die in einem Humpen auf dem spärlich bestückten Büfett standen. Sie schaute auf den Strandvägen und die zugefrorene Bucht Nybroviken hinaus, sie folgte mit ihrem Blick den wenigen Fußgängern unter den Laternen drüben am Ufer von Blasieholmen und fragte sich, wann Helsingfors wieder von Flaneuren und Straßenlampen belebt sein würde, vielleicht niemals. Und sie war so in ihre Gedanken versunken, dass sie zusammenfuhr, als sie hinter sich eine Stimme hörte.

Entschuldigen Sie, sagte der Mann, Sie sind doch sicher Fräulein Timm, die Schauspielerin?

Sie hatte sich hastig umgedreht, beruhigte sich aber, als sie sah, dass er kleiner war als sie und gutmütig aussah.

Ja, ich bin Molly Timm. Was wünschen Sie?

Er war in mittleren Jahren, hatte schütteres Haar und wässrig blaue Augen und trug einen Tweedanzug, in dem er sich offensichtlich nicht wohlfühlte. Er sprach Finnlandschwedisch, stellte sich aber immer noch nicht vor.

Mir wurde angetragen, Sie zu unterstützen. Man sucht Sie in Helsingfors, es handelt sich um eine Familienangelegenheit, glaube ich.

Und *Sie* sind?, fragte Molly und ließ ihre Stimme so hochnäsig klingen, wie sie konnte.

Der Mann zuckte zusammen, fasste sich aber schnell:

Ich bitte um Entschuldigung, ich benehme mich wie ein Tölpel. Ich bin der Presseattaché Lennart Lerche, und …

Wer sucht mich?, unterbrach ihn Molly.

Ihre Stimme klang angespannter, als sie gedacht hatte. Da waren so viele, um die man sich Sorgen machen musste, und in diesen Zeiten waren fast alle Nachrichten und Neuigkeiten ungut.

Ihre Schwester, Frau Lilly Stadius. Sie hat vorgestern die Botschaft kontaktiert und gefragt, ob Sie hier eingetroffen seien.

Hat sie gesagt, worum es geht?

Die Panik entfaltete sich wie eine schwarze Blüte in Mollys Brust, als sie die Frage stellte. Henry, dachte sie, er ist den Kämpfen zu nahe gekommen, und nun ist die Todesnachricht da! Oder es geht um Mutter, Mutter ist etwas zugestoßen! Aber gleichzeitig nahm sie eine Unstimmigkeit wahr. Lilly wollte immer, dass alles sofort passierte: Wäre dies eine Sache von Leben und Tod gewesen, hätte sie sich anders verhalten und nicht tagelang gewartet.

Nein, das hat sie nicht gesagt, antwortete Lerche. Aber ich habe sie gebeten, sich heute Abend bereitzuhalten. Wir können das Gespräch jetzt gleich vorbestellen, wenn Sie wollen. Ich kann Ihnen einen Raum anbieten, wo Sie ungestört telefonieren können.

Gern, danke.

Molly bereute ihre Schroffheit von vorhin, sie fand Lerches wässrigen Blick jetzt geradezu sympathisch. Er drehte sich auf dem Absatz um und deutete mit einer Handbewegung an, dass sie ihm folgen solle. Als sie in das hallige Treppenhaus hinaustraten, fragte sie ihn, wie lange er sich schon in Stockholm aufhielt und woher er kam.

Ich bin erst seit Oktober hier. Und ich stamme aus Helsingfors, genau wie Sie. Ich glaube, ich habe alle Ihre Filme gesehen. Sie waren fantastisch in *Unsere schöne Cousine Adèle.*

Sie folgte ihm auf den Fersen die Treppe hinauf und murmelte ein »Danke«, das bescheiden und weltläufig zugleich klingen sollte. Dabei suchte sie nach einer neuen Frage, die sie ihm stellen konnte: Sie wollte nicht an *Adèle* erinnert werden, nicht jetzt, wo die Taika-Filmgesellschaft sie nur noch Dienstmägde und gealterte Huren spielen ließ.

Ich habe in der Hotellobby einen Mann gesehen, sagte sie, der unserem neuen Außenminister auffallend ähnelte. Ist Herr Tanner auch in der Stadt, er war ja heute Abend nicht in der Vorstellung?

Lerche sah sich über die Schulter nach ihr um und schüttelte den Kopf:

Nein, das wüsste ich auf jeden Fall, wenn Herr Tanner hier wäre. Und unsere Minister haben ja vermutlich zu Hause alle Hände voll zu tun.

Er öffnete eine Tür, und sie betraten eine kleinere Wohnung, der man ansah, dass sie als Büro genutzt wurde.

Entschuldigen Sie die Unordnung, sagte er und deutete auf einen Stuhl hinter einem vollgepackten Schreibtisch. Wenn Sie kurz warten wollen, lasse ich das Gespräch hier herüberlegen.

Danke, sagte Molly und konnte sich nicht verkneifen, einen Blick auf das Zigarettenetui und den Aschenbecher zu werfen, die sich auf einem Beistelltisch neben dem Fenster befanden.

Bitte, nehmen Sie doch eine! Ich selbst rauche nicht, aber Streichhölzer sind dort hinten in der Kochnische.

Als Lerche gegangen war, holte sie sich die Streichhölzer, schüttelte eine Zigarette aus dem Etui und zündete sie an. Sie nahm einige Züge und trat mit dem Aschenbecher ans Fenster. Es ging auf einen Innenhof, und sie schaute neugierig in die Wohnungen, in denen die Leute noch wach waren: Ein Mann saß im Wohnzimmer in einem Lehnstuhl und las Zeitung, und in der Wohnung nebenan zog eine Frau im Schlafzimmer die Gardinen zu, Molly sah gerade noch ein Bett im Hintergrund, auf dem ein Mann im Pyjama lag, er ähnelte Henry.

Da waren die Bilder wieder. Henry und sie in der Wohnung in der Museigatan. Henry und sie in ihrem zeitweiligen Unterschlupf in dem Haus auf Brändö. Henry und sie im Sommerhaus von Großcousin Max. Sie dachte an die Oktoberwochen, als sie dort vorübergehend wohnen durfte, während Henry in der Stadt geblieben war und seine ersten Termine im Pressebüro des Verteidigungsministers hatte. An mehreren Samstagabenden war sie Henry entgegengegangen, der in seinem grünen Volvo ankam, lange nachdem der letzte Bus gehalten hatte und wieder abgefahren war. Das kribbelnde Gefühl, wenn der Lichtschein schon zu erahnen war und das schwache Motorgeräusch stärker wurde, bis das Auto über die Hügelkuppe fuhr und die Lichtkegel der vorderen Scheinwerfer sie vollständig erfassten. Auch der Volvo gehörte Max Esping; er war mit dem Import von Fahrrädern und Radiogeräten reich geworden, führte aber jetzt bei den großen Reserveübungen auf der Karelischen Landenge einen Zug an. Ohne Max hätten sie das Auto gar nicht benutzen können; ihm war es gelungen, eine Benzinreserve zu beschaffen, Molly wusste nicht wie, aber in Korsnäs standen große Kanister im Holzschuppen. Henry fluchte über den Volvo, der einen durstigen Motor und winzige, schwerfällige Türdrücker hatte und ein Schloss, das ständig klemmte.

Am ersten jener Samstagabende hatte er dort auf dem Wendeplatz eine Taschenlampe hervorgekramt, aber Molly hatte ihre Sturmlaterne dabei und sagte, die würde genügen, es sei schöner so. In dem schwankenden Licht lächelte Henry sie an, nahm die Sturmlaterne in die eine Pranke – er hatte große, kräftige Hände – und ihre Hand in die andere, und dann gingen sie schweigend die zwei Kilometer bis zur Hütte. Die Pfade waren kurvig und die Dunkelheit undurchdringlich, und der Wind heulte und rauschte in den Bäumen, und manchmal stolperte einer von ihnen über eine Wurzel oder einen Stein, und dann lachten sie beide, und als sie ankamen, legten sie sich sofort in das schmale Bett und liebten sich. Und das blieb fortan ihre Gewohnheit, dass sie sich ihren Weg durch die Dunkelheit suchten, ohne zu reden, und dann als Erstes miteinander schliefen. Außer an dem Abend, als Henry den ganzen Tag in einer Versammlung im Ministerium gesessen hatte, einer unheilschwangeren Séance in Anwesenheit mehrerer Minister. An jenem Samstag stieg er am Wendeplatz aus dem Auto und sagte: »Es wird Krieg geben«, und danach wollte er nichts mehr sagen, er schwieg sich durch den Abend und den nächsten Morgen und machte nicht den kleinsten Annäherungsversuch.

Das Telefon schrillte. Sie hastete zum Schreibtisch hinüber und ergriff den Hörer, aber das Gespräch kam nicht gleich durch. Sie rauchte die Zigarette zu Ende, während sie dem metallischen Knacken und den entfernten Antworten der Telefonistinnen lauschte, die einsilbig das kosmische Rauschen der Verbindung durchschnitten. Der Hörer aus Bakelit fühlte sich in der Handfläche kalt an, und als eine scharfe Stimme sich von den anderen abhob und sagte: »Bitte sehr, hier ist Ihr Gespräch aus Helsingfors«, war sie schon so nervös, dass sie ohne Begrüßung hervorstieß: Was ist los, Lilly? Ist was mit Henry? Mit Mutter?

Oh, Molly, sagte Lilly am anderen Ende der knisternden Leitung. Ich habe dich ganz umsonst beunruhigt. Ich habe nur gute Neuigkeiten, aber ich wusste nicht, wie ich dich anders erreichen konnte als über die Botschaft. Ich hätte dich vor deiner Abfahrt um deine Reiseroute und eine Liste der Hotels bitten sollen.

Ich dachte, es wäre schlimme Feldpost gekommen, sagte Molly. Oder es wäre was mit Mutters Herz. Sie hat wieder zugenommen, und die Skitouren, die Wallén ihr verordnet hat, macht sie nicht.

Sie zögerte kurz und konnte es nicht lassen, hinzuzufügen: Ich will nicht, dass sie an derselben Sache stirbt wie Vater.

Irene Timm war evakuiert worden und wohnte bei Verwandten auf einem Hof bei Borgå, wo es große Wälder und viele Langlaufspuren gab. Wallén war der Arzt der Familie, ein freundlicher, ernster Mann, mittlerweile silberhaarig. Irene und ihre Töchter gingen weiterhin zu ihm, obwohl er es war, den man auch damals vor fast zwanzig Jahren hinzugezogen hatte, als ihr Gatte und Vater Einar unter peinlichen Umständen das Zeitliche segnete. Molly konnte geradezu vor sich sehen, wie Lilly da drüben in Helsingfors errötete, sie hatte zwei Kinder, aber was das Erotische betraf, war sie prüde wie ein Pfingstprediger. Irene hatte gewartet, bis sie erwachsen waren, bevor sie ihnen die Details rund um Einars Tod erzählte. Aber als die Jahre vergingen und die letzten Reste der Scham sich verflüchtigten, fing sie an, Witze über die Angelegenheit zu machen, zwar nur vor den Töchtern und ein paar ausgewählten Freundinnen, aber immerhin. Molly musste bei Irenes sarkastischen Bemerkungen über Einar immer herzlich lachen, und mitunter trug sie selbst etwas dazu bei, während Lilly jedes Mal, wenn die Rede auf den Vater kam, missbilligend den Kopf schüttelte und ganz steif wurde.

Mutter geht es hervorragend, sagte Lilly jetzt, und durch das Rauschen und Knistern hindurch hörte man, dass ihre Stimme frostig geworden war.

Es blieb kurz still, dann fuhr sie in freundlicherem Ton fort:

Und es *sind* Briefe gekommen, ich wollte dir das am Telefon erzählen, weil ich weiß, wie viel Sorgen du dir gemacht hast. Ich bin vorgestern mit einem Krankentransport aus Elisenvaara eingetroffen und zu eurer Wohnung gegangen, sobald ich konnte. Der Hausmeister hat mir die Post gegeben, und ich habe sie durchgesehen. Es waren mehrere Briefe da, und einer ist von Henry.

Den hast du doch wohl mitgenommen?, fragte Molly und spürte, wie ihr Herz pochte.

Natürlich, sagte Lilly, und es klang zufrieden.

Mach ihn auf!, sagte Molly. Lies vor!

Ich habe ihn schon aufgemacht, sagte Lilly, jetzt hörbar beschämt. Ich wusste ja nicht, wann ich dich erreichen würde. Und ich habe mir auch Sorgen gemacht, und…

Hör auf zu quasseln!, fiel Molly ihr ins Wort.

Es sollte wütend klingen, aber sie konnte die Erleichterung, die sie empfand, nicht verbergen.

Die Neugier in Tüten, fügte sie in milderem Ton hinzu. So warst du schon immer. Jetzt lies einfach vor.

Er ist sehr lang, sagte Lilly zögernd, nun ihrerseits erleichtert, aber eingeschüchtert: Das Aufbrausen der großen Schwester hatte sie erschreckt.

Aber dann begann sie zu lesen, und für Molly war es, als sei das Knistern und Rauschen plötzlich aus der Leitung verschwunden. Die Stimme, die Henrys Worte vorlas, klang unverfälscht und klar und schien so nah, als säßen die Schwestern nebeneinander im selben Zimmer.

13. Militärkrankenhaus, 20.1.1940

Liebste Molly,
mir ist klar, wie beunruhigt du gewesen sein musst.
Und ich habe nicht einmal eine gute Entschuldigung dafür, dass ich nicht geschrieben habe. Aber du kennst mich ja: ein Mann der Tat. *Du kannst dir vorstellen, wie deprimierend es für mich ist, so lange im Lazarett festgehalten zu werden.*
Zuerst lag ich in einem Feldhospital. Es gab keinen Grund zur Sorge. Wir waren unerwartet unter Granatenbeschuss geraten, ein Splitter hat mich leicht getroffen. Nur eine oberflächliche Fleischwunde am Arm, mehr nicht.
Im Feldhospital konnte ich nicht bleiben, wir lagen dort wie Sardinen in der Büchse. Es roch nach Furzen und Angst, ein Leutnant operierte und hatte dabei die Zigarette im Maul hängen. Wie ein Feldscher in alten Zeiten, aber zufällig weiß ich, dass der Bursche im zivilen Leben ein vertrauenswürdiger Chirurg ist.
Hier im Dreizehnten bin ich nun seit zehn Tagen. Ein Bazillus ist in die Lunge eingedrungen, das Fieber stieg und wollte nicht nachlassen. Ich habe gehört, dass auch das Fiskis *als Militärkrankenhaus dient. Hätte ich das nur gewusst, dann hätte ich darum gebeten, dorthin verlegt zu werden. Angeblich führen sie die Operationen im Runden Saal durch, der Fußboden ist aus Marmor und leicht zu reinigen. Stell dir vor, es ist erst anderthalb Jahre her, dass wir dort getanzt haben. Man wird so schwermütig.*
Ich hatte »leidun«[11] *und war wütend, dass ich mich nicht nützlich machen konnte. Von einem Bazillus gefällt zu*

werden, während andere den Panzern und Granaten trotzen – ich stehe ja wie ein Feigling da.
Aber seit vorgestern kann ich wieder tief durchatmen, ohne zu husten. Und morgen werde ich entlassen und reise an die Front zurück, mit Einwilligung von Oberst Luoto – einer meiner Kontaktmänner – und Grahn und Sandberg. Wohin, weiß ich noch nicht. Und wenn ich es wüsste, würde ich es verschweigen, ich will nicht, dass der Brief unterwegs abgefangen wird. Aber ich hoffe auf eine bestimmte Kompanie, wo ich die Männer von früher her kenne. Hier gibt es Schreibmaschinen, wie du siehst, und Dr. Kataja hat mir eine Adler zur Verfügung gestellt. Kataja, der ist ein Mann des Wortes, bestimmt gebildeter als du und ich und sehr liebenswürdig.
Die letzten Abende habe ich an dich gedacht. Zum Beispiel an die Nacht, nachdem wir im Runden Saal getanzt hatten, erinnerst du dich? Ich schließe die Augen und sehe, wie …

Warum hörst du auf?, fragte Molly, als es im Hörer still wurde. Da kann doch nicht Schluss sein!

Ich war nicht sicher, ob du …, sagte Lilly. Es wird jetzt sehr privat.

Ach was, lies einfach weiter!

Lilly fuhr mit unsicherer Stimme fort:

… wie ich meinen Kopf an deinen Bauch lehne und deinen Nabel und deine Brüste küsse und wie wir … Aber stoi[12]*, ich will nicht, dass der Zensor zu seinem eigenen niederträchtigen Vergnügen meine Episteln genau liest.*
Und am allermeisten denke ich daran, dass ich nicht da war, als du in den Zug gestiegen bist. Auch ihr führt euren Kampf, ihr sprecht da drüben für uns alle. Es muss anstrengend sein, jeden Tag zu spielen, an immer neuen Orten. Aber du bist stark. Ich weiß, dass du zurechtkommst.
Umso schlimmer steht es wohl um Asta. Sie ist so zart,

meine Nichte, und verdammt noch mal, ich weiß nicht, wie sie das mit Edwin überstehen wird. Es war außerdem so unnötig, darüber werde ich ein andermal mehr berichten. Jetzt bitte ich dich nur, kümmere dich um Asta, so gut du kannst – ich bin mir sicher, dass du das tust.
Hier sind die Tage eiskalt und die Nächte lang, aber eines Tages werden wir uns wiedersehen. Ich schließe hier und verlasse mich darauf, dass Lilly weiß, wie sie den Brief an dich weiterleiten kann. Ich schreibe wieder, sobald es geht. Und ich werde mir eine neue Feldpostadresse zulegen, für den Fall, dass du antworten möchtest. Aber du darfst dich nicht unnötig sorgen. In diesen Zeiten ist ein Menschenleben nicht viel wert, aber ich verspreche dir, so vorsichtig zu sein, wie ich es nur eben vermag.
Dein Henry

Mollan, bist du noch da?, fragte Lilly, als die Stille ihr zu lange dauerte.

Ja, ich bin hier, brachte Molly heraus.

Dann musste sie schon wieder schweigen, der Aufruhr in ihrem Innern war zu heftig. Und dabei hatte sie sich doch gar nicht für Henry interessiert, als sie ihn zum ersten Mal gesehen hatte, auf einer Feier bei seinem Zeitungskollegen Guido Röman vor fast zwei Jahren. Er war ihr alt vorgekommen und langweilig in seiner Ernsthaftigkeit, und sie war beleidigt gewesen, weil er nicht genau wusste, wer sie war. Aber nun lebten sie schon seit dem vorigen Frühjahr zusammen in ihrer Wohnung in der Museigatan, und Henry hatte sein Zweizimmer-Appartement ohne Wissen des Hauswirts weitervermietet. Er wollte jeden Monat zwei Drittel ihrer Miete bezahlen, was ihr jetzt, wo sie weniger Filmrollen hatte und die Gagen niedriger waren, sehr gelegen kam. Sie waren nicht verheiratet, nicht einmal verlobt, und das trug ihr – nur ihr, niemals Henry! – jedes Mal böse Blicke ein, wenn Frau Paloheimo aus dem dritten Stock sie zusammen sah. Aber für Henry hätte sie bereitwillig auch schlimmeres Ungemach auf sich genommen.

Sie redeten dann von anderen Dingen, sie und Lilly. Molly sprach über die Stücke, die sie aufführen würden, und sie erzählte von dem Luftalarm und davon, wie Asta Heikel und sie es nicht bis zum schützenden Wald geschafft und wie die Bombenflieger mit ihnen Katz und Maus gespielt hatten. Lilly sagte nicht viel, ließ nur hier und da ein »Nein!« oder ein »Gott sei Dank!« hören.

Die Schwestern waren sehr verschieden und hatten in jüngeren Jahren oft gestritten, aber sie mochten einander, und die Gesprächsminuten verflogen bemerkenswert rasch. Auch Lilly war evakuiert worden, gemeinsam mit ihren kleinen Söhnen Lasse und Evert. Aber dann hatte sie den Dienst als Sanitätsschwester angetreten und die Jungen bei Irene gelassen, und jetzt berichtete sie von dem Transport aus Elisenvaara, und da musste Molly sie fragen: Habt ihr auch Tote mitgebracht?

Natürlich, sagte Lilly.

Das ist alles so traurig, sagte Molly. So furchtbar.

Es sterben ununterbrochen Männer, sagte Lilly. Ich habe mich daran gewöhnt, mir blieb nichts anderes übrig. Wusstest du, dass Gösta Taubert gefallen ist?

Oh nein!, rief Molly aus.

Es soll schon an Dreikönig passiert sein, sagte Lilly. Aber ich habe es erst gestern erfahren. Sie seufzte tief, bevor sie fortfuhr: Ich verstehe nicht, warum uns keiner zu Hilfe kommt. Schweden nicht und auch sonst niemand.

Und Karol? Und Max?, fragte Molly und spürte wieder die pochende Unruhe. Sind … waren sie nicht in derselben Kompanie, Max und Karol und Gösse?

Bataillon, sagte Lilly. Im selben Bataillon, aber in verschiedenen Kompanien. Und Karol und Max sind am Leben und wohlauf. Zumindest waren sie das bis gestern.

Du musst dir ja schreckliche Sorgen um Karol machen.

Wohl nicht mehr als du um Henry.

Aber Karol ist Leutnant und marschiert in der ersten Reihe, Henry schreibt nur. Obwohl, ich weiß nicht … er erzählt so wenig. Sind die Journalisten auch ganz vorn mit dabei?

Das weiß ich nicht. Karol erzählt auch nichts.

Sie redete mit einem Nachdruck weiter, der aufgesetzt klang: Sie sind wohl beide in der Lage, auf sich aufzupassen. Übrigens, wie geht es der armen Asta?

Sie ist geschwächt. Aber seltsamerweise ist sie auf der Bühne stark. In ihrer Rolle macht sie sich hervorragend. Viel besser als ich in meiner.

Das nehme ich dir nun überhaupt nicht ab. Aber du musst sie grüßen. Sag ihr, dass Karol und ich mit ihr trauern.

Das habe ich schon getan.

Wir müssen jetzt aufhören, sagte Lilly. Es wird teuer, und die Zentrale trennt uns, wenn wir zu lange reden.

Ich glaube, das bezahlt die Botschaft, sagte Molly. Lil, darf ich dich um etwas bitten?

Das weißt du doch.

Wenn noch mehr Briefe von Henry kommen, kannst du dann wieder nach mir suchen?

Als sie aufgelegt hatte, zündete sie sich eine neue Zigarette an, sie wollte zu dem Fest da unten nicht mehr zurück. Erst einmal war sie nur glücklich darüber, dass Henry lebte, aber dann dachte sie an Gösta Taubert. Sie waren in dieselbe Klasse der Gemeinschaftsschule von Broberg gegangen, und Gösse war ein netter Junge gewesen, ein flachsköpfiger Tollpatsch, der allmählich immer mehr Raum beansprucht hatte und bei jeder passenden und unpassenden Gelegenheit Witze erzählen wollte. Um der Wahrheit die Ehre zu geben, Gösses Witze waren die banalsten und geschmacklosesten in der ganzen Schule gewesen, aber jetzt hätte Molly sie sich gern noch viele Male angehört. *De mortuis nihil nisi bonum.*

Ihr fiel ein, dass sie Lilly nicht gefragt hatte, von wem die anderen Briefe waren, ob sie an sie adressiert waren oder an Henry oder an sie beide. Sie hatte in diesem Moment nicht die Kraft, sich über irgendjemanden Gedanken zu machen außer Henry und Asta. Sie fragte sich, ob Henrys Wunde eine Narbe hinterlassen würde und ob er bewaffnet war, wenn er sich in der Nähe der Front aufhielt. Sie wusste, dass er als junger Mann Elche und Hasen gejagt hatte und dass er ein guter Schütze gewesen war. Andererseits gehörte er nicht dem Schutzkorps[13] an, und darüber hatte sie sich gewundert; es gab da bei Henry einen Zug von Unkonventionalität, aber trotzdem erschien ihr seine Sicht auf die Gesellschaft eindeutig bürgerlich. Ein Gewehr konnte er da drüben kaum bei sich tragen, das wäre wohl zu unhandlich gewesen für jemanden, der den Auftrag hatte, zu beobachten und zu berichten? Aber vielleicht hatte er eine Pistole? Und vielleicht trug er Uniform wie im August, als er bei den Befestigungsarbeiten auf der Landenge mitgewirkt hatte; er war Fähnrich der Reserve.

Sie grübelte über das Wort nach, das Henry im Zusammenhang mit Eddie Heikels Tod benutzt hatte. »Unnötig«, was hatte er damit gemeint? Vielleicht hatte er mehr darüber schreiben wollen, es aber wegen der Zensur nicht gewagt? Auch musste sie daran denken, wie er den Arzt Kataja charakterisiert hatte. Sie kam sich schäbig vor, konnte es aber nicht ändern: Seine Worte ärgerten sie. »Bestimmt gebildeter als du und ich.« Henry hatte zuweilen Einbrüche in seinem Selbstvertrauen und hob dann neue Bekanntschaften auf einen Sockel. Manchmal begnügte er sich nicht damit, sich selbst abzuwerten, sondern zog Molly oder andere nahestehende Menschen mit hinein. Das wirkte ebenso unterwürfig wie beleidigend, und das Seltsame war, dass Henry es selbst nicht zu merken schien.

Aber er hatte auch über die Nähe zwischen ihnen geschrieben. Männer hatten selten den Mut, über so etwas zu reden oder zu schreiben. Wenn sie nicht unter ihresgleichen derbe Späße machen konnten, wurden sie meist schüchtern. Es gefiel ihr, dass Henry sich traute, freimütig und spielerisch mit der Sprache umzugehen. Und dass er handfeste Ausdrücke verwendete, wie das finnische *kessu*[14] für Zigarette, und auch mal ein »verdammt« dazwischenhaute, statt immer nur den hohen Ton zu pflegen, in dem er seine Zeitungsartikel verfasste.

Ohne dass sie es wollte, tauchte ihr Vater Einar wieder in ihren Gedanken auf. Einar Timm war ebenfalls Schauspieler gewesen, ein Bühnenmensch mit Leib und Seele, der die Frauen liebte und an der Flasche hing. In seinem letzten Lebensjahr wohnte er nicht mehr bei seiner Familie, zu seinem Leidwesen, er ließ sich dort in der Vladimirsgatan häufig im Innenhof sehen oder stand vor der Tür und wollte mit Irene »Klartext reden«.

Aber Irene hatte genug von seiner Untreue und seiner Sauferei, und Einar war zu gutmütig, um Schlimmeres zu veranstalten als ein wenig lautstarken Meinungsaustausch. Früher, als er noch zu Hause wohnte und gegen Irenes Willen seine Kumpel aus dem Theater und aus den Kneipen einlud, kam es vor, dass er betrunken vom Tisch aufstand, sich an die Brust schlug und verkündete, er wolle auf der Bühne sterben, das sei ein würdiges Ende für jemanden, der sein ganzes Leben in den Dienst der Muse Thalia gestellt habe. Stattdessen war er dann bei seiner Geliebten gestorben, Fräulein Margit Mangs, einer neuen Angestellten der Theaterschneiderei: In ihrem möblierten Zimmer in Sörnäs hatte sein Herz schlappgemacht, und vermutlich war es im Augenblick höchster Glückseligkeit passiert. Wie Fräulein Margit darauf gekommen war, in die Schneiderwerkstatt auf der anderen Straßenseite zu rennen und Dr. Wallén anzurufen, hatte niemand aus der Familie Timm je erfahren. Wallén war mit großer Verzögerung eingetroffen, und offenbar hatte die erschrockene Margit die Wartezeit dazu benutzt, die Nacktheit des Toten zu bedecken, indem sie ihm sein Hemd und seine langen Unterhosen überzog; das Drama ereignete sich im Februar 1922. Die Totenstarre hatte schon eingesetzt, und eine Hausmeistersgattin verbreitete später das Gerücht, dass Einar Timm einen sonderbaren Anblick geboten hätte, als er notdürftig bedeckt aus dem Zimmer in der Vilhelmsbergsgatan getragen wurde; ein Bein und ein Arm seien emporgereckt und nach unterschiedlichen Richtungen verdreht gewesen.

Die Timms waren in den 1870er-Jahren aus Pommern eingewandert und als Bohemiens bekannt – Einars Bruder Egon war Zirkusdompteur und wurde viele Jahre später zum Urheber des legendären »Eisbärenmorgens«[15] im Kajsaniemi-Park –, und Irene hatte sich im Laufe der Jahre mit einigen Merkwürdigkeiten abgefunden. So auch in jenem Winter vor achtzehn Jahren. Schweigend hatte sie den Klatsch ertragen, der im schwedischsprachigen Milieu von Helsingfors kursierte, sie hatte keine Miene verzogen und mit keinem Wort verraten, was in ihr vorging. Aber zum Sommeranfang hatte sie die Wohnung in der Vladimirsgatan gekündigt, eine Stelle als Zeichenlehrerin in der neuen Gemeinschaftsschule auf Brändö angenommen und für sich und ihre Töchter drei Zimmer unter dem Dach in der Villa Hamberg am Silversund gemietet. Einige Jahre zuvor war eine Brücke von Sörnäs nach Brändö gebaut worden, der neue Villenvorort war nun nicht mehr ganz so weit von Helsingfors entfernt, und natürlich schaffte es der Klatsch auch bis dorthin: Die Nachbarstochter Ragni Sjödin, eine Klassenkameradin von Molly an der Schule in der Innenstadt, kannte die Umstände von Einars Tod und ließ alle Interessierten bereitwillig daran teilhaben. Aber die meisten Bekannten verhielten sich diskret und anständig. Die Erwachsenen sagten überwiegend gar nichts, und der nette Doktor Wallén hatte Einar Timms Todestag in all den Jahren nicht ein einziges Mal erwähnt.

Dass die beiden Timm-Töchter seine Anlagen in so unterschiedlichem Maß geerbt hatten, stand auf einem anderen Blatt. Schon früh war klar gewesen, dass Lilly sich für ein geordnetes Leben entscheiden würde, und sie hatte den ersten Mann geheiratet, der um sie warb, Kadett Karol Stadius. Molly war ihrem Vater ähnlicher, das wusste sie, und vielleicht deshalb lebte sie, nun schon einunddreißig Jahre alt, mit Henry ohne Ring oder Gelübde zusammen. Trotzdem hatte sie Einar Timms Namen und seinen posthumen Ruf bei denen, die Bescheid wussten, oft verflucht. Aber ihr einziger Versuch, ein Leben zu führen, das Leute wie Frau Paloheimo aus dem dritten Stock hätte milder stimmen können, war die Verlobung mit Mitja Wendelin gewesen, und die hatten sie auch noch zu spät bekannt gegeben, als Mitja schon anfing, seine dunklen Seiten zu offenbaren.

5

Die Truppe blieb den ganzen Winter über in Schweden. Es war ein Winter, der nicht weichen wollte, mondhelle Eiseskälte und wirbelnder Schneefall lösten einander ab, Woche um Woche. Sie traten in Karlskrona im Süden auf und in Uddevalla im Westen, ganz oben in Umeå und ganz unten in Malmö stiegen sie an menschenleeren Bahnhöfen aus dem Nachtzug. Sie fuhren nach Örebro und Gävle und Sundsvall, dann nach Göteborg und Borås, und dann kehrten sie nach Stockholm zurück, für sieben Vorstellungen im Blancheteater[16]. Sie wohnten in heruntergekommenen Absteigen und in schicken Hotels wie dem *Eggers* in Göteborg oder dem *Knaust* in Sundsvall, sie wurden von Kinderchören und Bürgermeistern und Fördervereinen für die Sache Finnlands empfangen, sie spielten in Stadttheatern und Gemeindesälen und Volkshäusern, und im Laufe der Wochen wurden sie immer stärker zusammengeschweißt.

Aber es war anstrengend. Drei Tourneestücke, das war mindestens eins zu viel, auch wenn zwei davon Einakter mit kleiner Besetzung waren. An zwei von drei Abenden gaben sie *Daniel Hjort*, und wenn die Kostüme des 16. Jahrhunderts in der Garderobe blieben, spielten sie Runar Schildts[17] Drama *Galgmannen* (Der Galgenmann) vor der Pause und *Die alte Dame zeigt ihre Medaillen* von James M. Barrie als unterhaltsamen Ausklang des Abends. Manche Vorstellungen blieben schwach, aber an anderen Abenden bekamen sie es gut hin, und dann war es plötzlich egal, ob der Künstler ein erfahrener Veteran war wie Erik Landgren oder Gun Wideman, ein gefeierter Filmstar wie Walter Venho, ein gesunkener Stern wie Molly Timm oder eine Entdeckung von der Schauspielschule wie Asta Heikel.

Wideman und Landgren hatten ihre Allüren und konnten ihr Gegenüber sehr unfreundlich behandeln, ob nun auf oder hinter der Bühne: Nach einem misslungenen *Daniel Hjort* in Göteborg hatte Wideman Molly als »unser nicht mehr ganz junges Starlet« bezeichnet. Und an manchen Tagen benahm sich Walter Venho so arrogant, dass Molly ihn am liebsten geohrfeigt hätte, und Asta Heikel reagierte während der ersten Wochen empfindlich und selbstsüchtig. Aber an den Abenden, an denen sie an einem Strang zogen, glichen sie einer Kompanie, die in den Krieg geschickt worden war, einer Fernpatrouille der Kunst, die ihren Auftrag mit den Mitteln erfüllte, die ihr zu Gebot standen: mit der Gabe, sich zu verstellen und den Zuschauern Einblicke in eine andere Welt zu gewähren, manchmal schöner als die, in der die Menschen ihren Alltag lebten, manchmal grausamer und hässlicher.

Molly spielte immer besser. Zuerst dachte sie, das sei deshalb so, weil sie nun wusste, dass Henry am Leben war. Doch seit Stockholm waren keine weiteren Lebenszeichen mehr gekommen; vom Konsulat in Göteborg und vom Hotel in Sundsvall aus telefonierte sie mit Lilly, und ihre Schwester ging jedes Mal, wenn sie sich in Helsingfors aufhielt, so widerstrebend wie pflichtbewusst in der Museigatan vorbei, aber es gab keine Neuigkeiten von Henry. Allerdings hatte er wieder angefangen, Reportagen im *Hufvudstadsbladet*[18] zu veröffentlichen. Momentaufnahmen, wie Lilly sie nannte, er schrieb einfühlsam über västnyländische Unteroffiziere und österbottnische Landser, über den rauen Galgenhumor dieser Männer, ihre ruhige Geduld und Tapferkeit. Molly versuchte, an die jeweiligen Ausgaben zu kommen, sie erkundigte sich in den Konsulaten und bei exilierten Landsleuten. Aber die Zeitungen aus Helsingfors fanden nur noch sporadisch den Weg über die Grenze, und der Zufall wollte es, dass sie nie zum richtigen Zeitpunkt nachfragte.

Die Winterwochen gingen dahin, und um etwas über die Situation in der Heimat zu erfahren, war die Truppe zunehmend auf die schwedische Berichterstattung angewiesen. Die militärische Lage schien sich zu verschlechtern, die Nachrichten aus dem Osten wurden immer düsterer, und Mitte Februar durchbrachen die Russen die Front auf der Karelischen Landenge; es hieß, dass es bei einem Ort namens Summa passiert sei. Unsere eigenen Zeitungen schreiben davon nichts, sagte Lilly, als Molly sie einige Tage später zu Hause erreichte und sie mit Fragen zu Summa überschüttete.

Aber was schreiben sie denn?, wollte Molly wissen, und es fiel ihr schwer, ihre Stimme unter Kontrolle zu halten.

Sie hatte nicht viel Ahnung von Kriegsstrategie, aber sie wusste, dass das 2. Armeekorps, über das Henry schrieb und in dem sowohl Karol Stadius als auch Max Esping kämpften, im Südosten stationiert war.

Sie schreiben von taktischen Rückzügen und geringen Schäden, während der Feind gigantische Verluste erlitten haben soll, sagte Lilly und fuhr sogleich fort:

Karol hatte vorige Woche Sonderurlaub, und er sagte, wir hätten Gebiete verloren, aber wir sollen nicht darüber reden, weil die Leute dann Angst bekommen.

Bekommen?, sagte Molly scharf. Haben wir die nicht schon? Ich jedenfalls habe seit September Angst. Hat Henry diese Woche was im *Husis*[19] geschrieben?

Nein, sagte Lilly nach kurzem Nachdenken. Er hatte jetzt seit ein paar Tagen nichts mehr drin.

Molly wollte sich nicht ängstigen. Henry hatte gesagt, sie solle sich keine Sorgen machen, und so sah sie innerlich vor sich, wie er mit einem Soldatenzug unterwegs war, in dem er die Männer und das Kommando kannte, sie gingen auf Skiern an ihrem Frontabschnitt entlang in ihren weißen Schneeanzügen, ein Elitezug, einige Dutzend Männer, sie waren die Vornehmsten der Vornehmen, und sie alle boten Henry Deckung. Wenn sie diese Vision gehabt hatte, konnte sie sich wieder mit voller Kraft in die Schauspielerei vertiefen. Abend um Abend, Woche um Woche versuchte sie, ihre Rollen noch etwas besser zu gestalten. Je tiefer sie sich in ferne und fremde Leben einzufühlen vermochte, je überzeugender sie die Maria in *Galgmannen* und die Katri in *Daniel Hjort* verkörperte, desto besser konnte sie alle Gefahr und Not, die in der Heimat herrschte, von sich wegschieben, und desto eher schaffte sie es, darauf zu vertrauen, dass Henry den Krieg überleben würde. Nur spätabends, wenn die Vorstellung vorbei, das Abendbrot verzehrt und das Zähneputzen erledigt war und sie ins Bett kroch, griff die Angst nach ihr. Mit Baldrian oder Bromyl ließ sie sich notdürftig abschalten, von beidem hatte sie einen kleinen Vorrat. Aber gegen die Albträume konnte sie nichts tun; sie träumte von dem verkohlten Mann im Auto und von einem verstümmelten Henry, der nur aus seinem Kopf und einem Arm und einem Fuß bestand.

6

In der Woche, in der sie am Blancheteater gastierten, traf Molly an einem Vormittag ihre Tante Thelma zum Tee im *Grand Hotel*. Sie fand, dass Thelma alt und verbittert geworden war. Als Molly ihr von der Zugfahrt durch Finnland und von den Auftritten in ganz Schweden berichtete, konnte die Tante nicht einmal zuhören. Sie erzählte nur von ihrem Valerij, der im Herbst 1937 gestorben war, und davon, dass die Bolschewiken seinen Tod verschuldet hätten. Während Thelma über diese Dinge redete, warf sie scheue Blicke zum Nachbartisch hinüber, und sie sprach so leise, dass Molly sie nur schwer verstehen konnte, obwohl sie sich über den Tisch zu ihr hinneigte. Sie ahnte, warum Thelma flüsterte: Zwar hörte man gerade kein Russisch, aber das *Grand Hotel* war ein internationaler Treffpunkt, Molly schnappte Deutsch und Französisch auf und mehrere Sprachen, die sie nicht erkannte.

Valerij Bogdanovs jüngerer Bruder Sergej war unter ungeklärten Umständen verschwunden, nachdem man ihn in ein Gefangenenlager in Nordostsibirien gebracht hatte. Trotz des Risikos, das damit verbunden war, hatte Valerij die sowjetische Gesandte in Stockholm aufgesucht, die betagte Madame Kollontaj, und Auskunft über Sergejs Schicksal verlangt. Kollontaj – die hinter ihrer eleganten Fassade eine richtige Megäre sei, wie Tante Thelma behauptete – hatte Valerij kühl abgefertigt und gesagt, dass sie nichts tun könne. Am Abend nach dem Treffen hatte Valerij Thelma gegenüber geäußert, auch Kollontaj werde von Stalins Agenten überwacht, und ein paar Wochen später war er in seinem Haus in Bromma über dem Schreibtisch zusammengebrochen; er war schon tot, als seine Frau ihn fand.

Als Thelma ihre Erzählung beendet hatte, stellte sie die Teetasse ab und schnäuzte sich in ein Taschentuch, das mit einem Monogramm verziert war, während Molly Schuldgefühle verspürte, weil ihr Mitleid sich in Grenzen hielt. Valerij war tot und begraben, und sein Bruder höchstwahrscheinlich auch, während Henry und ihr Großcousin Max und Lillys Karol und Tausende und Abertausende anderer Männer sich jeden Tag in tödlicher Gefahr befanden, aber immer noch unter den Lebenden weilten, solange nicht das Gegenteil erwiesen war.

Am besten gehe ich mit meinem Vorrat an Anteilnahme sparsam um, dachte Molly, als sie nach einem raschen Abschied von Thelma über Blasieholmen und durch den Berzelii Park zum Norrmalmstorg ging, um Zigaretten zu kaufen. Als sie aus dem Geschäft auf die Straße trat, ertönte irgendwo in der Nähe Fliegeralarm, und ihr Herz begann zu rasen. Nach ein paar Sekunden begriff sie, dass nur die Sirenen ausprobiert wurden, aber sie war so verstört, dass sie sich neben einen Holzstapel stellte und sich eine Zigarette anzündete, um ihre Nerven zu beruhigen. Danach ging sie zur Botschaft, wo sie den Attaché Lerche inzwischen um den kleinen Finger wickeln konnte; er hatte wieder ein Telefongespräch mit ihrer Schwester Lilly arrangiert, mit kurzfristiger Vorankündigung und auf Botschaftskosten. Aber die Verbindung war schwach und voller Knackgeräusche, und Molly und Lilly redeten nur ein paar Minuten, es gab wenig Neuigkeiten, und dann auch noch schlechte. Sogar der geborene Optimist Max Esping, berichtete Lilly stockend, war bedrückt gewesen, als sie ihn während seines Fronturlaubs zufällig auf der Straße getroffen hatte. Er war zum Leutnant befördert worden, aber kein bisschen froh über seinen neuen Rang, er hatte nur gesagt, das sei nicht mehr als ein Streifen auf dem Ärmel der Uniformjacke, und man könne daran ja keine Freude mehr haben, wenn man selbst gefallen sei und alle Kameraden ebenso. Und wieder, fügte Lilly mit leiser Stimme hinzu, seien Freunde und Bekannte umgekommen, unter ihnen Dr. Walléns jüngster Sohn Robert.

Und Henry?, fragte Molly.

Immer noch kein Lebenszeichen, antwortete Lilly; sie habe Max gefragt, aber Max habe nur das wiederholt, was Karol schon mitgeteilt hatte: dass Henry sich an einem anderen Frontabschnitt aufhielt, als er aus dem Lazarett schrieb, und dass die Situation jetzt chaotisch sei und niemand etwas über seinen Verbleib wisse.

An jenem Abend spielten sie *Daniel Hjort*, und wie immer hatte Molly schon ein ungutes Gefühl in der Magengrube, als sie ins Theater kam. Es war Montag, der 11. März, und allmählich kehrte das Licht zurück, die Nachmittage waren klar, und der Himmel behielt jeden Abend etwas länger seine Bläue. Molly aber stand an einem Fenster, schaute bedrückt auf die schneebeladenen Ulmen im Kungsträdgården und fluchte lautlos über ihre Rolle als Daniel Hjorts Mutter. Sie war besser geworden, aber sie mochte weder die Rolle noch das Stück. Sie konnte keinerlei Interesse aufbringen für die dort verhandelten Motive aus dem 16. Jahrhundert, weder für den Machtkampf zwischen Herzog Karl und König Sigismund noch für die Schicksale der Familie Fleming oder für die finnischen Bauernaufstände, in denen Daniel Hjorts Vater den Tod gefunden hatte. Zwar hatte der Autor Josef Julius Wecksell in die historischen Konflikte des Stücks seine eigene Verzweiflung eingeschrieben; die Dialoge waren kraftvoll und spannungsgeladen, und in seiner Qual erinnerte Daniel Hjort an Shakespeares Hamlet. Aber das reichte nicht, und auch Henrys Hinweis, dass Wecksell fast sein ganzes Leben in der psychiatrischen Klinik in Lappviken verbracht hatte und dort im Jahr vor Mollys Geburt gestorben war, hatte nichts geholfen. Ebenso wenig wie das Gedicht, das Henry manchmal deklamierte, »so furchtbar wechselt in der Welt das Leben seine lieblich veilchenblaue Farbe«. Wecksells Verse sagten Molly nichts, und fühlen konnte sie nur jene Mischung aus Bewunderung, Ärger und Scham, die sie jedes Mal durchzuckte, wenn der Journalist Henry mehr über Dichtung wusste als sie, die Literaturwissenschaft an der Universität studiert hatte.

Katri, ihre Rollenfigur, war verbittert und hart, Katris Mann war von der Obrigkeit ermordet worden, und ihr Text war voller Groll: »Dieser Hass, das bin ich!« Außerdem wurde Molly auf alt und verhärmt geschminkt, und ihren Sohn Daniel spielte Walter Venho, der nur vier Jahre jünger war als sie. Das Stück war im Blankvers verfasst, und vielleicht verbarg sich unter dem Schönklang ein modernes Menschenbild – das behaupteten die Literaturprofessoren –, aber der Aufführungsstil war altertümlich und gefiel Molly nicht. Jetzt machte es sich bemerkbar, dass sie, im Gegensatz zu Walter Venho, Asta und den anderen, nie eine Schauspielschule besucht hatte.

Nach dem Cum-laude-Abschluss ihres Studiums hatte sie mit Mitja Wendelins Orchester im Tanzpalast *Nizza* gesungen und tagsüber als Lehrerin an der Schule von Brändö gearbeitet. Der Produktionsdirektor Axel Dringmann und der Theaterdirektor Engelbrekt Takolander gehörten im *Nizza* zur Stammkundschaft, und sie waren auch anwesend, als Molly am Miss-Finnland-Wettbewerb teilnahm, zu dem Lilly sie heimlich angemeldet hatte. Sie wurde zum »Idealmädchen« des Publikums gewählt, und nur sechs Monate später spielte sie ihre erste Filmrolle als rebellische Hanna im Schären-Melodram *Die Reise nach Jerusalem.* Auf Anraten des Regisseurs Severi Haarla entschied sie sich für eine direkte und ungekünstelte Sprache und verließ sich darauf, dass kleine Veränderungen in Mimik und Körpersprache den Rest erledigen würden. Es war ein anderer Spielstil als der von Stars wie Hanna Taini oder den Linnanheimo-Schwestern[20], und er war eigentlich eher Notwendigkeit als freie Wahl: Ihr fehlten ja die Technik und die Register. Aber er funktionierte im Film, wo die Kamera nahe an sie herankam. Schon ihr Debüt erregte Bewunderung, und im folgenden Jahr besetzte man sie in Großstadtkomödien wie *Mister Hancock* und *Ein unwiederbringlicher Frühling*. Es folgten die Rolle der Saimi in *Junge Flieger* und die Hauptrolle in *Unsere schöner Cousine Adèle*, und einen Herbst und Winter lang rühmten ihre Filmpartner, Kullervo Kalske, Walter Venho und sogar Santeri

Soihtu höchstpersönlich, im Filmmagazin *Elokuva-Aitta* und anderen Zeitschriften ihre faszinierende Ausstrahlung.

Auf der Höhe ihres Erfolges, und lange bevor ihr klar wurde, wie sehr sie Direktor Dringmann durch ihr Verhalten auf der Premierenfeier von *Adèle* beleidigt hatte, kam von Takolander das verlockende Angebot einer Stelle am Theater. Und diesen Weg hatte sie eingeschlagen, obwohl ihre Mutter Irene von Anfang an gegen ihre Entscheidung gewesen war.

Jetzt aber enthüllte *Daniel Hjort* unbarmherzig ihre Defizite, und weder Gun Wideman in der Rolle der Ebba Fleming noch Erik Landgren als Kriegsherr Arvid Stålarm machten einen Hehl aus ihrer Verachtung für Mollys unbeholfenen Umgang mit dem Blankvers. Noch schlimmer war, dass auch Walter Venho sie in den Szenen mit Daniel Hjort seine Überlegenheit spüren ließ. Die Vorstellung war jedes Mal eine Tortur, und so war es auch an jenem Abend im Blancheteater. Das Stammpublikum war an anstrengende Klassiker durchaus gewöhnt, aber diesmal hatte es sich offenbar Hoffnungen auf Gelächter und Frohsinn gemacht. Als der Abend mit der finnischen Nationalhymne eingeleitet wurde, war die Stimmung noch aufmerksam und interessiert, aber je länger das Stück dauerte, desto zurückhaltender und frostiger schien das Publikum zu reagieren, und diese Gleichgültigkeit machte die Rolle der Katri für Molly noch unerträglicher.

Kurz vor Mitternacht saß sie mit Asta in einem leeren Hotelspeisesaal, jede hatte einen Toddy und einen milchgetränkten Fastenwecken vor sich. Der Hotelbesitzer hatte protestiert, es sei schon spät und die Fastenwoche sei längst vorbei, aber mit etwas Quengelei hatten sie ihre Wecken bekommen. Jetzt aßen sie gierig ihr Nachtmahl, während draußen auf der Birger Jarlsgatan in dichter Folge Lastwagen vorbeirollten und die wenigen Fußgänger weiße Dampfwölkchen ausatmeten.

Während der sieben Wochen in Schweden hatte Asta sich allmählich erholt. Sie hatte wieder angefangen zu sprechen und anderen in die Augen zu schauen, ihre Stimme war klarer, und es kam sogar vor, dass sie lachte, ein helles und klangvolles Lachen, das einem in Erinnerung rief, wie jung sie war, mehr Schulmädchen als Witwe. Eddie erwähnte sie noch immer nicht, sie wollte auch nicht vom Krieg reden oder überhaupt von düsteren Dingen, und sie hatte Molly klargemacht, dass sie keine Hilfe mehr benötigte. Das zeigte sie ihr, indem sie sich von ihr fernhielt, wenn sie in Hotels oder Gästehäusern eincheckten, und sich beim Mittag- oder Abendessen andere Gesellschaft suchte. Oft setzte sie sich zu Walter Venho und dem ebenso jungen Halvar Sunde an den Tisch, die beiden Männer waren befreundet und nur unwesentlich älter als sie, und wenn die drei zusammensaßen, hörte man Astas Lachen öfter als sonst. Es wunderte Molly, dass Sunde, der bislang nur kleine Rollen gespielt hatte und auf der Rangliste des Theaters weit unten stand, von dem selbstbewussten Venho akzeptiert wurde. Im Übrigen war offensichtlich, dass die beiden Männer Konkurrenten waren, dass sie darum wetteiferten, jenes Mädchenlachen hervorzulocken, in dem so vieles enthalten war: Sprödheit, Neugier und eine aufkeimende, aber noch schuldbewusste Fröhlichkeit.

Molly musste sich damit begnügen, das Lachen aus der Ferne zu hören, denn wenn die neue Asta sich zu ihr gesellte – was selten geschah –, dann war die junge Frau blasiert und machte betont unbarmherzige und abwegige Bemerkungen. Molly dachte an den Anfang ihrer Reise, die Tage, an denen Asta nur geweint und geschlafen hatte, und die Abende, an denen sie Asta ins Bett gebracht und sie zugedeckt und ihre Wange gestreichelt oder ihre Hand auf die Decke gelegt und über ihren Rücken gestrichen hatte. Asta war nur sieben Jahre jünger als Molly, war ihr aber eher wie eine halbwüchsige Tochter vorgekommen als wie eine Kollegin. Sie hatte signalisiert, dass sie Zärtlichkeit brauchte, und für Molly war es selbstverständlich gewesen, diesen Wunsch zu erfüllen. Aber jetzt schien es ihr, als würde Asta sich nachträglich davon angeekelt fühlen, als würde die Erinnerung an ihre eigene Schwäche sie quälen. Oder vielleicht war es noch schlimmer, vielleicht war Asta gekränkt, weil Molly sie verflucht hatte, als sie während des Fliegeralarms aus dem Zug und in den Schnee geflüchtet waren.

Asta schaufelte mit dem Löffel Bissen um Bissen von dem warmen, süßen Hefegebäck in sich hinein. Sie aß mit einem Hunger, der zu ihrem lustlosen Herumstochern im Essen während der ersten beiden Tourneewochen in krassem Gegensatz stand, und erst nachdem sie den Wecken und die Schlagsahne ganz aufgegessen und auch noch den größten Teil der Milch geschlürft hatte, platzte sie heraus: Marzipan und Schlagsahne! Das haben die zu Hause jetzt nicht.

Wahrscheinlich nicht, sagte Molly. Sie dachte, dass die Schweden wohl auch kein Marzipan hatten, jedenfalls nicht alle. Am Tag zuvor war sie im Stadtteil Vasastan spazieren gegangen, hatte neugierig in die Hinterhöfe geschaut und war durch Seitenstraßen gewandert, und das meiste hatte dort genauso armselig und schäbig ausgesehen wie zu Hause.

Du warst heute Abend wieder gut, sagte sie dann. Du warst gut, obwohl das Publikum nicht mitging. Was man von mir leider nicht sagen kann.

Eine Sekunde später bereute sie, sich derart erniedrigt zu haben, aber da war es natürlich zu spät.

Danke, sagte Asta zerstreut und leckte den letzten Rest vom Löffel. Aber du machst dir ganz unnötig Vorwürfe, denn du warst keineswegs schlecht. Du bist bei irgendeinem Vers etwas gestolpert, aber das passiert ja allen.

Molly nahm einen Schluck aus ihrem dampfenden Glas und zuckte mit den Schultern: Ich stolpere am häufigsten, fürchte ich.

Sie benahm sich jetzt wie Henry, unterwürfig und überbescheiden. Warum war man so schnell bereit, sich zu unterschätzen, wenn man aus einfachen Verhältnissen kam? Und woher nahm Asta ihr Selbstvertrauen? Sie war ja im Grunde auch eine Gunnars, genau wie Henry. Genügte es wirklich, jemanden aus der besseren Gesellschaft zu heiraten, wie es sowohl Asta als auch ihre Mutter Greta Oljemark getan hatten?

Davon geht jedenfalls die Welt nicht unter, sagte Asta tröstend. Es ist ja nur Theater.

Ihr Ton war freundlicher, als er seit Wochen gewesen war, und Molly fragte sich, warum. Aber sie konnte Asta nicht zustimmen, überhaupt nicht, denn für sie bedeutete das Theater in diesem Augenblick fast die ganze Welt, es war das Einzige, was ihre Gedanken von Henry und Max und all dem Schrecklichen, das gerade in ihrem Land geschah, fernhielt.

Hast du etwas von Onkel Henry gehört?, fuhr Asta fort, als ahnte sie, was Molly durch den Kopf ging.

Nein, antwortete Molly und versuchte, weder besorgt noch traurig zu klingen. Ich höre mich in Helsingfors um, sooft ich kann, aber niemand weiß etwas.

Aber es ist auch noch keine Hiobsbotschaft gekommen, sagte Asta. Und wer nichts weiß, kann immer noch hoffen. Aber wenn man dann …

Sie brach ab, und Molly sah, wie der Schmerz sie von innen her überwältigte. Vor ein paar Sekunden hatten Astas Augen noch neugierig geglänzt, jetzt war ihr Blick der einer alten Frau. Aber gleichzeitig sah sie im Schein der Lampe so jung aus, fast wie ein Kind. Alles an Asta war grazil und schön, von den Knöcheln und Waden bis zu den Händen, dem Hals und den Gesichtszügen. Molly wollte etwas Kluges sagen, aber ihr Kopf fühlte sich leer an, und Asta kam ihr zuvor: Denkst du eigentlich mal darüber nach, wie merkwürdig es ist, dass wir hier sind?

Inwiefern?

Ja, dass wir mitten im Kriegschaos weggefahren sind und dass es … dass es dann vielleicht kein Land mehr geben wird, in das wir zurückreisen können.

Das muss es geben!, sagte Molly heftig. Es muss!

Natürlich hatte sie diesen Gedanken auch gehabt. Sie hatte sogar mit Henry darüber gesprochen, als der Krieg ausgebrochen war und er sich auf seine Abreise vorbereitete. Aber sie hatte es verdrängt, so wie sie vieles andere verdrängte. Sie war gut darin, Dinge in ihrem Inneren zu vergraben. Das war es, was sie am Leben hielt und sie befähigte, die entscheidenden Schritte vorwärts zu tun.

Die Erde wird es ja immer geben, sagte Asta, und nun klang sie schon wieder um eine Nuance trotziger. Den Boden, auf dem wir gehen, und die Straßen der Stadt und die Häuser, und die Bäume und die Seen und das Meer. Aber was ist das noch wert, wenn man es uns weggenommen hat?

Sie verstummte, und ihr Blick wurde unruhig, als sie hinzufügte: Alles ist zum Untergang verurteilt. Und unserer ist vielleicht jetzt gekommen.

Sie fürchtet, dass Eddie umsonst gestorben ist, dachte Molly. Und gleich kam der nächste Gedanke: Ich fürchte es auch.

Wir müssen uns einreden, dass alles, was geschieht, einen Sinn hat, sagte sie vorsichtig.

Es war ein ehrlicher Versuch, Asta zu trösten. Aber sie hörte selbst, dass es nicht gut klang und vor allem nicht echt. Wenn man selbst nicht überzeugt war, fiel es schwer, überzeugend zu wirken. Der Satz, den sie gerade ausgesprochen hatte, gehörte in die Domäne der Religion, und die war ihr fremd. Dennoch tastete sie weiter nach Worten, auch wenn sie sich nicht einstellen wollten und alle Gedanken sich trivial anfühlten, als Astas Blick dem ihren begegnete.

Sie redete weiter: Und dass auch das Leiden eine Bedeutung hat, und dass alles ein gutes Ende nehmen wird.

Asta schnitt eine Grimasse, die gequält aussah. Schon wieder hatte Molly eine Banalität geäußert, auch diesmal war sie zu schnell gewesen. Sie nahm noch einen Anlauf, wollte etwas hinzufügen, das einen handfesteren Trost vermittelte als ihre Phrasen von eben. Aber es gelang ihr nicht.

Ich durfte ihn nicht sehen, sagte Asta in schroffem Ton. Ture, mein Schwiegervater, und Eddies Bruder Martin waren im Leichenschauhaus und haben den Sarg öffnen lassen. Ich bin am selben Abend zu ihnen gegangen und habe gesagt, dass ich Eddie auch sehen wollte. Aber sie haben es abgelehnt.

Sie wollten dich schonen, sagte Molly. Es kann ja …

Asta unterbrach sie: Ich habe gesagt, ich allein sei Eddies

Witwe. Und dass wir nur ein paar Monate lang verheiratet sein durften. Aber ich habe gesehen, dass die beiden geweint hatten, Martins Augen waren ganz rot. Und als ich im Flur stand und meinen Mantel anzog, hörte ich, dass er sich im Badezimmer übergab, er hat richtig schlimm gespuckt. Er ist erst siebzehn.

Molly suchte verzweifelt nach einem neuen Zuspruch, der neutraler und optimistischer wirkte. Sie wollte nicht daran denken, wie Eddie Heikels sterbliche Überreste in dem schmucklosen Sarg ausgesehen haben mochten, und es tat ihr leid, dass die erste Unterhaltung seit Wochen, die sie mit Asta führte, eine so bedrückende Wendung genommen hatte.

Asta schien ähnlich zu empfinden, denn sie drehte den Kopf weg und schaute aus dem Fenster.

In der Stille, die nun folgte, heftete sie ihren Blick an einen älteren Mann, der mit seinem Hund in Richtung Stureplan ging. Der Hund war mittelgroß und zerzaust, ein Spitz vielleicht, in seiner Struppigkeit sah er Henrys geliebtem Hugo ähnlich. Und Molly hatte eine Eingebung – dort, in dem Mann mit Hund, lag die Fluchtchance, der Ausweg aus dem düsteren Gespräch, in dem Asta und sie sich verheddert hatten.

Wie geht es Hugo? Er ist wohl immer noch bei Greta und Wille?

Ja, sagte Asta knapp, und in ihrer Stimme war keine Spur von Dankbarkeit für die Ablenkung, die Molly ihr eröffnete.

Hugo ist bei Vater und Mutter auf Solbacka, und es geht ihm ausgezeichnet.

Es war Molly gewesen, die den Hund nicht in der Wohnung in Tölö haben wollte. Sie konnte die Hundehaare auf dem Sofa und den Zwang zum Gassigehen nicht ertragen, und sie hatte deswegen ein schlechtes Gewissen gehabt. Henry hatte keine große Sache daraus gemacht, er hatte sofort seine Schwester angerufen, und Greta und ihr Mann hatten den Hund auf ihren Hof in Snappertuna mitgenommen. Aber Henry vermisste Hugo sehr, das merkte man, wenn Molly und er dort draußen zu Besuch waren. Und für Hugo war es ganz schlimm: Er war schon fünf Jahre alt, aber bei ihrem ersten Besuch hatte er vor Aufregung im Haus gepinkelt.

Wie gut kennst du Walter Venho?, fragte Asta unvermittelt. Weißt du viel über ihn?

Als Privatmensch oder als Künstler?, gab Molly zurück.

Als Mensch natürlich, sagte Asta. Er erzählt rein gar nichts von sich.

Eigentlich kenne ich ihn überhaupt nicht, sagte Molly. Und wenn ich ehrlich sein soll, finde ich ihn nicht besonders nett.

Oh, sagte Asta, zu mir ist er aber nett. Höflich und aufmerksam.

Molly wollte Asta vor Venho warnen, und zwar deutlicher als beim letzten Mal. So stark war ihr Bedürfnis, Klartext zu reden, dass sie heiße Wangen bekam, sie wollte Asta nahelegen, einen großen Bogen um Walter Venho zu machen, weil er ein Lügner und ein Lebemann war. Aber sie wollte sie nicht verschrecken, denn sie fand es schön, mit ihr unter vier Augen zusammenzusitzen, und es war schon so lange her seit dem letzten Mal. Außerdem hatte sie keine Ahnung, wie das Verhältnis zwischen Asta und Venho beschaffen war, *nitschewo*. Sie wusste nur, dass Menschen bei anderen Menschen unterschiedliche Charakterzüge hervorlocken konnten, sodass ein und dieselbe Person sich manchmal wie ein Teufel aufführte und dann wieder fast wie ein Engel, sie hatte so etwas selbst erlebt.

Wir sollten wohl schlafen gehen, sagte sie. Ich jedenfalls. Ich spiele morgen *Galgmannen* in der Matinee, und ich darf einfach nicht wieder so eine farblose Figur abgeben wie heute.

7

Am nächsten Morgen beim Frühstück wusste Takolander zu berichten, dass eine finnische Delegation sich in Moskau aufhielt, um über einen Friedensschluss zu verhandeln. Er sagte, Ministerpräsident Ryti und General Waldén seien dabei und der frühere finnische Gesandte in Stockholm, Paasikivi, aber man habe noch keine Informationen über den Fortschritt der Verhandlungen. Molly dachte nicht weiter darüber nach, sie war schon damit beschäftigt, sich in die Haushälterin Maria zu verwandeln. Außerdem war sie müde, sie hatte nach dem abendlichen Gespräch mit Asta unruhig geschlafen.

Am Nachmittag um kurz nach drei Uhr nahmen Erik Landgren und Molly eine Standing Ovation für *Galgmannen* entgegen. Der Applaus, würde Takolander später mitteilen, habe zwei Minuten und einundzwanzig Sekunden gedauert, und er war seiner Meinung nach wohlverdient, es sei eine hoch spannende Aufführung gewesen, die das Publikum von der ersten bis zur letzten Sekunde gefesselt habe.

Das ist keine Überraschung, dachte Molly. Bei *Galgmannen* lief alles so viel leichter als bei *Daniel Hjort*, so war es vom ersten Tag an gewesen. Schon die Tatsache, dass sie nicht gegen Gun Wideman anspielen musste, war eine Erleichterung, und auch auf Walter Venho oder Asta konnte sie gut verzichten.

Erik Landgren war ein Schauspielstar alter Schule, auf der Bühne wie im Leben, er scherte sich nicht um Rollentext und Regie und benahm sich ungehobelt gegenüber seinen jüngeren Kollegen. Sein Auftritt als Oberst Toll, der fluchend und murrend seiner Haushälterin Maria an allem die Schuld gab, was ihm den Tag verdorben hatte, und ihr mit pompösen Gesten gebot, ihm die Winterstiefel auszuziehen, ließ an große Theatermomente aus vergangenen Zeiten denken. Hier in Schweden pflegte er einen reichsschwedischen Akzent, denn damit hatte er in seiner Jugend, als die finnlandschwedische Sprachmelodie noch als tölpelhaft und hässlich galt, die Bühnensprache erlernt. In Molly erwachten undeutliche Erinnerungen daran, wie sie als Kind ihren Vater hatte spielen sehen, denn Einar Timm – ein hochgewachsenes Mannsbild wie Landgren – hatte sich auf der Bühne genauso aufgeführt, lärmend und polternd. Der Unterschied war, dass sie während der Wochen in Schweden gelernt hatte, wie man mit Landgren umgehen musste; so weit war sie mit ihrem Vater nie gekommen. Sie war erst vierzehn gewesen, als er starb.

Während der ersten Vorstellungen von *Galgmannen* war bei Landgren noch etwas von der Arroganz zu spüren, mit der er Molly in *Daniel Hjort* behandelt hatte, aber dann merkte er, dass sie sich in ihre Rolle einlebte und die Maria immer überzeugender gestaltete. Landgren spielte ebenfalls auf der Höhe seines Könnens, und ihr Zusammenspiel wurde mit jeder Woche geschmeidiger und eindringlicher, bis die Intensität sich derart gesteigert hatte, dass das Publikum während des Einakters mehrmals den Atem anhielt und, nachdem der Vorhang gefallen war, oft noch in andächtiger Stille verharrte, um dann in lautstarken Beifall auszubrechen. Verärgert war nur Gun Wideman, die in ihrer Garderobe saß und darauf wartete, in der Titelrolle von *Die alte Dame zeigt ihre Medaillen* glänzen zu dürfen, jedoch hinnehmen musste, dass Landgren und Molly sie zusehends überflügelten.

Die Handlung von *Galgmannen* spielte vor hundert Jahren, im Winter 1840, aber das Stück war erst zwanzig Jahre alt. An den Autor, Runar Schildt, konnte Molly sich erinnern, er und ihr Vater Einar kannten einander aus dem Theater und hatten einige Male bei Timms zu Hause geschmuggelten Alkohol getrunken; das war in dem Jahr gewesen, bevor Einar von Irene vor die Tür gesetzt wurde. Einar wollte immer, dass Molly und

Lilly dazukamen und seine Gäste begrüßten, und Molly hatte Schildt im Gedächtnis behalten als einen gut aussehenden, selbstsicher lächelnden Mann, aber darunter schien sich etwas Verletzliches zu verbergen. Sie war damals zwölf gewesen und hatte sich aus der Ferne in ihn verliebt. Doch dann zog ihr Vater aus, und bald darauf starb er, und einige Jahre später war auch Schildt tot: Er war von einer Schreibblockade befallen worden und hatte sich an einem regnerischen Septembertag in einem Hinterhof in Kronohagen erschossen, in der Nähe der Universität, an der Molly später Kunstgeschichte und Literatur studieren würde.

Das nächtliche Gespräch zwischen dem gealterten Oberst Toll und Maria faszinierte sie, und sie hatte von Anfang an hart an der Rolle gearbeitet. Eine ihrer Methoden dabei war, Gun Wideman zu studieren. Wenn *Galgmannen* und *Die alte Dame zeigt ihre Medaillen* hintereinander gespielt wurden, beeilte sie sich mit dem Abschminken und Umkleiden, und nach der Pause saß sie irgendwo abseits auf einem Stuhl und schaute sich Widemans brillante Darbietung an. *Die alte Dame*, im Original *The Old Lady Shows Her Medals,* war ein Leichtgewicht, eine britische Bagatelle, aber Wideman in der Hauptrolle war phänomenal. Sie war eine Diva und eine Hexe, sie hatte ein untrügliches Gespür für Timing und Rhythmus, und genau wie Erik Landgren beherrschte sie die Kunst, ihre Aussprache zu justieren, sodass sie wie eine echte Stockholmerin klang. Molly beobachtete sie Abend für Abend und prägte sich ein, wie sie das Tempo variierte und wie die Bewegungen ihres Körpers und die wechselnden Tonlagen ihrer Stimme sich gegenseitig unterstützten.

Der Autor Schildt hatte beim Schreiben vielleicht ein anderes Thema im Sinn gehabt, zum Beispiel Todessehnsucht oder Angst vor dem Tod. Aber für Molly stand im Zentrum von *Galgmannen* der ewige Kampf zwischen Mann und Frau. Am Anfang waren die Dialoge kurz, und die Spannung wurde durch Oberst Tolls Anspielungen erzeugt, durch die versteckte Drohung, die in allem mitschwang, was er sagte und tat. Etwa, wenn er so unverschämt auf Marias Brust starrte – sie war nur halb angezogen, sie war ja mitten in der Nacht aufgestanden, um den Oberst zu bedienen, der von einer Wolfsjagd heimkehrte –, dass sie sich rasch bedecken musste. Oder wenn sie sein Bett machen wollte und der Oberst sagte: »Lass es bleiben, dazu haben wir dann immer noch Zeit.« Oder später, wenn er schon offen drohte: »Mach ein weiches Bett, denn es wird dein eigenes Brautbett sein.«

Wie sie diese Szenen zu spielen hatte, wusste Molly. Sie erforderten keine technischen Finessen, es genügte die Intuition, denn die Angst und das Gefühl des Ausgeliefertseins waren in ihrem Körper abgespeichert. Sie brauchte nur die Luken zu öffnen, und schon stürzten die Erinnerungen auf sie ein, Erinnerungen an Direktor Dringmann, an schmierige Kavaliere auf den Festen ihrer Jugendzeit. Natürlich zahlte sie dafür einen Preis, in Form zitternder Knie und einer Panik, die irgendwo im Hinterkopf entstand und sie fast ohnmächtig werden ließ. Auch an Mitja hatte sie solche Erinnerungen. Mitja, den sie geliebt hatte und der behauptet hatte, sie über alles in der Welt zu lieben. Henry war der einzige Mann in Mollys Leben, der nie die Grenze überschritten hatte, an der das spielerisch Gefährliche in reale Gefahr umschlug, in die Androhung von Gewalt, die Ausübung von Gewalt. Aber vielleicht hatte Henry nur noch keine Gelegenheit dazu gehabt? Sie kannten sich ja erst so kurze Zeit, vielleicht würde auch Henry eines Tages die Selbstkontrolle verlieren und jene unsichtbare Grenze übertreten? Denn was wusste sie eigentlich von ihm? Wenig. Und viele Jahre lang hätte sie sich niemals vorstellen können, dass Mitja Wendelin ihr wehtun würde. Und doch hatte er es am Ende getan.

Molly wusste, dass ihre Darstellung der Maria stark war. Und mochte sie sich auch den einen oder anderen technischen Trick von Gun Wideman abgeschaut haben, so hatte sie doch selbstständig erkannt, dass sie auf der Bühne jede unangenehme Erinnerung für ihre Rolle nutzen konnte, genau wie die schleichende Angst und die irrationale Panik im Dunkel ihres Hinterkopfes. Es galt nur, die Gefühle zu beherrschen und sie dem Spiel dienstbar zu machen, das sich vor den Augen des gebannten Publikums ereignete.

Ärgerlich fand sie allerdings, dass der Schluss des Stücks nicht hielt, was die erste halbe Stunde versprach. Oberst Toll starb durch einen Krankheitsschub, aber schon vorher brach er zusammen und wollte Maria von seinen Jahren auf dem Markt der Eitelkeiten und von seinem vergeudeten und sündhaften Leben erzählen. Er wurde zu einem Symbol dafür, wie die Männer sich selbst oft gern sehen wollen: als das laute und gewalttätige, aber dennoch schwächere Geschlecht – *sie* waren es, die Mitleid verdienten, denn unter ihrer rauen Schale sehnten sie sich so schrecklich nach dem Mutterschoß. Und was tat Maria? Richtig, aus Liebe löste sie für den Oberst seinen bösen Talisman ein, den Galgenmann, und entband damit den sterbenden Toll von all seinen Untaten und Sünden. Das Ende von *Galgmannen* war pathetisch, und an manchen Abenden fand Molly nicht in die Verzweiflung hinein, die ihre letzten Textstellen verlangten, »ich liebe dich, Christoffer, leb wohl, Christoffer«. An diesen Abenden musste sie sich selbst Gewalt antun, denn es war ihr zuwider, dem toten Oberst über Brustkorb, Wangen und Stirn zu streicheln, wie Takolander sie angewiesen hatte. Dagegen sprach ihre innere Stimme, die eine ganz andere Maria erschaffen wollte: Warum solltest du, die du noch jung und voller Leben bist, einen moralisch verdorbenen alten Mann wie Toll lieben?

Aber sie brachte die Stimme zum Schweigen und blieb die eingeschüchterte und gefühlvolle Maria, die sowohl Oberst Toll als auch Takolander sich wünschten. Und Erik Landgren spielte, wie er immer spielte – es war bemerkenswert, wie es ihm gelang, noch auf dem Sterbebett polternd und kraftvoll zu klingen –, und das Publikum war tief ergriffen, sodass Landgren und Molly, wenn sie nach der Sterbeszene aufstanden und sich verneigten, mit Liebe förmlich überschüttet wurden.

Sie hatte sich vorbereitet, so als hätte sie geahnt, dass sie irgendwann nicht mehr imstande sein würde, alles in sich hineinzufressen. An dem Morgen, als sie für das Blanche-Gastspiel in Stockholm eintrafen, hatte sie im Warenhaus NK-Briefpapier gekauft, ein Fläschchen dunkelblaue Tinte und einen Füller, aber vorsichtshalber auch zwei Bleistifte, einen Anspitzer und ein Radiergummi. Und in der Nacht nach dem Erfolg von *Galgmannen* saß sie an dem gelben Sekretär im Hotelzimmer und hatte sich alles zurechtgelegt. Zuerst hatte sie versucht, ein Bad zu nehmen, aber das Warmwasser war lau und kühlte schnell ab, und so war sie aus der Wanne gestiegen, hatte sich angezogen, eine Kanne Tee und ein belegtes Brot bestellt, sich in Decken gewickelt und angefangen zu schreiben. Und je später es wurde, desto stärker wurde der Strom aus Worten, der aus ihr herausfloss.

Stockholm, in der Nacht zum 13. März 1940

Liebster Henry,
es sind nun bald drei Monate vergangen, seit wir uns zuletzt gesehen haben, aber es fühlt sich mindestens wie zehn Jahre an. Wie gern würde ich ein paar Worte von dir lesen – eine Erklärung dafür, warum Woche um Woche vergeht, ohne dass ich etwas höre. Denn du verstehst doch wohl, dass mir am meisten davor graut, dein Schweigen könnte dadurch bedingt sein, dass du nicht mehr unter uns Lebenden bist?
Deinen letzten Brief habe ich gelesen, oder besser: gehört, denn Lilly hat ihn mir vorgelesen. Aber das war vor anderthalb Monaten, und die Nachrichten aus der Heimat sind seitdem immer schlechter geworden. Hier schreiben sie, dass unsere Frontlinien nachgeben, und von Lilly höre ich, dass die Stimmung allgemein gedrückt ist und dass du auch nicht mehr im Husis *schreibst. Obwohl ich keine neue Feldpostadresse erhalten habe, schreibe ich dir trotzdem, aus purer Einsamkeit und mit sehnsüchtigem Herzen. Ich muss den Brief zu uns nach Hause schicken – wie gut es wäre, jetzt dort zu sein, ein heißes Bad nehmen zu können*

und sich richtig sauber zu fühlen! – und mir vorstellen, dass du lange vor mir zur Tür hereinkommst, gesund und wohlbehalten nach dem Ende des Krieges, in einem Helsingfors, das immer noch uns gehört.
Ich erinnere mich nicht mehr so genau, was du mir zuletzt geschrieben hast, denn in meinem Kopf war nur noch ein Rauschen, als ich begriff, dass du verwundet warst und im Krankenhaus lagst. Aber ich weiß noch, dass du zurück an die Front wolltest, ein Plan, für den ich dir keine Vorwürfe machen kann, aber von dem ich wünschte, ich hätte ihn dir ausreden können.
Denn siehst du, mit jedem Freund oder Bekannten, von dem ich erfahre, dass er gefallen ist, werde ich selbstsüchtiger: Ich will, dass unser Land befreit wird, ich wünsche es mir ernsthaft und inständig, aber noch mehr wünsche ich mir, dass du und ich unser gemeinsames Leben wieder aufnehmen. Denn jetzt ist mir klar, dass wir noch glücklicher waren, als wir das in Friedenszeiten erkennen konnten.
Da ich nicht weiß, wie die Lage bei dir ist (ich kann nur alle Finger und Zehen kreuzen, die ich habe, und versuchen, aus deinem Schweigen nichts Bedrohliches herauszulesen), will ich stattdessen erzählen, wie es uns hier ergeht.
Von den anderen interessiert dich wohl Asta am meisten, und so kann ich dir zu meiner Freude mitteilen, dass sie sich jetzt rasch erholt. Erst gestern haben wir hier im Hotel zusammengesessen und geredet, und sie fragte nach Neuigkeiten von dir. Und als ich keine zu bieten hatte, sprachen wir über Hugo, ich hörte, dass es ihm auf Solbacka gut geht und dass er dich nicht mehr ganz so sehr vermisst. Aber ein bisschen wohl schon. Das gilt auch für mich, I wag my tail for you, my dear!
Ansonsten war unser Gespräch nicht sehr persönlich, denn es gehört zu Astas Erholungsprozess, dass sie sich zurückzieht. Am Anfang hat sie bei mir Schutz gesucht, und das scheint sie nun zu bereuen. Und vielleicht war

ich auch ein wenig zu eifrig – aber das lag daran, dass sie deine Nichte ist und du sie so sehr magst!

Wer soll den Schwanz der Katze aufrichten, wenn nicht die Katze selbst[21]*, also sage ich lieber gleich, dass unsere Tournee ein Erfolg ist. Was ich von dem angestaubten Danny Hjort halte, weißt du, darüber haben wir gesprochen, und es wird nicht besser dadurch, dass mein Kostüm von Fräulein Margit genäht wurde, dem Faktotum der Theaterschneiderei, deren Liebeskünste einst das Schicksal meines charakterlosen Vaters besiegelten.*

Aber trotzdem schleppe ich mich als Katri vorwärts, und weil die tragenden Rollen von Helden und Heldinnen wie Herrn Landgren und Frau Wideman gespielt werden, um von unserem Matinee-Idol Herrn Venho gar nicht zu reden, fallen die Schweden um wie die Kegel, trotz Blankvers und genereller Altbackenheit. Und das kann ich über Asta sagen: Sie spielt das Mädchen Sigrid bravourös, sie hat das Zeug zu einem richtigen Star. Aber dann muss sie sich vor den Männern in Acht nehmen, denn sie sammeln sich um dieses feingliedrige Wesen wie Schmetterlinge. Und sie ist ja immer noch in Trauer, doch bisweilen scheint sie mir mit dem besagten Herrn Venho schon fast zu flirten.

Sonst ist es hier meistens wie zu Hause. Herr Venho »thinks the world of himself«, das gilt auch für Frau Wideman, und Takolander posaunt und trompetet und führt sich auf wie immer – mal sehen, ob es vor unserer Heimreise noch so starkes Tauwetter gibt, dass er sich traut, die Fellmütze und den Pelzmantel wegzulassen.

Und da hast du wieder die Katze mit dem aufgerichteten Schwanz: Wenn ich schon darunter leide, die Katri zu spielen, so haben Herr Landgren und ich auf der anderen Seite ein erstklassiges Konzept für unseren Galgenmann entwickelt. Gestern – ja, gerade eben schlug da draußen in der Nacht eine Kirchenglocke zwei Uhr – hat uns das Publikum mehr denn je aus der Hand gefressen, und bevor der Tag zu Ende ging, ist etwas Erstaunliches passiert.

Ich war den ganzen Nachmittag in meiner Garderobe geblieben, ich las einen langweiligen Roman und wollte nach der Stunde als Maria meinen Herzschlag beruhigen. Denn mit ihrem Ausgeliefertsein hat es etwas Besonderes auf sich – ich empfinde eine solche Zuneigung für sie, und dieses Gefühl lässt mich schneller atmen und wachsen. Es ist, als würde ich sie nicht nur spielen, ich bin Maria, ich bin es, die sich die Unverschämtheiten und Tiraden des Obersts anhören muss, es ist mein Herz, das so heftig pocht. Die ganze Zeit, während ich auf der Bühne bin, ist mein Körper genauso jungfräulich wie der von Maria, und ich denke wie sie, ja, meine ganze Seele ist wie ihre, biegsam und unterwürfig und doch stark wie ein Weidenbaum.

Wie auch immer, während ich da mit meinem Buch sitze und versuche, zur Ruhe zu kommen, klopft plötzlich jemand an die Tür.

»Herein«, sage ich, und als ich aufschaue, ist es Frau Wideman, immer noch geschminkt und kostümiert als »Die alte Dame«, die sie nach der Pause gespielt hatte.

»Guten Tag, Frau Wideman«, sage ich und will mich aus dem Sessel erheben.

Aber ich komme nicht dazu, denn sie sagt »Guten Abend«, während sie gleichzeitig ein paar rasche Schritte macht, sich hinter meinen Sessel stellt und mir eine Hand auf die Schulter legt.

Sie begegnet meinem Blick im Spiegel und sagt: »Ein starker Auftritt, Fräulein Timm, Sie haben heute ganz ausgezeichnet gespielt.«

Und ich schwöre dir, liebster H, dass ich alles Mögliche zusammenbeißen musste, um nicht in Tränen auszubrechen. Denn es fühlte sich so an, als hätte ich endlich etwas erreicht – nur wenige Wochen, nachdem Wideman mich ein gealtertes Starlet genannt hatte.

Oh, nun hat die Uhr schon halb drei geschlagen, ich werde morgen furchtbar müde sein! Aber es ist wie

Balsam, mit dir zu reden, obwohl du nicht hier bist. Und ich weiß, dass wir uns wiedersehen werden: Möge es bald geschehen, und mögest du bis dahin so gut wie nur möglich auf dich aufpassen. Jetzt versiegele ich meinen Brief, nicht nur mit Klebstoff, sondern auch mit einem Kuss, gute Nacht!
Deine Molly

8

Sie spielten jetzt unter Hochdruck, mindestens eine Vorstellung pro Tag, und donnerstags mussten innerhalb von sieben Stunden alle drei Stücke aufgeführt werden. Die Bühnenarbeiter schufteten wie verrückt, und auch von den Schauspielern wurde erwartet, dass sie ihr Äußerstes gaben. Molly fühlte sich wie eine Marionette, wenn sie sich zwischen dem Hotel am Humlegården und dem Theater hin- und herbewegte. Die Kälte war nicht mehr so streng, nur noch um zehn Grad minus, eine bleiche und verzwergte Sonne zeigte sich dann und wann zwischen den gelblichen Wolkenmassen. Ein Dunst lag über der ganzen Stadt, ein rußiger Winterrauch, der nach dem Holz und der Asche von Tausenden und Abertausenden Kachelöfen und Kaminen roch. Später, als Molly nach Helsingfors zurückgekehrt war und auf einen Frühling wartete, der nicht kommen wollte, würde sie sich an diese Tage erinnern wie an einen bösen und eisigen Traum, in dem sich alles Schlag auf Schlag ereignete, sodass sie es nicht schaffte, sich von einem Schrecken zu erholen, bevor der nächste folgte.

Am Mittwochmorgen waren die Nachrichten von der finnischen Front noch schlechter als am Tag zuvor, sofern das überhaupt möglich war. Mehrere Zeitungen schrieben, dass der finnische Widerstand bröckelte und die Rote Armee nun jederzeit Viborg einnehmen könne. Trotzdem ging Molly am frühen Nachmittag ins Theater. Sie würden am Abend *Daniel Hjort* spielen, und wie immer nahm sie sich vor, ihre Rolle besser zu gestalten als beim vorigen Mal. Das war das Einzige, was sie tun konnte, Theater spielen, so gut sie es vermochte. Und sie hatte eine neue Idee, die ihr helfen sollte, dieses Ziel zu erreichen:

Wenn sie schon mehrere Stunden, bevor sie geschminkt wurde, ihr Rollenkostüm anlegte, würde sie ihr Gefühl der Unzulänglichkeit überwinden und in das Innenleben dieser verdammten Katri eindringen.

Die Kostüme und die übrigen Requisiten befanden sich in einem Abstellraum im zweiten Stock, gleich neben dem theatereigenen Kostümfundus, der Bühnenschneiderei und der Werkstatt. Molly wollte nur das Kleid und die Schuhe holen – sie verabscheute die Pantoffeln nach dem Vorbild des 16. Jahrhunderts, sie waren nicht nur hart, sondern auch hässlich – und dann in der Schneiderei vorbeischauen, wo vielleicht jemand bereit war, als Garderobiere einzuspringen. Sie stieß die Tür zum Abstellraum auf und ging an der Stange entlang, an der die Röcke und Blusen und Kleider dicht an dicht auf ihren Bügeln hingen, sie ließ die Fingerspitzen über die knisternden Stoffe gleiten und summte *Stormy Weather,* das sie mit Mitjas Orchester im *Nizza* und im *Franciskaner* gesungen hatte. Am anderen Ende des Raums, wo die Kleiderstange aufhörte und das Katri-Kostüm, wie sie wusste, zwischen den letzten in der Reihe hing, gruppierten sich unter dem einzigen Fenster ein geräumiger, aber schmuddeliger Diwan und ein paar Stühle um einen Couchtisch. Und hätte Molly nicht vor sich hin gesummt, und wäre sie nicht gleichzeitig so versunken gewesen in ihren Gedanken an Katri und die Tristesse, die es von sechs Uhr an zu durchleben galt, dann hätte sie natürlich die Geräusche wahrgenommen, die vom Diwan her zu hören waren.

Als sie Walter Venho und Asta sah, erstarrte sie mitten in der Bewegung, ebenso wie das Geschehen auf dem Diwan. Die beiden waren noch nicht ans Ziel gelangt, als sie unterbrochen wurden. Asta lag im Unterrock da, jetzt kauerte sie sich zusammen und versuchte, sich mit dem Kleidungsstück zu bedecken, das sie gerade ausgezogen hatte. Molly entschuldigte sich nervös, reckte sich nach dem Katri-Kostüm, bückte sich, um die klobigen Schuhe aufzusammeln, und stürzte davon. Aber sie fing gerade noch ihre Blicke auf, den ertappten, erschrockenen von Asta und den kühlen, ironischen von Venho, und während sie fluchtartig den Raum verließ, dachte sie daran, dass sie Asta vorgestern Abend hätte warnen sollen, und dass sie trotzdem noch mit ihr sprechen musste, das war jetzt wichtiger als alles andere.

Aber sie dachte auch, dass sie eigentlich nicht überrascht war. Nicht, nachdem sie in letzter Zeit beim Mittag- und Abendessen so oft Astas helles Lachen am Nachbartisch gehört hatte. Und nicht, nachdem sie gesehen hatte, wie Venho Asta mit dem gleichen Eifer umwarb, mit dem er sich Molly in jenem Sommer gewidmet hatte, als sie beide in der Komödie *Mister Hancock* auftraten. Venho spielte die Hauptrolle und musste seinen Text in gebrochenem Finnisch und gebrochenem Schwedisch sprechen, und Molly war als Sally, die Abenteurerin mit der heiseren Stimme, ein Objekt seiner Begierde. Auf Venhos inständiges Bitten hin begannen sie sich auch außerhalb der Vorstellungen zu treffen, aber Molly hätte sich nie von ihm verführen lassen, wenn sie damals nicht gerade so trostbedürftig gewesen wäre.

Es war einer der Sommer, in denen Mitja einfach verschwand, obwohl man in dem kleinen Helsingfors gar nicht verschwinden konnte: Es dauerte nicht lange, bis Molly erfuhr, dass Mitja sich am Jungfrustigen aufhielt, wo er sie sowohl mit Morphium als auch mit einer Frau namens Astrid betrog. Dadurch wurden auch Mollys innere Dämonen geweckt, und als Walter Venho ihr weiter den Hof machte, nahm sie ihn eines Nachts mit hinauf in ihr möbliertes Zimmer in der Abrahamsgatan, nach einem langen, alkoholisierten Abend im *Brunnshuset*. Oh, warum hatte sie nicht mit Asta geredet, als die Gelegenheit da war! Ohne Mitjas Betrug hätte das, was zwischen Molly und Venho passiert war, nie stattgefunden, und das war es, was sie Asta erklären wollte: dass man, wenn man gerade trauert oder hintergangen wird, leicht beeinflussbar und schwach ist und dass man deshalb genau dann zurückhaltend und vorsichtig sein sollte. Für Molly war der Hancock-Sommer eine Warnung gewesen, eine schreckliche Augustwoche lang hatte sie geglaubt, schwanger zu sein, und gleichzeitig war ihr aufgegangen, dass Venho nur ein Spiel gespielt hatte, so wie er es offenbar mit allen machte; er war schon mit seiner nächsten Eroberung beschäftigt, einer Maniküristin, die Karin hieß und soeben in dem gleichen Schönheitswettbewerb, den Molly einmal als »Idealmädchen« gewonnen hatte, zur »Kronprinzessin« gewählt worden war.

Wenige Stunden später standen sie auf der Bühne, und Molly war immer noch so wütend, dass sie kaum in der Lage war, die Szenen mit Venho als Daniel Hjort zu spielen. Sie zitterte vor unterdrücktem Zorn, jede Entgegnung fühlte sich in ihrem Mund an wie eine Giftpille, und während sie ihre Blankverszeilen ausspuckte, überlegte sie, wie sie Venho einen Schlag verpassen könne, oder vielleicht einen Tritt, ohne dass das Publikum etwas davon merkte. Aber sie beherrschte sich, obwohl es ihr so vorkam, als ob Venho, im Schutz seiner Rolle als tragischer Held des 16. Jahrhunderts, sie höhnisch angrinste.

Während der langen Wartezeiten in den Kulissen beobachtete sie, dass Astrid ihre Sigrid so empfindsam und tadellos spielte wie immer, vielleicht sogar mit mehr Leidenschaft als sonst. Aber als nach dem Applaus der Vorhang fiel, war es nicht Asta, der sich Theaterdirektor Takolander hinter der Bühne zuwandte, und es war nicht Astas linke Schulter, um die er feierlich den Arm legte, sondern Mollys, und es war ihr Blick, den er suchte, als er lächelnd sagte: Na also, ich wusste ja, dass Sie sich eines Tages mit Ihrer Rolle anfreunden würden, denn das Talent haben Sie.

Eine Viertelstunde später saß Molly in ihrer Garderobe und fühlte sich gespalten, hin- und hergerissen zwischen der Wärme in Takolanders Worten und ihrem Abscheu vor Walter Venho. Sie hatte sich nicht abgeschminkt, und wenn sie sich im Spiegel anschaute, sah sie nur Hass, ihr Gesicht war immer noch das von Katri. Jemand klopfte, und als sie »ja?« rief, war es Halvar Sundes Stimme, die antwortete. Sunde spielte, trotz seiner Jugend, im Stück den Priester Sorolainen, aber jetzt war er schüchtern und begnügte sich damit, hinter der Tür zu rufen: »Takolander bittet uns alle noch einmal auf die Bühne.«

Ich komme, erwiderte Molly, und dann stand sie auf, heftete sich an Sundes Fersen und folgte ihm durch die Korridore. Als sie die Bühne betraten, war der Vorhang wieder geöffnet und gab den Blick in den leeren Zuschauerraum frei. Die Schauspieler standen verstreut herum und unterhielten sich leise, es herrschte Einigkeit darüber, dass die abendliche Vorstellung gelungen war, aber die Nachrichten aus der Heimat dämpften die Stimmung. Nach wenigen Minuten bat Takolander um Ruhe und versammelte die Truppe in einem Kreis mitten auf der Bühne, und was er sagte, sollte sich Molly für immer einprägen:

Wie ihr vielleicht schon gehört habt, ist der Krieg in unserem Land zu Ende, seit elf Uhr heute Vormittag schweigen die Waffen. Aber es ist ein unguter Frieden, unseren jungen Männern an der Front ist es offenbar noch schlimmer ergangen, als wir erfahren haben. Lasst uns deshalb eine Schweigeminute einlegen für alle, die für diesen Frieden mit ihrem Leben bezahlt haben.

Molly lag fast die ganze Nacht wach, sie hatte Baldrian genommen, aber es half nichts, alle möglichen Gedanken kreisten unablässig in ihrem Kopf, und erst gegen Morgen fiel sie in einen unruhigen Schlaf. Als sie mit rot geränderten Augen ihre Morgentoilette machte, drehte sich das Gedankenmühlrad weiter, so unberechenbar wie unerbittlich. Sie betrachtete ihr Spiegelbild und hatte den Eindruck, dass man ihr jetzt, ohne Schminke, die Jahre ansah, bald würde sie wirklich aussehen wie Katri, mit wirrem Haar und Furchen der Erschöpfung und Verbitterung um den Mund. Sie fragte sich, wie lange Henry sie noch attraktiv finden würde, aber dann fiel ihr ein, dass er fast zwölf Jahre älter war als sie, deshalb war *er* es doch wohl, der Grund zu solchen Befürchtungen hatte?

Sie überlegte, ob er schon auf dem Weg nach Helsingfors sein mochte. Jetzt, nach dem Ende des Krieges, musste er doch endlich etwas von sich hören lassen, sein Schweigen konnte ja nicht ewig andauern. Sie würde so bald wie möglich zur Botschaft gehen und um eine Telefonverbindung mit Lilly bitten, denn vielleicht hatte Henry inzwischen geschrieben, nachdem die Gefahr endlich vorüber war. Sie dachte an Max und Karol und alle anderen an der Front, die sie kannte, wie sie jetzt den Rückzug antreten würden, und plötzlich war es, als ob eine kalte Hand ihr Herz umklammerte: Und wenn Henry nun doch tot war, und Max und Karol und alle, die sie kannte, es waren bestimmt viele, die in den letzten Tagen ihr Leben gelassen hatten, denn fanden nicht kurz vor dem Ende eines Krieges immer die gnadenlosesten Kämpfe statt?

Beim Frühstück las sie die Friedensbedingungen, sie standen schon in der Zeitung, und als Molly in der Eingangshalle hörte, wie sie im Radio heruntergeleiert wurden, nahm ihre Verzweiflung noch zu. Viborg und Kexholm und die ganze Karelische Landenge waren verloren, ebenso die Stadt Sordavala, und Hangö sollte evakuiert werden und für dreißig Jahre als russische Flottenbasis dienen. Sie dachte an das Ausmaß der Obdachlosigkeit, die über Nacht entstanden war, an alle, die fliehen mussten, mehrere Hunderttausend Menschen und ihre Möbel und ihr Vieh, vielleicht hatten sie sich schon auf ihren langen Marsch begeben, vielleicht waren sie auch gezwungen worden, ihr gesamtes Eigentum zurückzulassen, vielleicht sogar ihre Tiere, denn Siegermächte waren schnell und grausam, wenn sie ihre Eroberungen in Besitz nahmen.

Wenig später ging sie die Biblioteksgatan entlang zum Theater, dünne Schneeflocken rieselten von einem Himmel, dessen Grau schon den helleren Farbton des Frühlings hatte. Schweden und Stockholm waren in dieser Welt eine eigenartige Oase, eine Freizone, in der Menschen sich unbehelligt den guten Dingen widmen konnten, die es dort, wo der Krieg wütete, nicht mehr gab: Wecken mit Marzipan, ein gutes Glas Wein, eine ungestörte Lesestunde in einem gepolsterten Sessel, die Möglichkeit, sich hinzulegen und in tiefen Schlummer zu fallen und zu wissen, dass man am nächsten Morgen genauso sicher und geborgen wieder aufwachen würde.

Und man hatte auch Zeit, sich erotisch zu betätigen. Sie dachte an das, was sie gestern in der Kostümkammer beobachtet hatte: Ihr Zorn auf Walter Venho hatte sich gelegt, aber der Ekel war noch da. Sie verabscheute Venho dafür, dass er offensichtlich bei jeder Frau, die er ins Visier nahm, seinen Willen durchsetzen konnte, und sie schämte sich, dass auch sie sich in die lange, lange Reihe eingefügt hatte. Und sie dachte: Ich *muss* eine Gelegenheit finden, mit Asta zu sprechen.

Asta war so jung, sie hatte noch keinen Begriff von den unbarmherzigen Gesetzen des Lebens. Sie durchschaute noch nicht das Ungleichgewicht zwischen Mann und Frau – was der selbst ernannten Krone der Schöpfung zugestanden wurde, konnte katastrophale Folgen haben, wenn man dem Geschlecht angehörte, das bezechte ältere Herren gern »das anmutige« nannten. Und bestimmt war Astas Innenleben nach Eddies Tod immer noch in Aufruhr, bestimmt war sie verwirrt, vielleicht erlebte sie das gleiche überwältigende Verlustgefühl, das Molly noch aus jenem Herbst in Erinnerung hatte, als Mitja in seiner gemieteten Bruchbude auf Munkholmen tot aufgefunden worden war.

Doch obwohl sie sich dagegen zu wehren versuchte, hatte das Bild von Asta und Venho auf dem Diwan auch etwas Erregendes. Drei Monate ohne Liebe und Berührung lagen hinter ihr; sie spürte, wie sie danach verlangte, ihr Körper hatte Sehnsucht, und sie hätte gern selbst auf dem Diwan gelegen. Nicht mit dem verlogenen Venho, dann schon lieber mit Asta. Aber am allerliebsten mit Henry.

Könnten sie doch jetzt nur einen Nachmittag in der Wohnung in der Museigatan verbringen, Henry und sie! Oder einen Vormittag. Ein paar ausgedehnte Stunden, lang genug für mehrere Umarmungen, so träge und langsam, dass alle Schmerzen und alle Müdigkeit aus dem Körper weichen könnten, und so intensiv, dass schlimme Erinnerungen ausgelöscht würden, ersetzt durch die Begierde des Augenblicks und das warme, schläfrige Gefühl danach, so als würde Honig durch die Adern fließen.

Als sie das Theatergebäude durch den Hintereingang betreten hatte, wollte sie sowohl ihre Sehnsucht als auch ihre Kriegssorgen abschütteln, und das tat sie buchstäblich, indem sie den Schnee von ihren Mantelärmeln klopfte und den Hut abnahm, um ihn abzubürsten. Aber es half nichts. Die langen Wintermonate, das ständige Unterwegssein und die hartnäckige Angst um die Daheimgebliebenen forderten ihren Tribut: Es gelang ihr nicht mehr, sich ganz auf das Theater zu konzentrieren, es war ein anderes Spiel, das jetzt die Oberhand gewann, das uralte Spiel vom Jedermann. Sogar das Stück *Galgmannen*, das sie so gern mochte, fühlte sich an jenem Nachmittag gekünstelt und belanglos an, und sie spielte nicht so gut wie sonst.

Und doch lieferte sie eine bessere Leistung ab als Erik Landgren. Der alte Mann war vollkommen aus dem Gleichgewicht. Sie hörte es schon in der Eröffnungsszene, wo seiner Stimme die gewohnte Autorität fehlte, als er sie nötigte, ihm die Stiefel auszuziehen. Während des ganzen Stücks stolperte Landgren über seinen Text, er, der sonst so selbstbewusst improvisierte, und seine Gestik war nichtssagend und kraftlos, als er Maria befahl, sich ein weiches Brautbett zu richten. Oberst Toll war wie ausgewechselt, schwach und unsicher, und das Einzige, was Landgren und Molly bis zum Schluss des Einakters trug, war die Zuneigung des Publikums: Noch bevor das Stück anfing, wurde offenbar, dass die Stockholmer ein tiefes Mitgefühl für Finnland hatten, denn im voll besetzten Zuschauerraum brandete spontaner und kräftiger Beifall auf, sodass Landgren und Molly anderthalb Minuten im Dunkel der Kulissen warten mussten, bis der Oberst mit Rucksack und geschultertem Gewehr auf die Bühne stürmen konnte.

Aber erst in der Schlussszene begriff Molly, wie schlecht es Landgren wirklich ging. Als Oberst Toll auf dem Bühnenboden lag, als Maria ihm gerade Kissen unter den Kopf geschoben, sich neben ihn gesetzt und seine Hand genommen hatte, und als Landgren zu seiner vorletzten Textstelle ansetzte und begann: »Hörst du, wie still es ist, hier ist das Ende der Welt, hier enden alle Wege«, da erst sah sie, was los war.

Er weinte tatsächlich, er weinte so, dass er aus der Rolle fiel; es war nicht Oberst Toll, der seinen bevorstehenden Tod beklagte, es war Erik Landgren, der große Star der Theatertruppe, der dort lag und schluchzte.

Nach etwas mehr als einer Minute, als Molly und er sich vom Boden erhoben und der Applaus einsetzte, merkte sie, dass er seiner Tränen nicht Herr wurde. Da reichte sie ihm die Hand – es war ein kühner Impuls, und an einem anderen Tag hätte er ihr eine Standpauke eintragen können –, und Landgren ergriff sie, und sie half ihm auf, und bei der ersten Verbeugung vor dem Publikum sah sie, dass er am ganzen Körper zitterte.

Gegen zehn Uhr abends, als sie nach der Vorstellung von *Daniel Hjort* in ihrer Garderobe saß, war sie körperlich und seelisch völlig erschöpft. Hatte sie eine Heldinnentat vollbracht, indem sie am Tag nach dem demütigenden Friedensvertrag, der ihrem Heimatland aufgezwungen worden war, zwei Bühnenrollen spielte? Vielleicht nicht, aber es fühlte sich so an. Denn es war so anstrengend, das alles zu bewältigen: Zuerst Asta und Venho auf dem Diwan zu erwischen und dann zu sehen, wie Erik Landgren auf der Bühne zusammenbrach, das war ein Zuviel an Erschütterung, und wenn sie ihrem Katri-Blick im Spiegel begegnete, fand sie sich noch älter und zerquälter als morgens im Hotelspiegel.

Als jemand an die Tür klopfte, war ihr erster Impuls, still sitzen zu bleiben und sich nicht bemerkbar zu machen. Sie versuchte es, aber rasch folgte ein zweites Klopfen, hart und resolut, und ihre Willensstärke reichte nicht aus:

Einfach hereinkommen, bitte!

Gun Wideman, zum zweiten Mal in nur zwei Tagen. Aber diesmal kam sie nicht auf Molly zu, sondern blieb an der Tür stehen und schien zu zögern.

Nun haben wir unser Pensum also auch an einem Tag wie diesem durchgezogen, sagte sie überraschend leise und sah aus, als wüsste sie nicht, warum sie gekommen war.

Es war ein schwerer Tag, sagte Molly. Ich bin nicht so stark wie Sie, ich fühle mich wie ein Putzlappen.

Wideman antwortete mit einem Lächeln, das Molly traurig vorkam:

Auch Stärke ist oft eine Art Schauspielerei.

Wieder zögerte sie, aber dann war es, als ob sie einen Entschluss gefasst hätte, und sie fuhr fort:

Ich überschreite jetzt meine Befugnisse, und ich bin mir sicher, dass Erik wütend auf mich wäre, wenn er es wüsste. Aber ich habe heute Nachmittag *Galgmann*en gesehen. Und ich wollte Ihnen mitteilen, falls Sie sich gewundert haben – Erik hatte heute Morgen erfahren, dass sein einziger Sohn auf der Landenge gefallen ist.

O Gott, sagte Molly lahm.

Erik und ich kennen uns seit unserer Jugend, sagte Wideman mit forciert nüchterner und trockener Stimme. Wir waren sogar irgendwann mal verlobt. Deshalb habe ich gewagt, ihm vorzuschlagen, dass Sie die Vorstellung verschieben. Aber er hat abgelehnt.

Während sie redete, sah sie Molly die ganze Zeit in die Augen, unverwandt und eindringlich, als ob sie fragen wollte: Bist du eine von uns, hast du auch Stärke in dir? Doch stattdessen sagte sie:

So ist Erik, er ist geschieden, wie Sie vielleicht wissen, er lebt nur für das Theater. Auch Takolander wollte die Aufführung absagen. Er mag ein Idiot sein, jedenfalls hat er ein gutes Herz. Aber Erik hat sich durchgesetzt.

Zuerst konnte Molly nur nicken.

Aber dass er schon ein paar Stunden später den Arvid Stålarm spielen konnte …, sagte sie dann.

Das haben wir ihm auch auszureden versucht, sagte Wideman mit traurigem Lächeln. Der junge Herr Sunde stand bereit, um einzuspringen. Aber Erik …

Sie verstummte, und als Molly nichts sagte, legte sie die Hand auf den Türknauf, als Zeichen, dass sie im Begriff war zu gehen, und fuhr fort:

Ich wollte nur, dass Sie das wissen, damit Sie nicht daran zweifeln, dass Erik ein Künstler ersten Ranges ist. Guten Abend,

Fräulein Timm. Wenn Sie so weitermachen wie in den letzten Wochen, haben Sie eine größere Zukunft vor sich, als ich am Anfang glaubte.

Eine Viertelstunde später hatte Molly sich abgeschminkt und umgekleidet und wollte gerade ihren Mantel anziehen.

Da ertönte abermals ein Klopfen.

Diesmal war es sehr diskret, und als ihr »Herein!« keine Reaktion auslöste, ging sie zur Tür und öffnete. Es war der Attaché Lerche, und als sie sein müdes, kreideweißes Gesicht sah, ahnte sie, dass Lilly aus Helsingfors nach ihr gefragt hatte, und das konnte nur eins bedeuten.

Sie zog den Mantel an und setzte ihren Hut auf, während Lerche draußen im Gang wartete, und dann verließen sie das Blancheteater und gingen in der bitterkalten Abendluft die Hamngatan entlang. Lerche sagte erst einmal gar nichts, und Molly spürte, wie das Schweigen zwischen ihnen diese Situation nur noch schlimmer machte, ihre Gedanken rasten hin und her, und ihre Angst wollte sich zu ungezügelter Panik auswachsen. Sie erinnerte sich an ihre erste Begegnung mit Lerche, und sie sagte:

Es war wohl doch unser Außenminister Tanner, den ich vor einem Monat dort im Hotelfoyer gesehen habe, nicht wahr?

Lerche erwiderte ihren Blick, und einen Moment lang sah sie die Lust am Dementieren und Verheimlichen, von der sie wusste, dass sie bei Diplomaten zum Berufsbild gehört. Aber dann sagte er mit einem Achselzucken:

Ja. Er war mehrmals hier. Er hat sich mit Ministerpräsident Hansson und Außenminister Günther getroffen und sogar mit Madame Kollontaj. Aber er hat nie bekommen, was er wollte.

Nach diesem Eingeständnis wurde Lerche gesprächiger. Aber er war zu unglücklich über den Frieden, um Konversation machen zu können, er murmelte nur mit zusammengebissenen Zähnen, wie ungerecht der Vertrag sei: Das sind ja die Grenzen Peters des Großen, sagte er, das ist der Große Unfrieden, ich hätte nie geglaubt, dass ich einmal gezwungen sein würde, das zu erleben. Und dann auch noch Hangö, verflucht noch mal, dass wir Hangö abtreten sollen!

Molly hörte kaum zu. Während des ganzen Weges, am Norrmalmstorg und am Dramaten vorbei und weiter zum Strandvägen und zur Botschaft, klopfte ihr Herz heftig, und in ihrem Innern hörte sie das Echo der letzten Verse des Priesters Ericus aus dem Stück, das sie gerade gespielt hatten:

»Und müssen denn erst tausend Herzen brechen, damit die Welt um einen Fingerbreit vorangeschoben wird?«

Und synchron mit den verzweifelten Worten drehte sich das Mühlrad der Fragen in ihrem Kopf, unablässig: Ist es Henry? Ist es Karol? Ist es Max, oder ist es jemand anders, der mir viel bedeutet?

II
Henry, im Frühling

1

Ein Schwarm Seidenschwänze saß hoch oben in der blattlosen Birke, als er vorbeiging. Er dachte: Der Winter ist auch hier kalt und trocken gewesen, die Bäume tragen keinen Schneebehang, obwohl in den Parks der Märzschnee fast meterhoch liegt.

Die Seidenschwänze schienen die Sonne und die Windstille zu genießen, wie sie da im nackten Geäst hockten.

Plötzlich erhob sich der ganze Schwarm wie eine gut gedrillte Kompanie und flog zu den Ebereschen, die draußen vor der Friedhofsmauer wuchsen. Die Vögel gaben klingelnde Laute von sich, wie kleine Silberglocken, dann verstummten sie und begannen, von den roten Beeren zu fressen.

Im Winter waren die Vogelbeeren manchmal vergoren, dann wurden die Seidenschwänze so betrunken, dass sie nicht mehr fliegen konnten, und es kam vor, dass sie daran starben. Das hatte jedenfalls Großvater Fritjof behauptet, als Henry noch ein Kind war. Henry hatte es in Erinnerung behalten. Aber es stimmte vermutlich nicht, Großvater Fritjof schwindelte gern.

Die Kapellenglocken begannen zu läuten. Zuerst die Neue Kapelle, wenige Sekunden später die Alte Kapelle oben beim Marienkrankenhaus, und nach einer kleinen Weile stimmte auch die Kapelle des Krematoriums ein.

Henry sah auf seine Armbanduhr, es war zwölf.

Er schaute über die Fölisö-Bucht, es waren viele Menschen auf dem Eis. Sie trugen schwarze Kleidung und sahen aus, als seien sie alle einzeln unterwegs oder in Paaren. Ihre Schritte und Bewegungen waren zaghaft und vorsichtig, als wagten sie nicht daran zu glauben, dass der Krieg zu Ende war.

Auch Henry glaubte noch nicht richtig daran. Sein Instinkt

befahl ihm, auf das Eis zu rennen, hin zu den Menschen, zu jedem Einzelnen, und zu rufen, »geht ans Ufer, sucht euch Deckung, ihr seid hier draußen völlig ungeschützt!« Nur mit Mühe konnte er sich zurückhalten.

Der Schnee dämpfte alle Geräusche, die Glocken aus Eisenerz klangen fast zart, trotz des Totengeläuts lag Frieden in der Luft. Henry versuchte, ruhig zu atmen und zu begreifen, dass es wirklich vorbei war.

Auch auf der Landenge hatte reichlich Schnee gelegen, den ganzen Winter lang, mehr, als man sich wünschen konnte.

Aber kein Schnee der Welt hätte den Lärm des Krieges dämpfen können. Dort unten im Südosten hatten sie unter unerbittlichem Beschuss gestanden, Tag für Tag, Woche für Woche. Der Feind schien es sich leisten zu können, beliebig viel Munition zu opfern.

Und beliebig viele Menschen.

Ein Bild wollte in Henry aufblitzen, er musste innehalten und andere Gedanken herbeirufen, um die schlimme Erinnerung zu verdrängen.

Er dachte an die Glaubensgewissheit der finnischen Soldaten bei Beginn des Krieges, er hatte sie während der ersten Wochen in mehreren Artikeln geschildert.

Wenn ich eine *Knako* abkriege, während ich den Jungs was zu essen bringe, hatte der Koch Isaksson gesagt, dann soll das wohl so sein, und auch wenn ich dann sterbe, habe ich doch meinen Beitrag geleistet.

Knako: Granate. Wenn man das Gellen und Pfeifen hörte, war das Projektil schon vorbeigeflogen. Die Sprengladung traf dann vielleicht einen anderen, aber man selbst würde verschont bleiben. Für dieses Mal.

Mit dem Fortgang des Krieges war ihm immer klarer geworden, dass die russischen Soldaten einem ähnlichen Fatalismus anhingen wie der Koch Isaksson. Einem Schicksalsglauben, der sie vorwärtstrieb, wenn sie auf das offene Feld hinausrannten, in vollem Bewusstsein, dass sie mit hoher Wahrscheinlichkeit erschossen werden würden – aber vielleicht auch, dass sie unendlich viele waren und dass ihre Seite den Krieg am Ende gewinnen würde.

Den Krieg *gewinnen*.

Gab es so etwas überhaupt?

Der Krieg erzeugte zahllose Geräusche. Es waren sämtlich Misstöne, disharmonische Klangeffekte in der Todessinfonie der Moderne. Es war die Bestie im Menschen, die ihre widerwärtigen Gesänge von Zerstörung und Massenmord anstimmte.

Das dumpfe Grollen, wenn die sowjetische Artillerie noch weit entfernt war. Das infernalische Donnern und Heulen und die ohrenbetäubenden Explosionen, wenn sie näher kam. Das Knacken der hohen Fichten und Föhren, wenn sie umstürzten. Das Brüllen und die Detonationen, wenn die Bombenflieger ihre Blitzaktionen ausführten. Das trockene Knattern der Maschinengewehre. Und die unheilverkündende Stille, wenn man nicht wusste, wo der Feind sich befand, dazu die angespannten und konzentrierten Mienen der Männer, wenn sie versuchten, ihn zu belauschen und zu lokalisieren.

Die Soldaten kannten die verschiedenen Geräusche, sie hatten Wörter und Ausdrücke dafür erfunden, ihnen Namen gegeben. Der Jargon war scheinbar launig, versuchte Normalität vorzutäuschen, wo es keine Normalität geben konnte.

Jetzt fährt die Straßenbahn nach Osten und besucht Wanja, hatten die Soldaten aus Helsingfors gesagt, wenn sie hörten, dass ihre eigene Artillerie das russische Feuer beantwortete.

Verglichen mit der Hölle auf der Landenge klangen die Kirchenglocken auf dem Friedhof von Sandudd wie liebliche Musik, obwohl sie Kunde gaben von der Trauer, die jetzt überall herrschte.

Drei Beerdigungen auf einmal, und er wusste, dass es noch lange so weitergehen würde.

In den letzten Kriegswochen waren die Verteidiger zu Tausenden gefallen, manchmal fast tausend an einem Tag, und jetzt würden die Russen die eroberte Landenge in Besitz nehmen. Die Leichen der finnischen Soldaten, die sich in den rasch zusammengezimmerten Lagerhallen der Evakuierungszentralen befanden, würden nach Westen transportiert werden. Genau wie die finnische Armee und die obdachlos gewordenen Karelier samt ihren Haus- und Stalltieren.

Dieser Winter fühlte sich endlos an, aber dem Kalender nach konnte jeden Augenblick der Frühling beginnen, und dann würden die Leichname auftauen.

Die Lotta-Frauen[22] würden sich beeilen, die Gliedmaßen der Toten vorsichtig zurechtzudrehen – wenn sie noch Gliedmaßen hatten –, die Körper mit Lysol zu waschen und in weiße Hemden zu kleiden.

Die Särge würden in die Zugwaggons gehoben werden, über die Eisenbahnknotenpunkte würden die Züge sich im ganzen Land verteilen, überall würden die Familien von ihren Vätern, Söhnen und Brüdern Abschied nehmen.

Von der Glaubensgewissheit war in den letzten Kriegswochen auf der finnischen Seite nicht viel übrig geblieben. Aber der Mut war ungebrochen, jedenfalls bei den meisten.

Und auf irgendeine Weise war ja auch jemand wie Mattsson mutig. Denn er wagte es, sich daran zu erinnern, was er gesehen hatte, und anderen davon zu erzählen.

Aber es gab fast niemanden, der die Sache so betrachtete.

Henry heftete seinen Blick an ein paar knorrige Kiefern weiter draußen auf der Landspitze und atmete tief durch, damit ihm nicht schlecht wurde.

Molly pflegte von den Pinien und den Palmen und der Blütenpracht Italiens zu reden, obwohl sie nie dort gewesen war. Henry liebte finnische Fichten schon seit seiner Kindheit, und es beruhigte ihn, sie anzuschauen.

Aber jetzt schien es nicht zu helfen.

Er war unterwegs, um nach seinem Boot zu sehen, der *Aldebaran*.

Er hatte es vor ein paar Jahren gebraucht gekauft, obwohl er es sich eigentlich nicht leisten konnte. Ein Boot in Klinkerbauweise mit etlichen Jahren auf dem Buckel, mit einem Olympiamotor im Gehäuse an der Stelle, wo sich sonst die mittlere Sitzbank befand. Das Steuerruder war klobig und schwerfällig, und der Motor streikte oft. In solchen Fällen kam Henry derselbe Gedanke wie immer dann, wenn er sich von Freunden ein Auto auslieh: dass ein so unpraktischer Mensch wie er eigentlich mit Maschinen überhaupt nichts zu tun haben sollte.

Als er in Berghäll wohnte, hatte die *Aldebaran* am Kajsaniemi-Ufer gelegen. Aber im vorigen Frühjahr, in der Woche, nachdem Henry bei Molly eingezogen war, hatte Ragnar Lerche aus der Wirtschaftsredaktion gesagt, dass er einen Liegeplatz auf der Insel Örarna vor der Spitze von Sandudd besaß, und dann hatten Henry und Molly das Boot dort hingebracht.

Jetzt ging er über das Eis zum Bootshafen und fand die *Aldebaran*, kletterte an Bord und löste so viele Knoten an der Persenning, dass er ein paar Zipfel anheben konnte, um nachzusehen.

Die *Aldebaran* hatte den Kriegswinter gut überstanden, aber sie wartete immer noch darauf, gebeizt und lackiert zu werden.

Gedankenverloren kratzte er mit dem Fingernagel an einem Fleck, wo Lack und Farbe abgeplatzt waren, stieg dann wieder herunter und nestelte eine Klubi-Zigarette aus der Schachtel. Es war seine zweitletzte, und er hatte kaum noch Geld, um Nachschub zu kaufen.

Er stand in der Sonne und rauchte. Die Fölisö-Bucht lag glitzernd weiß vor ihm, und in dem scharfen Licht begannen seinen Augen zu tränen. *Der Diamant auf dem Märzschnee*[23], dachte er, gab es nicht ein Lied, das so hieß?

Er sah sich um. Im Osten ließen sich zwischen den Baumstämmen des Parks die Klinikbauten von Lappviken erkennen. Auf der äußersten Landspitze von Sundholmen thronte wuchtig der neue Gebäudekomplex der staatlichen Alkohol-Monopolgesellschaft, und im Südwesten sah man Drumsö und die vor einigen Jahren erbaute Brücke.

Es fühlte sich fast unwirklich an, dass die Stadt immer noch stand, bombardiert und ramponiert, aber im Großen und Ganzen intakt. Der Maiabend, an dem Molly und er das Boot von Kajsaniemi nach Örarna gebracht hatten, war erst zehn Monate her, aber die Erinnerung daran war, als würde man sich einen kolorierten Film aus einem fernen, erfundenen Leben anschauen.

Und er wusste nicht, ob diese Erinnerung den Schmerz der Gegenwart linderte oder ob sie ihn nur noch schlimmer machte.

Sie waren spät losgefahren, unter der Langen Brücke hindurch mit der Sonne im Rücken, es war ein warmer Abend gewesen.

Der Olympia-Motor knatterte laut, die An- und Ausblicke lösten einander ab. Nach dem Sonnenuntergang loderte der nordwestliche Himmel rotgelb über den Häusern der Havsgatan, während der Himmel im Osten hinter Sveaborg sich hellblau und rosa färbte.

Das Meer war so blank wie Öl, und Molly schien von den Panoramabildern gar nicht genug zu bekommen. Henry merkte, wie begierig sie alles, was sie erblickten, in sich aufsog.

Hast du die Stadt schon mal vom Wasser aus gesehen?, fragte er, und Molly antwortete: Ja, von Kronobergsfjärden und von Gammelstadsviken aus, aber noch nie von hier.

Und dann fügte sie hinzu, mit einer Stimme, die ganz heiser vor Rührung war:

Herrgott noch mal, wie ich Helsingfors liebe!

Eine plötzliche Eingebung ließ ihn fragen: Sollen wir einen Abstecher nach Süden machen, um Rönnskär herum?

Vom Bug her rief Molly: Ja! Aber können wir nicht auch noch Drumsö umrunden?

Er hatte schon begriffen, dass Molly Abenteuer liebte. Aber er zögerte, denn er war mit dem Boot noch nie über Drumsö hinausgefahren. Als sie an Rönnskär vorbei waren, behielt er trotzdem die westliche Richtung bei, statt nach Norden abzubiegen. Er wollte, dass Molly ihn für aufregend und amüsant hielt, nicht für einen langweiligen alten Schreiberling.

Zuerst ging alles gut. Aber hinter Drumsö, als sie gerade unter der Straßenbrücke hindurchfuhren und Kurs auf Svedjeholmen nahmen, versagte der Motor. Nach mehreren Versuchen, ihn wieder zu starten, hatte Henry ölverschmierte Hände, aber die Olympiamaschine stotterte und spuckte nur: Der Tank war leer, und Henry hatte vergessen, einen Reservekanister mitzunehmen.

Jetzt musste er rudern. Am Anfang bildete er sich ein, dass es Molly gefiel, dass sie ihm gern dabei zuschaute, wie er seine Armmuskeln anspannte und seine Beine gegen die Planken stemmte. Aber der warme Abend war schon in eine kühle Frühlingsnacht übergegangen, und Molly saß auf der vorderen Bank in einem dünnen Rock und dünnen Strümpfen und einer viel zu dünnen Strickjacke. Sie warf Henry seine Fahrlässigkeit vor, und dann fingen sie an zu streiten. Es wurde halb elf, bis sie an Land gingen und schlecht gelaunt in Richtung Museigatan wanderten, unter einem Himmel, der immer noch ganz hell war.

Unterwegs dachte Henry, dass Molly allzu temperamentvoll für ihn sei und sie besser nicht hätten zusammenziehen sollen; das war einer seiner Reuemomente, sie kamen und gingen.

Molly war ebenso schnell im Verzeihen wie im Aufbrausen, und als sie in der Wohnung angelangt waren und ins Bett gingen, gab sie sich ihm mit einer Leidenschaft hin, die ihn überraschte und auch ein wenig erschreckte.

Am nächsten Morgen war er glücklich aufgewacht, vielleicht glücklicher als jemals zuvor, und dann hatten sie einen schönen Sommer miteinander verbracht.

Einen Sommer, der, das wusste er, für den Rest ihres Lebens »der Sommer vor dem Krieg« heißen würde.

Auf dem Heimweg ging er auf dem Eis entlang, solange er konnte, und als er am inneren Ufer der Bucht Edesviken wieder an Land gestiegen war, nahm er dieselben Straßen, die sie in jener Mainacht gegangen waren, er erinnerte sich an jedes Detail der Route.

Es waren minus sechzehn Grad, aber er spürte die Kälte nicht. Haufen und Wälle aus Schnee türmten sich an Straßenecken und in Parks, aber er nahm sie nicht wahr. Die bis auf den Grund gefrorene Stadt kauerte sich zusammen wie ein verwundetes Tier, sie wollte seine Aufmerksamkeit.

Aber er sah sie nicht.

Er befand sich ganz woanders, in der schönen Mainacht, als Molly und er in beleidigtem Schweigen durch genau diese Straßen gingen. Und noch länger verweilte er am Morgen danach, als er in Mollys Bett aufwachte, das so viel breiter war als sein unordentlich gemachtes Junggesellenbett in der Tredje Linjen[24].

Er sehnte sich nach ihr, und er begehrte sie auch sehr, das gestand er sich widerwillig ein.

Und gleichzeitig: das schlechte Gewissen. Es quälte ihn, es war, als hätte er nicht nur *einen* strengen Wächter in seinem Innern, sondern mehrere. Er war den ganzen Winter an der Front geblieben, mit Ausnahme der Februarwoche, in der er sich in Helsinki aufgehalten hatte. Die meisten Frontreporter waren in regelmäßigen Abständen nach Hause gefahren, um zu schreiben, ihre Texte entstanden dann in einer relativ sicheren Umgebung. Henry verließ sich auf sein Gedächtnis, machte sich aber auch handschriftliche Notizen, auf der Maschine schrieb er immer dann, wenn eine zur Verfügung stand. Wenn er fertig war, folgte die Jagd nach einer stabilen Leitung: Er übermittelte seine Berichte am liebsten per Telefon. Er war so lange geblieben, dass er noch beobachtet hatte, wie in Viborg die finnische Flagge eingezogen wurde, und er hatte gesehen, wie der Rückzug begann. Auch da hatte er sich Notizen gemacht und es sogar geschafft, über eine wacklige Verbindung einen Artikel durchzugeben. Es war ein Klagelied über eine verlorene Stadt, der Text trug Trauer, die Worte waren schwarz umrandet und genau so groß, wie sie sein mussten. Aber er vermutete, dass die Redaktion das Stück verworfen hatte. Auch wenn diesmal der Tonfall stimmte, hatte er seine Brücken zu Sandberg und der Chefredaktion endgültig verbrannt.

Erst vier Tage nach der Waffenruhe war er in den Zug nach Westen gestiegen. Am liebsten wäre er mit Oksalas Kompanie heimgereist, wenigstens bis die Männer sich in verschiedene Richtungen zerstreut hätten: Er hatte ja ihren Krieg begleitet, sie viele Male besucht, mitangesehen, wie sie dezimiert wurden. Aber die Kompanie Oksala würde noch lange nicht zurückgeschickt werden, deshalb fuhr er mit einem anderen Zug. In Zivilkleidung zwischen lauter Fremden in Uniform, in einem offenen Waggon, wo er oben auf einer an der Wand befestigten Pritsche hockte, zusammen mit den anderen stinkenden, aber unverletzten Männern, während unten am Boden ein qualmender Ofen notdürftige Wärme verbreitete. Es waren die ältesten Reservisten, die jetzt schon nach Hause durften, die Reserve der Reserve, und es entging ihm nicht, dass viele der Männer älter aussahen als er selbst.

Als er ankam, war die Wohnung still, kalt und muffig gewesen. Er hatte die Heizkörper aufgedreht – im Schlafzimmer waren nur neun Grad – und kontrolliert, ob Gasherd und Toilettenspülung funktionierten. Er hatte die Verdunkelungsgardinen abgenommen und sie durch die hellen ersetzt, und er hatte zwei Glühbirnen und eine Sicherung ausgewechselt. Dann hatte er den Tretschlitten aus dem Keller geholt, war damit in die Stadt gefahren und hatte in einem Elanto-Restaurant[25] gegessen. Ohne Appetit, obwohl seine letzte warme Mahlzeit fast eine Woche zurücklag.

Er war in die Museigatan zurückgekehrt, hatte aus dem Kellerverschlag ein paar Klafter Holz für die Kachelöfen hochgeschleppt und angefangen zu heizen. Aber während der Nacht wurde es in der Wohnung immer noch nicht wärmer als zwölf Grad, und er schlief in seiner Kleidung unter zwei Decken.

Er wunderte sich, dass er bei zwölf Grad plus vor Kälte zitterte, nachdem er einen Winter erlebt hatte, in dem das Thermometer oft auf minus dreißig, manchmal fast vierzig Grad gefallen war. Es war, als ob die Kälte sich in seinem Rückgrat eingelagert hätte und von innen her ausstrahlte. Er fragte sich, ob er irgendwann auftauen würde, und als er sich am Vormittag eilig auf den Weg zur *Aldebaran* machte, tat er das nicht nur, um nach dem Boot zu sehen, sondern auch, um sich etwas aufzuwärmen.

Irgendjemand, vermutlich Lilly Stadius, hatte die Post hereingebracht, die bis zur letzten Woche vor Kriegsende angekommen war. Henry hatte zunächst keine Eile, die Briefe aus der vergangenen Woche vom Hausmeister abzuholen. Er sehnte sich nach Nachrichten von Molly, aber er fürchtete sich auch davor: Wenn es ein liebevoller Brief war, würde das seine Schuldgefühle nur noch steigern.

Aber dann fiel ihm ein, dass fast niemand von seiner Rückkehr wusste; der Einzige, den er informiert hatte, war sein Freund Guido. Wenn er die Post nicht abholte, konnte Lilly noch einmal in der Wohnung auftauchen. Das wollte er nicht, und so ging er hinunter und klingelte bei Hausmeister Broman.

Als er den Poststapel erhalten hatte, blätterte er zuerst die letzten Nummern der Zeitung durch. Seine Ahnung bestätigte sich, sein Bericht aus dem aufgegebenen Viborg war nicht erschienen.

Und als keiner der wenigen Briefumschläge Mollys spitze Handschrift trug, war er abermals enttäuscht, viel mehr enttäuscht als erleichtert.

Nicht einmal eine Ansichtskarte hatte sie geschickt.

Schon vor Weihnachten war Molly traurig gewesen. Henry war zehn Tage vor Kriegsausbruch nach Osten gefahren. Da wusste noch niemand, wie lange der Krieg dauern würde, er konnte in ein paar Wochen vorbei sein oder sich über mehrere Jahre hinziehen, und für Molly schien es eine freudige Überraschung zu sein, dass Henry schon nach einer Woche zurückkam. Damals wohnte sie nicht mehr in dem Sommerhaus draußen in Korsnäs, es war zu schwierig zu heizen, und es war zu umständlich, sich Lebensmittel zu beschaffen. Sie war in Helsingfors geblieben, obwohl es immer öfter Fliegeralarm gab: Die Theatertruppe hatte schon angefangen zu proben, die Vorbereitungen für die Schwedentournee waren in vollem Gang. Und sie war sehr enttäuscht, als Henry wieder abreiste, nachdem er nur drei Tage in der Stadt verbracht hatte. Henry hatte ihr gesagt, er wolle darüber berichten, wie es Weihnachten und Neujahr an der Front zuging, damit den Lesern klar wurde, dass es für die Soldaten keine Feiertage gab, nur den harten und gefährlichen Kriegsalltag. Er hatte ihr erklärt, dass er dank seiner Kontakte zu Regierungskreisen über große Bewegungsfreiheit verfügte und dass man ihm versprochen hatte, sich öfter an der

Frontlinie aufhalten zu dürfen als andere Journalisten. Damals im Dezember hatte er die volle Unterstützung des Chefredakteurs Grahn, und Sandberg, der Redaktionschef, hatte keine andere Wahl gehabt, als seine Artikel groß aufzumachen: die aktuellen Berichte wurden begeistert angenommen, und Grahn sagte, dass sie den Lesern Kraft und Hoffnung gäben.

Molly hatte ihm geantwortet, dass sie seine Entscheidung nachvollziehen, aber nicht gutheißen könne. Dann hatte sie hinzugefügt, er sei selbstsüchtig und gehe mit ihrer Liebe fahrlässig um.

Trotzdem hatten sie gute Tage gehabt, und danach, zwischen Weihnachten und Dreikönig, hatten sie viel Briefkontakt, vor allem Molly schrieb oft. Aber dann war er verwundet worden, in einer Situation, die viel gefährlicher gewesen war, als er es ihr angedeutet hatte, und im Krankenhaus gelandet.

Während seines Lazarettaufenthalts hatte er ihr einen einzigen Brief geschrieben, und danach hatte er sich fast zwei Monate nicht bei ihr gemeldet. Er verstand selbst nicht genau, warum. Sein schlechtes Gewissen war eine Erklärung, aber sie reichte nicht aus.

Er hatte es versucht. Hatte sich mit Papier und Bleistift hingesetzt und mehrmals neu angefangen, in einem Feldlager in der Nähe von Viborg, und auch, als er zusammen mit einer halben Truppeneinheit in Ruhestellung aus Oksalas Kompanie einige Nächte in einem Heuschober verbrachte. Sogar gestern Abend, zwischen seinen fruchtlosen Versuchen, die Wohnung zu heizen, hatte er noch einmal einen Anlauf genommen.

Aber es endete jedes Mal wieder damit, dass er das Blatt zerriss oder zusammenknüllte und ins Feuer warf.

Es fiel ihm nicht nur schwer, Molly zu schreiben, sondern zunehmend auch, seine Reportagen an die Zeitung zu liefern: Es war, als hätte der Krieg ihm die Sprache geraubt.

Und Molly hatte auch nicht mehr geschrieben. Aber er ahnte, dass sie bald anrufen würde – sie hatte ja mehrere Gastspiele in der Stockholmer Gegend erwähnt, und von dort war es sicher einfach, ein Gespräch anzumelden.

Er selbst hatte nicht anzurufen versucht, während des ganzen Krieges nicht. Er wusste nicht einmal, wo Molly sich befand. Er hätte natürlich von der Front aus an Lilly schreiben und sie fragen können, aber Lilly und er waren einander so wenig sympathisch, dass er jeden Kontakt mit ihr vermied.

Gut, bei seinem Besuch in Helsingfors Mitte Februar hätte er sein Misstrauen gegenüber Lilly bezwingen und sie anrufen und um Mollys derzeitige Adresse bitten können, aber da hatte er stattdessen – nein, daran wollte er nicht denken.

Wollte er überhaupt mit Molly reden? Er wusste, wie sie war und wie es zwischen ihnen funktionierte: Es war entweder Himmel oder Hölle, und es ging immer bis auf den Grund. Sie hätte ihm nie irgendwelche beschönigenden Phrasen durchgehen lassen, sie würde wissen wollen, wie der Krieg gewesen war, im Ernst.

Aber wie sollte er ihr von all den Dingen berichten, die dort vor sich gegangen waren, von allem, was er gesehen und gehört hatte? Und wie sollte sie das Ausmaß seiner Erschütterung begreifen, diese Unruhe, mit der er nicht fertigwurde? Die Gedanken und die Fragen, die ihn jeden Tag verfolgten und ihn nachts wach liegen ließen. Wenn er sich dafür entschied, ihr alles zu erzählen, nicht nur vom Krieg, sondern auch davon, was an jenem Februarabend in Helsingfors vorgefallen war, und ihr dann noch zu sagen, was er über das Ganze dachte, sowohl über den Krieg als auch über die Liebe, würde sie ihn überhaupt verstehen?

Würde sie ihr Temperament zügeln können? Würde sie Verständnis dafür haben, wie durcheinander er gewesen war nach all den Wochen an der vordersten Frontlinie und nach seiner Verwundung in einer Situation, die sehr viel schlimmer hätte ausgehen können?

Und dass er deshalb der Eingebung des Augenblicks gefolgt war, als sich die Gelegenheit zu einem Abenteuer bot. Er hatte sich vielleicht nicht so verhalten, wie es für einen Mann seines Alters angemessen war. Aber das war es, was der Krieg mit den Menschen machte. Das Bewusstsein der Vergänglichkeit war dauernd gegenwärtig: Glücklich, wem es gelang, ihm für eine Stunde zu entrinnen oder auch nur für wenige Minuten.

Würde Molly ihm verzeihen? Oder würde sie ihn sofort rauswerfen, sich genauso resolut von ihm trennen, wie sie offenbar dem unglücklichen Musiker Wendelin vor einigen Jahren den Laufpass gegeben hatte? Und so konsequent, wie Henry selbst seine Verlobte Lydia verlassen hatte, an einem Winterabend, der so lange zurücklag, dass es sich wie ein anderes Leben anfühlte.

Als das Telefon schrillte, hüpfte ihm das Herz in die Halsgrube, genauso plötzlich wie damals, als er zum ersten Mal russisches Artilleriefeuer aus der Nähe gehört hatte.

Er blieb sitzen und starrte verärgert auf das schwarze Ding, das da draußen im Flur auf dem kleinen Mahagonitisch stand und Lärm machte.

Er starrte es an, um es zum Schweigen zu bringen, aber es klingelte einfach weiter.

Schließlich gab er auf. Er *wollte* ja mit ihr reden, er sehnte sich danach, ihre Stimme zu hören, wieder mit ihr hier im Wohnzimmer zu sitzen und zu lesen und Radio zu hören, an einem ganz normalen Abend, wenn er von der Zeitung nach Hause gekommen war und sie aus dem Theater.

Aber sie war es nicht, es war Guido.

Henry hatte seinen Freund und Kollegen am Abend zuvor angerufen. Er hatte nichts vom Krieg gesagt und auch nichts von der Lage in der Redaktion, sondern war gleich zur Sache gekommen:

Ich bin in der Stadt. Ich muss mich betrinken. Hast du was im Haus?

Die Alkoholläden würden vor April nicht wieder aufmachen. Und die volkstümlichen Lokale, wo man sich im Team mit guten Freunden ungestört volllaufen lassen konnte, waren schon seit neun Uhr geschlossen, nur die teuersten Etablissements durften bis elf Uhr geöffnet bleiben.

Ich habe eine Flasche Jallu[26], hatte Guido gesagt. Und vielleicht eine halbe Flasche Kognak. Ich werde nachschauen.

Und ich habe ein paar Flaschen Mascot, hatte Henry ergänzt. Das reicht wohl, um in Gang zu kommen.

Mascot war ein Süßwein, der scheußlich schmeckte, aber Not kannte kein Gebot.

Ich muss mir auch ein paar hinter die Binde kippen, hatte Guido gesagt und hinzugefügt:

Ghita und die Kleinen sind immer noch in Grankulla. Und das hier sind keine Friedensbedingungen, sondern Befehle des russischen Satans.

Jetzt rief Guido nur an, um sich zu versichern, ob Henry immer noch kommen wollte. Er gab ihm eine Adresse am Åboвägen, die Familie Röman war kurz vor dem Krieg dorthin umgezogen, und fragte:

Ragge aus dem Wirtschaftsressort will auch kommen. Das ist dir doch recht?

Henry kannte Ragnar Lerche nicht besonders gut, aber er antwortete:

Ich darf meine *Aldebaran* fast gratis an seinem Liegeplatz lassen, also schulde ich ihm ein Besäufnis.

Er zögerte ein paar Sekunden, fuhr aber dann fort:

Sie haben meine letzte Reportage aus Viborg nicht gebracht.

Nein, sagte Guido. Das stimmt.

Sie haben sie nun schon viele Wochen liegen lassen. Weißt du etwas darüber? Ich glaube ja, dass Sandberg dahintersteckt. Er arbeitet gegen mich, wo er nur kann.

Wir können das heute Abend besprechen, sagte Guido. Aber viel weiß ich nicht. Und du darfst es nicht zu wichtig nehmen. Es sind harte Zeiten, es gibt schlimmere Schicksale, als von seinem Chef kaltgestellt zu werden.

2

Drei Männer saßen an einem nackten Kiefernholztisch in einer fast unmöblierten Küche. Man merkte, dass die Römans ihren Einzug gerade noch geschafft hatten, bevor der Krieg ausbrach und Ghita und die Kinder evakuiert wurden.

Das siebenstöckige Mietshaus war im Jahr zuvor erbaut worden. Auf den Böden und an den Decken der Wohnung glänzte noch die Farbe, Spülbecken und Wasserhähne blinkten, und die Tapeten waren fleckenlos und hell. Auch das hier hätte kurz und klein gebombt werden können, dachte Henry.

Anheimelnd war es nicht. Die Glühbirne, die den Tisch mit den Flaschen beleuchtete, hatte keinen Schirm, und das Küchenfenster hatte keine Gardine, es gab nicht einmal Jalousien: Ihr Zechgelage war quer über den Innenhof vollkommen sichtbar für diejenigen, die im Nachbarhaus auf gleicher Höhe wohnten wie die Römans.

Henry hatte eine Besichtigungstour gemacht, bevor sie sich an den Tisch setzten: Kein Raum war fertig eingerichtet. Ein Doppelbett im größten Schlafzimmer, halb aufgebaute Kinderbetten in zwei anderen, im Wohnzimmer nur ein einsamer Sessel und ein großer Radioapparat, der schweigend auf dem Fußboden stand. Die gleichen nackten Glühbirnen in allen Räumen und ein einziges Bild in der ganzen Wohnung: ein Gemälde, auf dem zwei Männer mit groben Gesichtszügen unter einer Straßenlaterne standen und sich stritten, es hätte von George Grosz sein können.

Wo habt ihr eure Sachen, fragte Henry.

In Grankulla, sagte Guido, bei Ghitas Eltern. Wir waren mitten im Umzug, als mir klar wurde, dass der Krieg jeden Tag beginnen konnte. Und ich wusste ja nicht, wie viele Bomben sie abwerfen würden.

Henry war von der Museigatan zu Fuß gekommen und hatte festgestellt, dass er sich in Tölö nicht mehr auskannte.

Es waren nicht nur die Gebäude von Berga und Fjälldal und Hesperia, auch nördlich davon hatten Äcker, Felsen und Wald den hohen Häusern und asphaltierten Straßen der steinernen Stadt weichen müssen.

Als Kind hatte er viele Jahre in der Villa Johansberg gewohnt, einem großen, heruntergekommenen Mehrfamilienhaus in Holzbauweise auf einem steinigen Grundstück, aus dem dann die ansteigende Apollogatan wurde. Das war, als sein Vater Aron als Lehrer an der Volksschule in der Arkadiagatan arbeitete. Die Villa war noch lange stehen geblieben, immer mehr bedrängt und in den Schatten gerückt von den himmelhohen Giebeln der Steinhäuser. Am lebhaftesten erinnerte er sich an den Schutzbaum[27], eine uralte, knorrige Trauerbirke, deren Laubwerk das Sonnenlicht siebte, sodass es hübsche Muster auf den Tapeten der Zimmer bildete. Aber während eines Sommers in den Zwanzigerjahren waren die Villa und der Baum verschwunden und durch einen hohen Neubau ersetzt worden. Und nun dehnte sich die steinerne Stadt um einen weiteren Kilometer nach Norden aus, vorbei an den alten Kosakenkasernen und am Straßenbahndepot, bis zur Tuberkuloseklinik in Dal.

Hier waren keine Bomben gefallen, alles war unversehrt und gepflegt. Die neuen Mietshäuser präsentierten sich im funktionalistischen Stil, mit kleinen, regelmäßigen Fenstern und engen Balkonen aus Beton und Wellblech. Die Umgebung machte einen unfertigen Eindruck, und hier war auch das Ende der Stadt – das neue Zuhause der Familie Röman lag im letzten Steinhaus am Åbovägen, hinter der Tankstelle am Fempennistullen[28] kamen dann nur noch Felsen und Nadelwald.

An Guidos Stelle wäre Henry nie von der Kammiogatan hier herausgezogen. Aber Guido und Ghita brauchten die zusätzlichen Zimmer: Im vorigen Sommer war die Schar ihrer Kinder um ein fünftes namens Joel angewachsen.

Während der ersten Stunde ihres Treffens war Henry schweigsam, er rauchte ununterbrochen, brummte und nickte meist nur pflichtschuldig zu dem, was Guido und Ragge sagten.

Es war nicht so, dass sie über uninteressante Dinge gesprochen hätten, im Gegenteil. Und es war ein angenehmes Gefühl, an einem zivilen Küchentisch zu sitzen, sich zu betrinken und zu rauchen, es war lange her seit dem letzten Mal. Ragge Lerche hatte den Auftrag gehabt, Zigaretten zu kaufen, er hatte mehrere Packungen North State und eine Packung Työmies mitgebracht, aber gewarnt, dass die »Norttina« alt und trocken seien. Guido und Henry, beide rauchgierig, hatten geantwortet, das sei ihnen scheißegal. Sie hatten eine ansehnliche Menge Flaschen zusammengeklaubt, und Guido hatte Roggenbrot, Salzgurken, ein großes Stück ungesalzene Butter und eine Büchse halb gefrorenen Honig auf den Tisch gestellt, alles, was er noch in der Speisekammer hatte. Henry war mehr auf den Schnaps erpicht als auf das Essen und ließ sich zügig volllaufen, und die anderen taten es ihm nach.

Aber seine Gedanken waren woanders. Sie waren wieder draußen auf der Landenge, er kam davon nicht los, und noch mehr waren sie bei Molly.

Denn mit jedem Tag stand ihm klarer vor Augen, wie dumm er sich verhalten hatte, als er den Kontakt zu ihr vernachlässigte, Krieg oder nicht Krieg.

Bei seiner Abreise war Molly enttäuscht von ihm gewesen. Wenn sie nun auf ihrer Tournee jemanden gefunden hatte, um sich zu trösten?

Sie hatte ihm oft zu verstehen gegeben, was für eine Spannung zwischen zwei Schauspielern auf der Bühne entstehen konnte, und er wusste, dass die Mitglieder eines Theaterensembles sich während der Tourneen näherkamen.

Und er erkannte Lebemänner und Raubtiere auf den ersten Blick. Der geschniegelte Walter Venho gehörte definitiv in diese Kategorie, das war schon den Gerüchten zu entnehmen.

Oder, schlimmer noch: Wenn Molly sich nun verliebt hatte? Zum Beispiel in einen Schweden, dann würde sie nicht zurückkommen, sondern eine Luxus-Ehefrau in einem Stockholmer Oberschichtviertel werden.

Sie war von ungewöhnlicher Art, Henrys Liebste. Nach fast zweijähriger Beziehung war sie ihm immer noch ein Rätsel, er wusste selten, woran er mit ihr war.

Und sie hatte einen merkwürdigen Beruf: Sie verdiente ihren Lebensunterhalt damit, so zu tun, als wäre sie jemand anders.

Manchmal befürchtete er, dass sie beide in ihrem tiefsten Inneren nach völlig entgegengesetzten Dingen strebten. Er selbst wollte die Wirklichkeit so aufrichtig und so präzise wie möglich schildern. Molly wollte sie aufheben und stattdessen fiktive Wirklichkeiten erschaffen. Sie war ein Fantasiemensch, brachte ständig neue Gedanken und Ideen ins Spiel, wechselte die Perspektive so rasch, wie sich ihre Stimmung änderte. Manchmal fühlte er sich ihr unterlegen, so als würde sie eine verfeinerte Lebensart verkörpern, während er nur Mittelmaß war.

Das Gefühl war ihm unangenehm, es hatte etwas Erstickendes.

Und es wurde nicht besser dadurch, dass Molly so schön anzuschauen war. Fast jeder Mann drehte sich nach ihr um, ob auf der Straße oder auf dem gesellschaftlichen Parkett.

Er hatte zerstreut zugehört, während Guido und Ragge über das redeten, was in der Stadt kurz vor Kriegsende und gleich danach passiert war, und plötzlich war da etwas, das sein Interesse weckte:

Was habt ihr gesagt? Über den Reichstag?

Dass jemand geradewegs ins Reichstagsgebäude gegangen ist und sich dort erschossen hat, sagte Ragge. Eine Frau. Sie hat es in der Aula getan.

Das war schon am Dienstag, fügte Guido hinzu. Aus Protest gegen den Friedensvertrag, heißt es.

Im Reichstag, einfach so?, wunderte sich Henry. Und sie hat sonst niemanden verletzt?

Nein, sagte Guido. Möglicherweise hatte sie um ein Gespräch mit einem Abgeordneten gebeten, aber soweit ich weiß, hat sie sich sofort erschossen, nachdem sie hereingekommen war.

Aber wieso stand es nicht in der Zeitung?, fragte Henry. Ich habe gestern und heute mehrere Blätter gelesen, und ich habe kein Wort darüber gesehen.

Das ist es ja, sagte Ragge und zündete sich eine neue Zigarette an. Es kam eine Anweisung, nichts darüber zu schreiben und nicht davon zu reden.

Sowohl Ryti als auch von Born haben das angeordnet, glaube ich, sagte Guido. Man erfährt keine Details. Das Ganze wurde zur Geheimsache erklärt.

Aber warum …?, insistierte Henry und nahm einen großen Schluck Jallu, er brannte in der Kehle, und er musste husten, bevor er weitersprach:

Wisst ihr, wer sie war?

Grahn hat gesagt, Stillschweigen sei das Beste, damit die Russen nicht auf komische Gedanken kommen, antwortete Guido. Damit sie nicht glauben, das ganze Land sei wegen der Friedensbedingungen in Aufruhr.

Das wäre ja nicht falsch, sagte Henry. Die meisten finden, dass dieser Frieden einfach nur scheiße ist.

Mein Bruder Lennu arbeitet in der Botschaft in Stockholm, er hat mich angerufen und gesagt, dass er die ganze Woche gesoffen hat, sagte Ragge. Gesoffen und geweint und geflucht. Lennu hat übrigens deiner … wie soll man sie nennen, *fiancée*, während des Winters geholfen. Telefongespräche mit der Heimat arrangiert und so weiter.

Aha, sagte Henry, so neutral wie er konnte.

Es hatte ihm einen Stich versetzt, als Ragge Molly erwähnte, und auch noch auf so herablassende Art. Henry musste an Frau Paloheimo aus dem dritten Stock in der Museigatan denken. Sie rümpfte jedes Mal die Nase, wenn sie ihn und Molly im Treppenhaus zusammen sah. Jetzt war Frau Paloheimo evakuiert, aber sie würde bald zurückkommen – und früher oder später wohl auch Molly –, und dann würde es mit dem Naserümpfen wieder losgehen.

Aber wen hatte Molly im Winter angerufen, oder von wem war sie angerufen worden? Lilly natürlich, sie hatte an der Front im Lotta-Korps gearbeitet, war aber zwischendurch in der Stadt gewesen. Jemand anders? Mollys Mutter Irene, selbstverständlich, aber gab es noch jemanden?

Lennu hat von ihr geredet, als ob er in sie verliebt wäre, feixte Ragge, nahm einen tiefen Zug aus seiner Zigarette und blies den Rauch durch die Nase aus.

Als er weiterredete, war seine Stimme rau vom Alkohol:

Lennu liebt Filme und hat alle gesehen, in denen deine Molly mitspielt. Aber mach dir keine Sorgen, Brüderchen ist glücklich verheiratet und außerdem hässlich wie die Nacht.

Henry antwortete nicht, er nickte nur kurz und nahm einen weiteren Schluck Jallu, diesmal etwas kleiner, und er fragte sich, ob er sich mit Ragge Lerche noch würde prügeln müssen, bevor der Abend zu Ende war.

Guido musste die Feindseligkeit gespürt haben, denn er sagte in begütigendem Ton:

Molly ist eine Perle und das Beste, was dir je passiert ist, Henry. Skål, Brüder, auf das anmutige Geschlecht!

Henry erhob pflichtschuldig sein Glas und sagte »Skål!«, konnte es aber nicht lassen, Ragge einen wütenden Blick zuzuwerfen. Dann schüttelte er den schwelenden Zorn ab und sagte:

Eine Sache verstehe ich nicht. Ihr habt gesagt, dass das am Dienstag passiert ist und dass die Frau unglücklich über den Friedensvertrag war. Aber wie konnte sie davon wissen? Der Krieg war am Mittwoch um elf Uhr zu Ende, und erst eine Stunde später hat Tanner im Radio gesprochen.

Ragge zuckte mit den Achseln:

Sie hat es wohl geahnt. Alle wussten ja, dass die Delegation in Moskau war.

Guido hatte gedankenvoll auf die Tischplatte geschaut, während er sich Henrys Frage anhörte. Jetzt sagte er:

Es heißt, dass es sich um die Frau eines Redakteurs von *Uusi Suomi*[29] handelt. Das würde die Sache erklären, denn in den Redaktionen war man darüber informiert, was vor sich ging. Und es kann stimmen, dass sie es war. Ich kenne die beiden, sie ist Sprachforscherin, und sie brennen beide für Karelien.

Wir können nicht anfangen, so etwas zu verheimlichen!, sagte Henry. Wir sind keine Sowjetunion, wir sind ein demokratisches Land mit freier Presse und offenem Nachrichtensystem.

Noch während er die Worte sprach, sah er das ängstliche Gesicht des Soldaten Mattsson vor sich: die Qual, wenn einer zu sagen versuchte, was nicht gesagt werden durfte. Und er dachte an das Gespräch mit Sandberg beim Mittagessen im Februar, als der Redaktionschef weder mit seinem Unmut noch mit Drohungen hinter dem Berg gehalten hatte.

Aber es war nun einmal, wie es war: Finnland hatte einen Kampf um das eigene Überleben geführt, da musste der Zweck zuweilen die Mittel heiligen dürfen. Trotzdem wusste Henry, dass er im Prinzip bei seiner Überzeugung bleiben würde.

Sag so was nicht, entgegnete Guido ruhig und strich steifgefrorenen Honig auf ein großes Stück Salzgurke. Weiß der Teufel, was wir gezwungenermaßen noch alles unterschlagen und vertuschen werden. Und ich verstehe unsere Minister. Wenn so etwas Schlagzeilen macht, könnten andere auf ähnliche Gedanken kommen.

Henry musste zugeben, dass Guido recht hatte, und ergänzte:

Und vielleicht begnügen sich nicht alle damit, sich selbst zu schaden.

Ragge Lerche leerte sein Glas in einem Zug und fing dann Henrys Blick auf. Ragges Augen waren schon trüb und seine Stimme sentimental, als er sagte:

Lieber Bruder, ich möchte mich für meine Worte von vorhin entschuldigen. Ich habe Hochachtung vor deiner Molly, sie ist eine Klassefrau in jeder Hinsicht.

Macht nichts, Bruder, sagte Henry versöhnlich, wir schreiben es auf das Konto des Elixiers.

Er griff wieder nach der Flasche, goss jeweils einen ordentlichen Schluck in Ragges und Guidos Glas und einen etwas kleineren in sein eigenes. Sie hatten die erste Flasche Jallu schon geleert, zum Glück hatte Ragge noch eine mitgebracht. Guidos halb volle Kognakflasche war auch noch da, aber in einem gewissen Stadium würden sie sich den Umständen fügen und zum Mascot übergehen müssen. Er dachte, dass er wohl etwas Brot mit Butter und Salzgurke mit Honig essen sollte. Aber er spürte immer noch keinen Hunger, nur Rauchverlangen und Durst.

Sie saßen eine Weile still da, alle drei schauten aus dem Fenster. Auf der anderen Seite des Innenhofs war das entsprechende Fenster beleuchtet, dort saß ein weißhaariger Mann und glotzte, er beobachtete ihr gemütliches Beisammensein offen und schamlos. Guido erhob sich von seinem Stuhl und drohte dem Alten mit der Faust, und der sah erschrocken aus, verließ seinen Platz und verschwand. Guido setzte sich wieder hin und sagte dann, nicht angriffslustig, sondern leise:

Vielleicht haben wir zu früh aufgegeben. Hätten wir weiterkämpfen sollen?

Es ging ja nicht, sagte Ragge. Wir sind zu klein, und alle haben uns im Stich gelassen. *Alle!*

Das stimmt nicht, sagte Guido. Fast zehntausend schwedische Soldaten sind jetzt auf der Heimreise. Schweden hat uns Jagdflugzeuge und Piloten geliehen. Und auch von anderen Ländern haben wir Unterstützung bekommen.

Schrott!, sagte Ragge grimmig. Und auf einen Truppentransit wollten sie sich nicht einlassen. Die Norweger auch nicht.

Henry versuchte die Ruhe zu bewahren, spürte aber, wie er immer ungeduldiger wurde.

Das Eisenerz, sagte er. Der Stahl. Das war es, was die Briten und die Franzosen schützen wollten. Kiruna und Gällivare und den Hafen oben in Narvik. Wenn sie Soldaten für uns übrig gehabt hätten, dann wären es so wenige gewesen, dass sie an der Front keinerlei Rolle gespielt hätten.

Sie hätten es doch trotzdem versuchen können, brummte Ragge, leerte sein Jallu-Glas und reckte sich nach dem Roggenbrot und dem Messer.

Er schnitt ein Stück Brot ab und bestrich es dick mit Butter: Man soll die fetten Sachen genießen, wenn sie im Angebot sind.

Das war unser Krieg, sagte Henry. Wir waren nicht schuld

daran, wir wollten ihn nicht. Aber als er kam, war es unser Krieg. Nicht der der Schweden.

Ragge rümpfte verärgert die Nase:

Die Schweden sind uns was schuldig! Sie haben jahrhundertelang unsere Jungs als Kanonenfutter in ihre Kriege geschickt.

Henry schüttelte den Kopf:

So funktioniert das nicht. Die Staaten sind souverän, es gibt Grenzen dafür, wie viel Nachbarländer voneinander fordern können.

Er seufzte, eher genervt als betrübt, und fügte hinzu:

Ich neige sonst nicht dazu, Tanner zu zitieren. Aber im Radio hat er gesagt, jeder soll vergessen, was einmal war, und stattdessen etwas Neues aufbauen.

Dass das leichter gesagt als getan war, wusste Henry. Aber ihm gefiel das »wir« nicht, das Guido und Ragge benutzten. Hier saßen sie, drei Männer mittleren Alters, er selbst war dreiundvierzig, und soweit er wusste, waren Guido und Ragge beide ein paar Jahre älter. Er selbst war vom Militärdienst befreit, und auch die anderen waren der jüngsten Mobilmachung im Februar entgangen. Wenn sie einberufen würden, und wenn sie sich als mutig und stark erwiesen, dann würden die jüngeren Soldaten ihnen den Ehrentitel *jermu* verleihen, der einen stahlharten älteren Krieger bezeichnete. Doch solange nicht der äußerste Notfall eintrat, würde keiner von ihnen Frontdienst leisten müssen.

Außerdem hatten die beiden, Guido und Ragge, die gesamte Kriegszeit in Helsingfors verbracht, zwar mit dem Risiko von Bombenangriffen, aber trotzdem. Sie kannten den Krieg nur durch die Berichterstattung von Henry und seinen Kollegen, und das war etwas anderes, als den Krieg so zu erleben, wie er wirklich war. Diese Erfahrung machte man nur in den Bunkern und Schützengräben, in den Wäldern und draußen auf den Eisflächen und Feldern.

Obwohl er, Henry, das wahre Gesicht des Krieges ja auch nicht kennengelernt hatte. Das war ihm hinreichend klar geworden, als er gehört hatte, was die Sodaten Mattsson und Henell und andere erzählten.

Der Alkohol hatte ihn schon so mürbe gemacht, dass er die Bilder nicht länger verdrängen konnte. Eines davon blitzte vor seinem inneren Auge auf: die tiefgefrorenen Leichen russischer Soldaten im Graben neben der Straße, auf der Henry und eine kleine Gruppe aus Oksalas Kompanie sich in Schneeanzügen und auf Skiern vorwärts bewegten, unterwegs zum Wachdienst bei einem Maschinengewehrversteck.

Jemand hatte die Leichname von dem nahe gelegenen Feld, wo sie niedergemetzelt worden waren, dort hingeschleppt. Es waren Dutzende, sie waren in den groteskesten Stellungen zu Eis gefroren, die Gesichter in frostigen Todesgrimassen erstarrt, hier stand ein Arm nach oben, dort ein Bein, einige der Toten hatten ihre Stiefel und Fußlappen verloren, die nackten Füße waren schwarz geworden und ähnelten auf bizarre Weise großen Vogelklauen. Die Uniformen waren blutgetränkt, und an einem der Körper fehlte der Kopf, es war ein Offizier, oberhalb von Torso und Rockkragen war nichts mehr, nur noch gefrorene Fetzen von Sehnen und blutigem Gewebe. Henry schüttelte sich, um das Bild loszuwerden, nahm einen Schluck und schnitt sich ein Stück Brot ab. Aber es war zu spät.

Das Gedränge im Feldlazarett, bevor er verlegt wurde. Die verzweifelten Jammerlaute der Männer, die es am schlimmsten erwischt hatte. Manche hatten Wundbrand, einem war ein Granatsplitter ins Gesicht geflogen und hatte ihm die halbe Nase und das Augenlicht zerstört, ein anderer hatte beide Beine verloren, das eine gleich unterhalb der Leiste, und er schrie, während er im Sterben lag. Der Chirurg, Leutnant Jaakkola, machte Notoperationen, ohne sich Schlaf oder Ruhe zu gönnen, und manchmal wurde jemandem wie durch ein Wunder das Leben gerettet. Aber genauso oft wurde die Operation nur ausgeführt, weil man dazu verpflichtet war, weil die Ärzte und die Schwestern den Eid geschworen hatten, unter allen Umständen das Leben zu erhalten. Oder es wenigstens zu versuchen. Und selbst wenn das Wunder geschah – welchen Wert hatte das

Dasein noch für einen jungen Mann, dem plötzlich eine oder mehrere Gliedmaßen fehlten und der bis ans Ende seiner Tage auf die Hilfe und das Wohlwollen anderer angewiesen sein würde?

Aber während er die Höllenbilder wieder vor sich sah, die er doch aus seinem Gedächtnis löschen wollte, hatte er gleichzeitig eine andere Vision.

Ein Morgen, Anfang Februar. Er befand sich in der Nähe von Viborg, kurz bevor die Russen Ernst machten mit ihren Fliegerbomben. In der Nacht hatte er nicht schlafen können. Er und einige andere Reporter waren in einer verlassenen Volksschule etwas außerhalb der Stadt einquartiert, und schon vor dem Morgengrauen war er auf den Hof hinausgegangen, um frische Luft zu atmen und eine Zigarette zu rauchen.

Kurz bevor der Himmel anfing, sich rot und golden zu verfärben, stand er also dort und rauchte und hörte das dumpfe Grollen des Artilleriefeuers im Südosten und sah, wie die Explosionen den dunklen Horizont in Brand setzten. Er blieb noch lange stehen und beobachtete, wie das Licht des Tages allmählich das künstliche Licht der Gewalt verdrängte, und als er ins Haus zurückging, war nur noch das Grollen da. Es klang, als ob es näher gekommen sei, aber man konnte nicht mehr sagen, aus welcher Richtung es kam.

An jenem Morgen begriff er, dass der Krieg, wenn er weit genug weg war, eine apokalyptische, perverse Schönheit hatte. Er bestand dann aus Farbenspielen, Bildern und fernen Geräuschen, und im Menschen erzeugte er Schauder und Bewunderung. Erst in der Nahsicht trat die Höllennatur des Krieges zutage, seine monochrome und schmutzige Welt des elementaren, tierischen Schreckens. Aus unmittelbarer Nähe hatte die Welt des Krieges keine Nuancen oder feineren Abtönungen. Da gab es nur die tiefste Dunkelheit des menschlichen Daseins, die einsamen, keuchenden Atemzüge jedes Einzelnen und den blinden Überlebenswillen.

Und wenn man den nicht hatte, würde man beim Anbruch der nächsten Nacht nicht mehr unter den Lebenden sein.

Aber nichts von alledem konnte er Guido oder Ragge vermitteln, obwohl sie Kollegen und Freunde waren.

Denn wenn man nicht dabei gewesen war, dann war man nicht dabei gewesen.

Wenn man es nicht gesehen hatte, dann wussten die Augen von nichts.

Die Worte eines anderen Menschen oder ein verschwommenes Foto in einer Zeitung konnten niemals einen Eindruck davon geben, wie grauenhaft es war.

Heki, hallo! Wohin bist du denn verschwunden?

Guidos freundliche, aber besorgte Stimme rief ihn an den Tisch zurück.

Entschuldigt, sagte Henry, meine Gedanken sind mit mir durchgegangen.

Jetzt nimm einen Schluck, verdammt noch mal, Gunnars!, sagte Ragge, schenkte Henry nach und sang leise vor sich hin: Nun werden meine steifen Glieder allesamt geölt, geölt[30].

Henry zwang sich zu einem Lächeln und antwortete:

In meinem Schädel drängen sich die Plagegeister, und ist der Gaumen erst erfrischt, so süß und glatt, entzündet sich nur umso mehr mein Blut, und stärker wird der Wahn.

Guido, dessen Blick allmählich ebenso trüb wurde wie Ragges, hob sein Glas und ergänzte:

Lass dein Gerippe nun zu Boden fallen, schenk dem Glas ein Lächeln!

Als sie den Schnaps hinuntergekippt hatten, sah Guido Henry an und fragte:

Denkst du immer noch an die Artikel? Die sie nicht gebracht haben?

Nicht direkt, sagte Henry, und seine Stimme klang nüchterner, als er erwartet hatte.

Aber ein bisschen vielleicht schon. Ich denke an das, was vorausgegangen war. Was ich gesehen und gehört hatte.

Er hielt kurz inne und fuhr dann fort:

Worüber ich aber nicht berichten durfte.

Na, zum Teufel, dann erzähl es uns!, verlangte Ragge.

Nein, sagte Henry. Jetzt nicht. Hört mal, jetzt lassen wir uns richtig volllaufen!

Er bückte sich nach der Flasche. Nun war schon der Kognak dran, Guido und besonders Ragge waren wirklich in Gang gekommen. Er selbst zögerte immer noch, trotz seiner verwegenen Sprüche. Er wusste nicht, wie viel er riskieren durfte, er fürchtete sich vor dem, was sich ereignen könnte, wenn er so viel trank, dass alle Barrieren fielen.

Am Fenster gegenüber war der alte Mann auf seinen Beobachterposten zurückgekehrt, versuchte aber so zu tun, als bemerkte er sie nicht. Henry schnitt ihm die hässlichste Grimasse, zu der er imstande war. Sie blieb ohne Wirkung.

Im Februar ist was mit deinen Artikeln passiert, sagte Guido. Nicht nur Sandberg ist das aufgefallen, wir haben es alle gesehen. Aber er hat als Erster in den Redaktionssitzungen davon gesprochen. Bestimmt hat der alte Ekbladh von der Zensurstelle ihm Daumenschrauben angelegt.

Henry konnte ein Grinsen nicht unterdrücken. Spezielle Zensurstellen, die Kriegszensoren an alle größeren Zeitungen entsandten, waren der Informationsbehörde des Ministers unterstellt, die wiederum der Staatskanzlei unterstand, wo sein Freund und früherer Schulkamerad Carl Mellsten als Abteilungsleiter arbeitete. Eine Laune des Schicksals hatte es gewollt, dass Magister Reinhold Ekbladh, pensionierter Muttersprachenlehrer[31] und seinerzeit am Normallyzeum ein Quälgeist sowohl für Henry als auch für Mellsten, als Zensor zum *Hufvudstadsbladet* geschickt worden war.

Aha, sagte Henry, und was hat Sandberg gesagt?

Ach, ich kann mich nicht mehr erinnern, versuchte Guido auszuweichen. Meistens war er bloß genervt. Und ich war nicht in allen Konferenzen.

Winde dich nicht raus, sagte Henry. Ich will es wissen.

Sandberg war sauer, dass immer ein Stenograf in Bereitschaft sein musste, weil du deine Reportagen sofort durchtelefonieren wolltest, warf Ragge ein. Und er meinte, dass da ein anderer Ton reingekommen sei. »Zweiflerisch«, hat er gesagt, glaube ich. Oder »zögerlich«, so genau erinnere ich mich auch nicht mehr.

Guido zuckte mit den Achseln und sagte:

Na ja, ein paar Sachen habe ich natürlich behalten. Sandberg fand, dass deine Artikel keine Hoffnung mehr einflößten. Dass sie einen Misston enthielten. Und er fragte sich, warum du die Namen der Soldaten nicht mehr genannt hast. Das hätte die Truppen dem Leser nähergebracht, sagte er, aber jetzt seist du vorsichtig und abstrakt geworden.

Und was meinte Grahn dazu?, wollte Henry wissen. Er ist doch für die Linie der Zeitung verantwortlich.

Er spielte jetzt eine Art Poker mit Guido und Ragge, behielt Informationen für sich, um zu erfahren, was sie wussten und dachten. Er war in der dritten Februarwoche in Helsingfors gewesen, hatte aber auf einen Besuch in der Redaktion verzichtet. Damals hatte er schon festgestellt, dass zwei seiner Reportagen nicht in der Zeitung erschienen waren. Er hatte sich für ein Telefongespräch mit Grahn und für ein Mittagessen mit Sandberg im *Adlon* entschieden. Er glaubte, alle Trümpfe in der Hand zu halten, denn er wusste, dass er immer noch privilegiert war: Er besaß nach wie vor das Vertrauen von Oberst Luoto und der Staatskanzlei.

Seiner Ansicht nach hatte er sich geschickt verhalten, aber es war nichts Gutes dabei herausgekommen.

Ach, Grahn ist nun mal, wie er ist, brummte Ragge. Er ist der Lakai von Amos, sonst nichts. Alle wissen, dass es Sandberg ist, der die wichtigen Entscheidungen trifft.

Amos Anderson[32] war der Verleger der Zeitung. Und Henry, der seit 1924 in der Redaktion arbeitete, wusste, dass Ragge recht hatte. Grahn war ein schwacher Chefredakteur, der unentschiedene Leitartikel schrieb und dem Verleger als Ohr und Megafon diente.

Ich erinnere mich, sagte Guido, dass in einer Konferenz sowohl Grahn als auch Sandberg davon sprachen, dich zurückzubeordern. Aber ich weiß nicht mehr, wer zuerst den Vorschlag machte.

Sandberg!, dachte Henry. Es war genau das, was der Mistkerl ihm nahegelegt hatte, als sie an jenem Mittag im *Adlon* ihre zähen Kohlrouladen aßen. Und vorher hatte er sich mit dem »zweiflerischen« Tonfall in Henrys Artikeln befasst.

Zweiflerisch?, hatte Henry entgegnet. Es ist grauenhaft da draußen. Die Jungen sterben im Schnee. Sie verbluten, sie werden massakriert.

Es sterben um ein Vielfaches mehr Russen, hatte Sandberg gesagt, in ebenso trockenem wie feindseligem Ton.

Natürlich, hatte Henry geantwortet. Und darüber habe ich auch mit Genugtuung berichtet. Aber ich kann nicht so tun, als gäbe es Tote nur bei den Russen. Ich kann mich zurückhalten, aber ich kann nicht lügen. Allein schon die Todesanzeigen werden ja offenlegen, was los ist. Wir würden nachher wie Betrüger dastehen.

Wir überlegen, dich zurückzurufen, hatte Sandberg gesagt, ohne eine Miene zu verziehen. Ich weiß, dass du ein geschulter Propagandist bist und dass Luoto und Mellsten dich begünstigen und dir Rückendeckung geben. Aber wir sind es, die dein Gehalt zahlen, wir können dich nach Hause holen, wann immer wir wollen.

Nach Hause holen.

Als ob es sich um eine bessere Touristenreise handelte, um die Heimkehr nach ein paar Wochen mit Champagner und Austern an der Riviera.

Henry hatte geantwortet, dass er vorhabe, im Osten zu bleiben. Wenn seine Reportagen nicht mehr erwünscht seien, ja sogar wenn Grahn ihm kündigte, wolle er trotzdem dort ausharren, beobachten und notieren. Das sei er allen schuldig, die unter Einsatz ihres eigenen Lebens für das Überleben Finnlands kämpften.

In jenen Februartagen in Helsingfors hatte er eine große Wut auf seinen Arbeitgeber gehabt.

Er wusste, dass Sandberg gern im Hotel *Kämp* saß und sich

mit den Auslandskorrespondenten unterhielt; mehrere von ihnen waren außergewöhnlich schöne Frauen. Er fragte sich, wie jemand in einem Lokal sitzen und flirten konnte, während die Verteidiger des eigenen Landes ein paar Hundert Kilometer entfernt ihr Leben riskierten.

Und Grahn, der salbungsvolle Idiot, hatte nur wenige Tage vor dem erzwungenen Rückzug bei Summa einen unsäglichen Leitartikel publiziert:

»Begeistert vergießen unsere jungen Männer ihr Blut in Kareliens Bergen, in seinen Wäldern, auf dem Eis seiner Seen, für die Rettung und zur Ehre ihres Landes.«

Die Männer waren tapfer und entschlossen, das hob auch Henry in jedem seiner Artikel hervor. Es waren die Übertreibungen, die er verabscheute.

»Begeistert«.

Er glaubte nicht daran, dass auch nur ein einziger Mann begeistert in den Tod ging. Nicht auf der finnischen Seite und nicht auf der russischen. Und auch sonst nirgends auf der Welt.

Mutig, ja. Stoisch, sicher. Unbekümmert – vielleicht in gewissen Sonderfällen.

Aber nicht begeistert.

Die jungen Männer wollten leben. Keiner von ihnen wollte sterben.

Und die Schreiber, die darüber Lügen verbreiteten, waren intellektuelle Huren.

Er schaute Ragge Lerche an, der schon fast komatös betrunken war, und Guido, der aussah, als ob er auf Henrys Kommentar zu der Sache mit dem Rückruf wartete.

Kurz erwog er, den beiden zu erzählen, warum er aufgehört hatte, die Namen der Soldaten zu nennen, warum er das als Notwendigkeit und Verpflichtung empfand. Aber als er den trüben Blicken seiner Saufbrüder begegnete, entschied er: Nein, das konnte warten.

Und so sagte er nur:

Natürlich wusste ich, dass sie mich zurückrufen wollten. Warum hätten sie sonst meine Reportagen abgewürgt?

3

Als er aufwachte, war es später Vormittag, und er lag zusammengekrümmt in einem der Kinderbetten, vollständig bekleidet und unter einer rauen, mottenzerfressenen Decke.

Es war kühl in der Wohnung, das merkte er, als er aufstand, nicht so kalt wie bei ihm zu Hause, aber beinahe. Dabei schien draußen die Sonne, und er glaubte, durch das Fenster die Vögel zwitschern zu hören. Obwohl er sich nicht ganz sicher war, denn in seinem Kopf dröhnte und klopfte es so heftig, als würden dadrinnen Eisenstangen geschmiedet.

Er konnte sich daran erinnern, dass die Diskussion gegen Morgen laut geworden war, bis sie während der letzten Nachtstunde in der Leere des Blicks versickerte, mit dem sie auf die ebenso leeren Flaschen und Gläser auf dem Tisch vor ihnen starrten.

Laut waren Ragge und er gewesen, während Guido, seiner Gewohnheit treu, begütigt und vermittelt hatte. Aber worüber hatten sie sich noch mal gezankt?

Seine Erinnerungen waren verschwommen, aber es gab sie:

Sie hatten über die finnische Gegenoffensive bei Summa kurz vor Weihnachten debattiert, bei der außer dem Mann seiner Nichte Asta noch viele andere gefallen waren. Henry hatte gesagt, dass die Offensive ein schwerer Fehler gewesen sei. Ragge hatte die Meinung vertreten, dass die finnischen Verbände einfach Pech gehabt hätten.

Sie hatten darüber geredet, ob es sinnvoll sei oder nicht, Propagandisten zu schulen. Ragge fand, dass das Land mehr davon brauchte, Henry war der Auffassung, dass bei den Journalisten die Berufserfahrung genügte, Patrioten waren sie auch ohne Schulung. Aber warum hatten sie sich dann darüber in die Wolle gekriegt, wer vor dem Krieg der beste Fußballer von Helsingfors gewesen sei, Rauli Oksala, Walter Venho oder einer der Brüder Karjagin? In der gegenwärtigen Lage war das ein verrücktes Streitthema. Wie auch immer: Die Hauptsache war, dass Ragge und er durch die Nacht gekommen waren, ohne eine Prügelei anzufangen.

Er hörte Geräusche aus der Küche, die anderen waren also ebenfalls wach. Er schleppte sich hinüber und fand Guido, der kraftlos auf einem der Stühle hing. Der Aschenbecher auf dem Tisch war so voll, dass er überquoll, und es roch stark nach abgestandenem Zigarettenrauch.

Wo ist Lerche?, fragte Henry. Ist er gegangen?

Sieht so aus, röchelte Guido. Wann, weiß ich nicht. Ich wollte dich zum Frühstück einladen, aber ich habe keins. Keinen Kaffee und auch keinen Tee. Und das Brot haben wir in der Nacht aufgegessen.

Das macht nichts, sagte Henry. Ich muss auch los. Ich habe Sachen zu erledigen.

Wann fängst du wieder an, in der Redaktion zu arbeiten?, fragte Guido.

Ich weiß nicht, sagte Henry. Das hängt wohl von Sandberg ab. Diese Woche habe ich frei, ich habe das gestern mit dem Sekretariat geklärt.

Als er durch die klare, kalte Luft des Tages ging, merkte er, dass er im Haus richtig gehört hatte: Die Vögel sangen eifrig, trotz der Kälte. Aber der Kater war fürchterlich, und das Gehen ermüdete ihn rasch. Schon an der Messehalle stieg er in die Straßenbahn der Linie drei, und sobald er einen freien Platz gefunden hatte, versank er in Gedanken.

Zu Beginn des Krieges hatte er, ob er nun über die einfachen Soldaten oder über die Offiziere schrieb, jeweils den Nachnamen und den militärischen Rang der Männer erwähnt. In einzelnen Fällen hatte er Namen und Rang verändert. Das kam vor, wenn einem Soldaten oder Unteroffizier ein Kommentar herausrutschte, der zweideutig war oder unverblümt aufsässig gegen die höheren Offiziere.

Aber dann, Anfang Januar, war der Koch Isaksson gefallen: Er hatte eine *Knako* in den Schädel gekriegt, genau wie er es befürchtet hatte. Das hatte Henry sehr mitgenommen. Was der gut gelaunte Isaksson im Dezember leichtfertig geäußert hatte, war zu einer Prophezeiung geworden, und es fühlte sich schier unerträglich an, dass es so gekommen war.

Henry war dann den ganzen Winter der Kompanie von Hauptmann Oksala gefolgt. Immer wieder hatte er sich bei den Männern aufgehalten, sowohl im Ruhelager als auch dann, wenn sie sich so nah an der Kampflinie befanden, wie er als Reporter überhaupt herankommen durfte.

Als eine von Oksalas Truppen sich knapp hinter der Front seitwärts bewegte, war sie in ein Granatfeuer geraten, und dabei war Henry verwundet worden.

Und mit Oksalas Männern traf er abermals zusammen, als er das Krankenhaus verlassen hatte und wieder nach Osten reiste: Am Abend seiner Rückkehr sah er gemeinsam mit der Kompanie den Auftritt von Kirsti Pera bei einem Truppenbetreuungsabend westlich von Viborg.

Immer öfter nahm er die Soldaten als seine Brüder wahr, als Blutsbrüder sogar.

Die Allerjüngsten erlebte er wie seine Söhne, wie die Kinder, die er nie bekommen hatte. Aber seine Söhne und Brüder starben wie die Fliegen, und viele der Überlebenden wurden durch die Grausamkeit des Krieges nach und nach psychisch traumatisiert.

Henry selbst fühlte sich wie ein Schwindler und ein Feigling, weil er sich nicht auf seinen Fähnrichsrang berief und darum bat, eingezogen zu werden.

Gleichzeitig schlief er in ihren Erdbunkern, auf harten Pritschen dicht neben geräuschvoll furzenden Korporalen und Kanonieren, und er interviewte die Offiziere und die einfachen Soldaten, auch nach dem Schicksalstag von Summa.

Schon nach Isakssons Tod hatte er eine eigene Methode entwickelt, er nannte die Namen der Offiziere, aber nicht die der Soldaten, er schrieb über Hauptmann Oksala und Leutnant Strandwall, aber Henell nannte er *Kanonier H* und Mattsson *Soldat M* und so weiter.

Nach Summa hatte er überhaupt niemanden mehr namentlich erwähnt. Viele Frontjournalisten waren die ganze Zeit so vorgegangen. Aber Henry hatte sich zunächst anders entschieden. Er hatte so viel Mitgefühl für die Männer und wollte, dass die Leser sie als Individuen sahen, genau wie irgendjemanden in ihrer heimatlichen Umgebung: Sie waren keine namenlosen Roboterkrieger, sie waren Mitbürger und Menschen, jeder mit seinen eigenen Gedanken und Gefühlen.

Aber dann kam der Aberglaube. Wenn der sich Bahn brach, war nichts zu machen. Und er wusste genau, wann er abergläubisch geworden war.

Ein Feldgottesdienst mitten im Wald.

Zwei Züge nahmen daran teil, sie waren gerade für gefährliche Missionen abgestellt worden. Der Feldprediger war erst sechsundzwanzig und hieß Oljemark, ein Cousin von Henrys Schwager.

Während Oljemark über die Teilhabe an der gerechten Sache und das Vertrauen in Gott sprach, entdeckte Henry, dass einer der beiden Züge von Fähnrich Höckert angeführt wurde, dem Leichtathleten und Olympiahelden von Berlin, Gewinner der Goldmedaille im Fünftausend-Meter-Lauf.

Er hatte ihn dann interviewt. Gunnar Höckert war inzwischen mit Gelenkrheuma geschlagen und eigentlich vom Kriegsdienst befreit, er nahm als Freiwilliger teil. Im Gespräch antwortete er offen und direkt, mit jungenhaftem Lächeln und einem Augenzwinkern. Er grüßte seine Laufkameraden in Schweden und Norwegen und bat sie, herüberzukommen und für die Freiheit Finnlands und ganz Europas zu kämpfen.

»Hier ist jeder Bursche vom Sportsgeist beseelt«, sagte er, »wir gehen mit frischem Willen und Optimismus in jeden neuen Tag.«

Der Zug hatte seinen gefährlichen Auftrag ohne Menschenverluste ausgeführt. Aber wenig später war Höckert trotzdem tot. Getroffen von der Kugel eines Scharfschützen, kurz nachdem er einen sowjetischen Panzerwagen unschädlich gemacht hatte, am Tag vor seinem dreißigsten Geburtstag, dem Tag, an dem Henrys Reportage vom Feldgottesdienst in der Zeitung stand.

Da beschloss Henry, keine Namen mehr zu benutzen. Jedenfalls nicht die Namen derer, die dort, ganz vorn an der Front, in ständiger Gefahr schwebten.

Offenbar hatte sich nach diesem Vorfall auch sein Ton so verändert, dass alle es merkten. Denn nun begann die Unzufriedenheit mit seinen Artikeln. Zuerst äußerte sie sich als Kritik und Gegenwind von Sandberg, dann darin, dass man die Veröffentlichung seiner Texte ablehnte.

Er erschrak, als er merkte, dass die Straßenbahn gerade in die Alexandersgatan abgebogen war, er war so tief in Gedanken gewesen, dass er nicht nur die Haltestelle am Nationalmuseum verpasst hatte, sondern auch die nächste.

Er beschloss, mit der Drei um Gardesstaden und Ulrikasborg herumzufahren, an der Fabriksgatan auszusteigen und über Sandviken und Alkärr zu Fuß nach Hause zu gehen. Er brauchte frische Luft, und auf diese Weise würde er auch mehr von der Stadt sehen: Während dieser ersten Tage war es ja meist nur Tölö gewesen.

Die Schneemengen waren immer noch enorm. An den Straßenecken waren gewaltige Berge zusammengekehrt worden. Aber entlang der Bürgersteige hatten sich tiefe Täler gebildet, und durch die Täler schlängelten sich heimtückisch vereiste Pfade, auf denen die Fußgänger ausrutschten und stürzten, manchmal kopfüber.

Die Zeiten, dachte er, sind so gefährlich, dass man schon bei einem einfachen Spaziergang auf der Straße sein Leben riskiert.

Und doch war in der Alexandersgatan und auf den Esplanaden eine fieberhafte Aktivität im Gang.

Die Hauswände waren von den Sandsäcken befreit worden und die Schaufenster von den Brettern und Pappen, und dort, wo die Verkäufer es schon geschafft hatten, Waren auszustellen, standen Menschen in kleinen Gruppen und bewunderten, was sie sahen: ein Brot, eine schöne Lampe, ein Paar Lederstiefel.

An einigen Warenhäusern standen Männer auf hohen Leitern und zogen die Uhren auf: Nach Kriegsausbruch waren die öffentlichen Zeitmesser der Stadt einer nach dem anderen stehen geblieben, ihre Zeiger hatten während des ganzen Winters auf den verschiedensten Uhrzeiten gestanden.

Als die Bahn am Restaurant *Kapellet* vorbeifuhr, schaute Henry zum Esplanadepark hinüber. Auch am Runebergdenkmal machten sich Männer in Arbeitskleidung mit Leitern und Kuhfüßen zu schaffen: Der Sockel und Teile von Runebergs Körper waren immer noch in einer schützenden Holzverkleidung verpackt, aber Schultern und Kopf waren schon sichtbar. Noch waren die ersten Möwen nicht eingetroffen, aber wenn sie kamen, das wusste Henry, würden sie sich sofort auf den Kopf des Dichters setzen und kacken: eines der sichersten Anzeichen des Frühlings in der Stadt.

Im Park sah man auch Kinder verschiedenen Alters. Die ersten Evakuierten waren zurückgekehrt, Mütter schoben Kinderwagen, die Größeren gingen an der Hand ihrer Großmütter. Außerdem waren da kleine Horden von Jungen im Flegelalter, sie standen oder hingen in manchen Ecken des Parks herum und sahen so angestrengt knallhart aus, wie es nur Straßenjungen können.

Er sah, dass viele der Kinder herumrannten und riefen und lachten, aber die Geräusche wurden vom Klappern und Quietschen der Straßenbahn übertönt. Von den Erwachsenen blinzelten einige in die Sonne und lächelten: ein vorsichtiges Lächeln, wie zur Probe.

Nachdem die Bahn die St.-Henrik-Kathedrale und das Hebammeninstitut passiert hatte und er ausgestiegen war, um zum Westhafen hinunterzugehen, zeigte sich ihm wieder mit aller Härte das nackte Gesicht des Krieges.

Die meisten Bomben waren hier im Südwesten gefallen, und die Aufräumarbeiten hatten gerade erst begonnen. In den Vierteln hinter dem Sandvikstorg und der Technischen Hochschule gab es große Verwüstungen.

Er schaute zu der schwer beschädigten Hochschule hinauf und dachte daran, dass dort oben auf dem Dach die Technologiestudenten im Frühling 1917 die finnische Fahne gehisst hatten. Aber nicht die weiße Fahne mit dem blauen Kreuz, sondern die rot-gelbe mit dem Löwen. Unter den Technologen waren einige seiner früheren Schulkameraden vom Normallyzeum gewesen, und er fragte sich, wo sie jetzt sein mochten. Er wusste, dass einer von ihnen Oberst und ein anderer Major geworden war.

Drüben an der Lönnrotsgatan stand ein zerbombtes Mietshaus. Ein paar Männer schaufelten mit Spaten Ziegelsteine und Mörtel auf die Ladefläche eines Lastwagens, sie rauchten bei der Arbeit. Auch Henry bekam Lust zu rauchen. Er suchte in den Innentaschen seines Paletots und erinnerte sich dann, dass keine Zigaretten mehr da waren, sie hatten alles aufgeraucht, was Ragge Lerche besorgt hatte.

Jetzt kündigte sich die Übelkeit wieder an. Aber diesmal blieb er nicht stehen, sondern beschleunigte seine Schritte, bis er beinahe rannte. In raschem Tempo passierte er den Sandvikskai und die Holzhandlung der Gebrüder Udd, aber als er am Maria-Krankenhaus und der alten Leichenhalle in Alkärr vorbeilief, wühlte die Angst immer noch in seiner Brust. Erst als er in Tölö ankam, ließ sie allmählich nach.

Jedes Mal, wenn er auf diese Weise reagierte, ärgerte er sich über sich selbst. Er konnte nichts für seine Schwächeanfälle, er hatte schon alles Mögliche versucht, um sie loszuwerden.

Immer wenn so ein Schub kam, musste er sich fragen: War er ein schwacher Mann, wenn der Krieg bei ihm bewirkt hatte, dass er sich derart schlecht fühlte, obwohl er niemals sein Gewehr hatte heben müssen, um einen Feind zu töten? Manchmal stellte er sich die Frage in noch schärferer Form: War er überhaupt ein Mann?

Hatten die Übelkeit und die innere Qual ihn verweiblicht, ein Neutrum aus ihm gemacht? Aber keinen »Pagen« und schon gar keinen »kühnen Entschluss«, wie in Edith Södergrans[33] Gedicht *Vierge Moderne*, sondern nur einen kränklichen und unbrauchbaren Niemand?

Als er zu Hause in der Museigatan angekommen war, ließ er sogleich Wasser aus dem Hahn laufen und trank. Das Wasser war schal und schmeckte widerwärtig.

Er suchte in der Speisekammer nach etwas Essbarem. Der rasche Spaziergang hatte gegen den Kater nicht geholfen, der war fast noch schlimmer geworden.

Er fand eine Büchse Sardinen ganz hinten in der Kammer. Sie sah rostig aus, aber sie musste herhalten. Er kramte in den Schubladen nach einem Gerät, um sie zu öffnen, und prägte sich ein, dass er sich mit Proviant versorgen, Haushaltsartikel auftreiben, die Speisekammer auffüllen musste.

Er hackte das verdammte Blechding mit einem Messer auf und aß mit der Gabel direkt aus der Büchse, als es an der Tür klingelte. Es war Broman, der sagte:

Ich wollte gleich mal die Nachmittagspost raufbringen. Ich sehe nämlich, da ist was dabei, was den Herrn Redakteur erfreuen kann.

Zwischen mehreren großen Umschlägen mit Rechnungen steckte ein kleinerer, verziert mit der spitzen Handschrift, die ihm so vertraut war und die er so vermisst hatte.

Sein Herz schlug heftiger, der Eisenhammer in seinem Kopf verstummte von einem Augenblick zum anderen. Er konnte sich gerade noch zusammenreißen, um Broman zu danken, bevor er die Tür schloss, den Brieföffner holte und das Kuvert aufschlitzte.

Liebster Henry,
es sind nun bald drei Monate vergangen, seit wir uns zuletzt gesehen haben, aber es fühlt sich mindestens wie zehn Jahre an …

Er las mit zunehmendem Wohlbehagen und wachsender Sehnsucht. Der Brief war genauso liebevoll, wie er gehofft hatte, und er fragte sich, warum er bei dem Gedanken an das Wiedersehen mit Molly so nervös gewesen war. Sie hielt ihm sein langes Schweigen überhaupt nicht vor. Und er selbst verdrängte nun entschlossen die Erinnerung an jenen Februarabend in der Havsgatan. Es war, als hätte es ihn nie gegeben, er dachte jetzt nur noch an Molly, und die Temperatur in der Wohnung schien innerhalb weniger Minuten um etliche Grade gestiegen zu sein.

I wag my tail for you, schrieb sie, und Henry lächelte, als er das las. Molly sprach fließend Französisch und Russisch, aber sie lernte auch eifrig und zielstrebig Englisch. Henrys eigenes Englisch war miserabel, aber nicht so rudimentär, dass er nicht verstanden hätte, was ihre Worte bedeuteten.

Er dachte daran, dass derselbe Satz, wenn er ihn geschrieben hätte, zweideutig gewesen wäre. Aus Mollys Feder war er einfach nur lustig.

Es versetzte ihm einen Stich, als er las, dass sie sich selbstsüchtig vorkam, weil sie nichts anderes wollte, als das gemeinsame Leben mit ihm wieder aufzunehmen.

Vielleicht würde er ihr eines Tages erzählen, was in der Wohnung der Starcks an jenem Abend im Februar vorgefallen war. Oder auch nicht. Jedenfalls war ihm jetzt klar, dass Molly in Schweden keine Tourneeromanze gehabt hatte, nicht mit Walter Venho und auch mit sonst niemandem.

Er war bei der zweiten Hälfte des Briefes angekommen, wo sie von Asta berichtete und von den Erfolgen der Theatertruppe in Schweden, als das Telefon klingelte.

Die Stille in der Wohnung war so kompakt, dass das Geräusch ihn erschreckte. Aber diesmal stand er rasch auf, ging in den Flur und nahm den Hörer ab.

Hallo!

Ist dort Henry Gunnars?

Ja.

Sie haben ein Gespräch aus Stockholm. Warten Sie bitte einen Moment!

Als er nach wenigen Augenblicken ihre Stimme hörte, spürte er eine wilde Freude. Dabei klangen Mollys erste Worte fast vorwurfsvoll:

Dann bist du also doch zu Hause! Gott sei Dank, geliebter Henry. Wie oft ich es versucht habe! … Gestern Abend … Und vorgestern …

Seine ersten Worte fielen sachlich aus:

Du hast es versucht? Dann hatten wir Pech. Ich bin vorgestern angekommen, und da war ich nur zum Essen in der Stadt. Und gestern hatten wir eine kleine Zusammenkunft bei Guido. Jetzt war ich gerade dabei, deinen Brief zu lesen, Broman hat ihn vorhin raufgebracht.

Zusammenkunft? Du meinst eine Sauferei, hörte er sie am anderen Ende der knisternden Leitung sagen. Du klingst verkatert.

Es hörte sich nicht nach Anklage an, eher aufgeräumt. Trotzdem räusperte sich Henry verlegen und suchte nach einer Antwort.

Aber sag mal, wie ist es dir ergangen?, redete Molly aufgeregt weiter. Ich habe mir solche Sorgen gemacht! Du hast nicht geschrieben, und Lilly sagt, du hast auch nichts mehr in der Zeitung gehabt. Warum? Und warum hast du mir so lange nichts von deiner Verwundung erzählt?

Henry brummte abwehrend, er wollte ungern ausgerechnet damit anfangen.

Es war so ein Durcheinander da drüben, sagte er nur. Und ich habe Berichte geschickt, aber sie drucken sie nicht.

Aber du bist doch ihr bester Reporter!!

Tja, sagte Henry. Es gibt auch andere, die gut sind. Und ich … ach, ich erkläre dir das, wenn wir uns endlich wiedersehen können.

Molly musste in seiner Stimme etwas gehört haben, denn sie wechselte die Tonlage und das Thema: Wie *war* es denn da draußen? Ich meine, wie war das Kriegsende?

Henry schüttelte den Kopf, bevor er realisierte, dass sie ihn ja nicht sehen konnte:

Es war … es wurde mit der Zeit immer schlimmer.

Du musst mir dann alles erzählen!, rief sie.

Ich weiß nicht, ob ich … wir werden sehen.

Ihm wurde plötzlich klar, dass er Zeit brauchte, um darüber nachzudenken, was er ihr von der Karelischen Landenge erzählen konnte und was nicht. Jetzt waren die Erinnerungen noch viel zu frisch, und er wollte einfach über etwas anderes reden:

Erzähl, wie es bei dir war! Ich konnte deinen Brief noch nicht zu Ende lesen.

Als sie antwortete, war ihre Stimme verändert, hatte sie bis dahin aufgeregt geklungen, hörte man jetzt Traurigkeit heraus:

Wir haben immer weitergespielt, aber es fühlt sich nur noch seltsam an. Obwohl die Schweden uns mehr lieben als je zuvor, seit der Krieg zu Ende ist und wir verloren haben. Viele von uns sind in Trauer. Ich … ich selbst habe vor ein paar Tagen erfahren, dass Max gefallen ist. Und Lillys Karol wurde schwer am Bein verwundet.

Henry schwieg. Es war immer das Gleiche mit Todesnachrichten: Ihm fiel nichts ein, was er hätte sagen können. Aber er wusste, dass Molly und Max einander nahegestanden hatten. Wenn es denn der Max war, an den er dachte.

Du meinst den Max mit dem Sommerhaus? Der uns das Auto geliehen hat?

Ja, sagte Molly. Es klingt vielleicht komisch, aber Max war für mich kein entfernter Cousin, er war wie ein … Bruder oder so was. Es ist so traurig, dass ihr euch nie kennengelernt habt.

Das haben wir doch. In der Nacht im *Mikado*. Als wir das mit dem Auto besprochen haben.

Oh, das!, sagte Molly wehmütig. Das war doch nur eine flüchtige Kollision im Rausch. Max musste man privat erleben, dann konnte man erkennen, wer er war.

Verstehe, sagte Henry, obwohl er es nicht wirklich verstand. Wie schlimm ist es mit Karol?

Lilly sagt, dass man das Bein retten kann. Aber er wird sicher für den Rest seines Lebens hinken … Wo er doch so stolz war, als er im vorigen Sommer die Grün-Weiß-Meisterschaft gewonnen hatte!

Henry musste an den Koch Isaksson denken und an den Läufer Höckert und den armen Eddie Heikel und alle anderen, die gestorben waren, und daran, dass ein Leben ohne Tennisturniere immer noch besser war als ein verwelkendes Blumenmeer auf einem kalten, einsamen Grab. Aber das sagte er nicht, sondern:

Mein Beileid, Molly, das mit Max tut mir wirklich sehr leid. Und wir wollen alles tun, damit Karol sich besser fühlt, sobald wir Gelegenheit dazu haben.

Er hielt einen Moment inne, dann fuhr er fort:

Du hast geschrieben, dass es Asta schon besser geht.

Molly schien ebenfalls ein paar Sekunden zu zögern, dann sagte sie:

Ja, *viel* besser. Aber jeder hat seine eigene Art zu trauern, und sie … es scheint, als hätte sie einen Groll auf mich. Aber sie arbeitet gut. Auf der Bühne ist sie großartig.

Sie weiß, dass du ihr geholfen hast, sagte Henry. Und sie ist noch jung, und sie hat ihren Stolz. Früher oder später wird die Dankbarkeit kommen.

Sie redeten dann über die Friedensbedingungen und darüber, dass man nun nicht mehr nach Hangö oder Viborg reisen konnte. Molly erzählte von dem Schauspieler Landgren, der erfahren hatte, dass sein Sohn gefallen war, und trotzdem die Vorstellung durchgezogen hatte. Henry sagte, dass er daran dächte, nach Joutseno zu fahren, um einen Soldaten zu besuchen, der dort kurz vor Kriegsende ins Krankenhaus gebracht worden war, aber dass es eine komplizierte Fahrt sei. Molly fragte, was mit dem Soldaten passiert sei, und Henry erklärte ihr, was es war: Ein Kriegstrauma, auch *Shellshock* genannt, und er fügte hinzu, dass es sich um ein psychiatrisches Krankenhaus handelte. Er wisse nicht, ob er eine Besuchserlaubnis erhalten würde, und außerdem müsse er sich dann das Redaktionsauto leihen, aber er sei ja, wie gesagt, in Ungnade gefallen.

Es ist der Redaktionschef, der es auf mich abgesehen hat,

sagte er. Guss Sandberg. Wir haben in der Sportredaktion zusammengearbeitet, als ich neu angestellt worden war, und wir konnten uns gegenseitig nie ausstehen.

Er seufzte und fügte hinzu:

Außerdem gibt es in der ganzen Stadt kaum Benzin. Die Armee und das Versorgungsamt haben fast alles requiriert.

Molly versuchte ihn zu trösten:

Das Wichtigste ist, dass du heil und gesund und zu Hause bist. Ist von deiner Wunde eine Narbe zurückgeblieben?

Nein, log Henry. Es waren ja nur Schrammen.

Schrammen??

Ja, sagte Henry lahm und verfluchte seine fahrlässige Zunge. Es waren zwei Wunden. Aber nur Schrammen.

Henry, mein Lieber, warum hast du mir seit Januar nicht mehr geschrieben?

Die Frage kam plötzlich und überrumpelte ihn, aber er fing sich schnell und antwortete:

Ich hatte ja keine Adresse, ich wusste nicht, wo du warst, Und vielleicht war es … das frisst sich in einen hinein, der Krieg. Am Ende ist nicht mehr viel vom Menschen übrig.

Er schämte sich dafür, dass er die Schuld auf den Krieg schob, obwohl er gar nicht an den Kämpfen teilgenommen hatte. Gleichzeitig wusste er, dass er nicht die Unwahrheit sagte: Sein Abscheu vor dem Krieg war ein Teil des Ganzen.

Ich hoffe, du verzeihst mir, sagte er.

Das tue ich, sagte Molly, und er hörte, dass sie versuchte, fröhlich zu klingen. Wenn wir uns nur wieder umeinander kümmern können, dann wird alles gut.

Henry dachte: Ich hoffe es, ich hoffe es wirklich.

Wann kommst du zurück?, fragte er.

Erst in der letzten Aprilwoche, antwortete Molly. Takolander hat entschieden, dass wir unsere Zusagen einhalten und alle Vorstellungen spielen sollen. Wahrscheinlich kommen wir mit dem Flugzeug und schicken das Gepäck mit dem Zug.

Könntet ihr nicht protestieren?, fragte Henry. Ich will dich hier zu Hause haben. Jetzt.

Ich habe auch Sehnsucht, sagte Molly. Aber Aufmucken geht nicht. Holst du mich am Flughafen ab, wenn ich dann endlich ankomme?

Henry fühlte, wie Wärme sich in seiner Brust ausbreitete und wie sein Gesicht sich zu einem Lächeln öffnete. Aber er wollte nicht zu eifrig und nicht zu untertänig klingen, deshalb sagte er:

Bis dahin ist ja noch Zeit. Wir werden sehen.

Aber sofort bereute er es und fügte hinzu:

Ach, ich mache nur Spaß. Natürlich komme ich!

4

Es war schon fast Mitte April, aber der Winter gab nicht auf. Als Henry am frühen Morgen von der Museigatan zum Zug lief, schneite es kleine nadelspitze Flocken, und bei jedem Ausatmen quoll weißer Dampf aus seinem Mund.

Die Narbe an der Wade schmerzte beim Laufen, sie war gerade erst notdürftig verheilt, und als er im letzten Augenblick in den Zug gesprungen war und seinen Platz gefunden hatte, hievte er den kleinen Koffer so unvorsichtig ins Gepäckfach, dass er ein Stechen in der verletzten Schulter spürte.

Wenn die Wunden sich bemerkbar machten, dachte er weniger daran, dass es immer noch manchmal wehtat, als daran, was für ein Glück er gehabt hatte, dass er am Leben geblieben war.

Er hatte den Zug um acht Uhr genommen, weil er rechtzeitig ankommen wollte, um den Soldaten Eilert Mattsson noch am selben Nachmittag zu treffen.

Es war eine lange Fahrt, und Henry reiste gegen den Strom. Der Frieden war anfangs als so instabil betrachtet worden, dass die Armee nur einen Bruchteil der Soldaten heimgeschickt hatte, Hunderttausende Männer hatten sich im März hinter die neue Grenze zurückgezogen und waren dort in Bereitschaft geblieben. Doch jetzt sollten die Rücktransporte beginnen, und die Frontsoldaten waren unterwegs, um sich der Völkerwanderung nach Westen und Norden anzuschließen: Die heimatlos gewordenen Karelier verbreiteten sich von Tag zu Tag zahlreicher über das Land.

Aber die Bewohner von Hangö und Lappvik im äußersten Südwesten bewegten sich in Richtung Osten, wie Henry. Sie hatten zehn Tage Zeit gehabt, ihre Häuser zu verlassen, wer Möbel und Vieh mitnahm, kam selten weiter als bis Ekenäs, andere hatten sich nach Helsingfors begeben, wo überall in der Stadt Unterkünfte eingerichtet worden waren. Eine davon lag an der Lappviksgatan, und von dort, oder genauer, von einer Telefonzelle an einer Ecke der Grünanlage Lappviksskvären, hatte Henrys Jugendfreund Karsten Wahlman ihn vor einigen Tagen abends angerufen. Wahlman hatte gefragt, ob sie sich treffen könnten, und Henry hatte zugestimmt, er habe nur vorher noch etwas in der Nähe der Ostgrenze zu erledigen. Die alte oder die neue Grenze?, hatte Wahlman gefragt, es war eine ironische Frage, und Henry hatte die Bitterkeit in der Stimme des Freundes gehört und seinerseits in grimmigem Ton geantwortet: Ja, was glaubst du?

Während der Zug sich mühsam durch die monotone Landschaft voranbewegte, die sich jedem Anzeichen von Frühling verweigerte, dachte Henry über die vergangenen Wochen nach.

Morgen ist Gründonnerstag. Wo willst du feiern?

Mollys Frage am Ende ihres ersten, atemlosen Telefongesprächs.

Und seine Antwort:

Ist denn Ostern? Jetzt schon?

Er hatte keinen Gedanken an die Feiertage verschwendet, nicht einmal gewusst, dass sie vor der Tür standen. Er hatte gemurmelt, dass Ostern ihm egal sei, es gebe nichts zu feiern. Aber er würde sich natürlich mit Lebensmitteln eindecken, die Speisekammer sei völlig leer, er habe nur noch Makkaroni.

Du musst für dich sorgen, hatte Molly gesagt. Du musst aufpassen, dass du ordentlich isst.

Ihre Fürsorge hatte ihn innerlich ganz weich gemacht, aber er hatte es verborgen, so gut er konnte.

Mache ich. Aber ich habe nicht mehr so viel Hunger wie früher. Mein Magen ist wohl während des Krieges geschrumpft.

Molly hatte ihn seitdem angerufen, so oft es ging, mindestens einmal die Woche. Sie redeten nie lange, die Leitung war schlecht, und das Gespräch wurde häufig ohne Vorwarnung unterbrochen. Keines ihrer späteren Telefonate war so intensiv wie das erste, aber Henry hoffte, dass sie sich ebenso nach ihm sehnte wie er nach ihr. Sie sprachen nie von den Gefallenen, weder von Max Esping noch von anderen Freunden. Sie sprachen nicht über Asta Heikels Trauer, und Karol Stadius und sein schlimm zugerichtetes Bein war nur zum Thema geworden, als Molly ihm nach einem Telefongespräch mit Lilly berichtet hatte, dass Karol zweimal operiert worden sei. Henry wusste, er hätte ausführlicher nachfragen sollen, wie es Karol im Krankenhaus erging und wie Lilly mit ihren Sorgen um die Zukunft und um die Kinder fertigwurde. Und er wusste auch: Eigentlich hätte er Lilly anrufen und fragen müssen, ob er irgendetwas tun könne. Aber er war dazu nicht imstande, und wenn er mit Molly redete, vermied er es stets, ihre Schwester zu erwähnen. Das war eines der Dinge, die zwischen ihm und Molly standen: dass sie nicht sehen wollte, wie unsympathisch er Lilly war und sie ihm.

Die Ostertage waren bewölkt und unangenehm kalt gewesen, die geschlossenen Restaurants und Geschäfte ließen die Stadt noch stärker kriegsbeschädigt wirken, als sie war. Nur die Kirchen blieben geöffnet, und die wollte Henry nicht besuchen. Er hatte von Roggenbrot, Makkaroni und Sardinen gelebt und sich wässrig schmeckende Teeblätter aus der Vorkriegszeit aufgebrüht, die er ganz hinten im Vorratsschrank gefunden hatte. Am Ostermontag hatte er auf Broholmen eine Volksküche entdeckt, die auch an den Feiertagen geöffnet war. Da hatte er gemerkt, dass er zum ersten Mal seit Wochen richtig hungrig, fast ausgehungert war.

Am selben Tag war er nach Örarna hinausgewandert, um die *Aldebaran* noch einmal zu inspizieren, und dann war er einer Eingebung gefolgt und auf kurvigen Wegen über das Eis bis nach Sveaborg gegangen, er hatte am Kungsporten gestanden, dem »Königstor«, und Augustin Ehrensvärds[34] Worte auf der alten Marmortafel gelesen: *Nachkommen, steht hier auf eigenem Grund und vertraut nicht auf fremde Hilfe.*

Am selben Abend hatte Molly zum zweiten Mal angerufen.

Nachdem sie geredet und sich verabschiedet hatten, war er in ihr gemeinsames Bett gegangen und hatte an sie gedacht und sich unter der Decke selbst befriedigt. Er wäre rasch zum Höhepunkt gekommen, wenn er es einfach zugelassen hätte, aber er zögerte es hinaus, er wollte länger als nur ein paar Minuten an Mollys Körper und vor allem an ihren Schoß denken. Als er sich endlich gehen ließ, war es, als ob die Eruption gar kein Ende nehmen wollte. Danach fühlte er sich komisch, beschämt, aber auch erleichtert. Als habe er eine erste Ahnung davon bekommen, dass das Leben eines Tages wieder in normalen Bahnen verlaufen würde.

Während der Ostertage hatte er beschlossen, dass er vor Mollys Rückkehr nach Joutseno fahren und Eilert Mattsson im Krankenhaus besuchen und mit ihm reden musste.

Bei dem Gedanken an Mattsson fand er keine Ruhe: Er musste den Krieg noch einmal durchdenken und ihn hinter sich lassen, bevor Molly und er ihren gemeinsamen Alltag wieder aufnahmen.

Gleich nach Ostern hatte er versucht, Guss Sandberg zu überzeugen. Er war in die Redaktion gegangen, hatte an der Morgenkonferenz teilgenommen und die Aufträge erledigt, die man ihm zuteilte, aber er hatte außerdem um ein Gespräch unter vier Augen gebeten.

Das Gespräch verlief ungut. Henry sagte wahrheitsgemäß, wohin er fahren wollte und warum, und dass er sich gern eines der redaktionseigenen Autos ausgeliehen hätte. Sandberg lehnte ab. Es sei im Moment nur ein einziger Wagen da, die Behörden hätten die beiden anderen requiriert, außerdem sei es fast unmöglich, Benzin zu bekommen.

Aber Anderson hat doch wohl Zugang zu Benzin, entgegnete Henry, er hat ja überall Freunde.

Sandberg ging auf den Kommentar nicht ein, sondern fragte scheinbar unschuldig:

Die Klinik Rauha … und du meinst, daraus wird eine Reportage?

Ja, antwortete Henry, eine etwas andere Reportage.

Daraufhin erklärte Sandberg in schärferem Ton, er wisse, was Rauha für eine Art Klinik sei, dass dort Soldaten und evakuierte Karelier wegen Geisteskrankheit behandelt würden, Henry solle nicht glauben, dass er ihn hereinlegen könne.

Ich will dich nicht hereinlegen, sagte Henry, ich bin sicher, dass das eine gute Reportage wird. Und mit Verlaub, du vereinfachst da etwas. Sowohl die Soldaten als auch die Evakuierten waren großem Stress ausgesetzt, man ist nicht gleich geisteskrank, wenn man in diesen Tagen Probleme mit den Nerven hat …

Ich habe keine Zeit für Spitzfindigkeiten, schnitt Sandberg ihm das Wort ab. Ich weiß nur, dass wir keine Elendsschilderungen brauchen, die Leute sind schon deprimiert genug. Wie oft muss ich das noch sagen?

Also kein Auto?, fragte Henry.

Nein. Aber komm mit einem erbaulichen Reportagevorschlag, dann werde ich mich umhören, ob man irgendwo Benzin kriegt.

Henry hatte dann eine Schicht in der Abendredaktion übernommen, auch an den Feiertagen. Er hatte die Titelseite gebaut und die Nachrichten aus der Region redigiert, und er hatte so langweilige Wochen verbracht, dass er mehrmals in Versuchung gewesen war, Elisabeth Starck in der Havsgatan anzurufen und sie zu fragen, ob sie ihn nicht nach Dienstschluss zu einem Absacker einladen wolle: Ihr Mann Torolf, der Major, war aller Wahrscheinlichkeit nach immer noch in seiner Kaserne.

Aber im nächsten Augenblick hatte er an Molly gedacht und an die Schuldgefühle, die ihn um Ostern herum gequält hatten, und er war zur Besinnung gekommen und hatte sich geschworen, sie nie mehr zu betrügen. Er hatte die trostlosen Wochen einfach trostlos sein lassen und sogar kleine Reparaturen in der Wohnung ausgeführt.

Während der Zug an Riihimäki und Lahtis[35] vorbei und weiter Richtung Osten fuhr, saß Henry auf seinem Platz und zündete sich eine Zigarette nach der anderen an. In seinem Rucksack waren belegte Brote und eine Thermosflasche mit dünnem Kaffee, aber das Rauchen schmeckte ihm besser. Zwei Schachteln Klubi hatte er an Horellis Kiosk in der Stora Robertsgatan gekauft. Er blies kunstvolle Ringe und dachte an den Tag, wenn Molly heimkommen würde, und daran, dass er *Hufvudstadsbladet* verlassen und sich einen Job bei einer anderen Zeitung suchen wollte, damit er Guss Sandbergs Tyrannei entkam und Gideon Grahns Leitartikel nicht mehr lesen musste.

Und er grübelte über den Krieg in Europa nach, der immer noch schlimmer wurde.

Vor einigen Tagen waren die Deutschen in Dänemark und Norwegen einmarschiert. Die Dänen hatten schnell kapituliert, und die Deutschen hatten dann auch Oslo und den ganzen norwegischen Süden besetzt. Aber oben in Narvik tobten die Kämpfe, und die britische Flotte half den Norwegern, so gut sie es vermochte.

Henry fragte sich nicht mehr, wann der Krieg aufhören würde, sondern ob er überhaupt jemals ein Ende haben würde.

Das ist also das deutsche Regime, von dem Chamberlain geglaubt hat, dass es sich mit dem Sudetenland begnügt, hatte er zu Molly gesagt, als sie zuletzt telefonierten.

Im Normallyzeum hatte er lange Deutsch gelernt, und in seinen jungen Jahren hatte er die Sprache und die Kultur geschätzt: Er las gern Heine und Hölderlin, und er mochte die Musik von Mozart. Von Goethe und Beethoven war er nicht ganz so angetan.

Jetzt, nach sieben Jahren mit Hitler und den Nazis, war von seiner alten Zuneigung nichts übrig geblieben. Ein Diktator ist so verrückt wie der andere, dachte er. Und der brutale Antisemitismus war ekelerregend.

Jeden Morgen, wenn er die Kriegsnachrichten las, die schwarzen Überschriften, deren Druckerschwärze auf seine Finger abfärbte, sehnte er sich danach, woanders zu sein.

Am meisten Sehnsucht hatte er nach Solbacka im Frühling: Würden seine Schwester Greta und sein Schwager Wilhelm einwilligen, ihn im Mai für einige Tage zu beherbergen? Er wollte mit Hugo durch die Wälder rund um Snappertuna wandern, er wollte den Blick des Einverständnisses genießen, den der Hund ihm schenkte, wenn er vor ihm auf dem Pfad umkehrte, um sich zu vergewissern, dass sein früheres Herrchen wirklich nachkam. Aber zuerst musste der verdammte Schnee verschwinden, damit man sich im Wald zu Fuß vorwärtsbewegen konnte statt auf Skiern.

Er hatte oft mit der Klinik Rauha telefonieren müssen, bevor er die Genehmigung erhielt, Eilert Mattsson zu besuchen.

Dr. Martti Laurikainen, der Oberarzt, hatte in jedem Gespräch seinen Argwohn durchblicken lassen, und Henry war froh, dass er sich dafür entschieden hatte, seine Identität nicht zu verleugnen. Vor dem ersten Telefonat hatte er sich ein Lügenmärchen ausgedacht, in dem er ein Cousin von Mattssons Vater war, aber da er Mattsson nicht in die Geschichte einweihen konnte und Laurikainen von Anfang an misstrauisch wirkte, hatte er gerade noch rechtzeitig erkannt, dass er damit nicht durchkommen würde.

Nun war er also der, der er war, Redakteur Henry Gunnars von *Hufvudstadsbladet*, der eine Reportage über die Klinik schreiben wollte, natürlich unter Aufsicht der Direktion und der örtlichen Militärbehörde.

Er wollte dafür nicht nur Dr. Laurikainen interviewen, sondern auch den Stationsarzt Dr. Auvo Pakasto. Henry interessierte sich für die Arbeitsweise der Klinik und für die Schicksale der Patienten, aber eigentlich war das nur ein Vorwand. Was Eilert Mattsson betraf, hatte er sich an die Wahrheit gehalten und gesagt, dass er mit ihm kein Interview, sondern ein privates Gespräch führen wolle, weil er Mattssons Kompanie während der Winterkämpfe an den Frontabschnitten Summa und Lähde begleitet habe und Mitgefühl für den jungen Mann empfinde.

Vor dem Bahnhof von Joutseno wartete ein vorbestellter Mietwagen: Offenbar war es in Kleinstädten leichter als in Helsingfors, an Benzin zu kommen. Bis zum Dorf Rauha waren es einige Kilometer, eigentlich lag die Klinik näher an Imatra als an Joutseno. Aber bei Imatra verlief jetzt die neue Grenze, und

Henry hatte befürchtet, dass es dort unruhig und chaotisch zugehen würde.

Er bat den Chauffeur, etwas außerhalb des Krankenhausgeländes zu halten, er brauchte frische Luft nach der langen Fahrt. Es war schon später Nachmittag, und es schneite heftig. Er blieb unter einer ausladenden Fichte stehen, öffnete seinen Rucksack, aß das letzte Brot und merkte, was für einen Bärenhunger er hatte. Er betäubte ihn, indem er zwei Klubi rauchte, und dann nahm er Kurs auf das Hauptgebäude der Klinik, das blitzneu war und auf die gleiche Art beeindruckte wie die modernen Schulen und Sanatorien: schöne, klare Linien, aber zugleich eine Monumentalität, von der Henry wusste, dass sie auf viele abschreckend wirkte.

Nachdem er bei einer Oberschwester seine Ankunft gemeldet hatte, musste er eine ganze Weile auf Laurikainen warten. Als der Oberarzt ihn endlich empfing, entpuppte er sich als ein freundlicher, aber reservierter Mann. Er war noch ziemlich jung und hatte ausgesuchte Manieren. Henry nahm an, dass er ein Städter aus guter Familie war, vermutlich aus Helsingfors oder Åbo. Er antwortete höflich auf Henrys Fragen und betonte mehrmals, seine Wortwahl variierend, dass die Angestellten des Krankenhauses unbeirrt und einträchtig auf dasselbe Ziel hinarbeiteten – dass die vom Krieg und vom Leben verwundeten Patienten die Klinik Rauha als ihr Zuhause erleben sollten: vielleicht nur als eine Ersatzheimat, aber doch als sicheren Freiraum.

Aber als Henry fragte, woran die Soldaten litten und ob es Gemeinsamkeiten in den Krankheitsbildern der Soldaten und der Evakuierten gebe, da verschloss sich Laurikainen sofort und wurde schweigsam.

Henry kannte natürlich den Grund – ein Arzt durfte das Vertrauen seiner Patienten nicht missbrauchen, indem er Außenstehenden ihre Diagnosen offenlegte.

Allerdings wurde ihm während des restlichen Interviews bewusst, dass er viel zu wenig Kenntnisse über seelische Krankheiten und Psychiatrie besaß. Er ahnte, dass man dazu ein paar relevante Fragen hätte stellen müssen, aber er wusste nicht, welche Fragen die richtigen gewesen wären.

Doch so viel immerhin verstand er jetzt: Nach dem Weltkrieg hatte es einen deutschen Psychiater namens Hermann Oppenheim gegeben, der meinte, dass die Kriegsneurosen der Soldaten sich stets von einem spezifischen Kriegsereignis herleiten ließen. Was aussah wie Neurosen oder sogar Psychosen, seien in Wirklichkeit physische Nervenschädigungen, verursacht durch Granateneinschlag, eine Bombenexplosion oder anhaltenden Artilleriebeschuss. Aber, sagte Laurikainen, Oppenheims Theorie sei rasch verworfen worden, und die Forschung habe dann den Fokus auf den einzelnen Soldaten und dessen Eigenschaften gerichtet: auf seine biologische Veranlagung, seinen Intelligenzgrad und seine charakterlichen Defizite und auch seine eventuelle Neigung, sich Vorteile zu verschaffen, indem er sich als kränklich und schwach darstellte.

Die meisten der Patienten mit Granatenschock, sagte Laurikainen, den englischen Begriff *shell shock* übersetzend, seien keine Simulanten, sie suchten keine Vorteile, sondern hätten sich einfach auf ihr schockierendes Kriegserlebnis fixiert, sie litten an chronischer Hysterie. Aber es gebe auch solche, die an ihrer Neurose festhielten, weil sie sich einen Nutzen davon versprachen, etwa dass sie vom Frontdienst befreit würden oder, wie in Deutschland nach dem Weltkrieg, eine Invalidenrente aufgrund fortdauernder psychischer Beeinträchtigungen erhielten.

Sie glauben also, dass sie sozusagen Theater spielen?, fragte Henry.

Ja, in gewisser Weise, sagte Laurikainen. Aber es ist eine Streitfrage, ob das bewusst oder unbewusst geschieht. Und es ist nicht leicht, das auf der Grundlage empirischer Untersuchungen zu entscheiden. Der Mensch ist ein listiges Wesen, sehr geschickt darin, sich zu verstellen.

Glauben Sie, dass Eilert Mattsson zu diesen Fällen gehört?, wollte Henry wissen.

Das habe ich nicht gesagt, antwortete Laurikainen mit einem

Lächeln, aus dem sich Müdigkeit und Kummer ablesen ließen. Er schien ein Mann zu sein, der sich dafür entschieden hatte, an medizinische Theorien zu glauben, die viel zynischer waren, als es seinem persönlichen Empfinden entsprach.

Außerdem rauchte Laurikainen während des Interviews ununterbrochen. Er brauchte nur am Anfang ein Streichholz, dann zündete er an jeder Zigarette die nächste an, bevor er sie ausdrückte. Er rauchte in schnellen und nervösen Zügen, und wenn er über die Patienten sprach, insbesondere über die Evakuierten, flackerte in seinen Augen manchmal Trauer auf.

Ich habe mich mit dem Fall des Soldaten Mattsson noch nicht befassen können, fuhr er fort, nachdem er so lange geschwiegen hatte, dass Henry seine Frage schon wiederholen wollte:

Wir stehen unter großem Druck, wir haben dreihundertfünfzig Betten, und dieses Jahr hatten wir dreihundertsiebenundsiebzig Aufnahmen. Ich habe jetzt nur ganz allgemein gesprochen.

Er sah Henry mit einem forschenden Blick an und fügte hinzu:

Die meisten Soldaten haben ein Zuhause, in das sie zurückkehren können, wenn sie gesund sind. Aber die Flüchtlinge haben nichts mehr. Ihre Höfe und Heimatgemeinden sind jetzt auf der anderen Seite der Grenze.

Wohin werden sie denn dann gehen?, fragte Henry. Falls sie gesund werden.

Ich weiß es nicht, sagte Laurikainen. Ich bin nicht sicher, ob irgendjemand sie aufnehmen will. Eine psychische Krankheit ist ein schweres Stigma.

Er zögerte und sah betrübt aus, bevor er abschließend sagte:

Womöglich werden sie hierbleiben müssen.

Der Stationsarzt Pakasto trat ganz anders auf.

Laurikainen war in Zivilkleidung erschienen, während Auvo Pakasto eine Leutnantsuniform trug und in seinen Antworten so zugeknöpft und unbeweglich war, dass er regelrecht feindselig wirkte. Er rauchte nicht, sondern saß während des gesamten Interviews steif und mit geradem Rücken auf seinem Stuhl, die Hände vor sich auf dem Tisch gefaltet.

Henry verlor bald die Lust, ihm Fragen zu stellen, denn nachdem das Gespräch mit Laurikainen sich trotz der zurückhaltenden Art des Oberarztes als sinnvoll erwiesen hatte, schien die Zeit in Pakastos Büro völlig verschwendet zu sein, so als hätte jemand die beiden Männer in eine mechanische Scharade hineingezwungen.

Als Pakastos Telefon klingelte, eröffnete sich ein Ausweg. Sobald der Arzt einige kurze Anordnungen gegeben und den Hörer geräuschvoll wieder aufgelegt hatte, ergriff Henry die Gelegenheit und sagte:

Herr Leutnant, ich hatte einen langen Tag, mein Zug ist heute Morgen um kurz nach sechs in Helsingfors abgefahren. Es wäre vielleicht besser, wenn ich Mattsson jetzt gleich treffen könnte? Falls das nicht mit den Abläufen in der Klinik kollidiert?

Es ist im Rahmen unserer Routine möglich, antwortete Pakasto knapp. Aber hier in Rauha möchte ich nicht als Herr Leutnant, sondern als Herr Doktor angeredet werden, trotz meiner Uniform. Außerdem sind Sie Zivilist. Haben Sie übrigens einen militärischen Dienstgrad?

Ja, Fähnrich der Reserve.

Und trotzdem haben Sie keinen Kriegsdienst geleistet?

Ich werde bald vierundvierzig. Man fand wohl, dass ich mit der Tätigkeit, in der ich mich mein Leben lang profilieren konnte, von größerem Nutzen sei.

Sie meinen das hier?

Ja. Aber was Sie *das hier* nennen, hat mehr Facetten, als Sie glauben.

Sie hätten sich freiwillig melden können. Es war Ihre Entscheidung.

Das versetzte Henry einen Stich. Wie Höckert, dachte er, ich hätte es machen können wie Höckert.

Ja, räumte er ein. Aber ich habe mich dafür entschieden, zu

beobachten und zu berichten. Das Verteidigungsministerium hat mich dafür ausgebildet.

Sie wollen beobachten und berichten, behaupten Sie, sagte Pakasto in scharfem Ton, aber jetzt sitzen Sie hier in meinem Büro und machen sich keine einzige Notiz. Gestatten Sie, dass ich an Ihren Absichten zweifle.

Ich konnte mich immer auf mein Gedächtnis verlassen. Und was Sie auch glauben mögen, meine Absichten sind redlich.

Ich wüsste gern, Redakteur Gunnars, ob ich Ihnen ganz offen meine Meinung sagen darf?

Natürlich, Herr Doktor, sagte Henry.

Er fragte sich, ob es nicht gegen das Reglement verstieß, dass ein Leutnant in Uniform als »Herr Doktor« tituliert werden wollte. Aber eigentlich war ihm das völlig egal. Die meisten der höheren Offiziere waren reife und intelligente Männer, aber er war an der Front auch schon mehrmals Typen wie Pakasto begegnet, aufgeblasenen und hochnäsigen Angebern.

Ich möchte betonen, dass ich dringend davon abgeraten habe, Sie als Reporter hier hereinzulassen, sagte Pakasto und bohrte seinen Blick in den Henrys. Aber Hauptmann Laurikainen wollte nicht auf mich hören, deshalb wurde Ihrem Gesuch stattgegeben.

Ach so, sagte Henry trocken, obwohl ihm klar war, dass Pakasto auf seine Meinungsäußerung keine Antwort erwartete.

Ich sehe nicht den geringsten Nutzen darin, dass die Presse hierherkommt und herumschnüffelt, fuhr Pakasto fort, und sein Blick war, wenn möglich, noch eisblauer als zuvor. Schon gar nicht in Gestalt eines Journalisten, der selbst keinen Frontdienst geleistet hat.

Ich habe den ganzen Winter an der Front verbracht, sagte Henry und ließ seine Stimme noch gelassener klingen als vorher. Von Mitte Dezember bis zum Einziehen der Flagge in Viborg und oft in Gemeinschaft mit Soldaten und Offizieren aus Mattssons Kompanie. Deshalb möchte ich gern wissen, wie es ihm geht.

Von mir aus, sagte Pakasto. Aber erlauben Sie mir, Ihnen noch ein weiteres Mal meine aufrichtige Überzeugung mitzuteilen: Meiner Ansicht nach leiden Menschen wie Soldat Mattsson an einer einzigen Krankheit, und die heißt Feigheit.

Feigheit?, wiederholte Henry.

Ja. Die moderne Gesellschaft ist zu weit gegangen in ihrem Bestreben, jeden zu unterstützen und zu beschützen. Das macht die Kranken und Schwachen noch kränker und schwächer, als sie sein müssten. Und schlimmer noch, es begünstigt Faulheit und Opportunismus.

Ist das wirklich Ihre Auffassung?

Henry schüttelte langsam den Kopf, während er weitersprach:

Nach hundertfünf Tagen Krieg gegen einen gnadenlosen und zahlenmäßig weit überlegenen Gegner?

Ich meine, sagte Pakasto ungerührt, dass diese sogenannten Neurotiker und Traumatisierten unser fehlgeleitetes Streben nach Humanität hinterlistig ausnutzen. Ihre Hysterie und ihre Neurosen sind keine demütige Bitte um Hilfe. Wenn man beobachtet, wie sie sich benehmen, dann sieht man, dass sie *Ansprüche stellen.* Diese Männer betrachten ihre Schwäche als ein unveräußerliches Recht, und wenn man die Opferbereitschaft der normalen Männer gesehen hat, findet man diese Ansprüche richtig unverschämt.

Ich habe die Opferbereitschaft der anderen Männer auch erlebt, sagte Henry. Und die der Frauen. Aber wo Sie Täuschung und Hinterlist unterstellen, sehe ich unglückliche Opfer der härtesten und grausamsten Umstände.

Pakasto zuckte mit den Achseln und nahm den Telefonhörer wieder auf.

Wir werden uns über dieses Thema leider nicht einigen können, Redakteur Gunnars.

Er ließ die Wählscheibe einige Male kreisen, wartete und sprach dann in den Hörer:

Ist Frau Arppe da, die Stationsschwester? Der Zeitungsschreiber aus Helsingfors will den Patienten jetzt treffen.

Schwester Arppe blieb in der Türöffnung stehen und behielt Henry fest in ihrem wachsamen Blick.

Das Zimmer lag im obersten Stockwerk des Hauses, und Mattsson teilte es mit zwei anderen Männern. Die Bettgestelle waren schmal und aus Eisen, die Matratzen waren dünn und sahen hart aus. Zwischen den Betten standen einfache Nachttische mit Stahlrohrbeinen.

Aber die Aussicht auf den Garten und den Park war großartig, und Henry notierte innerlich, dass keine Gitter vor den Fenstern waren. Er hatte noch nie eine Einrichtung für psychisch Kranke besucht, und er hatte sich vorgestellt, dass die Fenster von innen vergittert wären.

Die beiden anderen Männer wirkten nicht ansprechbar, und um Mattsson schien es nicht viel besser bestellt zu sein.

Der Mann, der in dem Bett am Fenster lag, verfiel bisweilen in Zuckungen, heftige, spastische Bewegungen von Schultern, Armen und Kopf, ein beängstigender Anblick.

Arppe bemerkte Henrys Verwirrung und sagte:

Leichte Katatonie. Sieht schlimmer aus, als es ist. Meist ungefährlich, auch für den Patienten selbst.

Der Mann im mittleren Bett saß mit gekreuzten Beinen am Fußende und schien die Anwesenheit von Henry und Arppe nicht zu bemerken. Er hielt den Kopf schief und den leeren, erloschenen Blick auf irgendeinen fernen Gegenstand gerichtet.

Mattsson hatte aufgeschaut, als Henry ins Zimmer gekommen war. Aber er hatte ihn nicht begrüßt, war nicht einmal vom Bett aufgestanden. Er sah gequält aus, und in der Stille, die nun folgte, war nur sein schweres und schnelles Atmen zu hören, und dann fing er an, die Tirade vor sich hin zu murmeln, die er, wie Henry wusste, auch schon während der letzten Kriegstage heruntergeleiert hatte, als sein Verstand allmählich aussetzte:

MutteroVateroGottderHerrSatanoSirioEnokoLisaoPelle
oKleinEvaldoMutteroVateroGottSatanoEnokoLisaoMutter
oVa…

Mattsson war auf einem Gut in den Wäldern zwischen Nykarleby und dem Meer aufgewachsen. Aber er hatte Vorfahren in Snappertuna und Ekenäs, genau wie Henry, es war Mattssons Vater gewesen, der am Lehrerseminar in Nykarleby studiert und ein Mädchen getroffen hatte und dort oben geblieben war. Die gemeinsamen Wurzeln waren einer der Gründe für Henrys Zuneigung zu dem jungen Mann. Mattsson hatte sich ihm anvertraut, als der Krieg am schlimmsten wütete, und beim Zuhören war in Henry irgendetwas in Bewegung geraten. Mehrmals hatte er gedacht: Das könnte mein eigener Junge sein.

Die Namen in Mattssons Suada waren die seiner Geschwister, das hatte Kanonier Henell erzählt. Mattsson leierte sie in rasendem Tempo herunter und versteckte dabei das Gesicht in seinem Pulloverärmel, er wiederholte die Tirade wieder und wieder, scheinbar ohne Atem zu holen. So habe es auch im Schützengraben und am Ende im Erdbunker ausgesehen und sich angehört, hatte Henell mit betrübter Miene berichtet.

Weitere Kameraden aus Mattssons Heimat hatten sich in einem anderen Bunker aufgehalten, der Lisa hieß, genau wie eine von Mattssons Schwestern. Mehr als dreißig Männer waren das gewesen, und als die russische Offensive bei Summa die Oberhand gewann, wurde Lisa zuerst von Panzern überfahren, und dann sprengten die Russen ihn in die Luft. Niemand überlebte, und die sowjetische Offensive ging weiter, Granatfeuer und Luftangriffe auf die neuen finnischen Stellungen wurden eher stärker als schwächer. Und als Mattsson erfuhr, was mit dem Bunker Lisa passiert war, sagten seine Kameraden, habe er die ersten Anzeichen des Zusammenbruchs gezeigt. Die anderen sahen, wie er sich immer mehr verkroch, wie er gleichsam in sich selbst verschwand. Nach einigen Tagen psychischer Abwesenheit kamen dann die physischen Symptome. Mattsson konnte seinen Körper nicht mehr steuern, seine Hände und Knie zitterten unkontrolliert. Sein Blick wurde unstet, er konnte seine Aufgaben nicht mehr zuverlässig erfüllen, und wenn der Untersergeant oder der Fähnrich ihn anschrien, wich er einfach nur zurück.

Aber man konnte immer noch mit ihm reden, und er wurde weiterhin zur Wache im Schützengraben eingeteilt. Während seiner letzten Tage an der Front hatte Henry ihn und seinen Zug besucht, als sie ein Stück hinter der vordersten Linie eine Atempause einlegten. Und da hatte Mattsson angefangen, wieder offen und aufrichtig zu reden, es hatte sich ergeben, als sie zu zweit in der winterlichen Dunkelheit standen und rauchten. Und wenn Henry es vorher nicht erkannt hatte, so begriff er jetzt, wie intelligent und sensibel der Junge war und was für entsetzliche Dinge er gesehen hatte. Kurz darauf hatte Mattsson anscheinend begonnen, seine Suada zu murmeln, er hatte es jedes Mal getan, wenn der Feind sein Feuer verstärkte. In den Ohren der gleichermaßen erschöpften Kameraden hatte es geklungen wie eine böse Beschwörung, eine Zauberformel. Die Tirade hatte heftig an ihren Nerven gezerrt, und schließlich hatte das Kommando entschieden, Mattsson ins nächste Militärkrankenhaus zu schicken, und von dort war er nach Rauha abgeschoben worden.

Henry fühlte sich hilflos, aber nach einer Weile trat er ans Bett, fasste Mattsson mit festem, aber freundlichem Griff um die Schultern und sagte:

Eilert, ich bin es. Henry Gunnars, der Journalist. Du erinnerst dich doch an mich aus dem letzten Winter?

Mattsson sah ihn nicht an. Aber er hörte auf, die Namen seiner Eltern und Geschwister und die der religiösen Mächte herunterzurasseln, und hob vorsichtig das Gesicht aus dem Pulloverärmel.

Ich möchte mit dir sprechen, fuhr Henry fort. Und hören, wie es dir hier in Rauha geht.

Jetzt schaute Mattsson ihn an, sein Blick kam schräg von unten und war feucht und furchtsam. Für einen Moment lag in diesen Augen etwas so Verängstigtes und Unterwürfiges, dass Henry sich abwenden musste.

Wie ein Hund, dachte er, wie eine unvernünftige Kreatur.

Er suchte nach einer Möglichkeit, Kontakt herzustellen, aber ihm fiel nichts Besseres ein als:

Wollen wir in den Garten rausgehen, Eilert? Draußen lässt es sich leichter reden als hier drinnen.

Ihm fiel ein, dass er keine Befugnisse hatte, suchte Arppes Blick – ist das erlaubt? – und fing ihn auf. Die Krankenschwester nickte knapp.

Auch Mattsson nickte, aber der Schmerz in seinen Augen schien nur noch anzuwachsen, wie eine Flut, die alle Grenzen überschwemmen wollte.

Die Patienten haben ihre Oberbekleidung in einem Schrank unten in der Aula, sagte Arppe.

Sie gingen in nördlicher Richtung bis zum See, es waren nur gut hundert Meter. Arppe ging mit, hielt aber Abstand. Der große Saimen endete hier, sie befanden sich ganz unten am südöstlichen Ufer des gewaltigen Binnensees.

Der Schneefall hatte aufgehört, die Dämmerung senkte sich, und zugleich sank die Temperatur: Der Frühlingsabend war schon lang und hell, aber die Kälte noch unbarmherzig.

Der Spaziergang und der Anblick der schneebedeckten Bucht schienen Mattsson aufzumuntern. Seine Hände zitterten nicht mehr, er murmelte keine Tiraden, und als Henry und er das Ufer erreicht hatten, sagte er mit einer verblüffend ruhigen und klaren Stimme:

Das ist ein Frühling, der nicht kommen will. Nicht wahr, Henry? Dieser Winter wird nie ein Ende nehmen, er ist ewig geworden.

Henry schüttelte den Kopf und lächelte, obwohl ihm überhaupt nicht danach zumute war:

Es scheint vielleicht so. Aber der Frühling kommt immer, auch wenn er sich noch so sehr verspätet.

Er überlegte, wie er Mattsson dazu bringen könnte, über den Krieg zu sprechen, ohne ihn gewaltsam in den Zustand von Zerstörung und Chaos zurückzuversetzen. Nach kurzem Schweigen fragte er vorsichtig:

Du hast den Ärzten sicher alles erzählt, was du mir erzählt hattest?

Was meinst du?

Alles, was du erlebt hast, bevor du krank wurdest. Du hast eines Abends davon gesprochen, als ich dir beim Wachdienst Gesellschaft leistete. Und dann ist da auch noch das, was schon im Dezember passiert war. Darüber haben wir bei Viborg geredet, während wir auf den Lastwagen warteten. Erinnerst du dich? Das war an dem Abend, als wir Kirsti Pera gesehen haben.

Kirsti Pera …, wiederholte Mattsson, und sein Gesicht nahm einen Ausdruck an, der irgendwo zwischen sonnigem Lächeln und debilem Grinsen lag.

Henry dachte daran, wie er nach dem Truppenbetreuungsabend mit der Kompanie in die Kaserne zurückgekehrt war. Und wie er in der Nacht, in der schwarzen Finsternis des Schlafsaals, aus verschiedenen Richtungen ein leises Geräusch gehört hatte. Ein Rascheln und Reiben, dessen Ursprung er sogleich einordnen konnte. Es war nicht ausdrücklich verboten, in den Kasernen oder in den Bunkern zu masturbieren, eine solche Vorschrift wäre ebenso lächerlich wie peinlich gewesen. Es war eher ein Tabu und eine stillschweigende Übereinkunft unter den Männern: Wichsen war geächtet, wie diskret man auch dabei vorgehen mochte. Aber in der Nacht nach dem Soldatenabend hatten zwei oder drei nicht an sich halten können, und Henry hatte sich gefragt, ob Eilert Mattsson einer von ihnen gewesen war. Er hatte die lüsternen Blicke der Männer gesehen, als Kirsti Pera sang, und dort im Dunkel der Kaserne kam ihm der Gedanke: Wenn Molly nicht mit der Theatertruppe nach Schweden gereist, sondern ebenfalls als Sängerin und Komödiantin auf Soldatenabenden eingesetzt worden wäre, dann wäre sie es gewesen, an die diese jungen Männer dachten, während sie dalagen und sich selbst befingerten und ihre dreckigen Unterhosen durchnässten. Aber wer auch immer die nächtlichen Onanisten waren, sie machten es jedenfalls so, wie es sich für Soldaten und richtige Männer gehörte: Das einzige Geräusch, das man wahrnahm, war das vorsichtige Reiben und Rascheln, dann wurde es vollkommen still.

Also hast du es ihnen erzählt?, wiederholte Henry.

Nein, sagte Mattsson leise, und das alberne Grinsen war wie

weggewischt. Warum sollte ich etwas erzählen, was keiner hören will? Die Ärzte hier in Rauha sind Offiziere. Sie haben für alles nur einen Maßstab, entweder man ist ein Held oder man ist ein Feigling.

Mattsson und Henry hatten sich während des Kriegswinters nur ein paarmal unterhalten, und zum Zeitpunkt ihres letzten Gesprächs war Mattssons seelisches Gleichgewicht schon erschüttert gewesen. Aber Henry hatte immerhin in Erfahrung bringen können, dass Mattsson und er etwas gemeinsam hatten: Beide liebten sie das Lesen und das Schreiben. Und Mattsson las offenbar viel. Nicht die Bibel, von der hatte er während seiner Kindheit genug bekommen, sondern Romane und Gedichte. Außerdem hatte er Henry anvertraut, dass er im zivilen Leben ein Tagebuch führte, sich an der Front jedoch dazu nicht imstande fühlte.

Henry beschloss, auch diesmal auf Mattssons Intelligenz zu vertrauen, die unter seiner Kraftlosigkeit und seiner Zwangsstörung verborgen lag, und er sagte:

Du musst das erzählen. Du musst dich trauen. Es ist wichtig, dass sie das erfahren.

Warum sollte das wichtig sein?, fragte Mattsson verbittert. Sie *wollen* es ja nicht wissen.

Henry erinnerte sich daran, wie schwer es Mattsson gefallen war, von seinen Erlebnissen zu berichten, als sie im Schützengraben standen und rauchten, obwohl die Kameraden im etwas entfernten Erdbunker außer Hörweite gewesen waren: Mattsson hatte abgehackt und stammelnd gesprochen und dazwischen immer wieder lange geschwiegen.

Gerade hatte Schwester Arppe sich noch etwas weiter zurückgezogen, sie stand fünfzig Meter entfernt und konnte nicht hören, was sie sagten. Trotzdem fragte sich Henry, ob ihre Anwesenheit bewirkte, dass Mattsson so zugeknöpft, fast stumm blieb.

Er erinnerte sich an alles, was Mattsson ihm damals erzählt hatte, sowohl an den grausamen Vorfall im Dezember als auch an das, was Anfang Februar geschehen war, eine gute Woche vor dem Rückzug von Summa. Er hatte alles nur zu gut im Gedächtnis behalten, und seine lebhafte Fantasie besorgte den Rest: Er konnte die Bilder vor sich sehen, als wäre er selbst dabei gewesen.

Im Februar hatte Mattsson im Schnee gelegen und einen Patronengurt nach dem anderen eingeführt, während Henell das Maschinengewehr bediente. Das MG-Nest lag gut geschützt oben auf dem weitläufigen Hügel, den die Russen einnehmen wollten. Dort befand sich einer der wichtigsten finnischen Bunker. An jenem Tag waren dort noch zwei weitere Nester installiert, und mehrere der besten Scharfschützen der Kompanie sowie etliche Späher, ausgerüstet mit Handgranaten und Molotowcocktails, hatten sich über das Terrain verteilt. Der Himmel war bewölkt, aber die Sicht war gut, und das Gelände war so beschaffen, dass Mattsson sich fragte, wie die russischen Offiziere mitten am hellen Nachmittag dort ihre Infanteristen zum Angriff ausschicken konnten. Der Hügel lief nach Osten in einen langen und flachen Abhang aus, dort standen Kiefern und Fichten, aber sie waren kahl. Dann folgte ein Stück Sumpfboden mit nur wenigen größeren Steinen und Bäumen, und hinter dem Sumpf war der Wald, aus dem die Russen kamen.

Die ganze Attacke hatte den merkwürdigen Beigeschmack eines brutalen Jungenspiels, und Mattsson konnte nicht begreifen, warum die Russen ausgerechnet jetzt den Hügel stürmten. Die Angreifer wurden von Artillerie und Panzern unterstützt, aber längst nicht ausreichend, es waren nur zwei Panzerkampfwagen, und die finnischen Schützen konzentrierten sich auf die Infanterie und fügten ihr große Verluste zu. Später sahen Mattsson und Henell im Schnee auf dem Sumpfboden und am Hügelabhang die rotbraunen Flecken vom Blut der Gefallenen, das inzwischen zu Eis gefroren war. Aber solange die Kämpfe andauerten, konnten sie nur daliegen und Munition zuführen und schießen, Munition zuführen und schießen. Während der Attacke kamen sechs finnische Soldaten ums Leben, und einige wurden verwundet, während die Angreifer beide Panzerwagen und mehr als achtzig Männer verloren, bevor sie den Rückzug antraten.

Was Mattsson fast zu Tode erschreckte, war, dass immer mehr gegnerische Soldaten dazukamen, rennend und kriechend, in ihren schweren weißen Umhängen, die ihre Bewegung hemmten, wenn sie sich zu Boden werfen wollten. Aber vielleicht, hatte Mattsson mit bebender Stimme zu Henry gesagt, kannten die Verteidiger oben auf ihrem Hügel nicht die ganze Wahrheit. Vielleicht hatten die russischen Fußsoldaten auch im Rücken Maschinengewehrfeuer, aus Waffen, die nicht auf den finnischen Feind gerichtet waren, sondern auf sie selbst. Vielleicht hatten sie gar nicht die Alternative, aufzugeben und umzukehren, um ihr Leben zu retten. Und vielleicht brüllte deshalb keiner von ihnen den üblichen Kriegsruf: *uraa!* Hier hörte man von denen, die da fielen, keinen anderen Laut mehr als angsterfüllte Schmerzensschreie.

Und gleichzeitig, hatte Mattsson hervorgestoßen, während er sich mit zitternden Händen eine Zigarette nach der anderen anzündete und dazwischen immer wieder lange wortlos in den Schnee starrte, gleichzeitig wusste er, dass er genauso bedeutungslos war wie die russischen Infanteristen, er war nur ein ausgelaugter Körper im Schutzanzug unter dem kalten, schweigenden Himmel, kein Jota mehr. Der einzige Unterschied zwischen ihm und den Leichen auf dem Schnee unterhalb des Hügels bestand darin, dass die Russen tot waren und er noch lebte, zumindest physisch. Doch auch wenn er weiterlebte, würde er nie erfahren, warum die Ereignisse jenes Nachmittags unbedingt stattfinden mussten, warum er und Henell und die anderen einen Kampf ausfechten mussten, der kein Kampf war, sondern nur ein Abschlachten, ein Gemetzel, das kein Ende fand, bis irgendein Befehlshaber auf der anderen Seite schließlich zur Vernunft kam und aufhörte, immer neue Männer vorzuschicken.

Henry dachte an die spöttischen Artikel, die er über die sowjetischen Soldaten gelesen hatte: Texte, die sich über die vermeintliche Einfalt des Gegners und die bolschewistische Dummheit lustig machten.

Er selbst hatte solche Texte geschrieben, solche Reportagen geliefert.

Im Januar hatte er einen gefangen genommenen Feindsoldaten interviewt, einen russischen Unteroffizier, der ein wenig Finnisch sprach. Er hatte eine Pointe daraus gemacht, dass der Russe, Schalimow mit Namen, geglaubt hatte, Henry sei gekommen, um ihn zu liquidieren. Es war der erste mildere Tag seit langer Zeit gewesen, und Henry hatte über dem Pullover einen Ledermantel getragen, der offenbar ähnlich aussah wie die, in denen die Männer aus Stalins Geheimdienst, der *tjeka*, aufzutreten pflegten.

Was er *nicht* als Pointe benutzt, ja nicht einmal erwähnt hatte, waren die Abschiedsworte des Russen, vorgebracht in stockendem Finnisch und mit schwerem Akzent: »Wir sind auch Menschen.«

Stattdessen hatte er in seinem nächsten Bericht derbe Witze über die kommunistischen Flugblätter gemacht, die jedes Mal gefunden wurden, wenn die finnischen Truppen einen Panzer erbeutet oder den Feind aus einem Feldlager vertrieben hatten. Er hatte es getan, obwohl er vermutete, dass auch den russischen Soldaten diese verordnete Propaganda völlig gleichgültig war, er wollte einfach die Leser zum Lachen bringen.

Darin war er allerdings schon am nächsten Tag übertroffen worden durch seinen Kollegen Olle Juselius, der von der Nordfront berichtete und das Pulikum mit Zitaten aus dem Handbuch *Grundlagen des Skifahrens* amüsiert hatte, das zur Kriegsbeute gehörte, als die Vierundvierzigste Division der Sowjets auf ihrem Marsch nach Raate besiegt worden war.

Diese Division kam angeblich aus der Ukraine, hatte Juselius geschrieben, und wie war das, konnten die Ukrainer eigentlich Ski fahren, und warum hatte man sie überhaupt dort hinaufgeschickt?

Dieses ständige Witzeln über den Widersacher, diese Herabsetzung.

Dabei sah die Realität fast immer so aus, dass auch der Gegner tapfer, stark und gefährlich war. Und der Lohn für die Tapferkeit war, nicht immer, aber oft, der Tod.

Willst du wissen, was ich gedacht habe, als es vorbei war?, hatte Mattsson ihn dort in der Kälte des Abgrunds gefragt, nachdem er sich endlich dazu durchgerungen hatte, von der Verteidigung des Hügels zu erzählen.

Willst du wissen, was ich mich selbst gefragt habe, als niemand mehr schoss und wir begriffen, dass sie sich zurückgezogen hatten, als wir wagten, uns aufzurichten und auf das Schlachtfeld zu schauen und die Leichen zu zählen? Willst du es wissen?

Natürlich, hatte Henry geantwortet.

Ist es das hier, was das Menschsein ausmacht, hatte Mattsson gesagt und dabei am ganzen Körper gezittert. Ist es das, wozu wir auf der Welt sind.

Während Henry schwieg und sich seinen Erinnerungen überließ, ging es Mattsson immer schlechter. Seine Glieder zuckten, er brabbelte vor sich hin, und Henry sah, dass Schwester Arppe sie beobachtete und ein paar zögernde Schritte in ihre Richtung machte.

Entschuldige, Eilert, sagte er, aber ich kann dich nicht verstehen.

Mattsson brabbelte weiter. Er sah Henry nicht an, sondern schaute hinaus auf die zugefrorene Bucht, die sich in der Dämmerung blau färbte. Dann sammelte er sich. Er verstummte und wandte sich um, begegnete Henrys besorgtem Blick und sagte, langsam und mit Nachdruck:

Ich will nicht mehr, dass du mich nach diesen Sachen fragst. Ich will nicht mehr daran erinnert werden. Verstehst du?

Aber glaubst du nicht, dass …, begann Henry, aber Mattsson unterbrach ihn, und in seiner erhobenen Stimme lag eine solche Qual, dass Henry zusammenzuckte und ein paar Schritte zurückwich:

Hörst du nicht, was ich sage? Ich will mich nicht daran erinnern! Ich werde nicht mit den Ärzten darüber reden. Und ich will nicht, dass du noch mal herkommst.

Beim letzten Satz war seine Stimme leise, aber plötzlich hasserfüllt, und Henry begriff, dass er sich besser verabschieden sollte. Auch sah er, dass Schwester Arppe sich mit raschen Schritten näherte.

Aber Henry war von Natur aus hartnäckig, und die gewonnenen Einsichten würde er erst später vertiefen können. Hier und jetzt wollte er nur helfen, und so versuchte er, stoisch zu bleiben und noch einmal seine ganze Überzeugungskraft aufzubieten:

Du solltest das nicht glauben, was du da gesagt hast, als du von dem Hügel erzähltest. Ihr habt nichts falsch gemacht. Ihr habt doch nur euch selbst und euer Land verteidigt. Ihr habt das getan, was ihr …

Ich habe doch gesagt, ich will nicht daran erinnert werden!, unterbrach ihn Mattsson wieder, er schrie die Worte heraus, und seine Augen waren voller Verzweiflung.

Arppe war jetzt nur noch fünfzehn Meter entfernt, und Henry sah, wie sie ihre Schritte nochmals beschleunigte. Er musste sich beeilen, und er merkte, dass seine Stimme genauso brüchig war wie die Mattssons und dass auch er schrie, als er wild drauflosredete:

Dazu sind wir nicht hier, zum Kriegführen und Töten, ganz bestimmt nicht! Menschsein bedeutet so viel mehr, es gibt so viel Schönes, du musst …

Diesmal war es Arppe, die ihm ins Wort fiel, sie atmete stoßweise, nachdem sie fast gerannt war, aber ihre Stimme war hart wie Feuerstein:

Das Gespräch ist hiermit beendet. Sie hätten den Patienten nicht so aufregen dürfen.

5

Und dann kam sie endlich.

An einem Dienstagabend. Obwohl es eigentlich schon die Nacht auf Mittwoch war. Es war die letzte Aprilwoche, aber die Eisdecke erstreckte sich noch bis ins offene Meer, und in den Parks lagen hohe Schneehaufen.

Molly und der Rest der Truppe landeten genau nach Plan auf dem neuen Flugplatz von Malm.

Aber Henry war nicht da. Er hatte kein Auto mieten können, es war ihm nicht einmal gelungen, ein Taxi zu finden. Die Mietwagen wurden wegen des Benzinmangels sparsam eingesetzt, und als er zwei Tage vor Mollys Ankunft seine Bestellung aufgeben wollte, waren für Dienstagabend schon alle verfügbaren Wagen reserviert.

Später stellte sich heraus, dass die meisten davon das Theater gebucht hatte. Direktor Takolander wollte nach erfüllter Mission gut für seine Schützlinge sorgen.

Davon hatte Henry keine Ahnung, aber er ertrug den Fehlschlag mit Gleichmut.

Ist doch nur gut, dachte er, wenn sie sich nach Monaten der Gemeinsamkeit ungestört voneinander verabschieden können.

Nicht einmal der Kinocharmeur und Sportheld Walter Venho bereitete ihm Sorgen. Immer wenn zwischen Molly und Henry eine Telefonverbindung zustande gekommen war – einmal berichtete sie, dass sie fast zwei Stunden auf das angemeldete Gespräch warten musste –, hatten sie miteinander geflirtet und herumgealbert, und der Äther zwischen ihnen war von Sehnsucht und Begehren erfüllt gewesen. Er vertraute darauf, dass Mollys und Venhos Abschied am Flugterminal sich kühl gestaltet hatte, genauso beiläufig und professionell wie ihr Verhältnis zueinander während der gesamten Tournee.

Er war aufgeblieben und wartete; als sie zu Hause ankam, war es zwanzig Minuten nach Mitternacht. Der Himmel hatte sich nicht ganz verdunkelt, über den Hausdächern sah man einen zarten Grauschimmer, und die Straßenlaternen leuchteten schwach hinter Nebelschleiern.

Er hatte mehrere Sorten Wein besorgt, Jallu und einen teuren Orangenlikör; er war einkaufen gegangen, sobald die Alkoholgeschäfte öffneten. Es war auch noch etwas Selbstgebrannter da, und er hatte ab und zu, aber nicht oft, einen Schluck davon genommen. Er wartete auf Molly, ungeduldig und geduldig zugleich, und dahinter lag ein wenig Angst, aber die Angst war unmännlich, und er wollte sie sich nicht anmerken lassen.

Gerade hatte er sich einen Drink gemischt, Selbstgebrannter mit Preiselbeersaft, den Saft hatte er von Guido Römans Frau Ghita bekommen. Im luftgekühlten Vorratsschrank wartete eine Flasche Sekt. Molly mochte Sekt, je sanftperliger und süßer, desto lieber, der Verkäufer hatte gesagt, dies sei so einer.

Er hörte, wie sie im Treppenhaus näher kam. Als sie den Schlüssel ins Schloss steckte und die Haustür öffnete, stand er im Flur und erwartete sie.

Sie hatte nur eine Handtasche und einen kleinen Koffer dabei. Nachdem sie ihn abgestellt und die Tür hinter sich zugezogen hatte, trafen sich ihre Blicke, und dann standen sie da und schauten einander an. Henry konnte gerade noch denken, dass es ihm lieber gewesen wäre, wenn sie geklingelt hätte, dann hätte er ihr öffnen können, und sie wäre ihm direkt in die Arme gefallen. So hatte er es in einem ihrer Filme gesehen, als sie Saimi spielte, die kapriziöse Frau des Kampfpiloten Kannisto in *Junge Flieger*.

Jetzt aber ging sie langsam auf ihn zu, nachdem sie einander einige Sekunden betrachtet hatten. Sie trug noch ihren Mantel und ihren Hut, als sie ihn umarmte und sich umarmen ließ. Henry stand auf Socken da, und Molly hatte hochhackige

Pumps an, sie reichte höher hinauf als sonst, eine Haarlocke kitzelte ihn an der Nase.

Er schnupperte an ihrem Haar, das unter dem Hut hervorstand, es duftete gut. Auch nach Parfüm duftete sie, und Henry war froh, dass er die Strümpfe gewechselt und ein sauberes, gebügeltes Hemd angezogen hatte.

In der Art, wie sie sich an ihn schmiegte, spürte er Zurückhaltung, eine zärtliche, gleichsam fragende Mattigkeit. Ihm war bewusst, dass er genauso empfand oder jedenfalls ähnlich. Er hatte geglaubt, er würde von heftiger und unbezwingbarer Begierde gepackt werden, sobald er sie sah, aber es war komplizierter.

Wie kalt es ist, murmelte Molly an seiner Schulter. Schnee und Eis überall, dabei ist schon bald Walpurgis. Du hattest doch Sehnsucht nach mir?

Rat mal, sagte Henry. Ist der Frühling in Stockholm schon weiter?

Er wusste, dass die Truppe in der letzten Woche in Uppsala gespielt hatte und abschließend nochmals im Blancheteater, wo sie während der Tournee viele Male aufgetreten war.

Nicht so richtig, sagte Molly und löste sich aus seiner Umarmung. Dort war es auch kühl. Aber das Meer war offen, das habe ich gesehen, als wir über die Schären flogen.

Und du hast in Malm ein Mietauto bekommen? Mir ist es nicht gelungen, eins zu beschaffen.

Ja. Ich bin mit Asta und Venho gefahren, er wohnt hier oben in der Fjälldalsgatan. Aber Asta wollte nicht da schlafen, wo sie mit Eddie gewohnt hat. Wir haben sie bei ihren Schwiegereltern am Bulevarden abgesetzt.

Arme Asta, sagte Henry. Wir müssen uns um sie kümmern.

Dann fiel ihm ein, was Molly geschrieben und gesagt hatte, dass Asta sie wie Luft behandelte, und er fragte:

Wie war es denn mit ihr, jetzt zum Schluss?

Besser, sagte Molly. Beim Warten auf den Flug in Bromma haben wir uns tatsächlich unterhalten. Aber nur über die Tournee und die Städte, die wir gesehen haben.

Sie nahm ihren Hut ab und legte ihn auf die Ablage, schlüpfte dann aus dem Mantel und wickelte sich aus dem Schal.

Sie wirkt etwas ruhelos, dachte Henry und sah innerlich vor sich, wie Molly und Venho auf dem letzten Kilometer allein im Auto gesessen hatten.

Er verjagte die Eifersucht sofort und befahl sich selbst, nicht albern zu sein. Aber das Wiedersehen mit ihr war nicht so einfach, wie er sich das vorgestellt hatte. Die Briefe und Telefonate hatten die Vertrautheit nicht wiederherstellen können, jedenfalls nicht in dem erhofften Ausmaß. Es blieb spürbar, dass sie einander in der Woche vor Weihnachten zum letzten Mal gesehen hatten.

Brrr, hier drinnen ist es auch kühl, sagte Molly.

Sie stellte sich vor den Flurspiegel und löste ihre Haarspangen. Ihr offenes Haar glänzte im Licht der Deckenlampe, ihre Handgelenke und ihre Waden in den Seidenstrümpfen waren genauso schmal und wohlgeformt, wie er sie in Erinnerung hatte. Endlich flammte das Begehren in ihm auf, aber er unterdrückte es und dachte: Nein, noch nicht.

Möchtest du ein Glas Sekt?, fragte er. Ich habe eine Flasche kalt gestellt.

Als er aufwachte, war es Vormittag, und draußen regnete es, ein leiser Frühlingsregen.

Gut, dachte er, vielleicht schmelzen der Schnee und das Eis jetzt weg.

Er drehte sich um und sah, dass Molly schlief, still und schön, wie es ihre Art war.

Sein Redaktionsdienst würde um vier Uhr beginnen, und vorher wollte er noch seinen Freund Karsten Wahlman im Café *Bronda* treffen. In seiner Abendschicht sollte er die Titelseite gestalten und redigieren, eine Aufgabe, die ihm nicht lag. Aber Sandberg hatte es angeordnet, und ihm blieb nichts anderes übrig, als zu gehorchen.

Er stützte sich auf den Ellbogen und schaute Molly an. Sie hatte für den Rest der Woche freibekommen, erst am Montag würde sie wieder ins Theater gehen und erfahren, wie Takolander und die gesamte Direktion sich die Zukunft vorstellten.

Molly schnarchte nie, wechselte selten die Schlafposition, und manchmal war ihr Schlaf so ruhig, dass Henry ihr am liebsten einen Taschenspiegel vor den Mund gehalten hätte, um sich zu vergewissern, dass sie noch lebte. Sie hatte sich nicht abgeschminkt, als sie ins Bett gegangen waren. Ihre Züge waren so markant, dass ihr Gesicht ohne Schminke kantig und hart aussehen konnte. Die Maskenbildnerinnen im Theater verstanden ihr Handwerk, trugen aber oft zu viel Farbe auf. Molly selbst war da geschickter. Wenn sie sich schminkte, hatten ihre hohen Wangenknochen und der Amorbogen ihres Mundes genau die richtigen Proportionen, und jedes Mal, wenn sie vom Toilettentisch im Schlafzimmer aufstand, ähnelte sie in Henrys Augen einer griechischen Göttin. Woher er diesen Vergleich nahm, wusste er nicht, vielleicht aus irgendeinem illustrierten Klassiker, den er als Kind gelesen hatte, aber es war ihm auch egal.

Jetzt lag Molly auf dem Rücken und hatte im Schlaf die Decke weggeschoben, ihr Nachthemd war weit ausgeschnitten und eine Brust fast entblößt, er konnte den ganzen Warzenhof sehen. Die Begierde regte sich wieder in ihm, und er wollte sie schon mit einem Kuss wecken. Aber seine Erinnerung an die Nacht hielt ihn zurück, und schließlich stand er auf, um stattdessen in der Küche Tee zu kochen.

Sie waren viel zu lange aufgeblieben, es war schon vier Uhr gewesen, als sie sich hinlegten. Zwar hatten sie dann Sex gehabt, während es draußen langsam hell wurde, aber es wäre wohl besser gewesen, wenn sie vorher nicht so viel getrunken hätten. Die Leidenschaft war weniger himmelstürmend, als er es sich erhofft hatte, und Molly war zu kurz gekommen: Ihr keuchendes Atmen war ausgeblieben, ihr halb ersticktes Stöhnen und ihre Ausrufe und vor allem die kleinen Krämpfe in ihrem Schoß, die ihm signalisierten, dass auch sie den Gipfel der Wollust erreicht hatte.

Als er und Molly zum ersten Mal miteinander schliefen, hatte er diese Spasmen noch nicht bemerkt, erst beim zweiten oder dritten Mal. Er mochte sie, sie gaben ihm das Gefühl, alles richtig zu machen, und manchmal wartete er darauf: Wenn er noch nicht explodiert war, dann geschah das sofort, nachdem er ihre Krämpfe gespürt hatte. Manchmal war seine Lust so groß, dass er das Bedürfnis hatte, vulgäre Worte zu sagen, wenn sie gemeinsam den Höhepunkt erreichten. Er wollte Mollys Geschlecht beim Namen nennen, die Möse, und sein eigenes, den Schwanz, und genauso explizit wollte er verkünden, was Letzterer gerade in Erstere hineinspritzte. Aber er tat es nicht, denn er fürchtete sich vor ihrer Reaktion.

Mit ihrem Schreien und Stöhnen war es komplizierter als mit den Spasmen. Die Ausrufe gingen in Ordnung, er fand sie oft aufregend. Aber wenn das Stöhnen zu heftig wurde, fühlte es sich für ihn an wie ein Übergriff in seine eigene Domäne. Und mitunter fing Molly an, sich so wild unter ihm oder vor ihm oder über ihm zu winden, dass auch das ihm Unbehagen bereitete. Er hatte nichts dagegen, dass Frauen sich den größtmöglichen Genuss verschafften, Lydia Salmi hatte es so gemacht, und auch Elli Starck hatte sich nicht wie eine schüchterne Jungfrau benommen. Doch wenn er die Wahl hatte, dann war es ihm lieber, wenn sie stillschweigend genossen, wenn sie *Empfangende* blieben. Gerade in dieser Passivität lag für ihn etwas Erregendes. Molly aber konnte, wenn sie in der entsprechenden Stimmung war, so hemmungslos ihre Lust ausleben, dass er sich dann, paradox genug, unzulänglich fühlte.

Der Brotlaib war alt und hart, und die Butter war mehrmals geschmolzen und wieder fest geworden, sie war voller Brotkrümel und hatte eine unnatürlich dunkelgelbe Farbe.

Es war ein mageres Frühstück, aber er hatte eine Büchse Darjeeling-Tee ergattert, die letzte im Laden, einer Kolonialwarenhandlung in der Eriksgatan. Er hoffte, Molly würde, wenn sie aufwachte, sich über den guten Tee so freuen, dass sie den Schimmelgeschmack des Brotes nicht bemerkte. Bestimmt war sie während der Monate in Schweden mit Leckereien verwöhnt worden, und jetzt war sie wieder in Helsingfors, wo Mangel herrschte und man sich den Alltag nicht mehr so einfach verschönern konnte. Er fragte sich, wie sie mit der ganzen Trostlosigkeit zurechtkommen würde.

Und er dachte an die Fragen, die sie einander in der Nacht gestellt hatten, während er seinen Drinks zusprach und sie an ihrem Sekt nippte.

Er hatte versucht, allen Fragen zum Krieg zuvorzukommen, indem er sich nach der Tournee erkundigte, nach den verschiedenen Städten, die sie besucht hatte, nach den Vorstellungen und nach ihrem Eindruck von den anderen Schauspielern, nicht nur von Asta und Walter Venho, sondern auch von Erik Landgren und Gun Wideman und den übrigen Veteranen aus dem Theaterpalais an der Kreuzung Skillnaden[36].

Molly hatte bereitwillig erzählt. Und natürlich war Henrys Interesse echt, er wollte wissen, wie es seiner Nichte Asta ging und ob er sich über Walter Venhos Verführungskünste Gedanken machen musste oder nicht. Aber letzten Endes waren seine Fragen ein Ablenkungsmanöver gewesen, und zwar ein gelungenes.

Molly war ganz lebhaft geworden. Sie hatte alles immer mehr ausgeschmückt und sich in Details vertieft, vor allem rund um ihr Zusammenspiel mit Erik Landgren in dem Einakter *Galgmannen*. Das hatte Henry nicht überrascht, wusste er doch, wie viel das Theater ihr bedeutete: Sie liebte es genauso sehr wie den Film, obwohl sie an mangelndem Selbstvertrauen litt und sich für schlechter hielt als alle, die eine Schauspielschule besucht hatten.

Weil sie so begeistert von sich selbst erzählte, hatte sie nur ganz wenige Fragen zum Krieg gestellt und keine einzige zu Henrys Aufenthaltsort im Februar.

Dafür hatte sie nach seinem Status bei der Zeitung gefragt:

Hast du die Sache mit dem Redaktionschef geklärt, wie heißt er noch gleich?

Sandberg. Leider nein, das geht nicht so schnell. Ich bekomme nur noch Scheiß-Aufträge von ihm, aber das wird nicht ewig so bleiben. Ich werde da schon wieder rauskommen.

Bist du denn zu dem Krankenhaus gefahren?

Ja.

Aber du hast nichts darüber geschrieben?

Nein. Ich durfte nicht.

Ich verstehe nicht, wie sie dich so behandeln können, hatte Molly gesagt und den Kopf geschüttelt, sodass ihr eine Locke in die Stirn fiel:

Du bist doch schon vor Jahren als Propagandajournalist geschult worden. Und im Herbst hast du noch mal einen Kurs belegt, und du hast Freunde im Verteidigungsministerium und in der Staatskanzlei.

»Freunde« ist wohl übertrieben, aber ich verstehe selbst nicht, was da los ist. Vielleicht war ich nicht unterwürfig genug. Ich hätte Sandberg die Stiefel lecken sollen. Und Grahn und Amos.

Wie ging es denn dem Soldaten?, hatte Mollys nächste Frage gelautet.

Schlecht. Aber darüber darf ich nicht sprechen.

Er war erleichtert gewesen, dass sie ihn nicht fragte, ob er im Winter einmal in Helsingfors gewesen sei. Es bereitete ihm keine Gewissensqualen, etwas zu verschweigen, aber ihr direkt ins Gesicht zu lügen, war etwas anderes. Im Nachhinein war er heilfroh, dass er während jener Februartage in der Stadt nie die Post bei Broman abgeholt hatte und dass Lilly in der betreffenden Woche nicht in der Wohnung aufgetaucht war.

Und doch wusste er, dass Molly früher oder später anfangen würde, Fragen zu stellen, zu seinen Aktivitäten im letzten Kriegsmonat und zu anderen Dingen: Sie war viel zu neugierig und zu interessiert, um sich davon abhalten zu lassen.

Im Morgengrauen, während ihrer kurzen Umarmung, hatte er gespürt, dass sie mit einem Finger über die Narbe an seiner rechten Schulter strich. Es lag etwas Nachdenkliches darin, wie sie ihre Fingerspitze langsam hin und her gleiten ließ, und fast hätte er in seinen Bewegungen innegehalten. Er wusste, dass die Narbe an seiner linken Wade viel größer und hässlicher war als die an der Schulter, und er fragte sich, wie dieser Anblick auf sie wirken würde. Im Bett hatte sie nichts gesagt, aber vielleicht ahnte sie, dass Henry nur mit Glück überlebt hatte. Denn so war es ja. Wäre da nicht zufällig eine Grube gewesen, in die er sich werfen konnte, und hätte er nicht so schnell reagiert – nicht ohne Grund stand er beim Fußball stets im Tor –, dann hätten die Granatsplitter ihn wahrscheinlich geschreddert.

Das *Bronda* hatte er seit dem Winter, in dem er Molly begegnet war, nicht mehr aufgesucht, aber jetzt hatte Karsten Wahlman vorgeschlagen, sich in dem Künstlercafé zu treffen, »um der alten Zeiten willen«.

An diesem grauen Aprilnachmittag ging er rasch am Schwedischen Theater vorbei und steuerte das Haus an der Südlichen Esplanade an. Als er eingetreten war und die Tür hinter sich geschlossen hatte, tönte ihm ein »Nanu, ist das nicht der Redakteur höchstpersönlich!« entgegen. Pilsudski war also noch da.

Der riesenhafte Pilsudski war Garderobier im *Bronda* gewesen, solange Henry sich zurückerinnern konnte. Und Henry hatte zu den Stammgästen gehört, vor allem nach seiner Trennung von Lydia.

Neben dem schwedischen Dialekt von Sibbo sprach Pilsudski das holprigste Finnisch der Welt, und er hieß natürlich nicht Pilsudski, sondern Algot und dann Johansson oder Nilsson oder so ähnlich, Henry wusste es nicht mehr. Den Spitznamen hatte er, weil sein Schnurrbart genauso borstig war wie der des polnischen Diktators, aber auch deshalb, weil er diesen unendlich bewunderte und einen ganzen Sommer und Herbst getrauert hatte, nachdem sein Idol gestorben war.

Henry wechselte mit Pilsudski ein paar pflichtschuldige Worte, »neeiin, die Zeiten sind wahrhaftig nicht mehr wie früher«, und eilte die Treppe hinauf.

Wahlman hatte sich schon am Großen Tisch niedergelassen. Vor zehn Jahren wäre das ein Sakrileg gewesen. Der Große Tisch war das Hoheitsgebiet der bildenden Künstler, er war für Aaltonen[37], Ruokokoski[38] und ihresgleichen reserviert. Nur sie konnten eine Aufenthaltsgenehmigung erteilen, und Henry hatte zu den ganz wenigen Schreiberlingen gehört, die dort Platz nehmen durften.

Jetzt waren die meisten der Marmortische leer, ob groß oder klein: Nicht mal mehr die alten Herren Rosenberg und Ruutu saßen schachspielend an ihrem Fenstertisch. Henry gab Wahlman die Hand und dachte bei sich, dass er gealtert sei, sagte aber:

Du hast dich überhaupt nicht verändert.

Gleichfalls, gab Wahlman die Lüge zurück, und dann bestellte Henry eine Flasche Bier, und sie erzählten einander, wie sie während der letzten Jahre gelebt und was sie gemacht hatten.

Mich laust der Affe, du lebst mit Molly Timm zusammen?, fragte Wahlman grinsend, und sein Gesichtsausdruck ähnelte dem des Soldaten Mattsson, als der sich an den Unterhaltungsabend mit Kirsti Pera erinnert hatte.

Gemach, gemach, Kasse, warnte Henry.

Eine Filmberühmtheit zu sein, dachte er, musste zu den oberflächlichsten und demütigendsten aller Daseinsformen gehören, zumindest für Frauen. Zu Wahlman sagte er:

Molly ist in Ordnung. Sie ist aber nicht jeden Morgen unsere schöne Cousine Adèle. Wenn du verstehst, was ich meine.

Ja, nein, sagte Wahlman. Aber zum Teufel, Heki, du wohnst mit einem Filmstar im schicksten Teil von Tölö, während ich meine ganze Habe den Russen überlassen musste und in einer Herberge hause, mit fünfzig anderen Männern, die genauso abgebrannt sind wie ich.

Während er redete, versuchte er zu lächeln, aber es kam eine bittere Grimasse dabei heraus.

Konntest du nichts mitnehmen?, fragte Henry.

Er fragte sich, warum der um einige Jahre jüngere Wahlman nicht an der Front gewesen war, beschloss jedoch, das Thema nicht anzusprechen. Der Frontdienst war oft ein heikles Kapitel: Manche hatten sich entzogen, andere waren abgelehnt worden, obwohl sie kämpfen wollten.

Nicht so recht, sagte Wahlman. Ich habe ein paar Koffer bei meiner Cousine in Ekenäs. Als der Frieden kam, bin ich in eine schlechtere Phase reingerutscht, du weißt, wie das ist …

Du hast dich wieder um Kopf und Kragen gesoffen?

Das war eher eine Feststellung als eine Frage. Der junge Karsten Wahlman war ein begabter Journalist gewesen und hatte zur selben Zeit bei der Abendzeitung *Svenska Pressen* angefangen, als Henry seine Stelle bei *Hufvudstadsbladet* antrat. Die beiden kannten einander seit ihrer Kindheit. Wahlman war in dem Dorf aufgewachsen, in dem Henrys Großeltern Fritjof und Hedvig ihren Bauernhof hatten, wo Henry im Sommer als Knecht aushalf. Wahlman war nach dem alkoholbedingten Scheitern seiner Karriere in Helsingfors in seine Heimatregion zurückgekehrt, um für die Zeitungen *Västra Nyland* und *Hangö* zu schreiben. Sie hatten sich mehrere Jahre nicht gesehen, aber Henry hatte auf Umwegen erfahren, dass es mit dem Freund immer weiter bergab gegangen war.

Ja, ich war nicht in Form, gab Wahlman widerwillig zu. Und wenn ich mal nüchtern war, blieben mir nicht mehr so viele Stunden zum Arbeiten. Ich konnte nur noch abhauen. Und wie du sicher schon kapiert hast …

… bist du pleite, unterbrach Henry ihn ungeduldig. Und du brauchst einen Job.

Wahlman nickte: Mir ist alles recht. Wenn in den Redaktionen nichts frei ist, kann ich beim Hausmeister arbeiten.

Ich würde dir gerne helfen, sagte Henry und seufzte. Aber du versuchst, eine ausgetrocknete Quelle anzuzapfen. Erinnerst du dich an Sandberg?

Der aus dem Sport … Guss?

Er ist inzwischen Redaktionschef. Hat mehr zu sagen als Grahn, der meistens in seinem Zimmer sitzt und Blödsinn schreibt. Leider kann Sandberg mich nicht ausstehen. Ich ihn auch nicht, aber er hat die Macht.

Du hast also keine Möglichkeit …?

Leider nicht, Kasse. Ich kann froh sein, wenn ich meine Stelle bis zum Jahresende behalte.

Ja verdammt, sagte Wahlman grimmig. Das ist eine Scheißzeit, in der wir leben. Ich habe mich geschämt, in meinem Alter bloß noch Nachrichtenjäger[39] zu sein, und nun bin ich nicht mal mehr das. Und ein Zuhause habe ich auch nicht. Ich muss mich wohl beim Straßenbauamt melden. Es heißt, dass sie Asphaltleger und Schotterschläger brauchen, nachdem so viele Männer gefallen sind. Ich habe Gicht, aber Schande über den, der aufgibt.

Er winkte eine der Kellnerinnen heran und bestellte sich eine neue Flasche Bier. Henry beobachtete ihn und suchte nach Worten, um ihn aufzumuntern. Aber das war schwierig.

Du darfst die Flinte nicht ins Korn werfen. Lass den Schnaps weg, dann findest du vielleicht jemanden, für den du schreiben kannst. Aber ich befürchte leider, dass alles immer schlimmer wird. So wie der Korporal und der Prediger herumtoben, werden bald alle Importwege abgeschnitten sein. Das meiste wird knapp werden.

Der Korporal und der Prediger, das waren Henrys Namen für Hitler und Stalin. Er hatte vor einigen Jahren angefangen, sie zu benutzen, und mit Letzterem Anstoß bei Gläubigen erregt: Sie wollten nicht daran erinnert werden, dass Väterchen Stalin Theologie studiert hatte, als er noch Dschughaschwili hieß.

Noch mehr Rationierung? Wahlmans Frage war rein rhetorisch. Und Arbeitsdienst, wie vor zehn Jahren? Du hast bestimmt recht, ich weiß, deine Quellen sind zuverlässig. Übrigens hast du ja von der Front berichtet, wie ich gesehen habe. Aber dann hörte es auf, war das im Februar?

Ja, sagte Henry kurz. Ungefähr eine Woche nach Summa.

Was ist passiert?

Das ist eine lange Geschichte, und sie hat mit Sandberg zu tun. Aber davon wollen wir jetzt nicht reden. Eines Tages …

Heki, unterbrach ihn Wahlman, als hätte er seine Gedanken gelesen, du hast sicher gesehen, dass Schildts[40] einen Wettbewerb ausgeschrieben hat?

Für den besten Kriegsroman? Klar, hab ich.

Und weil du doch den ganzen Winter an der Front warst, könntest du bestimmt … Wenn jemandem das Wort zu Gebot steht, dann bist du das.

Du hast die Anzeige sehr flüchtig gelesen. Es sollen keine Kriegsromane, sondern *Kampf*romane sein. Selbst erlebte Gefechte sind vorgeschrieben.

Das hatte ich übersehen, sagte Wahlman. Aber so was kannst du dir ja ausborgen. Da draußen musst du doch das eine oder andere gehört haben. Und die Beiträge schickt man wohl unter Pseudonym ein?

Natürlich habe ich vieles gehört und gesehen. Vielleicht viel zu viel. Die Verlage wollen Heldengeschichten, und ich weiß nicht …

Er ließ den Satz in Schweigen ausklingen und verließ sich darauf, dass Wahlman ihn verstehen würde. Aber Wahlman gab nicht auf.

Ich glaube, du unterschätzt unsere Verlage. Dass unser Kampf rechtmäßig und heldenhaft war, schließt doch wohl psychologische Komplikationen nicht aus?

Das war genau die Auseinandersetzung, die ich mit Sandberg hatte, sagte Henry. Und ich habe verloren. Ich schaffe es nicht, den Disput noch mal aufzunehmen.

Aber du schreibst besser als die meisten, beharrte Wahlman. Es ist deine Pflicht, deine Eindrücke vom Krieg wiederzugeben.

Es geht nicht darum, wer besser oder schlechter schreibt, sagte Henry. Es geht darum, was zu einem bestimmten Zeitpunkt gefragt ist. Sowohl Juselius als auch Enckell[41] können Pathos besser als ich. Deshalb haben sie sich Juselius als Redakteur für die Zeitschrift *Der Waffenbruder* ausgesucht, nicht mich.

Das Gesprächsthema hatte ihn aufgeregt, und jetzt war er es, der die Kellnerin herbeirief, um noch ein Bier zu bestellen. Als Wahlman nur an seinem Bierglas nippte, ohne etwas zu sagen, fuhr Henry fort:

Und denk an all die Schriftsteller, die zu Besuch an der Front waren und über das Leben da draußen geschrieben haben. Waltari[42], Saavalainen …

Wahlman lachte: Waltari und Saavalainen schreiben ja wohl nicht auf Schwedisch.

Nein, natürlich nicht. Aber Hemmer[43], Gripenberg[44] ... es gibt so viele, die ...

Die können aber nicht gekämpft haben, sie sind zu alt, unterbrach ihn Wahlman und förderte eine Zigarette zutage. Möchtest du?

Klar!, sagte Henry und griff gierig nach dem schlampig gerollten Glimmstängel.

Kasse, ich will mich nicht mit dir streiten, aber mir war der Krieg zuwider. Es gab Tage, da habe ich die ganze Scheiße nur noch gehasst. Aber unsere Soldaten habe ich bewundert, und da waren auch Tage, an denen ich mich schämte, dass ich nicht Stift und Schreibblock weggeworfen und stattdessen um ein *Pystykorva*[45] gebeten habe.

Tja, sagte Wahlman, und sein Blick kam Henry plötzlich kühl und prüfend vor. Du hattest wohl deine Gründe, das nicht zu tun.

Was zum Teufel meinst du damit?

Hast du da draußen Uniform getragen?, wich Wahlman der Frage aus, und etwas von der früheren Wärme kehrte in seinen Blick zurück.

Henry zuckte mit den Schultern:

Ich war in Zivil, auch wenn den Offizieren das nicht immer gefiel. Aber sobald wir in Bewegung waren, trugen wir ja alle Schutzanzüge. Und wenn ich mit den Soldaten im Bunker wohnte, habe ich mir eine Uniform geben lassen.

Mit Dienstgradabzeichen und allem? Du bist doch Fähnrich der Reserve?

Nur eine gewöhnliche Soldatenuniform. Das genügte, ich war ja nicht im Dienst.

Viele schreiben, dass der Krieg im Dezember so unerwartet gekommen sei, sagte Wahlman nachdenklich. Wie ein Überfall. Aber das stimmt ja nicht.

Wieso?

Wir hätten wohl nicht mobilgemacht und die ganze Karelische Landenge befestigt, wenn wir nicht gewusst hätten, dass der Krieg im Anzug war?

Natürlich nicht, räumte Henry ein. Aber der Mensch möchte Optimist sein. Auch wider besseres Wissen.

Wahlman leerte sein Bierglas, und weil er nichts sagte, fuhr Henry fort:

Ich wüsste immer noch gern, was du damit gemeint hast, mit meinen Gründen, etwas nicht zu tun.

Nichts Besonderes, sagte Wahlman und lächelte versöhnlich. Nur dass jeder seine Gründe hat für die Entscheidungen, die er trifft.

Während der monotonen Abendschicht ließ Henry das Gespräch im *Bronda* Revue passieren.

Er grübelte über Wahlmans Hartnäckigkeit im Hinblick auf den Romanwettbewerb nach und über die merkwürdige Kühle, die er plötzlich ausgestrahlt hatte, als Henry seine Scham eingestand, nicht zur Waffe gegriffen zu haben. Eine Kühle, die dann so schnell wieder verschwand, wie sie gekommen war. Er vermutete, dass diese Frostigkeit mit ihrer Jugendzeit zusammenhing, mit einer Entscheidung, die Henry damals getroffen hatte und von der Wahlman wusste. Aber an diese Sache wollte er nicht denken. In der Gegenwart gab es mehr als genug Sorgen und Leid; wollte man sich jetzt noch an den Bürgerkrieg erinnern, an jene elenden Zeiten, wäre das wie ein Weinen über verschüttete Milch.

Er überlegte, ob er nicht doch an dem Romanwettbewerb teilnehmen sollte, die Bedenken einfach ausschalten und dem Schriftstellerberuf eine Chance geben. Da er bei der Zeitung abgemeldet war und nur noch Aufträge bekam, die er im Schlaf ausführen konnte, bliebe ihm reichlich Zeit zum Schreiben. Er könnte die Erfahrungen von Mattsson, Henell und ihren Kameraden verwenden, aber den Männern andere Namen geben, ihre Dienstgrade und Bataillonszugehörigkeit leicht verändern.

Vielleicht würde es ihm sogar gelingen, die eine oder andere Parallele herzustellen zu den schlimmen Zuständen, die herrschten, als er so jung war wie die meisten Frontsoldaten jetzt. Er könnte zeigen, was der Krieg dem Menschen *zu allen Zeiten* antat: Er deformierte ihn, vernichtete ihn, zerstörte seinen moralischen Kompass.

Aber nein, sagte er sich, als er seine Schicht beendet hatte und die kurze Strecke von der Henriksgatan über den Åbovägen und am Reichstagsgebäude vorbei nach Hause ging. Ein solcher Roman war nicht das, was die Elite des Landes sich wünschte. Und schlimmer noch: Es war auch nicht der Roman, den das erschöpfte und geplagte Volk lesen wollte.

Ein Roman über den Krieg des Soldaten Mattsson und seine inneren Qualen würde die Leser nur noch deprimierter machen, als sie es schon waren. Genau das hatte Sandberg über Henrys späte Frontreportagen gesagt.

Er schaute zum Abendhimmel hinauf, der über dem Reichstagsgebäude glühte, aufflammte in einer Kaskade von Farben, die nicht einmal ein betrunkener Expressionist benutzt hätte. Man sah Feuerrot, Purpur und Hellblau an der Grenze zu Weiß, und in dem Augenblick, als Henry stehen blieb, um die Farbenexplosion zu betrachten, beschloss er, das Verfassen von Kriegsromanen den Kollegen Juselius, Enckell und anderen zu überlassen. Und am allerbesten den Soldaten, die Tag für Tag, Woche um Woche ihr Leben aufs Spiel gesetzt hatten.

Wenige Minuten später lief er, erleichtert durch seine Entscheidung, mit federnden Schritten die Treppen hinauf.

Molly hörte gern Musik und die neuen finnischsprachigen Sendungen der BBC aus London. Aber jetzt war es still in der Wohnung, das Radio war nicht eingeschaltet. Ihm fiel plötzlich ein, dass er sie nicht, wie sonst, angerufen hatte, nachdem die erste Auflage in Druck gegangen war.

Sie saß in dem grünen Lesesessel, aber ohne Buch. Sie trug ihren Morgenrock und hatte sich offenbar die Haare gewaschen, ein großes Handtuch war wie ein Turban um ihren Kopf gewickelt.

Zuerst merkte Henry nicht, was mit ihr los war, er sagte fröhlich:

Du hast gebadet! Das heißt, wir haben heute warmes Wasser?

Seit Kriegsende floss das Warmwasser nur an zwei Tagen im Monat aus den Hähnen, und sie hatten schon munter darüber gewitzelt, sich gegenseitig »Dreck-Henry« und »Schmutz-Molly« genannt. Aber jetzt nickte Molly nur, und Henry sah, dass sie geweint hatte und immer noch tief bewegt war. Er warf Hut und Paletot aufs Sofa und fragte:

Molly, Liebste, was ist los?

Es ist Max …, brachte sie heraus, schniefte, zog ein Taschentuch hervor und putzte sich die Nase.

Was ist mit ihm? Die Beerdigung ist doch erst nächste Woche?

Sein Anwalt hat mich heute angerufen, sagte Molly leise und schniefte wieder.

Ja?

Es gibt da offenbar ein Testament …

Jetzt fing sie hemmungslos an zu weinen.

Henry ließ sich auf dem Sofa nieder und wartete, bis sie sich so weit gesammelt hatte, dass sie weiterreden konnte:

Er hatte ja keine Kinder. Und auch keine Geschwister, und seine Eltern sind tot, so wie deine. Deswegen hat er mir das Sommerhaus in Korsnäs überschrieben. Und das Auto auch.

6

Es war, als habe sich der Krieg dauerhaft in der Stadt niedergelassen.

In den hellen Nächten schlich er herum wie ein graues Gespenst, er färbte die schrumpfenden Schneehaufen kohlrabenschwarz, er sickerte als ekelhafter Geruch aus den Ziegelmauern der Hochhäuser.

Falls jemand vergessen hatte, was während des Winters geschehen war, wurde er durch die Luftabwehr daran erinnert, die jeden Morgen um acht Uhr den Fliegeralarm testete, mit dem steigenden und fallenden Sirenengeheul, das in den Schlaf eindrang und jeden Bewohner der Innenstadt weckte.

Auch Henry, der weiterhin Abendschichten von Sandberg zugeteilt bekam und oft erst nach Mitternacht wieder zu Hause war, und Molly, die sich dann am liebsten auf die andere Seite drehte und den ganzen Vormittag weiterschlief.

Die Kälte hatte sich nicht nur in den Straßen und den Parks und an den Stränden verbarrikadiert – Henrys *Aldebaran* lag immer noch unter ihrer Persenning auf Örarna –, sondern sich auch in den Körpern der Menschen eingenistet. Eines Abends, als sie in beiden Kachelöfen Feuer gemacht hatten und Tino Rossi im Radio sang *Je crois entendre encore*, sagte Molly, während des Kriegswinters seien ihre Muskeln und Gliedmaßen ebenso eingefroren wie ihre Seele, sodass sie nichts anderes mehr wolle, als sich unter zwei Bettdecken verkriechen und schlafen, aber sie hoffe, dass Henry Geduld mit ihr haben würde, denn früher oder später werde sie sich in die alte Molly zurückverwandeln, auf jede nur erdenkliche Weise. Dann versuchte sie, die Melodie mitzusingen, fing aber an zu weinen.

Henry glaubte zu verstehen, was sie ihm sagen wollte. Sie hatten schon mehrmals miteinander geschlafen, aber ihre kleinen Krämpfe, die er so gern mochte, hatte er noch nicht wieder gespürt. Jetzt nickte er und sagte, »mach dir keine Sorgen«, und Molly stand aus ihrem Sessel auf und kam zu ihm herüber und setzte sich auf seinen Schoß, und dann lauschten sie gemeinsam der Arie aus den *Perlenfischern.* Erst als sie zu Ende war, fügte Henry hinzu:

Wir müssen unser Leben auf ein neues Gleis setzen. Nicht nur du und ich, sondern wir alle. Und wenn erst der Sommer kommt, dann werden wir es finden.

Am Tag vor Walpurgis wurde Leutnant Max Esping beerdigt, neununddreißig Jahre alt, ein Kriegsheld, der mit seinem Regiment mehrmals sowjetische Panzer und Maschinengewehrnester angegriffen hatte: Bei dem Einsatz, der sein letzter sein sollte, hatte ihm ein Scharfschütze ein sauberes, tödliches Loch in die Schläfe verpasst.

Die Trauerfeier fand in der Alten Kapelle statt. Sie war gut besucht, und anschließend wurde der Sarg im Familiengrab der Espings beigesetzt, das nur einen Steinwurf von der Kapelle entfernt lag. Während der Zeremonie bemerkte Henry unter den Gästen einen Überschuss an einzelnen Frauen mit schwarz verschleierten Gesichtern. Eine von ihnen war groß und schlank, und als sie sich nach dem letzten Kirchenlied aus der Bank erhob, erinnerten ihre Haltung und ihre Bewegungen an Elli Starck.

Als sie nach dem Leichenschmaus im *Savoy* nach Hause wanderten, fragte er Molly, ob Max jemals verheiratet oder verlobt gewesen sei. Widerwillig bestätigte sie Henrys Ahnung: Max war immer ein eingefleischter Junggeselle mit zahlreichen Liebhaberinnen geblieben.

Danach sagte sie während des ganzen Heimwegs nichts mehr, und Henry bereute, die Frage gestellt zu haben. Sie war taktlos gewesen, allein schon Mollys rot geweinte Augen und ihre hängenden Schultern hätten ihn davon abhalten sollen.

Über das Erbe hatten sie bis dahin noch nicht viel geredet, aber Molly war in der Anwaltskanzlei in der Mikaelsgatan gewesen und hatte erfahren, dass nur noch einige Formalitäten zu erledigen seien und dass alles innerhalb von ein bis zwei Wochen über die Bühne gehen werde.

Und wieder begann die Eifersucht in Henry zu schwelen: Wie konnte er wissen, ob Molly nicht eine von Max Espings vielen Frauen gewesen war, trotz der Verwandtschaftsbande? Aber er beherrschte sich, er fragte sie nur, ob sie dann gleich nach Korsnäs fahren wollte, wenn sie die Erbschaftsdokumente für das Sommerhaus und den Volvo erhalten hatte. Molly nickte, aber ihr Blick war leer.

Den Walpurgisabend[46] feierten sie gemeinsam mit dem Ehepaar Röman im Restaurant *Royal* im Theatergebäude. Sie waren etliche Gäste am Tisch. Ragge Lerche und seine Frau Heidi waren auf Einladung von Guido und Ghita gekommen, und Guido hatte außerdem einen alten Freund dazugebeten, einen geschiedenen Anwalt namens Thune, der einige Jahre zuvor in einen Mordfall verwickelt gewesen war, ohne jedoch verdächtigt zu werden. Henry hatte Karsten Wahlman eingeladen – Kasse braucht Aufmunterung, hatte er zu Molly gesagt –, und laut ursprünglichem Plan hätte auch Lilly Stadius dabei sein sollen.

Lilly wusste immer noch nicht, dass ihre ältere Schwester ihren gemeinsamen Großcousin beerben würde. Auf Henrys diesbezügliche Frage hatte Molly geantwortet, dass Lilly und Max nie »seelenverwandt« gewesen seien, außerdem sei der Altersunterschied zwischen ihnen zu groß. Zwischen Max und Molly hatte sich erst im Erwachsenenalter eine Zuneigung entwickelt, eine Freundschaft, in der Max stets Mollys Entscheidungen verteidigt hatte, ob es sich nun um eine gewagte Filmrolle handelte oder um ihre Auftritte als Jazzsängerin in Mitja Wendelins Orchester.

Henry hatte dem Abend im *Royal* leicht beklommen entgegengesehen, weil er befürchtete, dass die Schwestern etwas zu oft mit Schaumwein anstoßen würden, was in Indiskretionen und Streitereien hätte münden können. Die Sorge verflüchtigte sich, als Lilly im letzten Augenblick absagte: Karol lag nach einer weiteren Operation immer noch im Krankenhaus, und sie betrachtete es als ihre Pflicht, an seiner Seite zu bleiben.

Jedes Mitglied der Tischgesellschaft war es gewohnt, die ganze Walpurgisnacht aufzubleiben und morgens betrunken in den Kajsaniemipark zu gehen, wo der studentische Männerchor, Akademiska Sångföreningen, den Frühling begrüßte. Aber diesmal lag ein Dämpfer über dem Fest. Um elf, als das Restaurant schloss, nahmen sie die Straßenbahn, um bei Guido und Ghita weiterzufeiern, und dort siegte allmählich die Müdigkeit. Henry und Molly fingen an zu streiten – er wollte weitertrinken, sie wollte nach Hause und schlafen gehen –, während der Anwalt Thune, der schon zu viel getrunken hatte, endlos wiederholte, wie übel das Leben ihm mitgespielt habe. Alle fünf Kinder waren zu Hause, und nachdem der Babysitter seinen Lohn erhalten hatte und gegangen war, hatte Ghita Röman reichlich zu tun. Sogar Henry sah ein, dass es nun Zeit war, aufzubrechen.

Karsten Wahlman übernachtete bei ihnen auf dem Sofa, und am nächsten Morgen weckte ihn Henry damit, dass er dicht an seinem Ohr einen gluckernden Flachmann schüttelte. Henry hatte sich schon ein paar Schlucke genehmigt, und dann nahmen sie den Flachmann und noch einen zweiten mit und gingen nach Kajsaniemi, um dem Gesang der Studenten zu lauschen. Molly schien sowohl von Henry als auch von Wahlman genug zu haben, sie blieb zu Hause und schlief weiter.

Den ganzen April über hatte die Sonne sich hinter Wolkenbänken und Matschwetter versteckt, und wenn sie einmal hervorgeschaut hatte, war sie bleich und kalt gewesen. Aber jetzt, am ersten Maimorgen, leuchtete sie plötzlich warm und kraftvoll und lockte die Bewohner von Helsingfors nach draußen und in die Parks.

In Kajsaniemi waren viele Menschen unterwegs, manche Gruppen hatten Champagnerflaschen dabei, karierte Tischtücher und Gitarren und Körbe mit belegten Broten. Es gab sogar kleine Versuche, ausgelassen zu sein, zu lärmen und zu singen. Aber sie waren auf die gleiche Art gedämpft wie das abendliche Fest der Gunnars-Timm-Röman-Clique im *Royal* und in der Wohnung am Åbovägen. Seit dem Friedensschluss waren fast fünfzig Tage vergangen, aber noch immer füllten die Todesanzeigen der gefallenen Soldaten alle Zeitungen, in Helsingfors ebenso wie draußen im Land. Es war, als ob die Toten jeden Schritt der Lebenden überwachten und ihnen boshaft ins Ohr flüsterten: »Ja, du hast gut grölen und singen, du, der du es noch kannst.«

Während der ganzen Woche war Henry innerlich mit Molly beschäftigt gewesen, mit der Enttäuschung darüber, dass ihre ersten Tage und Nächte weniger hingebungsvoll verlaufen waren, als er es sich vorgestellt hatte.

Er hatte nicht mehr an den Soldaten Mattsson gedacht oder an den Koch Isaksson oder den Fähnrich Höckert – zum ersten Mal seit fünf Monaten hatte er den Krieg beiseitegeschoben.

Aber jetzt sang der Männerchor ein Lied, dessen Text er kannte, *sorgens stora, djupa harpa ljuder över storm och strid*, »der Trauer große, tiefe Harfe übertönt nun Sturm und Streit«, und das löste etwas bei ihm aus.

Sie sollten damit aufhören, sagte er zu Wahlman, als das Lied zur Hälfte vorüber war. Sie sollten das jetzt nicht singen, es passt nicht.

Warum das denn?, fragte Wahlman. Es ist schön. Und alles ist wahr. *Minns att det är blodet av de döda som ger sådden växt,* »bedenkt, dass es das Blut der Toten ist, das Saaten keimen lässt.«

Es ist von Jarl Hemmer, sagte Henry. Das weißt du doch?

Natürlich, sagte Wahlman. Teufel, wie der Kerl reimen konnte. Schade, dass er jetzt offenbar sein Pulver verschossen hat.

Das ist ein Gedicht von 1918, erwiderte Henry grimmig. Und der Aufstand unserer Roten damals war etwas anderes als der Überfall der Sowjets jetzt. Es ist nicht derselbe Kampf.

Lustig, dass ausgerechnet du das sagst, gab Wahlman zurück. Und darüber könnte man sicher diskutieren. Aber ich will nicht mit dir streiten. Nicht am ersten Mai und nicht, wenn du zu edlen Getränken einlädst.

Er versucht es wegzusaufen und zu verharmlosen, dachte Henry und versuchte seinerseits, sein Unbehagen abzuschütteln und die alten Gedanken zu verscheuchen, die in ihm aufgestiegen waren.

Aber es gelang ihm nicht.

Ich will auch keinen Streit, sagte er. Aber ich kann schöne Reime nicht mehr ertragen. Ich glaube nicht an sie. Oder vielleicht glaube ich zu sehr an sie – ich glaube, dass sie uns vergiften.

Wahlman, der Henry gegenüber oft die Rolle des großen Bruders einnahm, hatte plötzlich wieder diese ganz untypische Kälte im Blick. Es war die gleiche Kälte wie am Ende ihres Treffens im *Bronda*, aber Henry versuchte, sie nicht zu beachten.

Wieso vergiften?, fragte Wahlman.

Aufwiegeln, sagte Henry. Die Schönheit des Gedichts wirkt erregend und verlockt Generation um Generation, in den Kampf zu ziehen. Und wofür? Um die Wahnideen alter Männer durchzusetzen. Die Welt ist ein einziges Schlachtfeld, und schuld sind diese verfluchten alten Säcke.

Heki, sagte Wahlman ernst, jetzt denk mal nach. Auch *junge* Männer haben Wahnideen. Ich glaube, wir wissen beide, was dich quält und warum du meinst, dass jede Selbstaufopferung falsch ist. Aber …

Nicht falsch!, unterbrach ihn Henry wütend. Nur vergeblich! Und komm mir jetzt nicht mit der Vergangenheit. Ich bin vollkommen imstande, meine Gedanken von meiner Reue zu trennen. Meine Gedanken gründen sich auf Erfahrungen, und im letzten Winter habe ich neue gemacht. Und verdammt viel mehr davon, als ich mir gewünscht hätte.

Das mag sein, sagte Wahlman bedächtig. Aber es ist ja nicht so, dass du selbst gekämpft hättest. Deshalb lass uns jetzt einfach dem Gesang zuhören und saufen und Freunde und Brüder bleiben. Was auch immer passiert ist, als wir jung waren. Oder im letzten Winter.

Gut, sagte Henry, das machen wir.

Er holte den Flachmann aus der Tasche seiner Lederjacke und reichte ihn an Wahlman weiter, nachdem er einen Schluck genommen hatte.

Aber als das Lied seinen Höhepunkt erreichte, *stora sus i skogar, hundramila, vagga in i evighetens vila dem som frälst sitt land*, »du großes Brausen in den Wäldern, Hunderte von Meilen weit, sollst die Retter ihres Landes wiegen in die Ruh der Ewigkeit«, und als die Menschen um ihn herum so gerührt waren, dass sie beinahe zu applaudieren vergaßen, da konnte er nicht umhin, eine Grimasse zu schneiden. Als Wahlman das sah und fragend die Augenbrauen hochzog, deutete Henry auf den Flachmann in seiner Hand, so als wäre es der Schnaps gewesen, der bitter schmeckte.

7

Auch die Wochen, die nun folgten, hatten einen bitteren Beigeschmack.

Es half nichts, dass der Schnee endlich geschmolzen war und das Eis zu schrumpfen begann.

Es half nicht einmal, dass die Knospen an den Bäumen aufgingen: Zwischen Henry und Molly wollte sich nichts mehr öffnen, der Kriegswinter hatte ihre Verbindung zertrennt. Statt gemeinsamer Freude war da nur noch Gereiztheit, und manchmal warfen sie einander so scharfe Worte an den Kopf, dass die Risse zwischen ihnen sich zu Schluchten vertieften.

Müssen wir jeden Tag diesen ewigen Heringsauflauf essen?, fragte Henry eines Abends, als er besonders schlechter Laune war. Nachmittags hatte er eine Besprechung mit Guido Röman, Guss Sandberg und ein paar anderen Kollegen gehabt, es ging um die Planung eines Fußballspiels, und Henry war von Sandberg absichtlich gedemütigt worden.

Du darfst herzlich gern selbst auf den Markt und in die Läden gehen, entgegnete Molly kühl. Ich bin nicht aus Schweden zurückgekommen, um für dich die Haushälterin zu spielen. Übrigens habe ich eine Filmrolle übernommen.

Das stimmte Henry milder, obwohl im Heringsauflauf lauter kleine Gräten waren, die sich an seinem Gaumen und zwischen den Zähnen verhakten. Das Theater würde vor September nicht wieder öffnen, und er wusste, dass Molly es verabscheute, ohne Beschäftigung zu sein. Sie brauchte Herausforderungen, auch wenn diese oft innere Erschütterungen mit sich brachten.

Was für eine Rolle?, fragte er und versuchte, freundlich zu klingen.

Ich soll eine russische Gräfin spielen, sagte Molly. Eine Geschichte im Herrenhausmilieu, frühes neunzehntes Jahrhundert. Dringmann und die anderen sagen, dass die Menschen jetzt Romantik brauchen. Meine Rolle ist ziemlich groß, Rakel Linnanheimo ist abgesprungen.

An einem der nächsten Abende hatte Molly den Hering gebraten und Kartoffeln mit Béchamelsoße gemacht und Petersilie und Schnittlauch darübergestreut, und nun sprachen sie über das Sommerhaus in Korsnäs und den grünen Volvo: Beides war jetzt Mollys Eigentum.

Das schmeckt richtig gut, schwindelte Henry. Wo steht das Auto? Und hast du die Schlüssel?

Es steht in einer Halle in Vallgård, sagte Molly. Die Schlüssel bekomme ich nächste Woche.

Gut, dass wir beide den Führerschein haben. Aber wie sollen wir an Benzin für den Sommer kommen?

Waren in Korsnäs nicht noch Kanister im Schuppen? Wir müssen rausfahren, sobald es geht.

Benzin vom vorigen Jahr. Glaubst du, dass es noch gut ist?

Weiß ich nicht. Aber ich habe solche Sehnsucht nach dem Wald und dem Meer.

Ich auch, sagte Henry, aber er dachte dabei eher an Snappertuna und Solbacka und seinen Hund Hugo als an die Hütte in Korsnäs: Seine Schwester Greta hatte angerufen und erzählt, dass Asta für den Sommer in ihr Elternhaus gezogen war und mit Hugo jeden Tag lange Waldspaziergänge machte.

Ich muss an diesem Samstag drehen, sagte Molly. Sonst hätten wir mit dem Bus bis Stensvik fahren und zu Fuß rauswandern können. Mit Proviant und Getränken. Einfach nur, um nachzuschauen, ob alles in Ordnung ist. Übrigens, wie wollen wir die Hütte nennen?

Keine Ahnung, sagte Henry. Das musst du entscheiden, es ist ja deine.

Er erinnerte sich an die Oktobersamstage vor dem Krieg. Wie er in Helsingfors Proviant eingekauft hatte und dann mit dem Mietauto auf der neuen Landstraße über Drumsö gefahren war und weiter über Brücken und Dammwege bis Stensvik, wo Molly am Wendeplatz wartete. Damals war er noch ein Starreporter gewesen, der sich das Benzin gegen Quittung aus dem knappen Vorrat der Zeitung holen konnte.

Henry hatte nie ein Auto besessen, aber er hatte gleich nach dem Wehrdienst den Führerschein gemacht, weil sein Vater Aron zu sagen pflegte, dass der Automobilismus die Melodie der Zukunft sei. Er fuhr gern, aber mit dem grünen Volvo war es mühselig, das Getriebe ging schwer und die Türschlösser klemmten. Wenn er an jene Herbstsamstage dachte, wurde er ganz wehmütig. Obwohl er jedes Mal, wenn er hinausfuhr, innerlich unruhig gewesen war. Er nahm damals am Propagandakurs teil, und die Vorlesungen und die Gespräche mit den hohen Offizieren hatten ihm die Einsicht vermittelt, dass Finnland durch Verhandlungen nicht mehr zu retten war, viel zu groß waren die von den Sowjets geforderten Zugeständnisse. Früher oder später würde es Krieg geben.

Die Treffen mit Molly beruhigten ihn. Und nichts war wohltuender für die Nerven als Erotik. Er kam immer erst gegen Abend an, jedes Mal gingen sie durch den stockfinsteren Wald. Molly wollte nicht, dass er seine Taschenlampe benutzte, die flackernde Sturmlaterne sollte ihnen den Weg nach Korsnäs weisen. Wenn sie in der Hütte waren, bereitete sie ein Abendessen zu, und er heizte die Sauna, er hatte kleine Leckereien aus der Stadt mitgebracht, Leberpastete oder Walnüsse, damals war so etwas noch zu bekommen. Molly machte keinen Hehl aus ihrer Sehnsucht und ihrem Verlangen. Sie hatte die ganze Woche in der Hütte gesessen und ihre Rollen einstudiert, während es draußen womöglich in Strömen regnete, sie hatte sich im kalten Meerwasser gewaschen, von belegten Broten und Tee gelebt und war früh schlafen gegangen, weil das Licht der Sturmlaterne nicht zum Lesen reichte. Henry wiederum hatte den heftigen Wunsch, die düsteren Prophezeiungen aus den letzten Vorlesungen zu vergessen, und so wagte auch er, ihr seine Sehnsucht und sein Begehren offen zu zeigen: Manchmal gingen sie schon vor dem Essen und vor der Sauna ins Bett, in dem Schlafzimmer, das aussah wie eine Schiffskabine.

Während der herbstlichen Samstagabende und Sonntage in Max Espings Hütte waren sie miteinander verschmolzen, sie waren eins geworden.

War es dieser Zustand, oder zumindest ein ähnlicher, den sie auch jetzt wieder suchten, in ihrem Leben nach dem Krieg?

Und weil sie wussten, dass er sich erreichen ließ, dass Vollkommenheit im Prinzip möglich war – spürten sie deshalb eine umso größere Enttäuschung?

Vielleicht war es so. Sicher war er sich nicht.

Ich dachte mir, sagte Molly jetzt, dass wir da draußen schon mal so viel wie möglich in Ordnung bringen. Damit wir Mutter einladen können. Und natürlich Lilly und Karol. Wenn jemand dringend Meeresluft atmen muss, dann ist es Karol, der Arme!

Henry konnte nicht verbergen, dass sie ihn abrupt in die Wirklichkeit zurückgeholt hatte.

Wie viele Leute willst du eigentlich dort unterbringen?

Es gibt ja eine Gästehütte, war Mollys knappe Antwort.

Ihr Ton verriet ihm, dass seine Ablehnung, sich gemeinsam mit ihr einen Namen für das Sommerhaus auszudenken, sie traurig gemacht hatte.

Aber wie soll Karol …?, begann er und dachte an den Fußmarsch über die Waldwege, fast zwei Kilometer.

Lilly sagt, dass es mit der Rehabilitation gut läuft, entgegnete Molly. Er geht jetzt an Krücken, soll aber vor Ende des Sommers nur noch einen Spazierstock brauchen. Und im Notfall können wir die *Aldebaran* nach Stensvik bringen und dann für das letzte Stück das Boot nehmen. Oder?

Wie stellst du dir das vor?, fragte Henry. Selbst wenn das alte Benzin noch brauchbar ist, reicht es nicht für beides, für Auto und Boot. Es sind nur noch wenige Kanister da. Und wie sollen wir es transportieren? Oder meinst du, dass ich erst mal den ganzen Weg von Sandudd nach Stensvik rudern soll?

Ja, warum nicht, war Mollys schroffe Antwort. Musst du immer nur das Schwierige an allem sehen? Wie wäre es, stattdessen die Möglichkeiten zu erkennen? Es mal mit *Vertrauen* zu versuchen?

Immer öfter zog Henry sich zurück.

Er besorgte Werkzeug und Beize und Firnis und fing an, seine gesamte Freizeit draußen am Bootsliegeplatz bei der *Aldebaran* zu verbringen.

Molly schien das ziemlich egal zu sein. Aber eines Morgens fragte sie ihn, warum er so viel Zeit darauf verwendete, das Boot instand zu setzen, wo er doch gar nicht wusste, ob er es jemals zu Wasser lassen würde, weil es ja kein Benzin gab. Sie sagte auch, sie finde es merkwürdig, dass Henry, ein Mann des Wortes, sich so hartnäckig einer praktischen Tätigkeit wie der Bootspflege widmete, auf die er sich nicht besonders gut verstand.

Ihm wurde ganz heiß vor Ärger, als er das hörte. Für ein paar flammende Sekunden war er nahe daran, sie zu fragen, warum sie so bedenkenlos auf das Theater und den Film setzte, obwohl sogar ein Laie sehen konnte, dass etwa Asta Heikel oder Kirsti Pera schon von Natur aus über mehr darstellerische Präsenz und Energie verfügten als Molly. Aber er beherrschte sich und schluckte ihre Kritik schweigend hinunter.

Im Übrigen war Molly mit ihren eigenen Angelegenheiten beschäftigt. Sie machte sich bei Karols Rehabilitation nützlich und half Lilly, sich um die Söhne Evert und Lasse zu kümmern. Manchmal versuchte Henry, seine Abneigung gegen Lilly zu vergessen, und fragte, wie es der Familie Stadius ging. Molly antwortete dann, dass die beiden Jungen wunderbar seien und Karols Bein auf dem Wege der Besserung, dass Lilly aber allmählich Schwierigkeiten habe, alles zu bewältigen.

Dazwischen war Molly von ihrer Filmrolle in dem romantischen Kostümdrama voll in Anspruch genommen: Es wurde auf Mejlans Gård gedreht und hieß *Hauptmann Cornells Passion*. Regie führte der gefeierte Severi Haarla, und die Hauptrollen spielten Santeri Soihtu und Kirsti Pera, auch Walter Venho hatte eine kleine Rolle.

Diesmal empfand Henry keine Eifersucht, er wollte nur seine Ruhe.

Eines Nachmittags, als er von der Redaktion aus nach Örarna ging, kam er am Strand von Sandudd vorbei und sah, dass die Wärme schon Menschen dort hingelockt hatte: Frühjahrsbleichgesichter aus Helsingfors, die auf Decken lagen, Fruchtsirup tranken und Kekse aßen oder im Stehen gegen einen Ball traten oder was auch immer sie machten. Er erinnerte sich noch an die Jahre, als der Strand neu war, der Sand wurde von Lastwagenkonvois aus einer Grube nördlich von Helsingfors geholt und angeliefert. Auch Henry und Lydia hatten in Badeanzügen dort gelegen, Schlager auf einem Koffergrammofon abgespielt und Kaffee und Limonade mit Schuss getrunken.

Mit Lydia Salmi war es genauso gewesen wie mit Molly: Die Männer konnten es nicht lassen, sie anzuschauen. In einem der warmen Strandsommer hatte Lydia zurückgeschaut und war den neugierigen Blicken eines dunkel gelockten, athletischen Schnellschwimmers begegnet. Im darauffolgenden Winter erfuhr Henry von ihrer Affäre. Er löste sofort die Verlobung mit Lydia, die den anderen Mann heiratete. Jetzt wohnte sie in Åbo und hieß von Hellens.

Henry konnte mittlerweile ohne Bitterkeit an jene Sommer vor vielen Jahren zurückdenken. Er fand sogar, dass er Glück gehabt hatte, mit Frauen zusammenleben zu dürfen, die so schön waren, dass sie auch von anderen begehrt wurden. Aber zugleich hatte er die Erfahrung gemacht, dass Frauen schwierig waren: Es war mühsam, mit ihnen zu reden, und unmöglich, sie zufriedenzustellen.

Er wusste, dass seine Verschlossenheit ein Teil des Problems war. Doch er glaubte, ein Recht auf diese Verschlossenheit zu haben. Und Molly, dachte er, war oft blind für ihre eigenen Schwächen, genau wie Lydia es gewesen war.

Aber welcher Mensch war das denn nicht?

Er holte die Farbeimer und die Pinsel hervor, die er in Ragge Lerches Bootshaus untergestellt hatte, und begann, die *Aldebaran* für die Beize vorzubereiten. Er war übel gelaunt und versuchte sich einzureden, dass die prekäre Weltlage daran schuld sei, wieder einmal.

Zuerst war bekannt gegeben worden, dass die Deutschen nunmehr ganz Norwegen außer Narvik besetzt hatten. Dann kam der Morgen, an dem Hitlers Truppen in Holland einmarschierten. Es hatte nicht lange gedauert, bis die Niederlande kapituliert hatten, ein größerer Luftangriff auf Rotterdam hatte genügt. Es war nur noch eine Zeitfrage, wann auch Belgien fallen würde, der Versuch von General Gamelin, das Land zu verteidigen, war schon gescheitert, und danach würde der Weg frei sein für den Angriff auf Frankreich.

Henry dachte an Goyas Gemälde *Saturn verschlingt seine Kinder,* das er als Abbildung in einem Buch gesehen hatte. Dort frisst der monsterähnliche Gott Saturn, die mythische Verkörperung der Zeit, gerade einen seiner Söhne. Genauso schien es Henry um die Gegenwart bestellt zu sein: Als hätten blinde Hilflosigkeit und namenloses Entsetzen die Menschheit in eine Masse von Wahnsinnigen verwandelt, die unablässig damit beschäftigt waren, ihre eigenen Nachkommen zu verschlingen und damit sich selbst zu vernichten.

Und doch quälte ihn seine jämmerliche Niederlage in der Redaktion ebenso sehr wie die schwarzen Schlagzeilen über den irrwitzigen Krieg.

Sie hatten sich wieder getroffen, Guss Sandberg, Guido Röman, Henry und einige Kollegen von den finnischsprachigen Zeitungen *Helsingin Sanomat* und *Uusi Suomi*. Es ging um ein Fußballmatch, das man im Juni im Stadion von Djurgården austragen wollte: Eine Mannschaft bestand aus Frontsoldaten, die im zivilen Leben gute Spieler waren, die andere aus Journalisten mit Fußballkompetenz, mit ein paar echten Stars als Zutat in beiden Teams. Die Frontveteranen sollten unter dem Namen »Blitze von Viborg« auftreten, als Huldigung an die verlorene Stadt, und die Pressemannschaft sollte »Allianz« heißen. Die Einnahmen waren mittellosen Kriegerwitwen und ihren Kindern zugedacht.

Die Initiative zu dem Match war von Guido Röman und Kari

»Kille« Kilpiö, seinem Freund bei *Uusi Suomi*, ausgegangen. Aber Guss Sandberg hatte den Vorsitz der Arbeitsgruppe übernommen. Henry war bei ähnlichen Spielen stets als Torwart des Presseteams aufgestellt worden, aber jetzt arbeitete Sandberg bei jedem Planungstreffen daran, ihn auszubooten.

Gunnars, wie lange ist es her, dass du beim IFK[47] im Tor gestanden hast … fünfzehn Jahre?, wollte er immer wieder wissen.

Elf, korrigierte Henry ihn jedes Mal.

Und fügte hinzu: In der Saison 28–29 war ich noch Reservetorwart.

Also kurz bevor der IFK anfing, Pokale zu gewinnen, betonte Sandberg dann, mit hörbarer Befriedigung.

An diesem Nachmittag hatte Henry zu Guido hinübergeschaut, es war eine Bitte um Hilfe, und Guido, anständig wie immer, war ihr nachgekommen:

Ich finde, Henry sollte aufgestellt werden. Er raucht zwar wie ein Schlot und spuckt auch nicht ins Glas. Aber er ist gut in Form. Ich weiß das, weil ich mit ihm Tennis spiele, und im letzten Sommer haben wir zusammen eine Fahrradtour nach Lovisa und Tavastehus gemacht.

Während er die Pinsel bereitlegte und begann, den Rumpf der *Aldebaran* zu streichen, dachte er bei sich, wie froh er sein könne, einen so loyalen Freund wie Guido zu haben. Bedingungslose Loyalität war eine seltene Gabe, das wusste er, denn ihm selbst fiel es schwer genug, sie aufzubringen.

Wenige Minuten vor der Sitzung mit Sandberg und den anderen hatte er einen Anruf bekommen. Oberst Luoto wollte ihn sehen, zum ersten Mal seit dem Krieg.

Sie hatten für die nächste Woche ein Treffen verabredet. Es sollte in der Villa Spennert in Mejlans stattfinden: Gleich nach Kriegsbeginn hatte das Verteidigungsministerium in aller Stille die Innenstadt verlassen und war in mehrere requirierte Villen umgezogen. Jetzt residierte man nur noch in dem Villengebiet nordwestlich von Tölö, bereitete aber die Rückkehr vor.

Henry vermutete, dass es bei der Zusammenkunft, unter anderem, um das Thema Loyalität gehen würde.

Falls Luoto von seinen Artikeln ebenso enttäuscht gewesen war wie Sandberg und Grahn, hätte er schlechte Karten, denn Luoto und Mellsten, der Pressechef der Staatskanzlei, waren seine einzigen Garanten. Wenn sie ihm die Unterstützung entzogen, würde seine Propagandaschulung kaum noch ins Gewicht fallen, dann würde Sandberg ihn umgehend kaltstellen und Grahn überreden, ihm unter irgendeinem Vorwand zu kündigen.

8

Am Tag seiner Verabredung mit Oberst Luoto stieg Henry nicht in die Straßenbahn, sondern ging zu Fuß nach Mejlans.

Es war die letzte Maiwoche, und der Frühsommer entfaltete schon seine ganze Kraft: Als Henry die Hesperiaesplanade schräg überquert hatte und auf der Mechelingatan weiterging, fühlte er sich wie in einer grünen Kathedrale, die von wildem Zwitschern erfüllt war.

Hinter der Nervenklinik Stengård und den Militärkasernen bog er in Richtung Strand ab. Er wollte die neuen Mietshäuser am nördlichen Ende der Mechelingatan meiden, weil er wusste, dass das exilierte Genie Bertolt Brecht dort wohnte, laut übler Nachrede nicht nur mit Frau und Kindern, sondern auch mit seiner Geliebten, wie es sich für einen richtigen Kommunisten gehörte. Henry hatte die *Dreigroschenoper* im Schwedischen Theater gesehen, als das Stück noch neu war, und es hatte ihn begeistert. Das war jetzt zehn Jahre her, aber während er die *Aldebaran* abkratzte, hatte er immer noch *Mackie Messer* vor sich hin gesummt, und auch der *Alabama Song* aus *Mahagonny* gefiel ihm sehr.

Brecht war in den Wochen nach Kriegsende in Helsingfors eingetroffen, zunächst schien niemand von seiner Ankunft gewusst zu haben. Als das Gerücht die Zeitung erreichte, war Henry zum Redaktionssekretär Jan-Ove Forss und zu Sandberg gegangen und hatte um den Auftrag für ein Interview gebeten. Seine Konkurrentin war Ingrid Furubjelke, Pseudonym »Grande Dame«, die auf die Deutsche Schule gegangen war und Deutsch und Französisch wie ihre Muttersprache beherrschte. Henry hatte argumentiert, »Grande Dame« sei vielleicht sprachgewandter als er, aber sein Deutsch sei ebenfalls ziemlich brauchbar, und über Brechts Lebenswerk wisse er mehr als Frau Furubjelke, die Kommunisten verabscheute und das Interview nur machen wollte, um sich auch noch mit diesen Federn zu schmücken. Aber sowohl Forss als auch Sandberg hatten für »Grande Dame« Partei ergriffen, und das Interview, das am vergangenen Sonntag erschienen war, fand man allgemein sehr gelungen.

Molly jedoch war Henry gegenüber bedingungslos loyal gewesen. Sie hatte den Artikel im Morgenrock im grünen Sessel gelesen, und als sie fertig war, hatte sie die Zeitung in die Ecke gepfeffert und gerufen: Wie banal! Du hättest das viel besser gemacht.

Es schimmert vielleicht durch, dass die gute Ingrid nicht besonders verliebt in Revolutionäre ist, hatte Henry gesagt und sich vorgebeugt, um Mollys alabasterweiße rechte Wade zu liebkosen.

Aber wirklich!, hatte sie geschnaubt, und für Henry hatte es sich kurz so angefühlt, als bewegten sie sich wieder aufeinander zu.

Doch am Abend war das Gefühl wie weggeblasen. Als er in seinen Pyjama geschlüpft war, hatte Molly schon im Bett gelegen, das Gesicht von Nachtcreme glänzend, mit gezücktem Buch. Obwohl er sich mehr denn je danach sehnte, jene kleinen Krämpfe in ihr zu spüren, hatte er darauf verzichtet, sich ihr zu nähern.

Jetzt schüttelte er die Erinnerung ab und ging mit raschen Schritten in Richtung Wasser, vorbei an der Villa Miramar und weiter auf dem Kiesweg, der zwischen den Villen Ulfåsa och Bjälbo verlief. Er schaute zur Ulfåsa hinauf und sah, wie eine Schulklasse aus dem schönen Gebäude gerannt kam: Die Kinder wirkten fröhlich und ausgelassen, so als wäre nicht gerade ein großer Krieg im Gange. Er dachte an die Jahre, in denen Maria Åkerblom[48] und ihre Anhänger dieses Haus als Hauptquartier nutzten, und daran, was sein Großvater Fritjof über die spätere Schlafpredigerin gesagt hatte, als Henry dreizehn war und zum ersten Mal in den Ferien auf Solbacka wohnte und arbeitete: »Mit dem Mädchen stimmt etwas nicht, ich weiß nicht was, aber irgendetwas ist da nicht in Ordnung.« Die Sektenführerin und Henry waren fast gleichaltrig, und sie war in einer Hütte aufgewachsen, die zu einem der Nachbarhöfe von Solbacka gehörte. Aber er hatte sie nur während der Heuernte ein paarmal flüchtig gesehen, und in Helsingfors hatten sich ihre Wege nie gekreuzt.

Wenige Minuten später ging er am Café *Mississippi* vorbei und den Hügel hinunter, auf die Villa Toivola zu, die Åkerblom und ihre Sekte nach der Ulfåsa bewohnt hatten. Auch hier spielten Kinder im Hof, und Erwachsene waren nicht zu sehen. Er schaute den Kindern einen Augenblick zu: Wie glücklich sie sein konnten, nichts vom Wahnsinn der Welt zu wissen, aber ihre Freiheit war nur geborgt. Ihm kam der Eisengeschmack in den Sinn, den er jeden Morgen beim Aufwachen im Mund spürte, und zum ersten Mal seit Langem dachte er an Aron und Saga, seinen Vater und seine Mutter.

Sie waren gestorben, als er noch keine dreißig war, der eine an Lungentuberkulose und die andere an Krebs. Damals hatte er getrauert, aber jetzt fand er, es sei so das Beste gewesen. Aron und Saga hätten diese Zeit verabscheut. Aron, weil er sich dafür entschieden hatte, an die Vernunft und das Gute im Menschen zu glauben, und Saga, weil sie auch zu Friedenszeiten überall Vorzeichen gesehen und ihre Umgebung davon in Kenntnis gesetzt hatte. Henry hatte sich mit seiner Mutter mehrmals über die Åkerblomsekte unterhalten. In diesen Gesprächen hatte Saga die Schlafpredigt und das Zungenreden mit einer stillen Besessenheit verteidigt, die Henry schon befürchten ließ, dass sie Aron und das Haus in Berghäll verlassen würde, um sich Åkerbloms Scharen anzuschließen.

Greta und er hatten über Aron und Saga beratschlagt, nachdem seine Schwester Wilhelm Oljemark geheiratet hatte und alle sich darüber einig waren, dass Greta und Wille den Hof Solbacka von Fritjof und Hedvig übernehmen sollten, weil Henry genauso geworden war wie sein Vater – hatte Aron immer nur lesen und unterrichten wollen, so wollte Henry nur schreiben und aufklären, keiner von beiden interessierte sich für Ackerbau und Viehzucht. Als die Großeltern gestorben waren, hatten Henry und Greta sich gemeinsam um ihre Eltern gesorgt, denn Aron war inzwischen der Theosophie und der Anthroposophie verfallen und steckte seine Nase immer tiefer in esoterische Bücher, während Saga mit jedem Monat und jedem Jahr mehr Omen und Zeichen sah. Aber dann war der Tod dazwischengekommen, und Sprachlosigkeit und Trauer hatten die Sorge abgelöst.

So hatten wir uns das nicht gedacht, sagte Oberst Luoto, als Henry in dem spartanisch eingerichteten Raum in der Villa Spennert auf dem Besucherstuhl saß.

Luoto sah ihn unverwandt an, und sein Blick war durchdringend, als er fortfuhr:

Vor allem nicht die letzte Phase. Und ich kann natürlich nicht für die Staatskanzlei sprechen, aber ich habe Grund zu der Annahme, dass ihre Auffassung der unseren entspricht.

Henry hatte gleich eingangs die Frage gestellt: Waren das Ministerium und die Staatskanzlei von seiner Arbeit an der Front ebenso enttäuscht gewesen wie seine Vorgesetzten Grahn und Sandberg?

Er kannte Luoto seit dem ersten Propagandakurs im Sommer 1937. Ihr Verhältnis zueinander war von Respekt und Sympathie geprägt, und Henry wusste, dass der Oberst Small Talk und Geschwätz nicht ausstehen konnte, was ihm selbst sehr entgegenkam.

Luotos Antwort klang reserviert, aber nicht unfreundlich, und Henry dachte: Noch ist nichts verloren. Die Umgebung verstärkte seinen Optimismus – ein Fenster stand offen, und er konnte den Duft von frisch gemähtem Gras und blühender Traubenkirsche riechen und Vogellaute hören. Es war erstaunlich, wie rasch die Natur sich zurückeroberte, was sie an die Kälte verloren hatte.

Er beschloss, genauso kühn fortzufahren, wie er angefangen hatte:

Herr Oberst, ich musste daran denken, was dieser amerikanische Senator im Weltkrieg gesagt hat. Dass das erste Opfer des Krieges die Wahrheit sei. Wie hieß er gleich … Jackson?

Hiram Johnson, sagte Luoto. Aber Sie wissen sicher, dass der Gedanke schon älter ist? Er wurde Aischylos zugeschrieben und seinem Drama *Die Perser*. Aber so alt ist er nun auch wieder nicht – ich habe *Die Perser* gelesen, und dort findet er sich nicht.

Henry war es gewohnt, dass Luoto sich in Abschweifungen erging; der Oberst war ein gebildeter und sprachkundiger Mann und liebte es, sein Wissen vorzuführen.

Wer war es denn dann? Wer hat den Gedanken zuerst aufgeschrieben?

Er steht bei einem anderen Johnson, sagte Luoto zufrieden. Samuel. Nicht ganz wortgetreu, aber sinngemäß. Ist also mindestens zweihundert Jahre alt.

Ich finde nicht, dass das eine besonders bedeutende Sentenz ist, sagte Henry. Sie stimmt nicht einmal. Die Wahrheit wird ständig geopfert, auch in Friedenszeiten.

Sie meinen also, dass das Lügen zur menschlichen Natur gehört?, konterte Luoto, während er sich gleichzeitig eine Zigarette anzündete und einen tiefen Zug nahm.

Möchten Sie rauchen?

Henry hörte beim Oberst einen maliziösen Unterton heraus, nahm aber dankbar eine Zigarette aus der Schachtel. Es war eine amerikanische Marke, Lucky Strike. Der Tabak schmeckte herrlich, und er fragte sich, wie Luoto an solche Kostbarkeiten kam.

Ja, sagte er dann. Und nicht nur das Lügen. Auch das Verfälschen. Und das Verschweigen.

Aber wenn das erste Opfer nicht die Wahrheit ist, was ist es dann?, fragte Luoto. Und kommen Sie mir jetzt nicht mit der Unschuld. Denn die wird in Friedenszeiten ja wohl auch geopfert, genau wie die Wahrheit? Eben wegen der menschlichen Natur. Haben Sie den *Idioten* gelesen?

Habe ich, sagte Henry. Aber ich dachte nicht an die Unschuld. Und auch nicht an die Güte. Sondern an das Denken.

Das Denken?

Ja. Das erste Opfer des Krieges ist das freie, rationale Denken.

Sind Sie da ganz sicher?, fragte Luoto und blies eine Rauchwolke aus: Es gab viele Feldherren, die nach den Prinzipien von Clausewitz lebten und eine höchst rationale Taktik verfolgten, wenn sie ihre Strategien für Angriff und Verteidigung entwickelten.

Ich rede nicht von den Generälen, sagte Henry. Und auch nicht von den Königen und den Diktatoren. Ich rede von den Menschen. Was wir als Propagandisten tun, macht es den Menschen praktisch unmöglich, kühl und rational zu denken.

Und Sie glauben, dass sie sonst dazu fähig wären? Zum Beispiel, wenn sie die Nachricht erhalten, dass ihr Sohn oder ihr Bruder gefallen ist? Oder dass ihre kleine Tochter ums Leben kam, als die Bomben auf das Zentrum von Helsingfors fielen?

Nein, natürlich nicht, räumte Henry ein. Aber … aber es ist einfach eine solche Qual, wenn man gezwungen ist, die Wirklichkeit des Krieges zu sehen, und dann nicht darüber schreiben darf.

Und Sie glauben nicht, dass es schlimmere Qualen gibt? Zum Beispiel, als Soldat die Wirklichkeit des Krieges mitzuerschaffen und zu wissen, dass man dem Krieg nicht entkommen kann, solange er andauert?

Sie meinen damit …?, fragte Henry, unsicher geworden.

Dass Sie im Prinzip nach Helsingfors zurückfahren und Atem schöpfen konnten, wann immer Sie wollten, sagte Luoto hart. Es hätte Sie höchstens Ihre Stellung kosten können. Für den Mann an vorderster Front gilt das nicht.

Es ist gerade der Mann an vorderster Front, um den es mir geht, sagte Henry. Seinen Mut will ich herausstellen. Sein Durchhaltevermögen und seine Opferbereitschaft.

Und Sie glauben, das haben unsere anderen Korrespondenten nicht getan?

Das habe ich nie gesagt!, protestierte Henry, zunehmend verwirrt. Ich sage nur, dass … dass es schwer ist, wenn man gezwungen wird, zu beschönigen … wenn Menschen in Stücke gesprengt werden und sich in blutige Fleischklumpen verwandeln … wenn man dann …

Und das möchten Sie schildern?, fragte Luoto und schüttelte den Kopf. Den Anblick eines Menschen, der in Fleischklumpen zersprengt wird? Wozu sollte das gut sein – und für wen?

So habe ich das nicht gemeint, versuchte es Henry noch einmal. Ich wollte nur sagen, dass die Diskrepanz inzwischen zu groß geworden ist. Irgendwie konnte ich nicht mehr … ich fand, dass die Wahrheit zumindest angedeutet werden sollte. Sodass die Menschen zu Hause nicht völlig unvorbereitet wären, wenn sie plötzlich in einem besetzten Land leben müssten. Ich wollte sagen, dass unsere Männer es wirklich versucht haben. Dass sie mehr getan haben, als irgendjemand von ihnen verlangen konnte.

Luoto sah ihn an. Sein Blick war nüchtern und prüfend, nicht feindselig, aber auch nicht verständnisvoll. Henry wusste, dass der Oberst gerade eine Berechnung anstellte: Kann dieser Mann uns in Zukunft noch nützlich sein oder nicht?

Was das betrifft, sind wir uns zu hundert Prozent einig, sagte Luoto ruhig. Die Männer haben mehr getan, als wir verlangen konnten. Deshalb haben wir unser Land auch behalten. Es ist verstümmelt, aber immer noch unseres. Und wir werden uns nie wieder überrumpeln lassen. *Nie wieder.* Möchten Sie mich auf einen kleinen Spaziergang begleiten, dann können wir das Gespräch im Freien fortsetzen?

Gern, sagte Henry und versuchte, seine Verwunderung zu verbergen.

Ich hätte Ihnen gern Kaffee angeboten, er ist uns nur gerade ausgegangen. Aber nehmen Sie noch eine Zigarette!

Henry, der spürte, wie der Hunger in seiner Magengrube wühlte, schnappte sich rasch eine Lucky Strike und zündete sie an. Als sie die Villa verlassen hatten und einen Schotterweg entlanggingen, der in ein immer dichter werdendes Waldstück führte, sagte Luoto:

Persönlich betrachte ich Ihre Texte lediglich als leichte Grenzüberschreitung. Gewiss, es ließ sich darin eine zweifelnde Haltung erkennen. Aber sie war zwischen den Zeilen verborgen und richtete sich nicht gegen unser Vaterland, auch nicht gegen seine Armee oder seine Regierung. Es war eher so etwas wie ein universeller Angstschrei. Wie bei Munch. Ein Schrei, den nur die Feinfühligen hören – und die Direktion Ihrer Zeitung besitzt offenbar diese Feinfühligkeit.

Henry sah Sandbergs gedrungene, kräftige Gestalt vor sich. Aber Guss gehörte nicht zur Direktion, er war nur ein Untergebener, der sich Macht verschafft und sich breitgemacht hatte.

Der Wald lichtete sich, während der Weg sich weitete. Henry sah, dass sie sich einem der fast senkrecht stehenden Felsen näherten, die es in dieser Gegend gab. Jetzt ahnte er, wohin sie unterwegs waren, oder zumindest, um was für einen Ort es sich handelte, und gerade als er das hohe Eisentor und die uniformierten Wachposten erblickte, fuhr sein Begleiter fort:

Aber Sie haben sicher Verständnis dafür, dass wir in einer neuen Krisensituation bei Eigenmächtigkeiten dieser Art nicht noch einmal ein Auge zudrücken würden. Wenn Gruppengeist und Eintracht gebraucht werden, dann werden sie gebraucht. Für Solonummern ist später noch Zeit.

Die beiden Soldaten präsentierten das Gewehr zum Gruß, als der Oberst und Henry auf das Tor im Felsen zugingen. Da war auch ein Schilderhaus, in dem ein Sergeant saß. Der salutierte, als Luoto ihm einen Zifferncode sagte, und gab die Zahlen über ein Mikrofon weiter. Es dauerte einen Augenblick, dann wurde das gewaltige Eisentor langsam hochgezogen, mit einem dumpfen und gleichzeitig ohrenbetäubenden Geräusch.

Drinnen war die Beleuchtung spärlich und fahl, und erst nach einer Weile hatten Henrys Augen sich von dem grellen Frühsommerlicht, aus dem sie kamen, auf das Halbdunkel umgewöhnt.

Als sie dann von Saal zu Saal gingen – die Decke war so hoch, dass alles, was sie sagten, zwischen den Wänden hin und her geworfen wurde –, war ihm klar, warum Luoto ihm die Felsenhöhle hatte zeigen wollen.

Es war ein Lager für Transportmittel. Ein Saal voll schwarz glänzender Fahrräder, Hunderte an der Zahl. Ein anderer voller Skier und Skistöcke, bestimmt Tausende von Paaren. Ein dritter Saal mit Dutzenden von Motorrädern, ein vierter mit requirierten Lastwagen für Mannschaftstransporte – auf einigen waren die Firmennamen noch nicht übermalt worden.

Und Henry begriff: Wenn diese Höhle existierte, dann gab es auch noch andere, in denen Waffen gelagert wurden.

»Wir werden uns nie wieder überrumpeln lassen.«

Er dachte an den Soldaten Mattsson und die anderen Männer, die er in der Klinik von Rauha gesehen hatte. Wenn es eines Tages wieder Krieg gäbe, wenn es tatsächlich so schlimm käme, würden dann diese nervenkranken menschlichen Wracks noch einmal an die Front geschickt werden?

Nein. Das durfte nicht passieren. Es wäre besser, dann die Altersgrenze heraufzusetzen. Die ältesten Reservisten zu rekrutieren, solche wie Henry und Ragge Lerche und Guido Röman. Und warum nicht auch den fünfzigjährigen Guss Sandberg und den fast sechzigjährigen Gideon Grahn, sie könnten sich dann den Krieg, den ihre Zeitung so gern wortmächtig besungen haben wollte, aus der Nähe anschauen.

Redakteur Gunnars, sagte Luoto, als sie auf dem Rückweg zum Ausgang waren. Sie verstehen sicher, warum ich Ihnen dieses Lager zeige, einen Ort, an dem für Zivilisten *Zutritt verboten* ist?

Ja, sagte Henry. Falls je die Rede darauf kommt – ich bin nie hier gewesen.

Niemand in unserem Ministerium will einen neuen Krieg, sagte Luoto. Und niemand in den anderen Ministerien und auch niemand in der Armeeführung. Aber der Krieg geht immer seine eigenen Wege.

Dies ist bereits ein neuer Weltkrieg, sagte Henry. Das haben die meisten wohl schon begriffen.

Ja, und wir haben bestimmt einige unangenehme Überraschungen zu erwarten, sagte Luoto. Aber eins sollen Sie wissen, Gunnars. Im Augenblick sind wir schlecht gerüstet, unsere Waffen und Transportfahrzeuge reichen nicht aus, nicht einmal ansatzweise. Aber wenn es noch einmal schlimm kommt, dann werden wir unsere Truppen in Bereitschaft haben. Und auch Ihr Auftrag wird dann eindeutiger sein.

Eindeutiger, was heißt das?, fragte Henry.

Informationskompanien, sagte Luoto. Sie alle werden Uniform tragen, und es wird keinen Spielraum für Missverständnisse geben.

In Henrys Kopf wimmelte es von Gedanken; das war nach einem Treffen mit dem Oberst immer so gewesen. *Food for thought*, wie Molly zu sagen pflegte, wenn sie ein richtig gutes Buch gelesen hatte. Der Spruch stammte von irgendeinem Philosophen, Henry wusste nicht, von wem.

Er fragte sich, ob er Luotos Gerede von Informationskompanien ernst nehmen sollte oder nicht. Der Plan kam ihm absurd vor. Während des Winterkriegs hatten Henry und mehrere andere Korrespondenten Pelze, Paletots und Jacken getragen, wenn sie nicht gerade ihre Schneeanzüge anhatten. Es konnte doch nur von Vorteil sein, wenn die Nichtkämpfenden von den Soldaten zu unterscheiden waren, dachte er. Er selbst hatte an der Front nie eine Pistole bei sich gehabt, aber er wusste, dass viele Journalisten bewaffnet gewesen waren.

Aber vor allem dachte er an Eilert Mattsson und die anderen kaputten Männer, die er gesehen hatte, erst auf der Karelischen Landenge und dann in Rauha.

Die in Rauha waren ihm unheilbar erschienen. Nicht alle, aber viele von ihnen. Er war sich nicht sicher, wie es um Mattsson stand. Kaputt, ja, aber bei Henrys Besuch hatte er zeitweise klare Gedanken geäußert und sie sogar gut formuliert.

Nach einigen Tagen des Zögerns meldete Henry ein Telefongespräch nach Rauha an, er wollte mit Oberarzt Laurikainen sprechen und hören, wie die Lage war.

Als er die Auskunft erhalten hatte, dass Laurikainen beschäftigt sei, gab er nicht auf, sondern rief immer wieder an. So war Henry, wenn er sich vorgenommen hatte, etwas Bestimmtes zu tun, dann stählte er sich gegen alle Widerstände und verfolgte die Sache so lange, bis sie zu Ende gebracht war.

Er telefonierte von zu Hause aus, und er meldete weitere Gespräche an, wenn er in der Redaktion eingetroffen war, er schlich sich aus dem zentralen Redaktionsbüro in irgendein leeres Zimmer und versuchte es wieder und wieder.

Als er Laurikainen endlich erreichte, hörte Henry sofort, dass der finnischsprachige Oberarzt noch mehr auf der Hut war als bei ihrer persönlichen Begegnung in der Klinik. Sein Schwedisch war gut, aber gestelzt, und es war, als sei es durch die unangenehme Situation – dass er überhaupt mit Henry sprechen musste – noch formeller geworden.

Sie haben nie etwas über Ihren Besuch bei uns geschrieben, sagte Laurikainen, noch ehe Henry sein Anliegen vorbringen konnte.

Ich hatte es vor, antwortete er. Aber ich durfte nicht. Die Zeitung wollte die Reportage nicht haben.

Es war wohl das Beste so, sagte Laurikainen und fuhr mit gedämpfter Stimme fort:

Ich habe unerfreuliche Nachrichten und möchte Sie Ihnen gleich mitteilen. Eilert Mattsson ist leider nicht mehr unter uns.

Henry erstarrte am ganzen Körper, sein Herz hämmerte hart. Er dachte: Ich hätte viel früher anrufen sollen.

Wie …, begann er und verstummte sofort wieder.

Es ist vor ein paar Wochen passiert, sagte Laurikainen knapp. Suizid.

Suizid?, wiederholte Henry. Sie meinen, er hat sich umgebracht? Wie hat er das gemacht?

Es war in einem unbewachten Augenblick, sagte Laurikainen, und Henry glaubte einen Anflug von Schuldbewusstsein in seiner Stimme wahrzunehmen.

Im Hörer war es still geworden, Henry wartete auf weitere Informationen, aber Laurikainen wollte offenbar nichts erzählen. In diesen Sekunden des Schweigens fiel Henry wieder ein, was Mattsson nach seinem Bericht von der Verteidigung des Hügels gesagt hatte, als sie dort im Schützengraben standen:

»Wenn es wirklich einen Gott gibt, warum sollte er gerade mich verschonen?«

Ich möchte gern wissen, wie der Selbstmord vor sich gegangen ist, sagte Henry und versuchte, nicht unfreundlich zu klingen.

Laurikainen seufzte.

Die anderen Patienten im Zimmer waren zu einer Untersuchung gebracht worden, sagte er dann. Wir haben zu wenige Krankenschwestern, und er … ja, er hat mit einem der Nachttische die Fensterscheibe kaputt geschlagen und ist rausgesprungen.

In der Leitung blieb es wieder für ein paar Sekunden still, bis Henry sich gesammelt hatte und sagte:

Diese Tische hätten da nicht stehen sollen. Oder Sie hätten Gitter vor den Fenstern anbringen müssen.

Das Gebäude ist neu, sagte Laurikainen schroff. Wir konnten noch nicht alles fertigstellen. Und hinterher ist man immer klüger.

Er schwieg einen Moment und fügte dann hinzu:

Es muss innerhalb von Sekunden passiert sein. Und er war sofort tot, sein Schädel war zertrümmert.

Während Henry die Information verarbeitete, schien es ihm, als sähe er das Geschehen vor sich. Das war eine seiner Stärken oder auch Schwächen: Es fiel ihm leicht, schlimme Ereignisse in innere Bilder umzusetzen, auch wenn er sie nicht selbst miterlebt hatte.

Wie gehen Sie mit dem Problem der Verantwortung um?, fragte er dann.

Wie meinen Sie das?, entgegnete Laurikainen, ohne sein Erstaunen zu verbergen.

Jemand ist doch verantwortlich dafür, dass Mattsson ohne Aufsicht zurückgelassen wurde. Sie haben sicher eine Untersuchung eingeleitet?

Wir sind überbelegt und haben massiven Personalmangel, wie ich bestimmt schon erwähnte, sagte Laurikainen, und Eiszapfen klirrten in seiner Stimme. Es gibt keine offenen Fragen, was das Ableben des Patienten Mattsson betrifft. Die Angehörigen hatten nichts zu beanstanden, und der Leichnam wurde ihnen zur Bestattung übergeben. Und nun, Redakteur Gunnars, müssen Sie mich entschuldigen. Meine Patienten warten.

Am Abend, als Molly von ihren Dreharbeiten nach Hause kam, lag Henry auf dem Sofa und schaute aus dem Fenster. Die schrägen Sonnenstrahlen färbten das gelbe Haus auf der anderen Straßenseite langsam rot. Es war ein schöner Anblick, aber Henry war gerade nicht in der Lage, Schönheit wahrzunehmen, auch nicht die von Molly.

Henry, Liebster, was ist mit dir?, fragte sie. Du bist ja ganz bleich.

Während der folgenden Stunden tranken sie zwei der Weinflaschen leer, die er schon im April im Alko-Laden gekauft hatte, und Henry berichtete Molly, dass er bei der Zeitung eine Woche Urlaub erwirkt hatte und nach Solbacka fahren wollte. Er hatte mit Greta telefoniert, und er durfte gleich am nächsten Tag ankommen.

Außerdem erzählte er Molly nun endlich mehr vom Krieg. Er tat es vorsichtig und wortkarg, und seine Gespräche mit Oberst Luoto erwähnte er noch immer nicht.

Aber er erzählte ihr, dass Eilert Mattsson, der Soldat in der Klinik Rauha, Selbstmord begangen hatte.

Und er sagte, dass er eigentlich hätte in der Sache recherchieren und das Krankenhaus zur Rechenschaft ziehen wollen, dass er es aber nicht schaffen würde, weil er zu erschöpft und zu müde sei. Außerdem bestand bei jeder Nachforschung das Risiko, einen falschen Eindruck zu erzeugen. Denn obwohl Dr. Laurikainen Henry wie eine lästige Schmeißfliege behandelt hatte, sagte ihm sein *Fingerspitzengefühl* trotz allem, dass der Oberarzt ein Ehrenmann war.

Und zum ersten Mal lüftete Henry den Vorhang, hinter dem das Grauen des Krieges verborgen lag. Einige Tage später, nachdem er seine Ruhe wiedergefunden hatte, würde er sich schwören, dass es bei diesem einen Mal bleiben sollte, aber da war der Schaden schon angerichtet.

Er erzählte Molly nichts von den Straßenrändern, an denen sich die steifgefrorenen Leichen russischer Soldaten türmten. Aber er berichtete von den grauenhaften Verletzungen und den Angstschreien der schwer verwundeten finnischen Männer im Feldlazarett.

Er erzählte nichts von jener Schreckensvision Eilert Mattssons bei der Verteidigung des Hügels: Je mehr gegnerische Soldaten Henell und die anderen Schützen niedermähten, desto mehr Feinde tauchten dahinter auf, ein endloser Zug von Männern, deren Blut den Schnee immer intensiver färbte, bis da nichts anderes mehr war als Rot, ein Strom von Blut, der bis ans Ende aller Zeiten weiterfließen würde.

Aber er erzählte, was Mattsson während der Offensive kurz vor Heiligabend erlebt hatte, und zu was für einer Entscheidung er gezwungen worden war.

Mattsson hatte nach einem Feuergefecht seinen skifahrenden Truppenverband verloren, er hatte sich verirrt und nicht zu den Positionen der eigenen Kompanie zurückgefunden. Er war ein guter Skiläufer, aber jetzt wurde ihm das zum Verhängnis. Denn alles, was ihn umgab, die plötzliche Einsamkeit, das Artilleriefeuer in der Ferne, die Dämmerung, die sich über den Wald senkte, löste bei ihm eine Panik aus, die ihn immer schneller fahren ließ, ohne dass er zur Bestimmung der Himmelsrichtung einen Stopp einlegte.

Bei Anbruch der Dämmerung, als seine Angst vor dem Feind und vor der Nacht immer größer wurde, war er auf einen angeschossenen Kameraden gestoßen. Es war ein Infanterist, genau wie er, ein junger Mann, der wohl zu einer anderen Kompanie gehörte, Mattsson hatte ihn noch nie gesehen.

Fast wäre er direkt auf ihn zugefahren, er lehnte an einem Baum, halb liegend und nur zur Hälfte sichtbar in dem tiefen Schnee, ohne Waffe. Ein paar Meter entfernt lagen seine Skier, er war also auch bei einer mobilen Truppe gewesen.

Im ersten Augenblick hatte Mattssons Puls verrücktgespielt,

denn der andere hatte keuchend ein *hei kaveri, kaveri hei* hervorgestoßen, und Mattsson verstand so wenig Finnisch, dass er es manchmal nur schwer vom Russischen unterscheiden konnte. Deshalb glaubte er, einen Feind vor sich zu haben, warf sich in den Schnee, wie er es gelernt hatte, streifte die Skier ab und zielte mit seinem Gewehr in die Richtung, aus der die Stimme gekommen war.

Es war rasch dunkel geworden, und Mattsson, berichtete Henry bedrückt, hatte zuerst nicht gesehen, wie es um den anderen Soldaten stand. Aber er erkannte nun, dass es ein Landsmann war, und nach kurzer Zeit schärfte sich sein Blick, und ihm wurde klar, warum der keuchende, stöhnende Mann die Hände gegen seinen Bauch presste: Als Mattsson sah, dass sie voller Blut waren, begriff er, dass der andere seine Eingeweide zurückhielt, die dabei waren, aus einem großen Loch in seinem Unterleib herauszugleiten.

Was wollte er?, fragte Molly; sie hatte Tränen in den Augen.

Henry hörte ihrer Stimme an, dass sie schon ahnte, worauf es hinauslief, jedoch trotzdem die Frage stellte, weil sie immer noch hoffte, ihre Befürchtungen würden sich nicht bestätigen.

Diese Hoffnung konnte er nicht erfüllen. Er sagte:

Er wollte getötet werden. Er bat Mattsson, ihn zu erschießen.

Molly fing an zu weinen:

Aber konnte er nicht …, sagte sie unter Tränen, konnte er das nicht selbst tun? Sich Mattssons Waffe borgen, falls er seine eigene verloren hatte.

Henry antwortete nicht gleich.

Ich habe gehört, dass sie das manchmal so machen, schluchzte Molly. Wenn es keine Hoffnung mehr gibt.

Wenn man dasitzt und seine eigenen Gedärme zurückpresst, sagte Henry, und er wusste, wie unbarmherzig das klang, dann hat man keine Kraft mehr übrig. Dann ist es wohl so, dass man sein Herz verflucht, weil es immer noch schlägt. Man will nur noch, dass es zu Ende geht.

Was hat er getan?, fragte Molly leise.

Ich war ja nicht dabei, sagte Henry. Ich habe es nur von ihm gehört. Aber er sagte mir, er habe es nicht fertiggebracht.

Also, was hat er gemacht?

Er hat behauptet, er würde Hilfe holen. Und Sanitäter schicken. Und dann ist er auf seinen Skiern weggefahren, so schnell er konnte, und hat seine eigenen Leute wiedergefunden, bevor es stockfinster war.

Sie waren sehr betrunken, als sie zu später Stunde endlich ins Bett gingen. Henry nahm den Eindruck mit, dass Molly ihm zugehört und Anteil genommen hatte. Bei genauerem Nachdenken musste sie wohl erkennen, dass er einiges mitgemacht hatte, auch ohne eine Waffe zu tragen, auch ohne zu kämpfen.

Sie gab ihm einen sanften Gutenachtkuss und sagte zärtliche Worte, und im Nachhinein hatte er das Gefühl, dass sie bereit gewesen wäre, mit ihm zu schlafen, nicht weil sie selbst das Bedürfnis hatte, sondern um ihn zu trösten, um ihm ein Gegenbild zu seiner Erzählung zu schenken: Leben statt Tod.

Aber vielleicht bildete er sich das nur ein. Und er selbst wäre dazu gar nicht imstande gewesen. Denn wieder überwältigte ihn die Erinnerung an jene irreale Daseinsform dort an der Ostfront, die das Lebensgefühl der Robusten gesteigert und die Lebenskraft der Empfindlichen aufgezehrt hatte: die Unberechenbarkeit und Unerbittlichkeit des Krieges, die Vergänglichkeit aller Dinge, der Zwang, in jeder wachen Sekunde und sogar im Schlaf unter Hochspannung zu stehen.

Am folgenden Nachmittag erwartete ihn Wille Oljemark in seinem alten, rostigen Ford Phaeton am Bahnhof von Karis.

Es war Samstag, der erste Juni, ein sonniger und windstiller Tag, und als sie langsam in Richtung Snappertuna fuhren, schaute Henry auf die hügeligen Felder: An den Südhängen war die Saat schon saftig grün.

Auf Solbacka wurde er freudig und gastfreundlich empfangen, es war wie ein Nachhausekommen. Ein Knecht trug seinen Koffer und seine Schreibmaschinentasche in eines der Gästezimmer, und Greta wies die Haushälterin an, das Abendessen vorzubereiten. Seine Nichte Asta, mager und bleich, aber trotzdem bildschön, knickste und schenkte ihm eine verstohlene Umarmung.

Und der zottelige Hugo, kein Rassehund, sondern das Resultat einer Begegnung an irgendeiner unbekannten Straßenkreuzung, sprang mit wildem Freudengebell an ihm hoch.

Henry kraulte Hugo folgsam hinter den Ohren und an der Schwanzwurzel und fragte Asta nach ihrem Befinden. Sie antwortete, es gehe ihr schon viel besser: Es sei schwer gewesen, nach Helsingfors zurückzukehren, aber nach einigen Wochen auf Solbacka lasse sich die Trauer etwas leichter ertragen.

Henry lächelte sie freundlich an und sagte, sie müsse ihm versprechen, nie mehr einen Knicks vor ihm zu machen, so alt sei er noch nicht, und er sei überhaupt kein Mensch, vor dem man knicksen oder sich verbeugen sollte.

Asta versprach es ihm und fragte, wie es Molly ginge. Sie wusste, dass Molly eine Rolle in *Hauptmann Cornells Passion* bekommen hatte. Auch Asta hatte für den Spätsommer und den Herbst einige Filmangebote.

Eine Stunde später aß Henry mit den anderen zu Abend und beteiligte sich an der Unterhaltung, so geduldig er es vermochte. Aber bei der ersten Gelegenheit flüchtete er, nahm den freudig kläffenden Hugo mit und ging den Schotterweg entlang, der sich zwischen den sonnenüberfluteten Feldern hindurchschlängelte.

Seine linke Wade schmerzte, aber er wanderte unverdrossen weiter, bis er den Forstweg erreichte, der in den Vidja-Wald nördlich des Dorfes hineinführte. Er musste Hugo ziemlich lange locken, bevor der Hund bereit war, den Feldrain zu verlassen.

Welch ein Glück, in einem dichten, hohen Mischwald zu wandern, in dem die Bäume grün und unversehrt waren, nicht durch Fliegerbomben und Granatfeuer gekappt und ihrer Äste beraubt.

Nach ungefähr einem Kilometer hielt er inne, riss ein paar junge Fichtensprossen ab und aß sie. Sie schmeckten frisch, wie Sauerklee, und um ihn herum sangen die Vögel laut und inbrünstig.

Er blieb eine ganze Weile stehen und glaubte zu spüren, wie das Leben in ihn zurückkehrte. Es dauerte seine Zeit, aber nach und nach erkannte er die Vogelstimmen wieder.

Da war die Melodie des Buchfinken, die am Ende stolperte, und da war der eindringliche Triller des Zaunkönigs. Er hörte eine vorsichtige Amsel – sie fühlte sich am wohlsten morgens und spätabends, wenn sie allein singen durfte – und das kehlige *huu* der Waldtaube, und irgendwann ließ die Blaumeise ihr warnendes *titi-tjrr* vernehmen.

Auch eine Waldschnepfe flog vorbei und knarrte leise, sie war früh unterwegs, denn bis zur Dämmerung waren es noch etliche Stunden.

Hugo hatte sich ein Stück von Henry entfernt und schnüffelte an irgendetwas im Gebüsch, zwischendurch schaute er auf, um zu sehen, ob sein früheres Herrchen noch da war, dieses Wesen, das ihn verlassen hatte und nun zurückgekehrt war und dort so merkwürdig still und tatenlos herumstand.

Der Wald um den Forstweg herum war so dicht gewachsen und üppig belaubt, dass es aussah, als würden sich die Baumkronen von dort oben, vom kräftig blauen Himmel, über den Weg beugen.

Henry wusste, dass das Idyll, in dem er sich befand, eigentlich keines war. In der großen grünen Kathedrale, die viel mächtiger war als jene, die er vor einigen Tagen in Tölö und Mejlans bestaunt hatte, spielte sich nicht nur ein beständiger Kampf um Lebensraum ab, sondern auch ein Krieg der Arten. Und bisweilen der eine oder andere Massenmord, genau wie in der Welt der Menschen.

Aber es kümmerte ihn nicht. In diesem Augenblick stand er an seinem Zufluchtsort, in seiner Kirche, und die Welt der Menschen war weit weg.

Hugo!, rief er. Hugo, komm her!

Der Hund kam angetrottet, setzte sich ihm zu Füßen und sah mit ergebenem Blick zu ihm auf.

Henry ging in die Hocke und hielt seinen Kopf ganz dicht an den des Hundes. Hugo leckte ihm vorsichtig über die Wange.

Henry kraulte ihn ein wenig und fühlte, wie seine Augen zu brennen begannen. Er schaute sich um, obwohl der Wald menschenleer war, holte tief Atem, begrub das Gesicht in Hugos dickem Fell und ließ den Tränen freien Lauf.

III
Molly, im Sommer

Q: What is a soft lens in film?

A: A soft lens renders images which are not one hundred percent focused. That is, if you examine something where there should be a sharply visible division, such as a pale face against a dark background, then instead of having sharp and solid edges, the line will appear fuzzy and the human face soft-featured and dreamlike.

The Hollywood Weekly, »Ask Our Editor«, Juni 1940

1

Schon als Molly und Henry nach ihrem Wiedersehen zum ersten Mal miteinander schliefen, ahnte sie, dass er während des Winters etwas mit einer anderen Frau gehabt hatte. Wäre sie unerfahrener gewesen, hätte sie das, was nach ihrer Rückkehr aus Stockholm im Morgengrauen zwischen ihnen ablief, allein dem Alkohol zugeschrieben; sie hatten viel getrunken, er vor allem. Aber sie erkannte diese schuldbewussten Berührungen wieder, sie hatte das früher schon erlebt, nicht mit Henry, sondern mit anderen. Seine Hände waren eilig und unsensibel, er fummelte herum, nichts fühlte sich richtig an. Molly war müde, noch bevor sie anfingen, sich zu küssen, aber sie wollte Henry nach der langen Pause nicht abweisen. Als der Verdacht in ihr aufkeimte, dass er sie betrogen hatte, wurde ihr Körper völlig gefühllos, es war kein Liebesakt mehr, nur noch ein fremder Körper, der sich über sie wälzte. Aber sie ließ ihm seinen Willen, und es war schnell vorbei.

Danach blieb er schwer auf ihr liegen und hatte keine Eile, sich zurückzuziehen; sie hatte ihm gesagt, dass es sichere Tage seien. Henry schien glücklich zu sein, er begriff nicht, dass sie etwas gemerkt hatte, und sie lag unter ihm und fragte sich, ob es nur eine Frau gewesen war oder mehrere. Obwohl es eigentlich keinen Unterschied machte, sie wünschte sich bloß, er wäre ehrlich zu ihr gewesen und hätte ihr gesagt, wie die Dinge standen. Sie hörte, dass es draußen zu regnen begann, schwere Tropfen schlugen auf die Blechdächer der Hochhäuser, während sie im grauen Dämmerlicht dalag und Henrys Schulter betastete, die Narbe, die gröber und länger war, als sie gedacht hatte. Sie beschloss, so zu tun, als wäre alles normal; sie würde einfach abwarten, und früher oder später würde Henry schwach werden und alles erzählen.

Jener aufdämmernde Aprilmorgen war ihr im Gedächtnis geblieben, sie vergegenwärtigte ihn sich in den folgenden Monaten ein ums andere Mal, auch an dem Dienstagabend kurz vor Mittsommer, als sie auf der Holztribüne von Djurgården saß und, während die Männer um sie herum Hurra! und Bravo! riefen, zerstreut den beiden Fußballmannschaften applaudierte, die auf das Spielfeld rannten: die »Blitze von Viborg«, ein Team aus jungen, frischgebackenen Frontveteranen, mit Walter Venho als Verstärkung, und die »Allianz«, ein Presseteam, bestehend aus fußballgeübten Journalisten, verstärkt durch einige Starspieler des HJK, des Fußballclubs von Helsingfors. Ihr Henry war Torwart bei der »Allianz« und lief als Erster von allen ein, mit einer albernen Schirmmütze auf dem Kopf und klobig wirkenden Handschuhen.

Nachdem der Schiedsrichter das Spiel angepfiffen hatte, verlor sie schnell das Interesse an dem Geschehen auf dem Rasen und hing wieder ihren Gedanken nach. Jene erste Nacht hatte für den Rest des Frühlings den Ton zwischen ihnen vorgegeben. Henry war noch verschlossener als früher, und es fiel ihnen immer schwerer, miteinander auszukommen. Zwar kam er jeden Abend von der Zeitung nach Hause, er leistete sich keine Eskapaden mit seinen Kumpanen, wie es vor dem Krieg seine Gewohnheit gewesen war. Aber er war oft schlechter Laune, beklagte sich über das Essen, das sie ihm vorsetzte – als wäre sie sein *Kindermädchen!* –, und verschwand häufig, um sein Boot abzuschleifen oder anzustreichen, mit dem er, so kam es Molly vor, dauernd Probleme hatte. Sie wusste um Henrys Sorgen, zum Beispiel die Schwierigkeiten in der Redaktion mit seinem Chef, wie hieß er gleich, Sandlund?, und dass er um einen Soldaten trauerte, der ihm wichtig gewesen war und der sich in einer Nervenklinik das Leben genommen hatte.

Nach diesem Selbstmord hatte Henry sich geöffnet und zum ersten Mal vom Krieg erzählt. Natürlich hatte Molly von Anfang an gewusst, dass drei Monate in unmittelbarer Nähe der

Kämpfe nicht spurlos an ihm vorübergehen würden. Es wunderte sie auch nicht, dass das, was er erzählte, so viel schlimmer und grausamer klang als die trockenen Nachrichten über Truppenbewegungen und Kampfsituationen in den Zeitungen; sie hatte sich selbst ausrechnen können, dass es so sein musste. Deshalb hatte sie sich bei ihrer Rückkehr auch darauf eingestellt, warmherzig und gut gelaunt und entgegenkommend zu sein.

Aber mittlerweile hatte sie die Geduld mit ihm verloren. Sie tat sich schwer, zu verstehen, warum er über manche Dinge so gut Bescheid wusste, etwa über die Kriegspolitik, aber von den einfachsten Alltagsdingen, beispielsweise von der Lebensmittelknappheit, so wenig Ahnung hatte – oder jedenfalls so tat. Seit einigen Wochen war nicht nur Zucker rationiert, sondern auch Getreide, Brot und Butter. Es wurde immer schwieriger, Kaffee aufzutreiben, und die einzige Chance, sich Fleisch zu sichern, bestand darin, den Kontakt zu Verwandten oder Freunden auf dem Land zu pflegen, die Bauernhöfe hatten. Und es war ein Albtraum, das mit den Lebensmittelkarten, von denen es immer mehr gab und die sie nicht vergessen durfte, wenn sie einkaufen ging; sie hatte sie schon mehrmals zu Hause liegen lassen und musste dann umkehren und sie holen. Henry aber beklagte sich bloß über den Fisch und die fleckigen Kartoffeln, die sie ihm servierte, so als würden die Ladentische sich unter den Kalbskoteletts biegen, die sie aus bloßer Gedankenlosigkeit nicht gekauft hatte. Und doch wusste Molly, dass er besser über die herrschende Lage informiert war als die meisten anderen, jedenfalls auf der Ebene der Landespolitik, und immer öfter ertappte sie sich bei dem Gedanken, dass es für Henry zweckmäßig sei, so zu tun, als wüsste er nicht, wie es in den Geschäften und den Markthallen aussah, denn dann konnte er seinen Missmut ungehemmt gegen sie richten.

Sie hatte ihm nicht verheimlicht, dass sein Verhalten sie traurig machte. Erst nach seiner Rückkehr aus Solbacka war es besser geworden. Er war nach Snappertuna gefahren, um auf dem Hof zu helfen, und er war mit einer geräucherten Lammschulter und in einer weicheren Stimmung nach Hause gekommen;

er fühlte sich stets besser, wenn er sich ein paar Tage um den Hund Hugo kümmern konnte. Molly war sich nicht sicher, aber vielleicht rührte seine gute Laune auch daher, dass es ihm gelungen war, sich gegen seinen Chef Sandlund durchzusetzen, der versucht hatte, ihm den Torwartposten bei der »Allianz« streitig zu machen.

Im Moment konnte von guter Laune keine Rede sein, das war ihr klar, als das Spiel eine gute halbe Stunde gedauert hatte und die Zuschauer, mehrere Tausend an der Zahl, noch lauter grölten und schrien als zuvor. Bis jetzt hatte Molly vor allem nach Bekannten Ausschau gehalten, auf der Tribüne und an der gegenüberliegenden Seitenlinie. Sie wusste von Lillys Versuch, ihren Mann Karol, der früher in der Mannschaft des KIF gespielt hatte, des Sportvereins von Kronohagen, zum Besuch des Matchs zu überreden. Aber sie wusste auch, dass Karol sich gesträubt hatte, er wollte sich im »Djuran« so nicht zeigen, auf einen Gehstock gestützt wie ein alter Mann. In gewisser Weise verstand sie Karols Dilemma, denn auch sie versuchte, die neugierigen Blicke der Leute zu ignorieren, die sie von der Kinoleinwand kannten und aufgeregt ihrem Sitznachbarn etwas ins Ohr flüsterten.

Das Match war unterbrochen worden, aber sie verstand nicht, warum das Publikum so laut johlte. Der schwarz gekleidete Schiedsrichter stand mitten auf dem Rasen und redete mit Henry und einem Mitglied der »Blitze von Viborg«, während die anderen Spieler dastanden und warteten, die Hände in die Seiten gestemmt, und etliche Zuschauer Schimpfworte in Richtung Spielfeld brüllten.

Was ist los?, fragte Molly ihren Banknachbarn, einen älteren Mann im hellen Leinenanzug; er saß ruhig und schweigsam da, und sie schloss daraus, dass es nicht gefährlich war, ihn anzusprechen.

Der Torwart der »Allianz« und Venho von den Viborgern sind zusammengestoßen, sagte der Mann. Es war wohl nur ein Versehen, aber Venho hat sich verletzt.

Molly sah jetzt Walter Venho drüben beim Tor der »Allianz«,

er lag knapp außerhalb des Spielfelds auf dem Boden, hielt sich das Handgelenk und schnitt einem Teamkameraden, der ihm aufhelfen wollte, eine Grimasse. Im Mittelkreis sagte der Schiedsrichter etwas zu Henry und machte ein strenges Gesicht, und Henry zuckte mit den Achseln.

Venho ist schnell, erläuterte der Mann im Leinenanzug hilfsbereit. Als er in der Meisterschaftsliga spielte, haben die Torhüter seine Gefährlichkeit immer unterschätzt. Und dieser Torwart hier, tja …

Molly hatte aus dem Augenwinkel beobachtet, dass Henry schon einige Bälle durchgelassen hatte, aber sie hatte auch die »Allianz« ein paar Tore schießen sehen.

Wie steht es?, fragte sie.

4:3 für die Soldaten, sagte der Mann. Bei beiden Teams ist die Abwehr so undicht wie ein Sieb. Aber es macht Spaß, die Jungs spielen zu sehen, nicht wahr?

Molly hatte jedenfalls nicht den Eindruck, dass Henry irgendetwas Spaß machte: Sogar aus dieser Entfernung erkannte sie, dass er die gleiche mürrische Miene zur Schau trug, die er aufsetzte, wenn sie auf seine Kommentare zu ihren Kochkünsten scharf reagierte oder wenn sie ihn bat, etwas häufiger das Hemd zu wechseln oder in die Sauna zu gehen, weil sein Achselschweiß streng roch.

Sie konnte Henry nicht zum Vorwurf machen, dass seine Nerven angespannt waren. In der letzten Woche hatte eine schlechte Nachricht die andere abgelöst, und Henry und seine Kollegen in den Zeitungsredaktionen saßen mitten im Chaos, nahmen die ganze Dramatik in sich auf und stutzten sie zu Überschriften und Artikeln zurecht. Am vorigen Wochenende waren die Deutschen ungehindert in Paris einmarschiert, und jetzt zwang Hitler die Franzosen, im selben Eisenbahnwaggon, in dem Deutschland 1918 den Waffenstillstand unterzeichnet hatte, die Kapitulationserklärung zu unterschreiben. An diesem Tag hatten außerdem russische Kampfflugzeuge eine Passagiermaschine der Aero auf dem Weg von Reval nach Helsingfors abgeschossen, und sämtliche Personen, die sich an Bord befunden hatten, waren verschollen. Die Zeitungen durften nicht schreiben, was wirklich passiert war: Sie teilten mit, das Flugzeug sei ins Meer gestürzt, und spekulierten über eine Explosion an Bord. Nur *Hufvudstadsbladet* wagte anzudeuten, dass »die Katastrophe durch Fremdeinwirkung verursacht wurde«.

Aber in Helsingfors wussten alle von dem Abschuss, und es verbreitete sich das Gerücht, dass einer der Passagiere ein amerikanischer Spion gewesen sei und die Maschine geheime Dokumente transportiert habe. Schon wieder war der Tod nahe an Molly herangerückt, denn mit dem Piloten des Flugzeugs, Kapitän Bo von Willebrand, der genauso alt war wie sie, hatte sie in ihrer Jugend auf mehreren Schulbällen getanzt. Und der Abschuss war noch nicht alles: Am selben Tag hatte Litauen vor einer drohenden russischen Invasion kapituliert, und an den folgenden Tagen waren Hunderttausende Sowjetsoldaten in Estland und Lettland einmarschiert und hatten das ganze Baltikum erobert. Ein kollektiver Schauder hatte daraufhin Finnland erfasst, an Tausenden von kargen, aber sommerlich dekorierten Abendbrottischen hatten die Menschen – alte und junge, arme und reiche – einander angeschaut, nachdenklich genickt und gesagt: »Das hätte auch uns treffen können.«

Nach der Halbzeitpause – Molly war einmal rund um das Stadion gewandert, hatte aber weder Lilly noch Karol gesehen – fing sie an, das Match auf dem Spielfeld zu verfolgen. Sie konnte gar nicht anders, denn es passierte ununterbrochen etwas, und die Stimmung schlug hohe Wellen, das Publikum rief Hurra und grölte und schrie. In kurzen Abständen landeten die Bälle im Kasten, es schien Molly, als würden Henry und sein Kollege im Tor der »Blitze« sich die meiste Zeit vergeblich abstrampeln, und als es laut Anzeigetafel 7:5 stand, wandte sie sich wieder an den Mann im Leinenanzug und fragte:

Gibt es beim Fußball immer so viele Tore?

Nein, bestimmt nicht, sagte der Mann lächelnd. Aber so läuft es, wenn die Besten alle im Angriff spielen. Und diese Torhüter sind eine Schande, keiner von beiden würde auch nur in der Bezirksliga überleben.

Zorn flammte in Molly auf, sie hätte am liebsten gefaucht: Einer davon gehört zu mir, es ist mein Liebster, den du verhöhnst, zum Teufel! Aber sie schwieg und verfolgte stattdessen weiter das Spiel.

Ein Rätsel blieb ihr, selbst in Anbetracht der harten Zeiten und der schrecklichen Nachrichten dieser Woche, warum auf dem Spielfeld eine so feindselige Stimmung herrschte. Eine Viertelstunde vor Spielschluss schoss einer von den »Blitzen« einen hohen Flugball vor der Seitenlinie auf das Tor der »Allianz«. Henry lief heraus, um den Ball abzufangen, sprang hoch – es sah etwas unbeholfen aus – und wurde von einem Rudel Männer in der Luft gestoppt, unter ihnen Walter Venho, der genauso groß war wie Henry, aber dank seiner Kraft und Elastizität höher sprang als alle anderen und den Ball ins Tor köpfte. Das Publikum jubelte wieder, aber irgendjemand schrie auch, man verliere ja den Überblick bei all den Toren. Molly hätte erwartet, dass Venho und seine Teamkameraden an die Seite rennen, die Fäuste hochrecken und einander auf die Schultern klopfen würden, sie hatte gesehen, dass man das so machte, wenn ein Tor gefallen war. Aber auch diesmal blieb Venho am Boden; er lag auf dem Rücken, wälzte sich hin und her und schien Schmerzen zu haben, er gestikulierte und hielt sich die Rippen an der linken Seite. Einige seiner Mannschaftskollegen in ihren grün und schwarz gestreiften Trikots waren auf Henry zugelaufen, schubsten ihn und schienen ihm Prügel anzudrohen, während gleichzeitig mehrere weiß behemdete Kameraden von Henry angerannt kamen, die Grünschwarzen wegstießen und ihren Torwart umringten, um ihn zu schützen.

Molly hatte geglaubt, dass Männer, die man kurz zuvor in einen Krieg geschickt hatte, die in eine Situation gezwungen worden waren, in der sie entweder töten oder sterben mussten, oder die unter Zwang über all das Töten geschrieben hatten und nun in den Redaktionen saßen und Reportagen bearbeiteten, die vom grassierenden Tod an immer mehr Orten Europas und der Welt berichteten – dass diese Männer die Chance ergreifen würden, sich für eine Weile einem freundschaftlichen, spielerischen Wettbewerb zu widmen. Aber danach sah es nicht aus, die Vorgänge auf dem Spielfeld glichen eher einem Ersatzkrieg.

Während der zweiten Halbzeit beobachtete Molly unentwegt die ballspielenden Männer, ihre mageren, schweißbedeckten Gesichter, in denen die Wangenknochen wie Pfeilspitzen hervortraten, und ihre kreideweißen Oberschenkel, an denen die Muskeln schwollen, wenn sie hinter dem Ball oder hinter einem anderen Spieler herrannten. Über Henrys linke Wade zog sich die Narbe von dem Granatsplitter, die er anfangs vor ihr verstecken wollte, wie ein flammend rotes Ausrufungszeichen. Sie und viele andere hatten sie gesehen, als die Spieler sich für das Match aufstellten und gemeinsam mit dem Publikum die Nationalhymne sangen; der zerstreute Henry stand als Einziger mit heruntergerollten Strümpfen da. Sie registrierte außerdem die knochigen Knie der Männer und die mageren Brustkörbe unter den hübschen Trikots, und sie betrachtete das Spiel mit wachsendem Erstaunen, das allmählich in Bestürzung überging. Denn sie spielten ja gar nicht, sie führten Krieg, alle außer Walter Venho und dem großen Star der »Allianz«, der offenbar Oksala hieß. Verglichen mit den anderen wirkten Venho und Oksala weit überlegen in ihrer fußballerischen Kompetenz, sie benahmen sich, als hätten sie auf dem Spielfeld alle Zeit der Welt – sie waren die Einzigen, die wirklich spielten. Die übrigen zwanzig Männer hatten eine völlig entgegengesetzte Einstellung, die sich, so schien es Molly, am deutlichsten in einem Angriffsspieler der »Allianz« verkörperte, einem massigen, stierähnlichen Mann namens Tarowsky, der Oberschenkel wie Fichtenstämme hatte. Immer wieder raste er den von Oksala abgespielten Bällen nach und schoss oder fegte sie in den gegnerischen Strafraum. Einmal warf er sich nach vorn, köpfte den Ball in das leere Tor und wäre um ein Haar mit dem Kopf voran gegen den Torpfosten geschlittert. Es kam Molly so vor, als ob Tarowsky versuchte, seinen Krieg nachträglich zu gewinnen, auch wenn es ihn das Leben kosten sollte.

Die Begegnung endete mit einem 9:8 für die »Blitze von Viborg«, und die Zuschauerzahl wurde mit 2500 angegeben. Venho, Tarowsky und Oksala wurden zu den besten Spielern des Matchs gewählt, und danach ging Molly zur Umkleidebaracke und wartete auf Henry, während das Publikum, aufgekratzt und froh gestimmt, im Abendlicht davonschlenderte.

Als Henry mit Guido Röman und einigen Teamkameraden herauskam, stellte Molly fest, dass er trotz der Niederlage gut gelaunt aussah. Im vorbeiziehenden Zuschauerstrom hatte sie mehrere abfällige und spöttische Kommentare über Henry und einen gewissen Martonen gehört, hinter dem sie den Torwart der »Blitze« vermutete. Sie sah, dass Henry auf dem linken Fuß humpelte und dass er eine Schürfwunde am rechten Ellbogen hatte, und sie wollte ihn nicht bedrängen. Aber sie sah und hörte auch, dass er laut über eine Äußerung von Guido Röman lachte, und es gab vieles, was sie gern gewusst hätte. Als sie allein waren und zum Stadion hinübergingen und weiter in Richtung Tallbacken und Tölö, fragte sie vorsichtig:

Bist du zufrieden?

Henry drehte den Kopf zur Seite und schaute sie an:

Womit?

Ja … mit dem Abend. Und mit dem Spiel.

Der Abend war schön. Viel Publikum, das gibt eine anständige Spende für die Witwen. Aber mit dem Spiel bin ich nicht zufrieden, klar. Wir haben ja verloren. Und das dritte und siebte und achte Tor hätte ich halten müssen.

An das achte erinnere ich mich, sagte Molly. Ich fand nicht, dass das deine Schuld war. Venho ist schnell und stark. Die anderen konnten da sowieso nicht mithalten. Und sie sind viel jünger als du.

Sie sah, dass Henrys Miene sich verfinsterte, und dachte, dass sie das mit dem Alter nicht hätte sagen sollen.

Henry zuckte mit den Achseln und antwortete knapp:

Ja, er ist schnell. Aber er hat auch seine Schwächen. Viele Fehlschüsse und wenig Überblick im Spiel.

Was war denn los, als seine Kameraden so wütend wurden?

Wann denn? In der ersten oder in der zweiten Halbzeit?

In der zweiten, nach dem Tor. Ich weiß, in der ersten ist auch was passiert, aber da war ich gerade mit den Gedanken woanders.

Mit den Gedanken woanders, wahrhaftig!, sagte Henry lachend, und das Lachen war freundlich.

Ja, sagte Molly und merkte selbst, dass sie sich gekränkt anhörte. Ein Fußballspiel ist seeehr lang.

Dieses Tor da …, das war nur ein normales Luftduell, sagte Henry. Die Aufregung war ganz unnötig. Ich habe nichts gemacht, aber es geht immer hart zur Sache, wenn fünf Kerle um denselben Ball kämpfen.

Tut dir dann nicht die Schulter weh?, fragte Molly. Wenn du so hoch springen und … kämpfen musst.

Ein bisschen. Aber daran denkt man nicht. Man denkt nur an das Spiel.

Sie passierten den Hügel Tallbacken und gingen schweigend an der Zuckerfabrik vorbei. Als sie am Strand des Hesperiaparks entlang weiterwanderten, sagte Henry plötzlich:

Weißt du, was das Beste an diesem Abend war?

Dass so viele Zuschauer gekommen sind?, schlug Molly vor.

Das auch. Aber ich dachte jetzt vor allem daran, dass ich in einer Mannschaft mit Rauli Oksala spielen durfte. Er ist ein fantastischer Fußballer, viel besser als Venho oder unser Tarowsky, auch wenn die beiden mehr Tore schießen. Außerdem ist er der Bruder von Kauno, dem Hauptmann, den ich den ganzen Winter beim Führen seiner Kompanie beobachten konnte. Manche Offiziere sind Stinkstiefel, aber Hauptmann Kauno Oksala ist ein richtig feiner Kerl. Genau wie sein Bruder.

Molly nickte. Wäre das Thema ihr wichtiger gewesen, hätte sie gefragt, warum dieser Rauli Oksala so ein fantastischer Spieler war. Aber ihr Interesse am Balltreten war jetzt erschöpft, bis auf eine Sache, die sie noch wissen wollte:

Dieser Sandlund, dein Chef, mit dem du immer Krach hast, spielt der auch Fußball?

Er hat früher mal gespielt, aber jetzt ist er viel zu alt. Und er heißt Sand*berg*, das habe ich dir schon mehrmals gesagt.

2

Am Samstag vor Mittsommer fuhren sie hinaus zur Hütte in Korsnäs. Es war das erste Mal, seit Molly die Eigentümerin war, und sie nahmen nicht den Bus, sondern den grünen Volvo. Sie fragte Henry, ob er fahren wolle, denn er schien ihr so bedrückt zu sein, und er nahm das Angebot an, murmelte sogar ein kleines »gern«.

Sie hatte am Freitag ihren letzten Drehtag gehabt, ihre Zeit als elegante und rücksichtslose Gräfin Kuschelewa war nun vorüber. Es war ihre größte Rolle in einer Produktion von Taika Filmi seit mehreren Jahren und die erste unter der Regie von Severi Haarla seit *Unsere schöne Cousine Adèle*. Der Kamerachef Koskimaa hatte den mythenumwobenen Paris-Filter in all ihren Szenen verwendet und ihre Augen genau wie damals zum Glitzern gebracht, und nur mit größter Selbstüberwindung vermochte sie sich einzugestehen, dass Kirsti Pera in der Hauptrolle noch ein wenig mehr glitzerte. »Molly, du siehst wieder mal aus wie eine Million Francs«, hatte Koskimaa ihr an dem Nachmittag zugeflüstert, als die Hauptdarsteller sich im Vorführsalon der Filmgesellschaft in der Sjötullsgatan die ersten Proben des Rohmaterials anschauen durften. Molly hatte jeden Grund, zufrieden zu sein, und doch war sie es nicht. Direktor Dringmann grüßte sie nach wie vor nur sehr flüchtig, und in ihr nagte der Verdacht, dass sie nur deshalb besetzt worden war, weil die Natur ihr sowohl die hohen Wangenknochen der Gräfin Kuschelewa als auch die kühle Ausstrahlung geschenkt hatte, die die Rolle erforderte. Und natürlich auch, weil sie aschblond und schlank war.

Sie fuhren schon vormittags los, das Benzin hatte Henry besorgt. An Mollys letztem Drehtag hatte er einen seiner »Kontakte« besucht – er benutzte immer dieses Wort –, und am Samstagmorgen nahm er die Straßenbahn nach Vallgård, löste das Auto aus, fuhr damit zu einem Depot, von dem er nicht verriet, wo es sich befand, und füllte den Tank. Außerdem brachte er ein Dokument mit, auf Finnisch *propuska* genannt, gestempelt und von einem Oberst und einem Major unterzeichnet, mit der Lizenz, »die Strecke Helsingfors – Stensvik – Helsingfors sowohl aus dienstlichem als auch aus privatem Anlass mit dem Fahrzeug 38-A-8359 im Zeitraum 22. VI. – 26. VI. 1940 frei zu befahren«.

Molly hatte gehofft, die gelungene Demonstration seiner Fähigkeit, in Kriegszeiten zurechtzukommen, würde sich positiv auf Henrys Stimmung auswirken, umso mehr, als von Greta und Wille Oljemark aus Solbacka per Bus eine Lebensmittellieferung eingetroffen war: frische Landeier, eine Tüte mit winzigen Frühkartoffeln, ein großer Roggenkuchen und eine Lammschulter. Aber Henrys Schwermut verflog nicht, auch nicht, als sie durch eine Sommerlandschaft in Richtung Westen fuhren, vorbei an Bauernhöfen mit weidenden Kühen und durch Laubwälder, wo Birken, Zitterpappeln und vereinzelte Eichen in der trockenen Brise mächtig rauschten.

Erst nachdem Molly lachend gesagt hatte, »wie langweilig du heute bist«, und ihn zweimal gebeten hatte, »kannst du mir nicht verraten, was los ist?«, erzählte Henry, dass Sandberg ihn die ganze Woche für seine Leistung als Torwart verspottet habe, »der Mistkerl hat mich vor der gesamten Redaktion beleidigt«. Molly gab ein paar bedauernde und begütigende Laute von sich, um ihr Mitgefühl zu zeigen, und dann sagte Henry, Sandberg habe ihm endlich einen Auftrag erteilt. Aber keinen Schreibauftrag, vielmehr wollte man ihm Anfang Juli das Redaktionsauto zur Verfügung stellen, damit er einen schwedischen Journalisten herumfuhr; sie sollten unter anderem die Befestigungsarbeiten an der neuen Grenze nordöstlich von Hangö beobachten.

Kannst du nicht fürs *Husis* über die Bauarbeiten schreiben, wenn ihr schon mal dort seid?, wollte Molly wissen.

Vielleicht, aber ich muss zuerst meine Kontakte fragen, ob darüber berichtet werden darf.

Wenn du aber mit einem schwedischen Journalisten hinfährst und er schreibt, warum solltest du das dann nicht auch tun?, fragte Molly, die befürchtete, dass Henry sich wieder einmal in der psychischen Verfassung befand, in der er sich selbst herabsetzte und glaubte, alle anderen wären besser als er.

Das ist nicht so einfach, antwortete Henry. Manchmal gibt es einen Unterschied zwischen externer und interner Propaganda.

Das verstehe ich überhaupt nicht, sagte Molly schroff, ihr schreibt doch immer so, dass man nicht weiß, wo ihr euch befindet, da macht es doch wohl keinen Unterschied, wo die Nachricht veröffentlicht wird?

Tja, sagte Henry, dieses Land ist klein, und der Russe weiß nur zu genau, was er uns weggenommen hat und wo die neuen Grenzen verlaufen. Und wie wir die Frage auch drehen und wenden, sie bleibt theoretisch, denn Sandberg will nicht, dass ich schreibe, und Grahn auch nicht.

Er verstummte und warf ihr einen raschen Blick zu, der nicht mehr bedrückt wirkte, eher verärgert.

Schau beim Fahren lieber auf die Straße, sagte sie und lächelte, damit es nicht allzu streng klang.

Mach ich, versprach Henry und lächelte nun auch. Sag mal, wann kommen Karol und Lilly morgen an?

Der Bus ist um drei in Stensvik, sagte Molly. Du sagst dann wohl Wahlman, dass er denselben Bus nehmen soll? Und dann holst du sie mit dem Boot ab?

Natürlich, sagte Henry, und Molly hörte die forcierte Fröhlichkeit in seiner Stimme.

Also, da drückt der Schuh!, dachte sie. Henry hatte sich in Gesellschaft von Lilly und Karol immer unbehaglich gefühlt, und jetzt war Karol ein Kriegsheld und ein Kriegsinvalide noch dazu. Deshalb hatte sie Henry angeboten, auch seinen Freund Karsten Wahlman einzuladen, der in aller Heimlichkeit als illegaler Untermieter in Henrys Wohnung in der Tredje Linjen eingezogen war. Sie hatte gehofft, dass das seine Laune heben würde, doch offensichtlich half es nichts.

Aber nett war er, denn als Molly auf die Idee gekommen war, für die sommerlichen Gästetransporte ein größeres Ruderboot vom Fischer Gerkman zu kaufen oder zu mieten, hatte Henry darauf bestanden, die Bootsmiete zu zahlen. Und erklärt, dass er nur zu gern zwischen Korsnäs und Stensvik hin und her ruderte, das würde ihm Bewegung verschaffen, wo doch Guido Röman jetzt mit seiner Frau und den fünf Kindern so beschäftigt war, dass er weder zum Tennisspielen noch für Fahrradtouren Zeit übrig hatte.

Am späten Sonntagnachmittag stand Molly unten am Steg und sah, wie Henry und die Gäste sich von Norden her über das Wasser näherten. Ihre Stimmung war heiterer, als sie erwartet hatte: Es gab viele Gründe, um glücklich zu sein, sogar so viele, dass es ihr zwischendurch gelang, die Gedanken an die Sowjetunion und Deutschland und deren verfluchte *Eroberungslust* loszulassen.

Am letzten Abend in der Stadt hatten sie Mollys Arabia-Service in Zeitungspapier verpackt, und Henry hatte ironisch bemerkt, dass sie mit jedem Monat mehr verbürgerlichten, bald würden sie wohl auch Zimmerpalmen und einen Flügel haben und mit dem Dampfboot zu den Schären transportieren, so wie es die Oberschicht in seiner Kindheit zu tun pflegte. Molly hatte über seinen Sarkasmus nachsichtig gelächelt und war zufrieden, dass sie sich durchgesetzt hatte. Das Service hieß »Sommerblume«, sie hatte es von ihrer Mutter zum dreißigsten Geburtstag bekommen. Irene hatte ein ganzes Jahr gespart, um es kaufen zu können, es war farbenfroh und hübsch und würde während des Sommers ihren Abendmahlzeiten Glanz verleihen.

Henry war inzwischen aufgetaut, aber es hatte eine Weile gedauert. Auf dem ganzen Fußweg durch den Wald hatte er eisern geschwiegen, und er war immer noch einsilbig gewesen, als sie das Haus aufschlossen und den Winter weglüfteten. Danach hatte er sich aufgespielt, hatte mit sorgenvoller Miene die Räume besichtigt und Sachen gesagt wie: »Die Fensterrahmen müssen abgeschliffen und gestrichen werden, und die Fußböden sollte man auch bearbeiten.«

Doch dann waren sie nach Sökö hinausspaziert, um Gerkman zu treffen, dem Molly im Mai geschrieben und der sie ein paar Wochen später aus dem Kaufladen in Stensvik angerufen hatte. Sie hatten das stabile und frisch geteerte Boot ausprobiert, Henry hatte die Miete bar bezahlt, und sie waren den knappen Kilometer bis zum Steg ihrer Hütte zurückgerudert und weiter bis Stensvik, wo das Auto stand. Und als sie den Proviant und das übrige Gepäck ins Boot verfrachtet hatten und sich wieder auf den Weg nach Süden machten, veränderte sich Henry. Er legte die Ruder ab, schaute auf die spiegelglatte Bucht hinaus, begegnete Mollys fragendem Blick und sagte: Hier ist es schön, es fühlt sich jetzt am Anfang vielleicht komisch an, aber wir werden uns hier wohlfühlen.

Seine Worte ließen Mollys Herz einen kleinen Purzelbaum schlagen, Wärme stieg in ihr auf, und die angespannte Wachsamkeit verschwand. Als sie ankamen, trugen sie das Gepäck hinein, übersprangen aber das Bettenmachen und das Abendbrot; sie gingen geradewegs ins Schlafzimmer, und dort erlaubte sie ihm, sie auszuziehen, und dann schaute sie zu, wie er sich rasch von seiner Kleidung befreite, und als sie miteinander schliefen, konnte sie sich ihm zum ersten Mal seit ihrer Heimkehr richtig hingeben. Später lag sie in der hellen Nacht wach und fragte sich, ob auch er den Unterschied gespürt hatte. Sie vermutete es, denn wenn Henry seinen Panzer ablegte, besaß er eine Feinfühligkeit, die nicht jedem Mann vergönnt war: Dann *sah* er sie.

Am ersten Abend und am nächsten Morgen wunderte sie sich immer wieder, wie wenig sie hier draußen an Max dachte. Nur als sie die Tür zum Schuppen aufschloss und das Zweierkajak sah, das dort an Seilen unter der Decke hing, überfiel die Trauer sie plötzlich wie ein stechender Schmerz. Da brach sie in Tränen aus und war zugleich froh, dass sie allein zum Schuppen gegangen war. Aber eigentlich war sie mit dem Trauern fertig und hatte die Tür zur Vergangenheit geschlossen. Im Frühling hatte sie noch nach jedem Besuch in der Anwaltskanzlei geweint, und auch jedes Mal, wenn sie ein Dokument unterschreiben sollte, oder wenn sie Post in dieser Angelegenheit erhielt. Sie hatte ein schlechtes Gewissen gehabt, weil sie so begünstigt worden war, besonders gegenüber Lilly, und sie hatte der Schwester einen langen Entschuldigungsbrief geschrieben und die Antwort abgewartet – die versöhnlich klang –, bevor sie Lilly und Karol angerufen und zum gemeinsamen Mittsommerfest eingeladen hatte.

Sie hatte noch mehr Briefe geschrieben, an gemeinsame Freunde aus den wilden Jahren mit Max, und sogar einige Telefongespräche geführt, in denen sie sich erkundigte, wie Max' Eltern gewesen waren und warum sie so früh gestorben waren, und warum er keine Geschwister hatte und warum seine amerikanischen Cousins überhaupt keine Erbansprüche stellten, wie sie von dem Anwalt Langhans wusste. Aber sie hatte nicht viel mehr in Erfahrung gebracht, als dass Max' Eltern, Ulla und Morgan Esping, anscheinend genauso unkonventionell gelebt hatten wie ihr Sohn (und wie *meine* Eltern, dachte Molly). Danach hatte sie die ganze Sache auf sich beruhen lassen, sich nur im Geiste bei Max für seine Großzügigkeit bedankt und gelobt, wenn sie in Korsnäs heimisch geworden war und alles in Ordnung gebracht hatte, da draußen ein Denkmal für ihn zu errichten, eine Pergola vielleicht oder einen Hügel aus schönen Steinen.

Jetzt glitt das Ruderboot auf den Steg zu, und Molly kehrte in die Gegenwart zurück, hob grüßend die Hand und rief: »Schönen Johannistag, seid alle willkommen«, und dabei hoffte sie, dass ihre glückliche Phase mit Henry andauern würde und dass auch die anderen eine gute und fröhliche Zeit haben würden. Sicher sein konnte sie da nicht, denn Lilly war bei all ihrem Pflichtbewusstsein launisch, und Molly wusste, dass ihre Schwester im letzten Jahr vieles hatte bewältigen müssen, als Krankenschwester im Lotta-Korps ebenso wie mit Karols Kriegsverletzung und mit den Kindern. An einem Maiabend hatte Lilly zu Molly gesagt, dass sie ihren gesamten Besitz eintauschen würde gegen einen Tag oder auch nur eine Stunde zu ihrer eigenen Verfügung; wenn sie abends schlafen ging, schmerzten alle Muskeln und Gliedmaßen, so erschöpft war sie von der unentwegten Pflichterfüllung. Doch nun hatte ihre Mutter Irene es übernommen, die Enkel Lasse und Evert zwei Wochen in ihrem Haus auf Brändö zu versorgen, damit Lilly sich erholen und ein wenig Zweisamkeit mit Karol genießen konnte.

Molly prägte sich ein, dass sie Irene wieder anrufen musste, sie würde es gleich nach dem Feiertag tun und dafür sorgen, dass sie im Juli einige Tage mit ihrer Mutter verbringen konnte. Sie hatte Sehnsucht nach Brändö und der Villa Hamberg, nach dem üppigen Garten mit seinen Apfelbäumen und Beerensträuchern, Salat- und Kohlbeeten, sie sehnte sich sogar nach den engen und stickigen Zimmern der Mietwohnung oben unter dem Dach, und am allermeisten sehnte sie sich nach ihrer poltrigen Mutter.

Und doch war da immer dieser Stachel, schon seit ihrer Kindheit. Molly und Lilly hatten verschiedene Rollen übernommen, als sie klein waren; sobald Lilly laufen und sprechen konnte, stand fest, dass sie schnell lernte, alle Regeln befolgte und sich so verhielt, wie es den Erwachsenen gefiel, nicht zuletzt Irene. Es war, als hätte die kleine Schwester sich in die große verwandelt und umgekehrt. Molly wiederum lernte früh, dass Lilly die Nummer eins war und die Mutter sich auf sie verließ. Das hatte Folgen für die Beziehung zwischen den Schwestern. Als Kinder besuchten sie oft einen Verwandten, der ein kleines Sommerhaus auf Degerö besaß. In der Nähe des Grundstücks war eine schroffe Felsenküste, die steil zu einem Strand voller scharfer Steinbrocken abfiel. Der Felsen war mehr als zehn Meter hoch, und manchmal, wenn die Timm-Mädchen dort vorbeikamen und Lilly voranging, verspürte Molly den schaurigen Impuls, loszurennen und ihrer Schwester einen Stoß in den Rücken zu versetzen, sodass sie hinunterstürzte. Lilly spazierte immer so fröhlich und unbekümmert den Pfad entlang, sie hätte niemals rechtzeitig reagieren können. Molly sah sie dann leblos und zerschmettert unten zwischen den spitzen Steinen liegen.

Jetzt kniff Molly die Augen zusammen, um das Bild zu verscheuchen, und fragte sich, warum ihr Gehirn gerade heute jene unheimliche Anwandlung aus ihren Kindheitserinnerungen herauspickte. Zweifelte sie etwa daran, dass Irene genauso hilfsbereit wäre, wenn sie, Molly, die beiden Söhne und den kriegsverletzten Mann hätte? Peinlich war es auf jeden Fall, dachte sie, als sie die Hand ausstreckte, um Karol zu helfen, der zauderte, vom Boot auf den Steg zu treten – es war beschämend, dass sie solche Gedanken hatte, jetzt, wo ihr Schwager zum Invaliden auf Lebenszeit geworden war und so viele junge Witwen um ihre Existenz kämpften, während sie gleichzeitig ihre gefallenen Männer betrauerten.

Molly trat an diesen beiden Tagen einen Schritt hinter sich selbst zurück, sie kam ihren Gastgeberpflichten nach und übernahm die Rolle derjenigen, die zuhörte und auf alles achtete. An Ähnlichkeiten und Unterschiede im Vergleich zum Sommer 1936 dachte sie nur flüchtig. Damals war sie hier draußen zu Besuch gewesen, ein gefeierter Gast, auf dem Weg zu einer strahlenden Karriere und außerdem die Jüngste in der Runde, denn sowohl Mitja als auch Max und seine Freunde waren mehrere Jahre älter. Jetzt trat sie als Hausherrin auf, *la maîtresse*, und Lilly und Karol waren jünger als sie, und weder sie noch die Gäste umgab ein solcher *splendour* wie vor vier Jahren. Denn abgesehen von der Rolle der Gräfin Kuschelewa war ihre Filmkarriere ins Stocken geraten, und am Landungssteg lag nicht mehr das mahagonischimmernde Motorboot für Ausflüge zu fernen Inseln – Max hatte es kurz vor dem Krieg verkauft. Als ob er sein Schicksal vorausgeahnt hätte, dachte Molly. Und sie und ihre Freunde waren nicht sehnig und sonnengebräunt, so wie Max Espings Clique im Juli 1936. Vielmehr waren sie bleich und bis auf die Knochen abgemagert und hatten dunkle Schatten unter den Augen, die verrieten, was sie kürzlich durchgemacht hatten, und in ihre Gespräche schlich sich zuweilen ein harter, bitterer Ton, der ebenfalls daran erinnerte.

In zwei Tagen und Nächten sah und hörte sie viel. Schon immer hatte sie ihre Umgebung mit neugierigem Blick betrachtet: Eben deshalb hatte sie beschlossen, viele Sprachen zu erlernen, und sich einen Beruf ausgesucht, in dem sie sich verwandeln durfte, Gefühle und Gedanken interpretieren, die nicht ihre eigenen waren. Nur so konnte sie all das anwenden, was sie im Laufe der Jahre bei anderen Menschen gesehen und ihnen abgelauscht hatte. Zwar konnte sie auch tonangebend sein, sogar dominant; es gab Situationen, in denen die Schnelligkeit und die Rastlosigkeit in ihr die Oberhand gewannen, dann redete sie ununterbrochen und hastete und taumelte von Thema zu Thema, sodass sonst niemand mehr zu Wort kam. Aber tief in ihrem Innern hatte sie immer gedacht, dass sowohl sie als auch die meisten anderen viel zu viel redeten. Wer nur drauflosplapperte und nie anderen zuhörte, der lernte ja nichts Neues, er war dazu verurteilt, zu seiner eigenen Schablone zu erstarren und dieselben abgenutzten und unbedeutenden Gedanken endlos zu wiederholen.

Molly sah, wie Karol vor Schmerzen das Gesicht verzog, als er aus dem Boot stieg. Sie sah auch seine stoische Haltung und seine vergeblichen Versuche, seine Qualen zu verbergen. Obwohl er sich bemühte, zu lächeln und nett zu sein, ertappte sie ihn auch später immer wieder bei verstohlenen Grimassen. Sie sah, wie müde Lilly war, und sie hatte die leichte Feindseligkeit in der Antwort der Schwester auf Mollys fröhlichen Willkommensruf gehört: »Wir sind ja noch nicht da, willst du nicht mit den Johannistagswünschen warten, bis wir an Land sind?« Sie beobachtete, wie Lilly und Karol auf dem Gelände herumspazierten und wie Lilly ihren Arm unter den ihres Mannes schob und versuchte, es so aussehen zu lassen, als ob Karol sie stützte und nicht umgekehrt. Sie registrierte, dass Karsten Wahlman schon beduselt ankam und nur Branntwein und eine Gitarre bei sich hatte, während Lilly und Karol alles, was sie an Essbarem finden konnten, für die Mitbring-Soupers am Sonntag und Montag zusammengesucht hatten.

Mitunter hatte sie den Eindruck, dass zwischen Wahlman

und Henry eine merkwürdige Unstimmigkeit in der Luft lag. Henry hatte Wahlman unbedingt einladen wollen, obwohl er nicht zur Familie gehörte. Aber jetzt schien er sich in seiner Gegenwart unwohl zu fühlen, als befürchtete er, der Freund könne irgendetwas anstellen. Molly empfand für Wahlman keine ungeteilte Sympathie. In seinem Auftreten lag etwas Angeberisches, besonders in der Art, wie er mit Henry redete, und außerdem schien er ihr den Hof machen und sie mit seiner Bewunderung verwirren zu wollen: *la fameuse vedette*, die berühmte Diva, wieder einmal. Zuerst hatte sie sich dadurch, wie üblich, genötigt gefühlt, sich als geheimnisvolle Schönheit zu inszenieren, aber hier draußen in der Hütte war sie stark genug, darauf zu pfeifen: Tagsüber lief sie mit einem uralten, albernen Glockenhut herum und in viel zu großen Latzhosen von Max, die sie in einem Schrank gefunden und an den Beinen hochgekrempelt hatte.

Sie sah, wie Henry sich anstrengte, Lilly freundlich und zuvorkommend zu behandeln, obwohl das kategorische Urteil der jungen Frau Stadius über alles und jedes, von der richtigen Methode des Tischdeckens bis zum vorschriftsmäßigen Anlaufen eines Bootsstegs, seine Geduld noch stärker auf die Probe stellte als die von Molly. Und deutlicher als je zuvor nahm sie wahr, wie Henry auf Vogellaute horchte und dass er alle Vögel nach ihren Stimmen benennen konnte. Seine Liebe zur Natur war ihr schon früher aufgefallen, und jetzt fragte sie sich, woher sie kommen mochte. Denn wenn er über seine Herkunft nicht geschwindelt hatte, dann war er noch mehr *stadin kundi*, ein Junge aus Helsingfors, als sie *stadin friidu* war, ein Helsingfors-Mädchen, denn er war in Tölö und in der hügeligen Gegend oberhalb von Hagnäs Torg aufgewachsen, sie in der Vladimirsgatan und draußen auf Brändö. Aber Henry schien den Fliegenschnäpper, den Zeisig und den Wachtelkönig zu hören, sobald er die dreißig Meter zum Toilettenhäuschen ging, während sie nur die Schreie der Möwen und den Ruf des Kuckucks wiedererkannte. Im Übrigen war es ihr gleichgültig, wer da zwitscherte, *fogeli mikä fogeli kunhan se sjungaa*, »egal welcher Vogel, Hauptsache, er singt«, wie man im schwedisch-finnischen Mischdialekt von Helsingfors sagte.

Während dieser Sommertage in der Hütte empfand sie mehr Zuneigung für Henry als seit Langem. Ob das seinem rücksichtsvollen Umgang mit den Gästen zu verdanken war oder seiner Liebe zu den Vögeln oder der geglückten Umarmung am Samstagabend, das wusste sie nicht. Aber sie dachte, dass sie sich im Frühjahr ihm gegenüber zu hart verhalten hatte, zumindest zeitweise. Seine Verschlossenheit hatte sie geärgert, aber inzwischen war ihr klar, dass er schwer an schrecklichen Dingen trug, die er gesehen hatte, und an noch schlimmeren, die ihm berichtet worden waren. An jenem Maiabend, als er sein Schweigen gebrochen und ihr von den Zuständen im Feldlazarett erzählt hatte und davon, was dem Soldaten Mattsson widerfahren war, hatte sie sich mühsam zusammenreißen müssen, um nicht zur Toilette zu rennen und sich zu übergeben – sie, die doch während des ganzen Krieges tausend Kilometer von der Front entfernt gewesen war.

Henrys Untreue, von der sie fest überzeugt war, stand auf einem anderen Blatt. Sie hatte sich entschieden, abzuwarten, statt ihn zur Rede zu stellen, und nun schien es wieder genauso zu laufen wie jedes Mal, wenn sie und Henry sich einen Wettstreit in Sachen Geduld lieferten: Er hielt am längsten durch. Aber spielte es überhaupt eine Rolle?, fragte sie sich am Mittsommertag. Mit wem auch immer er etwas gehabt hatte, die Frau konnte nicht wichtig für ihn sein, denn sonst hätte Molly ihn im Frühling irgendwann dabei ertappt, dass er ihr etwas verheimlicht oder sich weggeschlichen hätte, und er wäre dann auch nicht derart mit Herz und Seele bei ihr und in Korsnäs gewesen, wie es jetzt der Fall war.

Auch Lilly und Karol hatten eine Tüte mit Frühkartoffeln dabei, aber trotzdem waren es insgesamt so wenige, dass Molly die meisten für das Mittsommer-Festessen am Montag aufhob. Auch die Lammschulter und den größten Teil der Butter sparte sie auf, dennoch wurden sie am Sonntag satt. Es gab mehrere Brotsorten und zwei Sorten Hering, sie hatten von Gerkman ein Glas eingelegte Salzheringe und zehn geräucherte Schollen gekauft, und das Service, das sie auf Mollys Drängen hin mitgenommen hatten, wirkte genauso schön und sommerlich, wie sie gehofft hatte. Das Abendessen am Sonntag war festlich und rundum gelungen, für einige Stunden vergaßen sie alle quälenden Erinnerungen, und zwischen den Trinkliedern sprachen zuerst Karol und dann Henry darüber, wie tröstlich es sei, am Leben zu sein und in netter Gesellschaft, sich an guten Dingen satt essen zu können und Schnaps zu trinken, weil man Lust darauf hatte, nicht um den nagenden Hunger zu betäuben. Molly freute sich so sehr über die Stimmung und die Anerkennung, dass sie weich wurde, als Lilly und dann auch Karol anfingen zu betteln: Sing für uns, Mollan, sing eine von deinen Nummern. Sie wehrte sich noch ein Weilchen, denn sie hatte schon lange nicht mehr gesungen, seit Vorkriegszeiten. Aber dann fing sie Henrys Blick auf und sah die Wärme darin, und sie sah sein erwartungsvolles Nicken. Da stand sie auf und wartete, bis Karsten Wahlman seine Gitarre aus dem Vorraum geholt hatte. Sie fragte ihn, ob er die Akkorde zu *Night and Day* spielen könne, und er sagte Ja, und sie stimmte die Tonart an und begann zu singen.

Es lief richtig gut, und weil alle Anwesenden begeistert waren und nach mehr verlangten, ließ sie sich auf eine weitere Nummer ein. Dieses Lied hatte sie erst im vorigen Sommer von Elsa Luts gelernt, einer Theaterkollegin, die in New York gewesen war und dort Musicals gesehen hatte, und es gefiel Molly sehr. Sie hatte es oft für sich allein ausprobieren müssen, bis sie gelernt hatte, die Melodie zu interpretieren, die ein Blues war und dann auch wieder nicht, und ihre Darbietung war auch diesmal nicht makellos. Das ging zum Teil auf das Konto von Wahlman, der zwar offensichtlich musikalisch war, jetzt aber nicht die richtigen Akkorde traf. Molly sang trotzdem, denn sie liebte die träge Stimmung des Stücks und die Vorstellung von Freiheit, die der Text suggerierte: *One of these mornings, you're gonna rise up singing, yes, you'll spread your wings, and you'll take to the sky.*

Am Montagmorgen schliefen sie lange, am längsten Lilly und Karol in der Gästehütte. Wahlman hatte in einem Zelt auf dem Grundstück übernachtet und war schon munterer; er tauchte auf der Seeveranda auf, als Molly und Henry frühstückten, und erzählte von seinem nächtlichen Kampf gegen die Mücken. Molly fragte, ob zwei starke Männer ihr helfen würden, das Kajak herunterzuholen, damit sie und Henry später eine Paddeltour unternehmen könnten. Gemeinsam gingen sie zum Schuppen, hoben das Kajak herunter und trugen es zum Strand. Dort aber wurde Henry von Zweifeln gepackt.

Er schaute hinaus auf die Bucht, wo ein frischer Wind von Süden her wehte, und dann misstrauisch auf das Wasserfahrzeug: Was passiert, wenn es kentert?

Es kentert nicht, sagte Molly, das ist ja der Witz an der Sache. Henry schüttelte unsicher den Kopf: Ich frage mich trotzdem, ob ich das nicht lieber bleiben lassen sollte.

Warum stellst du dich so an?, fragte Molly lachend, du bist doch seefest.

Henry deutete auf die Sitzvertiefung und sagte: Das gefällt mir nicht, man sitzt ja fest wie in einem Schraubstock, und außerdem habe ich nach dem Fußballspiel immer noch Schmerzen in der Schulter.

Tja, sagte Molly, dann muss ich wohl allein rausfahren!

Sie stellte fest, dass Henry sich verändert hatte, er war durch den Krieg ängstlicher geworden und weniger draufgängerisch, weniger bereit, körperliche Risiken einzugehen.

Ich kann ja mitkommen!, sagte plötzlich Wahlman, der den Wortwechsel interessiert verfolgt hatte.

Kannst *du* denn paddeln?, fragten Molly und Henry beinahe im Chor und brachen dann über ihr Unisono in Gelächter aus.

Ich habe es schon ein paarmal ausprobiert, antwortete Wahlman würdevoll, und du kannst mich doch wohl korrigieren, wenn ich was falsch mache?

So besonders gut bin ich auch nicht im Paddeln, sagte Molly, ich habe es seit dem Sommer 1936 nicht mehr geübt.

Kein Problem, sagte Wahlman, wir können ja voneinander lernen.

Gut, aber dann bleiben wir hier im Süden der Bucht, sagte Molly, und du kannst doch schwimmen?

Ja, ich kann schwimmen, gab Wahlman zurück, und jetzt hörte es sich gekränkt an.

Ihr seid tollkühn, sagte Henry, ich setze mich hier auf den Steg, und wenn ihr umkippt, komme ich mit dem Ruderboot und rette euch.

Es wehte nicht so stark, wie Molly befürchtet hatte, alles ging gut, und Wahlman fand schnell in den Rhythmus hinein. Wie immer genoss sie es, sich ganz nahe am Wasser zu befinden und trotzdem trockene Füße zu haben. Während der Stunde, die sie auf See verbrachten, redeten sie nicht viel. Ein längeres Gespräch ergab sich nur am Anfang, bis sie keine Lust mehr hatten, gegen den Wind anzuschreien: Wahlman schwärmte von der Hütte und von der Umgebung und sagte, obwohl ihm klar sei, dass Molly um ihren gefallenen Freund trauerte, sei es doch ein einzigartiger Glücksfall, dass sie das alles geerbt habe und nun ihr Leben lang genießen könne. Und Henrys Leben natürlich, fügte er nach einer kurzen Pause hinzu. Molly stimmte ihm zu und sagte, sie hätte Angst davor gehabt, einen so abgelegenen Platz am Meer ganz allein zu besitzen, ohne männlichen Beistand. Das brachte Wahlman darauf, von Henry zu erzählen. Minutenlang brüllte er hinter Mollys Rücken herum und erklärte, dass die Freundschaft der beiden während ihres gemeinsamen Jahres bei der Zeitung vertieft worden sei, aber schon in der Kindheit begonnen habe, als Henry in den Ferien auf dem Bauernhof seines Großvaters arbeitete, der in der Nähe des viel ärmlicheren Hofes von Wahlmans Vater lag. Du meinst Solbacka, schrie Molly und drehte sich dabei um, damit ihre Worte bei Wahlman ankamen. Ja, klar, bekräftigte er. Da ist es schön, rief Molly, Henry und ich werden in ein paar Wochen hinfahren und bei der Heuernte helfen.

Zum Abendessen tauschte sie die alte Latzhose von Max gegen einen grauen Voile-Rock aus Baumwolle mit hübsch plissiertem Bund. Es war ein Vorkriegsrock, derselbe, den sie bei mehreren Abendessen mit Max und Mitja und Lu im Sommer 1936 hier in Korsnäs getragen hatte, aber das wusste ja keiner aus der Tischgesellschaft.

Die Verpflegung war reichhaltiger als am Abend zuvor, aber sie konsumierten nun auch mehr Schnäpse und Drinks, und vielleicht war das der Grund dafür, dass der Krieg immer mehr Raum in ihren Tischgesprächen einnahm, je länger das Festessen dauerte.

Kurz vor Einbruch der Nacht saßen Henry, Karol und Wahlman da und hielten einander Vorträge, so wie Männer es gern taten. Das Gespräch kreiste um politische Themen und wurde schnell hitzig. Henry, der Mollys Traumland Italien nicht mochte, lieferte einen bissigen Beitrag darüber, wie Mussolini als veritabler Aasgeier am Leichnam Frankreichs schmarotzt habe, nachdem Deutschland sich die besten Stücke genommen hatte. Dagegen teilte er Mollys distanziertere Liebe zu Frankreich und England und sagte, auch wenn Finnland und das Baltikum unter dem russischen Joch litten, so sei es doch Deutschland, das mit seinen Panzern und Bombenfliegern mehr als die Hälfte Europas überschwemmte und vollkommen unersättlich schien. Sowohl Karol als auch Wahlman waren für Deutschland und versuchten ihr Bestes, um Henry darüber aufzuklären, dass Stalin und seine Horden eine viel schlimmere Bedrohung seien als Hitler. Der Ton wurde immer erregter, und Molly schaute mitfühlend auf Karol und sah seinen tiefen Hass auf den Feind, der ihn zum Invaliden gemacht hatte. Woher Wahlmans Sympathien für Deutschland rührten, konnte sie sich hingegen nicht erklären.

Sie und Lilly mischten sich nicht in den Meinungsstreit der Männer ein, die Schwestern saßen abseits und unterhielten sich leise über andere Dinge. Sie sprachen von Lasse und Evert: Lilly erzählte, wie die Jungen auf Karols Krankenhausaufenthalte und seine Kriegsverletzungen reagiert hatten. Dabei warf sie ihrem Mann hin und wieder einen verstohlenen Blick zu; anscheinend hatte er etwas dagegen, dass sie Familienangelegenheiten nach außen trug. Aber Karol war von seiner Auseinandersetzung mit Henry voll in Anspruch genommen, und Molly sah an den Augen der Männer, dass sie in der großen Politik und in ihrer Trunkenheit ganz untergetaucht waren: Sie und Lilly existierten kaum noch für die drei. Außer über Lillys Söhne redeten die Schwestern auch über Irene und ihr Befinden, sie waren sich einig, dass es für ihre Mutter schwer geworden war, die beiden Treppen zum Dachgeschoss der Villa Hamberg hochzusteigen, dass sie aber den Garten liebte und die Anpflanzungen, die ihr die Hambergs erlaubt hatten, und dass sie niemals in einen Umzug einwilligen würde.

Es war schön, so vertraut mit Lilly zu sprechen, sie hatten das lange nicht getan. Im Morgengrauen – es wurde schon hell, aber die Sonne war noch nicht aufgegangen – ging Molly hinaus, weil sie ein Bedürfnis verspürte. Sie schaffte es nicht bis zur Toilette, und als sie sich am Waldrand hingehockt hatte, bemerkte sie ein paar Meter vor sich auf dem Pfad ein Gewimmel. Nach einem Moment der Verwirrung erkannte sie, dass es zwei Ameisenarmeen waren, die dort frühmorgens eine stumme und gnadenlose Schlacht ausfochten. Der Wind hatte sich gelegt, und als sie fertig war und aufstand und in die Windstille lauschte, meinte sie, die Geräusche der Schlacht zu hören, ein leises, aber frenetisches Rasseln und Prasseln auf dem knochentrockenen, staubigen Weg. Der Anblick löschte das warme Gefühl aus, das sich während des Gesprächs mit Lilly in ihr ausgebreitet hatte. Sie blickte auf die schwarze, blanke Wasserfläche und dachte an Max, der sein schönes Sommerquartier nie wiedersehen würde, und an den Flugkapitän von Willebrand und seine Crew, die seit einigen Wochen im kalten Grab des Meeres ruhten.

Als sie in die Hütte zurückkam, hatte sich die Konstellation verändert. Karol und Wahlman waren am Esstisch sitzen geblieben und erzählten einander von den Deutschlandreisen, die sie in den Dreißigerjahren unternommen hatten. Henry und Lilly saßen auf dem Rattansofa am Fenster zum Meer, und Molly freute sich, dass ihr Mann – so sah sie Henry, obwohl sie nicht einmal verlobt waren – und ihre Schwester sich endlich einmal zusammengefunden hatten. Die beiden bemerkten sie nicht, und sie wollte sie nicht stören, deshalb setzte sie sich ein Stück entfernt in einen Sessel und überlegte, ob sie sich einen letzten Drink mixen oder sich vielleicht einen kleinen Jallu genehmigen sollte.

Sie hörte, dass Henry und Lilly über die sogenannten KEK-Depots[49] sprachen, die Evakuierungszentren für Gefallene, in denen man während des Krieges die Toten aufbewahrt hatte, bevor sie in ihre Heimatorte transportiert wurden. Sie kannte den Begriff aus einem Telefongespräch mit Lilly, die an einem Tag im Februar ein solches Zentrum besucht hatte. Obwohl sie in die Arbeit dort nur kurze Einblicke nehmen konnte, sei ihr schlecht geworden, hatte sie damals gesagt. Henry hatte diese Einrichtungen mit keinem Wort erwähnt, aber jetzt hörte sie an der Art, wie er mit Lilly redete, dass er sie kannte, wahrscheinlich auch selbst besucht hatte.

Sie hätten andere Leute dort einsetzen sollen, hörte sie Lilly sagen, einige der Lotta-Schwestern waren danach vollkommen verstört, das ist keine Arbeit für junge Frauen, Körperteile wie ein Puzzle zusammenzusetzen.

Und was für Menschen sollten das tun?, fragte Henry ruhig, es gibt doch wohl niemanden, dem nicht übel wird, wenn er so viel Tod sieht.

Als er das gesagt hatte, wandte er zufällig den Kopf und erblickte Molly: Hej, ich hab gar nicht gesehen, dass du reingekommen bist, wieso warst du so lange weg?

Gar nicht lange, antwortete sie, ich bin nur ein bisschen draußen rumgelaufen.

3

Es war Hochsommer geworden. Sie mochte die Stadt auch in dieser Jahreszeit, ihre staubige Schläfrigkeit, die leeren Straßen, in denen nur wenige Flaneure und kaum Autos unterwegs waren. Die sommerliche Stille hatte sie schon geliebt, als sie noch ein Kind war und in der Vladimirsgatan wohnte, nur ein paar Steinwürfe entfernt von Bulevarden und Skillnaden und den anderen Straßen, in denen die feinen Leute residierten. Aber schon damals wusste sie, dass die Ruhe exklusiv war, begrenzt auf die Viertel, wo die Familien nicht nur in großen Wohnungen lebten, sondern auch Villen besaßen, in denen die Mütter und die Kinder und das Dienstpersonal sich den ganzen Sommer über aufhielten, während die Väter spätabends oder wenigstens am Sonntag mit dem Bus oder mit dem Dampfboot aus der Stadt kamen. Unten in Västra Hamnen und Gräsviken oder draußen in Sörnäs gab es nichts dergleichen, dort spielte sich das Leben im Sommer genauso ab wie im Herbst und Winter. Dort arbeitete man in Schichten und hatte keine Ferien, dort suchten die Männer, wenn endlich der Samstagabend gekommen war, Trost in der Sauna und beim Schnaps, und den Sonntag verbrachten sie mit trockener Kehle und kaltem Schweiß auf der Stirn in denselben Straßen und unter denselben hohen Fabrikschornsteinen wie die Werktage.

Molly konnte die wechselnden Gesichter der Stadt betrachten, während sie in der Straßenbahn zur Villa Hamberg und zu ihrer Mutter Irene unterwegs war. Sie kannte die Strecke seit ihrem vierzehnten Lebensjahr und erinnerte sich immer noch mit Grausen an die Kinder von Sörnäs. Lilly und sie hatten, auch als sie nach Brändo gezogen waren, weiterhin die Brobergsche

Gemeinschaftsschule in der Innenstadt besucht, und der Schulweg mit der Straßenbahn führte durch Sörnäs. Die Jungen dort glaubten, dass die Schwestern Timm zur Oberschicht gehörten, und warteten deshalb an den Haltestellen, um ihnen Fratzen zu schneiden, manchmal sprangen sie in den Waggon und schrien Schimpfwörter, bis der Schaffner sie wegscheuchte. Molly fragte nie, wie Lilly sich dabei fühlte, sie saßen beide mit zusammengebissenen Zähnen da und sahen starr geradeaus, und wenn sie aus der Bahn stiegen, verloren sie kein Wort über die Sache. Sie hatten auch später nie über die Beschimpfungen gesprochen. Sie selbst hätte den Flegeln von Sörnäs gern erzählt, dass ihr Vater ein versoffener Schauspieler gewesen sei, der unter würdelosen Umständen sein Leben in den Armen einer fremden Frau ausgehaucht hatte, und dass ihre Mutter als Zeichenlehrerin arbeitete und ihren mageren Lohn mit Karikaturen für das Mitteilungsblatt der Handelskooperative Elanto aufbesserte.

Als die Straßenbahn über die Brücke fuhr, dachte sie an den Sommer, in dem Irene, Lilly und sie in die Villa Hamberg gezogen waren, und an das erste Jahr dort draußen. Es waren nicht nur die bösen Buben von Sörnäs, die ihr das Leben schwer gemacht hatten. Die Freundschaften und kleinen Verliebtheiten, die sich in der Innenstadt ergeben hatten, gingen nach und nach verloren; die Stadtjungen wie Gösse Taubert oder der spätere Flugkapitän Bosse von Willebrand wurden ihr zunehmend fremd, genau wie Masja, die Nachbarstochter aus der Vladimirsgatan, die Molly all die russischen Wörter beigebracht hatte, die in den Slang von Helsingfors eingegangen waren und mit denen es sich so lustig spielen ließ: *bonjaa* oder *snaijaa* für »verstehen«, *lafka* für »Geschäft«, *safka* für »Essen« oder *koni* für »Pferd«.

Und als wäre das noch nicht genug gewesen, entpuppte sich Brändö als unerträglicher Ort. Was hätte man sonst auch erwarten sollen von einer Insel, die man zuerst »Aktiebolaget Brändö Villastad« getauft und dann zu einer selbstständigen Kommune ernannt hatte und deren schicke Badehotels von keinem Geringeren als Lars Sonck entworfen worden waren, das Casino hingegen von dem ebenso berühmten Armas Lindgren. Molly erinnerte sich, dass die Mädchen und Jungen, die zur Oberschicht gehörten, ständig betonten: »Mein Vater ist ein Pionier, und deiner?« – aber diese Pioniere waren nicht die Pfadfinder im Wilden Westen Amerikas, sondern Männer, die unterschiedlich hohe Kapitalsummen investiert und die »Aktiengesellschaft Villenstadt Brändö« gegründet hatten. »*Mein* Vater ist im vorigen Winter im möblierten Zimmer einer Frau in Sörnäs gestorben« wäre keine attraktive Antwort auf jene Frage gewesen, die oft in einem hochmütigen Ton gestellt wurde. Und man wohnte möglichst in der eigenen Villa – wie viele Zimmer habt *ihr*? –, und wenn man die nicht hatte, dann sollte man doch wenigstens eine Wohnung im englisch inspirierten Reihenhausquartier »Ribbingshof« nahe am Rodelhang besitzen, das wurde auch akzeptiert. Die junge Molly hatte ihre ganze Willensstärke aufgeboten, um zu vergessen, wie herablassend die scharfzüngige Ragni Sjödin und die anderen Mädchen gelächelt hatten, als sie erfuhren, dass die Timm-Schwestern zur Miete in drei kleinen Zimmern im Dachgeschoss der Villa Hamberg wohnten, dass ihre Mutter Zeichnen und langweiliges Schönschreiben unterrichtete und im Sommer Stinkekohl anbaute. Aber manchmal, wenn Molly Irene besuchte, kamen die Erinnerungen trotzdem wieder hoch, und sie musste an die einsamen Sommer, vor allem aber an die Winter denken und an das trostlose Gefühl, mit dem Tretschlitten die schlecht geräumten und menschenleeren Straßen entlangzufahren; damals lagen die Villen noch weit auseinander.

Sie glaubte, Lilly hätte Lasse und Evert schon nach Hause geholt, aber sie waren noch da. Molly mochte die beiden kleinen Stadius-Knaben gern, was auf Gegenseitigkeit beruhte; auch jetzt rannten sie ihr entgegen und riefen aufgeregt: »Tante Molly, Tante Molly, guck mal, was wir gebaut haben!« Doch andererseits wurde sie dadurch wieder an ihre eigene Kinderlosigkeit erinnert, und leider lenkte die Gegenwart der beiden oft auch Irenes Gedanken in solche Bahnen, sodass sie anfing,

Fragen zu stellen: Wird es jetzt nicht langsam Zeit? Du hast doch einen netten Mann gefunden, und es lohnt sich nicht, zu lange zu warten …

Molly hob die Jungen nacheinander hoch und zerzauste ihre sonnengebleichten Haarschöpfe; den kleineren, Evert, hielt sie lange im Arm und drückte ihn fest an sich, und als sie ihn losließ, rannte er sofort hinter seinem großen Bruder her, der in das üppige Grün des Gartens zurückgelaufen war. Irene kam mit wackligem Gang aus derselben Richtung, eine Gießkanne in der Hand, unförmig von Gestalt, aber lächelnd und mit ausgestreckten Armen. Auch Molly breitete die Arme aus, und als sie ihre Mutter festhielt, sog sie die Düfte von Kiefernseife und Braten und feuchter Erde ein und hatte das gleiche Gefühl wie schon so viele Male zuvor: Auch wenn sie die Villenstadt Brändö nicht ausstehen konnte, liebte sie doch diesen Ort, die Apfelbäume und die Himbeersträucher und die geraden Reihen der Kohlpflanzen, und sie liebte die Zimmer da oben unter dem Dach, stickig im Sommer und zugig im Winter. Und am allermeisten liebte sie Irene. Ihre Mutter war ebenso rücksichtslos, wie sie nonkonformistisch war, aber sie hatte in harten Zeiten und unter schwierigen Umständen ein Zuhause für ihre Töchter geschaffen.

Dieses Jahr hast du dir aber lange Zeit gelassen, sagte Irene, trat ein paar Schritte zurück und sah Molly prüfend an. Du warst seit Mai nicht mehr hier, zum ersten Mal bist du den ganzen Juni weggeblieben. Und abgemagert bist du auch.

Ich hatte sehr viel Arbeit, sagte Molly. Und ich habe dich ja zu Mittsommer nach Korsnäs eingeladen, aber du wolltest nicht kommen.

Da hatte ich schon versprochen, mich um die kleinen Flachsköpfe zu kümmern, sagte Irene. Das weißt du doch. Und die arme Lil braucht ihre Ruhe dringender als ich.

Das stimmt, gab Molly zu und merkte, dass es ihr schlechtes Gewissen war, das sie empfindlich reagieren ließ: Sie hatte immer zu wenig Zeit für die ihr nahestehenden Menschen, so war es jetzt schon seit Jahren.

Hast du etwas gegessen?, fragte Irene. Ich habe im Keller Dickmilch angesetzt, die müsste fertig sein. Und vorgestern habe ich von Frau Nandelstadh Erdbeerkompott bekommen, es ist noch etwas da, wenn du magst.

Nicht hetzen, Mutter, sagte Molly und lächelte. Können wir uns nicht in den Garten setzen und einfach ein bisschen reden?

Klar können wir das!, sagte Irene spontan und zog ihre Tochter am Blusenärmel an der offenen Haustür vorbei ins Grüne hinter dem Haus. Setz dich, ich hole uns was zu trinken.

Während Irene im Haus verschwand, ließ Molly sich in einen Liegestuhl sinken und atmete tief durch. Das Schuldgefühl war noch da, obwohl sie gelächelt und ihre Mutter umarmt hatte, genauso wie immer. Molly hatte den ganzen Frühling und Sommer ihr Glück mit Henry an die erste Stelle gesetzt. Am Anfang, weil nach ihrer Heimkehr alles so schwer und erstarrt gewesen war, und dann, weil alles sich zum Guten verändert hatte. Sie dachte an das gelungene Mittsommerfest, das damit geendet hatte, dass Henry und sie und Lilly und Karol bei Sonnenaufgang auf dem Bootssteg zu Karsten Wahlmans Gitarrenspiel tanzten. Wahlman hatte nicht nur Jazznummern gespielt, sondern auch Walzer aus den Schären und alte Couplets, die er mit seiner von zahllosen Schnäpsen rauen und heiseren Stimme sang. Zu jener Zeit herrschte immer noch ein teilweises Tanzverbot; es wurde bald aufgehoben, aber bis auf Weiteres war jeder Veranstalter eines Tanzabends verpflichtet, zunächst eine Stunde lang ein ernstes, feierliches Programm darzubieten, am besten mit patriotischem Inhalt. Sie hatten darüber derbe Witze gemacht, Henry hatte vorgeschlagen, dass man vor dem Tanzen aus Runebergs *Fähnrich Stahl* vorlesen sollte, Wahlman hingegen war für die alte Predigtschrift *The Evil Lure of the Dance*. Molly hatte einen besorgten Blick auf Lilly geworfen, die manchmal streng sein konnte und außerdem ja aktive Lotta-Schwester war. Aber auch Lil hatte ihre Schnäpse intus, sie war in fröhlichster Feierlaune und tanzte genauso hemmungslos wie die anderen. Von Gerkman, dem nächsten Nachbarn, waren sie ja fast einen Kilometer entfernt, sie hatten enormen Spaß daran, die Lieder mitzugrölen, und Karol versuchte, mit seinem verletzten Bein Swing zu tanzen, und mutete Lilly gefährliche Verbiegungen zu. Molly sah, dass Karol manchmal vor Schmerzen das Gesicht verzog, aber offensichtlich fand er, dass der Tanz die Qualen wert war. Und sie selbst dachte jetzt, dass diese Nacht den Durst und die schrecklichen Kopfschmerzen wert gewesen war, mit denen sie alle am Dienstagvormittag zu kämpfen hatten, als Henry die Gäste nach Stensvik zur Bushaltestelle ruderte und der Alltag sich wieder bemerkbar machte.

In den letzten Wochen hatten Henry und sie sich von dem schönen Sommer tragen lassen. Eines Abends hatten sie sogar im *Royal* gegessen, ein Steak, das geradezu verboten zäh war – Henry hatte behauptet, dass es von einem Raben stammen müsse, und sich geweigert, mehr als ein paar Bissen davon zu verzehren –, und sie hatten auch einen Ausflug mit der frisch lackierten *Aldebaran* gemacht, eine Reprise des Abenteuers vom vergangenen Frühjahr. Es war ein schwüler, stiller Abend gewesen, und diesmal hatte der Treibstoff gereicht, Henry hatte zwei Kanister von Korsnäs zum Liegeplatz auf Örarna geschmuggelt, und zu ihrem Erstaunen funktionierte das alte Benzin noch tadellos. Das ist der Olympiamotor, sagte Henry und klopfte auf das Holzgehäuse, der ist so gutwillig, der würde notfalls auch mit Pferdepisse laufen. Molly war vor der Tour etwas besorgt und fragte, wie er sich herausreden wolle, wenn sie von der Küstenwache gestoppt würden, denn Privatpersonen durften noch immer kein Benzin verbrauchen. Henry sagte, er würde dann das Papier von Oberst Luoto und dem Major vorzeigen, das müsse auch auf See gelten. Aber das Papier ist doch alt, die Erlaubnis war nur bis zum siebenundzwanzigsten gültig, wandte Molly ein. Henry machte eine beruhigende Handbewegung, und dann fuhren sie so weit nach Süden, bis die Silhouette der Stadt kaum noch sichtbar war. Zuletzt sah man nur noch den Doppelturm der Johanneskirche und die dünne Spitze der Agricolakirche, und obwohl das Meer spiegelblank dalag, wurde Molly wieder unruhig und bat Henry, umzukehren. Als er gehorcht hatte und sie Kurs auf Helsingfors hielten, durfte sie das Ruder übernehmen, das Boot war schwer zu steuern, aber sie genoss es, und Henry lächelte ihr zu. Im schwindenden Sonnenlicht war die sich nähernde Stadt schöner als je zuvor. »Und das alles ist immer noch da!«, hatte sie mit wild klopfendem Herzen gedacht.

Also ... wo hast du deinen Kerl gelassen?, fragte Irene, als sie mit einem Saftkrug und Gläsern zurückkam. Ich habe doch gesagt, dass ihr beide kommen solltet.

Henry wäre so gern mitgekommen. Aber er hat einen Reiseauftrag von der Zeitung, mit Redaktionsauto und allem.

Sagtest du im Frühling nicht, er sei in Ungnade gefallen?, fragte Irene.

Molly nickte: Stimmt. Es ist auch kein Reportageauftrag, er führt eine schwedische Jounalistin in Nyland herum. Dass es eine Frau ist, hat er erst heute Morgen vor der Abfahrt erfahren. Glenda Sowieso.

Eine Frau, sagte Irene, und ihre Stimme klang verwundert. Und das in Kriegszeiten!

Es gibt schon massenhaft weibliche Journalisten, sagte Molly. Im letzten Winter hat es im *Kämp* von ihnen gewimmelt.

Aber wohin soll Henry mit ihr fahren? Was kann er ihr zeigen, außer Trauer und Mangel?

Verteidigungsanlagen, glaube ich. Sie haben die Erlaubnis bekommen, irgendeine neue Festung zu besichtigen, sie ist noch nicht mal fertig.

Warum, in des Friedens Namen, sollen wir unsere Befestigungsanlagen einer schwedischen Journalistin zeigen?, fragte Irene. Was soll dabei herauskommen?

Ich weiß nicht. Vielleicht, dass sie uns stärker unterstützen, wenn wir noch mal in ein Schlamassel geraten, weil sie dann gesehen haben, dass wir vorbereitet sind? Ach, ich weiß nur das, was Henry mir gesagt hat. Und das ist nicht viel, er ist verschlossen wie eine Auster.

Sei bloß froh, dass er den Mund hält!, sagte Irene. Es ist besser, wenn sie still sind, als wenn sie lange Reden halten, so wie dein unseliger Vater. Und wie Wendelin, oder wie der hieß, dieser Musikus, mit dem du zusammengewohnt hast. Viel Geschwätz, aber viel zu wenig Rückgrat.

So redet man nicht über die Toten, Mutter!, sagte Molly. Schon gar nicht, wenn sie …

Ihre Strenge war gespielt, und sie verschluckte den Rest des Satzes. Sie wollte sich nicht daran erinnern und es noch weniger aussprechen, dass der Mann, den sie einmal geliebt hatte, als Selbstmörder aus dem Leben geschieden war. Sie spürte, dass sie jetzt ein anderes Gesprächsthema brauchte, etwas Helleres und Leichteres. Im Frühling hatte sie es ein einziges Mal geschafft, nach Brändö hinauszufahren, und da hatten Irene und sie nur über den gerade zu Ende gegangenen Krieg gesprochen, über alle, die gefallen waren oder für den Rest ihres Lebens mit ihren Verwundungen zu tun haben würden. Und am ausgiebigsten hatten sie sich natürlich über Lilly und Karol ausgetauscht und darüber, wie es mit ihnen und den Jungen weitergehen sollte. Molly wusste, dass sie dergleichen jetzt nicht aushalten würde, nicht an diesem warmen, schönen Julitag, trotzdem fühlte sie sich zu der Frage verpflichtet:

Was ist mit Lil? Warum hat sie die Kinder nicht abgeholt?

Weil ich gesagt habe, dass ich sie gern noch eine Woche behalten wollte, entgegnete Irene und ließ den Blick zu Lasse und Evert wandern, die in der hintersten Ecke des Gartens Fußball spielten. Und das passte Lil und Karol gut, fuhr sie fort, sie sind gerade bei den von Rausens auf dem Rullböle-Hof zu Gast. Sie haben es verdient, noch ein bisschen zu zweit zu sein. Ist das Mittsommerfest gut gelaufen?

Molly hörte die mühsam unterdrückte Besorgnis in Irenes Stimme und beeilte sich zu antworten:

Besser als gut. Wir hatten so viel Spaß!

Sie schaute zu der Ecke mit den Beerensträuchern hinüber, wo die Jungen spielten, und erinnerte sich daran, wie Irene, Lilly und sie an einem ähnlich warmen Tag im vorigen Sommer die Himbeeren geerntet hatten. Nicht Anfang Juli, wie jetzt, sondern am Ende des Monats, und Irene hatte gesagt, dass alles sich genauso anfühlte wie im Sommer 1914, als der Weltkrieg ausgebrochen war. An den Juli jenes Jahres hatte Molly keine eigenen Erinnerungen, da war sie erst sechs Jahre alt gewesen. Jetzt war sie zweiunddreißig, und ihren letzten Geburtstag hatte sie in aller Stille während der Wintertournee gefeiert. Am 15. Februar hatten sie im stockfinsteren und eingeschneiten Umeå gespielt, eine mittelmäßige Aufführung von *Daniel Hjort*, und sie hatte niemandem aus der Truppe verraten, dass sie Geburtstag hatte, nur Asta Heikel wusste davon, aber sie war im Februar noch ganz in ihre Trauer vertieft gewesen. Seltsam, wie schnell die Zeit verging, wie sich Wochen zu Wochen addierten und Monate zu Monaten, und unversehens hatte man wieder einen neuen Jahresring bekommen.

Gibt es in diesem Jahr Himbeeren, Mutter?, fragte sie.

Nicht wenn diese Trockenheit anhält, sagte Irene. Jetzt gehe ich in den Keller und hole die Dickmilch, du musst etwas essen! Die Kompottschüssel bringe ich auch mit. Und dann will ich hören, was der Theaterherbst bringen wird. Du weißt sicher schon, welche Rollen du spielst?

Während Irene fort war, überlegte Molly, wie viel sie ihr erzählen sollte. Sie würden im Herbst sowohl *Galgmannen* als auch *Daniel Hjort* auf ihrer heimatlichen Bühne im Schwedischen Theater spielen, aber für die neuen Premieren, mit denen Takolander das kriegsmüde Publikum unterhalten wollte, war sie noch nicht besetzt worden. Zuerst sollte es romantische Komödien mit verrückten Verwicklungen geben, und die Frauenrollen darin blieben jüngeren Schauspielerinnen wie Asta Heikel und Elsa Luts vorbehalten. Die gewichtigste Premiere war *Hamlet*, aber auch da war es Asta, der man die Ophelia anvertraut hatte, während Gun Wideman die Königin Gertrud spielte. Vielleicht wäre es besser, Irene stattdessen von ihren Filmrollen zu berichten, sie hatte ja ein paar gute Angebote.

Das hatte sie noch niemandem verraten, nicht einmal Henry. Das Thema Arbeit und Karriere war für sie beide immer komplizierter geworden. Als Henry bei ihr einzog, war er ein weithin bekannter Journalist auf der Erfolgsschiene gewesen, während Molly im Film Goldgräberfrauen und Hafenhuren spielte. Seitdem hatte sich das Blatt gewendet, es lief etwas besser für Molly, aber bedeutend schlechter für Henry. Er war nicht mehr der beliebte Reporter, stattdessen hatte er sich unmöglich gemacht, auf eine Art, die Molly nicht restlos verstanden hatte, und war zu einem Abtrünnigen geworden, den sein Chef torpedierte und am Schreiben hinderte. Nicht einmal über Bertolt Brecht hatte er berichten dürfen, obwohl seine Kollegen wussten, dass er die Stücke und die Lieder von Brecht und Weill liebte. Stattdessen redigierte Henry noch immer die Titelseite, die Innen- und Außenpolitik, was in der Praxis bedeutete, die Nachrichten über den Krieg in Europa mit Überschriften zu versehen. Und dabei wusste Molly, dass er schreiben *musste*, es war für ihn mindestens so wichtig, wie es für sie war, bessere Rollen zu bekommen. Nachrichten zu redigieren, empfand er sicher als ähnlich frustrierend wie sie die Besetzung als alternde Prostituierte. Oder nein, es war vermutlich noch schlimmer, denn Henry durfte überhaupt nicht agieren, seine Rolle erinnerte eher an die der Souffleuse im Theater: Überschriften zu erstellen bedeutete, unterdrückt hervorzuzischen, was andere laut und ausführlich sagen durften.

Sie beschloss, Irene so wenig mitzuteilen wie möglich.

Als ihre Mutter zurückkehrte, mit Dickmilch und Kompottschüssel und Löffeln auf einem Tablett, sagte Molly in beiläufigem Ton:

Du wolltest ja wissen, wie mein Herbst aussieht. Wir machen mit den Tourneestücken weiter, und außerdem stehen Filmrollen an.

Oh, was denn für Rollen?, wollte Irene wissen, und ihre Miene hellte sich auf. Sie wünschte sich, dass Molly sich für die Leinwand entschied; der torkelnde Gang des verblichenen Einar Timm über die Bühnenbretter hatte unauslöschliche Spuren bei ihr hinterlassen.

Richtig solide, tatsächlich, sagte Molly. Eine mondäne Erbin und eine resolute Offiziersgattin. Es könnte schlimmer sein.

Aber keine Gräfinnen?, fragte Irene. Hast du nicht im Frühling eine gespielt? Wie heißt noch mal der Film, und wann hat er Premiere?

Hauptmann Cornells Passion, sagte Molly. Premiere ist im Oktober. Oder im November, ich bin mir nicht sicher.

Eine Gräfin, eine Erbin und eine resolute Offiziersfrau, sagte Irene vergnügt. Wenigstens musst du keine Nutten mehr spielen.

Nein, antwortete Molly mit einem Lächeln. Und die Taika produziert die Filme. Bei dem einen führt Haarla Regie, bei dem anderen Ilmari Jylhä.

Ilmari Jylhä?, wiederholte Irene und hob die Augenbrauen. Wer ist das?

Das neue junge Talent. Tapiovaara[50] ist ja im Krieg umgekommen, und alle hoffen, dass Jylhä in seine Fußstapfen tritt.

Über diese Menschen weiß ich nichts, sagte Irene und reichte Molly eine Schale Dickmilch, während sie mit der anderen Hand Kompott aus der Schüssel schöpfte. Aber am besten sollten sie dir noch mal so eine große Rolle wie die Adèle geben!

Molly hielt den Blick auf Lasse und Evert geheftet, die hinten bei den Himbeersträuchern mit ihren Spielen beschäftigt waren, und sie versuchte, ihre Stimme nicht wehmütig klingen zu lassen, als sie sagte:

Nein, weißt du, eine Adèle werde ich nie mehr sein.

Sie hatte drei sonnendurchtränkte Tage auf der Villeninsel. Brändö war im Juli so gut wie menschenleer, alle Pioniere und viele andere waren zu ihren Inselchen und Felseneilanden im finnischen Schärengebiet gereist, manche sogar bis nach Åland oder Österbotten. Molly schlief, wo sie immer geschlafen hatte: im kleinsten der drei Zimmer unter dem Dachfirst, am östlichen Giebel. Es machte ihr nichts aus, dass die Kammer nachts genauso stickig war wie tagsüber und die Sonnenstrahlen schon vor fünf Uhr morgens dort eindrangen, denn in der Sicherheit ihres früheren Zuhauses konnte sie die knarrende Tür hinter sich schließen, das Fenster öffnen und festhaken und dann nackt schlafen, nur mit einem Laken zugedeckt. Die anhaltende Trockenheit hatte den Sommer mückenfrei gemacht, und allein schon die Schwüle und die klare Helligkeit der Nacht schenkten ihr ein Gefühl der Geborgenheit, so als dürfte sie für einen Augenblick in einen Urzustand zurückkehren, aus dem sie vor Ewigkeiten vertrieben worden war. Sie schlief drei Nächte hintereinander wie ein Kind, lange und traumlos, das hatte sie seit vielen Jahren nicht mehr erlebt.

Den ganzen Frühling und Frühsommer lang hatte sie der Gedanke gequält, dass es offenbar unmöglich war, die Bösartigkeit des Krieges zu überwinden, dass der Geist der Moderne, auf den Menschen wie sie – und Max Esping und Henry und Lilly und viele, viele andere – sich verlassen hatten, in weniger als einem Jahr durch diese uralte Barbarei zunichtegemacht worden war. Was war denn geblieben?, hatte sie sich gefragt. Die eleganten funktionalistischen Pavillons, in denen sie und ihre Freunde Lindy Hop und Swing und *The Lambeth Walk* getanzt hatten, hatten sie noch irgendeine Bedeutung? Wo war das Glücksgefühl, in einem Café zu sitzen und eine Tasse vom besten Mokka des Etablissements zu trinken und an einem Gläschen Likör zu nippen, und was bedeutete die erotische Freiheit, die Max und seine Freundin Lu an jenem Sommertag ein paar Jahre vor dem Krieg ausgelebt hatten? Wer scherte sich noch um intelligent konstruierte Zweierkajaks, die das Wasser durchschnitten wie ein Messer die Butter, oder um stilvoll gestaltete Sportwagen oder um neue Weichzeichnungsfilter, die den Gesichtern der Filmstars eine Glätte und Schönheit verliehen, wie sie nie zuvor einem Menschenantlitz vergönnt gewesen war? Welchen Sinn hatte es, sich zu verlieben oder Kinder in die Welt zu setzen oder für seine Kunst zu brennen, wenn der Krieg innerhalb weniger Monate alles vernichten konnte, was das Streben nach einer besseren Zukunft in Europa während der beiden Jahrzehnte seit dem letzten großen Krieg hervorgebracht hatte? Mit solchen Überlegungen hatte sich Molly seit jenem Augenblick herumgeschlagen, als sie im Blancheteater auf der Bühne kniete und sah, wie der große Star Erik Lindgren, noch am Abend zuvor voller Manneskraft, sich in einen zitternden, weinenden Greis verwandelte, als er den Publikumsapplaus entgegennehmen sollte. Und sie hatte, obwohl sie sich innerlich heftig dagegen wehrte, schon angefangen, sich mit dem Gedanken abzufinden: Es war, wie es war, der Krieg war überall eingedrungen, es gab keinen Schutz und keine Sicherheit mehr.

Aber hier in der Villa Hamberg hatte sie eine Art Zuflucht gefunden. Sie tollte und alberte mit Lasse und Evert herum, sie spielte mit ihnen Schwarzer Peter und Komische Familien, und sie ließ sich sogar darauf ein, gegen einen Ball zu treten, obwohl sie noch nie bei irgendwelchen Ballspielen mitgemacht hatte. Außer im Film, natürlich, in ihrer Rolle als Cousine Adèle, die bei all ihrer übrigen Vollkommenheit auch noch im Tennis brillierte. Die frühere Profispielerin Anna Bensow, dreizehnfache finnische Meisterin und so aschblond und schlank wie Molly, hatte sie in den Matchsequenzen gedoubelt, während Molly in ihrem weißen Röckchen mit dem Racket posiert und ihre Beine gezeigt hatte, die, wie sie wusste, hübsch waren.

Wenn sie gerade nicht mit den Kindern spielte, half sie Irene beim Unkrautjäten auf den Kohl- und Kartoffelbeeten, und nachmittags gingen sie alle zum öffentlichen Steg am Silversund, um zu schwimmen. Am Mittwochabend, nach einem besonders heißen Tag, stellten Irene und sie den Jungen ein Puzzlespiel mit dreihundert Teilen hin und ermahnten sie, keine Dummheiten zu machen, und dann spazierten sie bis nach Vilan und Brändö Gård und zurück und redeten nur über erfreuliche Dinge.

An Henry dachte sie nicht allzu oft, aber als sie vom Abendspaziergang mit Irene zurück war, versuchte sie, zu Hause anzurufen. Es nahm niemand ab, und sie vermutete, dass Henry immer noch mit seinem Auftrag beschäftigt war. Sicher befand er sich noch in Västra Nyland, und vielleicht waren er und diese Glenda Sowieso sogar nach Solbacka gefahren und hatten bei Greta und Wille Oljemark übernachtet, es gab dort mehrere Gästezimmer.

Eine plötzliche Unruhe regte sich in ihr. Sie erinnerte sich daran, was sie in der Nacht nach ihrer Rückkehr aus Schweden von Henrys Berührungen abgelesen hatte, und sie fragte sich, ob es wieder einen Grund gab, misstrauisch zu sein. Henry wirkte in seiner ernsthaften Art anziehend, und sie wusste, dass viele Frauen – oft auch prominente – genau diese Sorte Männer mochten. Aber sie verscheuchte den Gedanken und dachte stattdessen an Henrys Unzufriedenheit im Beruf und an seine Zukunft. Es ärgerte sie, dass sie ihn nicht stärker unter Druck gesetzt hatte, sich an dem Wettbewerb für Kriegsromane zu beteiligen, der im Frühjahr ausgeschrieben worden war. Sie hatte ihn im Mai noch mehrmals erwähnt und gesagt, dass Henry wie geschaffen dafür sei, ein solches Buch zu schreiben, er habe doch so viel gehört und gesehen, als er den ganzen Winter lang die Kompanie auf der Landenge begleitete. Und alle waren sich einig, dass er so gut schrieb, das fand Molly und das fanden Karol und Irene, und das hatte auch Karsten Wahlman gesagt, als sie zusammen Walpurgis feierten. Aber Henry hatte eine Menge Ausflüchte und Vorwände angeführt, den zu engen Zeitplan und die formalen Voraussetzungen, die er nicht erfüllte, und das Resultat war, dass er es nicht einmal versuchte. Molly sah, wie sehr die Untätigkeit ihn quälte, und sie wusste, auch wenn sie ihn noch so sehr liebte und er sie, konnte die Liebe doch niemals ihr einziger Lebensinhalt sein, dafür hatten sie beide viel zu hohe Ambitionen.

Als sie am Donnerstagabend in die Stadt zurückfuhr, fühlte sie sich erquickt und heiter. Sie lief mit ungeduldigen Schritten von der Haltestelle zur Museigatan und dachte, dass jeder Mensch seine Schwächen hatte, und Henry hatte mehr als genug davon, aber er war ihr Mann, und sie liebte ihn, und jedes Mal, wenn sie getrennt waren, sehnte sie sich nach ihm.

Schon im Treppenhaus, bevor sie den Schlüssel ins Schloss steckte, hörte sie raue Stimmen und heiseres Gelächter.

Die Männer dagegen hörten nicht, dass sie den Flur betrat, sie merkten nicht einmal, dass sie in die Küche kam und einen knappen Meter vor dem Tisch, an dem sie saßen, stehen blieb.

Es waren Henry, Guido Röman und ein magerer Mann im Anzug, den Molly zuerst für einen Fremden hielt. Der Fremde hatte ein blau geschlagenes Auge und eine Schramme auf der Wange. Die Schramme hatte geblutet, aber das Blut war schon geronnen. Es dauerte einen Moment, bis Molly ihn wiedererkannte: Es war der Rechtsanwalt Thune, Guidos Freund, der vor ein paar Monaten mit ihnen den Walpurgisabend gefeiert hatte. Auf dem Weg zur Küche hatte sie ins Wohnzimmer geschaut und einen völlig erledigten Karsten Wahlman im grünen Lesesessel sitzen sehen, auch sein Gesicht trug deutliche Spuren einer Prügelei.

Die Wut, die in ihr hochstieg, war so groß und so finster, dass ihr erster Impuls war, jedem der Männer am Küchentisch eine Ohrfeige zu verpassen und dann ins Schlafzimmer zu rennen und die Tür hinter sich abzuschließen. Aber sie beherrschte sich, zwar nicht vollständig, aber so weit, dass sie gegen niemanden die Hand erhob. Und merkwürdigerweise ließ sie ihren Zorn nicht zuerst an Henry aus, sondern an Guido Röman, die Worte strömten nur so aus ihr hervor:

Verdammt noch mal, habt ihr die ganze Woche hier durchgezecht! Und du, Guido, wie kannst du dich *unterstehen*, in diesem Saustall und in dieser Verfassung hier zu sitzen, wo du zu Hause fünf kleine Kinder hast!

Guido öffnete den Mund, als ob er antworten wollte, aber es kam kein Laut heraus, er machte den Mund einfach wieder zu und glotzte Molly an. Auch Henry sah sie schläfrig an, er konnte kaum die Augen offen halten, als er sagte:

Hej, meine … Llliebste, wann bist du denn heimgekommen?

Zum Teufel, Henry!, fauchte Molly. Seit wie vielen Tagen säufst du schon? Und seit wann hängt ihr hier in *meiner* Wohnung herum? Und warum sitzt Karsten in *meinem* Sessel, und warum sehen er und dieser Schnapsadvokat so aus, als hätten sie Streit mit Joe Louis gekriegt?

Dabei zeigte sie auf den übel zugerichteten Thune. Der sagte nichts, hob nur die Hand, deutete seinerseits auf sie und kicherte.

Viele Fragen … auf einmal, murmelte Henry, und sein Blick irrte haltlos durch den Raum.

Thunes freche Geste und Henrys Weggetretensein steigerten Mollys Wut noch zusätzlich. Sie ging raschen Schrittes am Stuhl des Anwalts vorbei, beugte sich zu Henry herunter und packte ihn bei den Schultern, schüttelte ihn heftig und versuchte gleichzeitig, seinen Blick in den ihren zu zwingen.

Erst am nächsten Tag würde sie darüber nachdenken, was für ein Glück sie hatte, dass Henry so anständig war. Viele Männer, auch Mitja Wendelin, wären mit letzter Kraft aufgestanden, hätten sich ihr größeres Körpergewicht zunutze gemacht und sich gewaltsam befreit, hätten ihr vielleicht ins Gesicht geschlagen oder sie mindestens zu Boden gestoßen.

Henry schüttelte sich nur, genauso schläfrig, wie er gerade geredet hatte, und lallte: Mollan … bitte … lass mich los.

Für dich bin ich Molly, du Mistkerl!, zischte sie. Nur Lilly und Mutter dürfen mich Mollan nennen!

Wie du willst, murmelte Henry, und jetzt war schon Reue in seiner Stimme, als habe er endlich begriffen, in welch peinlicher Lage er ertappt worden war.

Ich bin gestern Abend angekommen, redete er weiter, und Molly sah, wie er versuchte, sich zusammenzureißen. Das Auto lief auf Holzgas – so eine Scheiße, Glenda und ich mussten es durch Alberga schieben … Und dann haben Guido und ich eine kleine Truppe zusammengetrommelt, und …

Der Satz verlor sich in unverständlichem Gemurmel, und Henry sah wieder schläfrig aus.

O Gott! Molly seufzte. Habt ihr euch untereinander geprügelt, oder seid ihr in der Stadt in eine Schlägerei geraten?

Henry schien ihre Frage nicht zu verstehen, er sagte mit belegter Stimme: Und das ist auch … *meine* Wohnung. Ich wohne hier seit …

Nach einem Augenblick ratlosen Schweigens kam ihm Guido

Röman zu Hilfe: Wir haben uns nicht in der Stadt geprügelt. Karsten hat von Ragge eins auf die Nuss bekommen. Sie sind über … über etwas aneinandergeraten.

Ragnar Lerche war also auch hier?, fragte Molly ungeduldig. Und hat Karsten und den Vize-Amtsrichter verdroschen? Und ist dann nach Hause gegangen?

Sie sprach den »Vize-Amtsrichter« so aus, dass es wie eine Verhöhnung klang. Aber Thune ließ sich nicht irritieren, er schüttelte nur den Kopf und sagte: Karsten ist so … rechthaberisch. Und Ragge regt sich leicht auf. Aber es war Karsten, der mich geschlagen hat … weißt du, als ich dazwischengehen wollte.

Er versuchte, Molly ein Lächeln zu schenken, es war schief und entblößte eine verfärbte Zahnreihe: Sag einfach Claes … Oder Klabben, so heiße ich unter Freunden.

Seit wann sind wir per Du, Herr Thune?, knurrte Molly und wusste nicht, wie sie all das, was in ihr kochte, noch unter dem Deckel halten sollte.

Sie sah Henry an, der schon halb eingeschlafen war, beugte sich vor und flüsterte ihm ins Ohr:

Jetzt gehe ich ins Schlafzimmer und schließe mich ein, und du hast eine halbe Stunde Zeit, um diese Clowns auf die Straße zu jagen! Andernfalls weiß ich nicht, was ich tue!

Henry erwachte aus seinem Halbschlaf, sah sie an und sagte: Wenn ich du wär … ich würd nich … ins Schlllafzimmer gehn.

Und warum sollte ich nicht in mein eigenes Schlafzimmer gehen?, wollte Molly wissen und ließ ihre Stimme eiskalt klingen; plötzlich glaubte sie, den Duft eines fremden Parfüms in der Wohnung wahrzunehmen.

Henry antwortete, als wäre es die selbstverständlichste Sache der Welt:

Weil Ragge da liegt … Er wurde nachmittags etwas müde … da habe ich ihm erlaubt …

VERDAMMT NOCH MAL, Henry!, schrie Molly und schlug mit der Hand auf die Tischplatte, sodass eine leere

Schnapsflasche umfiel und die halbvollen Gläser überschwappten. Du kannst doch nicht …!

Sie fühlte sich plötzlich zu Tode erschöpft und brachte den Satz nicht zu Ende. Sie ließ sich auf den einzigen freien Stuhl am Tisch fallen, und es kam ihr so vor, als hätte sich der Duft des Damenparfüms im Raum noch verstärkt.

War sie hier?, fragte sie ohne Umschweife.

Henry blinzelte verständnislos:

Wer denn … wer war hier?

Die, mit der du herumgefahren bist, Glenda Wieheißtsiegleich. Ich weiß, dass du mich im Winter betrogen hast, und wenn du das wieder getan hast, dann kannst du allen Ernstes ausziehen! Auf der Stelle!

Die Worte flossen aus ihr heraus, ohne dass sie es verhindern konnte, und sie sah, wie Henrys Reaktion den Alkoholnebel durchbrach. Sein Blick nahm einen gequälten Ausdruck an, und als er antwortete, klang seine Verwunderung echt, und seine Artikulation war deutlicher als vorher.

Meinst du Glenda Norling? Herrgott noch mal … wir sind nur Kollegen.

Er starrte Molly unglücklich an, und als sie nichts sagte, redete er weiter:

Ich habe sie gestern Abend zum *Kämp* gefahren, bevor ich das Auto abgegeben habe. Sie ist dann nach Hause geflogen.

Molly bereute schon, was ihr herausgerutscht war. Aber es ließ sich nicht zurücknehmen, und so zuckte sie mit den Schultern und warf Henry einen kalten Blick zu: Ihr fiel nichts ein, was sie noch hätte sagen können.

Wenn du wissen willst, was *ich* glaube, sagte Henry, und nun klang er wieder betrunken, dann bin ich es, der eifersüchtig sein muss.

Er versuchte, seinen Blick in den ihren zu bohren, und seine Lippen kräuselten sich zu einem leichten Lächeln, als er schloss:

Also für den Fall, dass sie eines Tages … *dich* zu Gesicht kriegt.

Das war natürlich ein Ablenkungsmanöver, und Molly hatte nicht die Absicht, darauf hereinzufallen.

Ach so, *du*, sagte sie, und nun spürte sie, dass sie es nicht eine Minute länger hier drinnen aushielt:

Ich mache einen Spaziergang, Henry. Ich bleibe bis Mitternacht draußen, bis dahin ist es eine gute Stunde. Wenn ich zurückkomme, sind sie alle weg, und die Wohnung ist aufgeräumt. Die leeren Flaschen sind verschwunden. Und unsere Bettwäsche ist gewechselt. Hast du verstanden?

Aber … Ragge liegt ja nur auf der Tagesdecke, hörte sie Henry hinter sich sagen; da hatte sie sich schon auf dem Absatz umgedreht und war aus der Küche gestürmt.

Er sagte noch mehr, aber das kam bei ihr nur als schwaches Gemurmel an, und eine Sekunde später hatte sie mit aller Kraft, die sie aufbringen konnte, die Wohnungstür zugeschlagen.

Den größten Teil der Stunde verbrachte sie im Hesperiapark, wo sie unter einem Ahornbaum saß und weinte. Als sie zurückkam, sprachen sie nicht viel. Henry hatte schon einen Kater und war beschämt; er hatte aufgeräumt, aber nur notdürftig.

Du darfst heute Nacht auf dem Sofa schlafen, sagte Molly, du stinkst nach Fusel.

Henry nickte knapp und ging ins Schlafzimmer, um sich ein Kissen und die Gästedecke zu holen.

Danach fragte Molly: Gerade als ich wegging, hast du noch etwas gesagt, war es etwas Wichtiges?

Nur dass ich versuchen will, mich zu bessern, antwortete Henry.

Ich weiß nicht, sagte Molly, vielleicht ist es dafür schon zu spät.

Henry legte Kissen und Decke auf dem Sofa ab und ging ins Badezimmer. Im Türrahmen drehte er sich um und fragte: Du hast es also die ganze Zeit gewusst?

Nicht die ganze Zeit, sagte Molly, aber ja, ich wusste es.

Wer hat getratscht?, wollte Henry wissen.

Niemand hat getratscht, sagte Molly, manche Dinge weiß man einfach.

Henrys Blick begegnete dem ihren, sie sah, dass er Schweißperlen auf der Stirn hatte. Da er nichts sagte, fuhr sie fort: In gewisser Weise hast du dich ja selbst verraten.

Was meinst du damit?, fragte er.

Wann hättest du es mir erzählen wollen?, konterte sie.

Da schaute Henry zu Boden, und er sagte immer noch nichts.

4

Als sie nach Solbacka fuhren, nahmen sie den Zug bis Karis. Die Benzinkanister aus Korsnäs waren aufgebraucht, den grünen Volvo hatten sie in einer Vorstadtgarage geparkt, die Guido Römans Onkel gehörte, und die *Aldebaran* wurde nur noch mit Ruderkraft betrieben. Und Wille Oljemark holte sie am Bahnhof nicht mit seinem Ford Phaeton ab, wie sonst, sondern saß hoch oben auf dem Kutschbock eines klobigen Karrens, der hohe Seitenwände und nur eine grob behauene Holzbank zum Sitzen hatte. Das Gefährt sah eher wie ein Leiterwagen aus, und Molly fand, dass es übel roch. Sie trug einen hellen Sommerrock mit passender Bluse und an den Füßen grüne Stöckelschuhe, und sie hätte sich am liebsten vergewissert, dass Wille in dem Karren keinen Dünger transportiert hatte. Sie mochte Wille, und sie mochte Henrys Schwester Greta, aber mit dem Landleben fühlte sie sich zuweilen etwas unwohl. Sie schluckte ihre Frage herunter und setzte sich fügsam auf die Holzbank, und als sie auf den staubigen Schotterwegen nach Snappertuna fuhren, hielt sie sich krampfhaft an der Vorderkante der Bank fest, um die Schaukelbewegungen abzufangen, wenn der Karren über unebenen Boden holperte.

Henry schien das Schaukeln kaum zu bemerken. Auch von Molly nahm er keine Notiz, er war wohl der kühlen Atmosphäre zwischen ihnen überdrüssig, stattdessen stand er ganz vorn im Karren und redete mit Wille. Molly hörte, dass sie sich angeregt über das Zugpferd unterhielten, das bärenstark war und Pontus hieß, und dass Henry sich nach Hugo erkundigte. Dann erzählte er von seinen Problemen mit dem auf Holzgasbetrieb umgestellten Zeitungsauto: wie er immer wieder anhalten musste, um das Aggregat mit Holzspänen zu füllen, und wie er und Glenda Nordling in Esbo ungefähr ein Dutzend Einwohner bitten mussten, das Auto auf einer Steigung anzuschieben. Wille hörte belustigt zu und sagte, dass er überlegte, auch seinen Traktor umzustellen, aber dass es mit dem alten Ford noch schwieriger sei: Wenn man ein Privatauto umbauen wolle, habe man einen Mordsaufwand an Bürokratie. Molly hatte bald keine Lust mehr zum Zuhören, sie stand auf, lehnte sich über die Wagenkante und betrachtete stattdessen die Landschaft. Die lange Trockenheit hatte ihre Spuren hinterlassen. Auf den Feldern hingen Roggen und Gerste schlaff herunter, und die Birken hatten reichlich gelbe Blätter, obwohl es erst Mitte Juli war. Als die Räder über ein Schlagloch rumpelten, wäre sie beinahe umgefallen, fand aber im letzten Moment Halt am Wagenrand. Sie warf Henry, der ungerührt sein Gespräch mit Wille fortsetzte, einen ärgerlichen Blick zu. Dann setzte sie sich wieder auf die Holzbank, hielt sich an der vorderen Sitzkante fest und schloss die Augen.

Normalerweise fuhr sie gern nach Solbacka. Henry und sie waren schon zu verschiedenen Jahreszeiten dort gewesen; der Garten war im Sommer und im Winter schön, sie half bereitwillig bei den anstehenden Arbeiten, obwohl sie oft Fehler machte, und die Landluft tat ihr gut. Aber jetzt war sie unruhig. Das Zerwürfnis zwischen Henry und ihr ging tief, und sie fürchtete, dass Greta und Wille merken würden, wie es stand. Und es würde nicht besser werden, bevor Henry sein Schweigen brach und ihr die Antwort gab, auf die sie wartete. Sie hatte nicht vor, klein beizugeben; nicht sie war untreu gewesen, sondern er, aber der Kampf würde vermutlich noch lange dauern, denn sie waren beide stolz und eigensinnig.

Die Lage war dadurch noch komplizierter geworden, dass Asta Heikel weiterhin auf Solbacka wohnte. Sie sei den ganzen Sommer geblieben, um Kräfte für den Herbst zu sammeln, hatte Henry gesagt. Gut so. Aber Molly und Asta hatten seit ihrer Rückkehr nach Schweden nicht mehr miteinander gesprochen, und Molly wusste ja, wie die Rollenverteilung am Theater für die neue Saison aussah: Es schmerzte sie, daran zu denken, dass Asta sowohl die Ophelia in *Hamlet* als auch Sorel Bliss in Noel Cowards *Heufieber* spielen sollte. Und bei Asta wusste man nie, sie konnte die Freundlichkeit und Bescheidenheit in Person sein, aber schon am nächsten Tag hochnäsig und kalt.

Mollys Befürchtungen wurden Stück für Stück widerlegt. Die Heuernte brachten alle Höfe in der Gegend gemeinsam ein, das war ein alter Brauch, und gerade in diesen Tagen war Solbacka an der Reihe. Bauernfamilien und Knechte von einigen Nachbarhöfen waren gekommen, Greta und die Mägde kochten Essen für alle, und Molly half dabei. Auch bei der Mahd packte sie mit an, lief mit geschulterter Heugabel herum und häufelte das Heu, genau wie alle anderen. Nur das Wenden war schwer, da konnte es passieren, dass Wille Oljemark auftauchte und ihre Arbeit korrigierte. Der Haufen musste richtig gepflegt werden, damit er nicht anfing zu schimmeln. Es herrschte eine wortkarge, aber hilfsbereite Atmosphäre, die überdies geprägt war von gemeinsamen Verlusterfahrungen: Auf Solbacka betrauerte man den Schwiegersohn, und auf zwei anderen Höfen waren es die Söhne, die in den Krieg gezogen und in einem Sarg oder gar nicht heimgekehrt waren.

Bei Mollys ersten Besuchen auf Solbacka waren Greta und besonders Wille ihr gegenüber noch schüchtern gewesen. Sie war ja ein Filmstar, du meine Güte, gertenschlank, vor allem wenn sie neben der üppigen Greta stand, und als Cousine Adèle hatte sie über eine halbe Million Zuschauer angelockt. Aber das Verständnis für ihren Beruf wurde den Oljemarks dadurch erleichtert, dass ihre eigene Tochter auf die Schauspielschule gegangen war, und inzwischen hatte sich die Schüchternheit gelegt. Viele der Nachbarn warfen Molly beim Heumachen scheue Blicke zu, aber Greta und Wille behandelten sie wie ein Familienmitglied. Wille hatte sogar angefangen, sie in seine Alltagssorgen als Landwirt einzuweihen: dass die Getreideernte durch die lange Dürre gefährdet war, oder dass ein Großteil der Erträge des Gutes vom Versorgungsministerium beschlagnahmt wurde, »dafür haben Eddie und die anderen Jungens doch nicht gekämpft und ihr Leben gelassen, dass jetzt unser Anbau sozialisiert wird«.

Asta wiederum zeigte sich von ihrer sanftesten Seite. Vielleicht, weil sie eine neue Trauernachricht erhalten hatte, die eine Art Fortsetzung der ersten war: Eddie Heikels jüngerer Bruder Martin, erst achtzehn Jahre alt, hatte sich kurz nach Mittsommer erschossen. Astas Schwiegereltern waren am Boden zerstört, innerhalb weniger Monate hatten zwei ihrer drei Söhne einen jähen Tod gefunden. Auch Asta war tief betrübt, Martin Heikel war ein feiner junger Mann gewesen, begabt und empfindsam. Jetzt wusste Asta, dass sie nie mehr imstande sein würde, in der Wohnung in der Minervagatan zu leben, und sie hatte ihren Schwiegervater Ture gebeten, sie zu verkaufen. Für sich selbst suchte sie eine Mietwohnung, einen Unterschlupf, um all die furchtbaren Ereignisse zu vergessen und sich auf ihre Entwicklung als Schauspielerin zu konzentrieren, sie hatte für die kommende Saison so schöne Rollen bekommen. Aber das war schwierig, es gab keine freien Mietwohnungen und auch kaum Pensionszimmer, wegen der vielen Flüchtlinge, die bis zum Herbst irgendwo unterkommen mussten.

Molly erbebte innerlich vor Neid, als Asta ihre Rollen aufzählte, aber sie verzog keine Miene und redete weiter über das Wohnungsproblem: Hatte Asta schon Henry auf sein Zweizimmer-Appartement in der Tredje Linjen angesprochen? Ihr war bei der Frage nicht ganz wohl, es konnte ja sein, dass Henry die Wohnung bald selbst brauchte, so wie die Dinge zwischen ihnen lagen. Aber es sprach sich darüber leichter als über die Rollen, die an ihr vorbeigegangen waren, und sie versuchte, Asta freundlich anzulächeln, während sie auf ihre Antwort wartete. Asta sah überrascht und zugleich hoffnungsvoll aus und sagte, sie habe geglaubt, dass Henry schon einen Untermieter hätte, war es nicht Wahlman, dieser unstete Journalist? Molly gab zu, dass dem so sei, sagte aber, das Arrangement sei provisorisch und könne gewiss aufgelöst werden, wenn Henrys eigene Nichte Bedarf hätte. Astas Miene heiterte sich auf, und sie sagte, sie würde mit Henry darüber reden, aber dann kam sie doch wieder auf die Theaterpremieren zurück; Mollys Manöver war so elegant wie vergeblich gewesen.

In den nächsten Minuten sprachen sie über *Hamlet* und *Heufieber*, und Molly erfuhr außerdem, dass Asta eine der Hauptrollen in *Winterliebe* übernommen hatte, der romantischen Filmkomödie, in der sie selbst eine mondäne Erbin reiferen Alters spielen würde. Aber das tat nicht besonders weh, denn während der Tage auf Solbacka fühlten sich der Herbst und das Künstlerdasein in Helsingfors noch weit entfernt an, und Astas Verhalten war so bescheiden und liebenswert. Sie hätte ein großes Ding daraus machen können, dass sie sich hier auf dem Gut ihrer Vorfahren mütterlicherseits befanden, sie hätte sich aufs hohe Ross setzen können, wie sie es im Winter in Schweden getan hatte. Stattdessen war sie von anmutiger Zuvorkommenheit. Als Molly ihr ein Kompliment machte, weil sie für Rollen wie Sorel Bliss und Ophelia besetzt worden war, entgegnete sie, das sei unverdient, sie sei im Vergleich zu Elsa Luts und Molly noch ein Lehrling, von Gun Wideman ganz zu schweigen! Nein, sie habe nur Glück gehabt, und außerdem habe Direktor Takolander anscheinend ein Auge auf sie geworfen.

Bei dieser Antwort konnte Molly sich plötzlich des bitteren Gedankens nicht erwehren, dass Asta sich mit allem, was sie sagte, sehr raffiniert in ein gutes Licht rückte. Aber dann folgte Astas wortreiche Lobrede auf Mollys fantastische Leistung als Maria in *Galgmannen*, und da schmolz ihr letzter Widerstand dahin.

Wenn nur Henry nicht gewesen wäre. Sein hartnäckiges Schweigen und sein ständiges Ausweichen überzogen die Tage auf Solbacka mit einem Grauschleier, obwohl der Himmel über ihnen blau leuchtete. Nachts schliefen Molly und er im selben Zimmer, aber in getrennten Betten, sie auf einem soliden Bettsofa, er auf einem transportablen Klappbett. Er kam nicht zu ihr herüber, nicht einmal für einen flüchtigen Gutenachtkuss, jede nächtliche Annäherung war unmöglich geworden durch die frostige Stimmung, die tagsüber zwischen ihnen herrschte.

Manchmal, wenn sie sich anstrengte, konnte Molly sich in Henrys Situation hineinversetzen. Sein zwölftägiger Urlaub ging bald zu Ende, der Montag, an dem er in die Redaktion zurückkehren und sich der Tyrannei seines Chefs Sandberg aussetzen musste, kam immer näher. Sein Hund Hugo, den er so sehr liebte, fühlte sich inzwischen nicht nur bei Wille und Greta, sondern auch bei Asta zu Hause. Henry war ihm weniger wichtig geworden, und wenn Molly das sah, verstärkten sich ihre Gewissensbisse, weil sie ihn gezwungen hatte, den Hund wegzugeben. Am ersten Tag der Heuernte hatte Henry den Bauern Sven Wahlman vom Hof Lill-Klintas gefragt, ob sein Sohn Karsten auch dazukommen würde, aber eine negative Antwort erhalten. Später hatte er ein Ferngespräch angemeldet, und Molly hatte gehört, dass er die Nummer seiner Wohnung in der Tredje Linjen angab, wo Karsten Wahlman untergebracht war. Niemand war ans Telefon gegangen, und wie so oft, wenn es um Wahlman ging, hatte Henry gereizt und beunruhigt gewirkt.

Molly wusste, dass das alles Bagatellen waren. Die Krux war die Beziehung zwischen Henry und ihr, in der es an Liebe und Vertrauen mangelte. Der Krieg hatte diesen Mangel verursacht, ihr Aufenthalt in Schweden und Henrys Monate auf der Landenge hatten ihnen eine Feuerprobe zugemutet, für die ihnen die Ressourcen fehlten, und sie war überzeugt, dass Henry über ihre Entzweiung genauso unglücklich war wie sie. *Absence makes the heart wander*, dachte sie, wenn sie in versöhnlicher Stimmung war: Das Zitat stammte aus einer der Zeitschriften, die sie gekauft hatte, um ihr Englisch zu verbessern. Aber mindestens genauso oft dachte sie, dass die Schuld nur bei Henry lag. Ihr gemeinsames Leben war so schwierig geworden, weil er sich dafür entschieden hatte, sich ihr zu entziehen und zu schmollen, statt sich aufrecht hinzustellen und für das zu entschuldigen, was er getan hatte. Wie konnte ein Mann, der manchmal so liebevoll und feinfühlig war, andererseits so rückgratlos sein, so armselig und ohne Gespür für das richtige Verhalten? Er hätte ihr ja nur erzählen müssen, wer die Frau war und wie es dazu gekommen war, und sie dann um Verzeihung bitten, dann wäre die Sache aus der Welt gewesen. Das glaubte Molly jedenfalls; ganz sicher konnte sie sich ihrer zukünftigen Reaktionen nicht sein.

Das Heu war eingebracht, und es war ihr letzter Abend auf Solbacka. Henry und Wille hatten sich auf ihre Fahrräder geschwungen und waren nach Box gestrampelt, um Hechte zu angeln. Asta hatte den protestierenden Hugo auf einen Waldspaziergang mitgenommen, um sein Gebell abzustellen, das Dienstpersonal hatte frei, und Molly war mit Greta allein im Haus.

Molly wollte gerade quer über den Hof gehen, um die Sauna zu heizen, als Greta mit einem dicken Zeitungspaket ankam.

Ich habe Birkenrinde und Holzspäne, sagte Molly und deutete auf den Holzkorb in ihrer anderen Hand.

Das ist nicht zum Anzünden, sagte Greta und reichte ihr den Packen. Das sind Henrys Reportagen aus dem letzten Winter. Angefangen bei Kriegsbeginn, bis sie dann nicht mehr erschienen.

Molly sah Greta erstaunt an.

Danke, sagte sie.

Du warst ja in Schweden, sagte Greta, deshalb nehme ich an, dass du sie nicht gelesen hast.

Molly schüttelte den Kopf:

Nein. Manchmal habe ich nach den Ausgaben gesucht. Aber ich habe sie nie gefunden.

Gretas Blick war freundlich, aber auch unsicher, als wollte sie noch etwas hinzufügen und wüsste nicht, ob sie es wagen sollte.

Ich sehe doch, dass es euch nicht gut geht, sagte sie dann zaghaft. Deshalb dachte ich …

Sie stockte, und Molly vermutete, dass der Entschluss, ihr die Zeitungen zu bringen, sie eine ganze Menge Überwindung gekostet hatte. Greta war ein diskreter Mensch, sie empfand ihre Geste wohl schon als Einmischung.

Es tut mir leid, wenn man es merkt, sagte Molly. Du und Wille, ihr sollt doch nicht … Ich habe mich über Henry geärgert, weil … also vor einer Woche, und seitdem haben wir uns noch nicht wieder vertragen.

Er hat mit ein paar Kumpanen rumgesoffen, sagte Greta. Er hat es mir am Telefon erzählt, am Tag vor eurer Ankunft.

Ich bin wahrscheinlich nachtragend, sagte Molly. Aber ich verstehe nicht, warum er …

Henry ist schwerblütig, sagte Greta. Er hat ein gutes Herz, aber das versteckt er sorgfältig. Und ich glaube, dass er immer noch viel über den Krieg nachgrübelt.

Er hat es auch im Beruf schwer!, sagte Molly und wunderte sich, wie eifrig ihre Stimme klang. Sein Chef …

Ich weiß, unterbrach Greta sie.

Sie zeigte auf den Packen in Mollys Hand und fuhr fort:

Lies das in aller Ruhe. Wie ich meinen Wille kenne, kommen die Männer erst lange nach Sonnenuntergang zurück.

Zwei Stunden saß Molly in der Saunakammer und las, und sie machte nur Pausen, um den Ofen mit Holz zu füllen und um ihre letzte Zigarette zu rauchen, ein schlampig handgerolltes Ding.

Jetzt sah sie mit eigenen Augen, was Lilly in einem Telefongespräch im Februar gesagt hatte und was Irene angedeutet hatte, als Molly nach ihrer Rückkehr im März bei ihr zu Besuch war.

Henrys schrieb kraftvoll und schön. Das tat er immer, daran hatte auch der Krieg nichts geändert. In dieser Hinsicht hielten seine Artikel ein gleichmäßiges Niveau, die Texte von Ende Februar waren genauso stringent wie die vom Anfang des Krieges.

Aber im Tonfall, im Klang, der dabei mitschwang, eher zwischen den Zeilen als in ihnen: *Da* hatte es eine Veränderung, gegeben, sie war subtil, aber Molly konnte sie deutlich erkennen.

In den frühen Reportagen war die Tonlage nicht nur von

Loyalität geprägt, sondern auch von einer unerschütterlichen Gewissheit, fast schon Munterkeit: »Mit absoluter Zuversicht sitze ich hier bei den Stabsoffizieren und beobachte den Verlauf der Kämpfe – die Heldentaten unserer tapferen jungen Männer hier draußen auf der vereisten Landenge schreiben sich jetzt für immer und ewig in das Gedächtnis der Nation ein.«

Zwischendurch schlug Henry einen beinahe humoristischen Ton an, ließ die Offiziere Dinge sagen wie: »Das hier wird ablaufen wie ein Tanz, schaut euch nur meine Jungs an, aus bestem Menschenholz geschnitzt«, und kolportierte Räuberpistolen von Soldaten, die Molotow verhöhnten, nachdem sie um Haaresbreite dem Tod durch eine Granate entkommen waren, oder um Versetzung zum Bunker an der vordersten Frontlinie baten, weil es dort »so gemütlich und interessant« sei.

Noch in der Ausgabe vom 8. Februar schilderte er ein Verteidigungsgefecht – er hatte einige Soldaten interviewt, die dabei gewesen waren – und maß dem russischen Angriff, der sich am Runebergstag ereignet hatte, große Bedeutung bei, »sodass die Helden des Skalden zu neuem Leben erwachen konnten, in neuer Uniform und mit neuen Waffen, um unerschütterlich wie Granit in den verwüsteten Wäldern der Landenge dem russischen Feuer standzuhalten«.

Doch nur wenige Tage später begannen sich die Berichte zu verändern, ein dumpferer Klang schlich sich ein. Ein flüchtigerer Leser hätte es nicht gemerkt, aber Molly kannte ihren Henry und empfand den Wechsel als abrupt, wie eine plötzliche Tonartrückung.

Jetzt schrieb er über den »Tod, der uns durch die eiskalte Luft der schwarzen Nacht zuwinkt«. Verzagt wirkten die Texte nie, Henry achtete darauf, zu betonen, dass der Mut der Männer nicht nachließ, nur weil der Tod die Linien durchbrochen hatte: »Vielmehr wird dann die Stimmung an der gesamten Front noch entschlossener und die Willenskraft noch stärker.« Aber er ließ die Soldaten nun Dinge äußern, die in den früheren Reportagen nicht vorgekommen waren. Dass es ein schwerer und kräftezehrender Winter sei. Dass sie sich in manchen Nächten nur noch nach der Heimat und nach ihren Lieben sehnten. Dass sie nicht mehr sicher seien, ob so etwas wie eine Vorsehung existierte. Und da war sogar ein anonymer Infanterist, der sagte: »Ist es nicht seltsam, dass man vielleicht im Krieg sterben wird, obwohl man gar keinen Krieg will?«

Während der Lektüre fühlte Molly sich gespalten. Zum ersten Mal, seit sie Henry und seine Freunde stockbetrunken zu Hause in der Museigatan erwischt hatte, empfand sie wieder Sympathie für ihn. Aber ihr kühleres und rationaleres Ich konnte auch nachvollziehen, warum Henrys Vorgesetzten bei der Zeitung die späten Reportagen wie ein Verrat erschienen waren. Andererseits: Hätten Henry und die anderen Kriegsreporter offen berichten dürfen, wie sehr die finnischen Soldaten unter Druck standen und wie erschöpft sie waren, wären die harten Bedingungen des Märzfriedens dann womöglich weniger überraschend gekommen, wäre das Gefühl der Erniedrigung bei den Menschen im Land weniger dramatisch gewesen?

Der Gedanke, dass die vaterländische Propaganda ihren Zweck verfehlt haben könnte, machte Molly so nervös, dass sie auf den Hof hinausgehen musste, um sich zu beruhigen. Die Sympathie für Henry hatte ihren Stolz schon fast besiegt, sie hatte ein warmes, versöhnliches Gefühl und stellte sich vor, wie sie Henry umarmte, wenn er von seiner Angeltour zurückkam, und ihm ins Ohr flüsterte, dass alles verziehen sei.

Aber dann riss sie sich zusammen und sagte sich, dass sie unerbittlich bleiben würde, dass sie nie mehr der leicht verfügbare Trost und die bereitwillige Bettunterlage für einen treulosen Mann sein wollte. Wenn Henry etwas daran lag, sie zurückzugewinnen, dann musste er ihr erzählen, mit wem er sie betrogen hatte und wo und wann; sie würde kategorisch fordern, dass er klein beigab.

5

Als sie aufwachte, war es erst halb sechs, und Henry reagierte nicht, als sie sich über ihn beugte, um den Wecker besser zu sehen. Sie lag eine Weile da und lauschte seinen Atemzügen, bisweilen wurde der gleichmäßige Rhythmus durch einen einzelnen schweren Schnarcher unterbrochen. Er schlief tief und ruhig, wie jemand, der sich geborgen fühlt, vielleicht weil Molly und er sich wieder vertragen hatten, vielleicht auch nur, weil er ein ausgeprägtes Talent zum Schlafen hatte.

Sie machte mehrere Versuche, wieder einzuschlafen, wälzte sich auf die linke Seite und dann auf die rechte, probierte es sogar mit der Bauchlage. Sie drehte und wendete sich mindestens eine Viertelstunde lang, dann gab sie auf und stieg aus dem Bett. Sie ging zur Kochecke und spürte die Wärme des Bodens unter ihren Fußsohlen, die Bretter hatten den Sonnenschein gespeichert, der während der langen, heißen Sommernachmittage ins Zimmer gefallen war. Während sie eine Schöpfkelle voll Wasser trank, schaute sie aus dem Fenster; dort wuchsen knorrige Krüppelkiefern, Blaubeersträucher und Heidekraut, und ihr kam der Gedanke, dass sie angefangen hatte, sich an den Ort zu gewöhnen und daran, dass die Hütte und all das Schöne, was dazugehörte, nun tatsächlich *ihr* Eigentum war. Heute war Jakobstag, und zum ersten Mal seit Langem war der Morgen nicht sonnig, während der Nacht war Nebel aufgekommen und hatte sich über Korsnäs und die Bucht gelegt. Das milde Grau vor dem Fenster gefiel ihr, sie mochte diese Undurchdringlichkeit, so als wäre die ganze Welt in ein wundersames Versteck verwandelt worden, wo weder Hitlers Gegeifer existierte noch die verlogenen Lockrufe von Moskovan Tiltu, der sowjetischen

Radio-Propagandistin, die gebürtige Finnin war und eigentlich Aino Kallio hieß.

Sie beschloss, im Nachthemd zum Bootssteg hinunterzugehen. Auf dem Weg nach draußen nahm sie Streichhölzer vom Kaminsims mit und eine Zigarette aus der flachen Schachtel in Henrys Jacketttasche: Es waren noch fünf drin, eine konnte er gut entbehren. Während sie den Pfad entlangging, ertönte ein entferntes Nebelhorn bei Sökö oder vielleicht weiter draußen bei den Sommaröarna, den Sommerinseln. Die Kiefernnadeln pieksten, und sie fluchte, als sie auf einen stachligen Zapfen trat. Unten auf dem Steg setzte sie sich gleich an den Rand und ließ ihre Füße und Waden vom lauen Wasser umspielen.

Sie waren mit dem letzten Freitagsbus herausgekommen, nachdem Henry sich einen Samstag freigeschaufelt hatte, und sie hatten Irene mitgebracht. Als sie dann von Stensvik nach Korsnäs mit dem Ruderboot unterwegs waren, saß Irene auf der Rückbank und kommentierte immer wieder Henrys Rudertechnik. Henry fand das nur mäßig amüsant, zu dem Zeitpunkt hatten Molly und er noch keinen Frieden geschlossen. Nach der Ankunft war Irene außer sich vor Freude, das Service wiederzusehen, das sie Molly zum dreißigsten Geburtstag geschenkt hatte, und gleich am ersten Abend redete sie so viel, dass Molly fast die Ohren abfielen. Sie hatte Henry schon damals gewarnt, als sie zum ersten Mal zusammen mit der Straßenbahn nach Brändö und zur Villa Hamberg fuhren: Die Mama ist so eine, die ununterbrochen redet. Und sie hatte hinzugefügt: Und was sie sagt, hat nicht immer Hand und Fuß. Kurioserweise schien Henry sich an Irenes Tiraden nicht zu stören, auf seine diskrete Art schien er sogar davon angetan zu sein.

Als Irene sich nach einem Abendimbiss und ein paar Schnäpsen zurückziehen wollte, fanden Molly und Henry, der Abend sei noch jung, und Henry war es, der vorschlug, in Gerkmans Kahn noch ein wenig hinauszurudern. Sie wünschten Irene, die ihnen zuwinkte und zur Gästehütte hinüberging, eine gute Nacht, und dann lösten sie das Boot aus seiner Vertäuung und sprangen hinein.

Und dort, während der Rudertour in der violetten Dämmerung, brach Henry endlich sein Schweigen. Er sprach leise, damit in der abendlichen Windstille, in der die Stimmen endlos weit trugen, seine Worte nicht von den Strandspaziergängern mitgehört wurden.

Molly hatte seit Monaten auf diesen Augenblick gewartet, und auch jetzt musste sie sich noch gedulden. Henry ruderte mit kräftigen Schlägen nach Südwesten. Erst nach einer ganzen Weile, als sie dem Strand von Kyrkslätt näher waren als ihrem eigenen, zog er die Ruder ein und legte sie in den Dollen ab, während er Molly ansah. Es dauerte eine halbe Minute oder länger, bis er endlich sagte:

Du möchtest wirklich, dass wir darüber reden?

Ja, sagte Molly, ohne seinem Blick auszuweichen.

Er räusperte sich, krempelte einen Hemdärmel hoch, der heruntergerutscht war, und sagte widerwillig:

Es war im Februar. Ich war in Helsingfors, habe mich aber privat bei niemandem gemeldet.

Er verstummte, aber Molly hatte nicht vor, ihn davonkommen zu lassen.

Und?

Henry seufzte, antwortete aber gehorsam:

Ich war schlechter Laune, weil ich allmählich kapierte, dass Sandberg es auf mich abgesehen hatte. Ich wusste, dass ich die Sache mit ihm klären musste, aber ich hatte keine Lust.

Er verstummte schon wieder und schaute verlegen zum Abendhimmel hinauf.

Molly wartete schweigend.

Henry sagte:

Als sie dann in der Redaktion anrief und mich fragte, ob ich nach der Arbeit auf einen Drink herüberkommen wollte, habe ich zugesagt.

Und *sie* ist wer?

Mollys Frage war scharf und ungeduldig, aber auch jetzt antwortete Henry nicht sofort.

Sie heißt Elisabeth, sagte er schließlich. Du kennst sie nicht.

Aber du kennst sie offensichtlich, sagte Molly und versuchte, so viel Ironie wie möglich in ihre Stimme zu legen. Seit wann?

Seit meiner Jugendzeit. Wir sind schon lange befreundet.

So eng befreundet, dass du sie auf einen Drink besucht hast um … wie viel Uhr war es, doch sicher nach elf? Und du bist nicht auf die Idee gekommen, dass da etwas passieren könnte?

Es war nicht vorgesehen, dass etwas passiert, sagte Henry. Es war nicht so, dass sie im Negligé die Tür aufgemacht hätte.

Die Details kannst du mir ersparen, sagte Molly. Wenn du unbedingt einen Drink brauchtest, warum bist du nicht ins *Kämp* gegangen und hast dich zu den Korrespondenten gesetzt?

Henry zuckte hilflos mit den Schultern und sagte nichts.

Dann hättest du vielleicht mit der berühmten Martha Gellhorn schlafen können, fuhr Molly unbarmherzig fort. Sie war doch während des Krieges hier, oder nicht?

Nicht zu der Zeit, sagte Henry grimmig. Und die Gellhorn lebt mit einem amerikanischen Schriftsteller namens Hemingway zusammen. Ich glaube nicht, dass …

Wo wohnt diese Elisabeth?, unterbrach ihn Molly. Und habt ihr nur ein einziges Mal miteinander geschlafen, oder war es öfter?

Die Direktheit ihrer Frage ließ Henry zusammenzucken, und er brauchte einige Sekunden, um zu antworten:

Sie wohnt in der Havsgatan. Und es war nur das eine Mal. Ich weiß nicht, wie … es ist einfach passiert.

Elisabeth in der Havsgatan? Doch wohl nicht Elli Starck? Die Majorsgattin?

Henry griff wieder nach den Rudern, Molly sah, wie unwohl er sich fühlte. Er schwitzte, aber das kam vielleicht von der sportlichen Anstrengung an einem lauen Sommerabend. Er machte ein paar heftige, fast verzweifelte Ruderschläge, sodass das Boot in Fahrt kam, bevor er murmelte:

Ja, das ist sie.

Du setzt dich wirklich für dein Vaterland ein, sagte Molly. Und wo befand sich Major Starck, an der Front?

Vermutlich, sagte Henry tonlos und ruderte weiter.

Ich kann dich verstehen, sagte Molly, tonlos auch sie. Elli Starck ist schön. Aber was wäre passiert, wenn der Herr Major zufällig gerade dann einen unangekündigten Sonderurlaub angetreten hätte? Oder wenn Lilly dich gesehen hätte, als du aus der Wohnung kamst, sie und Karol wohnen ja im Block nebenan.

Sie ließ Henrys verlegenen Blick nicht los, und als er nichts sagte, redete sie gnadenlos weiter:

Warum wollt ihr Männer nicht begreifen, dass Helsingfors eine verdammte Kleinstadt ist und nicht wie New York?

Henry ließ die Ruder ruhen und sagte so leise, dass seine Worte fast unhörbar waren:

Ich bitte dich um Entschuldigung. Ich hoffe, du kannst mir verzeihen.

Jetzt war es an Molly, mit den Schultern zu zucken:

Ich wusste nicht, dass Elli ..., sagte sie nachdenklich. Dass sie zu so was fähig ist.

Wir waren mal ineinander verliebt, als wir jung waren, sagte Henry. Vielleicht deshalb.

Ach, sagte Molly, und plötzlich hatte sie diese ganze Angelegenheit satt, die seit dem Frühling zwischen ihnen gestanden und verhindert hatte, dass sie zueinander zurückfanden, außer in kurzen und flüchtigen Augenblicken.

Sie beugte sich vor, berührte seinen sonnengebräunten Unterarm und fuhr fort:

Se on menneen talven lumia, das ist Schnee vom vergangenen Jahr. Aber wenn es noch mal vorkommt, dann ist es mit der gemeinsamen Wohnung vorbei. Hast du mich verstanden?

Es wird nicht wieder vorkommen, sagte Henry, und seine Stimme klang beschämt. Ich verspreche es dir.

Jetzt, als sie auf dem Steg saß und sich den gestrigen Abend und Henrys erzwungene Abbitte vergegenwärtigte, begannen ihre Gedanken durch die Zeit zu wandern, sie gingen zurück bis zum Sommer 1936 und den Wochen, die sie gemeinsam mit Max

Esping, seiner Geliebten Lu und den anderen hier draußen verbracht hatte. Einer jener anderen war natürlich Mollys Mitja, der Mann, mit dem sie damals sowohl zusammenlebte als auch Musik machte, und bei der Erinnerung an den Juli 1936 hätte sie eigentlich denken sollen: »Als ich mit Mitja zusammen war.« Doch in jenem Sommer war Mitja stufenweise die Kontrolle über seine Trunksucht abhandengekommen, er hatte wieder einmal den Halt verloren, und Molly wusste, dass es ihretwegen war. Mitjas Selbstvertrauen war schwach, und es quälte ihn immer mehr, dass Molly sich von der Sängerin seines Roxy-Orchesters in eine Filmschauspielerin verwandelt hatte, die Männer wie Frauen auf der Straße mit großen Augen begafften. Während der Wochen in Korsnäs schlief Mitja entweder über ganze Tage seinen Rausch aus, oder er saß in der Gästehütte, schrieb neue Arrangements und übte auf der Trompete, die er mitgebracht hatte. Sein Hauptinstrument war das Klavier, aber Molly konnte die vielen Instrumente, die er spielte, gar nicht zählen. Er war ein schwieriger Mensch, innerlich zerrissen und unberechenbar, doch wie zum Ausgleich für all seine dunklen Seiten war er hochbegabt – meist brauchte er nur Stunden oder Tage, um ein neues Instrument spielen zu lernen. In jenem letzten Sommer aber hatte Mitjas Fixierung auf die Musik und den Alkohol ihn endgültig von Molly entfremdet, und sie hatte beschlossen, sich von ihm zu trennen; sie wartete nur auf einen Moment, der dafür besser geeignet wäre als die trubeligen Wochen in Korsnäs.

Während sie sich darauf vorbereitete, Mitja zu verlassen, geriet sie immer tiefer in den Bann von Max Esping und Lu Lilliehjelm. An manchen Tagen machten die Gäste Ausflüge zu fünft, alle außer Mitja. Auch Max' elegante Freundin Adrienne von Wendt und ihr Liebhaber Paul Manelius kamen dann mit auf das große Kabinenboot, das Max gehörte und das er *MS Carole* getauft hatte, nach der Schauspielerin Carole Lombard. Doch dann zogen Adrienne und Paul es zunehmend vor, unter sich zu bleiben – sie waren erst vor einigen Monaten ein Paar geworden –, und Molly schloss sich dafür enger an Max und Lu an: ihre Touren zu dritt wurden immer häufiger und führten sie immer weiter von Korsnäs weg, denn in jener Zeit gab es ja noch keinen Benzinmangel, und außerdem war Max seit Kurzem steinreich. Molly hatte Max schon immer gern gemocht, und nun kamen sie einander näher als je zuvor. Manchmal streiften sie dabei die Grenzen der Etikette; eines Abends, nach zahlreichen Cocktails, flüsterte Max betrunken in Mollys Ohr, dass er das Motorboot eigentlich nach ihr hätte nennen wollen, aber darauf verzichtet habe, um weder seine damalige Geliebte Sirkka noch Mitja eifersüchtig zu machen. Merkwürdig war, dass Max solchen Regungen auch dann immer wieder nachgab, wenn Lu Lilliehjelm in der Nähe war, aber sie schien sich nicht im Geringsten daran zu stören. Es schien sie eher zu belustigen, es kam mehrmals vor, dass sie in mädchenhaftes Gekicher ausbrach, wenn Max hemmungslos mit Molly oder Adrienne flirtete, ohne dass Mitja oder Paul es bemerkten. Molly hielt Lu für eine freie Seele, und sie fühlte sich zu ihr beinahe ebenso hingezogen wie zu Max.

Sie und die zehn Jahre ältere Lu waren einander zuvor nie begegnet, aber Molly hatte viele Geschichten gehört. Helsingfors war eine neugierige Stadt, und Lu Lilliehjelm hatte auf so großem Fuß gelebt, dass um sie herum ein Meer von Gerüchten und Anekdoten wogte. Ihre Jugend hatte sie zum großen Teil in Paris verbracht, dann zeitweilig in London, Rom und Kopenhagen gewohnt. Sie hatte große Feste veranstaltet und sich jedes Mal, wenn sie sich wieder in Helsingfors niederließ, einen neuen Liebhaber zugelegt. Man erzählte sich, dass sie Affären mit bekannten Politikern und exzentrischen Millionären unterhalten habe, aber auch mit ganz gewöhnlichen Männern, und es wurde getuschelt, sie habe in den Zwanzigerjahren ein Verhältnis mit einem schwarzen Jazzmusiker gehabt, der in Helsingfors gastierte: Als Molly davon hörte, hatte sie sich gefragt, ob der Musiker wohl auf demselben Schiff aus Amerika gekommen war wie ihr früherer Englischlehrer, Mr. Kossloffsky.

Seit sie die berühmt-berüchtigte Abenteurerin aus der Nähe kannte und mit ihr reden konnte, hatte sie begriffen, dass Lu Lilliehjelm sich nicht auf ihre Liebesaffären reduzieren ließ. Sie war schlagfertig und couragiert, und sie hatte sich auf ihren Reisen jede Menge *Savoir-vivre* angeeignet: Molly war sicher, dass die fast vierzigjährige Lu an jedem Ort der Welt zurechtkommen würde. Wenn sie eine farbenfrohe Anekdote nach der anderen über den Alltag und die Feste in Rom und Paris erzählte, trank Molly jedes Wort von ihren Lippen, und sie ahnte, dass es die Kombination aus Schönheit, Scharfsinn und Libertinage war, die bewirkte, dass Männer sie wie Fliegen umschwärmten. Es war ihre facettenreiche Persönlichkeit, die Lu so unwiderstehlich machte. Auch Molly, die nie die geringste lesbische Neigung verspürt hatte, merkte nun, dass ihr Herz zuweilen heftiger schlug, wenn sie Lu anschaute und ihren Blick auffing, besonders dann, wenn sie etwas getrunken hatten und der warme Abend in eine milde Sommernacht überging.

Da war auch ein kleiner bitterer Beigeschmack: In manchen Augenblicken dachte Molly, dass Lu ein so wagemutiges Leben nur führen konnte, weil sie reich war und deswegen von nichts und niemandem abhängig. Lu konnte sich auf sich selbst verlassen, für Molly galt das nicht. Andererseits wusste sie, dass Lu berufstätig war, obwohl sie es nicht nötig hatte, sie gab Sprachunterricht und nahm auch Übersetzungsaufträge an, und dieser Fleiß weckte Mollys Bewunderung.

Und so war es gekommen, erinnerte sich Molly mit Staunen, als sie an diesem stillen Morgen, vier Jahre und einen Krieg später, am Rand des Bootsstegs saß, dass Lu die erste Frau gewesen war, die sie auf die gleiche Art geküsst hatte, wie sie sonst Männer küsste.

Es geschah an einem sehr heißen Tag, als Max und Lu und sie mit dem Motorboot aufs Meer hinausgefahren waren. Südlich der Sommerinseln fanden sie eine perfekte Badebucht, sie lag im Windschatten und war vor jedem Einblick geschützt, sie hatte glatte Felsplatten, wogende Tangwälder und einen weißen Sandstrand und alles, was man sich sonst noch wünschen konnte. Sie schlugen ihr Lager auf und richteten sich ihr Picknick mit Broten und Piroggen her, und sie hatten auch Kaffee, Bier und eine Flasche Wein dabei. Sie verbrachten den ganzen Tag dort, die Sonne brannte, sie schwammen in der Bucht und lagen dann nebeneinander, mal auf den Klippen und mal auf Decken im Sand, und ließen die Wassertropfen verdunsten, bis nur noch getrocknetes Salz auf der Haut zurückblieb. Sie lagen dicht beieinander, wie vertraute Sommergeschwister, und die Sinnlichkeit war überall zu spüren; die warme südliche Brise war angenehm, das Wasser erfrischend, und der weiße Sand rieselte so schön zwischen den Zehen hindurch. Das Wohlbehagen wurde noch dadurch gesteigert, dass man unter Freunden war, dass man um die Wette schwimmen und im Wasser miteinander ringen und sich gegenseitig umschubsen und dann vor Lachen kreischen konnte – an jenem Tag benahmen sich Lu und Max wie spielende Kinder, obwohl sie auf die vierzig zugingen, und Molly, sie war ja noch nicht einmal dreißig! Wenn sie auf den glatten Steinplatten oder auf den Decken im weichen Sand lagen, war sie sich der Nähe von Max und Lu sehr bewusst, besonders dann, wenn sie in der Mitte lag.

Aber in jenem unvergesslichen Moment am späten Nachmittag, als die schwache Brise sich gelegt hatte und die Strahlen der schon tief stehenden Sonne ihre nackten Körper liebkosten, lag Molly außen, Lu neben ihr und Max auf dem Rücken, mit geschlossenen Augen, an Lus anderer Seite. Jetzt, mehrere Jahre danach, hätte Molly nicht mit Sicherheit sagen können, wie es anfing, vielleicht gab es eine Art Ouvertüre, eine erste vorsichtige Berührung, aber sie erinnerte sich nur an den Augenblick, als sie sich schon mitten im *Fait accompli* befand, als Lu sich über sie neigte und sie mit offenem Mund küsste, und als sie, überrumpelt, ihren Mund öffnete und den Kuss erwiderte, und sie erinnerte sich, wie sehr es ihr gefallen hatte, Lus Lippen waren weicher, als die eines Mannes sich je angefühlt hatten, und ihre Zungen begannen miteinander zu spielen, und Molly spürte, dass sie die Kontrolle behalten wollte, und sie richtete sich auf, stützte sich auf den Ellbogen, drückte nun ihrerseits Lu auf den Rücken und beugte sich über sie, und dann machte sie, Molly Timm, frischgebackener Filmstar und der feuchte Traum unzähliger Männer, immer weiter mit den Küssen, und sie fing auch an, Lus nackten Bauch zu streicheln, der überhaupt nicht gealtert war, unberührt von Schwangerschaften und Geburten, genau wie Mollys eigener, und während sie sich immer noch küssten, streichelte Lu Mollys Brust und Hals, und so versunken war Molly in dem, was sie da taten, in diesen seltsamen Dingen, die sie nie zuvor erlebt hatte, dass es eine Weile dauerte, bis sie merkte, was Lu mit der anderen Hand machte. Während die eine Hand Molly liebkoste, hatte Lu mit der anderen Max gestreichelt und erregt, und erst jetzt begriff Molly, dass Max natürlich ihre Küsse und Liebkosungen die ganze Zeit beobachtet hatte, und sie hörte, dass er schwer atmete, und sie sah, dass er auf der Seite lag und dass sein Glied aufgerichtet war, es war ziemlich kurz, aber zwischen Lus gespreizten und offenbar erfahrenen Fingern umso voluminöser, fast rosafarben und ein bisschen mitleiderregend blass zwischen all der Sonnenbräune auf der Decke. Molly wusste natürlich, dass es schon zu spät war: Was da angefangen hatte, ließ sich nicht mehr bremsen, aber sie empfand gar keine Scham, denn das Begehren, das sie spürte, war ihr eigenes, es war nicht von irgendeinem aufdringlichen Mann hervorgelockt worden, sondern von selbst entstanden, geboren aus dem Sonnenlicht und dem weißen Sand und den Spielen im kühlenden Wasser, es war ein Begehren, das Lu und Max und sie gleichberechtigt und *à trois* miteinander teilten, ohne Zwang und ohne Konventionen, und ihr Schoß war schon feucht, und sie ließ ihre Finger nach unten und in Lu hineingleiten und fühlte, dass es bei ihr genauso war, und Lu war schon näher zu Max gerückt, sodass er von hinten an sie herankommen konnte, und alles, was danach geschah, ließ Molly immer noch erbeben, wenn sie daran zurückdachte. Weder sie noch Max oder Lu hatten jemals danach auf diesen Tag angespielt, weder mit einem Wort noch mit einem Blick oder mit einem Lächeln, aber die Erinnerung lebte in ihr weiter, und Molly war überzeugt, dass Lu – wo sie sich auch befinden mochte, denn sie war gleich nach jenem Sommer aus Max' Leben verschwunden und irgendwo in Europa untergetaucht – ebenfalls diese Erfahrung in ihrem Gedächtnis bewahrt hatte, und bestimmt war sie auch in Max lebendig geblieben, bis zu dem Augenblick, als die Kugel des Scharfschützen seine Schläfe durchbohrte. Und in ihr selbst, der manchmal so reservierten und wachsamen Molly Timm, war das Geschehene noch so stark gegenwärtig, dass sie jetzt, während sie am Stegrand saß, eine fast unwiderstehliche Lust bekam, sich selbst zu streicheln, oder noch besser: zu Henry hinaufzugehen, sich dicht neben ihn zu legen und ihn langsam und auf die schönste Art, die er kannte, zu wecken.

Sie zog ihr Nachthemd aus und beschloss, an diesem grauen, warmen Morgen erst einmal eine Runde zu schwimmen. Im Schilf nahe beim Steg bewegte sich ein großer Fisch, aber er ließ sich nicht berühren, und während sie schwamm, dachte sie daran, wie sehr die gestohlenen Sommertage mit Lu und Max sie verändert hatten; mit Henry tat sie Dinge, von denen ihr jüngeres Ich sich niemals hätte vorstellen können, dass man so etwas mit einem Mann tat, und sie war nicht immer sicher, ob es ihm gefiel oder nicht. Vielmehr, sie wusste, dass es ihm gefiel, das merkte man wahrhaftig, aber es kam vor, dass er danach verlegen und gehemmt wirkte.

Nach dem Schwimmen nahm sie ein Handtuch von der Bank vor der Sauna und rieb sich trocken. Dann hängte sie das Tuch auf, legte sich das gefaltete Nachthemd über den Arm und ging nackt und auf Zehenspitzen den Pfad entlang zum Haus. Sie wollte Irene in der Gästehütte nicht wecken, zum Glück war ihre Mutter kein Morgenmensch, in den Schulferien hatte sie oft bis neun oder sogar zehn Uhr geschlafen. Jetzt, dachte Molly, wollte sie mit Henry ihre Versöhnung feiern, denn gestern Abend nach der Rudertour waren sie viel zu müde gewesen.

Als sie in die Hütte kam, war Henry schon wach, er stand am Wohnzimmerfenster und sagte, er habe ihr zugeschaut, als sie schwimmen ging und dann den Hang hochstieg, es sei ein schöner Anblick gewesen, ein Bild für die Götter, aber worüber sie denn nachgedacht habe, als sie so lange auf dem Steg saß und mit den Füßen im Wasser plätscherte? Molly antwortete nicht, sie stand nur unbefangen vor ihm in ihrer ganzen Nacktheit, immer noch mit dem gefalteten Nachthemd über dem Arm, und sie sah bei Henry schon eine Wirkung, seine Shorts waren vorne ausgebeult, und als sie ihn an der Hand nahm und ins Schlafzimmer zog, leistete er keinerlei Widerstand.

6

Sie hatte die späten Augusttage in der Stadt immer geliebt. Dann füllten sich die Alexandersgatan, der Esplanadepark und die anderen Spazierwege nach der Sommerstille wieder mit Menschen; zwischen den Häuserwänden und in den Passagen hallte das Klacken der Absätze von rasch gehenden Frauen, in den Restaurants schwoll das Gemurmel an, in den Tanzlokalen versammelte sich eine fröhliche Menge, und die Straßenbahnen fuhren in kurzen Abständen quietschend über die Kreuzung Skillnaden und am Denkmal der Drei Schmiede vorbei. Das Grün der Laubbäume war so dunkel geworden, dass es fast schwarz wirkte, und der häufigere, aber noch warme Regen kündigte das Ende des Alten und Verbrauchten an, doch zugleich den aufregenden Beginn von etwas Neuem. Bald schon brachte der Wind eine Kühle mit, die eine Ahnung von der unabwendbar bevorstehenden Rückkehr des Winters in sich trug. Molly empfand es als wohltuend, dass die Dämmerung ganz allmählich immer früher kam und das Abenddunkel sich verdichtete, sodass die Lichtkegel der Straßenlampen schärfer hervortraten, während zwischen ihnen die Finsternis tiefer wurde und schwarze Kammern bildete, in denen sie sich verstecken konnte, wenn irgendein Passant ihr einen vielsagenden Blick zuwarf oder grinsend »Adèle!« rief.

Aber in diesem Jahr war es anders. Knapp sechs Monate Nachkriegszeit hatten nicht ausgereicht für alles, was an Aufräum- und Wiederaufbauarbeiten erforderlich war. Unten am Sandviken und an vielen anderen Orten sah man deutlich die Spuren der Bombenangriffe des letzten Winters. Und die Stadtbewohner wirkten erschöpft, sie hatten im Sommer nicht so viele frische Kräfte sammeln können wie sonst. Unruhe flackerte in den kurzen Blicken, die in Straßenbahnen und Vorstadtbussen zwischen den Fahrgästen hin und her gingen, und die Schritte der Geschäftsleute, selbst der umtriebigsten und hektischsten, hatten etwas Zögerndes, Abwartendes. Auch die Dunkelheit war anders, bedrohlicher als früher, das merkte Molly, als die ersten Gewitter kamen. Früher hatte sie Donner und Blitze geliebt, sie war dann ins Freie gegangen, sogar auf den Observatoriumshügel oder auf die Wiesen im Brunnsparken, um das Schauspiel zu verfolgen. Aber jetzt reagierte sie nur noch verängstigt, das Grollen und die Schläge und die weißen Blitze erinnerten sie an die winterlichen Bombardements und die Furcht, die sie damals gespürt hatte. Und bei Henry war es genauso. Stets hatten sie gemeinsam die Gewitter bewundert, hatten einander entzückt angesehen, wenn es richtig schlimm knallte oder der Blitz mit einem Zischen irgendwo in der Nähe einschlug. Jetzt schüttelte Henry nur genervt den Kopf und versenkte sich tiefer in sein Buch oder die Tageszeitung.

Das Gefühl des Unbehagens wurde noch verstärkt durch die Äußerungen, die sie von Henry und anderen aufschnappte. Henry steckte noch immer in der Sackgasse, in der er sich seit dem Krieg befand: Sein Chef Sandberg blockierte jeden seiner Versuche, sich in der Redaktion wieder Gewicht und Einfluss zu verschaffen. Und Henrys Reporterkollege Olof Juselius war als Sieger des Romanwettbewerbs, den der Verlag Schildts im Frühjahr ausgeschrieben hatte, zum Helden des ganzen Zeitungshauses aufgestiegen. Gewonnen hatte er mit einem schnell hingeworfenen Landserroman, *Dem Tod ins Auge sehen,* für den er sich die Kriegserlebnisse eines früheren Schulkameraden geborgt hatte. Der Kamerad war Leutnant und hatte bei Summa gekämpft, genau wie der Infanterist, dessen Selbstmord Henry so tief getroffen hatte. Der Leutnant hingegen hatte im Krieg wie im Frieden überlebt, und seine Erzählung bildete die Grundlage für den preisgekrönten Roman von Juselius. Das literarische Helsingfors huldigte geschlossen dem Mut und der moralischen Haltung des Leutnants – sein Name war Rosnell –, aber noch mehr huldigte man der Schreibkunst und dem Einfühlungsvermögen des Autors Olof Juselius. Der hieß jetzt »Olle«, nicht nur bei seinen Kollegen, sondern auch bei Tausenden von Lesern, und das verdüsterte Henrys Gemüt. Und Molly verstand, warum Henry Ausflüchte gesucht hatte, um nicht an dem Wettbewerb teilnehmen zu müssen: Gleichzeitig mit der Bekanntgabe des Gewinners wurde die Zusammensetzung der Jury enthüllt, und einer der drei Preisrichter war der Redaktionschef der Zeitung, Magister Artium Gustaf Sandberg.

Henry hatte Molly versprochen, für den Rest des Jahres auf Alkohol zu verzichten, und das machte seine Laune nicht besser. Er las *Dem Tod ins Auge sehen* in einer Augustwoche durch und knurrte jeden Abend, mehr mit sich selbst redend als mit Molly, dass Olle Juselius ein miserabler Stilist sei und dass er, Henry, aus dem gleichen Stoff etwas viel Besseres gemacht hätte. Einmal musste Molly sich fast auf die Zunge beißen, um nicht zu sagen, na gut, aber warum hast du es dann nicht getan? Aber sie beherrschte sich, nickte nur kurz und kehrte zu ihrer Beschäftigung zurück, und genauso verhielt sie sich auch später, als Henry das Buch zu Ende gelesen hatte und sie ihre Abende wieder damit verbrachten, Tee zu trinken, Radio zu hören und zerstreut in den Tageszeitungen zu blättern.

Nun konnte Henry Molly daran erinnern, was Wille Oljemark über die lange sommerliche Trockenheit und die Gefahr einer Missernte gesagt hatte: Willes Befürchtungen hatten sich restlos bewahrheitet, Gewitter und Sturzregen waren viel zu spät gekommen und hatten das Übel verschlimmert, denn jetzt war das Getreide, das der Dürre getrotzt hatte und in ungewöhnlich lichten und schwächlichen Reihen auf den Feldern stand, auch noch umgeknickt worden. Die verlorene Ernte, sagte Henry, mache das Land noch abhängiger von Deutschland, als es ohnehin schon war, und das sei nicht gut. Über den Hafen bei Linhammar oben an der Barentssee kamen immer noch einige britische Waren an, sie wurden auf schlechten Straßen bis ins fünfhundert Kilometer entfernte Rovaniemi gefahren und von dort aus weiter nach Süden befördert. Aber nachdem im Sommer das finnisch-deutsche Handelsabkommen unterzeichnet worden war, kamen die meisten Lebensmittel und der gesamte Bedarf an Koks und Kohle aus Hitlerdeutschland. Schweden erlaubte seit Juni den Transit deutscher Truppen, die nach Norwegen unterwegs waren, und Henry sagte, er sei sicher, dass Deutschland das Gleiche von Finnland verlangen würde und Finnland keine andere Wahl habe, als zu gehorchen. »Wir verknüpfen unser Schicksal mit dem eines Kriegstreibers, und das ist der direkte Weg in die Hölle«, sagte er an einem Sonntagnachmittag, als er aus seinem Lesesessel aufgestanden war, am Fenster stand und beobachtete, wie ein neuer Regenschauer auf die Museigatan niederprasselte und den Asphalt erglänzen ließ.

Molly erkannte das Thema wieder, etwas Ähnliches war ihr ein paar Tage zuvor im Café *Blå Mocka* unweit des Theaters zu Ohren gekommen. Hinter einer Zwischenwand verborgen, vor sich eine dampfende Tasse Tee und ein knochentrockenes Sandwich, hatte sie unfreiwillig eine Unterhaltung zwischen Erik Landgren und Gun Wideman belauscht, die an einem benachbarten Tisch saßen und über Politik sprachen. Sie hatten über den neuen Außenminister Rolf Witting geredet, offenbar ein entfernter Verwandter von Landgren, und Molly hatte den Theaternestor sagen hören, dass Witting den Russen schon seit seiner Jugend misstraute, dass er ein großer Deutschlandfreund sei und ein glühender Fürsprecher der schwedischsprachigen Bevölkerung, der leider kein Wort Finnisch könne. Und Gun Wideman hatte geantwortet, das sei gut so, die Finnlandschweden seien auf Beschützer angewiesen, und Finnland brauche mächtige Freunde, und an wen sollten wir uns denn halten, wenn nicht an die Deutschen?

Molly hatte sich während des ganzen Monats bei den Theaterproben nicht recht wohlgefühlt. An den Tagen, an denen das Ensemble *Daniel Hjort* probte, saß sie hinter der Bühne in einer entfernten Ecke, während sie auf ihre wenigen Auftritte wartete. Sie hatte in ihrer Kleidung einen kleinen Zeichenblock und einen Bleistift eingeschmuggelt; rechtzeitig vor der neuen Premiere würde sie natürlich darauf verzichten, aber vorläufig diente ihr das Zeichnen dazu, ihre Traurigkeit zu lindern. Sie ließ dem Stift freien Lauf, während sie zerstreut auf die Geräusche von der Bühne lauschte – über die gestelzten Dialoge im Stück ärgerte sie sich immer noch –, und sie entdeckte bald, dass sie die gleichen streichholzdünnen, verdrehten Gestalten zeichnete wie auf der langen Zugreise durch Schweden im letzten Winter. Was ist bloß mit mir nicht in Ordnung?, grummelte sie innerlich, ließ aber den Stift weiter über das Papier gleiten.

Seit ihrer Kindheit hatte sie immer gezeichnet, von der Tochter einer Zeichenlehrerin hätte man auch nichts anderes erwartet. Aber ihr Verhältnis zu dieser Tätigkeit war zwiespältig, Passion und Frustration hielten einander die Waage, denn sie war nicht annähernd so gut wie Irene und auch nicht so gut wie Lilly. Ihre jüngere Schwester hatte die Begabung der Mutter geerbt, genau wie Irene konnte Lilly abzeichnen, was sie wollte, stets gab die Zeichnung den Gegenstand präzise wieder. Während Molly darauf angewiesen war, einen eigenen Ausdruck zu finden; es wurde, wie es eben wurde, manchmal ähnelte es dem Modell und manchmal überhaupt nicht, mal war es interessant, dann wieder nur hässlich, und es war vorgekommen, dass Irene und Lil sie ausgelacht hatten, wenn es ihr misslungen war, den Apfelbaum oder das Auto abzubilden, die sie innerhalb von Sekunden skizziert hatten. Molly dachte daran, dass die Verschiedenheit der Schwestern sich auch in ihrem Äußeren widerspiegelte, aber da war sie im Vorteil. Lilly sah enorm gut aus, aber alles an ihr war größer als bei Molly; wenn sie älter wurde, würde sie schwer und massig werden, genau wie Irene, das sah Molly schon jetzt, und das wusste Lilly sicher auch. Molly dagegen war schlank an der Grenze zur Magerkeit, mit schönen Beinen und ausgeprägter Taille, aber kleiner Brust. In jungen Jahren hatte sie sich zurechtfantasiert, ein Kuckuckskind zu sein, denn sie sah auch dem seligen Einar Timm nicht ähnlich, der Vater war hochgewachsen und kräftig gewesen. Es gab aber doch Gemeinsamkeiten zwischen ihnen, zum Beispiel die hohen Wangenknochen, das war auf den wenigen Fotos zu sehen, die Irene aufbewahrt hatte. Und natürlich hatte sie ihr Metier von ihm, das Talent, sich zu verstellen und jemand anders zu sein, und auch die ausdrucksvolle, etwas heisere Gesangsstimme. Einar Timm hatte gern Couplets und Seemannslieder gesungen, und er hatte die Schauspielerei geliebt, und diese Neigungen und Fähigkeiten besaßen weder Irene noch Lilly.

Während Molly hinter der Bühne saß und zeichnete, wanderten ihre Gedanken vier Jahre zurück. Damals, ebenfalls im August, nur wenige Wochen nach ihrem Abenteuer mit Max und Lu, hatte sie Mitja Wendelin verlassen. Sie hatte es getan, weil er sich weigerte, mit dem Trinken aufzuhören, und außerdem noch angefangen hatte, Kokain zu nehmen, ein Unfug, der so sehr wie ein abgeschmackter Rückfall in die Zwanzigerjahre wirkte, dass Molly nun endgültig genug hatte. Das ließ sie Mitja auch deutlich wissen; an dem Tag, als sie ihre wenigen Habseligkeiten zusammenpackte, hatte sie ihn angeblafft, sie wolle nicht eine Minute länger dabei zuschauen, wie er sein Leben wegwarf.

Der Abend, an dem sie Mitja in seiner unaufgeräumten und übel riechenden Zweizimmerwohnung in der Eriksgatan zurückließ, war auch der Abend, an dem er sie geschlagen hatte. Und nicht nur das, er hatte sie auch gewürgt. Molly wusste, dass es aus schierer Verzweiflung geschehen war, er hatte den Griff um ihren Hals sofort wieder gelockert, er hatte auch nicht versucht, sie zu vergewaltigen, obwohl sie ein paar Augenblicke lang befürchtete, dass er genau das vorhatte. Aber trotzdem. Sieben Jahre hatten sie miteinander verbracht, sieben Jahre, die von Fröhlichkeit und Musik erfüllt gewesen waren, aber zunehmend auch von Misstrauen und Düsternis, und alles ging an jenem Augustabend zu Ende, als ihr kurzes, trauriges Handgemenge von dem neu gekauften Radio übertönt wurde – *das*, meinte Mitja, könne er sich leisten, obwohl er mit der Miete mehrere Monate im Rückstand war –, wo ein aufgeregter Bericht von den Olympischen Spielen darin gipfelte, dass ein Finne einen Langstreckenlauf gewann. Sie hatte vergessen, welchen, aber sie wusste noch, dass sie sich im selben Moment aus Mitjas

Griff losriss, als der Radiomann auf Finnisch rief, »Höckert gewinnt! Höckert gewinnt und Lehtinen ist Zweiter!« Sie sah wieder vor sich, wie Mitja den Arm hob und ihr mit dem Handrücken ins Gesicht schlug, sodass ihr das Blut aus der Nase lief, und wie er sie auf das Bett schubste, während die Stimme des Reporters vor Rührung zitterte, als er den finnischen Sieg rekapitulierte, und wie sie sich rasch herumrollte und wieder auf den Beinen war, bevor Mitja irgendetwas tun konnte, und wie sie ihren gepackten Koffer nahm und Mitjas Blick fixierte, als sie an ihm vorbeiging, und wie er plötzlich anfing zu schluchzen und nicht mehr die geringsten Anstalten machte, sie am Weggehen zu hindern. Damals wusste sie noch nicht, dass sie ihn zum letzten Mal gesehen hatte. Etwas mehr als ein Jahr später würde er tot sein, aber an jenem Abend weinte er, und sie kümmerte sich nicht darum, sie empfand nichts mehr für ihn, sie nahm einfach ihren Koffer und verließ die Wohnung, langsam und mit hocherhobenem Kopf, sie würde ganz bestimmt nicht rennen, diese Genugtuung sollte Mitja nicht haben, und so zog sie beherrscht die Tür hinter sich zu und ging mit zitternden Beinen die Treppen hinunter.

Erst draußen auf der Straße fiel ihr wieder ein, dass sie blutete, sie fand ein Taschentuch in ihrer Handtasche, lehnte sich an eine Hauswand und drückte das Tuch gegen ein Nasenloch, bis die Blutung aufhörte. Es war schon kurz vor Sonnenuntergang, als sie die Eriksgatan hinaufging und dann ostwärts die Annegatan entlang bis zu dem begrünten Platz vor der Gamla Kyrkan. Dort fand sie einen Hydranten und wusch sich das Gesicht, während sie versuchte, es mit Hut und Schal notdürftig zu bedecken, damit niemand sah, dass sie es war, Molly Timm, die neue Filmdiva, die dort mit blutig geschlagener Nase in der hübschen Grünanlage stand, wo das Laub genauso dunkel und üppig war wie jetzt, vier Jahre später. Jetzt, wo schöne junge Menschen aus aller Welt in Helsingfors die Straßen und Parks hätten bevölkern sollen, so wie sie es damals in Berlin getan hatten – aber sie waren nicht gekommen, denn in Europa wurde wieder ein großer Krieg geführt, und niemand hatte Zeit, sich mit Olympischen Spielen und internationaler Verbrüderung aufzuhalten.

Zu Mollys Enttäuschung verlief auch die Neueinstudierung von *Galgmannen* nicht erfreulich, und zwar wegen Erik Landgren. Der Frühling und der Sommer hatten seinen Zustand nicht gebessert, er trauerte immer noch um seinen Sohn, und sein darstellerisches Feuer war dahin. Und damit auch ihr geschmeidiges Zusammenspiel; Molly fühlte sich auf der Bühne alleingelassen.

In diesen Augustwochen waren ihre Tage im Theater lang, denn sie war auch bei den Proben von *Hamlet* zugegen, und die verfolgte sie aufmerksamer, als es nötig gewesen wäre: Sie war nur der Ophelia-Ersatz, für den Fall, dass Asta Heikel irgendetwas passieren sollte. Erik Landgren hatte in *Hamlet* ebenfalls eine Rolle. Er, einst der Prinz in einer Inszenierung, die Molly als kleines Mädchen gesehen hatte – ihr Vater Einar war darin als Polonius aufgetreten –, spielte nun den Geist, und leider passte die Rolle perfekt zu ihm; der vorzeitig gealterte Landgren war zu einem kraftlosen Gespenst geworden. Von ihrem Beobachterplatz im Zuschauerraum sah Molly außerdem, dass Asta Heikel sich eine schöne und zerbrechliche Ophelia erarbeitet hatte, »so keusch wie Eis, so rein wie Schnee«, und dass Gun Wideman als Königin Gertrud ein wenig steif wirkte. Und dann noch die Tatsache, die einen quälenden Verdruss in ihr weckte, eine Missgunst, für die sie sich schämte: dass Walter Venho als Hamlet schlicht und einfach brillant war. Er begnügte sich nicht damit, den Wankelmut und die Verzweiflung des dänischen Prinzen darzustellen, er zeigte in seinem Spiel darüber hinaus eine intensive Zerrissenheit, eine körperliche Präsenz, die ihn als neuen Hamlet-Typus erscheinen ließ, einen Hamlet nicht nur für moderne Zeiten, sondern auch für eine Epoche, die von Krieg und Zerstörung geprägt war. Als er am Anfang des dritten Aktes Ophelias Reinheit in Zweifel zog und sie ins Kloster schicken wollte, war er grausam und zugleich fordernd, auf eine raffinierte Art, die Molly erschauern ließ; obwohl Hamlet nach dem Gegenteil zu streben schien, sah sie, dass Venho aus seiner Erfahrung schöpfte, Frauen unter Vorspiegelung falscher Tatsachen ins Bett gelockt zu haben. Nicht einmal Takolanders unsichere und inkonsequente Regie konnte zerstören, was Walter Venho auf der Bühne zustande brachte, und seine Meisterschaft schien sich sowohl auf Intuition als auch auf Technik zu gründen. Der Neid nagte an Molly, und gleichzeitig war sie sprachlos vor Staunen, dass jemand, der im Privatleben so oberflächlich und ichbezogen wirkte, als Schauspieler so viel Können und Wagemut an den Tag legte.

Ihr Neid entsprang ihrer Überzeugung, dass sie ihre Sache ebenso gut machen würde, wenn man ihr nur die Chance dazu gäbe. *Daniel Hjort* hatte diese Gewissheit beinahe zerstört, *Galgmannen* hatte sie wiederhergestellt, dann war sie bei der Verteilung neuer Rollen übergangen worden, und ihr Selbstwertgefühl war wieder ins Wanken geraten. Aber die Überzeugung lebte weiter, wenn auch mit unsteter Flamme, und sie erwog, Takolander um eine Audienz zu bitten, um die Situation zu besprechen. Vielleicht konnte sie ihn dazu überreden, sie in einem der Frühjahrsstücke zu besetzen, oder allerspätestens dann, wenn der Spielplan für die Saison 1941/42 erstellt wurde? Oder sollte sie darauf hoffen, dass Asta in ihre Trauer zurücksinken oder von Lungentuberkulose oder einer schweren Grippe heimgesucht würde, sodass Molly an ihrer Stelle »das scheueste Mädchen«, das »nur dem Mond« seine Reize enthüllt, verkörpern dürfte?

Aber ein solcher Mensch wollte sie nicht sein, sie wollte nicht das Unglück anderer herbeiwünschen, um sich selbst Vorteile zu verschaffen. Die Krux war, dass sie früher schon einmal versucht hatte, mit Takolander zu verhandeln, nach der ersten Saison in seinen Diensten, als sie nur die Lehrerin Frau Streng in *Rinaldo Rinaldini* und ein paar Statistenrollen hatte spielen dürfen. Daher wusste sie, dass er sowohl despotisch als auch störrisch war und dazu noch selbstgefällig. Außerdem hatte er beim Einstellungsgespräch ungeniert auf ihren Busen und ihre

Fesseln gestarrt. Aber das war damals; seit Asta Heikel und Elsa Luts direkt von der Schauspielschule zum Theater gekommen waren, hatte Takolander nur noch Augen für die beiden.

All diese Gründe hatten dazu geführt, dass sie nun, an einem bewölkten Sonntagnachmittag im September, am Kino-Palast vorbeiging, wo die Premierenfeiern stattgefunden hatten, als sie in Produktionen von Suomi-Filmi mitspielte, dann die Centralgatan hinunter in Richtung auf das Hochhaus der Aktiebanken, bevor sie nach rechts abbog und auf der Alexandersgatan weiterging. Sie sah, dass vor dem Kaufhaus Stockmann eine Gruppe von Männern stand und laut diskutierte, obwohl Feiertag war. Vermutlich stritten sie sich über den Leichtathletik-Länderkampf, der im Stadion ausgetragen wurde, Finnland gegen Schweden und Deutschland: Henry hatte sich darüber aufgeregt, dass der Wettkampf stattfand, und gesagt, dass Guido Röman und die anderen Sportjournalisten sich weigern sollten, darüber zu schreiben. Sie hörte die heiseren Stimmen der jugendlichen Zeitungsverkäufer unten an der Mikaelsgatan. Sie riefen Nachrichten von den Wettbewerben aus, aber sie schrien auch etwas von neuen Ereignissen im Krieg. Molly stellte sich taub, sie wollte jetzt keine Kriegsmeldungen hören. Während des ganzen Spätsommers hatte sie die Ruhe in den Krieg führenden und besetzten Ländern als eine Ankündigung kommenden Unheils empfunden. Sie musste oft an den raschelnden Ameisenkrieg denken, dessen Zeugin sie geworden war, als sie im Wald hockte und Pipi machte, während der Morgen des Mittsommertages heraufdämmerte. Damals hatte sie die gleiche Wahrnehmung einer vibrierenden Ruhe gehabt wie jetzt, die sich langsam verstärkende Gewissheit, dass Angriffe stets im Verborgenen vorbereitet wurden, und die düsteren Prophezeiungen, die von Henry und anderen kamen, bestätigten diese Ahnung. Aber in diesem Moment wollte sie nur an das Treffen denken, zu dem sie unterwegs war, es konnte sich als wichtig erweisen, und resolut verschloss sie ihre Ohren vor den Rufen der Zeitungsjungen.

Aber es war nicht leicht, die Gedanken auf die bevorstehende Begegnung zu lenken. Gegen ihren Willen dachte sie stattdessen schon wieder an Henry und an die neue, alte Ermüdung, die sich wieder eingeschlichen und sie abermals voneinander entfernt hatte. Der Hochsommer hatte sie einander nähergebracht, sie war erleichtert gewesen, als Henry seine Untreue eingestanden hatte, danach ließ sich die Luft leichter atmen. Aber jetzt war der Alltag zurückgekehrt und nagte an ihnen, es war, als wären ihre Seelen von Termiten angegriffen worden. Mollys Arbeitstage waren lang, trotzdem erwartete Henry, dass sie für das Essen sorgte und sich um den Haushalt kümmerte. Es war schwierig, Lebensmittel aufzutreiben, und ebenso schwierig, die Rezepte zu variieren, und die Bezugsscheine machten sie wahnsinnig. Die ständige Eile zerrte an ihr; sie schaffte es nicht, Lilly anzurufen, geschweige denn, sich mit ihr zu treffen, und sie hatte auch keine Zeit, nach Brandö hinauszufahren und Irene zu besuchen, die wieder gesundheitliche Probleme hatte. Molly sehnte sich nach einer Haushaltshilfe, nach ihrem Erfolg als *Adèle* hatte sie ein Hausmädchen gehabt. Lina aus Sibbo, rotwangig und blond, hatte auf einem Bettsofa im Gästezimmer geschlafen, das nach Henrys Einzug sein Arbeitszimmer geworden war. Es war Henry gewesen, der darauf bestanden hatte, Lina zu entlassen, Molly und er würden ohne sie zurechtkommen, hatte er gesagt, sie könnten sich die Aufgaben teilen. Die Realität sah anders aus: Henry scheute sich nicht davor, zu putzen und anzupacken, aber er war extrem unpraktisch, und in der Küche war er hilflos. Und während des letzten Jahres war er immer fauler geworden, das galt auch für seinen Beruf: Er saß nur selten an seinem Tisch im Arbeitszimmer, die Schreibmaschine ratterte so gut wie nie, was er darauf schob, dass niemand haben wollte, was er schrieb.

Das Komische war, dass sie Henry jetzt, wo er sich verantwortungsbewusst verhielt und tat, was sie sagte, weniger mochte als vorher. Der alte Henry war unzuverlässig gewesen: Er hatte sich gemeinsam mit seinen Freunden vollaufen lassen, er war mit der *Aldebaran* aufs Meer geflüchtet, sobald sich die Gelegenheit ergab, und er hatte Molly mit einer anderen Frau betrogen. Der neue Henry, mit dem sie jetzt lebte, ließ die *Aldebaran* vertäut an ihrem Steg liegen, kam von der Arbeit gleich nach Hause und rührte die Schnapsflasche nicht an, aber sein *Weltschmerz* und seine Unzufriedenheit mit sich selbst machten es schwer, den Alltag mit ihm zu teilen. Der alte Henry hatte sie zum Wahnsinn getrieben, aber er war auch großzügig und unternehmungslustig gewesen. Sie wusste, dass sie Schmetterlinge im Bauch haben sollte, wenn sie an ihn dachte – er sah gut aus und war intelligent, er hatte fast alles, was eine Frau sich wünschen konnte –, und doch fühlte sie die meiste Zeit gar nichts. Und wenn nun der Fehler nicht bei Henry lag, sondern bei ihr? Vielleicht war sie von der Sorte, die sich schnell langweilte, eine Abenteurerin, die sich nicht mit einem guten Kerl zufriedengab, sondern stets das Verbotene suchte, so wie es die unbezähmbare Lu anscheinend ihr ganzes Leben lang getan hatte? Und bei Henry war es ja genauso, warum hätte er sie sonst im letzten Winter hintergangen? Oder war es so, dass zwischen Henry und ihr etwas fehlte, etwas Unentbehrliches, zum Beispiel die Verbundenheit, die sie gespürt hatte, wenn sie und Mitja zusammen Musik gemacht hatten?

Sie wusste es nicht, sie wusste nur, dass Henry und sie wieder reserviert und wortkarg miteinander umgingen. Das machte ihr Angst, und sie wünschte sich, seelisch robuster zu sein, so robust, wie Lu Lilliehjelm gewirkt hatte und wie Max Esping es gewesen war.

Das Haus mit dem Balder-Saal lag im letzten Block der Alexandersgatan, hinter dem Präsidentenpalast. Der Festsaal befand sich im obersten Stockwerk, und Molly nahm leichtfüßig die Treppenstufen: Sie war erwartungsvoll, es kribbelte in ihrem Bauch, wie sie es lange nicht mehr erlebt hatte.

Sie wusste nicht viel über den Mann, mit dem sie verabredet war. August Ström war ein Schauspielveteran, gut über fünfzig, ein ehemaliger Theatercharmeur mit Gardemaß, bekannt für seinen buschigen Schnurrbart und sein cholerisches Temperament. Er führte auch Regie, und man sagte, dass er stets seinen

Willen durchsetzte, koste es, was es wolle. Im Frühjahr war er wutentbrannt aus der ersten *Hamlet*-Probe gestürmt, nachdem der Regisseur Takolander einen ironischen Kommentar zu seiner Sprechweise abgegeben hatte. Ström sollte Polonius spielen, die Rolle, in der über zwanzig Jahre zuvor Einar Timm aufgetreten war, aber zur allgemeinen Verwunderung war er nicht mehr zurückgekehrt. Stattdessen hatte er gekündigt und wollte jetzt ein eigenes Theater gründen, gemeinsam mit seiner Frau Ellika und ein paar hastig zusammengewürfelten Schauspielern; ein böses Gerücht besagte, dass die Truppe aus einem Trio versoffener Statisten und zwei jungen Soubretten mit wohlgeformten Beinen bestand.

Ström empfing Molly oben auf dem letzten Treppenabsatz, streckte ihr eine riesige Hand entgegen und begrüßte sie barsch. Sie folgte ihm in den Saal und sah sofort, dass die Bühne sich nicht zum Theaterspielen eignete; sie war nicht tief genug, und Molly nahm an, dass auch die Akustik nicht die beste war. Oben auf der Bühne saß eine magere Frau mit grau melierten Haaren an einer Nähmaschine und nähte einen Vorhang, vermutlich Ströms Ehefrau und Teilhaberin.

Meine Frau Ellika, bestätigte er, als die Dame sich von ihrem Stuhl erhob und nach unten kam, um Guten Tag zu sagen. Gleich darauf entschuldigte sie sich, ging auf die Bühne zurück und setzte sich wieder an die Nähmaschine.

Ström drehte sich auf dem Absatz um, verließ mit raschen Schritten den Saal und gab Molly einen Wink, ihm in den angrenzenden Raum zu folgen. Dort ließ er sich auf dem einzigen Sessel nieder und zeigte auf einen Sprossenstuhl. Molly nahm darauf Platz, legte die Hände auf die Knie und stellte ihre Beine schräg nach rechts.

Ja, brummte Ström, ich kannte Ihren Vater, wie Sie wissen. Ziemlich gut sogar, ich glaube, ich war einige Male in Ihrem Haus in der Vladimirsgatan zu Gast.

Er räusperte sich geräuschvoll und fuhr dann fort:

Einar war eine Naturgewalt. Aber er tat sich schwer damit, sich für das zu entscheiden, was im Leben zählt.

Molly fiel keine passende Antwort ein, deshalb beschränkte sie sich darauf, eine neutrale Miene aufzusetzen und kurz zu nicken.

Ich habe Sie genau beobachtet, Fräulein Timm, redete Ström weiter. Sie haben auch diese Präsenz, aber wie alle Starlets unterschätzen Sie den Aufwand an Arbeit, der auf der Bühne zu leisten ist.

Da wusste Molly schon, dass das Gespräch sinnlos war, die Bezeichnung *Starlet* sagte alles, Molly konnte das Wort nicht ausstehen. Außerdem sah sie, dass Ström nach ihrer Brust und ihrem Hals und ihren Fesseln schielte, obwohl seine Frau hinter der geschlossenen Saaltür nur zwanzig Meter von ihnen entfernt saß.

Sie beschloss, noch eine Weile mitzuspielen.

Was meinen Sie mit *unterschätzen*?, fragte sie. Vor Arbeit habe ich mich noch nie gescheut.

Das glauben Sie nur, sagte Ström, und sein Ton war schroff. Wenn ihr beim Film arbeitet, meint ihr, es genügt, zwanzig Sekunden zu funkeln. Aber im Theater muss man das Funkeln mehrere Stunden durchhalten.

Molly dachte an die Rollen, in denen sie Ström gesehen hatte, hauptsächlich in mittelmäßigen Komödien oder auch in altmodischen Partien wie Magister Bas in *Rinaldo Rinaldini*. Sie hatte Lust, mit den Schultern zu zucken oder verächtlich zu schnauben, sie hätte ihn gern geärgert. Aber sie ließ es bleiben.

Ich mag Herausforderungen, sagte sie. Wann haben Sie Ihre erste Premiere, und was wollen Sie in der kommenden Saison zeigen?

Wir spielen nicht nur hier im Balders, sagte Ström. Wir werden auch auf Tournee gehen. Drei Abende in der Woche hier und zwei Abende draußen im Land. Ich habe gerade das Auto umbauen lassen, damit es auf Holzgas läuft.

Ach so, sagte Molly geduldig. Aber was wollen Sie denn spielen?

Musiktheater, unter anderem. Das müsste Ihnen doch gelegen kommen, Fräulein Timm? Haben Sie nicht mit Roxy gesungen, bevor Sie beim Film und beim Theater anfingen? Ich meine, mich aus dem *Nizza* und aus dem *Franciskaner* an Sie zu erinnern.

Das stimmt, sagte Molly. Roxy war eines der Orchester von Mitja Wendelin. Ich habe mehrere Jahre mit denen gesungen.

Wusste ich's doch!, sagte Ström, und er klang auf einmal aufgekratzt. Das ist ein begabter Musiker, der Wendelin. Wohin war er noch mal verschwunden?

Er ist tot, sagte Molly.

Tot?, echote Ström. Ist er im Krieg gefallen?

Nein, sagte Molly knapp. Er ist schon vor ein paar Jahren verstorben, es war ein Unglücksfall. Welche Art Musiktheater wollen Sie machen?

Ström warf ihr einen missmutigen Blick zu, als wolle er sie dafür tadeln, dass sie das Gesprächsthema zu schnell gewechselt hatte. Dann hatte er sich wieder im Griff:

Wir haben eine Revue fast fertig, die von ein paar Journalisten bei *Svenska Pressen* geschrieben wurde. Wenn ich Geld hätte, würde ich ein Musical aus London kaufen. Aber jetzt sieht es so aus, dass wir die Musik und die Sketche selber schreiben müssen.

Verstehe, sagte Molly.

Für Sie wäre da noch Platz, sagte Ström plötzlich, und seine Stimme klang freundlicher als zuvor. Ich weiß, wie Sie singen, und Sie bewegen sich gut auf der Bühne. Tanzen Sie gern?

Wieder glitten seine Augen abwärts und schienen Mollys Beine zu liebkosen, so züchtig sie die auch unter dem Stuhl versteckt hatte.

Haben Sie eigentlich vor, beim Film weiterzumachen?, wollte Ström wissen, als sie nichts sagte. In *Unsere schöne Cousine Adèle* waren Sie ausgezeichnet.

Bis auf Weiteres, ja. Ich habe einige Verträge unterschrieben.

Darf man fragen, worum es geht? Eine neue Adèle vielleicht?, schmeichelte Ström.

Kaum. Aber wir werden im Spätherbst *Winterliebe* drehen. Das ist eine moderne Komödie, und Ilmari Jylhä führt Regie.

Wer ist das?

Einer von den Neuen, Jungen. Er soll enorm begabt sein.

Jaja, sagte Ström müde. Die Generationen kommen und gehen. Aber Sie sollen wissen, dass auch wir dem Nachwuchs eine Chance geben. Wir planen im Winter eine Uraufführung. Ein Schauspiel von einem jungen Autor, Colliander. Möchten Sie das Manuskript lesen?

Molly erinnerte sich an den Roman *Der Kreuzzug*, den sie zu Beginn der langen Zugfahrt von Helsingfors nach Schweden zu lesen versucht hatte. Sie hatte das Buch überspannt und wenig inspirierend gefunden.

Im Moment schaffe ich das wohl nicht, sagte sie. Ich muss mich gleichzeitig mit der Maria in *Galgmannen* und der Katri in *Daniel Hjort* herumschlagen.

Sie sah, dass Ström enttäuscht war, deshalb fügte sie höflich hinzu:

Aber vielleicht können wir später darauf zurückkommen?

Als sie auf die Alexandersgatan hinaustrat, hatte es angefangen zu regnen. Sie spannte ihren Schirm auf und ging zurück in Richtung Stockmann und Henriksgatan. Das Ausgehkostüm kratzte, und die Pumps scheuerten, und sie dachte, dass die Verabredung mit August Ström nur Zeitverschwendung gewesen sei: Der Kerl war mindestens so selbstgefällig und voller Vorurteile wie Takolander.

Sie ging schnell und ließ die Straßenbahnen vorbeifahren, obwohl der Regen stärker wurde. Sie passierte die Drei Schmiede und überquerte die Henriksgatan in Richtung *Hufvudstadsbladet*, Henry und sie wollten sich dort treffen und dann auf eine Tasse Tee und ein Sandwich ins *Bronda* gehen, bevor seine Abendschicht anfing. Auf dem Weg ins Verlagsgebäude blieb sie vor dem Schaufenster stehen und las die dicken Überschriften: Deutschland hatte begonnen, London zu bombardieren, das war es, was die heiseren Stimmen der Zeitungsjungen heraustrompetet hatten, als sie zu dem Treffen mit Ström unterwegs war.

Was hatte Henry gesagt, als der Kartenverkauf für den Athletik-Länderkampf eröffnet wurde? »Die Deutschen behaupten, dass in Europa jetzt Frieden herrsche. Aber Besetzungen sind kein Frieden, sondern ein Krieg, der ganze Länder zum Schlachtfeld macht.« Heute Abend würde Henry wieder die Titelseite redigieren, Bombenregen über London und Länderkampf im Stadion; Krieg und Sport, die ewigen Beschäftigungen der Männer. Ihre Gedanken wanderten zu dem Herbst und dem Winter, die ihr bevorstanden, und für einige Augenblicke wurde sie von Hoffnungslosigkeit gepackt, so heftig und erbarmungslos wie nie zuvor. Könnten doch nur die Dreharbeiten zu *Winterliebe* bald beginnen! – sie brauchte eine Rolle, um darin aufzugehen, sie sehnte sich nach den kurzen Momenten konzentrierter Stille vor der Aufnahme, sie brauchte die hellen Scheinwerfer im Studio und das Wunderwerk von Filter, das der Kameramann Koskimaa verwendete, und das gnädige Halbdunkel um sie herum, wenn die Scheinwerfer am Abend ausgeschaltet wurden: Sie brauchte einen Zufluchtsort, und er musste magisch sein, denn an die Magie des Alltags glaubte sie nicht mehr, und an die des Theaters auch nicht.

IV
Henry, im zweiten Winter

Es gibt keinen freien Willen mehr,
nur noch Realpolitik und Zwang.

Rechtsanwalt Claes Thune, März 1941

1

Als er aus dem Albtraum erwachte, war draußen der Tag angebrochen.

Immer wieder der gleiche Traum, aber in verschiedenen Varianten. Die Leichen im Straßengraben an jenem Wintertag, gefroren und halb von Schnee bedeckt, zu Haufen gestapelt. Die schwarz gewordenen Glieder, der Offizier, bei dem oberhalb des Rockkragens der Kopf fehlte.

Trotz ihres tiefgefrorenen Zustands waren die Soldatenleichen nicht immer stumm: Manchmal flüsterten sie, manchmal sprachen sie laut mit ihm. Es kam sogar vor, dass sie schrien, in Sprachen, die er sich als asiatische vorstellte, die er aber nicht kannte.

In manchen Nächten gingen sie auf ihn los, oft schweigend und verbissen. Dann wieder redeten sie miteinander und lachten höhnisch, während sie mit Messern auf ihn einstachen, ihn mit ihren Bajonetten traktierten, ihn mit Maschinengewehren und Pistolen beschossen. In einem Traum entsicherte ein Feind eine Handgranate und drückte sie ihm in den Mund, vernichtete ihn so, wie er selbst vernichtet worden war.

An diesem Morgen war es in seinem Traum Sommer, und am Anfang agierten die Leichen nicht, sondern befanden sich im Zustand der Verwesung. Fliegenschwärme setzten sich in ihre Wunden, fette weiße Würmer krochen umher, alle Stadien der Auflösung existierten nebeneinander.

Henry und die anderen Lebenden wollten nichts mit den Toten zu tun haben, sie warfen ihre Spaten weg und weigerten sich, die rechteckigen Gruben auszuheben, wie man es ihnen befohlen hatte.

Da machten die toten Feinde und die höheren finnischen Offiziere gemeinsame Sache. Die Sowjetsoldaten wurden wieder lebendig, sogar ihre Wunden waren jetzt neu und frisch, viele davon so tief und groß, dass es gar keine Wundränder gab, nur tiefe Krater, in denen das seltsam hellrote, blutig gestreifte Menschenfleisch entblößt dalag. Auf Befehl der Offiziere stürzten sich die lebenden Toten in einer solchen Raserei auf die widerspenstigen Grabgräber, dass Henry im Moment des Aufwachens entsetzt zusammenfuhr.

Lange hatte er befürchtet, dass er brüllte, während er träumte. Dass er verständliche Sätze schrie, brutale Wörter ausrief, die Molly dazu veranlassen würden, wieder Fragen zu stellen. Sie würde ihn bitten, zu erzählen, und auch diesmal würde sie es in guter Absicht tun: Sie wollte es doch nur wissen, und sie wollte ihn trösten.

Aber Henry wollte nicht erzählen. Einmal war genug. Im Frühjahr hatte er an ihrem Gesichtsausdruck abgelesen, dass seine Kriegserzählungen sie anekelten.

Das Problem hatte sich gelöst. Er schlief wieder allein, Molly konnte ihn nicht träumen hören. Sie telefonierten nicht einmal mehr, seit dem letzten Mal waren mehrere Wochen vergangen.

Es ist traurig, dass es so gelaufen ist, aber es war unvermeidlich, hatte er sich im November eingeredet, als er ausgezogen war. Die Initiative war von ihm ausgegangen, aber Molly hatte nicht protestiert.

Langsam verblasste der Albtraum, und er schaute auf den Wecker. Zehn vor neun. Er hatte verschlafen, den Weckton abgestellt und in seinem Nachtmahr verharrt, statt aufzustehen.

Jetzt würde er die große Mittwochskonferenz in der Redaktion versäumen, schon zum zweiten Mal innerhalb von zwei Wochen.

Aber das konnte ihm so egal sein wie den gleichgültigen Sternen in Nils Ferlins[51] Gedicht. Denn er schrieb ja immer noch nichts, und wenn er in den Konferenzen etwas sagte, hörte niemand zu.

Wenn jemand ihm wider Erwarten sein Ohr lieh, Guido

zum Beispiel oder Ragge Lerche, dann verwendete Guss Sandberg viel Sorgfalt darauf, klarzustellen, dass Henry falschlag und dass seine Ideen wie üblich Totgeburten waren. *Lavabränt*, ausgesprochen mit kurzen, scharfen Vokalen, lautete das beleidigende Dialektwort, das Sandberg oft für Henrys Vorschläge benutzte: Es bedeutete »abschreckend« oder »abstoßend«.

Eiskristalle am Fenster und Saukälte im Zimmer. Als er sich auf die Bettkante setzte und nach seiner Hose tastete, erschauderte er, der Holzboden fühlte sich unter seinen Füßen wie frostiger Marmor an, und die rechte Schulter schmerzte so stark wie lange nicht mehr.

Er hörte Asta in der Küche herumklappern. Sie öffnete die Tür zur Speisekammer und murmelte etwas Unverständliches, wahrscheinlich beklagte sie sich darüber, dass die Regale leer waren. Henry wollte nicht zu ihr hinübergehen, noch nicht. Er vermutete, dass er sehr mitgenommen aussah: Sein Kopf schmerzte heftig, und sein Mund war staubtrocken, er fühlte sich von innen an wie Leder.

Der gestrige Abend. Er hatte damit begonnen, dass Guido und er im *Bronda* saßen. Dann waren sie zum *Mikado* gegangen, und dort war Ragge Lerche zu ihnen gestoßen, später auch Claes Thune.

Guido hatte sich früh abgesetzt und war mit der Straßenbahn nach Hause gefahren, zu Ghita und den Kindern. Die anderen waren bis zur Sperrstunde sitzen geblieben und hatten sich dann auf unsicheren Beinen zu Ragges Wohnung in der Kaserngatan begeben, für das *Nachspiel*.

Dort hatte Henry sich unbehaglich gefühlt, es hatte seinen Grund, dass er an Guido als »Guido« dachte, an Ragge und Claes jedoch als »Lerche« und »Thune«.

Beinahe wäre es wieder zu einer Prügelei gekommen. Claes Thune war ein anstrengender Mann, der gern von seinen Reisen erzählte – gestern Nacht hatte er über seine Jahre als Diplomat in Stockholm und Moskau geredet –, aber noch lieber verweilte er bei sämtlichen Gelegenheiten, bei denen das Unglück ihm ins Gesicht gegrinst hatte. Thune hatte etwas an sich, das andere Männer provozierte. Henry war nur leicht genervt, aber hartgesottenere Typen wie Ragge Lerche schienen dauernd Lust zu haben, Thune eins aufs Maul zu hauen. Außerdem arbeitete Lerches Bruder beim Außenministerium, und Ragge behauptete, Thune würde über die politischen Verhältnisse in Schweden nur dummes Zeug quasseln. Letzte Nacht hatte Henry die Schlägerei abgewendet und Lerche beruhigt, der dann auf seinem Sofa zusammengesackt war, während Thune am Küchentisch sitzen blieb und zu einem wirren Monolog über den Verfall der Sitten ansetzte, anscheinend völlig desinteressiert daran, ob Henry ihm zuhörte oder nicht.

Erst gegen drei Uhr morgens war Henry durch eine stille Innenstadt nach Hause gewandert, in einem Wirbel von kleinen, nadelspitzen Schneeflocken: Eine arktische Kältewelle war gleich nach Neujahr durchs Land gezogen und wollte ihren Griff nicht lockern.

Jetzt zog er sich Hemd und Hose an und ging zu Asta hinein. Sie hatte ihr Bett schon gemacht, saß aufrecht auf der Tagesdecke über dem Eisengestell mit Matratze und las ein Manuskript. Sie schien in Eile zu sein, ihr Blick glitt schnell über die Seiten, sie blätterte mehr, als dass sie las.

Guten Morgen, Onkel, sagte sie, ohne von dem Papierbündel aufzusehen.

Ist noch irgendwas Essbares in der Speisekammer?, fragte Henry. Und verdammt noch mal, nenn mich nicht Onkel!

Die Antwort auf seine Frage kannte er schon. Die Lebensmittelkarten lagen kunterbunt durcheinander auf dem Küchentisch, seit etlichen Tagen hatten weder er noch Asta es geschafft, in die Läden zu gehen. Im Moment nicht, sagte Asta. Und der Tee ist fast alle. Aber das Wasser hat gekocht, und die Blätter ergeben noch eine Tasse für dich. Ich kann in der Stadt frühstücken, bevor ich ins Theater gehe.

Haben wir Zucker zum Tee?

Die Frage war genauso überflüssig wie die erste. Als Henry aus der Museigatan ausgezogen war, hatte er schon nach wenigen Tagen begriffen, wie oft Molly in die Geschäfte gerannt sein musste, um nach Essen zu suchen, das sie auf den Tisch bringen konnte. Sie kamen beide aus einfachen Verhältnissen, und der Gedanke an eine Haushaltshilfe war ihnen unangenehm gewesen. Und es hatte keine Rolle gespielt, dass ihr Einkommen über dem Durchschnitt lag: Waren die Regale in den Läden gähnend leer, war nichts zu machen. Nach Henrys Empfinden lag darin eine beinahe tröstliche Gerechtigkeit. Aber dieses Gefühl verschwand, wenn der Hunger anfing, im Bauch zu rumoren. Er selbst hatte sich angewöhnt, von der Arbeit direkt nach Hause zu kommen und über das schlechte Essen zu nörgeln, nur für die Beschaffung von Feuerholz und Schnaps hatte er sich zuständig gefühlt. Das bereute er jetzt, aber dafür war es zu spät.

Nein, Zucker ist nicht da, sagte Asta und sah von ihren Papieren auf. Soll ich den großen Kachelofen noch einmal anheizen, bevor ich zur Probe gehe?

Gern, sagte Henry.

Er sah, dass sie mehrere Klafter Feuerholz aus dem Keller geholt hatte, die Scheite lagen ordentlich geschichtet im Birkenrindenkorb und daneben.

Und ich *werde* die Karten noch mitnehmen und für uns einkaufen, bevor ich umziehe, fügte sie hinzu.

Das musst du nicht, sagte Henry, das kann ich selber machen. Wann ist es so weit?

Montag. Ein paar Leute aus dem Theater wollen kommen und mir helfen.

Wer denn?

Walter Venho und Halvar Sunde und vielleicht noch jemand, sagte Asta, sie sah glücklich aus.

Ihr Lächeln war unwiderstehlich, aber Henry konnte nicht verhindern, dass es einen kleinen, ziehenden Schmerz in ihm auslöste. Er lächelte zurück und rief sich gleichzeitig selbst zur Ordnung: Sie ist Gretas und Willes Tochter, reiß dich zusammen!

Manchmal dachte er, dass Astas Schönheit für sie selbst auch negative Folgen haben könne, und er fragte sich, ob sie wusste, dass sie auf sich aufpassen musste. Aber jetzt ärgerte ihn am meisten der Gedanke, dass er gezwungen sein würde, Walter Venho in seiner Wohnung herumstiefeln zu sehen. Venho lief Henry so oft über den Weg, dass es schien, als hätte er – oder das Schicksal? – es auf Streit zwischen ihnen abgesehen. Wie eng war eigentlich die Freundschaft zwischen Asta und Venho? Und hatte Venho ihr erzählt, was am Premierenabend von *Hauptmann Cornell* passiert war, jenem Abend, der dazu geführt hatte, dass Henry bei Molly auszog? Vermutlich, aber dann wunderte es ihn, dass Asta nichts dazu gesagt hatte, denn sie war nicht nur offenherzig, sondern auch redselig.

Du siehst müde aus, sagte sie und begegnete unbefangen seinem Blick.

Ich habe heute einen teuflischen Kater, sagte Henry genauso unverblümt, und er bereute es sogleich: Er mochte Astas freimütige Art, aber er wusste auch, dass seine Schwester Greta sich Sorgen machte wegen seines Lebenswandels, und in den letzten Monaten hatte sie eine Informantin gehabt, die ihr direkt aus seinem Haushalt Bericht erstattete.

Willst du nicht noch einmal in eine Vorstellung kommen?, fragte Asta. Statt jeden Abend in der Kneipe zu sitzen.

Ihre Frage überraschte ihn, und er suchte nach einer Antwort. Ihm fiel aber nur eine Gegenfrage ein:

Was spielt ihr denn? *Heufieber* habe ich schon gesehen, und *Daniel Hjort* auch. In welchen Stücken bist du sonst noch dabei?

Komm doch und schau mich als Ophelia an, sagte Asta. Am Donnerstag geben wir *Hamlet*.

Na ja, sagte Henry. Shakespeare ist nicht so mein Geschmack.

Das war gelogen, aber er wusste ja, wer die Hauptrolle spielte: Walter Venho.

Walter ist als Hamlet wunderbar, sagte Asta. Geradezu grandios. Und auch sonst ist es eine gute Inszenierung, ich finde, du solltest sie sehen!

Was liest du gerade?, fragte Henry, um der Zwickmühle zu entkommen, in die er geraten war.

Ein Filmdrehbuch, sagte Asta und schaute wieder in ihre

Papiere. *Weiße Rosen,* ein Melodram. Morgen sind Probeaufnahmen.

Und da willst du hingehen?

Er fand es schön, hier zu stehen und mit ihr zu reden. Es wirkte sogar gegen den Kater, nicht restlos, aber ein wenig. Er würde Asta vermissen, wenn sie auszog. Ihre strahlende Erscheinung hatte bewirkt, dass er nicht so viel an Molly dachte, wie er befürchtet hatte. Hundertmal lieber Asta als Kasse Wahlman, der im Sommer in seiner Wohnung gewohnt und sie für Zwecke benutzt hatte, die Henry missbilligte.

Er staunte, wie schnell Asta sich wieder gefangen hatte: Es war ja erst ein Jahr her, dass sie mit vierundzwanzig Jahren Witwe geworden war. Aber natürlich half es ihr, dass es mit der Karriere gut lief.

Selbstverständlich gehe ich hin, sagte Asta energisch. Es ist eine tragische Geschichte, und die Hauptrolle spielt wohl eine der Schwestern Linnanheimo. Oder die Pera. Aber ich bin froh, wenn ich eine Nebenrolle bekomme!

Henry, der immer noch im Türrahmen stand, dachte an den Abend, als er gehört und gesehen hatte, wie Kirsti Pera für die Männer in Hauptmann Oksalas Kompanie sang. Das Bild der Pera auf der Bühne, im Abendkleid mit langen Satinhandschuhen, erinnerte ihn an Molly und daran, wie fremde Männer sich auf der Straße umgedreht und sie ungeniert angestarrt hatten, obwohl sie und Henry nebeneinander gingen und sie sich bei ihm untergehakt hatte.

Asta legte das Manuskript weg und sagte:

Onkel, ich muss mir die Haare waschen, bevor ich gehe. Kannst du …

Sie ließ den Satz unvollendet, aber Henry verstand, was sie meinte: Es war, als hätte sie gesehen, was ihm in den Sekunden zuvor durch den Kopf gegangen war.

Astas Haarwäsche über dem Waschbecken in der kleinen Toilette war eine komplizierte Prozedur. Was Henry betraf, so hatte er sich nach dem bürgerlichen Leben mit Zentralheizung und Dusche in der Museigatan an die neuen alten Verhältnisse gewöhnt: Nun ging er wieder zweimal wöchentlich in die Sauna des Wohnblocks, das musste reichen. Aber Asta war auf dem Weg zum Starruhm und musste jeden Tag gut duften und großartig aussehen. Wenn sie ihre Haare wusch, machte sie zuerst Wasser auf dem Herd heiß und trug dann den dampfenden Topf zum Waschbecken in der Toilette. Dort mischte sie Kaltwasser dazu, bis die Temperatur stimmte. Dann stellte sie sich barfuß und im Unterrock vor das Becken und machte das Haar nass, wusch und spülte es. Die Toilette war so eng, dass sie die Prozedur bei offener Tür vollzog, und seit ein paar Wochen bat sie Henry, sich währenddessen im Schlafzimmer aufzuhalten. Er hatte ihr ein paarmal zugeschaut und wusste, dass sie es bemerkt hatte, und er akzeptierte die neuen Regeln, ohne zu murren.

Natürlich, sagte er.

Denn du musst ja wohl nicht gerade …?, fügte Asta in entschuldigendem Tonfall hinzu.

In der Küche sitzen und arbeiten? Nein, keine Sorge. Ich habe um zwei Uhr eine Sitzung und danach Abendschicht.

Du hast immer noch nicht die Schreibmaschine von Molly abgeholt?, fragte Asta vorsichtig.

Die brauche ich nicht. Ich habe eine bei der Zeitung.

Du solltest mehr schreiben, Onkel, sagte Asta. Dein Text über den Sterbemoment von Präsident Kallio war so schön.

Als Henry antwortete, klang es bitterer, als er vorgehabt hatte:

Das ist das Einzige, worüber ich während des letzten Jahres geschrieben habe. Tod und Untergang.

Er sah, dass Asta bei seinen Worten blass wurde und gleichsam in sich zusammensank, und sofort tat es ihm leid.

Es ist ja so, dass …, begann er, um das Gesagte abzumildern, aber dann verstummte er, weil er den schalen Alkoholdunst roch, der beim Sprechen aus seinem Mund kam.

Sein strapaziertes Gehirn musste viele Sekunden lang suchen, bis es Worte fand, um den Gedanken weiterzuverfolgen:

… dass ich nicht selber darüber bestimme. Ich darf genau

das schreiben, was ich will. Aber die anderen entscheiden, ob es gedruckt wird oder nicht.

Während Asta ihre Haarwäsche vorbereitete, ging er in sein Zimmer und schlief noch eine Runde. Bevor er einschlummerte, dachte er noch, dass es besser gewesen wäre, eine Skitour zu unternehmen: Seine Skier, die Stöcke und die Stiefel standen seit vielen Wochen unbenutzt in dem engen Flur herum, obwohl die Schneefälle üppig gewesen waren und die Geführigkeit oft perfekt.

So war dieser Winter, mehr Bacchus als Hermes oder Apollon.

Erst nach einer Stunde wachte er davon auf, dass die Wohnungstür zuschlug, und er hörte, wie das Geräusch ihrer Schritte im Treppenhaus sich entfernte.

Widerwillig stand er auf, ging in die Küche und befühlte den Wasserkessel. Er war kalt, und Henry hatte keine Lust, das Teewasser noch einmal aufzusetzen. Der Kater war inzwischen einem Bärenhunger gewichen, der in seiner Magengrube wühlte, und wieder schauderte ihn. Überall war es so verdammt kalt!

Er hatte immer noch viel Zeit, deshalb öffnete er die Luke des Kachelofens und legte neue Holzscheite nach, zog einen der verschlissenen Sessel so nahe an den Ofen, wie es ging, und saß dann dort und wärmte sich an dem Feuer, das Asta angezündet hatte.

Sie hatte seine Reportage über Präsident Kallio erwähnt und gesagt, sie sei schön gewesen, und das freute ihn.

Asta war damit nicht allein, der Artikel, kurz vor Weihnachten erschienen, hatte viele Leser berührt.

Noch bis Neujahr waren Leserbriefe in der Redaktion eingegangen. Ein paar waren auch in der Museigatan gelandet, Molly hatte sie an ihn weitergeleitet. Es waren Briefe, in denen die Leser Henry für seine nuancierte Schilderung dankten und seine Rückkehr als Reporter begrüßten. Er habe ihnen gefehlt, schrieben sie; bei einem hieß es sogar, man habe ihn schmerzlich vermisst.

Den Auftrag, über den Rücktritt des Präsidenten und dessen Abreise aus Helsingfors zu schreiben, hatte er direkt vom Zeitungsverleger Anderson bekommen, via Gideon Grahn. Henry war ins Zimmer des Chefredakteurs bestellt worden, der ihm sagte: »Amos will, dass du das machst, er sagt, du hast den richtigen Ton.« Guss Sandberg durfte bei dieser Entscheidung nicht mitreden, und das hatte in Henry die Hoffnung geweckt, dass die Situation sich nun ändern würde, dass der schwache Grahn endlich Mut gefasst hätte und im Begriff wäre, sich die Macht vom Usurpator Sandberg zurückzuholen.

Was Henry nicht ahnen konnte, war, dass der Charakter des Auftrags sich mit dem Verlauf der Ereignisse so radikal verändern würde.

Bei schneidender Kälte, während die Blaskapelle den *Marsch der Björneborger* spielte, war der herzkranke Präsident langsam durch die Türen der Bahnhofshalle geschritten und auf den Bahnsteig hinausgetreten. Kallios rechter Arm war nach einem Schlaganfall gelähmt, und er hielt ihn unter seinem Paletot versteckt. Man hätte es für eine Napoleon-Geste halten können, aber so war es nicht. Kallio wollte sich auf sein Landgut in Nivala zurückziehen, und unter denen, die gekommen waren, um ihn in den Ruhestand zu verabschieden, waren Marschall Mannerheim, der neue Präsident Ryti und mehrere Adjutanten.

Und dort am Gleis, während eine ehrerbietige Volksmenge in angemessenem Abstand verharrte, hatte das Herz des vorzeitig gealterten Kyösti Kallio versagt: Ein schwerer Anfall ließ ihn zusammenbrechen, und er starb praktisch auf der Stelle.

Sogleich war ein Gerücht in Umlauf gebracht worden, das behauptete, Kallio sei in Mannerheims Armen gestorben. Aber Henry war vor Ort gewesen und hatte geschrieben, wie es wirklich war: dass Kallio im Augenblick seines Todes in den Armen des Adjutanten Oberst Paasonen gelegen hatte.

Möge meine Hand verdorren, die gezwungen ist, ein derartiges Papier zu unterschreiben, hatte Kallio neun Monate zuvor gesagt, als er den Friedensvertrag mit den Sowjets unterzeichnete.

Jetzt war das Verdorren vollendet. Es sei ein beeindruckender Tod gewesen, hatte Mannerheim danach in seiner Stellungnahme gesagt. Henry hatte stärkere Worte gefunden; er war in die chaotische Abendredaktion zurückgekehrt, hatte sich an seine Maschine gesetzt und geschrieben:

Wir, die wir dort im Dezemberdunkel standen, mit dem schwarzen Winterhimmel über uns und dem glaubensstarken Klang der Marschmusik im Ohr, meinten, vor einem Gleichnis zu stehen, das ebenso schön wie grausam war. War der verehrte Kyösti Kallio, neben seiner Rolle als Präsident unseres Landes, nicht auch einer aus den Reihen der pflichttreu kämpfenden finnischen Soldaten, die ihren Posten nicht verlassen hatten, bevor sie entweder starben oder zur Aufgabe gezwungen wurden? Auch wenn der Präsident der Ranghöchste unter seinen Landsleuten war – an seinem ausgemergelten Antlitz ließ sich nichtsdestoweniger ablesen, dass er in allen wesentlichen Belangen die Daseinsbedingungen und das Schicksal des finnischen Soldaten teilte. Das wurde dort in vollem Umfang offenbar für jeden, der es sehen wollte.

Nicht nur aus dem Kreis seiner Leser hatte Henry lobende Kommentare erhalten, sondern auch von Gideon Grahn, von Guido und vielen anderen in der Redaktion. Sogar »Grande Dame« alias Ingrid Furubjelke hatte ihm auf dem Korridor gnädig zugenickt.

Nichts aber konnte Guss Sandberg erweichen, der nach Weihnachten mit neuer Autorität und neuen Sarkasmen zurückkehrte und Henry die trostlosen Redaktionsschichten zuteilte, in denen er gezwungen war, Texte über alles Mögliche, von österbottnischen Neujahrstraditionen bis zu den endlosen Bombenangriffen der deutschen Luftwaffe auf London, einzukürzen und auszuputzen.

Trotz des tragischen Ausgangs war der Kallio-Auftrag eine willkommene Unterbrechung in einem Alltag gewesen, der so nachtschwarz und monoton war, dass Henry, der sich als Atheist bezeichnete, in einem Telefongespräch mit Guido am ersten Advent seinen Herbst einen »Gang nach Golgatha« genannt hatte.

Das war nicht nur ein religiöser, sondern auch ein sentimentaler Vergleich. Wenn Henry mit Guido und anderen über Präsident Kallios tragisches Schicksal redete, äußerte er sich viel lakonischer und freigeistiger. Sein Denken befinde sich im Einklang mit seinem Schreiben, sagte er: Wenn ein Mensch sein Leben gelebt und nach seinen Zielen gestrebt habe – guten oder weniger guten –, dann komme danach nichts mehr, jeder Einzelne von uns würde dann ganz einfach in den großen Kreislauf der Natur eingehen.

Ein Leben nach dem Tod? Das gab es für ihn nur, solange Menschen auf Erden existierten, die sich an uns erinnerten und daran, wie wir aussahen und wie sich unser Lachen anhörte, was uns traurig oder glücklich gemacht hatte. Wenn sie ebenfalls gestorben waren, dann war alles vorbei. Für Gräber, Urnen, Statuen und Denkmäler hatte Henry nicht viel übrig. Das waren vielleicht wichtige Symbole, an die Trauernde sich halten konnten, aber mit dem irdischen Leben des Verstorbenen hatten sie nichts zu tun.

Waren es die Kriegszeiten, die sein Denken so rigoros ernüchtert hatten? Vielleicht, aber soweit Henry sich erinnern konnte, hatte er nie irgendwelche Illusionen gehabt. Das, was der Mensch gegenwärtig sich selbst antat, hatte es auch in Friedenszeiten gegeben, als latente Gefahr, die jetzt Wirklichkeit geworden war. Der Homo sapiens war ein Wesen, das zu Freundschaft und Liebe fähig war, aber er war auch ein ungeheures Depot für Groll und Hass, und in regelmäßigen Abständen brach der Hass sich Bahn, so war es während der gesamten Menschheitsgeschichte gewesen.

Der große Krieg war nur ein zeitlich ausgedehnter Gang nach Golgatha, eine Prüfung für Millionen und Abermillionen.

Sie dauerte nun schon anderthalb Jahre, und nichts deutete darauf hin, dass sie bald ein Ende nehmen würde. Europa befand sich in einer Pattsituation, in der die Sowjetunion das Baltikum und Teile Polens an sich gerissen hatte, Deutschland hingegen den Rest von Polen und den größten Teil Westeuropas inklusive Dänemark und Norwegen im Norden. Die Länder, die noch nicht besetzt waren, versuchten ängstlich, neutral zu bleiben, wie Schweden, oder machten sich große Sorgen und suchten Bündnispartner wie Finnland und mehrere Balkanländer. Es herrschte Mangel an Lebensmitteln und Kraftstoff, und die meisten Transportwege waren geschlossen. Deutschland war beschäftigt mit seinen Versuchen, London und die übrigen englischen Großstädte in Schutt und Asche zu legen. Die Royal Air Force reagierte, so gut sie konnte, und flog Angriffe gegen Berlin und andere deutsche Städte, ohne jedoch größere Schäden anzurichten. Die härtesten Bodenkämpfe fanden in Nordafrika statt, wo die Briten die italienische Armee überrascht und Tobruk und Benghazi erobert hatten.

Schon im Spätherbst hatte Henry angefangen, auf die Kriegsnachrichten nur noch mit Erschöpfung zu reagieren. Er wusste, dass hinter jeder kleinen Meldung, die er redigierte und in der Zeitung unterbrachte, Menschen standen. Und nicht nur das, es waren *tote* Menschen. Menschen, deren Gesichter im Augenblick des Sterbens zu Angstgrimassen erstarrt waren, Menschen mit verstümmelten Gliedmaßen, Menschen ohne Kopf, wie der russische Offizier im Schützengraben auf der Landenge. Und dahinter standen die Trauer und der Verlustschmerz der Hinterbliebenen, die über die entsetzlichen Qualen, die der Sterbende erlitten hatte, in den meisten Fällen sehr wenig oder gar nichts wussten.

Das alles war grauenhaft, aber Henry war inzwischen wie betäubt. Während einer chaotischen Neujahrsfeier im *Adlon* hatte er zu Guido gesagt, dass er sich fühle, als wäre er nicht da, als hätte man ihn vollständig sediert. Sein Nervensystem hatte zu viel aushalten müssen, und nun war es, als könne er überhaupt nichts mehr spüren. Er hatte deswegen ein schlechtes Gewissen, konnte aber trotzdem nicht die Augen davor verschließen: Nicht einmal bei der Weihnachtsfeier mit seinen nächsten

Verwandten auf Solbacka hatte er etwas empfunden, weder für seine Schwester Greta noch für seinen Schwager Wille noch für Asta. Auch nicht beim Spaziergang mit Hugo, und genauso gefühllos war er gewesen, als er pflichtschuldig »Frohe Weihnachten und ein gutes neues Jahr« auf eine kolorierte Ansichtskarte mit Seidenschwänzen an einer Hafergarbe gekritzelt, Namen und Adresse dazugeschrieben und sie an Molly geschickt hatte.

Molly.

Henry wusste es nur zu gut: Der Abschied von ihr war sein eigentlicher Gang nach Golgatha.

Welcher Teufel hatte ihn geritten, sein Nüchternheitsgelübde gerade an dem Novemberabend zu brechen, als die Premiere von *Hauptmann Cornells Passion* im Astoria stattgefunden hatte und das Festpublikum vom Kino zum luxuriösen Klubraum in dem funktionalistischen Bau am Bulevarden weitergezogen war?

Kein Teufel. Er selbst war es gewesen, Henry Ernfrid Gunnars, der die Entscheidung getroffen hatte.

Natürlich konnte er es auf die Umstände schieben. Auf die ständigen Niederlagen im Kampf gegen Guss Sandberg und dessen bizarres Diktatorengehabe. Auf die Trauer um alle verstorbenen oder invalidisierten Freunde und Bekannten. Auf den Überdruss an einem Leben, das so eingeschränkt und armselig geworden war.

Und auf Walter Venho, der ihn provoziert hatte.

Es war Henry nicht gelungen, seinen Ärger darüber zu verbergen, dass Molly und Venho mehrmals miteinander tanzten. Molly freute sich einfach, wieder tanzen zu können, und Venho war, ganz unübersehbar, ein brillanter Tänzer. Und als Venho merkte, dass Henrys Miene sich verfinsterte, ergriff er die Gelegenheit und fing an zu sticheln.

Henry hatte Venhos ironische Seitenhiebe –»ich darf mir wohl erlauben, die Schönste des Abends aufzufordern, wenn ihr Kavalier es nicht tut« – mit eigenen Bosheiten beantwortet, so gut er konnte, und bald war die Situation eskaliert. Beide

Männer waren laut geworden und ihre höhnischen Bemerkungen immer unflätiger, bis sie einander nach Kräften beschimpften.

Auch Venho war betrunken gewesen, aber weniger als Henry, und er hatte breit und spöttisch gegrinst, als er die Worte ausspuckte, die Henry rotsehen ließen:

Pass bloß auf, du miesester Torwart, gegen den ich je gespielt habe. Beim nächsten Mal schieße ich dir ZEHN Tore rein!

Henry hatte zwei Schritte vorwärts gemacht und versucht, Venho mit der geballten Faust ins Gesicht zu schlagen. Venho hatte sich geschmeidig weggeduckt, und dann hatten sie sich in den Haaren gelegen: Venho versuchte, Henry auf den Boden niederzuringen, während Henry Maß nahm für weitere Schläge, ohne einen richtigen Treffer zu landen. Herbeigeeilte Gäste schafften es schließlich, sie zu trennen.

Molly hatte entsetzt ausgesehen, ebenso die allseits angebetete Kirsti Pera. Der Superstar Santeri Soihtu und Axel Dringmann, der mächtige Direktor der Filmgesellschaft, waren unter den Männern gewesen, die zu Hilfe kamen. Bei denen, die dazwischengingen, war auch Henrys Chefredakteur Gideon Grahn.

Danach bereute Henry heftig, dass er Molly die Aufmerksamkeit gestohlen und sie lächerlich gemacht hatte. Denn die Veranstaltung galt nicht nur den Hauptrollen-Besetzungen Soihtu und Pera, sondern auch Molly: Die Rolle der raffinierten Gräfin Kuschelewa war bereits als ihr strahlendes Comeback an die Spitze der finnischen Filmwelt gewürdigt worden. Vor der Prügelei hatte man Molly den ganzen Abend mit Komplimenten überschüttet, und alle Männer hatten mit ihr tanzen wollen.

Alle außer Henry, der schon beleidigt gewesen war, als der Tanz begann, und dann weitergetrunken hatte, bis er sich nicht mehr im Griff hatte.

Nach dem Vorfall mit Venho hatten Henry und Molly eilig das Fest verlassen. Während der Heimfahrt hatte Molly kein Wort gesagt, nur regungslos dagesessen und geradeaus gestarrt, mit zusammengebissenen Zähnen und leerem Blick.

Der große Krach ging sofort los, als sie zu Hause angekommen waren. Sie hatten sich mühsam aus ihrer Festkleidung geschält, Henry aus dem geliehenen Smoking und Molly aus dem smaragdgrünen, tief dekolletierten Abendkleid, das ihre Schlankheit betonte und dessen Farbton ihre Augen auf dem Fest noch schöner hatte schimmern lassen als sonst.

In der Wohnung hatte ihr Blick dann vor Zorn gefunkelt, und die Auseinandersetzung war furchtbar gewesen. Henry wollte sich nicht mehr an die Worte erinnern, die sie sich gegenseitig ins Gesicht geschrien, nein, gebrüllt hatten: Er hatte seitdem versucht, sie zu vergessen, so gut es ging.

Aber sie hatten das getan, was streitende Menschen immer tun: sich auf die offensichtlichsten Schwächen des anderen fokussiert. Henry hatte Mollys Eitelkeit verhöhnt, und sie hatte zurückgekreischt, dass sie seine Griesgrämigkeit und seine schlechte Laune satthatte.

Sie hatten außerdem ihre jeweiligen Rückschläge im Beruf dazu benutzt, einander zu verletzen: Henry hackte darauf herum, wie unsicher und unausgewogen Molly auf der Bühne agierte, sie hingegen wollte wissen, wieso er sich nicht schäme, sich als Journalist zu bezeichnen, wo er doch keinen Artikel mehr zustande bekam; sie sagte in verachtungsvollem Ton, er sei ein Eunuch des Schreibens geworden. Das machte Henry rasend, und er entgegnete mit derselben eiskalten Wut, ihre Behauptung sei paradox und passend zugleich, komme sie doch aus dem Mund einer Frau, die mit so vielen Männern geschlafen habe, dass sie zusammengerechnet einen männlichen Harem bildeten.

Das Schrecklichste aber war, dass die brutalen Worte nicht genügt hatten. Wären sie beide gezwungen worden, wahrheitsgetreu über ihr Leben zu berichten, dann hätte sich gezeigt, dass die Frauen, mit denen Henry etwas gehabt hatte, viel zahlreicher waren als Mollys Männer. Das wusste Henry, und doch hatte er immer noch vor Zorn gezittert, nachdem er ihr den unfairen Vorwurf entgegengeschleudert hatte. In jenem Moment hatte er nicht verstanden, warum er so übermäßig wütend war, er hatte die Selbstkontrolle verloren und konnte nicht mehr klar denken. Aber danach war ihm aufgegangen, dass sein enormer Furor durch das Wort »Eunuch« ausgelöst worden war, mit dem sie ihn tituliert hatte.

In übertragener Bedeutung, aber trotzdem.

Und es ließ sich nicht schönreden: Genau da, in diesem Augenblick, hatte er die Absicht gehabt, Molly zu schlagen, ihr wehzutun.

Molly hatte es gemerkt, sie hatte seinen Hass gespürt. Er wiederum hatte in ihren Augen gesehen, dass er nur noch Sekunden davon entfernt war, sie physisch zu attackieren: Ihr Blick war voller Entsetzen gewesen. Und es war nicht nur in ihren Augen: Ihr ganzer Körper war angespannt und zusammengezogen, bereit zur Flucht, aber auch dazu, sich mit allen denkbaren Mitteln zu verteidigen.

Dieser Moment war entscheidend für Henrys Entschluss, aus der gemeinsamen Wohnung auszuziehen – nicht die infamen gegenseitigen Beschimpfungen.

Er war zwar kein Pazifist, aber es fehlte nicht viel daran. Als junger Mann war er athletisch gebaut und von hitzigem Temperament gewesen, aber vor dem Streit mit Venho hatte er sich seit Jahrzehnten nicht mehr geprügelt.

Und Molly liebte er. Er ertrug den Gedanken nicht, so zornig zu werden, dass er jede Kontrolle über sich selbst verlieren und sie schlagen könnte. Schon die Tatsache, dass der Schlag möglich gewesen wäre, dass er als Gefahr in ihm lauerte und dass Molly davon wusste, war zu viel für ihn. Ihr verschreckter Blick, ihre Ähnlichkeit mit einem aufgescheuchten Wild, als sie plötzlich aufhörte, ihn anzuschreien, und sich schnell zurückzog …

Er hatte am nächsten Tag von der Zeitung aus bei Asta angerufen und ihr gesagt, dass er so schnell wie möglich wieder in seine Wohnung einziehen wollte.

Asta wohnte erst seit einem Monat in der Tredje Linjen, sie hatte verwirrt geklungen und gefragt, ob sie bleiben könne, bis sie etwas Eigenes gefunden habe. Henry hatte gesagt, sie könne bleiben, so lange sie wolle. Asta hatte erleichtert gewirkt. Ein paar Tage danach war er so überstürzt bei Molly ausgezogen, dass die Schreibmaschine, ein blauer Cheviot-Anzug[52] und einige andere Kleidungsstücke in der Museigatan zurückgeblieben waren.

Der Premierenabend, an dem Molly und er ihre Liebe kaputtgestritten hatten, war finster und stürmisch gewesen, der heulende Wind hatte die letzten gelben und braunen Blätter von den Bäumen gerissen, die sich unter dem regenfeuchten Orkan duckten.

Aber der Tag seines Auszugs war ein wunderbarer Spätherbsttag. Die Sonne zog ihre niedrige Bahn über den südlichen Himmel, und ihre Strahlen verliehen den kaisergelben und grauweißen Hausfassaden in Tölo eine rötliche Nuance. Die Tölöbucht lag spiegelblank da, die Luft war klar und frisch, der letzte sommerliche Abfallgeruch der inneren Meeresbuchten hatte sich verflüchtigt.

Da Mollys Volvo abgemeldet war, hatte Henry sich von Oberst Luoto ein Auto erbettelt. Er hatte ihn mehrmals angerufen, und als der widerstrebende Luoto endlich überredet war, hatte sich die Ministerialbürokratie als beinahe unüberwindlich erwiesen, aber am Ende hatte er seinen Wagen bekommen und war zum Kraftstoffdepot im Norden der Stadt gefahren, um Benzin zu kaufen.

Er fuhr das Auto selbst, und niemand half ihm, weder beim Packen noch beim Tragen.

Molly hielt sich den ganzen Tag im Theater auf und fuhr abends mit der Straßenbahn nach Brändö zu ihrer Mutter Irene. Henry durchlebte den Tag wie ein Schlafwandler, er befand sich nicht in seinem Körper und auch nicht in seinem Kopf. Die Stadt fühlte sich fern und unwirklich an, wie hinter Glas, und während er seine Habseligkeiten hinaustrug und das Mietauto lenkte, wurde ihm die vollkommene Indifferenz der Natur und der gebauten Umgebung gegenüber der Lebenssituation und dem Schicksal eines Menschen bewusst.

Und die ganze Zeit ließ er die Tatsache, dass er allen Ernstes damit beschäftigt war, bei ihr auszuziehen, nicht wirklich an sich herankommen.

Seit jenem Tag waren nun zwei Monate vergangen.

Ganz allmählich hatte sich das Geschehene in sein Inneres gesenkt und zu einer Erkenntnis geformt, und zahlreich waren die Abende und Nächte, in denen er alles Erdenkliche versucht hatte, um es zu vergessen.

Schnapsflaschen, eine Menge davon, und Fabrikmädchen, einige. Die Mädchen waren solche, die auf die schiefe Bahn geraten waren, und er hatte in kalten möblierten Zimmern draußen in Vilhelmsberg und Ås mit ihnen geschlafen. Er schämte sich deswegen, hatte aber für sich die Erklärung gefunden, dass er sich hin und wieder ins Tierische flüchten musste. Sonst konnte es ihm so ergehen wie jetzt, wo er dasaß und mit dem Feuerhaken in der letzten Glut stocherte und seinen Erinnerungen nachhing, obwohl er gerade das absolut nicht wollte.

2

Wie fühlt es sich an, wieder hier zu sein?, fragte Henry und schaute auf den Senatsplatz hinaus, wo das Schneetreiben zunahm und vereinzelte schwarz gekleidete Fußgänger sich gegen den Wind vorankämpften.

Wir sind schon im Mai zurückgekommen, sagte Mellsten. Ich dachte, du wüsstest das.

Nein, sagte Henry und ließ sich im Besucherstuhl nieder, bevor er im Plauderton fortfuhr:

Das Verteidigungsministerium ist ja bis September in Mejlans geblieben. Und ihr, wohin hatte man euch ausquartiert?

Etwas außerhalb der Stadt, antwortete Mellsten genauso entspannt. Mal hier, mal da, um ehrlich zu sein; ich glaube, es ist besser, wenn ich nicht mehr sage.

Für den Fall, dass es wieder ernst wird?

Vielleicht.

Du warst schon immer eine verschwiegene Natur, Calle. Vertraust du mir nicht?

Mellsten lächelte, möglicherweise amüsierte ihn Henrys inquisitorischer Ton.

Doch, das siehst du ja. Denn du kannst wohl nicht behaupten, dass ich dir Dinge vorenthalten hätte? Oder dich hinters Licht geführt?

Vorenthalten hast du mir bestimmt etwas. Dafür wirst du ja bezahlt, entgegnete Henry, ebenfalls lächelnd.

Calle Mellsten war auf der Volksschule an der Arkadiagatan und auf dem Normallyzeum am Observatoriumspark sein Schulkamerad gewesen. Ein hochintelligenter und ehrgeiziger Mitschüler, der sich früh hervorgetan hatte, sowohl im Klassenraum als auch auf dem Sportplatz. Während der ganzen Schulzeit war Mellsten der Klassenprimus, in den letzten Jahren auch Kapitän der Schulmannschaften für Fußball und Turnen. An den Treffen bei *Fazer* oder in den anderen Cafés nahm er dagegen nie teil, dafür hatte er keine Zeit. Sein Vater Robert Mellsten war Jurist und hatte am Grundgesetz für das unabhängige Finnland mitgeschrieben, und Calle selbst war mit fünfzehn Jahren einer der ersten Pfadfinderführer des Landes geworden. Eine sichtbare Schwäche zeigte er als Jugendlicher nur beim Bandy[53]: Er war ein schlechter Schlittschuhläufer. Später hatte er Jura studiert, wie sein Vater, und in Rekordzeit promoviert.

Es war also überhaupt nicht verwunderlich, dass Calle Mellsten ein Büro in der Stadtratskanzlei mitten im Herzen der Stadt hatte und dort zu den höchsten Beamten gehörte. Aber er war nicht mehr der sehnige Sportheld der Schulzeit, sondern gezeichnet von den strategischen Machenschaften und politischen Ränkespielen vieler Jahre. Er war jetzt leicht übergewichtig, seine Stirn glänzte vor Schweiß, obwohl der Raum kühl war, das Konfektionshemd saß schlecht, und die früher so scharf geschnittenen Gesichtszüge wurden von zwei runden Wangen und einem kleinen Doppelkinn aufgeweicht.

Mellsten wechselte das Gesprächsthema:

Das war klug, was du über Kallio geschrieben hast. Und ergreifend. Aber sonst habe ich in letzter Zeit nicht so viele Werke aus deiner Feder gesehen. Hast du Probleme in der Redaktion?

Ja, sagte Henry knapp. Mit Sandberg, dem Redaktionschef.

Mellsten beobachtete ihn ein paar Sekunden lang, sein Blick war ruhig und berechnend. Dann stand er auf, ging zum Fenster, blieb dort stehen, Henry den Rücken zuwendend, und schaute auf den Platz und den Schneesturm hinaus.

Henry wartete. Er wusste, dass er als eigensinnig galt, und vermutete, dass Mellsten ihn auf die Probe stellen wollte: Würde er eine Tirade über Guss Sandbergs undemokratische Einstellung anstimmen oder vielleicht ein flammendes Plädoyer für seinen eigenen Standpunkt halten, oder wäre er geduldig genug, um abzuwarten, was sein Jugendfreund als Nächstes sagen würde?

Nach einer langen Pause sagte Mellsten, immer noch mit dem Rücken zum Raum:

Das wundert mich nicht. Sandberg hat eine patriotische Seele. *Sehr* patriotisch. Und er steht weit rechts.

Ich bin auch Patriot, sagte Henry. Nur auf andere Art.

Ich weiß, sagte Mellsten. Aber in diesen Zeiten … Ich nehme an, dass Oberst Luoto deinen Einsatz schon im letzten Frühjahr bewertet hat?

Welchen Einsatz?, fragte Henry, obwohl er es nur zu gut wusste.

Der Wunsch, Mellsten zu testen, ihn sogar zu provozieren, war die ganze Zeit da. Eine solche Haltung hatte Henry seine prominente Position bei der Zeitung gekostet, aber die Erkenntnis allein konnte ihn nicht dazu bringen, sich zu beherrschen. Die Lust zur Revolte brannte in ihm und wollte sich nicht löschen lassen.

Jetzt stell dich nicht dumm, sagte Mellsten trocken, drehte sich um und sah Henry hochmütig in die Augen.

Seine Stimme war hart wie ein Peitschenknall, als er zum Schreibtisch zurückkehrte und fortfuhr:

Du musst wissen, dass ich dich nicht mehr lange beschützen kann, wenn du nicht aufhörst, deine Vorgesetzten zu verärgern.

Henry begegnete seinem kalten Blick, und ihm war klar, dass er den ironischen Kameradenjargon jetzt ablegen musste:

Ich weiß, dass du mit Luoto nicht immer an einem Strang ziehst. Aber in diesem Fall seid ihr sicher Gesinnungsfreunde. Er war von meinem Einsatz enttäuscht.

Zwischen mir und Luoto gibt es keine Ressentiments, sagte Mellsten würdevoll, ich habe großen Respekt vor seinen Fähigkeiten. Es ist nur so, dass das Verteidigungsministerium schon die ganze Zeit immer näher an die Armeeführung heranrückt.

Henry nickte.

Das kommt dabei heraus, wenn man einen Generalmajor zum Verteidigungsminister ernennt.

Mellsten seufzte fast unhörbar:

Es ist nicht nur Waldéns Schuld. Luoto und mehrere andere benutzen im zivilen Dienst immer noch ihren Offiziersgrad, obwohl sie jetzt Beamte sind. Luoto wird im Ministerium nicht als Oberst angeredet. Sein Amtstitel ist derselbe wie meiner, Abteilungschef.

Für mich ist das irrelevant, sagte Henry. Ich mache mir nichts aus Titeln. Ich bin Reporter, und ich mache mir etwas daraus, dass ich ein Reporter bin, der nicht schreiben darf.

Jetzt verrätst du dich, sagte Mellsten in scharfem Ton. Mit den Kursen, die du besucht hast, und der Information, die du bekommen hast, solltest du an das große Ganze denken. Du musst dein Land an die erste Stelle setzen, nicht dich selbst.

Ich war während des ganzen Krieges draußen an der Front und habe Reportagen durchtelefoniert, sagte Henry, und er hörte, dass auch seine Stimme scharf und anklagend wurde, als er weiterredete:

Ich habe in nahezu jeder Minute an die jungen Männer da draußen und an Finnland gedacht. Ich habe nachts wach gelegen und an meinen Läusebissen gekratzt und gegrübelt, wie ich den Lesern begreiflich machen sollte, was die Soldaten durchmachten. Ich habe von dem, was ich gesehen und gehört hatte, *geträumt,* widerwärtige Albträume, die mich jetzt immer noch verfolgen. Ich habe die Front nur verlassen, als ich ins Krankenhaus musste, und für zwei Kurzbesuche hier in der Stadt. Es ist einfach nicht gerecht, dass …

Gerecht?, unterbrach ihn Mellsten. Hier geht es nicht um Gerechtigkeit. Und vor allem geht es nicht um *dich.* Es ging im letzten Winter ums Überleben, nicht von Individuen, sondern …

Das ist mir vollkommen klar!, fiel wiederum Henry ihm ins Wort.

Er spürte, wie die Wut in ihm wuchs, er konnte nicht verhindern, dass sie aus ihm herausströmte.

Ich habe die Toten gesehen, fuhr er fort. Zu Dutzenden, zu Hunderten. Ich habe sie unmittelbar nach den Gefechten gesehen und in den Evakuierungszentralen. Wie viele Tote hast *du* gesehen, Calle? Wie viele zerschossene oder steifgefrorene Leichen lagen im vorigen Winter auf dem Senatsplatz?

Mellsten schüttelte den Kopf. Henry sah, dass es auch ihm schwerfiel, sich zu beherrschen.

Ich habe keine Toten gesehen, aber deine Verzweiflung habe ich gesehen. *Alle* haben sie mitbekommen, besonders nach Summa. Und ich verstehe, warum du so und nicht anders berichtet hast. Aber genauso gut verstehe ich, dass deine Redaktionsleitung unzufrieden war. Auch hier in der Kanzlei hat sich Unmut verbreitet. Sogar ganz oben auf Ministerialebene.

Die Minister haben meine Reportagen gelesen?

Selbstverständlich, von Born und Söderhjelm und von Fieandt. Fagerholm natürlich und Tanner. Und Ryti. Für die anderen kann ich mich nicht verbürgen.

Ich wollte nicht lügen, sagte Henry. Nicht beschönigen und unterhalten, das wäre mir wie ein Verrat an den Soldaten vorgekommen.

Es gibt Situationen, in denen man seine Ansichten vergessen und sich einfach dafür entscheiden muss, Hoffnung zu vermitteln, sagte Mellsten.

Ansichten?, wiederholte Henry und versuchte gar nicht erst, seinen Widerwillen zu verbergen. Es ging nicht um Ansichten. Es war eine Frage des Gewissens. Meiner inneren Stimme.

Wir wissen beide, was geschehen wäre, wenn die Russen Helsingfors eingenommen hätten, sagte Mellsten kühl. In Estland haben sie im Sommer Tausende weggeräumt.

In die Gefangenenlager?, fragte Henry.

Ja. Aber viele haben sie auch sofort erschossen. So machen sie es. Was, glaubst du, würde passieren, wenn ihr als Kriegsreporter solche Zukunftsaussichten ausmalen würdet?

Die Leute würden fliehen.

Genau, sagte Mellsten ernst. Massenweise.

Er klopfte nervös mit den Fingern auf die Schreibtischplatte, wenn sein Ehering gegen das Holz schlug, entstand ein klickendes Geräusch.

Du musst nicht glauben, dass wir, die wir hier in unseren Kanzleien saßen, den Krieg nicht genauso verabscheut haben. Wir Menschen sind alle hilflos gegenüber der Barbarei, ganz gleich, wo wir uns befinden.

Henry schüttelte den Kopf.

Nein. Niemand ist so hilflos gegenüber der Barbarei wie der Soldat, der kämpfen muss. Oft ist er so hilflos, dass er selbst zum Barbaren wird.

Er sah, dass Mellsten zusammenzuckte, aber es kam keine Antwort. Vermutlich suchte der Kamerad und Doktor der Jurisprudenz nach angemessen abwägenden Argumenten.

Wo soll das alles enden?, fuhr Henry fort. Wir haben Frieden, und wir haben unsere Selbstständigkeit behalten, aber russische Truppen fahren auf unserer Eisenbahn von Vainikkala nach Hangö. Und an der Westküste gehen die Deutschen von ihren Kriegsschiffen an Land und nehmen den Zug nach Norden, bis an die Zähne bewaffnet.

Er hatte das Wort »Frieden« gleichsam ausgespuckt, sodass man die Anführungszeichen hörte, aber Mellsten sagte noch immer nichts.

Wir sollten frei sein, aber es ist, als ob wir von zwei Mächten gleichzeitig besetzt wären, redete Henry weiter. Ein einziges Zugeständnis haben wir erzwungen, und das besteht darin, dass die fremden Soldaten während ihrer Reisen die Waffen ablegen müssen. Als ob das auch nur irgendeine verdammte Bedeutung hätte!

Du verstehst nichts von Diplomatie, Henry!, sagte Mellsten überraschend heftig. Ein kleines ausgehandeltes Detail kann ein enormes Gewicht haben. Entweder sofort oder viel später.

Du hast meine Frage nicht beantwortet, sagte Henry. Wo soll das alles enden?

Zum Teufel, ich bin doch kein Orakel, sagte Mellsten verärgert. Ich bin nur ein Beamter, und als solcher bin ich nicht mehr so gut informiert, wie ich es unter dem vorigen Ministerium war.

Henry spürte, wie die Neugier in ihm erwachte:

Wieso das?

Die Andeutung eines traurigen Lächelns umspielte Mellstens Mundwinkel, als er sagte:

Ich weiß eine ganze Menge, aber da ist noch viel mehr, was ich nicht weiß. Und dann gibt es Dinge, die ich ahne, über die ich aber nicht sprechen kann. Nicht einmal zu Hause mit Lizette. Oder vielmehr: *Vor allem* nicht mit Lizette.

Er lächelte Henry zu, gewiss in der Hoffnung, ein konspiratives Lächeln zurückzuerhalten – »das anmutige Geschlecht, diese kommunizierenden Gefäße, schwach und schwatzhaft« –, aber Henry zog es vor, nicht zu reagieren und stattdessen abzuwarten, ob Mellsten mehr sagen würde. Erst als das Lächeln seines Gegenübers erstarb, fragte er:

Was ahnst du?

Eigentlich gar nichts. Aber in jedem Ministerium gibt es einen inneren und einen äußeren Kreis, und bei der Regierung Rangell habe ich den Verdacht, dass sogar der Ministerpräsident in den äußeren abgeschoben worden ist.

Und das führt auch dazu, dass du schlechter informiert wirst?

Exakt.

Henry ließ die Gedanken einige Sekunden lang in seinem Kopf herumschwirren und suchte nach losen Fäden, um sie zurückzuverfolgen. Hat das etwas mit dem zu tun, was du vorhin gesagt hast?

Was habe ich *vorhin gesagt*? Ich habe so ein schlechtes Gedächtnis.

Dass das Verteidigungsministerium immer näher an die Armeeführung heranrückt. Du erwähntest Minister Waldén.

Daran kann ich mich nicht erinnern. Und selbst wenn ich das gesagt haben sollte, gibt es da keine Verbindung zur Position des Ministerpräsidenten. Du stellst leichtfertige Spekulationen an, und ich bin gezwungen, sie zu dementieren, sagte Mellsten; etwas von der Lockerheit ihres Gesprächsbeginns war in seinen Tonfall zurückgekehrt.

Henry beschloss, alles auf eine Karte zu setzen:

Wie groß ist eigentlich unsere Nähe zu Deutschland? Und

wer sind die Leute, die diese Kontakte pflegen? Witting? Ich weiß, dass er mit von Blücher persönlich bekannt ist.

Mellsten schüttelte den Kopf.

Du weißt, dass ich auf solche Fragen nicht antworten kann. Selbst wenn ich die Antwort wüsste, würde ich nichts sagen.

Er schaute zum Fenster hinüber, und Henry folgte seinem Blick. Draußen hatte die Dämmerung eingesetzt, und der Schneesturm war abgeflaut. Mellsten fuhr fort:

Aber ich kann generell sagen, dass die Vertiefung von Kontakten nicht zwischen dem Außenminister und einem Botschafter stattfindet. Das spielt sich weiter oben ab.

Mellstens Gesten und seine Stimmlage waren jetzt abweisend geworden, und Henry nahm an, dass die Audienz sich dem Ende zuneigte. Er stellte keine Fragen mehr zu politischen Themen, stattdessen kam er direkt zur Sache:

Kannst du irgendetwas tun, um mir bei der Zeitung weiterzuhelfen?

Damit du wieder schreiben darfst?

Ja.

Was sollte das sein? Mit Anderson reden und ihn bitten, Grahn und Sandberg unter Druck zu setzen?

Zum Beispiel. Ich habe Indizien dafür, dass Anderson meine Arbeit schätzt.

Das kann ich kaum glauben.

Vielleicht heißt er nicht alles gut, was ich zu sagen habe. Aber ihm gefällt die Art, wie ich es ausdrücke.

Mellsten lächelte wieder, aber seine Augen waren kalt, als er sagte:

Du bist ganz schön dreist. Aber ich möchte etwas anderes mit dir besprechen. Im Frühjahr wird wieder ein Kurs veranstaltet. Und hier in der Kanzlei fragt man sich, ob du weiterhin interessiert bist.

Ich dachte, ich sei kaltgestellt, sagte Henry. Du und Luoto, ihr habt doch deutlich gemacht, dass …

Dass wir uns über deinen Wankelmut geärgert haben, ja, unterbrach ihn Mellsten. Aber du bist nicht kaltgestellt. Noch nicht. Die Frage ist: Was *willst* du? Willst du drin sein oder draußen?

Ich will meinen Beitrag leisten, wie alle anderen. Worum geht es diesmal?

Der Kurs hat noch kein spezifisches Thema. Aber wir müssen uns auf allen Ebenen vorbereiten, für den Fall, dass es noch einmal schlimm kommt. Du bist Reserveoffizier, nicht wahr?

Ja, Fähnrich.

Dann sorge ich dafür, dass du eine Einladung bekommst. Soll ich Fräulein Salovaara bitten, dich hinauszubegleiten?

Er fand allein hinaus, überquerte schräg den Platz und ging in westlicher Richtung weiter.

Die Uhr der Domkirche zeigte zehn nach vier, aber die Dunkelheit hatte sich schon über die Stadt gesenkt.

Er hatte noch fast eine Stunde Zeit, bis sein Abenddienst begann, und er war in Versuchung, einen Abstecher in ein Restaurant zu machen, auf eine Flasche Bier und ein Sandwich. Am liebsten wäre er zur Nördlichen Esplanade und ins *Bronda* gegangen. Aber er hatte Gründe, an einem Nachmittag wie diesem seine Stammkneipe zu meiden: Es war nicht ratsam, zu viele Konterbiere intus zu haben, wenn man seine Schicht antrat.

Der Besuch im Regierungspalast. Das Gespräch mit Mellsten. Der Abgang durch das prachtvolle Treppenhaus. Sein Körper und seine Seele, die sich immer noch daran abarbeiteten, die Schlacken jener Partynacht loszuwerden, die Sentimentalität und das Selbstmitleid, die zum Kater gehörten: Alles zusammen bewirkte, dass er von Erinnerungen überwältigt wurde, als er die fahl beleuchtete Alexandersgatan entlangging.

Das Treppenhaus mit seinem enormen Hall hatte ihm ins Gedächtnis gerufen, was geschehen war, als das Gebäude noch den zaristischen Senat beherbergte. Er hatte an die Legenden gedacht, die sich um die Tat Eugen Schaumans rankten, des finnischen Nationalisten, der hier am 16. Juni 1904 den russischen

Generalgouverneur Bobrikow erschoss. Die fünf Schüsse auf der Treppe, Bobrikow, der nicht begriff, wie schwer er verwundet worden war, sondern sich mit seinem Bauchschuss in den Saal begab und versuchte, die Sitzung des Wirtschaftsministeriums zu eröffnen. Die alten finnlandschwedischen Herren, die sich an ihren Stammtischen noch immer wilde Räuberpistolen erzählten: dass der Chirurg Faltin Bobrikow nicht operieren wollte und dass Schauman schon als Gymnasiast an Nervenschwäche und psychischer Instabilität gelitten habe.

Henry wusste noch, wie er den Tag des Mordes verbracht hatte.

Er war sieben und ging seit einem Jahr in die Volksschule, an der sein Vater Aron als Lehrer arbeitete. Es war kurz vor Mittsommer, und ausnahmsweise war Aron Gunnars von seinem Amt freigestellt, bis auf den Unterricht für ältere Schüler, bei denen noch Bedarf an weiteren mündlichen Prüfungen bestand, bevor sie ihr Abgangszeugnis erhielten. An jenem Donnerstag hatte Aron seine Frau Saga und die Kinder Henry und Greta zu einer Tour mit Pferd und Wagen zum Marktflecken Haga eingeladen, und dort hatten sie Vanilleeis in einem Café gegessen, bevor sie mit demselben Fuhrwerk nach Tölö zurückkehrten. Für Henry war es eine seiner lebendigsten Erinnerungen, und ein Bestandteil davon war, dass eine Nachbarin ihnen entgegenrannte, als sie wieder in der Villa Johansberg eintrafen, und schrie: »Bobban hamse erschossen, den Guvernör hamse erschossen!«

Er verwarf den Gedanken an Bier und Sandwich und ging am Glaspalast mit seinen Neonreklamen vorbei. Er verspürte Lust, nach Örarna hinauszuwandern und sich zu vergewissern, dass mit der *Aldebaran* alles in Ordnung war. Aber es hatte kräftig geschneit, draußen an der Bucht war es dunkel, und er hatte keine Taschenlampe und auch kein Geld, um sich eine zu kaufen.

In einem Bäckerladen kaufte er sich kurz vor Ladenschluss ein paar Piroggen, dann stapfte er scheinbar planlos weiter durch den weichen Neuschnee, zuerst die Arkadiagatan, dann die Auroragatan und die Nervandergatan entlang und immer weiter nach Tölö hinein.

Natürlich war ihm klar, dass er zur Museigatan unterwegs war, er wusste es schon, bevor er dort ankam.

Seit seinem Auszug hatte er den inneren Bezirk von Tölö gemieden. Als sie Anfang Dezember die *Aldebaran* aus dem Wasser holten, hatte er den Umweg über Alkärr genommen und war erst unten bei Örarna mit Guido und Ragge zusammengetroffen.

Aber jetzt stand er dort in der Dunkelheit, hatte sich im Torweg des Hauses direkt gegenüber postiert, mit hochgeschlagenem Kragen und tief in die Stirn gezogenem Hut. Die Piroggen dufteten aus ihrer Papiertüte in der rechten Tasche seines Paletots, und er spürte, wie hungrig er war, geradezu ausgehungert.

Er schaute zu Mollys Fenstern hinauf, keines von beiden war erleuchtet. Aber sie konnte trotzdem zu Hause sein, vielleicht saß sie am Schreibtisch oder machte ein Nickerchen im Schlafzimmer, das auf den Hof hinausging: Sie schlief immer ein wenig, bevor sie ins Theater ging, um sich auf die Abendvorstellung vorzubereiten.

Er sah Molly vor sich, in einem der schönen Kleider, die sie als Gräfin Kuschelewa getragen hatte, und er dachte, dass der Drehbuchautor den Rollennamen bestimmt nicht zufällig gewählt hatte: Vor hundert Jahren hatten russische Fürsten mit Namen wie Musin-Puschkin und Kuschelew-Besborodko auf ihren Landgütern am Stadtrand die wildesten Feste von Helsingfors veranstaltet.

Er ging über die Straße, stieß die schwere Paradetür auf und stieg die Treppen hinauf. Unterdessen sog er die bekannten Düfte ein, Bohnerwachs, teures Parfüm und nasses Hundefell, so anders als die Treppenhausgerüche bei ihm zu Hause in Berghäll.

Er klingelte, trat ein Stück zurück und richtete den Blick schräg nach oben.

Er wartete darauf, dass drinnen Schritte hörbar würden und

dass das bunt gemusterte Blindfenster über der Tür aufleuchten würde, wenn die Flurlampe anging.

Als sich nichts rührte, drückte er nochmals auf die Klingel, und dann ein drittes Mal.

Alles blieb still und dunkel. Molly war bestimmt schon im Theater, saß in ihrer Garderobe und konzentrierte sich, trank vielleicht eine Tasse Tee, wartete auf die Maskenbildnerin, legte graziös ihre wohlgeformten Beine hoch.

Als er rasch die Treppen wieder hinunterging – er wollte nicht riskieren, Frau Paloheimo oder einem der anderen Hausbewohner zu begegnen –, wurde ihm mit voller Wucht bewusst, wie unendlich er sie vermisste.

3

Während er auf dem Bahnsteig stand und wartete, spielte Henry Wettraten mit sich selbst. Er wusste, wenn Greta und Wille aus dem Zug stiegen, würden sie als Erstes fragen, wo Präsident Kallio zusammengebrochen und gestorben war. Aber er war neugierig, wer von beiden die Frage stellen würde, und er tippte auf Wille.

Zwei Wochen waren vergangen, seit er schwach geworden war und bei Molly geklingelt hatte. Er schämte sich immer noch dafür und war froh, dass sie nicht zu Hause gewesen war und niemand ihn gesehen hatte.

Es war ein milderer Nachmittag nach zwei Wochen strenger Kälte, und auch diesmal war er von seiner Wohnung an den Linjerna ins Zentrum gelaufen. Auf dem Hagnäs Torg, am Fuß der Langen Brücke, im Kajsaniemipark und am Rand des Bahnhofsplatzes, überall verdunkelten riesige Holzstapel die Sicht. Viele davon waren vierzig, fünfzig Meter lang und etliche Meter hoch, sie sahen wie unerschöpfliche Vorräte aus. Dennoch fragte er sich, ob sie für den Bedarf der Stadt ausreichen würden. Sollte dieser Winter so eisig und endlos sein wie der vorige, und sollten die deutschen Kokslieferungen ausbleiben, könnte es zum März hin in den Wohnungen kalt werden.

Er hatte den Umweg über die Stora Robertsgatan gemacht, um Zigaretten zu kaufen. Herr Horelli im Kiosk war freundlich wie immer, hatte aber schlechte Nachrichten:

Ich habe gerade keine Klubi da, alles geht zu den Jungs, die an der Grenze in Bereitschaft liegen.

Henry sagte, dass er *unbedingt* Zigaretten haben müsse, und Horelli antwortete:

Ich habe Armiro.

Henry murmelte, Armiro schmeckten ihm nicht, die seien immer trocken wie Zunder, und Horelli lachte:

Sie müssen sich anpassen, Herr Redakteur. Wenn es so weitergeht, muss jeder im Sommer seinen eigenen Tabak anbauen.

Henry hatte eine Zigarette geraucht, während er den knappen Kilometer vom Kiosk zum Bahnhof ging, jetzt rauchte er noch eine, während er wartete. Als er sie ausgedrückt hatte, machte er Armgymnastik, die Kälte war rau, obwohl die Temperatur nur einige Grade unter null lag. Er hatte schon wieder Lust zu rauchen, aber dann wurde hinten an der Fågelsångsbrücke die schwarze Lokomotive sichtbar, und drei Minuten später stiegen Greta und Wille aus dem Zug.

Lieber Bruder, sagte Greta, als die Begrüßung erledigt war, jetzt musst du uns zeigen, wo Kallio gestorben ist!

Henry nickte, nahm Gretas Koffer und ging voran in Richtung Bahnhofsgebäude. Am Eingang deutete er gehorsam auf den Sterbeort und erklärte, wo das Blasorchester gestanden hatte und wo die Zuschauer.

Was du geschrieben hast, war so berührend, sagte Wille Oljemark, der das Gleiche schon bei ihrer gemeinsamen Weihnachtsfeier mehrmals wiederholt hatte. Ich wünschte, du würdest mehr in der Zeitung schreiben. So wie früher.

Das wünsche ich mir auch, sagte Henry.

Er dachte an das Gespräch mit Calle Mellsten und an ihren Wortwechsel, kurz bevor er sich verabschiedet hatte und die Treppen des Parlamentsgebäudes hinuntergestiegen war. Er war unzufrieden mit Mellsten, denn es hatte sich noch immer nichts ereignet: Guss Sandberg hielt ihn genauso straff an der Kandare wie zuvor, und die Spätschicht in der Redaktion wurde mit jeder Woche langweiliger. Bald würde Sandberg ihn wohl zwingen, abends die Polizeimeldungen zu redigieren, so als wäre er eine zwanzigjährige Aushilfe.

Wie geht es Hugo?, fragte er, um die düsteren Gedanken zu verscheuchen. Wer sorgt für ihn, während ihr hier seid?

Lundin kümmert sich um ihn, wenn wir weg sind. Er ist unser Vormann, wenn du dich erinnerst. Und Elin, unsere Magd, ist auch verliebt in Hugo. Und Hugo in sie!

Ich habe euch für heute Abend einen Tisch im *Royal* bestellt, sagte Henry. Und ich hoffe, ihr seid nicht allzu enttäuscht, dass ich euch abhole und nicht Asta.

Überhaupt nicht, sagte Wille. Unsere Asta muss sich doch auf ihren Auftritt vorbereiten.

Wir sind so gespannt, sagte Greta. Und wir übernachten ja bei ihr, das wird so lustig! An welchem Ende der Kaptensgatan wohnt sie?

Am südlichen, glaube ich. Fast ganz unten am Meer.

Sie würden *Hamlet* sehen, sie hatten eine Loge auf der Parkettebene, nahe an der Bühne. Vor der Vorstellung, im Foyer, waren alle beide nervös. Henry hätte ihnen sagen können, dass dazu kein Anlass bestand, bislang hatte er noch nie erlebt, dass Asta ihre Sache schlecht gemacht hätte. Aber er sagte nichts. Greta tat es gut, auch mal nervös zu sein, sie war immer so heiter und patent.

Sie und Wille entspannten sich sehr bald, als sie sahen, dass Asta das Publikum bezauberte, sobald sie auf die Bühne kam. Henrys Eindrücke waren komplizierter. Natürlich genoss er Astas Erfolg. Und das alte Stück war erfindungsreich inszeniert und wirkte beinahe aktuell, es gab Anspielungen auf die Gegenwart und den Krieg, viele der Dialoge schienen direkt in die Jetztzeit zu passen. Aber die Aufführung war dadurch belastet, dass einige der Schauspieler übertrieben agierten oder müde wirkten. Gun Wideman und Erik Landgren fühlten sich in ihren Rollen als Königin Gertrud und Geist des Vaters nicht wohl: Es war offensichtlich, dass die modernen Ansätze der Regie ihnen fremd blieben.

Und Henry konnte nichts dafür: Es verdarb ihm die Laune, zu sehen, wie gut Walter Venho den Hamlet spielte. Venho war genauso überzeugend, wie Asta gesagt hatte, ratlos und willensstark zugleich, von intensiver Präsenz und anschaulich im Ausdruck. Auf dem Fußballplatz im Juni hatte Henry noch die Kraft gehabt, das seelische Manöver zu vollziehen, das Menschen in Wettbewerbssituationen so oft davor rettete, ihr Selbstvertrauen zu verlieren. Als er mit Molly die Arena verließ, hatte er die großen Qualitäten seines Gegners Venho geleugnet. Jetzt war er dazu nicht mehr imstande. Venho war ein unangenehmer Typ, aber er schien zugleich einer der seltenen und beneidenswerten Menschen zu sein, denen alles gelang, was sie sich vornahmen. Und zu allem Überfluss sah es bei ihm auch noch leicht aus.

In der Pause nippten Greta und Wille mit glühenden Wangen an ihrem Likör, während sie dem Gemurmel lauschten, in dem sich lobende Worte über Venho und Asta unterscheiden ließen. Henry trank nichts, er begrüßte pflichtschuldig ein paar Bekannte, und beim zweiten Klingelzeichen, als sie sich schon ihren Weg zum Zuschauerraum bahnten, erhaschte er einen Blick auf Molly, die die Treppe hinaufstieg. Sie bewegte sich sehr ladylike in ihrem schönen roten Kleid, sie sah strahlend aus und schien in Gesellschaft eines jungen Mannes und einer ebenso jungen Frau zu sein, die vielleicht ebenfalls Schauspieler waren.

Als er sich hinter Greta und Wille in der Loge niedergelassen hatte, spähte er zu den Balkons hinauf, sah aber keine Molly. Dann wurde die Saalbeleuchtung heruntergedimmt, bis es dunkel war, während der Vorhang aufging und die Ereignisse auf der Bühne ihren immer schrecklicheren Verlauf nahmen.

Nach der Vorstellung blieb er nur eine knappe Stunde im *Royal.* Er aß einen Teller Fischsuppe, trank ein Glas Sekt und lauschte zerstreut dem Gespräch zwischen Asta und ihren Eltern. Asta war strahlend glücklich, als sie sich zu ihnen an den Tisch setzte, sie umarmte ihre Mutter und ihren Vater und wollte mit Onkel Henry Wangenküsse austauschen. Das geschah dann auch, doch ohne Eleganz, denn Henry erinnerte sich erst nachträglich daran, dass die Lippen die Wange des Gegenübers nur leicht berühren, nicht aber dagegengedrückt werden sollten.

Als der Kellner wollte, dass sie Hauptgerichte und Weine aussuchten, lehnte Henry ab und stand auf. Er holte seinen

Mantel von der Garderobe, verließ das Restaurant und blieb dann eine Weile an der Wulffschen Ecke[54] stehen, rauchte und überlegte, wohin er gehen sollte. Vielleicht ins *Mikado* oder ins *Rio*, oder sollte er sich einfach gleich einen Abendspaziergang nach Tölö vornehmen?

Dann besann er sich, ging zur Brunnsgatan hinunter und stieg in eine Straßenbahn, die ihn durch den diesigen Abend nach Berghäll zurückbrachte.

Vier Tage später, an einem Samstag, saß er wieder im Theater, diesmal, um *Galgmannen* zu sehen.

Er war absichtlich spät gekommen, er wollte sich erst in den Zuschauerraum schleichen, wenn das Licht ausging. Er wollte keine Bekannten treffen, und Molly sollte nicht erfahren, dass er da gewesen war. In der Pause blieb er auf seinem Platz im Parterre sitzen, ganz außen in der achtzehnten Reihe, aus demselben Grund.

Er wartete ungeduldig auf *Galgmannen*: Vor der Pause gab es ein langweiliges britisches Stück, einen Einakter mit allen möglichen tragikomischen Verwicklungen rund um eine kinderlose alte Dame, Gun Wideman spielte die Hauptrolle.

Zu seiner Enttäuschung stellte sich heraus, dass auch *Galgmannen* schlecht war.

Molly gab ihr Bestes. Henry sah, dass die Rolle zu ihr passte: Die wechselnden Reaktionen der immer noch jungen Haushälterin zwischen Unterwürfigkeit, Würde und unbewusster Verführungskraft waren empfindsam und sorgfältig gestaltet. Auf seinem Platz ganz hinten im Zuschauerraum konnte er spüren, wie anziehend die Männer im Publikum sie fanden, vielleicht auch die Frauen.

Aber die Aufführung scheiterte daran, dass Erik Landgren den alten Oberst Toll so uninspiriert spielte. Dort, wo Grausamkeit und Arroganz, aber auch eine latente Verwundbarkeit gefragt gewesen wären – die Eigenschaften des Obersts, die dem Zusammenspiel die Spannung verliehen, sie waren ja auf der Bühne nur zu zweit –, kam bloß lautstarkes, aber leeres Gedröhn, wenn überhaupt: Manchmal schien es Henry, als würde Landgren seinen Text gar nicht über die Lippen bringen.

Landgren war eine Legende, ein Held des älteren Theaterpublikums. Er und auch Gun Wideman hatten schon auf der Bühne des Schwedischen Theaters gestanden, als Finnland noch zu Russland gehörte. Aber jetzt war es, als sei die Zeit über die beiden hinweggeschritten.

Wideman kam immer noch einigermaßen zurecht, ihr Spiel wirkte altmodisch, aber sie hatte sich ihre Präzision und ihre Energie erhalten.

Landgren jedoch war *kaputt*, seine Konzentration und seine Kraft waren dahin.

Henry kannte den Grund: Molly hatte ihm alles erzählt, gleich als sie von der Schwedentournee zurückgekehrt war. Sie hatte gehofft, dass Landgren über den Tod seines Sohnes hinwegkommen und seine natürliche Bühnenpräsenz zurückgewinnen würde, aber das war nicht passiert. Henry hatte den Verdacht, dass die Kriegstragödie nur einen Prozess beschleunigt hatte, der in Landgren schon seit längerer Zeit ablief: Auch ohne den Krieg und den Todesfall wäre seine Geschichte als Schauspieler in wenigen Jahren zu Ende gewesen.

Viele im Publikum schienen zu verstehen, was vor sich ging. Im Saal vibrierte ein unterdrückter Fluchtreflex, hin zu den Türen, raus ins Foyer. Henry nahm ihn wahr, obwohl alle regungslos auf ihren Plätzen saßen.

Molly tat ihm leid. Sie gab sich so große Mühe, und sie hatte ihre Fähigkeiten. Aber ohne Unterstützung ihres Mitspielers konnte sie die Vorstellung nicht retten. Er dachte daran, wie froh ihr Brief aus Schweden geklungen hatte, froh über die Gewissheit, dass sie endlich eine Rolle richtig gut spielte. Er wusste, wie gründlich ihr die Katri in *Daniel Hjort* zuwider war, genau wie viele andere Nebenrollen, die sie hatte spielen müssen.

Molly, die im Film so unwiderstehlich war, dass das Herz des Zuschauers einen Salto schlug, sobald sie auf der Leinwand erschien: Vielleicht hätte sie nie am Theater anfangen sollen?

Aber nun war es zu spät.

Und dass sie sich so unsicher und so unbehaglich fühlte, das hatte Henry in dem furchtbaren Streit, der ihn zum Auszug veranlasst hatte, gegen sie verwendet.

Hätte sie ihm doch bloß nicht so grässliche Schimpfworte an den Kopf geworfen und ihm angedeutet, dass er auf allen Ebenen ein Versager war.

Dann hätte er es vielleicht geschafft, sich zu beherrschen.

Denn es war doch Molly gewesen, die ihn als Erste beschimpft hatte?

Er hätte sie doch wohl nicht einen »gealterten Vamp« genannt, »der sich auf der Bühne vor Angst in die Hosen scheißt«, wenn sie ihn vorher nicht bis zum Wahnsinn gereizt hätte?

Seine Erinnerung sagte ihm, dass sie es war, die angefangen hatte, aber ganz sicher war er nicht. Jene Nacht erschien ihm im Rückblick wie ein einziger Nebel.

Er hatte das Interesse an *Galgmannen* verloren, das Stück näherte sich dem Ende, und das, so viel sah er schon jetzt, würde banal und pathetisch sein.

Stattdessen beobachtete er Molly, betrachtete ihren schlanken weißen Hals und ihre sprechenden Körperbewegungen, wenn sie Marias Pendeln zwischen peinvollem Ekel und aufkeimender Liebe darstellte. Auch von ganz weit hinten sah er die Magie ihres Blicks, in jenen Augen, die so vieles ausdrücken konnten.

Er war nun schon länger nicht mehr mit einer Frau zusammen gewesen, im Sitzen konnte er das als einen leichten Druck in den Leisten spüren.

Ihm wurde plötzlich bewusst, dass der denkwürdige späte Abend im Haus von Elli Starck fast genau ein Jahr zurücklag. Der Abend, der in gewisser Weise seine Liebe zu Molly beschädigt hatte, und ihre Liebe zu ihm.

Dennoch hatte Molly gelassen reagiert, als sie endlich erfuhr, wer die Frau war. Das Wichtigste sei gewesen, hatte sie an jenem Sommerabend gesagt, dass Henry es zugegeben und sie um Verzeihung gebeten habe.

Es hatte ihn erstaunt, als sie ihm eröffnete, sie habe die ganze

Zeit gewusst, dass er während des Winters eine andere gehabt hatte. Nicht ohne Ironie hatte sie hinzugefügt, sie sei erleichtert gewesen, dass es sich nicht um irgendeine blutjunge Lotta an der Front handelte.

Am Morgen nach seinem Geständnis hatte sie gesagt, dass es nichts bedeutete, dass sie einen Strich unter das Geschehene machen und in die Zukunft schauen könnten.

Es war ein leuchtender Tag gewesen, einer der besten seit Langem. Aber später hatte Henry begriffen, dass das, was passiert war, trotzdem zwischen ihm und Molly stand: *Ihn* quälte es auf jeden Fall.

Warum hatte er sie betrogen? Und warum hatte Elli Starck, fast so alt wie er selbst und bis zu jenem Abend für ihn ein Sinnbild der Ehrbarkeit, sich so verhalten, wie sie es getan hatte?

Die Eingebung des Augenblicks, ja. Ausnahmezeiten, ja. Jeder Tag konnte für jeden der letzte sein, ja.

Aber das genügte nicht als Erklärung.

Es war auf halb zwei gegangen, und er war im Begriff gewesen, sich zu verabschieden, er hatte vorgehabt, in der mondhellen Nacht zu Fuß durch die Stadt nach Hause zu gehen. Elli hatte der Haushaltshilfe bis zwölf Uhr am nächsten Tag freigegeben, Henry und sie waren allein in der großen Wohnung, sie waren zusammen in die halbdunkle Diele gegangen, er wollte Mantel, Hut und Schal anziehen und aufbrechen.

Während der Stunden, in denen sie zusammengesessen hatten, sie auf dem weißen Sofa und er in einem der Sessel, hatte sie ihm einiges erzählt. Oder vielleicht hatte sie es eher angedeutet: dass ihre Ehe nicht mehr glücklich war, dass der Krieg ihren Mann Torolf verändert hatte, dass sie sich oft einsam fühlte.

Henry und Elli waren seit ihrer Jugend befreundet gewesen. Sie war nur wenig jünger als er, und sie hatten immer ein Auge aufeinander geworfen; er betrachtete es als Privileg, jetzt dort sitzen zu dürfen und sie zu trösten. An seine eigene Einsamkeit dachte er weniger. Er hatte sich an sie gewöhnt, und an der

Front ereignete sich die ganze Zeit so viel, dass er noch keine Zeit gehabt hatte, dem Gefühl nachzugeben.

Dort in der Diele stand sie plötzlich ganz nah bei ihm. Sie redeten immer noch, aber etwas Neues vibrierte zwischen ihnen, und danach würde er sich nicht mehr daran erinnern, worüber sie in den Minuten gesprochen hatten, die dem *kairos* vorausgingen, dem günstigen Augenblick.

Den sie hätten verstreichen lassen sollen. Aber sie waren wie festgenagelt, als sie da vor dem großen Dielenspiegel standen, keiner von ihnen machte den Schritt zur Garderobe, wo Henrys Mantel hing, sie blieben stehen und redeten, und instinktiv streckte er eine Hand aus und legte sie auf Ellis Schulter.

Es sollte nur eine kurze Berührung sein, federleicht. Sie sah so wehrlos aus, wie sie dastand, die schmalen Schultern, der dünne Pullover, den sie trug, Henry sah, dass sie erschauerte, es war kalt in der Wohnung der Eheleute Starck.

Sie hatte im Lauf des Abends noch andere Themen angesprochen, ihre ungewollte Kinderlosigkeit und wie gefühllos Torolf im Umgang mit ihr sein konnte: kurz angebunden, geradezu brutal.

Henrys leichte Hand auf Ellis Schulter hatte eine unerwartete Wirkung: Sie wandte sich ihm zu und schmiegte sich an ihn, verkroch sich in seinen Armen.

In seiner Erinnerung dauerte die Umarmung eine ganze Weile, jedenfalls so lange, dass sein Körper zu reagieren begann und die Reaktion sich deutlich abzeichnete. Aber als er sich vorsichtig zurückzog und sich zu befreien versuchte, ließ sie ihn nicht los, sondern presste sich nur noch fester an ihn.

In diesem Augenblick war es, als würde der Damm zwischen ihnen brechen. Es war eine beidseitige, bedingungslose Kapitulation, und von dem, was dann folgte, hatte Henry nur vereinzelte, fiebrige Erinnerungsbilder behalten: Bilder, die noch jetzt, nach einem Jahr, manchmal aufblitzten und ihn in einen Zustand heftiger Erregung versetzten.

Wie der Moment, als die Kraft, die in ihm aufgelodert war, seine Hände von Ellis Brust bis zu ihrem Innersten führte, als seine schwieligen und im Krieg halb erfrorenen Finger an ihrem Oberschenkel entlangglitten, während er gleichzeitig ihren Rock hochhob, und als er dann einfach weitergemacht hatte. Und als ihm plötzlich klar wurde, dass Elli noch schwerer atmete als er und dass sie nichts tat, um ihn aufzuhalten, ihn vielmehr ermunterte. Sie waren dabei, das Unerhörte zu tun, und zwar genau da, wo sie standen, in der dunklen Diele, wo sie sonst festlich gekleidet an der Seite ihres Mannes im Licht des Kronleuchters stand und ihre Dinnergäste empfing, hohe Offiziere und begüterte Repräsentanten wirtschaftlicher und politischer Kreise.

Und dann, nur wenige Augenblicke später: die Sekunde, in der er begriff, dass er schon in ihr war, und das Triumphgefühl, das ihn durchströmte.

Später würde ihm bewusst werden, dass er etwas Ähnliches empfunden hatte, als Molly und er anfingen, miteinander zu schlafen. Dass er, der Sohn des armen Volksschullehrers, eine Frau erobert hatte, die für einen wie ihn eigentlich unerreichbar war.

Aber dort, am Ort des Geschehens, dachte er an gar nichts. Elli hatte sich umgedreht, er stand hinter ihr, und sie beugte sich nach vorn über den Spiegeltisch. Er hörte, dass er einen Laut von sich gab, ein Brummen oder Grunzen, und er hörte sie stöhnen. Er konnte ihre dunklen und undeutlichen Gestalten im Spiegel sehen, ihre Bewegungen, alles war dann sehr schnell gegangen, auch das Ankleiden und der Abschied danach: Sie waren zu aufgewühlt, um etwas zu sagen.

Im November, nur eine Woche vor der Premiere von *Hauptmann Cornells Passion,* hatte Henry die Majorsgattin Elisabeth Starck aus einiger Entfernung im Warenhaus Stockmann gesehen. Sie war gemeinsam mit ihrem Mann zu den Fahrstühlen gegangen, hatte einen Pelzmantel getragen und ungemein respektabel ausgesehen, groß und schlank und kühl, wie es sich für die Gattin eines Offiziers der heldenhaften finnischen Armee gehörte.

Er schreckte zusammen und erwachte aus seinen Erinnerungen, als Molly und Landgren sich vom Boden erhoben und der Applaus einsetzte. Er war am Anfang bedenklich dünn, nahm dann aber an Stärke so sehr zu, dass die beiden Schauspieler noch einmal auf die Bühne zurückkehren konnten, um sich zu verbeugen.

Es war wohl Molly, der sie applaudierten, dachte Henry, sie war es, auf deren Schultern die Aufführung geruht hatte. Aber dann kam ihm in den Sinn, dass die Zuschauer natürlich ahnten, dass Erik Landgrens Schwanengesang nahe bevorstand, und dass sie ihm für all die Jahrzehnte huldigen wollten, in denen er sie amüsiert und berührt hatte.

Im selben Augenblick wurde ihm klar: Auch Major Starck und seine Frau könnten sich im Publikum befinden. Er wusste, sie gingen gern ins Theater und hatten in manchen Jahren sogar ein Abonnement gehabt. Als das Licht anging, blieb er auf seinem Platz sitzen und tat, als wäre er in Gedanken versunken, bis er als einer der Allerletzten den Zuschauerraum verließ.

Zwanzig Minuten später stand er wieder im Torweg in der Museigatan.

Warum, wusste er nicht, er wusste nur, dass tief in ihm etwas schmerzte. Und dass er mit Molly sprechen und wissen wollte, wie es ihr ging.

Hinter den Fenstern dort oben war es dunkel, und er fluchte innerlich, weil er es nicht mehr geschafft hatte, sich ein wärmendes Getränk hinter die Binde zu kippen. Die scharfe Kälte war zurückgekehrt, und er war für den Theaterbesuch gekleidet, seine Anzugjacke war dünn und sein Paletot nicht besonders solide, genau wie seine Handschuhe.

Die Kälte zeigte Wirkung, es liefen nicht mehr viele Menschen herum, obwohl es Samstagabend war. Jedes Mal, wenn jemand vorbeikam, trat er etwas tiefer in den Torweg zurück. Es waren vor allem halbwüchsige Jünglinge, einige ältere Paare, die ihre Hunde ausführten.

»Halda, Halda, Cheviot, Cheviot«, hämmerte es wie ein Kinderreim in seinem Innern, während er dort stand: Wenn Molly kam, sollten die Schreibmaschine und der Anzug sein Vorwand sein. Die Straßenbahnen fuhren noch einige Stunden, er würde seine Besitztümer schon heute Abend nach Hause transportieren können.

Er wollte gerade aufgeben, als er das schwache Geräusch ausgelassener Stimmen hörte, es kam von dem Block her, der zur Innenstadt hin lag. Als es lauter wurde, spähte er vorsichtig aus dem Torweg und sah, wie sich auf der anderen Straßenseite eine Gruppe von Menschen näherte. Sie redeten lebhaft, jemand lachte laut, und ein anderer sang mit kräftiger Stimme *Sataman valot*, Lichter des Hafens, *on merten tuolla puolen kaunis synnyinmaa*, jenseits des Meeres liegt das schöne Heimatland.

Schnell zog er sich wieder in den Torweg zurück, und von seinem Aussichtsplatz konnte er einen Blick auf die Gesellschaft erhaschen, als sie sich den Schnee von den Schuhen abtrat und unter Lärm und Gelächter im Treppenhaus verschwand, am lautesten von allen lachte Molly. Er erkannte den jungen Mann und die junge Frau wieder, mit denen sie neulich im Theater gewesen war, er erkannte Walter Venho und zu seinem Erstaunen auch Asta: Greta und Wille waren am Freitagmorgen nach Snappertuna zurückgereist, aber trotzdem überraschte es ihn, seine Nichte hier zu sehen.

Es waren noch einige Männer und Frauen dabei, die er nicht kannte, alle jung, insgesamt bestand die Gruppe wohl aus etwa zehn Personen. So viele Gäste auf einmal hatten Molly und er nie gehabt, als sie zusammenwohnten.

Die schwere Außentür glitt ins Schloss, das muntere Reden und Lachen wurde abgeschnitten und durch die Stille des Winterabends ersetzt. Henry blieb noch eine Weile stehen, bis er sah, wie oben das Licht anging. Dann zog er die Hutkrempe in die Stirn und machte sich auf den Rückweg ins Zentrum.

4

Dafür, dass Henry Anfang März eine Nüchternheitsphase unterbrach und sich bei einem Festmahl mit Guido, Ragge und Thune ordentlich betrank, gab es zwei Ursachen. Beide waren noch ganz frisch, und die eine freute ihn, während die andere ihn traurig machte. Nach Henrys Auffassung taugten beide, Freude und Kummer, gleichermaßen als Zechkumpane.

Neun Tage nachdem er im Torweg gestanden und beobachtet hatte, wie Molly gemeinsam mit ihren Freunden in ihre Wohnung hinaufging, war er vormittags in der Redaktion angekommen – er hatte ausnahmsweise Tagesdienst –, und seine Laune war noch schlechter gewesen als sonst.

Die ganze Woche hatte er sich gefragt, welche Rolle Walter Venho in der Gruppe zukam, die Molly für das *Nachspiel* um sich versammelt hatte. Ihn quälte der Verdacht, dass Venho Mollys neuer Liebhaber war, dass er im Schlafzimmer mit dem Fenster zum Hof die Bettseite besetzte, die vorher Henrys Seite gewesen war, so wie der Schnellschwimmer Herr von Hellens eines Tages Henrys Platz neben Lydia Salmi eingenommen hatte.

Es war ein Verdacht, mit dem er sich ungern konfrontierte, aber trotzdem war er da, in Form einer nagenden Sorge und ruheloser Nächte, in denen er nur etappenweise schlief und Düsteres träumte, manchmal von Krieg und Tod, manchmal von Frauen, die ihn hintergingen und ihn zum Gespött machten.

Der Schlafmangel hüllte seine Tage in eine bleigraue Wolke, und die Stunden schleppten sich voran, auch an diesem Arbeitsmontag. Bis er etwas in der Zentralredaktion zu erledigen hatte und am Zimmer des Redaktionschefs vorbeikam.

Dort war die Tür nicht, wie üblich, geschlossen, sondern stand weit offen.

Und hinter dem Schreibtisch saß nicht der verhasste Guss Sandberg, sondern der Redaktionssekretär Jan-Ove Forss.

Henry steckte den Kopf durch die offene Tür:

Was zur Hölle machst du da, Jannu? Hast du keine Angst vor den Repressalien Seiner Majestät, wenn er dich erwischt?

Forss schien erstaunt:

Wer soll mich erwischen? Und wobei?

Sandberg natürlich, sagte Henry. Er duldet doch nicht, dass jemand auch nur seine Zimmertür aufmacht.

Jetzt sah Forss völlig verwirrt aus, und er rief:

Aber weißt du es denn noch nicht? Guss ist zu *Uusi Suomi* gegangen. Er wird dort stellvertretender Redaktionschef.

Henry hatte noch freie Tage übriggehabt und sie von Donnerstag bis Sonntag genommen. Laut Jannu Forss war die Mitteilung über Sandbergs Posten bei der rechtsgerichteten finnischsprachigen Zeitung intern schon am Donnerstag verbreitet worden, aber die Verlagsleitung hatte beschlossen, dass die Leser erst in der folgenden Woche informiert werden sollten, durch eine Meldung in der Dienstagsausgabe. Am Freitag hatte die offizielle Verabschiedung stattgefunden, bei der sowohl Amos Anderson als auch Gideon Grahn eine Ansprache gehalten hatten. Man hatte Sandberg bis zu seinem Arbeitsbeginn bei *Uusi Suomi* eine Woche freigegeben und unterdessen den allseits beliebten Forss mit sofortiger Wirkung zum neuen Redaktionschef von *Hufvudstadsbladet* ernannt.

Niemand hatte Henry angerufen oder ihn zur Verabschiedung eingeladen, obwohl die übrigen Redakteure ausnahmslos versammelt gewesen waren. Als er nach dem Grund fragte, antwortete Forss:

Wir wussten ja, wie das Verhältnis zwischen Guss und dir war. Wir dachten, dass du dich vielleicht … na ja, nicht beherrschen könntest.

Was glaubt ihr denn, was ich getan hätte?, fragte Henry. Meine Freude rausgeschrien?

So was in der Art, ja, sagte Forss lächelnd. Wir dachten, du solltest dich stattdessen heute freuen, ohne dass Guss das mitbekommt.

Forss hatte nur allzu recht mit seiner Vermutung, dass Henry sich freuen würde. Tatsächlich konnte er sich nicht erinnern, wann er zuletzt so von Herzen froh gewesen war. Zugleich fragte er sich, ob Mellsten die Finger im Spiel gehabt haben könne: Er wusste, dass der Freund viele Kontakte im Zeitungsmilieu hatte, vor allem unter den Eigentümern.

Aber es spielte keine große Rolle, wie es sich damit verhielt, es zählte nur, dass Sandberg weg war. Es war, als hätte sich ein Damm geöffnet, der Henrys Leben aufgestaut und ihn todmüde und zynisch gemacht hatte. Er fühlte sich voller Tatkraft, und noch am selben Abend rief er Molly an und fragte sie, ob er seine Halda abholen dürfe.

Halda?, fragte Molly.

Die Schreibmaschine, sagte Henry. Die steht doch wohl noch im Arbeitszimmer?

Arbeitszimmer?, wiederholte Molly.

Ja, in dem Zimmer, wo ich ..., begann Henry, aber Molly unterbrach ihn brüsk:

Ich habe die Möbel umgestellt. Und ich glaube, ich habe die Maschine auf den Dachboden gebracht. Oder sie ist in der Besenkammer, das weiß ich nicht genau.

Sie vereinbarten die Abholung in einer guten Woche, und als der Tag gekommen war, hatte der Kummer seinen Auftritt.

Es war ebenfalls ein Vormittag, und Molly ließ Henry lange warten, bevor sie die Tür öffnete, ungeschminkt und in einem zu großen Wollpullover, mit dicken Socken an den Füßen.

Auch in dieser Verkleidung fand Henry sie schön.

Es war nur so, dass sie einander nichts zu sagen hatten.

Es war Molly, die nicht reden wollte. Als er sie fragte, wie es ihr ergangen sei und was sie so gemacht habe, waren ihre Antworten kurz und zugeknöpft. Sie sagte, sie habe, neben vielen anderen Unternehmungen, eine Woche in einem Herrenhaus etliche Kilometer nördlich von Helsingfors verbracht. Auf Henrys Nachfrage erzählte sie ihm widerwillig, dass sie dort in einem Film mitgespielt habe, *Winterliebe* – ob er sich denn nicht mehr an die Vertragsunterzeichnung erinnere, sie hätten doch wenige Tage vor seinem Auszug darüber gesprochen? Im März würde nochmals eine Woche lang gedreht werden, ansonsten sei sie immer noch mit *Galgmannen* und *Daniel Hjort* beschäftigt.

Also keine neuen Rollen? Am Theater, meine ich, sagte Henry.

Molly zuckte mit den Schultern, drehte gleichzeitig die Handflächen nach oben und verzog ein wenig den Mund. Die Geste wirkte nonchalant, aber Henry sah, dass die Nonchalance erkämpft war.

Willst du den Anzug und die anderen Sachen nicht auch mitnehmen?, fragte sie. Du hast sogar deinen Pyjama hiergelassen.

Wirklich?

Ja. Du hattest es so furchtbar eilig.

Sie standen im Eingang, und er sah, dass sie den blauen Anzug ganz hinten im Flur an den Griff der Schlafzimmertür gehängt hatte. Die Schreibmaschinentasche stand auf dem Fußboden daneben. Er fragte sich, ob sie die Maschine vom Dachboden oder nur aus der Besenkammer geholt hatte.

Darf ich die Kleidungsstücke vielleicht ein andermal abholen?, entgegnete er. Da draußen stürmt und schneit es. Und die Halda ist ziemlich schwer.

Er wünschte, sie hätte ihn hereingebeten, ihn gefragt, ob sie ihm etwas anbieten könne, eine Tasse Tee vielleicht oder warmen Fruchtsirup und ein Sandwich. Er hätte sich gern noch einmal im Wohnzimmer mit dem Erker und dem schönen Fenster niedergelassen, sich in den Lesesessel gesetzt, und Molly hätte auf dem kirschroten Sofa sitzen sollen, vielleicht hätten sie das Radio eingeschaltet. In der Tredje Linjen hatte er weder Radio noch Lesesessel, er hatte weder Zeit noch Geld gehabt, beides anzuschaffen.

Wie du willst, sagte Molly. Ich dachte nur, wenn du schon mal hier bist …

Sie brach den Satz nach der Hälfte ab, und eine unbehagliche Stille senkte sich auf die beiden, sie war so abgründig, dass das Krächzen der Krähen im Hinterhof ohrenbetäubend laut klang.

Henry hätte gern mehr gefragt, vor allem, was Mollys Privatleben betraf. Obwohl er sich dem Thema natürlich über Umwege genähert hätte. Über die Frage nach Astas Befinden, ob sie sich am Theater noch wohlfühlte. Und nach Walter Venho, der ein so guter Hamlet war.

Aber er fragte nichts dergleichen. Er wusste, dass sie ihn durchschaut hätte und dass das Risiko, sich zu verplappern, groß war, wenn man einen Stachel im Herzen trug. Und es wurde noch größer, wenn man sich idiotisch verhalten hatte und deshalb in der schwächeren Position war.

Auch wenn sonst niemand wusste, dass Henry dort auf der anderen Straßenseite im Torweg gestanden hatte: dass er selbst es wusste, war unerträglich genug.

Wie geht es Lilly und Karol?, fragte er, eigentlich nur, um irgendetwas zu sagen. Und Irene?

Ganz gut, antwortete Molly gleichgültig. Karol läuft mit seinem Stock schon richtig schnell. Irene hatte ein wenig Beschwerden, aber bei ihr ist wohl auch alles in Ordnung.

Er nickte und wollte gerade fragen, ob auch mit Klein-Evert und Lasse alles in Ordnung sei, als Molly ihm zuvorkam:

Du hättest mir zu meinem Geburtstag eine Karte schreiben können. Oder anrufen.

Ein Gefühl der Beschämung überkam ihn, als er seinen Fauxpas erkannte; es legte sich wie eine Last auf sein Herz. Molly hatte Mitte Februar Geburtstag, aber an welchem Tag? Am fünfzehnten? Sechzehnten? Als sie zusammenlebten, hatte er es immer gewusst.

Entschuldige, sagte er. Und Glückwunsch nachträglich. Wie alt bist du noch mal geworden, dreiundzwanzig?

In alten Zeiten hätte sie über seinen flauen Scherzversuch gelächelt. Jetzt sah sie ihn nur kühl an und sagte:

Ich bitte dich. Solche Zahlen sind den Astas und Elsas dieser Welt vorbehalten – und wie sie sonst noch alle heißen.

Er fühlte sich am Boden zerstört, aber auch ungerecht behandelt. Sein eigener Geburtstag war Ende September, und im ersten Herbst, nachdem sie ein Paar geworden waren, hatte Molly den Tag vergessen. Vielleicht hatte er das Datum allzu beiläufig erwähnt, aber trotzdem.

Als er wenig später mit der schweren Schreibmaschinentasche die Treppe hinunterging, konnte er auf einmal nachvollziehen, warum Molly ihn nicht hatte hereinbitten wollen.

Es lag nicht nur daran, dass er ihren Geburtstag vergessen hatte: Er war es ja gewesen, der im November beschlossen hatte, das Zusammenwohnen zu beenden, er und niemand sonst.

Ghita Röman war zu Beginn der Skiferien mit ihrer Kinderschar nach Grankulla gefahren und würde nicht vor Sonntagabend zurückkehren.

Guido, Henry, Ragge und Thune hatten die Gelegenheit beim Schopf gepackt, und als die vier Männer am Samstag bei Guido versammelt waren, wusste Henry nicht, ob er die Befreiung von Guss feierte oder seine Traurigkeit darüber wegspülte, dass das Treffen mit Molly so frostig verlaufen war.

Er hatte die Familie Röman im Hochhaus am Åbovägen mehrmals besucht und jedes Mal gesehen, dass Ghita neue Dinge gekauft hatte, die das Zuhause behaglicher machten: eine robuste Zierpflanze in einem Topf auf dem Fensterbrett, ein lustiges Mobile über einem der Kinderbetten, ein schönes Tuch, das den zerkratzten Küchentisch verdeckte. Es sah hier jetzt ganz anders aus als bei seinem ersten Besuch gleich nach dem Märzfrieden.

Und ganz anders auch als in seiner Zweizimmerwohnung in der Tredje Linjen. Dort war es dank Asta zeitweise gemütlicher gewesen. Davon war nichts geblieben, es gab nur noch Hässlichkeit und Tristesse und Henrys vergeblichen Kampf gegen Staub, Fettflecken und allgemeinen Verfall.

Seine einzige Neuanschaffung in diesem Winter bestand in der Halda-Maschine, war also nur scheinbar neu. Es war jetzt drei Tage her, seit er sie von Molly abgeholt hatte, aber sie befand sich immer noch in ihrer Transporttasche in seinem engen Flur.

Er hatte sich vorgestellt, dass der Sieg über Guss Sandberg – er betrachtete Sandbergs Arbeitsplatzwechsel als seinen persönlichen Triumph – seine Schaffenskraft entbinden und ihn veranlassen würde, viel und intensiv zu schreiben, er war ja ein ganzes Jahr lang mundtot gemacht worden. Aber noch war nichts entstanden, und während der ersten Guss-freien Arbeitstage hatten weder Jannu Forss noch Gideon Grahn ihm irgendeinen Auftrag von Bedeutung erteilt. Forss hatte den von Sandberg erstellten Monatsplan übernommen, und dort war Henry bis Ende Februar für den Redaktionsdienst eingetragen: Er hatte seine Arbeitsschichten untadelig absolviert, gehorsam, aber lustlos.

Aber nächste Woche, spätestens in der großen Redaktionskonferenz am Mittwoch, würde er wieder in seine Rechte als schreibender Reporter eingesetzt werden, da war er sich ganz sicher.

Es musste nicht mit großem Pomp passieren, die Hauptsache war, dass es geschah.

Dann würde er sich für alles revanchieren, was Sandberg ihm im vergangenen Jahr verweigert hatte: den Bericht über die innerlich zerbrochenen Soldaten in der Klinik Rauha, die Chance, Bertolt Brecht zu interviewen, die Besichtigung der neuen Verteidigungsanlagen nordöstlich von Hangö – er konnte die ungeschriebenen Artikel kaum noch zählen.

Am Anfang ihres gemeinsamen Abends wollten Guido und Ragge über die Vorgänge bei der Zeitung während des letzten Jahres sprechen. Zuerst wurde wiederholt angestoßen, auf Henry, auf die von Guido zubereitete Quappensuppe, auf den Fischer Hermansson von der Insel Villinge, der die Quappe gefangen hatte, und dann begannen die Trinkkumpane, alte Anekdoten über Henrys Martyrium unter Sandberg zu erzählen.

Guido und Ragge erörterten auch Henrys Reportagen aus dem Krieg, sie arbeiteten alles auf, bis sie merkten, dass von

Henry nur Brummlaute und allerkürzeste Kommentare kamen.

Was ist los, Bruder?, fragte Ragge. Man sollte glauben, du wärst erleichtert und in bester Feierlaune, aber jetzt sitzt du da wie ein morscher Golem und schmollst.

Henry nahm einen Mundvoll Jallu, schluckte und sagte, er sei fertig mit Sandberg, er wolle an die Ära von Guss dem Grausamen nicht mehr zurückdenken, nur noch nach vorne schauen.

Gut!, sagten Guido und Ragge beinahe im Chor, und der schweigsame Thune schloss sich ihnen an, indem er sein Glas erhob und sich ein Lächeln abnötigte, das eher einer Grimasse glich.

Sie hechelten Sandberg als Person noch eine Weile durch, was für Henry angenehmer war als das Drehen und Wenden vergangener Ereignisse. Er beteiligte sich nach Herzenslust an den Späßen und Spötteleien, die schließlich in Guidos Frage mündeten: »Kann der Kerl überhaupt Finnisch, ist er nicht aus Pellinge?« Und in Henrys lakonischer Antwort: Er schreibt nicht, also braucht er die Sprache nicht zu können. Ein Chef muss nur kläffen und poltern.

Nach Guss Sandberg kam Amos Anderson als Eigentümer dran und dann Gideon Grahns schwache Führungsqualitäten, und von dort war es nur noch ein kleiner Schritt zur Politik. Ragge Lerche, der mit seinem Bruder in der Botschaft in Stockholm gesprochen hatte, konnte mit neuen Gerüchten aufwarten und beschwor die anderen, sie auf keinen Fall weiterzutragen:

Lennu sagt, dass Ryti die Außenpolitik steuert, gemeinsam mit dem Feldmarschall und den Generälen. Witting hat nichts zu sagen.

Mag sein, sagte Guido. Aber warum sollten wir einen Außenminister mit guten Kontakten nach Deutschland wählen, wenn nicht, um Nutzen aus ihm zu ziehen?

Henry erinnerte sich an Mellstens rätselhafte Äußerungen bei ihrem Gespräch im Januar, und er sagte:

Wir haben ihn nicht gewählt. Das Volk ist selten weiter von der Macht entfernt gewesen, als wir es gegenwärtig sind.

Er ließ seinen Blick von einem Freund zum anderen wandern, und als keiner etwas sagte, fuhr er fort:

Das ist wohl genau das, was sie machen, seine Freundschaft mit von Blücher ausnutzen. Wenn Witting und Salmio ein neues Importabkommen aushandeln, dann sind alle zufrieden, und dann kümmern Ryti und die Generäle sich in aller Stille um den Rest. Es heißt, Talvela und Heinrichs seien neulich in Berlin gewesen.

Salmio war der Handelsminister, und Talvela und Heinrichs waren Generäle, genau wie der Verteidigungsminister Waldén. Henry sah den beiden anderen noch eindringlicher in die Augen als vorher, er wünschte sich, dass sie begriffen, was seine Ahnung ihm sagte, ohne dass er es aussprechen musste. Obwohl das mit Talvela und Heinrichs nur unbestätigte Gerüchte waren, die er spätabends in den Journalistenkneipen aufgeschnappt hatte, und er wusste, dass seine Ahnung als Spekulation abgetan werden konnte – Ragge, mit seinem Bruder im Diplomatenkorps, hatte sicher zuverlässigere Informationen.

Ragge zuckte auch prompt mit den Schultern und sagte:

Davon hat Lennu nichts erzählt. Und es spielt keine Rolle, ob wir uns mit den Deutschen verbinden, sie haben ja ihren Pakt mit den Russen. Übrigens sagt Lennu, dass Talvela die Nazis verabscheut, er soll anglophil sein.

Henry schaute Ragge an, und es fiel ihm schwer, seinen aufflammenden Ärger im Zaum zu halten.

Komisch, dachte er, dass man mit manchen Leuten jahrelang, ja lebenslang bekannt sein und mit ihnen gesoffen haben konnte, ohne dass sich eine richtige Sympathie entwickelte. Genauso war es bei ihm und Ragge Lerche: Sie pflegten seit ihrer Schulzeit eine oberflächliche Bekanntschaft, hatten sich aber nie wirklich gemocht und immer Abstand zueinander gehalten. Dass Ragge ihm den Liegeplatz für die *Aldebaran* auf Örarna zum Vorzugspreis überlassen hatte, kam einem Freundschaftsbeweis so nahe, wie es zwischen ihnen gerade eben möglich war.

Mit anderen, wie Calle Mellsten oder übrigens auch Elli Starck, bestand eine tiefe Freundschaft schon seit den Jugendjahren. Die gegenseitige Zuneigung war von Anfang an da gewesen und hatte sich im Laufe der Jahre und Jahrzehnte verstärkt.

Was sagt Lennu denn über die Situation in Schweden?, fragte Henry und gab sich Mühe, seine Stimme freundlich klingen zu lassen. Neben dem Zugang zu geheimen Informationen verfügte Ragge momentan auch über den größten Zigarettenvorrat, man musste ihn bei Laune halten.

Als Ragge nicht gleich antwortete, fügte er hinzu: Ich meine, glaubt er, dass sie jetzt eher bereit sind, uns zu helfen, wenn es uns wieder schlimm erwischt? Dass sie uns diesmal ernsthaft unterstützen würden?

Du denkst an die Verteidigungsunion? Keine Chance, sagte Ragge selbstsicher. Lennu meint, dass die schwedischen Minister viel zu viel Angst haben.

Henry nickte:

So sehe ich das auch. Solange die Deutschen und die Russen ihr Abkommen haben, wagt Schweden nicht, sich zu eng an uns zu binden.

Die Frage ist doch, warf Guido ein, ob in diesen Zeiten überhaupt irgendein Pakt verlässlich sein kann. Die Lage verändert sich ununterbrochen, jeder spielt ja wohl nach den Regeln, von denen gerade er besonders profitiert?

Soweit das möglich ist, ja, sagte Thune vom anderen Ende des Tisches her. Aber es gibt keinen freien Willen mehr, nur noch Realpolitik und Zwang. Jede Entscheidung, die getroffen wird, ist eine erzwungene Entscheidung zwischen Überleben und Untergang. Aber es werden Jahre vergehen, bevor wir wissen, was daraus geworden ist, Leben oder Tod.

Die anderen sahen Thune erstaunt an. Guido hatte erzählt, dass der Anwalt Sympathien für die Sozialdemokratie hegte und ein Anhänger der paneuropäischen Idee gewesen war, aber jetzt hatte Henry den Eindruck, dass er sich genauso zynisch äußerte wie ein Mellsten oder ein Luoto.

Mag alles sein, sagte Guido, und seine Stimme klang trotzig.

Lasst uns trotzdem die Gläser erheben! Auf die leuchtende Zukunft unserer Redaktion unter der Ägide von Jannu Forss und darauf, dass der liebe Gideon G. sein abhandengekommenes Rückgrat wiederfindet, prost!

Henry hätte sich nie in ein nächtliches Gespräch mit Thune verwickeln lassen, wenn Guido Röman zuvor nicht das getan hätte, was er immer tat: Sobald Guido betrunken war, wollte er über Sport reden, und Ragge Lerche war genauso monoman wie er und ließ sich gern zu endlosen Tiraden provozieren, um zu erklären, warum ein bestimmter Sportler besser sei als ein anderer.

Jetzt hatte Guido gerade ein Match zwischen KIF und HJK in der neuen Disziplin Eishockey gesehen, und er hatte die fixe Idee entwickelt, dass der alberne Sport das kommende große Ding sei. Er schwärmte von einem unglaublichen Spieler, der Granström hieß und auf Schlittschuhen besser war als der schnellste Bandy-Star, und er redete vom Zauber des engen Spielfelds und der kleinen Torkäfige und malte dem Spiel eine strahlende Zukunft aus.

Ragge Lerche schnappte sogleich nach dem Köder und behauptete mit Nachdruck, dass weder Eishockey noch irgendein anderes neumodisches Zeug dem Bandy Konkurrenz machen könne. Er schnaubte verächtlich über die langen, kantigen Schläger und die plumpen Handschuhe der Eishockeyspieler, und er verspottete die lächerliche schwarze Gummischeibe, den »Puck«, der nicht rollte, sondern nur flach über das Eis glitt.

Guido ereiferte sich immer stärker, je mehr Ragge ihm widersprach. In seiner Zukunftsvision würde man heizbare Hallen für Eishockey bauen, sodass die Spiele unabhängig von Schneefall oder strengem Frost stattfinden könnten, und man könne die Saison schon im Oktober beginnen lassen und bis ins Frühjahr hinein verlängern, auch bei ungünstigem Wetter. Ragge lachte höhnisch über Guidos Vorstellungen und fragte, wie er denn das Problem des Spielfelds lösen wolle: Wenn die Halle geheizt wäre, würde ja das Eis schmelzen. Guido antwortete würdevoll, dass die Ingenieure sicher Lösungen finden würden, vielleicht könne man die Halle von oben heizen und von unten kühlen, sodass das Eis intakt bliebe, während im Bereich der Zuschauerbänke eine angenehme mittlere Temperatur herrschte?

Henry hatte keine Lust mehr, der Plänkelei zu lauschen, er wandte sich an den ebenso desinteressierten Thune und fragte:

Wie geht es dir denn so, Bruder? Laufen die Geschäfte gut?

Thune betrieb eine Anwaltskanzlei und hatte sein Büro am Kaserntorget, mehr wusste Henry nicht. Die Antwort überraschte ihn:

Ich habe noch einige Erbfälle und andere Angelegenheiten abzuwickeln. Aber wenn alles ordnungsgemäß verläuft, werde ich an Walpurgis schließen.

Schließen? Für wie lange denn?

Thune schaute mit düsterem Blick in die Dunkelheit draußen vor dem Fenster und sagte:

Für immer. Ich habe in den letzten Jahren fünfundsiebzig Prozent meiner Klienten verloren.

Fünfundsiebzig?, wiederholte Henry. Das ist schlimm.

Ich finde keinen neuen Teilhaber, sosehr ich es auch versucht habe. Und ich kann meine Angestellten nicht halten. Die letzte, Frau Appelgren, hat vorige Woche gekündigt. Unsere Bekanntschaft ist zwar nicht so eng, Bruder, aber meine Geschichte kennst du ja.

Henry nickte. Er hatte nicht mehr alle Details im Kopf, aber in großen Zügen erinnerte er sich an Thunes Tragödie, obwohl der Skandal schon einige Jahre zurücklag. Thune war auch während ihrer Kneipenabende mehrmals darauf zurückgekommen. Einer seiner besten Freunde hatte ihm seine Frau Gabi – bekannt als Schriftstellerin Gabriella Linde – abspenstig gemacht. Und damit nicht genug, er hatte auch noch ein Verhältnis mit Thunes damaliger Sekretärin begonnen, einer gewissen Frau Wik, und die Affäre hatte sich offenbar zu einer Art Totentanz entwickelt: Sie endete damit, dass Frau Wik ihren Liebhaber und sich selbst erschoss.

Als Henry schwieg, fixierte ihn der Anwalt mit seinem verschwommenen Blick und murmelte müde:

Jeder in dieser verdammten Stadt weiß doch davon.

Er starrte Henry unverwandt an und schien zu zögern, dann gab er ein hohles Husten von sich und fuhr fort:

Je mehr Zeit seit der Katastrophe vergeht, desto klarer wird mir, dass ich ein paar Jahre vorher schon ein Signal bekommen hatte, eines Morgens in Kajsaniemi.

Was denn für ein Signal?, fragte Henry und spürte, wie die Neugier in ihm erwachte.

Dass ich im Leben vorsichtig sein muss, weil kein Ereignis so grotesk ist, dass es mich nicht treffen könnte, sagte Thune mit seiner trockensten Juristenstimme. Du erinnerst dich sicher an den Vorfall, den ihr Journalisten den »Eisbärenmorgen« getauft habt?

Henry lachte.

Den hat wohl niemand hier in der Stadt vergessen. Aber ich war nicht dabei. Ich glaube, dass es Olle Juselius war, der bei uns die Reportage geschrieben hat. Und dass wir ein gutes Bild von einem der Bären kriegten, als man ihn eingefangen hatte. Er sah aus, als würde er gähnen.

Na ja, sagte Thune missmutig. Ich war dabei. Mitten im Chaos.

Ein Zirkus hatte damals auf Broholmen sein Lager aufgeschlagen, erinnerte sich Henry, es musste im Frühling 35 oder 36 gewesen sein, er war sich nicht sicher. Broholmen war der traditionelle Ort für Zirkusse und Vergnügungsparks in Helsingfors, daran war also nichts Besonderes. Bis auf die Tatsache, dass dieser Zirkus über Eisbären verfügte und der Tierpfleger eines Abends nach der Fütterung vergaß, die Käfige zuzusperren. Am nächsten Morgen waren sie leer. Und die Bären hielten sich auch nicht in der nächsten Umgebung auf: Drei von ihnen wurden im Kajsaniemipark gefunden und auf der Unionsgatan, wo sie Verkehrsstaus und Panik verursachten; sie konnten aber rasch eingefangen werden. Der vierte, der auf den Namen Arn getauft worden war, schwamm vergnügt im Broholmssund herum, und eine ausgedehnte Rettungsaktion war erforderlich, um Arn wieder in die Gefangenschaft zu nötigen, sogar das Heer beteiligte sich daran. Danach waren sich alle einig, was für ein sagenhaftes Glück es gewesen sei, dass die Bären sich am Abend zuvor kräftig den Bauch vollgeschlagen hatten: Sie waren träge und vergleichsweise friedlich, als sie in der Stadt herumstromerten.

Warst du zu Fuß unterwegs?, fragte Henry belustigt.

Nein, sagte Thune. Ich hatte mir das Auto meines Schwagers geliehen. Ich arbeitete damals im Ausland, hatte aber einige Klienten, um deren Fälle ich mich kümmerte, wenn ich in Finnland war. Ich war gerade zu einem von ihnen unterwegs, rauf nach Träskända[55].

Sibelius? Henry konnte sich die Frage nicht verkneifen.

Leider nicht, sagte Thune, ohne eine Miene zu verziehen.

Er hob sein Glas und leerte es in einem einzigen Schluck, klopfte dann Ragge Lerche auf die Schulter und deutete auf die Zigarettenschachtel, die auf dem Tisch lag. Ragge nickte kurz und stritt sich weiter mit Guido, die beiden Sport-Spintisierer schienen sich nicht die Spur für Thunes einstige Unannehmlichkeiten zu interessieren. Thune schüttelte eine Zigarette aus der Schachtel und zündete sie an, und auch Henry nahm eine.

Der Verkehr war völlig zum Stillstand gekommen, erzählte Thune weiter, die meisten trauten ihren Augen nicht, und andere fingen aus lauter Panik an zu schreien. Und du wirst es nicht glauben, einer von den Bären, später erfuhr ich, dass er Oden hieß, stellte sich auf die Hinterbeine, mit den Vordertatzen ausgerechnet auf meinem Auto. Zum Glück war es ein Packard, das größere Modell, und zum Glück war es nicht offen.

Du meinst, der Bär stand da und lehnte sich an dein Auto?

Henry war fasziniert, er hatte noch nie jemanden getroffen, der am Eisbärenmorgen direkt dabei gewesen war.

Nicht nur das. Er nutzte auch die Gelegenheit, da mal reinzuschauen. Das sind ja riesige Biester, er musste sich zur Seite neigen und bücken, um durch die Seitenscheibe gucken zu können. Und dabei verlor er den Halt und glitt ab. Aber unsere Blicke haben sich gerade noch getroffen.

Du hast ihm in die Augen gesehen!

Ein paar Sekunden lang, ja. Und das war kein angenehmer Anblick. Die Leute wollen ja gern alle möglichen Gefühle aus dem Blick der Tiere lesen. Aber in Odens Blick war absolut gar nichts.

Irgendwas muss da aber doch gewesen sein, wandte Henry ein.

Diese Augen, sagte Thune. Wie schwarze Pfefferkörner, vollkommen leblos. Wenn sich was in ihnen ausdrückte, dann die Frage, ob das Wesen hinter der Glasscheibe essbar war oder nicht. Und der Bär hätte das Auto mit Leichtigkeit umkippen können, wenn er gewollt hätte.

Was passierte dann?, fragte Henry.

Es vergingen noch ein paar Sekunden, und dann waren sowohl die Tierschützer als auch die Feuerwehr da, sagte Thune.

Das muss eine unvergessliche Erinnerung sein.

Inzwischen sehe ich darin, wie gesagt, ein Omen. Denn einige Jahre später sind all die … komischen Sachen passiert, zuerst mit Gabi und dann mit Frau Wik.

Er nahm einen heftigen Zug und drückte dann die Zigarette mit einer Bewegung aus, die so energisch war, dass sie fast verzweifelt wirkte.

Das Schlimmste ist, dass der Wahnsinn gar nicht mehr aufhört. Ein Jahr nach dem … ja, nach dem Mord … kam ich so langsam wieder auf die Beine. Mit dem Büro lief es, wie es eben lief, aber ich hatte wieder ein Gefühl von Alltag. Und dann brach der Krieg aus. Was ist dir vom ersten Kriegstag im Gedächtnis geblieben?

Henry, von der Frage überrumpelt, nahm einen tiefen Zug aus seiner Zigarette, um Zeit zu gewinnen. Vor einer Weile hatte Thune noch sehr betrunken gewirkt, jetzt schien er wieder rasiermesserscharf zu denken.

Du meinst *unseren* Krieg?

Natürlich, sagte Thune, welchen denn sonst. Und?

Ich weiß nicht, sagte Henry. Dass ich nachmittags in der Redaktion war, als der letzte Luftangriff des Tages kam. Dass ich mir Sorgen um Molly machte, sie hatte am Telefon gesagt, dass sie in die Stadt gehen wollte, und ich hatte versucht, sie daran zu hindern.

Er verstummte und nahm einen neuen Zug, er fragte sich, worauf Thune mit seiner Frage hinauswollte.

Weiter, sagte Thune hartnäckig, dir fällt doch wohl noch mehr ein?

Henry überlegte. Es war erst fünfzehn Monate her, aber es fühlte sich wie Jahre an, es war inzwischen so viel anderes passiert.

Dann erinnerte er sich:

Unser Fotograf wollte gleich raus und sich die Verwüstungen ansehen. Wir hatten ja einen Vorzugsplatz, der Busbahnhof war getroffen worden, nur einen Block entfernt. Ich wollte auch hingehen. Aber Grahn war dagegen, er wollte abwarten, bis die Luftabwehr Entwarnung gab. Und natürlich habe ich das kleine Mädchen nicht vergessen. Das am Busbahnhof ums Leben gekommen war und über das alle geweint haben, ich weiß nicht mehr, wie sie hieß.

Sie hieß Armi, sagte Thune knapp. Aber du erinnerst dich nicht zufällig an das Bombenflugzeug, das über Munksnäs abgeschossen wurde?

Doch, sagte Henry, jetzt, wo du es sagst. Warum?

Ich wohne da draußen, sagte Thune. Ich habe an dem Tag zu Hause gearbeitet und machte gerade einen Spaziergang, um meine Nerven zu beruhigen. Ich war bei den Felsen hinter dem Herrenhaus, und dort plumpste das Flugzeug runter. Etwa hundert Meter von mir entfernt ist es abgestürzt.

Er schwieg und goss sich noch einmal Schnaps ein, hielt dann die Flasche über Henrys Glas und sah ihn fragend an.

Henry nickte ihm zu, er solle es vollschenken, und dachte dabei, dass dieser Anwalt ein Egozentriker sei, wie man ihn nicht alle Tage traf. Der tragische und sinnlose Tod des kleinen Mädchens schien ihn wenig zu berühren, stattdessen kam er gleich wieder auf sich selbst zu sprechen und auf ein Ereignis, bei dem er nicht einmal Schaden genommen hatte. Von Guido wusste

Henry, dass Thune in jüngeren Jahren ein gutmütiger und rücksichtsvoller Mann gewesen war. Aber dann hatte ihn ein Unglück nach dem anderen ereilt, und nun war er nicht mehr er selbst.

Kaum zu glauben, sagte Henry. Du hättest im Haus bleiben sollen, es hatte ja Alarm gegeben.

Dieses brüllende Geräusch, als die Maschine runterkam, sagte Thune leise. Ich habe mich natürlich auf den Boden geworfen. Es brannte, Wrackteile flogen umher, später hat man die Motoren in einiger Entfernung vom Flugzeug gefunden. Ein Glück, dass ich nichts abgekriegt habe.

Henry schüttelte den Kopf und versuchte, eine teilnahmsvolle Miene aufzusetzen. Aber eigentlich empfand er mehr Widerwillen als Mitgefühl, als er sagte:

Du hast ja wirklich … du bist immer da, wo was passiert.

Das war jetzt eine Untertreibung, sagte Thune dumpf. Man könnte mich in einer ausgepolsterten Zelle einschließen, und nicht mal dort wäre ich in Sicherheit.

Er lachte auf, ein brüchig heiserer Laut, und fügte hinzu:

Und dabei war es mein ausdrücklicher Wunsch, ein stilles Leben zu führen. Kammermusik hören und Präzedenzfälle auslegen, das hätte mir vollkommen genügt.

5

Du bist doch bestimmt ein Theatermensch, Henry? Jannu Forss warf die Frage auf, als sie nach der Redaktionskonferenz am Mittwoch noch unter vier Augen redeten.

Du wohnst ja mit Molly Timm zusammen, nicht wahr?

Wohnte, sagte Henry. Ich bin im November ausgezogen.

In der Art, wie der verheiratete Forss, Vater von vier Kindern, die Worte »du wohnst ja zusammen« betont hatte, glaubte er, einen moralisierenden Beiklang wahrzunehmen, der ihn ärgerte.

Mein Beileid, sagte Forss. Sie ist eine … na, ich will nicht noch Salz in die Wunde streuen.

Hast du nicht gehört, was ich gesagt habe?, entgegnete Henry. *Ich* bin ausgezogen.

Warum hast du das getan?, fragte Forss neugierig.

Wir haben uns nicht verstanden, sagte Henry schroff. Warum fragst du so viel, Jannu?

Forss nahm von der Gegenfrage keine Notiz, stattdessen sagte er: Ich weiß auch, dass du Bertolt Brecht bewunderst.

Mir gefällt, was er macht, gab Henry zu. Und ich hätte ihn gern interviewt. Aber du hast es vorgezogen, »Grande Dame« hinzuschicken.

Das waren noch andere Zeiten, sagte Forss entschuldigend, aber er verfolgte das Thema nicht weiter.

Henry war plötzlich beunruhigt. Und wenn Jannu nun ein Spiel mit ihm spielte? Ein anderes als Guss Sandberg, aber nichtsdestoweniger ein Spiel. Sein Auftritt bei der Premierenfeier von *Hauptmann Cornell* hatte die Nachrichtenschwelle noch nicht durchbrochen, nicht einmal im Filmmagazin *Elo-*

kuva-Aitta, aber das Festlokal war voller Journalisten gewesen, sie hatten bestimmt hinterher in den Kneipen getratscht. Jannu wusste garantiert, was zwischen Henry und Walter Venho vorgefallen war, und seine Ahnungslosigkeit, was das Verhältnis zwischen Henry und Molly betraf, war vermutlich nur vorgetäuscht.

Jetzt darfst du mit deinem Anliegen rausrücken!, sagte Henry brüsk. Was willst du von mir, was soll ich machen?

Ein Interview, sagte Forss. Erik Landgren geht im Mai in den Ruhestand. Amos hat es uns gestern erzählt, er schaltet und waltet ja auch im Theater. Wir dachten, dass du das übernehmen solltest.

Abends war Henrys Enttäuschung noch immer nicht verflogen.

Natürlich hatte er die Aufgabe akzeptiert, es gab nichts anderes zu tun, und es war jedenfalls ein Schreibauftrag.

Aber er hatte zu Forss gesagt, dass er auf Besseres hoffte, dass er von jetzt an relevante Aufträge haben wollte.

Forss hatte freundlich gelächelt und geantwortet, er nehme Henrys Wunsch zur Kenntnis, aber dieses Angebot sei doch auch nicht schlecht. Landgren habe schon in den letzten Jahren des vorigen Jahrhunderts auf den Bühnen der Volkstheater gestanden, er habe die meisten großen Rollen der dramatischen Weltliteratur verkörpert, vom König Lear bis zum Diener Jean, und im Herbst, zur Zeit des großen Börsenkrachs, habe er am Schwedischen Theater den Mackie Messer in der *Dreigroschenoper* gespielt.

Übellaunig ging Henry in eine Volksküche, kurz bevor sie schloss, und aß gekochten Dorsch mit fleckigen Kartoffeln.

Er kehrte nach Hause zurück, notierte, dass er gleich morgens beim Theater anrufen müsse, und fing dann an, Fragen für das Interview aufzuschreiben. Er wünschte, Molly hätte ihm gegenübergesessen, sie hätte bestimmt viel über Landgren erzählen können.

Das Telefon klingelte. Es war Karsten Wahlman, er wollte sich mit ihm treffen.

Wozu?, fragte Henry. Was hätten wir zu besprechen?

Das würde ich dir gern erklären, sagte Wahlman sanftmütig.

Ich glaube nicht, dass du das schaffst.

Du kannst mir doch wohl eine Chance geben, Heki. Um unserer alten Freundschaft …

Um unserer alten Freundschaft willen, unterbrach ihn Henry, habe ich dich in meiner Wohnung wohnen lassen. Findest du, dass du dich als vertrauenswürdig erwiesen hast?

Nein, sagte Wahlman. Aber ich hatte nicht … wenn du mir nur mal zuhören wolltest, dann würdest du es verstehen.

Henry antwortete, nein, das wolle er nicht, und er sträubte sich noch eine Weile, während Wahlman weiter Druck machte. Schließlich gab Henry widerwillig nach und schlug das *Bronda* vor.

Lieber nicht ins *Bronda*, sagte Wahlman. Da hat jeder Tisch neugierige Ohren. Kannst du ins *Tähti* kommen?

Das *Tähti* war ein Lokal in der Backasgatan, weit draußen in Vallgård. Während der Prohibitionszeit war es ein Schiebernest gewesen, und die Polizei veranstaltete dort noch immer Razzien, aus alter Gewohnheit.

Am Abend des verabredeten Treffens hatte es kräftig geschneit, die Bürgersteige waren noch nicht geräumt. Henry wollte eigentlich zu Fuß nach Vallgård gehen, hatte es aber bald satt, durch den Schnee zu stapfen, und stieg in die Straßenbahn der Linie K.

Als die verschneiten Arbeiterviertel hinter den Fenstern vorbeizogen, überfiel ihn das Gefühl, dass die Welt sich auf dem Weg in eine immer tiefere Dunkelheit befand. Es war die dritte Märzwoche, und die Abende waren schon lang und hell, aber genau wie vor einem Jahr nahmen die Schneefälle kein Ende, und die schweren Wolken hüllten die Stadt in ein dunkles Grau. Die Bahn fuhr durch eine Senke, wo noch ein paar alte Reihenhäuser aus Holz stehen geblieben waren, er sah Gruppen von Halbwüchsigen, die Schneeballkrieg in den Gärten spielten.

In der Dämmerung wirkten sie wie schwarze Schatten, wie Gespenster, und er dachte daran, dass sie bald erwachsen sein und eine Zukunft bevölkern sollten, die es vielleicht gar nicht mehr gab. Überall in der Welt mussten junge Männer damit rechnen, dass man ihnen ihr Leben stahl, bevor es überhaupt angefangen hatte, und verantwortlich dafür waren alternde Männer mit Finsternis im Herzen. Aber war es so, dass der Krieg und die ständige Bedrohung durch neue Kriege das Menschenherz so abscheulich verfinstert hatten, oder war es umgekehrt diese Verfinsterung, die andauernd neue Kriege erzeugte? Henry wusste, dass er sich die Frage früher schon einmal gestellt hatte, aber an den Zeitpunkt erinnerte er sich nicht mehr.

Er fuhr zu weit und musste von Kottby nach Vallgård über ein offenes Feld zurückstapfen. Es hatte wieder angefangen zu schneien, und er kämpfte sich am Velodrom vorbei, das für die Olympischen Spiele gebaut worden war, in dem aber noch kein Radsportwettbewerb stattgefunden hatte. Als er auf bebautes Gebiet kam und sich dem *Tähti* näherte, dachte er an dessen Kundschaft, die ebenso ungehobelt war wie die spartanische Einrichtung, einfache Holztische, Sprossenstühle, schmutzige Fenster ohne Gardinen.

Warum wollte Wahlman ihn ausgerechnet hier treffen, in einer alten Schieberkneipe, obwohl er wusste, dass Henry wütend auf ihn war, weil er in der Wohnung in der Tredje Linjen unter anderem einen Schnapshandel betrieben hatte? Die Lüge, dass man im *Bronda* nicht reden könne, hatte Henry sofort durchschaut: Wahlman hatte im *Bronda* schon alle Gäste angepumpt, deshalb wollte er sich dort nicht blicken lassen. Sogar der Chefgarderobier Pilsudski hatte ihm eine beträchtliche Summe geliehen.

Wahlman saß an einem Tisch ganz hinten an der Wand. Henry begrüßte ihn, bestellte ein Pilsner und kam gleich zur Sache:

Warum sind wir hier?

Weißt du nicht mehr, dass wir genau hier immer gesessen haben?, fragte Wahlman in einschmeichelndem Ton. Als ich gerade hierhergezogen war und lernen wollte, wie man in der Großstadt zurechtkommt.

Sicher weiß ich das noch, sagte Henry. Aber das ist lange her. Wenn wir über etwas reden müssen, dann ist es der vorige Sommer. Du sagtest, du wolltest mir etwas erklären.

Dass Wahlman alte Erinnerungen aufwärmte und gleich auf die sentimentale Tour anfing, ließ Henry vermuten, dass sein früherer Freund schon getrunken hatte, bevor er das *Tähti* ansteuerte.

Karstens Antwort, etwas undeutlich artikuliert, bestätigte die Befürchtung:

Ich will dir natürlich sagen, dass es mir leidtut, was ich gemacht habe. Aber ich war pleite. Kannst du dir noch vorstellen, wie sich das anfühlt, Herr Angestellter-von-Amos? Ihr, die ihr euer Schäfchen im Trockenen habt, scheint nicht zu begreifen, wie es uns anderen geht.

Schäfchen im Trockenen?, wiederholte Henry. Ich lebe in einer Mietwohnung ohne Warmwasser, und Sandberg hat mich bei der Zeitung ein ganzes Jahr lang kaltgestellt. Und du meinst, das macht mich zu einem Erik von Frenckell[56] oder Polle Grönroos[57]?

Du hast jedenfalls Arbeit, sagte Wahlman. Mich will keiner mehr beschäftigen, und ich verstehe nicht, warum.

Vielleicht, weil man sich daran erinnert, wie oft du in der Kneipe versackt bist, statt das zu tun, wofür du einen Vorschuss gekriegt hattest?

Ja. Aber jetzt hatte ich fertige Meldungen zu verkaufen. Brände, Körperverletzung, richtig leckere Sachen. Aber alle haben abgelehnt.

Als Musiker hast du auch keine Jobs mehr?

Derzeit nicht, sagte Wahlman. Die Konkurrenz ist hart. Und Jazz will gerade keiner, sie wollen nur heimatliche Töne.

Henry merkte, dass Wahlman schon wieder auf Erfolgskurs war mit dem, was er meisterhaft beherrschte. Es gelang Kasse stets, die Sympathien auf seine Seite zu ziehen, indem er sich als herzensgutes Opfer einer gnadenlosen Welt darstellte. Als sie beide jung waren, hatte er mit dieser Methode viele Frauen herumgekriegt.

Ich habe getan, was ich konnte, sagte Henry. Bei Sandberg gab es keine Chance, aber mit Jannu Forss habe ich schon im letzten Sommer über dich gesprochen. Ich habe auch mit ein paar Leuten von *Svenska Pressen* geredet. Und ich habe dir Geld geliehen.

Ich weiß, sagte Wahlman.

In der Musikszene habe ich keine Kontakte. Molly hätte welche, aber sie und ich …

Ich weiß, sagte Wahlman wieder. Ich habe davon gehört.

Was hast du gehört?, fragte Henry in scharfem Ton.

Nur dass ihr nicht mehr zusammenwohnt. Was glaubst du, woher ich sonst gewusst hätte, dass ich in der Tredje Linjen anrufen muss?

Wahlman rief die Kellnerin heran und bestellte ein Bier, einen Jallu und ein Sandwich.

Willst du nicht auch einen Kurzen?, fragte er.

Nein, sagte Henry. Aber du sollst wissen, dass ich dir die Wohnung weiter überlassen hätte, wenn du nur Alkohol verkauft hättest. Es war das Mädchen … als mir klar wurde, dass du sie auch verkauft hast, und dass sie bei mir zu Hause ihre Freier empfing … Wie alt war sie eigentlich?

Bist du jetzt nicht etwas scheinheilig?, fragte Wahlman, und seine ganze Unterwürfigkeit war wie weggeblasen, als er hinzufügte:

Du bist ja selbst auch kein Unschuldsengel.

Ich verkaufe keine Mädchen!, brauste Henry auf.

Nein. Du kaufst sie nur.

Sie starrten einander über den Tisch hinweg an, und Henry dachte: Es ist wie mit Ragge Lerche, da ist keine Sympathie. Aber Ragge und er waren auf Distanz geblieben, und abgesehen vom Liegeplatz für die *Aldebaran* hatten sie nichts miteinander zu tun, während Wahlman und Henry fast ihr ganzes Leben lang verbunden gewesen waren.

Du solltest das gar nicht erfahren, fing Wahlman wieder an,

und es klang, als ob er seine bissige Bemerkung von eben bereute. Ich hatte Olkku eingeschärft, nie ans Telefon zu gehen, sondern mich das regeln zu lassen.

Henry erinnerte sich, wie das Mädchen in den Hörer gegurrt hatte, als er anrief, sie hielt ihn für einen potenziellen Kunden, den Wahlman ihr vermittelt hatte. Schon nach wenigen Sekunden hatte er begriffen, was da vor sich ging.

Ich bin gezwungen, eine Arbeit und irgendwas zum Wohnen hier in der Stadt zu finden, fuhr Wahlman fort. In Ekenäs ist seit Mutters Tod kein Platz mehr für mich. Und Hangö ... *Sowjetski Sojus*[58].

Wo residierst du jetzt?, fragte Henry.

In der Lappviksgatan. Dasselbe Asyl wie nach der Evakuierung. Es ist sogar derselbe Schlafsaal, voller Gesindel.

Verkaufst du immer noch diese Olkku?

Hast du mich nicht verstanden? Ich wohne in einem Obdachlosenheim. Wie zur Hölle sollte ich von da aus was verkaufen können?

Henrys Geduld ging allmählich zu Ende, Zorn stieg in ihm auf. Wahlman hatte versprochen, etwas zu erklären, stattdessen versuchte er, Schuld von sich abzuwälzen. Henry dachte an ihr Treffen im *Bronda* kurz nach dem Märzfrieden, wie sie über Henrys Leben als Frontreporter geredet hatten und wie maliziös Wahlmans Ton geworden war, als Henrys Widerwille gegen das Tragen einer Waffe zur Sprache kam.

Lass uns ehrlich sein, sagte Henry. Sind wir überhaupt noch Freunde? Wenn du Respekt vor mir hättest, dann hättest du diese Sachen nicht gemacht.

Wahlman schaute auf den Tisch hinunter, ohne etwas zu sagen.

Henry gab sich einen Ruck und fuhr fort:

Manchmal glaube ich, dass du mich immer noch verachtest für das, was damals nach dem Bürgerkrieg passiert ist.

Wahlman sah auf:

Das ist ja über zwanzig Jahre her. Glaubst du wirklich, dass ich hier herumlaufe und immer noch daran denke?

Als wir uns im *Bronda* gesehen haben, hatte ich den Eindruck, dass du daran denkst, ja.

Ach so. Habe ich was gesagt?

Nein. Aber ich habe zwischen den Zeilen gelesen.

Wahlman antwortete nicht, winkte stattdessen die Kellnerin heran.

Noch einen Jallu! Und wo bleibt das Sandwich?

Henry wartete geduldig, und schließlich zuckte Wahlman mit den Schultern und sagte:

Vielleicht denke ich manchmal daran. Du posierst ja immer als vorbildlicher Humanist, während ich …

Das ist keine Pose, verdammt noch mal!, unterbrach ihn Henry. Ich schreibe oder sage niemals Dinge, hinter denen ich nicht stehe.

Vielleicht, sagte Wahlman. Aber es fällt mir schwer, dir zu glauben, wenn du über den unantastbaren Wert des Menschenlebens schreibst. Ich hasse die Kommunisten noch mehr als du, das war damals schon so, obwohl ich erst siebzehn war. Aber ich hätte nie getan, was du getan hast.

Wie kannst du da so sicher sein?, fragte Henry.

Ich bin es einfach, sagte Wahlman. Ich weiß, dass ich Nein gesagt hätte. Ich wäre zu Hause im Dorf geblieben.

Henry fühlte sich von der Wendung, die das Gespräch genommen hatte, unangenehm berührt, das Unbehagen überschwemmte ihn, obwohl er es zu unterdrücken versuchte.

Ich war ja auch noch jung, versuchte er sich zu rechtfertigen, nur ein …

Du warst einundzwanzig, unterbrach ihn Wahlman. Ein erwachsener Mann. Und ich habe dich so sehr bewundert, bis zu dem bewussten Tag.

Hast du mir deshalb meine Freundschaft mit Schweinereien vergolten? Weil du mich wegen der alten Geschichte verachtest?

Nein, sagte Wahlman mit Nachdruck. Ich verachte dich nicht, aber deine Ausreden danach, die haben mich angeekelt. Als ob diese Männer nicht bloß Sozialisten, sondern abgebrühte Verbrecher gewesen wären.

Henry antwortete nicht, gegen seinen Willen sah er die Bilder jenes fernen Frühlingstages vor sich.

Die holprige Straße zum Nachbardorf, knapp zehn Kilometer nordwärts, auf der Ladefläche eines Lastwagens, er war zum ersten Mal auf diese Art unterwegs.

Die unbarmherzige Sonne über der kahlen Landschaft. Die lehmigen Äcker und die nackten Zweige der Fliederbüsche und Apfelbäume in den Gärten, wo noch vereinzelte, schmelzende Schneehaufen liegen geblieben waren.

Und als sie ankamen: der Suchtrupp.

Die baufälligen Schuppen, die grauen Scheunen und die Waldhütten, die sie durchstöberten. Der Gestank von Schlamm, Dung und schimmeligem Stroh.

Die kleine Gruppe übel riechender Männer, die sie nach einigen Stunden in einem verlassenen Hof entdeckten, unbewaffnet und verängstigt.

In jenem Frühling wohnte er bei Großvater Fritjof und Großmutter Hedvig. Gleich nachdem die deutschen Truppen Helsingfors befreit hatten, war er nach Solbacka gefahren, mit Zustimmung seines Vaters Aron und seiner Mutter Saga. Henry sollte auf dem Hof bei den Frühjahrsarbeiten helfen, und Aron hatte gesagt, es könne ihm nur guttun, mal aus Helsingfors wegzukommen. Vielleicht dachte der Vater dabei an sein hitzköpfiges Temperament und an seine Verbindungen zu begeisterten Mitgliedern des Schutzkorps, obwohl Henry selbst sich sowohl im *Svabodan*[59] als auch bei den Herbstkrawallen passiv verhalten hatte.

Als Ende April der Spähtrupp auf Solbacka auftauchte und nach Leuten fragte, die ihnen in den Wäldern bei der Suche nach ein paar Männern helfen könnten, war Henry überzeugt, sich nur auf ein kleines Abenteuer einzulassen.

Wenn sie die Gesuchten fänden, würden diese nach Västankvarn oder Ekenäs oder nach Helsingfors gebracht und vor Gericht gestellt werden. Das glaubte er zu wissen.

Wie konntest du sicher sein, dass es keine Verbrecher waren?, fragte er jetzt.

Er stellte die Frage nach dreiundzwanzig Jahren, obwohl er sie schon im Sommer nach dem Bürgerkrieg hätte stellen sollen, als Wahlman ihm offenbart hatte, dass er alles wusste und dass er es scharf missbilligte.

Es war beim gemeinsamen Trinken ans Licht gekommen, sowohl das, was Henry getan hatte, als auch die Tatsache, dass Wahlman darüber informiert war. So war es immer: Der Schnaps löste die Zunge und die Verknotungen der Seele und brachte die Menschen dazu, Dinge auszuplaudern, die sie sonst für sich behalten hätten.

Weil ich Verwandte in Högfors habe und zwei der Männer von dort stammten, antwortete Wahlman. Sie hatten sich versteckt, weil sie wussten, dass die Rache blindwütig und ungerecht sein würde. Die beiden aus Högfors waren nicht mal an den Kämpfen beteiligt gewesen. Das habe ich dir schon damals gesagt, vor vielen Jahren.

Henry suchte immer noch nach einer Antwort, obwohl er wusste, dass es keine gab. Er schaute auf den Tisch und schloss die Augen, riss sie wieder auf, schloss sie wieder, er wollte die Bilder jenes verdammten Frühlingstages loswerden. Aber es ging nicht. Er sah seinen Großvater im grellen Sonnenlicht an der Schuppentür stehen, das Gesicht zerfurcht, die Kiefermuskeln angespannt: Fritjof mischte sich nicht ein, aber der Anführer des Suchtrupps gefiel ihm nicht, das war für Henry sehr deutlich sichtbar. Und Großmutter Hedvig hatte seinen Blick aufgefangen und fast unmerklich den Kopf geschüttelt, ihr eigener Blick war gequält und erschrocken.

Danach hatten weder Großvater noch Großmutter etwas gesagt, kein Wort in all den Jahren. Henry glaubte auch nicht, dass sie es Aron oder Saga erzählt hatten. Aber ihr Verhältnis zu Henry war abgekühlt, immer noch freundlich, doch distanzierter als vorher.

Nur ein kleines Abenteuer. Ein paar Ausreißer suchen, auf einer kurzen Jagd, so wie man als Junge Verstecken gespielt hat.

Stattdessen der Gang über einen sonnenbeschienenen, noch ungepflügten Acker. Alles ist Schlag auf Schlag passiert, auch das fingierte Strafgericht, und vor ihnen gehen jetzt sieben Männer, gekleidet in stinkende Lumpen, fleckig von Lehm und Kot und voller Löcher.

Henry und die anderen bleiben ihnen dicht auf den Fersen. Bei jedem Schritt ein schmatzendes Geräusch, die Stiefel wollen im Lehm festkleben. Die Exekutionspatrouille. Wenn er an das Wort denkt, brennt es in seinem Inneren immer noch wie Feuer, in den Mund genommen hat er es nie, damals nicht und nicht in all den Jahren.

Er hatte nie erfahren, wer die Männer in dem Späh- und Straftrupp eigentlich waren. Es war durchaus möglich, sogar wahrscheinlich, dass sie sich unter falschem Namen und mit erfundenem Rang vorgestellt hatten, ihre Uniformen sahen selbst gemacht aus, und manche trugen Zivilkleidung.

In den Monaten danach war die Reue furchtbar gewesen.

Er hatte bei der Aussaat und bei der Heuernte mitgearbeitet und neue Obstbäume gepflanzt, er hatte versucht, die endlosen Sommertage und die weißen Nächte zu genießen.

Aber wieder und wieder, bei Tageslicht ebenso wie in seinen nächtlichen Albträumen, sah er vor sich, wie die Schüsse abgefeuert wurden und wie die zum Tode verurteilten Männer zusammenbrachen. Wie sie einfach umfielen, wie schrecklich leicht das ging, ohne dass es Henry und die anderen mehr kostete als den Entschluss zum Krümmen des Fingers und die dazugehörige Bewegung.

Kurz nach den Schüssen war er nach vorn gegangen, genau wie die anderen, schon mit leichter Übelkeit, aber mit dem festen Vorsatz, niemanden etwas davon merken zu lassen. Mit den Männern vom Spähtrupp und den übrigen Freiwilligen hatte er dort gestanden und sich vergewissert, dass die Hingerichteten tot waren.

Sie lagen fast alle so seltsam still, manche sahen ganz unverletzt aus, als ob sie schliefen. Ihre Gesichtszüge hatten keine Zeit gehabt, sich vor Schmerz zu verzerren, einer hatte nur ein blutiges Loch in der Stirn, und ein anderer hatte nicht einmal das, er schien gestorben zu sein, ohne zu bluten.

Aber einige waren schlimm zugerichtet. Bei einem war die Wange zerschmettert und ein Auge weggeschossen, das Gesicht entstellt, bei einem anderen war das grobe Unterhemd über dem Bauch blutdurchtränkt. Dieser Mann lebte noch: Jetzt, wo die leichte Taubheit nach den Detonationen verschwunden war, hörte man sein qualvolles Stöhnen, vielleicht war es einer der Männer aus Högfors, das hatte Henry ja nicht gewusst.

Der Anführer des Trupps, ein Mann, der sich als Leutnant ausgegeben hatte, trat vor und verabreichte dem Sterbenden einen Gnadenschuss in die Schläfe.

Die Albträume hatten Henry danach jahrelang verfolgt, immer derselbe Frühlingstag, dasselbe messerscharfe Licht. Als er seinen Wehrdienst ableistete und die Reserveoffiziersschule besuchte, die damals gerade von Viborg nach Fredrikshamn verlegt worden war, quälten ihn die Träume noch immer.

Genauso wie im letzten Jahr, als ihn die grotesken Verwandlungen der russischen Soldatenleichen und des kopflosen Offiziers im Straßengraben im Traum heimsuchten, hatten seine Nachtmahre auch damals angefangen, um ihren eigenen Kern zu rotieren. Henrys Albträume gründeten sich immer auf die Wirklichkeit, reproduzierten sie aber nicht, vielmehr drehte jemand – Gott? der Teufel? – wie bei einem Kaleidoskop am Rad der Ereignisse, probierte immer neue Varianten dessen aus, was *auch* hätte geschehen können.

Manchmal hatten die Todgeweihten plötzlich Gewehre und schossen zurück.

Bisweilen standen Fritjof und Aron mit Henry in der Exekutionspatrouille, dann wieder waren sie in Lumpen gekleidet und befanden sich unter den Gefangenen, wurden von Kugeln getroffen und sanken zu Boden.

Mitunter verwandelten sich die Verurteilten in Frauen, halb

nackt und jung und verführerisch sogar im Angesicht des Todes. Aber noch öfter kam es vor, dass Henrys Mutter Saga plötzlich zwischen der Patrouille und den Gefangenen stand, ihre Lippen zu einem Gebet formte und murmelte: »Geh nicht mit! Tu das nicht!«

Es gab auch Träume, in denen die ganze Todespatrouille aus seinen früheren Schulkameraden aus der Arkadiagatan oder dem Normallyzeum bestand, und dann dachte er beim Aufwachen, es sei doch ziemlich merkwürdig, dass er in der realen Truppe nicht einen einzigen der Männer erkannt hatte. Denn sie waren in seinem Alter gewesen, und mit wenigen Ausnahmen hatten sie geredet wie er, man hörte, dass sie aus Helsingfors kamen.

Einmal hatte er geglaubt, einen von ihnen auf einem Zeitungsfoto wiederzuerkennen. Es handelte sich um einen erfolgreichen Geschäftsmann und Tennisspieler, über den Ende der Zwanzigerjahre mehrmals etwas im *Hufvudstadsbladet* gestanden hatte: Er erinnerte sehr stark an einen der schweigsameren Männer in der Truppe.

Henry hatte den Gedanken rasch verworfen und sich eingeredet, dass er sich die Ähnlichkeit des Abgebildeten mit dem Jüngling aus dem Straftrupp nur einbildete.

Denn um jene Zeit hatten ihn die Albträume allmählich in Ruhe gelassen. Und er hatte angefangen, sich zu erinnern, bis ihm sein Gedächtnis mit einer an Gewissheit grenzenden Sicherheit sagte: Als er dort mit den anderen in der Patrouille gestanden hatte und als der Befehl gekommen war, anzulegen und zu schießen, da hatte er in die Luft geschossen.

Er suchte Vergessen und inneren Frieden, und er hatte ein Recht darauf, denn es waren die anderen gewesen, die geschossen hatten, um zu töten, nicht er selbst.

So waren es ihm nach und nach in seiner Erinnerung erschienen, und das hätte er auch Karsten Wahlman erzählt, wenn der ihn weiterhin mit den Vorgängen hätte konfrontieren wollen.

Aber das hatte Karsten nicht getan. Als er in Helsingfors auftauchte, um für die Blätter von Amos Anderson zu schreiben, sprachen Henry und er nie über ihr Heimatdorf da drüben im Südwesten, ebenso wenig über den Aufstand. Beide wollten sie nun Stadtbewohner sein, von der kultivierten Sorte, deshalb saßen sie im *Bronda* und redeten über Sport, Jazzmusik und Frauen.

So war es weitergegangen, bis der Krieg ausgebrochen war.

Die neuen bösen Zeiten hatten auf Henry eine unerwartete Wirkung: Sie führten ihn zurück durch die vergangenen Jahre und zwangen ihn, eine Finsternis, die er seit Langem hinter sich gelassen hatte, noch einmal zu durchleben.

Das ist dreiundzwanzig Jahre her, sagte er jetzt im *Tähti* zu Wahlman. Wir haben alle Hände voll zu tun, uns gegen die Russen zu wehren, und du bist noch patriotischer gesinnt als ich. Können wir nicht einfach …

Er brach ab und verspürte plötzlich das starke Bedürfnis, einen Jallu nach dem anderen zu bestellen oder in die Stadt zu gehen und sich eine Flasche Schwarzgebrannten zu besorgen, irgendetwas, um das Unwohlsein in Schach zu halten, das begonnen hatte, in seinem Inneren zu rumoren. Wahlman sah ihn an, stumm und betrunken, so wie er es vermutlich wohl auch während der langen Sekunden getan hatte, in denen die Erinnerungsbilder im Zeitraffer an Henrys innerem Auge vorbeiflimmerten wie in einer Filmcollage über die Schuld des Bürgers, gedreht vom Kommunisten Sergej Eisenstein oder vom Kommunisten Dsiga Wertow.

Ich kann es nicht ungeschehen machen, redete Henry weiter, als Wahlman nichts sagte. Aber bist du selbst denn besser? Wir sitzen hier jetzt seit einer ganzen Weile, und ich habe dich noch nicht zugeben hören, dass es falsch war, von meiner Wohnung aus eine Prostituierte anzubieten.

Ich habe einen Fehler gemacht, sagte Wahlman plötzlich und sah Henry in die Augen. Dafür bitte ich dich um Verzeihung.

Er machte eine kurze Pause und wich Henrys Blick nicht aus, als er fortfuhr:

Und ich weiß zwar nicht bei wem, aber du solltest vielleicht auch um Verzeihung bitten. Es ist dreiundzwanzig Jahre her, aber für das Gewissen gibt es keine Verjährung, oder?

6

Nach dem Abend im *Tähti* musste Henry an die Sommer denken, in denen Karsten Wahlman und er auf den Bauernhöfen bei der Ernte geholfen hatten und Freunde geworden waren.

Gemeinsam hatten sie sich auch zum ersten Mal betrunken, aus einem halb vollen Flachmann mit Schwarzgebranntem, den sie für ein paar Münzen einem Wanderarbeiter abgekauft hatten, der gerade auf Solbacka beschäftigt war.

Henry hatte manchmal aufbrausend reagiert, hatte sich für seine passive Einstellung zur Welt geschämt und pathetisch über seinen Wunsch gesprochen, sich in einen echten Patrioten zu verwandeln.

Inzwischen bediente er sich einer feierlichen Rhetorik nur noch, wenn der Anlass es erforderte, und hatte oft mit Zweifeln zu kämpfen. Aus den Geschichtsbüchern hatte er herausgelesen, dass die Kette der Gewalt und der Grausamkeit in allen Zivilisationen, von Generation zu Generation, niemals abgerissen war. Es war schwer für ihn geworden, Helden von Schurken zu unterscheiden und Reinheit von Schmutz. Der junge Karsten Wahlman war der Empfindsamere von ihnen beiden gewesen, ein scharfsinniger Skeptiker mit vielen Symptomen von Überspanntheit. Er hatte im Bürgerkrieg auf der Seite der Weißen[60] gestanden, er war früh dem Schutzkorps beigetreten, jedoch nicht ohne Bedenken und Vorbehalte.

Jetzt benutzte er Ausdrücke wie »Gesindel« und »Pack« und hatte einen so glühenden Hass auf Stalin und den Kommunismus, dass er die brutalsten Übergriffe der Nazis damit entschuldigen konnte. Und er redete von Deutschland und der Sowjetunion wie von unvereinbaren Gegensätzen, dabei waren die beiden Länder doch durch einen Pakt verbunden.

Henry und Wahlman: Wer von ihnen beiden hatte mehr innere Festigkeit entwickelt, wer hatte sich angepasst?

Wenn alle Lärm und Propaganda für ihre Sache machten, erforderte es da nicht ein hohes Maß an Haltung, selbstständig weiterzudenken, ohne auf Vereinfachungen hereinzufallen?

Wenn dem so war, dann war Henry der Stärkere, denn er huldigte keinem Kult mehr, er machte sich keine Götterbilder.

Aber wenn innere Festigkeit bedeutete, sich auf eine Seite zu schlagen und von da an zu der Entscheidung zu stehen, die man getroffen hatte, dann war Wahlman der Stärkere: Er glaubte bedingungslos an Hitlers Deutschland als unerlässliches Bollwerk gegen die Bedrohung aus dem Osten.

Und dennoch würde er, wie er behauptete, nie seine Moral opfern und außerhalb einer Kampfsituation töten, so wie Henry es einmal getan hatte.

Nach ein paar Tagen stellte Henry das Grübeln ein und beschloss, Wahlman so zu sehen, wie er versucht hatte, Molly zu betrachten, gleich nachdem er ausgezogen war: Er dachte ihn sich weg, er hoffte, Wahlman würde nie mehr für Zeitungen von Amos schreiben, und die Stadt Helsingfors würde sich als so groß und dschungelähnlich erweisen, dass sie einander nie wieder begegnen müssten.

Erik Landgren war genauso müde und verwirrt, wie Henry befürchtet hatte.

Sie saßen eine Stunde lang an einem Tisch im *Royal.* Henry fragte und machte sich Notizen und hoffte auf prägnante Antworten und spannende Anekdoten.

Aber Landgren hatte nicht mehr viel im Gedächtnis behalten, und wenn er sich an etwas erinnerte, wusste er gerade darüber nichts zu erzählen.

Er glaubte, er habe im Frühjahr 1904 Holbergs *Jeppe vom Berge* gespielt, wenige Wochen vor dem Mord an Generalgouverneur Bobrikow. Als Henry wissen wollte, ob Landgren zu dem Zeitpunkt nicht etwas zu jung für die Rolle des Jeppe gewesen sei, sagte er, ganz sicher sei er sich ja auch nicht. Genauso unsicher war er bei Henrys Frage nach dem großen Theaterstreit des Jahres 1915, in dem Landgren und seine Gesinnungsfreunde gefordert hatten, man solle die Schauspieler des Schwedischen Theaters dazu zwingen, auf der Bühne mit Stockholmer Akzent zu sprechen.

Als Henry fragte, welche Kollegen während seiner langen Karriere den größten Eindruck auf ihn gemacht hätten, erwähnte Landgren den schwedischen Gaststar Nils Personne[61] und Gun Wideman, die seine Julia gewesen war, als er in jungen Jahren den Romeo spielte.

Aber über seine Rolle als Mackie Messer in der *Dreigroschenoper* konnte er überhaupt nichts sagen, er erinnerte sich so schlecht an die Inszenierung.

Gegen Ende des Interviews erklärte er noch würdevoll, es sei eine Ehre für ihn gewesen, mit begabten Nachwuchskräften wie Herrn Venho und Frau Heikel zu arbeiten, aber leider habe er den jungen Kollegen nicht mehr die Resonanz bieten können, die sie verdient hätten.

Bei diesem Thema schien Landgren für einen Moment aufzuwachen. Er sah Henry eindringlich an, als sei ihm plötzlich aufgegangen, wen er vor sich hatte. Ein Erschrecken blitzte in seinen Augen auf, so als wäre er bei etwas ertappt worden, und dann fügte er mit schwacher Stimme hinzu: Ja, und Fräulein Timm natürlich, mit der ich während des letzten Jahres das Vergnügen hatte, gemeinsam zu spielen.

Henry hätte gern gefragt, wie Landgren mit dem Tod seines Sohnes umgegangen sei, wie er es geschafft habe, nach einer solchen Nachricht weiterzumachen. Es gab viele, die ähnliche Trauerfälle zu verarbeiten hatten, er wusste, dass Landgrens Antwort die Leser interessiert hätte.

Aber er brachte es nicht über sich, die Frage zu stellen, sie wäre allzu rücksichtslos gewesen. Und außerdem überflüssig, denn es war ja offensichtlich, dass Landgren sich von dem Schlag nicht mehr erholt hatte.

Das Interview wurde an einem Samstag Ende März veröffentlicht, und Henry wusste, dass es ein schlechter Text war. Der nette Jannu Forss sagte nichts dazu, auch Guido nicht und keiner der anderen Kollegen. Aber er ahnte, was sie dachten: dass die lange Unterbrechung ihre Wirkung zeigte, dass Henry nicht mehr der Reporter war, als den man ihn einst gekannt und geschätzt hatte.

Mitte April kam ein Brief von Glenda Norling aus Stockholm.

Er traf zufällig an dem Tag ein, an dem Oberst Luoto ein Treffen anberaumt hatte: Henry las seine Post, während er in der Straßenbahnlinie fünf zum Casino auf Skatudden unterwegs war. Glenda Norling und er hatten seit der Reportagereise, bei der er als ihr Fremdenführer und Chauffeur eingesetzt worden war, Briefe gewechselt. Ihre Korrespondenz enthielt, so sah es Henry, keinerlei Flirtsignale, Glenda hatte ganz einfach eine große Sympathie für Finnland und Helsingfors.

Im Herbst und Winter war der Ton zwischen ihnen allerdings zunehmend vertraulich geworden. In einem Brief hatte Henry über die Trennung von Molly geschrieben: dass sie auseinandergezogen seien nach einem Streit, in dem beide zu weit gegangen waren.

Ihr wart also nicht verheiratet?, hatte Glenda in ihrem Antwortbrief gefragt und verraten, dass auch sie nicht im Einklang mit gesellschaftlichen Konventionen lebte – sie wohnte nicht mit dem Vater ihres Sohnes Alexis zusammen, sondern zog ihr Kind mithilfe von Verwandten und Freunden alleine groß.

In seinem letzten Brief hatte Henry von Guss Sandbergs Arbeitsplatzwechsel berichtet und hinzugefügt:

Du verstehst gewiss, was es für mich bedeutet, wieder veröffentlichen zu dürfen. Denn ich glaube, dass in uns die gleiche Flamme brennt. Auch dein Wollen scheint darauf gerichtet zu sein, die Welt zu beobachten und sie so wahrheitsgemäß zu schildern, wie du es nur vermagst.

Jetzt hatte Glenda Norling geantwortet, dass sie Henry aus tiefstem Herzen verstehen könne:

Auch ich muss jeden Tag kämpfen, damit die Chefs mich das tun lassen, was ich am allerliebsten tun möchte. Im Augenblick wäre das, nach Finnland zu reisen und mehr über den Kampf zu schreiben, den ihr da drüben führt, um durchzukommen. Besonders kooperativ sind meine Vorgesetzten nicht, auch wenn *Dagens Nyheter* nicht ganz so altmodisch ist wie dein *Hufvudstadsblad*. Auch hier herrscht ein ständiger Konflikt zwischen meinem unbeugsamen Willen und ihrer ebenso unbeugsamen Prinzipienreiterei.

Henry erinnerte sich an die hochkompetenten Artikel, die sie über ihren Besuch im Sommer geschrieben hatte.

Der Bericht über die Festungsanlagen an der neuen Grenze nordöstlich der besetzten Stadt Hangö war ein Meisterstück gewesen. So wie Norling den Text formuliert hatte, musste dem Leser klar werden, dass Finnland ganz und gar nicht leicht einzunehmen sein würde, falls Stalin beschloss, es von Neuem zu versuchen, im Gegenteil. Und während die Reportage, wenngleich wortkarg, resolute Offiziere schilderte, undurchdringliche Barrieren von Panzersperren und Bunker, die solider gebaut waren als je zuvor, ließ sich doch nicht herauslesen, wo die Autorin sich gerade befand. Es hätte an der südöstlichen Grenze sein können, an der südwestlichen oder hoch oben im Norden; wichtig war nicht die geografische Einordnung, sondern der Tonfall, in dem der kleine Nachbar der aggressiven Großmacht beschrieben wurde wie ein zu allem entschlossener, heldenhafter Igel.

Er dachte an die persönlicheren Gespräche, die sie in jenen Tagen geführt hatten, als sie gemeinsam unterwegs waren. An die ungezwungenen Unterhaltungen, in denen Norling von finnischen Offizieren und Redakteuren erzählte, die ihr im *Kämp* den Hof machten: So hatte etwa ein hoher Offizier der Luftwaffe im Foyer des Hotels eine Serenade für sie gesungen und sich dabei selbst auf dem Banjo begleitet.

Aber er dachte auch an ihre ernsten, nahezu pazifistisch gestimmten Erörterungen, in denen sie sich beide darüber gewundert hatten, dass man nach dem Ende eines Krieges sofort begann, für den nächsten aufzurüsten, mit neuen und besseren Waffen und Betonbunkern, die über so dicke Mauern und so starke Armierung verfügten, dass sie standhalten würden, wo ihre Vorgänger namens Miljonfortet, Poppius und Lisa in ein Chaos aus Schotter, Holzsplittern und menschlichen Überresten zersprengt worden waren.

Ein magerer, bleicher Leutnant empfing Henry am Eingang des Offizierscasinos und begleitete ihn ins Restaurant, wo Oberst Luoto an einem Fenstertisch saß.

Es war ein sonniger Nachmittag, aber der Winter machte noch keine Anstalten, sich zurückzuziehen. Auf dem nördlichen Hafenbecken lag eine dicke Eisschicht, die Insel Tjärholmen war in Schnee eingebettet, und an der Wasserfront des Casinos glitzerte der Raureif auf einer einsamen Gartenkiefer.

Es wurde Henry rasch klar, dass das Treffen nicht lange dauern würde. Luoto und er hatten sich seit dem vorigen Frühsommer nicht gesehen, trotzdem war der Oberst kurz angebunden.

Fürs Mittagessen ist es zu spät, wir nehmen einen Drink, sagte er und winkte ungeduldig nach dem Kellner.

Sie redeten über die Kriegssituation in Europa, aber Henry wusste, dass das nur Small Talk war: Es musste andere Gründe dafür geben, dass Luoto ihn herbeordert hatte.

Deutschland hatte gerade Jugoslawien überfallen, als Reaktion auf einen Staatsstreich, mit dem in Belgrad eine probritische Regierung installiert worden war. Auch in Griechenland war Hitler von Norden aus einmarschiert, um Italien zu unterstützen, das an der griechischen Front mehrere Niederlagen erlitten hatte. Und in Nordafrika war ein deutsches Afrikakorps gelandet, das den Italienern helfen sollte, die Briten zu bekämpfen: Das Korps hatte bereits El Agheila und Bengasi eingenommen und den Gegner bis Tobruk zurückgedrängt.

Das Problem ist, sagte Luoto trocken, dass die Italiener nicht wissen, wie man kämpft. Man sollte keine Invasionen vorbereiten, wenn man nicht in der Lage ist, sie durchzuführen.

Henry lächelte höflich, aber ihm fiel keine Antwort ein: Seine Kriegsmüdigkeit hatte sich während des Winters noch verstärkt.

Das entzieht sich leider meinem Urteilsvermögen, sagte er dann. Aber die aktuellen Nachrichten lassen darauf schließen.

Die deutsche Wehrmacht stärkt Mussolini den Rücken, sagte Luoto. Solange sie so entschlossen agiert, sind die Achsenmächte unbesiegbar. Belgrad ist zerbombt, mit Tausenden von Toten, es ist nur noch eine Frage von Tagen, bis die Putschisten sich ergeben. Und Sie wissen ja, wer das Afrikakorps anführt?

Leider nein, sagte Henry.

Generalmajor Erwin Rommel, lautete Luotos Antwort, und sie klang zufrieden. Einer der Helden des Frankreichfeldzugs.

Henry suchte in seinem Gedächtnis:

Der mit der Gespensterdivision?

Genau. Die berüchtigte Siebte Panzerdivision. Dann sind Sie also doch nicht ganz so ahnungslos, Gunnars. Aber Sie scheinen sich für das Thema nicht sonderlich zu begeistern.

Doch, das tue ich, schwindelte Henry. Ich bin nur gerade heute etwas indisponiert.

Warum denn das?

Ich kann keine konkrete Ursache dafür benennen, sagte Henry. Es ist nur so, dass es Augenblicke gibt, in denen ich am Sinn meiner Tätigkeit zweifle.

Luoto schaute durch das Fenster auf den Frühlingstag dort draußen, probierte den Drink, der soeben von einem eingeschüchterten Kellner serviert worden war, und sagte:

Hören Sie, bestimmt erinnern Sie sich noch an unser letztes Treffen?

Natürlich, sagte Henry und hatte vor seinem inneren Auge zwei grundverschiedene Bilder: die dunkle Höhle, vollgestellt mit Fahrrädern und anderen Transportmitteln, und die grüne, von Vogelgezwitscher erfüllte Kathedrale, durch die er gewandert war, als er sich der Villa Spennert näherte.

Das dachte ich mir, sagte Luoto, denn ich habe Ihren Namen auf der Liste derjenigen gesehen, die jetzt zum Frühjahrskurs einbestellt wurden.

Er machte eine Pause, kalkuliert und wohlerwogen, fixierte Henry mit seinem kühlen Blick und fuhr fort:

Das hat mich gefreut. Denn trotz allem, was passiert ist, glaube ich immer noch, dass Sie ein wichtiges Rad im Getriebe werden könnten. Man hat mir außerdem berichtet, dass Ihre Arbeitsbedingungen sich verändert haben.

Wir haben einen neuen Redaktionschef, sagte Henry, Magister Forss.

Und dieser Forss verhält sich Ihnen gegenüber wohlwollender als sein Vorgänger?

Ich glaube ja, sagte Henry, korrigierte sich aber sofort: Ich bin mir sicher.

Und Chefredakteur Grahn? Und Anderson?

Da gibt es keine Probleme, sagte Henry.

Er fragte sich, worauf Luoto hinauswollte, und entschied sich dafür, den Stier bei den Hörnern zu packen:

Wer leitet diesmal den Kurs? Und was sind die Ziele?

Ich bin Hauptverantwortlicher, sagte Luoto. Vizekursleiter sind Hauptmann Lehmus und Hauptmann Reenpää von der Informationsbehörde. Und es kommen Dozenten aus mehreren Ministerien. Aber das braucht Sie nicht zu beunruhigen.

Warum sollte es mich beunruhigen?

Weil Sie ein Mann der Tat sind, dessen größter Feind seine eigene Ungeduld ist. Der Lehrgang wird kurz und konzis sein. Nur das Notwendigste, dann sind Sie wieder frei.

Als er den letzten Satz sagte, lächelte Luoto, aber es war ein Raubtierlächeln, blitzschnell und bissig. Henry spürte, wie der Widerspruchsgeist in ihm erwachte. »Ein Rad im Getriebe«. Das waren Luotos Worte gewesen, und gerade eben hatte der Oberst angedeutet, dass er Henry nicht als vollkommen frei betrachtete.

Und dabei war es gerade die Freiheit, für deren Erhalt Luoto und seinesgleichen kämpften, wie sie stets behaupteten. Aber vielleicht war Freiheit etwas, das es in der Welt der menschlichen Zivilisationen ganz einfach nicht gab? Vielleicht ließ sich echte Freiheit nur in jenem Naturzustand erleben, der gleichzeitig der grausamste von allen war: Eine Welt, in der überall Gefahr lauerte und in der die einzige Wahlmöglichkeit darin bestand, zu fressen oder gefressen zu werden.

Was muss denn jetzt noch gelehrt werden, was wurde in den früheren Kursen vernachlässigt?, wollte er wissen.

Die Frage war so direkt, dass sie an Unfreundlichkeit grenzte. Aber es war Luoto, der den Gesprächston vorgegeben hatte. Henry passte sich nur der herrschenden Atmosphäre an.

IK, sagte Luoto feierlich. Die Informationskompanien, die ich bei unserem letzten Treffen erwähnte. Sollten wir noch einmal in einen Krieg geraten, wird der Informationsfluss von Anfang an zentralisiert sein. Beim letzten Mal sind viele Wochen vergangen, bevor die rechte Hand allmählich begriff, was die linke tat. So geht das nicht.

Es waren nur hundertfünf Tage, sagte Henry. Das ist eine kurze Zeitspanne, um Regeln und Muster zu erstellen. Besonders dann, wenn ständig die totale Niederlage droht.

Nicht ständig, sagte Luoto in scharfem Ton. Die letzten Wochen waren schwierig, aber nur die. Und es sind genau solche Formulierungen, die ich nicht mehr dulden werde. Weder von Ihnen noch von anderen. Und weder aus Ihrem Mund noch aus Ihrer Feder.

Henry dachte an die Augenzeugenberichte, die er gehört und aufgeschrieben hatte, von Soldat Mattsson und Kanonier Henell und anderen, und er hätte gern widersprochen. Aber er wusste, dass es am besten war, zu schweigen.

Und er wusste jetzt, warum Luoto ihn herbestellt hatte. Der Oberst tat nur das, was die Mächtigen stets taten: aushorchen, abwägen, berechnen, herausfinden, ob die Gegenseite von Nutzen sein konnte, und wenn ja, wie und in welchem Ausmaß. Plötzlich fiel Henry wieder ein, was Karsten Wahlman einmal gesagt hatte, als sie jung waren und sich bei ihren Zeitungen gerade den Ruf vielversprechender Talente erworben hatten, Karsten bei *Svenska Pressen* und Henry bei *Hufvudstadsbladet*:

»Sie fragen sich jetzt, ob sie mit dir rechnen können, ob sie sich darauf verlassen können, dass du loyal bis in den Tod bist.«

Sie haben recht, sagte Henry. Aber es gibt wohl Grenzen dafür, wie weit wir das durchsetzen können? Wir können doch nicht zentralisieren und Fesseln anlegen, bis wir genauso geworden sind wie diejenigen, die wir bekämpfen?

Natürlich nicht, sagte Luoto. Aber meinen Sie, dass dieses Risiko besteht? Wir reden von einem feindlichen Regime, das seine Bürger nach Schauprozessen zu Tausenden ermordet hat. Und sie in Lagern in den unwirtlichsten Gegenden der Welt zu Hunderttausenden verhungern lässt.

Das stimmt, räumte Henry ein. Aber trotzdem glaube ich, dass wir hier ein klassisches Problem der Moralphilosophie vor uns haben.

Die Frage, inwieweit der Zweck die Mittel heiligt? Luoto lächelte. Was mich betrifft, so würde ich behaupten, dass wir vor einem ganz anderen und viel heikleren Problem stehen, nämlich vor den Schwächen der demokratischen Staatsform. Denn Sie sind ja wohl nicht der Ansicht, dass wir die großen Entscheidungen einem uninformierten Volk und seinen ebenso uninformierten Repräsentanten überlassen sollten? Denken Sie nach, Redakteur Gunnars! Die Langsamkeit des Verfahrens, der Mangel an Wissen, die leeren Versprechungen, das ewige Gezänk!

Henry hatte Luoto noch nie so erregt gesehen. Und obwohl seine eigene Kühnheit ihm den Magen umdrehte, sagte er:

Herr Oberst, Sie merken wohl, dass wir im Begriff sind, uns auf einen gefährlichen Gedankengang einzulassen?

Wieso das?, entgegnete Luoto.

Wir sollten uns die Frage stellen, *warum* das Volk und seine Repräsentanten so uninformiert sind, sagte Henry. Aber das tun wir nicht.

Das sind doch Haarspaltereien, sagte Luoto ärgerlich. Und die Antwort auf diese Frage hat man schon vor über zweitausend Jahren gefunden. Nicht alle können Philosophen und Wächter sein, eine Gesellschaft ohne herrschende Elite ist nichts anderes als die Diktatur der Unwissenheit.

Als Henry durch die Stadt nach Hause wanderte, summten und brummten seine Gedanken und ließen sich nicht bändigen. Vielleicht waren es die Drinks auf nüchternen Magen, die diese Unruhe in seinem Kopf erzeugten.

Er ging an der Uspenski-Kathedrale vorbei und dann am Dom, den viele Stadtbewohner hartnäckig Nikolaikirche nannten, und ihm fiel ein, was Luoto bei einem Treffen kurz vor dem Krieg gesagt hatte: dass Helsingfors allen Ereignissen zum Trotz eine Kaiserstadt geblieben sei, denn sie wäre ohne die russischen Zaren niemals so groß und so schön geworden, wie sie war, und die orthodoxe Kathedrale und die lutherische Nikolaikirche seien dafür der beste Beweis – laut Luoto stand jedes der beiden Bauwerke auf seinem Hügel wie auf Zehenspitzen und strebte danach, das andere zu überstrahlen.

Warum hatte Henry nicht die nächstliegenden Fragen gestellt: Wird es einen neuen Krieg geben, ist die Entscheidung schon gefallen? Und wenn ja, wann wird es passieren?

Er hatte sich wohl ganz einfach nicht getraut.

Aber wenn er sich getraut hätte, wäre dann von Luoto eine wahrheitsgemäße Antwort gekommen?

Bestimmt nicht.

Hätte er überhaupt geantwortet?

Wahrscheinlich nicht einmal das. Luoto hätte ihm eine ironische Gegenfrage gestellt, um abermals zu zeigen, wie weit Henrys Intelligenz der seinen unterlegen war.

Zu Hause war es fast genauso kalt, wie es mitten im tiefsten Winter gewesen war. Der Holzkorb war leer, er griff danach, um eine neue Ladung Kloben aus dem Keller zu holen.

Als er zur Tür ging, dachte er daran, was er in den letzten Monaten alles vernachlässigt hatte: keine Skitouren, keine Morgengymnastik, nur Arbeit und Kneipe.

Wenn der Frühling kam, wollte er sich eine gesunde Lebensweise angewöhnen. Radfahren, Laufen und Bewegung auf dem Wasser mit der *Aldebaran*. Er würde Turnübungen für seine schmerzende Schulter machen. Er würde nach Solbacka fahren und mit Hugo die Waldwege nördlich des Dorfes entlangwandern und das Rauschen der Frühlingsbäche genießen.

Das Telefon schrillte genau in dem Augenblick, als er die Tür zum Treppenhaus öffnete.

Es war Molly, und er hörte sofort, dass etwas nicht stimmte, eine seltsam hohle Stille vibrierte im Hörer, bevor sie anfing zu sprechen:

Henry? Es geht um Mutter. Sie ist … sie ist gestorben.

Er rang nach Atem.

Was ist passiert?

Lilly hat … sie hat sie vorhin auf der Treppe gefunden. Hambergs sind verreist, und sie hatte dort schon wer weiß wie lange …

Mollys Stimme brach, und sie begann verzweifelt zu weinen.

Halb flüsternd sagte er: »Soso, ganz ruhig«, aber dann verstummte er, suchte nach den richtigen Worten. Irgendwann ließ das Weinen nach, er hörte, wie sie schniefte und versuchte, sich zusammenzunehmen, und da traf er seine Entscheidung, ohne zu zögern und direkt aus seinem Herzen:

Bist du zu Hause? Wenn du willst, komme ich herüber.

V
Molly, im zweiten Frühling

You people are about to go to war again, aren't you?

Theo Kossloffsky am Telefon zu Molly, Juni 1941

1

Die Trauer war anders, als sie es sich vorgestellt hatte.

Sie hatte gedacht, sie würde um Irene auf die gleiche Art trauern wie um Max Esping im vorigen Frühjahr: tief und rein, sodass sie am Anfang – oder sogar lange Zeit – bei jeder Erinnerung weinte, bis die Verzweiflung vorüber war und nur noch eine hartnäckige graue Traurigkeit übrig blieb.

Stattdessen fühlte sie sich um mehrere Jahre zurückversetzt, in die Wochen nach Mitja Wendelins Tod. Der Schmerz war genauso kalt und bohrend wie damals, der metallische Geschmack im Mund war der gleiche.

Der erste Todesfall in Mollys nächstem Umfeld war ihr Vater Einar gewesen, aber an ihre Gefühle in der Zeit nach seinem Ableben konnte sie sich überhaupt nicht mehr erinnern. Einar hatte schon seit über einem Jahr nicht mehr zu Hause in der Vladimirsgatan gewohnt, Molly war gerade vierzehn geworden und interessierte sich nur für ihre Freunde und Freundinnen. Und es waren chaotische Monate, der Umzug nach Brändo musste vorbereitet werden, während gleichzeitig das Schwedische Theater und die Schauspielerkollegen andauernd etwas veranstalten wollten, um Einar Timm zu ehren und seiner zu gedenken.

Aber später hatte Molly jedes Mal Schuldgefühle bekommen, wenn ein nahestehender Mensch starb, so als wäre sie für seinen Tod verantwortlich. Und das Muster war unverändert geblieben, über all die Jahre hinweg.

Nach Mitjas Tod war sie von dem Gedanken gequält worden, dass er noch am Leben sein könnte, wenn sie sich nur ein wenig mehr um ihn gekümmert und sich hin und wieder nach seinem

Zustand erkundigt hätte. Aber vor seinem Selbstmord hatte sie nur die Erleichterung gespürt, endlich frei zu sein, sie war ja so wütend auf ihn gewesen, seiner Launen und seiner Selbstverachtung so unendlich überdrüssig. Dann hatten die Dinge ihren Lauf genommen, und danach hatte sie sich an seinem Tod mitschuldig gefühlt, während sie sich trotzdem noch genauso über ihn ärgerte wie zuvor.

Als Max gefallen war, gab es diese Ambivalenz nicht. Die Trauer war intensiv und klar und gewann zusätzliche Kontur dadurch, dass Max einen Heldentod an der Front gestorben war. Er hatte sie nie verletzt, war in Worten und Taten stets ein Gentleman gewesen und großzügig wie sonst kaum jemand. Alle mit Max verbundenen Erinnerungen waren hell, auch die an den verwegenen Nachmittag draußen im Schärengarten mit der fantastischen, zügellosen Lu. Trotzdem waren auch hier Schuldgefühle inbegriffen, die sich als fixe Idee äußerten: Hätte sie etwas öfter an ihn gedacht, nur annähernd so oft wie an Henry, hätte sie sich jeden Tag sein Bild vor Augen gerufen, ihn sich vergegenwärtigt in der Ofenhitze der Truppenunterkunft oder in der winterlichen Eiseskälte des Schützengrabens, dann wären ihre Gedanken ein schützender Talisman gewesen, der bewirkt hätte, dass sein Kopf für die Kugel des sowjetischen Scharfschützen unerreichbar geblieben wäre. Molly wusste, dass das primitives Denken war, das nicht zu einem modernen Menschen passte, und trotzdem hatte diese Zwangsvorstellung sich in ihr festgesetzt, sie während der gesamten Trauerzeit gemartert und ihr wegen des Sommerhauses und des Volvos ein schlechtes Gewissen eingeflößt.

Das war jetzt ähnlich. Jeden Tag dachte Molly, dass sie ihre Mutter öfter hätte besuchen sollen, sie abends anrufen und sich vergewissern, dass zur Nacht alles seine Ordnung hatte. Wenn Molly eine bessere Tochter gewesen wäre, dann wäre Irene nicht so einsam gewesen, vielleicht hätte sie sogar in jener kalten Aprilwoche, als die Hambergs nach Åbo gereist waren, in der Museigatan gewohnt, denn nachdem Henry ausgezogen war, hatte Molly ja ein Gästezimmer.

Dicht neben den Schuldgefühlen lagen die Erinnerungen aus der Kindheit. Auch die konnten schmerzhaft sein, zum Beispiel, wenn sie sich um die vielen Streitereien zwischen Irene und Einar drehten. An einem Winternachmittag waren Molly und Lilly zum Schlittschuhlaufen auf den Johannesplan gegangen, und als sie nach Hause kamen, hatten Einars Kleidungsstücke als großes Bündel auf dem verschneiten Bürgersteig gelegen und im Wind geflattert: Irene war wieder mal hinter eine seiner schmuddeligen Liebesaffären gekommen, hatte seine Klamotten eingesammelt und sie auf die Straße hinuntergeworfen.

Andere Reminiszenzen waren melancholisch, aber lichtdurchflutet: die sommerlichen Saftpartys im dicht belaubten Garten der Villa Hamberg oder der erste Winter auf Brändö, als Irene Schneeleuchten gebaut hatte, aus Schneebällen geformte Laternen mit einer brennenden Kerze in der Mitte, die Molly und Lilly am Gartenzaun willkommen hießen, als sie aus der Schule kamen.

Lilly, ja. Das Trübe, das zusammen mit dem Schönen hervorsickern wollte, hing maßgeblich mit der Schwester zusammen. Mollys Erinnerung begnügte sich nicht mit der Irene, die Saft einschenkte oder Schneeleuchten bastelte, sondern förderte unerbittlich auch die Irene zutage, die ihre Gunst ungleich verteilte. Molly war sich natürlich darüber klar, dass das kein freundliches Gedenken war, aber sie konnte nicht beeinflussen, wie ihr Kopf funktionierte. Viele Jahre lang hatte sie Mut angesammelt, um eines Tages mit Irene über das Gefühl sprechen zu können, immer die Zweite, die Zurückgewiesene zu sein, aber daraus war nichts geworden, und nun war es unwiderruflich zu spät. Mit Lilly hatte sie ein einziges Mal darüber geredet, als ihre Schwester im Begriff war, Karol zu heiraten, und sie unter vier Augen mit einigen Gläsern Riesling darauf anstießen. Lilly hatte geantwortet – sehr knapp und zurückhaltend, wie Molly fand –, dass sie sich nie bevorzugt gefühlt habe, und damit war die Sache erledigt gewesen. Aber jetzt, wo Irene nicht mehr da war, kamen die alten Gedanken wieder zurück, sie krochen aus den verborgensten Schlupfwinkeln der Seele hervor, ruhelose

Gespenster, die »ungerecht! ungerecht!« murmelten, obwohl es dabei um Dinge ging, die sich vor Jahrzehnten ereignet hatten und jetzt nicht mehr die geringste Rolle spielten.

Molly erinnerte sich an all die Gelegenheiten, bei denen Lilly adrett und sauber geblieben war, während sie selbst auf dem Heimweg von der Schule ihre Kleidung schmutzig gemacht hatte; sie erinnerte sich an Irenes müde Vorwürfe und an das Lob, mit dem sie gleichzeitig Lilly überschüttete. Sie wusste noch, wie oft sie die Worte gehört hatte: »Lass Lilly sich darum kümmern, die kriegt das hin«, und wie oft Irene und Lilly sie geneckt hatten, weil sie nichts so abzeichnen konnte, dass es ähnlich aussah. Und natürlich hatte sie nicht vergessen, wie Lilly und sie auf den Felsen gespielt hatten, als sie bei ihrem alten Onkel Resnick auf Degerö zu Besuch waren und sie davon geträumt hatte, die ahnungslose Schwester von der steilen Klippe zu stoßen, an deren Fuß die scharfkantigen Ufersteine lagen.

Aber es fiel ihr leichter als früher, mit ihren zwiespältigen Empfindungen umzugehen, denn Lilly hatte sich verändert. Sie hatte ihre Mutter verloren und erlebt, wie ihr Mann zu einem hinkenden Kriegsinvaliden wurde, gar nicht zu reden von den Dingen, die sie bei ihrem Lotta-Dienst in Frontnähe gesehen haben musste – über jene Zeit sprach sie mit Molly nur äußerst selten. Die Jahre mit Karol, Lasse und Evert hatten wohl ebenfalls dazu beigetragen, dass Lillys Tüchtigkeit und das, was Molly als Unbeweglichkeit erschienen war, sich allmählich abnutzten; sie war jetzt offener und eher geneigt, auch mal zu improvisieren. Trotzdem hatte sie sich ihre Energie und Kompetenz bewahrt: Es war wieder einmal Lilly, die sich hauptsächlich um die Beerdigung kümmerte, die den Sarg bestellte, die Bewirtung der Trauergäste organisierte und zusammen mit dem Pfarrer die Kirchenlieder auswählte. Dennoch kam es Molly so vor, als seien sie zum ersten Mal ein Team, ein Schwesternduo, das ebenbürtig zusammenarbeitete. Und eines Vormittags, als sie in der Museigatan am Küchentisch saßen und über die Todesanzeige und die Gästeliste nachdachten, erfuhr Molly, dass auch Lilly Schuldgefühle hatte. Das war, als ihre Schwester eine Zigarette hervorholte, sie anzündete, konzentriert den Rauch einsog und sagte:

Da draußen in dem Feldlazarett, das war wie in der Hölle. Manche haben geflucht und geschrien und geweint, manche sind ganz lautlos gestorben, ich habe ihre Hand gehalten, wenn es zu Ende ging. Aber als meine Mutter starb, saß ich auf der anderen Seite der Kronobergsbucht, habe die Kinder versorgt oder mir das Essen schmecken lassen oder was auch immer ich gemacht habe. Da war ich nicht da.

Zehn Tage später, an einem kalten Vormittag unter einem hohen blauen Himmel, saß Molly neben Lilly in der Kirchenbank und ließ ihre Gedanken davonfliegen, während Pastor Balk seine viel zu lange Trauerpredigt hielt. Henry saß auf der anderen Seite des Gangs, auf einer der hinteren Bänke, und das war gut so, denn Molly wusste noch nicht, worauf dieses Neue hinauslaufen würde; damals im November hatte es so viele böse Worte zwischen ihnen gegeben, dass sie lieber gar nicht mehr daran denken wollte.

Die kleine Friedhofsinsel, auf der sie sich befanden, hieß Stora Bässen, wurde aber von allen Vilan genannt, »die Ruhe«, obwohl nur die Kapelle diesen Namen trug. Sie erinnerte sich daran, wie gern Irene hier draußen spazieren gegangen war, und sie dachte, dass ihre Mutter doch noch ziemlich lange auf Brändö gewohnt hatte, fast zwanzig Jahre. Dann dachte sie an den schwierigen Kriegsalltag, in dem sie lebten, obwohl in Finnland im Augenblick kein Krieg herrschte. Es gab kein Fleisch mehr, und Irene hatte einen der letzten Tage ihres Lebens in einer endlos langen und unendlich langsamen Schlange verbracht, um ausländische Fleischkonserven zu kaufen, von denen Molly wusste, dass sie nahezu ungenießbar waren. Lilly hatte ihr von der Konservenschlange berichtet, während sie am Küchentisch saßen und die Beerdigung planten, und sie hatte noch viele andere Dinge erzählt, so als hätte die Feststellung, dass sie bei Irenes Tod nicht zur Stelle gewesen sei, ihr die Zunge gelöst.

Sie beklagte sich plötzlich wortreich über Karols schlechte Laune und darüber, dass alles nur noch kurzfristig zu haben sei, sogar Eier und Seife, und sie sagte, dass sie sich an die große Teuerung nach dem Bürgerkrieg erinnern könne, obwohl sie damals noch ein kleines Mädchen war, und wie besorgt Irene gewesen sei, dass Lilly und Molly zu wenig zu essen bekämen und deshalb womöglich aufhören würden zu wachsen. Molly hatte Mitleid mit ihrer Schwester und verriet ihr, dass sich auf ihrem Dachboden in der Museigatan ein Seifenversteck befand: Von den dreißig Seifenstücken, die sie als Lohn erhalten hatte, als sie ihr Gesicht für eine Werbekampagne der Firma Havi zur Verfügung stellte, sei noch ein Dutzend übrig, und Lilly könne die Hälfte davon mitnehmen, es sei wichtig, dass Lasse und Evert sich schön sauber hielten, trotz Teuerung und Krieg in der Welt. Lilly war gerührt und sagte, Molly sei eine wunderbare große Schwester und Tante, aber Molly wehrte das Lob verlegen ab. Sie fragte Lilly nach einer Zigarette und gestand ihr beim Rauchen, dass sie es bereute, nie mit Irene über die schweren Zeiten gesprochen und nie gefragt zu haben, ob die Mutter alles hatte, was sie brauchte.

Sie war einfach davon ausgegangen, dass Irene schon zurechtkommen würde und dass im Erdgeschoss ja das Ehepaar Hamberg wohnte, falls sie Hilfe benötigte. Lilly kamen beim Zuhören die Tränen, und sie sagte, jeden Tag würde sie sich dafür verfluchen, dass sie die Mutter nicht gebeten habe, zu ihr und Karol in die Parkgatan zu ziehen; sie hatten dort ein überzähliges Zimmer, in dem sie lauter Gerümpel aufbewahrten, und wenn Irene eingezogen wäre, dann hätten sie sich keine Sorgen mehr machen müssen wegen der Kontrolleure vom Versorgungsministerium und eventueller Zwangseinquartierungen.

Molly fühlte sich immer unsicher und unbehaglich, wenn Lilly weinte, und sie machte alles dadurch noch schlimmer, dass sie den Rat erwähnte, den ihre Schwester der Mutter im vorigen Sommer gegeben hatte: »Schlaf auf der rechten Seite, das ist am besten fürs Herz.« Ein guter Rat, fand Molly, aber Lilly weinte nur noch mehr und sagte: Was half das schon, wenn Mutter so faul war und nie die Spaziergänge und die Skitouren gemacht hat, die Dr. Wallén ihr verordnet hatte. Da schwieg Molly und ließ Lilly eine Weile schluchzen, denn sie hatte selbst Tränen in den Augen, und erst als ihre Stimme sich wieder fest anfühlte, sagte sie, Irene habe ja wahrhaftig auch noch viel Energie mobilisieren können: Während der großen Dachboden-Leerungsaktion kurz vor dem Krieg – wenn Bomben auf die Wohnhäuser fallen konnten, durften die Speicher nicht mit leicht entzündlichem Material gefüllt sein –, war die Mutter in der Parkgatan treppauf, treppab gerannt und hatte ausrangierte Stühle und dicke Zeitungspacken geschleppt.

Pastor Balks Sermon nahm noch immer kein Ende, und Molly warf Lilly einen verstohlenen Blick zu und dachte an ihren Spaziergang auf dem Eis bei den Inseln Ugnsholmarna und Skifferholmen im Februar. Sie waren bei Sonnenuntergang gewandert, vor sich die Dampfwölkchen ihrer Atemzüge, sie hatten wenig geredet, meist auf die Stadt geschaut, und sie hatten gesehen, wie die Dämmerung sich senkte und die Straßenlaternen und die Lampen in den Häusern nach und nach eingeschaltet wurden. Molly hatte da bereits den Eindruck gehabt, dass Lilly korpulenter geworden sei, und sie hatte gedacht, dass sich vielleicht schon ankündigte, was sie voraussah: dass ihre Schwester einmal einen massiven Körper und schwerfällige Bewegungen haben würde, genau wie Irene. Natürlich hatte sie davon nichts erwähnt, sondern bemerkt, dass der Himmel im Westen nach Einsetzen der Dämmerung schon ziemlich lange hell blieb, dass also der Frühling im Anzug sei, obwohl es nachts immer noch auf beinahe minus dreißig Grad abkühlte.

Sie hatten über den Unterschied zum vorigen Winter gesprochen, als manche Stadtviertel zerbombt gewesen waren und die Stadt verdunkelt und abends völlig menschenleer, und während sie redeten, hatte Molly die unheimliche Vision, dass sämtliche Städte der Welt hell erleuchtet in der Dunkelheit des Fimbulwinters[62] lagen, wie glitzernde, aber zerbrechliche Schmuckstücke, die nur darauf warteten, von Bomben zersplittert zu werden. Dieselbe schreckliche Vision hatte sie jetzt in der Kapelle, plötzlich wurde es in ihr vollkommen dunkel, und die Finsternis erfasste auch die Bankreihen und den Sarg da vorne, und vor ihrem inneren Auge sah sie, wie der Krieg sich über die ganze Erde ausbreitete und alles, was der Mensch einmal aufzubauen versucht hatte, pulverisiert und in rauchende Asche verwandelt wurde. Und so geschah es, stand irgendwo in der Bibel.

Aber *warum* geschah das alles? Warum musste die Welt so unerbittlich grausam sein, welcher Gottvater oder Jahve oder Allah war es, der gebot, dass die Zerstörung alles Guten sich unentwegt wiederholen musste? Sie schüttelte vorsichtig den Kopf, um die Schreckensbilder loszuwerden, und als das nichts half, schaute sie aus einem der Kapellenfenster und konzentrierte sich auf das weiße Frühlingslicht dort draußen, das im Lauf des Monats April machtvoller und klarer geworden war, so wie immer, aber in diesem Jahr fast widerstrebend, als ob der Frühling diesmal am liebsten ausgeblieben wäre, aber keine Erlaubnis erhalten hätte, seine Ankunft zu verweigern. *Der Zwang.* Nichts als Zwang in der Natur, Zwang in der Zivilisation, der Zwang, gute Miene zu machen, zu verschweigen, wie die Dinge sich wirklich verhielten, diese ganze Automatik, diese Unabwendbarkeit, wo war der Ausweg aus der allumfassenden Tyrannei, wo war die Freiheit, *wo?* Wieder sah Molly verstohlen zu Lilly hinüber, und ihr fiel das Gleiche auf wie beim Spaziergang im Februar: Ihre Schwester war kräftiger geworden, breiter in den Schultern und in der Halsgegend, und waren nicht auch die Wangen etwas runder? Lilly spürte offenbar, dass sie angeschaut wurde, denn sie drehte den Kopf und begegnete Mollys Blick, sie hatte Tränen in den Augen, zog aber dennoch eine diskrete Grimasse: »Warum kann er nicht aufhören zu reden!«

Aber nun schickte sich Pastor Balk an, seine Predigt endlich zu beenden, mit einer philosophischen Parabel, deren Inhalt Molly vergessen hatte, sobald die Worte verklungen waren, und dann sang die kleine Gemeinde den Psalm »Härlig är jorden«, herrlich ist die Erde. Beim Auszug aus der Kapelle traten die

Schwestern Timm noch einmal an den Sarg, und diesmal weinte auch Molly. Dann durften die anderen Trauergäste Abschied nehmen, und danach walteten die Sargträger ihres Amtes. Von den »Pionieren« war keiner anwesend, auch keiner ihrer Nachkommen. Irene Timms Tätigkeit als Lehrerin hatte lange genug gedauert, um ihr eine Grabstelle auf Vilan zu sichern, sie war auf Brändö jedoch nie eine bekannte Persönlichkeit gewesen. Aber der angesehene Redakteur Henry Gunnars von *Hufvudstadsbladet* war da, er war einer der Männer, die den Sarg trugen, und Molly empfand Stolz, als sie den hochgewachsenen Henry ganz vorne an der rechten Seite gehen sah.

Das grelle Sonnenlicht da draußen.

Die zarten Schriftzeichen der nackten Bäume vor dem klarblauen Himmel.

Der Gesang der Vögel, noch zaghaft in der frostigen Frühlingsluft.

Der stetige Herzschlag in Mollys Brust.

Das Blut, das durch ihre Adern rauschte, rot und warm, bis es eines Tages aufhören würde zu rauschen.

Dann wurde der Sarg in die Erde gesenkt, und als das geschehen war, sah Molly, wie Henry den Tragegurt zusammenrollte und in seiner Manteltasche verbarg. Er schaute sich um, kam herüber und stellte sich neben sie, er nahm ihre Hand, drückte sie und hielt sie dann mit festem Griff. Es gefiel ihr, dass er das tat.

2

Als Henry am Abend des Tages, an dem Irene starb, in die Museigatan gekommen war, hatte er lange einfach nur still dagesessen, und Molly hatte verstanden, dass das seine Art war, seine Zuwendung zu zeigen. Es war nicht das mürrische Schweigen, in das er so oft verfallen war, als sie zusammenlebten, sondern eine ruhige, interessierte Offenheit, die ihr vermittelte: Wenn du mich brauchst, ich bin hier. Er hörte genau zu, als Molly erzählte, was geschehen war, er sagte hier und da ein paar tröstende Worte, und danach saßen sie lange am Küchentisch und stellten einander vorsichtige Fragen über das, was sie im Winter und im Frühjahr erlebt hatten. Plötzlich hatte Henry wieder Ähnlichkeit mit dem zuverlässigen, ausgeglichenen Mann, den Molly vor drei Jahren kennengelernt hatte. Sie war erleichtert, dass seine Fragen so allgemein blieben, gleichsam tastend; es waren im Winter Dinge passiert, die sie ihm lieber nicht erzählen wollte, jedenfalls nicht jetzt, und sie vermutete, dass es bei ihm genauso war. Sie bewirtete ihn mit Himbeerblättertee und belegten Broten, und nach kurzem Zögern holte sie die Jallu-Flasche aus der Speisekammer und bot ihm einen Schluck an, sie spürte, dass sie jetzt einen brauchte, und da konnte sie ihren Gast ja nicht übergehen. Es folgte noch einer, und ein dritter, aber die Schnäpse machten sie kaum mitteilsamer, und sie plauderten dann nur noch zerstreut über Alltägliches.

Spätabends klingelte das Telefon, und Molly ging in den Flur und nahm den Hörer ab. Es war Lilly, und Mollys erster Gedanke war: »Ich sage ihr nicht, dass Henry hier ist.« Aber dann sagte sie es doch, denn Lillys Trauer war ja noch genauso frisch wie ihre eigene, und sie wollte ihrer Schwester gegenüber nicht unaufrichtig sein. Lilly machte keinen Hehl aus ihrer Enttäuschung: »Bist du wirklich sicher, dass du weißt, was du tust?« Molly gab sich Mühe, so zu antworten, dass Henry den Zusammenhang nicht verstand, falls er in der Küche zum unfreiwilligen Mithörer wurde, »mmmh, das weiß ich, und es ist nicht so, wie du glaubst«. Nach dem Telefonat, das sich hauptsächlich um praktische Probleme drehte, hätte sie Henry am liebsten verheimlicht, mit wem sie gesprochen hatte. Aber sie wollte auch ihn nicht belügen, und so antwortete sie auf seine Frage: »Ach, das war nur Lilly.« Sie sah, wie ein Anflug von Widerwillen über sein Gesicht huschte wie ein kalter Windhauch, eine instinktive Reaktion, die sie aus ihren gemeinsamen Jahren kannte. Henry war ein schlechter Schauspieler. Er bewahrte seine Geheimnisse, indem er so wenig wie möglich über seine Vergangenheit redete, aber seine Gemütszustände hatte Molly seit ihrer allerersten Begegnung an seiner Miene ablesen können, auch wenn Henry sich einbildete, er sei so unergründlich wie eine Sphinx. Sie fing seinen Blick auf und sagte:

Ich weiß, dass ihr euch nicht mögt, aber Lil hat sich verändert.

Henry fuhr erschrocken zusammen: Entschuldige, es war nicht meine Absicht …

Er brach ab und trommelte nervös mit den Fingern auf die Tischplatte, dann sah er sie mit ernstem Blick an und fuhr fort: Ich glaube übrigens, dass auch ich mich verändert habe.

Wie denn?, fragte Molly, zum Besseren oder zum Schlechteren?

Sie lächelte durch ihre Traurigkeit hindurch, als sie die Frage stellte, und hoffte, dass ihre Ironie sich an seiner Ernsthaftigkeit nicht zu sehr reiben würde.

Zum Besseren, sagte er und lächelte zurück, ich war ein Idiot.

Molly fragte sich, ob er damit meinte, dass er sich speziell ihr gegenüber idiotisch verhalten habe oder eher im Allgemeinen, zum Beispiel in der starrköpfigen Opposition gegen seinen Chef Sandberg – ihr war aufgefallen, dass Henry wieder angefangen hatte, in der Zeitung zu schreiben, er musste also Besserung gelobt haben.

Ich war doch auch eine Idiotin, sagte sie sicherheitshalber, ich hätte mehr Verständnis für dich haben müssen.

Aber wie hätte ich dazu imstande sein sollen, dachte sie im nächsten Moment, du hast ja so wenig erzählt, und auch nur dann, wenn du betrunken warst. Sie fragte sich, wie es sich für Henry anfühlen mochte, wieder bei ihr zu sein; sie wusste, dass er gern hier gewohnt hatte, mit dem ruhigen Schlafzimmer zum Hof hinaus, dem schönen Wohnzimmer, wo sie zusammengesessen, gelesen und sich die Abendkonzerte im Radio angehört hatten, mit dem kurzen Spazierweg nach Örarna und zur *Aldebaran*. Sie hatte ihn an diesem ersten Abend nicht ins Wohnzimmer gebeten, das wäre ihr zu intim erschienen, es war so viel mehr ihr gemeinsamer Raum gewesen als die Küche. Andererseits blieb er gleich wieder über Nacht, und er schlief auf dem Wohnzimmersofa, in Hose und Unterhemd und Socken, nur mit einer kratzigen Wolldecke über sich. Als Molly aufstand, um ein leichtes Frühstück zuzubereiten, roch es im Wohnzimmer nach Fußschweiß, und sie sah, dass der Pullover, den Henry über die Sessellehne gehängt hatte, einen großen Riss hatte und dass der Kragen seines hellen Oberhemds streifig und verschmutzt war; auch er hatte wohl keinen leichten Winter gehabt.

Sie machten einen Spaziergang bei strahlendem Sonnenschein, bevor Molly zur Aufbahrungshalle gehen würde und dann ins Theater, um sich für die vorletzte Aufführung von *Daniel Hjort* vorzubereiten. In gewisser Weise war sie so glücklich wie schon lange nicht mehr, obwohl die Trauer um Irene an ihrem Inneren zerrte und riss. Henry war den ganzen Abend rücksichtsvoll und fürsorglich gewesen, er hatte auf dem Sofa übernachtet, ohne zu murren, und ihr seine Dankbarkeit für die Einladung zum Frühstück deutlich gezeigt. Seine rohen Worte und drohenden Gesten in der schrecklichen Novembernacht fühlten sich weit entfernt und unwirklich an, als sie über Sandudd nach Örarna hinauswanderten.

Nachdem Henry die *Aldebaran* inspiziert hatte, gingen sie

weiter, hinaus auf die Fölisö-Bucht. Es war ungewohnt, noch in der dritten Aprilwoche über eine schneebedeckte Eisfläche zu laufen.

Wir haben die letzten beiden Vorstellungen von *Galgmannen* gestern abgesagt, berichtete sie. Sie machte einen Schritt abseits des Trampelpfads, die harschige Kruste gab nach, und ihr linker Stiefel versank im Schnee, sie verlor das Gleichgewicht und fiel hin. Henry reichte ihr die Hand, zog sie hoch und fragte:

War das Landgrens eigene Entscheidung?

Molly war verblüfft, und bevor sie antworten konnte, fügte Henry hinzu:

Ich habe *Galgmannen* im Februar gesehen. Und dann habe ich Landgren ja interviewt. Der ist nicht mehr er selbst, nur noch seine eigene Hülle.

Du warst im Februar im Theater!, rief Molly aus. Warum hast du mich hinterher nicht angesprochen?

Henry lächelte entschuldigend.

Ich habe mich nicht getraut.

Er schien einen Augenblick zu zögern, dann fuhr er fort:

Hamlet habe ich auch gesehen. An dem Abend warst du im Publikum. Du warst mit einem jungen Mann und einer jungen Frau zusammen.

Das müssen Halvar und Elsa gewesen sein, sagte Molly. Wie verrückt von dir, ins Theater zu kommen und dich gar nicht bemerkbar zu machen!

Ich habe mich geschämt, sagte Henry, und seine Stimme klang unverstellt und aufrichtig. Ich habe mich für all das geschämt, was ich da im Herbst gesagt hatte.

Gesagt? Molly musste lachen und berührte kurz seinen Mantelärmel. Du hast *gebrüllt.*

Du aber auch, sagte Henry freundlich.

Molly sah, dass er den Arm hob und ihn um ihre Schultern legen wollte, aber in diesem Moment trat sie wieder durch die Harschkruste, stolperte und fiel, und zum zweiten Mal innerhalb von Minuten streckte Henry ihr die Hand entgegen.

Was bin ich für ein Tollpatsch. Danke!

Sie gingen über die Bucht nach Drumsö, und sie hatte das Gefühl, noch etwas sagen zu müssen:

Ich habe mich auch geschämt. Verzeih mir, dass ich all das schreckliche Zeug geschrien habe.

Sie fragte sich, ob sie ihm erzählen sollte, dass sie ihn am liebsten attackiert und ihm das Gesicht zerkratzt hätte in ihrer rasenden Wut. Aber hier im Frühlingslicht auf dem Eis kam ihr die bewusste Novembernacht immer mehr wie eine Reihe von Schreckensszenen aus einem anderen Leben vor: der Sturm, der die blechernen Dachplatten über ihnen zum Klappern brachte, Henrys Hals, an dem die Adern schwollen, als er seinen Zorn herausschrie, seine bösen, blutunterlaufenen Augen.

Es war der andere Henry, der jetzt neben ihr herging, der gutmütige Henry, und Molly ließ das Thema fallen und beschwerte sich stattdessen:

Landgren und ich haben im vorigen Winter fast jeden Abend Stehapplaus für *Galgmannen* gekriegt. Und dann wird es so …!

Dafür kannst du nichts, sagte Henry. Die Rolle passt zu dir, und du hast dein Bestes gegeben. Und es war ausverkauft, als ich da war.

Das war es die ganze Zeit. Wir haben *immer* ein volles Haus, das Publikum ist ausgehungert nach Theater. Aber ein angeschossenes Stück vor voll besetztem Zuschauerraum zu spielen, das ist fast schlimmer als vor leeren Stühlen.

Und was spielst du im Herbst?, fragte Henry.

Auf jeden Fall die Kitty Verdun in *Charleys Tante*. Aber Takolander sagt, dass er außerdem noch etwas anderes für mich hat, das erfahre ich im Mai.

Schon jetzt, am ersten Tag, den sie nach fünf Monaten miteinander verbrachten, war sie nahe daran, Henry die Zweifel anzuvertrauen, die sie seit dem vorigen Herbst bedrängten. Aber sie ließ es bleiben.

Und du? Du schreibst wieder im *Husis*, hat Sandberg dich in Gnaden wieder aufgenommen?

Henry sah sie erstaunt an:

Hast du das denn nicht gehört? Guss ist doch im März zu *Uusi Suomi* gegangen.

Zu *Uusi Suomi*? Und du hast immer gesagt, dass er überhaupt kein Finnisch kann!

Er soll nicht schreiben. Er ist wieder einfach nur Chef.

Dann musst du doch total erleichtert sein!

Henry blinzelte in die Sonne, wieder einmal schien er sekundenlang zu zögern, bevor er antwortete:

Natürlich. Wenn er nicht weggegangen wäre, hätte ich kündigen müssen.

Aber?

Wieso »aber«?

Sein Blick war misstrauisch geworden und seine eben noch so freundliche Stimme schroff. Molly kannte diese Situation, sie war schon oft da hineingeraten. Henry war sofort auf der Hut, wenn sie etwas wahrnahm, was er ihr verheimlicht zu haben glaubte.

Es hört sich an, als würde da irgendwas nicht passen, sagte sie. Übrigens, wollen wir nicht umkehren? Es ist schön hier, aber der Wind ist kalt. Henry blieb abrupt stehen und nickte knapp, dann machte er auf dem Absatz kehrt und begann mit schnellen Schritten in Richtung Stadt zu gehen. Molly lief ihm nach. Sie wusste, wenn er sich so benahm wie jetzt, wenn er nicht auf sie wartete, sondern darauf achtete, dass er stets mehrere Schritte Vorsprung behielt, dann war er sehr verärgert. Er konnte dann beliebig lange für sich allein gehen, ohne etwas zu sagen und überhaupt Notiz von ihr zu nehmen, er führte sich auf, als wolle er sie bestrafen.

Aber diesmal war es anders. Schon nach ungefähr hundert Metern blieb er stehen, drehte sich um und sagte mit ruhiger Stimme:

Wenn du die Zeitung gelesen hast, dann hast du es sicher gemerkt. Sie lassen mich wieder schreiben, aber ich bin nicht mehr gut. Es fehlt etwas.

Seit jenem Spaziergang auf dem Meer waren nun schon Wochen vergangen. Der Frühling war immer noch bitterkalt, aber das Eis war geschmolzen, und die Buchten waren offen, nur die in der Innenstadt hatten noch eine dünne, matschige Decke. Irene war zur ewigen Ruhe gebettet, Molly bereitete sich auf die Dreharbeiten zu *Sommernächte in der Laube* vor, und Henry und sie suchten nach einer neuen Form für ihr Zusammensein.

Es war keine kopflose Verliebtheit, es war eher eine vorsichtige Wiederannäherung. So empfand es Molly, und sie hatte den Eindruck, dass es für Henry genauso war. Aber es war ja auch beim vorigen Mal keine augenblickliche Leidenschaft gewesen. Sie erinnerte sich noch an ihren ersten Abend, zu Hause bei Guido und Ghita Röman, wie sie damals gedacht hatte, dass Henry gut aussah, aber viel zu alt und zu ernst für sie sei. Trotzdem hatte sie sich in den folgenden Monaten in ihn verliebt.

Leicht war es nie gewesen, aber jetzt war Irenes Beerdigung so harmonisch verlaufen: Henry hatte seine Rolle perfekt ausbalanciert, er hatte sich im Hintergrund gehalten oder ihr zur Seite gestanden, je nach Bedarf. Doch schon als es darum ging, gemeinsam den Walpurgisabend zu feiern, bekamen sie wieder Streit. Zusammen mit Lilly und Karol waren sie beim Ehepaar von Rausen in Brunnsparken eingeladen, aber auch bei Römans hatten sie eine Einladung. Die von Rausens wollten ein größeres Fest veranstalten, Guido und Ghita nur ein Abendessen im Familienkreis, an dem alle fünf Kinder teilnehmen sollten. Als Molly dafür plädierte, zu den von Rausens zu gehen, sagte Henry, er könne Karols Freunde nicht ertragen, »diese Typen, die so vornehm sind, dass ihre Gesichter aussehen wie Abhandlungen über Wappenkunde«. Zuerst war Molly sprachlos vor verhaltenem Zorn, und während sie nach einer schlagkräftigen Antwort suchte, dachte sie an ihr erstes Gespräch mit Henry an jenem Winterabend 1938 in der früheren Wohnung von Guido und Ghita in der Kammiogatan. Auf Henrys Vorschlag hin hatten sie sich in den Flur zurückgezogen, um einen Augenblick ungestört reden zu können, und sie hatten sich gegenseitig gestanden, dass sie für Kinder nicht viel übrighatten –

das Ehepaar Röman hatte damals erst vier davon, aber trotzdem war der Lärm in der Wohnung sehr anstrengend gewesen: wilde Spiele, bei denen die Sprösslinge in Schleifen um die Gäste herumrannten, Verletzungen, Zurechtweisungen von den Eltern und verzweifeltes Weinen.

Deshalb wies sie nun darauf hin, dass bei den von Rausens die Kinder ausquartiert wären, während sie bei den Römans mit am Tisch sitzen und die Aufmerksamkeit ihrer Eltern einfordern würden. Sie fand, das sei ein unwiderlegbares Argument, aber trotzdem verlor sie den Kampf; sie feierten bei Guido und Ghita und ihren fünf Sprösslingen im Hochhaus am Åbovägen, und wer ihr von diesem Abend am lebhaftesten im Gedächtnis bleiben sollte, war Bjarne, der erstgeborene Sohn. Als Molly einmal im Zimmer der älteren Kinder vorbeischaute, saß er auf dem Fußboden und hatte eine große Europakarte vor sich, löffelte Karamellsoße in sich hinein, die Ghitas Mutter geschickt hatte, und bewegte gleichzeitig seine Zinnsoldaten über die Karte, die voller Linien war, mit Wachsmalstiften in verschiedenen Farben gezeichnet. Eine dicke schwarze Linie verlief von Norden bis nach Athen hinunter, wo Bjarne etwa zehn Soldaten aufgestellt hatte. Molly schauderte, als sie das sah: Erst vor wenigen Tagen hatten die Deutschen die Stadt eingenommen und auf der Akropolis die Hakenkreuzfahne gehisst.

Schlimmer als der Walpurgisabend und der Prestigeverlust, den sie dadurch erlitten hatte, war aber die Tatsache, dass Henry und sie, als sie nachts von den Römans nach Hause kamen, das Bett miteinander teilten. Es war das erste Mal seit ihrer Wiederbegegnung, und es war nicht gerade ein Feuerwerk. Wie schon so oft, ob mit Henry oder mit Mitja oder jemand anderem, lag Molly danach wach, während die Mainacht allmählich heller wurde, und dachte, wie traurig es sei, immer ins Hintertreffen zu geraten: Ihr Körper war hungrig und ruhelos und verlangte nach mehr. Aber sie hatte diese Langsamkeit in sich, das wusste sie, es brauchte Zeit, bevor sie sich hingeben konnte, und die turbulenten Jahre, zuerst mit Mitja und dann mit Henry, hatten sie immer vorsichtiger gemacht. Henry war ungewöhnlich hemmungslos; als er den Höhepunkt erreichte, stöhnte er so laut, dass ein Schrei daraus wurde, sodass Molly befürchtete, Frau Paloheimo in der Wohnung unter ihnen könnte ihn hören und einen Brief an die Hausverwaltung schreiben. Als sie dann dalag und ihn schnarchen hörte und sah, wie das Tageslicht an der Hauswand auf der anderen Hofseite sich verstärkte, wusste sie nicht, ob sie bedauern sollte, dass ihre eigene Lust halbiert worden war, oder glücklich darüber sein, dass der Vorfall im November inzwischen so seltsam wenig Gewicht hatte; aus irgendeinem Grund hatte sie vor Henry nicht dieselbe Art von Angst, die sie vor Mitja gehabt hatte.

Noch mehr beschäftigte sie die Frage, was Henry während der langen Monate ihrer Trennung wohl getrieben hatte. Sie machte sich keine Illusionen über die Stadt, in der sie lebte: Helsingfors war so wie die meisten Städte, insbesondere die Hafenstädte. Es gab reichlich leichtlebige Frauen, auch solche, die sich für Geld verkauften, nicht zuletzt drüben in Berghäll. Und Henry hatte viele Facetten, seine Intellektualität und seine hohen Ideale waren wie ein Schild, den er vor sich hielt, um seine Schwächen zu bedecken. Sie vermutete, dass er es genauso machte wie die meisten Männer und von der Ware kostete, wenn sie ihm angeboten wurde, das zeigte ja schon sein Seitensprung mit der Majorsgattin Starck mitten im Krieg. Vielleicht spürte Molly deshalb jedes Mal einen inneren Widerstand, wenn sie Henry in der Tredje Linjen besuchte; nicht weil die beiden Zimmer eng und unordentlich waren, sondern wegen der Dinge, die sich wahrscheinlich dort abgespielt hatten – sie fragte sich, mit wem er wohl in seinem schmalen, wackeligen Bett gelegen hatte. Aber sie wollte vernünftig sein. Immer wieder sagte sie sich, dass sie ja mehr als fünf Monate getrennt gelebt hatten, und wenn sie sich am Schmutz und an der Unordnung in Henrys Wohnung störte, rief sie sich ins Gedächtnis, dass bei ihr einmal in der Woche eine Haushaltshilfe kam; sie hatte Doris angestellt, kurz nachdem Henry ausgezogen war und sie sich endlich befreit sah von seiner beinharten Auffassung, dass jeder, der sich Hauspersonal hielt, als Unterdrücker gelten musste.

Jetzt, nach dem Ende der Theatersaison, hatte sie mehr Zeit, Filmdrehbücher zu lesen und Post zu beantworten: Briefe von Bewunderern wurden immer seltener, aber noch kamen sie. *Sommernächte in der Laube* lag ganz oben auf dem Drehbuchhaufen, bald würden die Dreharbeiten beginnen. Aber ihr waren auch noch andere Rollen vorgeschlagen worden. Im Januar hatte sie für *Weiße Rosen* vorgesprochen, ein Melodram über die unglückliche Liebe einer armen Frau zu einem für sie unerreichbaren Schriftsteller. Trotz ihres jüngsten Erfolgs als Gräfin Kuschelewa war sie nicht genommen worden, worüber sie sich gegrämt hatte, bis sie erfuhr, dass es für Asta Heikel genauso schlecht gelaufen war. Aber *Hauptmann Cornells Passion* hatte während des ganzen Winters und Frühlings das Publikum in die Kinos gelockt – »25. WOCHE!«, schrien die Anzeigen vom Astoria und vom Capitol jetzt im Mai – und so langsam waren auch die Produktionsfirmen Taika-Filmi und Suomi-Filmi aufgewacht und hatten angefangen, ihr Drehbücher zu schicken. Jetzt hatte sie eine Handvoll davon vor sich: Ein paar Großstadtkomödien, die amüsant, aber nichtssagend wirkten, ein Kriegsepos aus der Zeit des Großen Unfriedens[63] und ein Herrenhaus-Drama, *Katarina und der Graf von Munksnäs*[64], das gewisse Ähnlichkeiten mit *Hauptmann Cornell* aufwies. Sie wusste, dass die Firmen sie als Aristokratin in dem Kriegsepos und im *Grafen von Munksnäs* sahen, sowohl Taika als auch Suomi hatten sich deutlich dazu geäußert, welche Rollen für sie infrage kamen. Die Drehbücher zu den Großstadtkomödien hingegen waren ihr ohne Kommentar per Kurier zugeschickt worden, aber es fiel ihr schwer, sich selbst in einer der Rollen zu sehen. Denn ihre Zeit als leichtes Mädchen und Kokotte war nun wohl vorbei, vermutete sie, nachdem sich Direktor Dringmann während des festlichen Abendessens im Herrenhaus Sainila, wo im Februar und März einige Szenen aus *Winterliebe* gedreht worden waren, ihr gegenüber so freundlich verhalten hatte.

Von den angebotenen Filmen sagte ihr der *Graf von Munksnäs* am meisten zu. Die Geschichte spielte in den 1860-er Jahren: die verbotene Liebe zwischen einem armen Mädchen und einem adeligen Jüngling mit künstlerischen Ambitionen. Der Plot war naiv und schamlos pathetisch, aber mit der richtigen Besetzung und dem richtigen Regisseur konnte ein Erfolg daraus werden. Die Rollen, die man ihr vorschlug, die Gräfin Margareta Armborg und die »charmante und blitzgescheite Stockholmerin« Ingeborg Liliecrona, hätten ihr mehr abverlangt, als einfach nur verführerisch auszusehen.

Doch es gab mehrere *Aber*. Es war zwar besser, auf die Rolle der dekorativen Salonschönheit festgelegt zu werden als auf die Rolle der Prostituierten, aber der Unterschied war nicht so groß, wie man hätte meinen können. Sie hatte miterlebt, wie es für Ester Toivonen[65] gelaufen war, die Miss Europa des Jahres, in dem Molly zum »Idealmädchen« von Helsingfors gewählt worden war. Sie bekam meist Rollen, in denen sie nicht viel zu sagen hatte, die Kamera jedoch ausgiebig ihr schönes Gesicht und ihre stolze Haltung zeigen konnte – wenn sie im Profil gefilmt wurde, sah sie aus wie eine ägyptische Königin. Vor ein paar Jahren hatte Molly bei gemeinsamen Dreharbeiten im Schminkraum und in den Pausen mit ihr geredet und erfahren, dass Toivonen unzufrieden mit ihrer Karriere war und sich ausgenutzt fühlte.

Der zweite Einwand gegen den *Grafen von Munksnäs* wog schwerer: Sie wollte nicht noch weitere adelige Damen spielen, wenn das solche Folgen haben konnte wie ihre Rolle als Anastasia Kuschelewa.

Es war an einem Februartag im Kaufhaus Stockmann gewesen, ein paar Tage, nachdem Molly von der ersten Drehwoche auf Gut Sainila nach Helsingfors zurückgekehrt war. Sie hatte in der Kosmetikabteilung gestanden und Mascara ausgesucht, als eine verwirrte Frau anfing, sie anzuschreien und sie mit aggressiven Gesten zu bedrängen. Das passierte mitten am hellen Nachmittag, und die Frau schrie ihre hasserfüllten Worte auf Schwedisch: »Du Russenhure, verschwinde hier, du falsche

Hexe, solchen wie dir sollte man einen Genickschuss verpassen!« Sie kam so nahe an sie heran, dass Molly ihren fanatischen Blick und die Pickel in ihrem Gesicht sah und Angst bekam, die Frau könne ein Messer oder sonst eine Waffe bei sich tragen; sie stand so dicht neben ihr, dass sie sogar ihre Gerüche wahrnehmen konnte, Kohlsuppe, Mottenkugeln und verschmutzte Kleidung. Es waren wohl nur einige Sekunden, aber es fühlte sich wie eine Ewigkeit an, bis zwei Verkäuferinnen und ein Wachmann angerannt kamen und die Frau wegschleppten. Der stellvertretende Geschäftsführer des Kaufhauses wurde herbeigerufen und drückte sein tiefstes Bedauern aus, er lud Molly zu einem Tee ein, entschuldigte sich für das dürftige Gebäck – ein paar Waffeln und ein trockenes Weizenbrötchen – und stellte ihr einen Geschenkgutschein über hundert Mark aus. Trotzdem war sie danach den ganzen Abend nervös.

Es war nicht das erste Mal, dass man sie in der Öffentlichkeit als Privatperson mit ihrer Rollenfigur verwechselte, wahrhaftig nicht, aber zum ersten Mal war sie glühendem Hass begegnet. Als schöne und listenreiche Cousine Adèle war sie nur mit Bewunderung konfrontiert worden, ebenso als Abenteurerin Sally oder als arrogante Pilotengattin Saimi. Die Rollen der letzten Jahre, als Frau mit lockerem Lebenswandel, hatten auf der Straße zwar manchmal männliche Passanten zu Pfiffen und frechen Kommentaren veranlasst, aber auf das Ausmaß an Verwirrung und Abscheu, das die Gräfin Kuschelewa offensichtlich in dieser fremden Frau hervorgerufen hatte, war Molly völlig unvorbereitet. Sie hätte am liebsten Henry angerufen und bei ihm Trost gesucht, aber dafür war sie zu stolz. Stattdessen telefonierte sie mit dem Kameramann Leevi Koskimaa, der ihr seit ihrer ersten Rolle als Schärenmädchen Hanna immer eine Stütze gewesen war und mit dem sie in den Wochen auf Gut Sainila lange Gespräche geführt hatte. Und wie schon so oft gelang es Koskimaa, sie zu beruhigen. Sie wusste ja selbst, dass es so war, aber sie musste es noch einmal von einem anderen Menschen hören: Es geht nicht um dich, Molly, es liegt daran, dass du eine Russin gespielt hast.

Sie legte den *Grafen von Munksnäs* beiseite und schlug widerwillig noch einmal *Sommernächte in der Laube* auf. Das Manuskript des Drehbuchs war pergamentdünn und federleicht, und sie konnte die Dialogstellen der Offiziersfrau Vera Saraste schon auswendig, sie plätscherten dahin wie fließendes Wasser. Es waren nicht so viele, etwa zwanzig, und was sie an Vera nicht mochte, war nicht in erster Linie die penetrante Gewissenhaftigkeit und Resolutheit, sondern wie leicht sie es nahm, dass ihr Mann anderen Frauen nachlief, während er selbst sich wie die personifizierte Eifersucht aufführte. Es ärgerte Molly, dass sie ihre Zeit einer so lausigen Lektüre widmen musste; noch eine Komödie, die prickeln wollte wie Champagner, es aber nicht schaffte, weil der Verfasser geistlos und schwerfällig war. Sie seufzte, blätterte zurück und schaute sich die fünf Buchstaben auf dem Deckblatt an, hinter denen der Autor seine wahre Identität versteckte: »Tommy«. Viele schrieben ihre Filmdrehbücher unter Pseudonym, vielleicht weil sie in Wirklichkeit intelligente Menschen waren und sich für den Blödsinn schämten, den sie da zusammenbauten. Es gehörte zu den Krankheiten dieser Zeit, ständig so zu tun, als wäre man ein anderer, sich selbst gegenüber nie ganz aufrichtig zu sein. Kirsti Pera, Hanna Taini, Santeri Soihtu, Cary Grant, Vivien Leigh und Carole Lombard, lauter erfundene Namen, sie alle hießen eigentlich anders. Und Molly Timm hieß zwar wirklich so, aber die Molly Timm, die für Havi-Seifen warb, deren Duft ihr eigentlich nicht gefiel, und die als Gräfin aus dem 19. Jahrhundert auftrat und als märchenhaft schöne Cousine – auch sie war eine Illusion. Die richtige Molly Timm saß an einem windigen Maitag ungeschminkt in ihrem grünen Sessel und fragte sich, wer dieser Tommy sein mochte, der das fade Drehbuch zu *Sommernächte in der Laube* verfasst hatte.

Viele der neuzeitlichen Pseudonyme blieben ein Geheimnis, andere hingegen waren bekannt bei denen, die sich in den entsprechenden Kreisen bewegten. Molly wusste, dass Mika Waltari unter dem Namen Kristian Korppi veröffentlicht hatte und dass Elsa Soini und Seere Salminen[66] die Hörspielserie über Familie Suominen unter dem Pseudonym *Tuttu Paristo* schrieben, das auf Finnisch »Bekannte Batterie« bedeutete. So etwas wirkte drollig und ein wenig albern, aber als der Krieg kam, hatte Molly sich immer öfter gefragt, ob die Versteckspiele und die falschen Namen tatsächlich so spielerisch waren, wie sie anmuteten: Es gab ja auch Pseudonyme, die in hohem Maße in die Wirklichkeit eingriffen, wie Josef Stalin und Moskovan Tiltu. Jeder, der sich für jemand anderen ausgab, hatte seine persönlichen Gründe, und manche taten es, um Macht ausüben und vernichten zu können.

Ihre Sehnsucht, Henry alles zu erzählen, worüber sie während des Winters nachgegrübelt hatte, war groß. Aber sie wollte ihm nicht offenbaren, wie nah sie und Leevi Koskimaa sich an den langen Abenden im Salon von Gut Sainila und bei den fast ebenso langen Spaziergängen im schönen Park des Herrenhauses gekommen waren; sie kannte ihren Henry und wusste, er würde eifersüchtig werden. Gern hätte sie ihm allerdings mitgeteilt, was Direktor Dringmann beim abendlichen Festmahl auf Sainila zu ihr gesagt hatte, um zu hören, was er davon hielt. Henry hatte lange gegen seinen Redaktionschef Sandberg gekämpft, und sie sah deutliche Übereinstimmungen zwischen Dringmanns Gesinnung und der Sandbergs, so wie Henry sie beschrieben hatte.

Die Sache war nur die, dass Henrys Arbeit ihn so müde machte, dass sie kaum noch Gelegenheit fand, über ihre eigene zu sprechen. Sie trafen sich jetzt bei ihr zu Hause oder in Lokalen, und es war nicht mehr die Rede davon, wieder zusammenzuziehen. Vor ein paar Jahren, so erschien es Molly im Rückblick, hatte sie ihre Tür für ihn weit geöffnet: Er war holterdiepolter hereingestürmt, aber dann hatte er sie verlassen und die Tür wieder zugeschlagen, und sie wollte sich ihm nicht noch einmal so öffnen, mit einem Vertrauen an der Grenze zur Naivität. Im April hatte Henry sich verändert und wie ein neuer Mensch gewirkt, aber jetzt hatte seine Unzufriedenheit mit den eigenen Leistungen die Oberhand gewonnen und abermals dazu geführt, dass man nur schwer mit ihm reden und ihn kaum trösten konnte.

Er hatte über die deutsche Industrieausstellung in der Messehalle geschrieben und über den »Länderkampfmarsch« im Wettstreit mit Schweden: Die Idee dieser Veranstaltung war, dass so viele Bürger wie möglich an einem selbst gewählten Tag im Monat Mai zehn Kilometer wandern sollten; das Land, das die meisten Wanderer mobilisieren konnte, hatte gewonnen. Molly hatte eine Reportage gelesen, für die Henry den Stadtdirektor von Frenckell und den deutschen Militärattaché Rössing auf ihrer Propagandawanderung begleitet hatte, über Brändö und Hertonäs und zurück nach Sörnäs, wo sie ihre Marschkarten abstempelten. Sie hatte Henrys Fähigkeit bewundert, Brändo auf eine schöne, aber auch schonungslose Art zu beschreiben:

> *Hier, in unserer derzeit so nebligen Oase, bewohnen die Buddenbrooks und Richardts eine prachtvolle Villa neben der anderen, wohingegen die Pinnebergs und Hencks und Käkriäinens am nördlichen Stadtrand oder ganz oben in Malm hausen. Die Szenerie ist in einem solchen Grade pittoresk, trotz des trüben Wetters, dass der zufällige Betrachter nach dem Fürsten Potemkin Ausschau hält, während er gedankenvoll durch das paradiesische Ambiente wandert.*

Es hatte ihr auch gefallen, dass Henry an dem regnerischen Maitag, als von Frenckell und Rössing zu ihrer Wanderung aufbrachen, die »karge und fröstelnde Nacktheit« von Helsingfors wahrgenommen hatte, aber als sie ihn dafür lobte, schnaubte er nur verachtungsvoll und sagte, sie solle die Augen nicht vor dem verschließen, was sein Artikel im innersten Kern war: Propaganda, genau wie der ganze Länderkampfmarsch, der nur den Zweck hatte, die Eintracht herzustellen, die gebraucht wurde, damit das Volk gesammelt bereitstand für den Fall eines neuen Krieges.

Molly hätte sich gewünscht, dass Henry sich nicht so widerstandslos seinem Pessimismus ergab, sie war verärgert gewesen und hatte gesagt: Wenn du so unzufrieden bist mit dem, was du machst, dann kannst du doch über etwas schreiben, was dir am Herzen liegt – schreib über die *Aldebaran*, zum Beispiel, oder über Hugo! Henry hatte sie ungläubig angesehen und mit scharfer, höhnischer Stimme geantwortet: Meinst du das im Ernst, dass ich über mein Boot oder über meinen früheren Hund schreiben soll? Ich bin doch kein verdammter *Unterhaltungsplauderer,* ich bin *Reporter*!

Molly hatte das Gespräch abgebrochen und Henry in Ruhe gelassen. Er hatte weiter in der Zeitung *Helsingin Sanomat* gelesen und sie in Gabriella Lindes neuem Roman, und nach jenem Morgen hatten sie nicht mehr über seine Artikel geredet. Seine Schroffheit hatte ihre Sehnsucht erstickt, ihre Gedanken mit ihm zu teilen, aber nur für einige Tage, dann war ihr Bedürfnis nach Austausch wieder da. Doch sie beschloss, erst einmal abzuwarten, zumindest so lange, bis sie Takolander treffen und erfahren würde, was er ihr anzubieten hatte. Kurz vor der Sommerpause waren Gerüchte im Theater umgegangen, die besagten, dass Takolander nicht nur eine, sondern noch zwei weitere Herbstpremieren ausbrütete, und dass eine davon ein Stück von Shakespeare sein sollte. Und jetzt gründete Molly ihre Tagträume auf diese Gerüchte, sie sah schon vor sich, wie sie als Rosalind in *Wie es euch gefällt* dramatische Revanche nahm oder als Cordelia in *König Lear* ungeahnte Höhen erklomm. Die Kitty Verdun in *Charleys Tante* war keine schlechte Komödienrolle, aber sie wollte nicht länger nur zwitschern und glitzern; nach der Maria in *Galgmannen* wollte sie mehr Texte von dieser schwergewichtigen Sorte.

3

Das neue Studio von Taika-Filmi lag in einem Geschäftshaus im südlichen Teil von Brändö, ein paar Steinwürfe von den Tennisplätzen und dem Strandhotel entfernt und auch nicht weit von der Villa Hamberg und dem Silversund. Das ganze Haus war ein Neubau und hatte nur zwei Stockwerke, in seiner weiß verputzten Sachlichkeit sah es aus wie eine Industriehalle. Außer dem Studio beherbergte es eine Kantine und ein obskures Detektivbüro, das seine Räume von Taika mietete. Auf dem Grundstück nebenan stand ein ebenso neuer Wohnpalast mit riesigen Panoramafenstern. Als Bauherr firmierte Lorenz Hartz, ein deutscher Finanzmagnat, der im Telefonbuch den ebenso lakonischen wie leicht lächerlichen Titel »Patron« angegeben hatte, in Wahrheit aber ein skrupelloser Geschäftsmann war, der vor allem mit Waffen handelte.

An dem Morgen, an dem die Dreharbeiten beginnen sollten, saß Molly ganz hinten in der Straßenbahn und war nervös. Die Selbstsicherheit der letzten Woche war wie weggeblasen, und in den ersten Minuten der Fahrt murmelte sie hektisch ihren Text vor sich hin. Aber es war nicht nur die Rolle der Offiziersgattin Vera, die ihr Angst machte, es hatte auch etwas mit Brändö zu tun. Plötzlich war es, als ob sich alles wieder um die Villenstadt drehte, als ob jemand oder etwas sie am Vergessen hindern wollte. Zuerst war sie auf einer Cocktailparty zur Einweihung des neuen Studios gewesen, dann war Irene gestorben, danach hatte die Beerdigung auf Vilan stattgefunden. Vor einer guten Woche hatten Lilly und sie die drei Zimmer im Dachgeschoss der Villa Hamberg ausgeräumt und die Sachen mit einem Pferdefuhrwerk zur Parkgatan und zur Museigatan transportieren lassen, um sie dort auf den Dachböden einzulagern, und am selben Sonntag war Henrys Reportage zu Rössings und von Frenckells Marsch über die Insel in der Zeitung erschienen, mit Bildern und allem. Jetzt sollte sie dort drehen, und es war nicht nur ein wehmütiges Gefühl, nach Brändö zurückzukehren, seit es dort keine Irene mehr gab, es bereitete auch praktische Unannehmlichkeiten. Das frühere Studio der Taika hatte sich im Zentrum befunden, in einem Innenhof an der Sjötullsgatan, und die Räume von Suomi-Filmi lagen ebenfalls im Herzen der Stadt: Als das Studio in der Estnäsgatan kurz nach Mollys Debüt abgebrannt war, hatte die Firma ihr Quartier in eine aufgegebene russische Kaserne in der Fredriksgatan verlagert. Molly war es gewohnt gewesen, von der Museigatan zu Fuß zu den Dreharbeiten zu gehen und während des Spaziergangs Kräfte zu sammeln, jetzt musste sie stattdessen die Fahrt in dem schaukelnden und scheppernden Straßenbahnwagen erdulden. Der Anblick des zarten Maigrüns dort draußen weckte zudem Erinnerungen, auf die sie lieber verzichtet hätte: Wenn die Bahn auf die Holzbrücke fuhr, die nach Brändö führte, musste sie an die bösen Jungen von Sörnäs denken, an Ragni Sjödin und die anderen stichelnden Mädchen von früher und an den Frühling, in dem sie von Anni Cronstedt eine Ohrfeige bekam, als sie zurückgestichelt und gesagt hatte, dass Annis Vorfahr Carl Olof im Mai 1808 den Russen die Festung Sveaborg kampflos überlassen habe.

Aber es wäre genauso falsch gewesen, alles nur auf Brändö zu schieben. Schon seit mehr als zehn Jahren war Molly ja mit Herzklopfen und Bauchgrimmen zur Arbeit gegangen, zuerst zu den Abenden im *Franciskaner* und im *Nizza* mit dem Roxy-Orchester, dann zu den Drehorten, später auch ins Theater.

Sie wusste, dass es andere Schauspieler und Musiker gab, denen es genauso ging, die sich jedes Mal wieder vor den fremden Blicken fürchteten und eine Riesenangst hatten, den Erwartungen nicht zu genügen, den eigenen und denen der anderen. Ihre Kollegen am Theater allerdings schienen davon unberührt zu sein: Asta Heikel, Walter Venho, Gun Wideman und Elsa Luts, alle waren sie seelenruhig und voller Selbstvertrauen, wenn sie hinter der Bühne standen und sich für ihren Auftritt bereit machten. Ihr Vater Einar war genauso gewesen, er hatte sich auf den Brettern pudelwohl gefühlt, nie eine Unsicherheit gezeigt und großes Vergnügen daran gehabt, sich als Dompteur seines Publikums zu gebärden. Sogar für Mitja hatte das gegolten – furchtsam im wirklichen Leben, aber mutig und selbstsicher auf der Bühne. Deshalb sprach Molly nie mit anderen Künstlern über ihr Lampenfieber, stattdessen kaschierte sie es, so gut sie konnte, sie versuchte es auch vor sich selbst zu verstecken. Mitja hatte die Fassade natürlich durchschaut, nach einer gewissen Zeit hatte er begriffen, dass Molly jedes Mal, wenn sie aufs Podium musste, vor Angst wie gelähmt war. Aber Mitja hatte noch tiefer geblickt und verstanden, dass sie trotz ihrer Furcht da oben stehen *wollte.* Und nie hatte er es jemandem erzählt, nicht einmal den anderen Musikern von Roxy, dass er sowohl ihre Ängste kannte als auch den Antrieb, der ihr jedes Mal wieder die Kraft gab, ihnen zu trotzen.

Denn das war ja das Merkwürdige: Die Sehnsucht nach dem Auftritt war so heftig, dass in dem Moment, wenn sie vor der Kamera oder auf der Bühne stand, bloßgestellt an Körper und Seele, die Furcht meistens verschwand und durch die Wahrnehmung ihrer eigenen Stärke und Macht ersetzt wurde. Das passierte unabhängig davon, ob sie eine Heldin oder eine Verbrecherin spielte, eine unterworfene oder eine unbeugsame Frau. Die einzige Ausnahme waren Rollen, die ihr albern oder altmodisch vorkamen, oder beides, wie Katri in *Daniel Hjort* oder Magister Streng in *Rinaldo Rinaldini*, dann schlug ihr Inneres nach hinten aus, und sie musste sich zwingen, ihre Aufgabe zu erfüllen. Aber sie konnte sich fühlen, als hätte sie Flügel, wenn sie im *Nizza* ihr *Night and Day* sang oder sich als Maria dem Oberst Toll unterwarf, und wenn sie auf die Worte »ja … okay!« wartete und ins Auge der Kamera schaute, trotzig wie die Abenteurerin Sally oder todunglücklich wie das syphiliskranke Hafenmädchen Maud, das sie im Melodram *Der Gesang des Blutes* gespielt hatte.

Das Erlebnis der Stärke, das Gefühl, die ganze Welt zu beherrschen, hatte nichts mit dem Status der Rollenfigur zu tun, sondern rührte daher, dass sie jemand anders sein durfte als sie selbst. So erbärmlich und ausgeliefert sie sich als das Mädchen Molly aus der Vladimirsgatan und Brändö noch wenige Sekunden zuvor gefühlt haben mochte, so großartig und sicher war ihr Selbstgefühl, wenn sie auftreten und ihre Rolle übernehmen durfte. Das war berauschend, aber es machte auch süchtig, und in diesem Muster – etwas heiß herbeizusehnen, womit es einem zugleich schlecht ging, entweder vorher oder nachher – lag eine Unfreiheit, die sie an Mitja und das Kokain denken ließ und an Henry, wenn er trank. Am allerschlimmsten war es in den schrecklichen Minuten vor dem Absprung, wenn sie hinter den Theaterkulissen stand und wartete oder auf dem Stuhl saß, während die Maskenbildnerin ihr Make-up korrigierte: Es waren Minuten, in denen sie nur noch sterben wollte.

Sie hatte das nur äußerst selten jemandem anvertraut, und auch nur Menschen außerhalb ihres eigenen beruflichen Milieus. Es hatte stets mit einer Enttäuschung geendet.

Max hatte sie es erzählt. Es war in dem Herbst gewesen, bevor er zu der großen Reservistenübung auf die Karelische Landenge abreiste, sie hatten zum letzten Mal bei *Fazer* Kaffee getrunken und Kuchen gegessen. Damals hatte Molly die Schlüssel für Korsnäs und für den Volvo bekommen; sie erinnerte sich noch an Max' warmes Lächeln, als er sie ihr überreichte, und an die Leute, die sie neugierig vom Nebentisch aus beobachteten, und sie erinnerte sich auch an ihre Verwunderung über die Großzügigkeit ihres entfernten Cousins. In jenem Sommer hatte sie *Der Gesang des Blutes* gedreht, und sie hatte gerade erfahren, dass Takolander sie als Maria in *Galgmannen* sehen wollte. Dort am Cafétisch hatte sie Liebe zu Max empfunden und zugleich Angst vor der schauspielerischen Herausforderung, die sie erwartete, und in einem Moment der Wehrlosigkeit hatte sie ihm von den enormen Hindernissen erzählt, die sie jedes Mal überwinden musste, wenn sie eine Rolle angenommen hatte. Max hatte nur gelacht und gefragt: Wenn dir das so unangenehm ist, warum machst du dann nicht lieber etwas anderes? Molly war zornig geworden, es sah Max nicht ähnlich, so unsensibel zu reagieren, und sie hatte mit empörter Stimme ausgerufen: Aber ich liebe es auch, das ist ja das Problem!

Irene gegenüber hatte sie keine Schwäche zeigen wollen. Irene hätte sich Sorgen gemacht und sich eingemischt, und dann wäre es wieder um die Machtbalance gegangen: Jedes Mal, wenn Molly etwas nicht gelang, war das für ihre Mutter ein weiterer Beweis, dass Lilly das tüchtige Kind war. Aber Lilly hatte sie offenbart, wie die Dinge lagen. Als sie mit Rieslingwein auf Lillys Verlobung anstießen, hatte Molly sich nicht nur zu ihrer Eifersucht auf die Schwester bekannt, sondern auch von ihrem Lampenfieber berichtet. Lillys Reaktion war merkwürdig gewesen. Nachdem Molly ihr das Versprechen abgenommen hatte, weder Karol noch jemand anderem etwas davon zu sagen, hatte sie die ältere Schwester gedankenvoll angesehen und gesagt: Stell dir mal vor, wenn alle, die dir Briefe schreiben und Fotos von dir sammeln, wenn die wüssten, dass die göttliche Molly Timm Angst vor ihnen hat!

Henry schließlich war ein Grenzfall. Niemand war Molly wohlgesonnener als er, außer wenn er wütend auf sie war, aber sie hatte immer öfter den Verdacht, dass sie einander ähnlicher waren, als es ihnen beiden am Anfang klar gewesen war. Henry versteckte sich hinter der Fassade des mutigen und unsentimentalen Journalisten, aber eigentlich war er ein Künstler und ein Nervenmensch, genau wie sie. Und gerade wegen dieses Verdachts hatte sie sich im Alltag für eine Rolle entschieden, die der seinen glich; sie spielte die Robuste und zeigte ihm nicht, wie sie sich quälte. Aber sie ahnte, dass er sie manchmal durchschaute, wenn sie vor einer Premiere besonders kurz angebunden war oder wenn sie allein zu Dreharbeiten gehen wollte, obwohl Henry den gleichen Weg hatte.

Hier bei Taika-Filmi war so vieles ungewohnt.

Das neue Studio war riesig im Vergleich zu dem alten, und es hatte immer noch keine Zwischenwände. Wenn alles fertig war, sollte die Halle klar unterteilt sein in die Studios A, B und C, aber jetzt hatte man die drei Interieurs für *Sommernächte* – einen Salon, ein Schlafzimmer und ein Anwaltsbüro – einfach an den Stellen aufgebaut, wo die Deckenbeleuchtung schon angebracht war, und sie mit dicken Vorhängen abgetrennt.

Auch die Kantine funktionierte noch nicht richtig. Tische und Stühle fehlten, und es gab fast nichts zu essen und zu trinken, nur dünnen Kaffee, wässrige Erbsensuppe und Knäckebrot mit ranzig schmeckender Margarine. Molly war schon daran gewöhnt, sich niemals richtig satt zu fühlen, aber der erste Drehtag zog sich lange hin, und es war schwer, sein Bestes zu geben, wenn der Magen knurrte und man die ganze Zeit an Essen dachte.

Neu war auch der Regisseur, aber sie brauchte nicht lange, um sich ein Bild von Ilmari Jylhä zu machen. Er war jung, ernsthaft und zornig, genau wie Molly es vorausgesehen hatte; schon am ersten Tag machte er allen klar, dass es unter seiner Würde sei, bei einer leichten Liebeskomödie, die in einem manierierten Oberschichtmilieu spielte, Regie zu führen. Molly vermutete, dass er nicht nur dem Atheistenverein, sondern auch dem Künstlerkollektiv »Der Keil«[67] angehörte und dass seine früheren Filme – er hatte schon zwei gedreht, die sie jedoch nicht gesehen hatte – nihilistische Großstadtdramen mit Schatten, monochromen Effekten und kühnen Kameraperspektiven waren. Aber sie wusste auch, dass er im Krieg gekämpft hatte, übrigens am selben Frontabschnitt, nördlich von Ladoga, wie ein anderer junger Regisseur: Nyrki Tapiovaara war gefallen, Ilmari Jylhä war unverletzt zurückgekehrt.

Dann war da noch die Geschichte mit Asta Heikel. Asta befand sich inzwischen auf dem Weg zum Starruhm, und es war offensichtlich, dass sie prominenter werden würde, als Molly es je gewesen war. Erste Anzeichen dafür hatte es schon gegeben, als *Winterliebe* gedreht wurde. Asta spielte die Hauptrolle als heiß begehrtes Gesangstalent Aurora Winell, sie wohnte im größten und ruhigsten Zimmer auf Gut Sainila, und sie saß beim Abendessen neben dem Regisseur Severi Haarla. Zwischendurch war sie von Rainer, dem Chauffeur der Produktionsfirma, nach Helsingfors und wieder zurück gefahren worden, sie hatte so viele Theatervorstellungen und andere Engagements, dass sie der Stadt nicht eine ganze Woche lang fernbleiben konnte. Die anderen mussten bis Kervo den Zug nehmen und wurden dann mit der Pferdekutsche nach Sainila gebracht. Molly war die Autofahrt mit Rainer nur ein einziges Mal während ihrer Karriere spendiert worden, kurz nach ihrem Durchbruch als Adèle.

Jetzt hatte sie sich gefragt, wie Taika-Filmi an Benzin gekommen war, denn das war laut Henry ganz unmöglich geworden, nicht einmal mehr Amos Anderson gelang es, Treibstoff für die Autos von *Hufvudstadsbladet* zu beschaffen. Aber auch an diesem Vormittag fuhr Taikas Nobelkarosse mit Schwung auf die offene Sandfläche vor dem Studio, dann bremste Rainer scharf, sodass die Reifen quietschten, und als die Staubwolke sich gelegt hatte, half er der schon für ihre Rolle kostümierten und hübsch frisierten Asta aus dem Wagen. Nach einigen Sekunden wurde auch die andere Fondtür geöffnet, und eine zweite elegant gekleidete Gestalt stieg aus: Walter Venho, vom Magazin *Filmiaitta* kürzlich zu »Finnlands Cary Grant« erkoren, heute in weißem Pullover und lässigen Cordhosen.

Asta und Venho hatten auf einem Fest, das Takolander nach der Premiere von *Daniel Hjort* veranstaltet hatte, ihre Verlobung bekannt gegeben. Das war für die meisten Gäste eine Überraschung gewesen, nicht aber für Molly, die sich daran erinnerte, was sie im vorigen Winter auf dem Diwan hinter dem Kostümfundus im Stockholmer Blancheteater gesehen hatte. Vor ein paar Monaten hatte sie an einem späten Samstagabend einige Kollegen zu sich nach Hause eingeladen, und da hatten Asta und Venho die ganze Zeit nebeneinandergesessen und Blicke gewechselt. Damals hatte Molly gedacht, dass sie bloß wieder übermütig und lüstern seien und dass sie das auch gern wäre, aber später war ihr klar geworden, dass Walter Venho sich wirklich verändert hatte. Am Verlobungsabend hatte er Asta mit einem Augenausdruck angeschaut, den Molly noch nie an ihm gesehen hatte, so randvoll mit Bewunderung, dass der frühere Venho diesen Blick für sein eigenes Spiegelbild reserviert haben musste. Als Henry die Neuigkeit hörte, schüttelte er den Kopf und schien verärgert. Das wird kein gutes Ende nehmen, sagte er, Asta ist erst seit etwas mehr als einem halben Jahr verwitwet. Das ist doch kein Argument, entgegnete Molly, junge Menschen wollen sich nicht vom Tod in Fesseln legen lassen, sie wollen leben. Vielleicht, war Henrys Antwort, aber man kann nicht vor sich selbst weglaufen, was man durchgemacht hat, kommt irgendwann wieder ans Licht. Du darfst mir jetzt einfach mal glauben, beharrte Molly, das hier ist was Ernstes, ich habe ihn noch nie so gesehen, er *betet sie an*. Im selben Moment erkannte sie, dass die Verlobung sie selber nicht kaltließ. Sie erinnerte sich an den Sommer, in dem sie *Mister Hancock* gedreht hatten, und sie hätte sich gewünscht, von »Finnlands Cary Grant« mit so viel Respekt behandelt worden zu sein wie jetzt Asta. Bei Molly war Venho nur auf einen kurzen Glücksmoment aus gewesen, dann hatte er, unstet und schwankend, sich wieder auf die Flucht begeben wie eine x-beliebige Eintagsfliege; es wurmte sie immer noch, dass sie sich mit ihm eingelassen hatte.

Jetzt stand er bei jeder Aufnahme, die Asta betraf, ein Stück hinter dem Kameramann und beobachtete sie mit einem Blick voller Liebe, er war aufmerksam und freundlich gegenüber dem ganzen Team, und in den Pausen tröstete und ermunterte er seine Verlobte, die selbst anscheinend fand, dass sie heute einen schlechten Tag habe. Venhos neue Ritterlichkeit ließ Henry in Mollys Erinnerung noch schwerfälliger und hölzerner dastehen, als er war, aber gleichzeitig fragte sie sich, wie die verwöhnte Asta all das verarbeiten würde, was ihr nun in den Schoß fiel, die devote Dienstbereitschaft der zweitgrößten finnischen Filmproduktionsfirma und die ebenso bedingungslose Liebe eines der meistbegehrten Männer Finnlands.

Es ließ sich nicht leugnen, dass Asta außergewöhnlich begabt war. Die finnischsprachigen Filme, denen sie ihren plötzlichen Durchbruch verdankte, *Sonne über dem Boulevard* und *Gestohlene Augenblicke*, waren so neu, dass Molly sie noch nicht mal gesehen hatte, aber sie wusste, dass es romantische Großstadtkomödien waren, von der gleichen Machart wie *Mister Hancock* und *Unsere schöne Cousine Adèle*, und dass sie noch mehr Publikum in die Kinos lockten als *Hauptmann Cornells Passion* während des Winters. Die Zeitungen hatten Astas Rollenausdeutung einhellig gerühmt, aber das größte Wunder daran war nur denen bewusst, die unmittelbar beteiligt waren. Asta konnte überhaupt kein Finnisch, sie hatte ihre Textstellen phonetisch gelernt und sie sich von Magister Riihinen erklären lassen, einem eigens hinzugezogenen Lehrer. Andere finnlandschwedische Schauspieler hatten die gleiche Methode angewandt, und Marschall Mannerheim machte es fast genauso, wenn er einen Tagesbefehl auf Finnisch verlas. Aber niemand hatte das mit so schlechten Grundkenntnissen geschafft wie Asta und gleichzeitig so brillante Resultate erzielt. Alle Betonungen und Pausen waren perfekt, obwohl Asta nicht verstand, was sie sagte, und Molly dachte: Es ist schon verrückt, dass dieses Teufelsmädchen alle Talente gratis mitbekommen hat, und dabei ist sie nicht mal imstande, sie wertzuschätzen!

Sie versuchte sich damit zu trösten, dass sie sich ins Gedächtnis rief, was Leevi Koskimaa eines Abends auf Sainila zu ihr gesagt hatte: Molly habe Glück gehabt, mit ihrer fantastischen Stimme aufgetaucht zu sein, als der Tonfilm erst gut fünf Jahre alt war, und das finnische Publikum liebe sie unter anderem deshalb, weil man hörte, dass sie richtig Finnisch könne, dass sie in der Sprache vollkommen zu Hause sei. Aber eine hochbegabte Asta Heikel war sie nun einmal nicht, und ein Superstar war sie nur wenige Monate lang gewesen, kurz nach *Adèle*. Deshalb schaute sie nun mit Neid und Bangen auf das, was da geschah, diesen seltsamen Vorgang, der sich immer dann abspielte, wenn jemand plötzlich um ein Vielfaches über sich hinauswuchs. Sie sah, wie fast von einem Tag auf den anderen alle angefangen hatten, vor dem neuen Star zu katzbuckeln und herumzustolzieren, sogar der freche und selbstgefällige Ilmari Jylhä ging mit Asta anders um als mit den übrigen Schauspielern, und der Einzige im neuen Studiobau von Taika, der zu dem funkelnden Traumpaar Heikel & Venho eine gewisse Distanz zu halten schien, war der Kamerachef Koskimaa.

Manches war auch unverändert geblieben. Und das gab einem eine Art Heimatgefühl, kam Molly in den Sinn, auch wenn es sich dabei um peinliche und unangenehme Dinge handelte.

Santeri Soihtus Mundgeruch war noch genauso unerträglich wie früher, hatte sie festgestellt, als sie in der Kantine zu Mittag aßen. Das überraschte wenig, Soihtu war Kettenraucher und trank kübelweise Kaffee aus einer gemusterten Tasse, die ihn bei allen Dreharbeiten begleitete; sie bringe ihm Glück, hatte er Molly eines Tages erklärt.. Jetzt trank er so viele Rationen, wie er nur kriegen konnte, von dem bitteren Kriegskaffee, was seinen Atem nicht besser machte, genau wie die Erbsensuppe und die ranzige Margarine. Molly dachte daran, wie sie mit Ester Toivonen und Hanna Taini bei einem früheren Dreh über Soihtus Problem gelästert hatte, alle drei hatten bekannt, dass sie sich gruselten, wenn sie erfuhren, dass er in einem Film, in dem »geküsst« wurde, ihr Partner sein sollte. Sie hatten natürlich ganz diskret darüber geredet, im Flüsterton, damit die Männer im Studio es nicht mitbekamen.

Mollys rechtschaffene Offiziersgattin hatte keine Liebesszenen mit Soihtu, dafür aber Asta. In der Hauptrolle der schlagfertigen Studentin und Spitzenturnerin Lahja hatte sie mehrere zärtliche Begegnungen mit dem gut aussehenden Vize-Amtsrichter und ehemaligen Kurzstreckenläufer Esko, den Soihtu verkörperte. Als Molly von dieser Paarung hörte, hatte die Schadenfreude sie mit solcher Heftigkeit überfallen, dass sie sich alle Mühe geben musste, sie zu unterdrücken.

Nicht, dass andererseits jemand Grund gehabt hätte, Molly zu beneiden. Ihre Vera hatte mehrere Szenen mit dem Ehemann, Major Ensio Saraste, der von dem beliebten Schlagersänger Uljas Laine gespielt wurde. Die Szenen waren einfach, aber trotzdem hätte Molly am liebsten darauf verzichtet. Laines ölige schwarze Haare rochen auf mehrere Meter Abstand nach Pomade, und er war so klein, wie er nun einmal war, etwa ein

Meter sechzig, während Molly einsachtundsechzig maß. Das bedeutete, dass Laine, wenn sie einander näher kamen, wie üblich auf einer Holzkiste stand, sodass er sich über Molly beugen und dabei größer aussehen konnte als sie, während sie ihre Augen funkeln ließ und ihre Lippen leicht öffnete, als Zeichen, dass sie bereit war, geküsst zu werden.

Es war Molly nicht entgangen, dass der Zufall ihr einen Streich gespielt hatte. In *Winterliebe* hatte ihre Rollenfigur Ellen Emeléus geheißen und war Erbin und Französischlehrerin gewesen. Eine Erbin war genau das, was Molly nach dem Tod von Max und ihrer Mutter Irene geworden war, und ihr Französisch versuchte sie *à jour* zu halten, so gut es ging. Jetzt sollte sie die Ehefrau eines Majors der finnischen Armee spielen, und es war eine Majorsgattin, mit der Henry sie im letzten Winter geschmackloserweise betrogen hatte. Sie hatte diese Koinzidenzen ihm gegenüber erwähnt, und sein Lachen hatte angestrengt geklungen.

Sie hatte ein leichtes Zittern gespürt, als sie an diesem Morgen ihren dünnen Handschuh auszog, um Leevi Koskimaa zu begrüßen, und danach fragte sie sich, ob ihre Hand verschwitzt gewesen war. Sie waren gute Freunde und duzten sich seit den Dreharbeiten zu *Adèle*, aber Molly wusste nicht, ob sich Leevis Einstellung zu ihr während der Winterwochen auf Sainila verändert hatte; sie hatten dort sehr freimütig miteinander geredet, und Molly hatte ihre Meinung über den Film ehrlicher formuliert, als sie es sonst bei irgendjemandem getan hätte. Falls Koskimaa davon unangenehm berührt gewesen war, dann behielt er es jetzt für sich, er war so freundlich wie immer und sagte: Ich freue mich, dass du hier bist, Molly! Sie hatte sogar den Eindruck, dass er ihr womöglich mehr Aufmerksamkeit widmete als vorher, dass zwischen ihnen eine neue Spannung entstanden war.

Während des Tages beobachtete sie ihn immer wieder, manchmal trafen sich ihre Blicke, und dann lächelten sie einander zu. Koskimaa war so gefragt, dass er mit Kurzzeitverträgen mal für Taika, mal für Suomi arbeitete, keiner in der Branche hatte so viel Freiheit wie er. Die Schauspieler liebten ihn, denn er war es, der auf einer Studienreise nach Paris den magischen Filter entdeckt hatte. Es war ein unscheinbares Ding aus Glas und Metall mit dem Beinamen »Kleiner Franzose«, aber es hatte bei Molly, bei den Schwestern Linnanheimo, bei Hanna Taini und Kirsti Pera und jetzt auch bei Asta Heikel den Effekt, dass es ihre Augen glitzern und ihr Haar glänzen ließ, sodass sie aussahen, als kämen sie von einem fernen Planeten, dessen Bewohner unendlich viel schöner waren als die Menschen auf der Erde.

Während der Winterabende auf Sainila hatten sie intensive Gespräche über Filmkunst geführt und über deren Feind, den Kommerz, aber da war auch noch etwas anderes gewesen, ein Kitzel, der sich neu und intensiv anfühlte. In den Wochen nach dem zweiten Aufenthalt auf Sainila, kurz bevor Henry wieder in ihr Leben getreten war, hatte sie bereut, Leevi nicht mehr ermuntert zu haben. Sie war damals eine freie Frau gewesen, und Leevi lebte nach eigener Aussage in Scheidung. Er hatte sie begehrt, dessen war sie sich sicher, und auch sie hatte sich zu ihm hingezogen gefühlt. Jeder der Mitwirkenden hatte sein eigenes Zimmer, Leevi und sie blieben oft etwas länger auf als alle anderen, und niemand hätte es gemerkt, wenn sie danach bei ihr oder bei ihm ihre Freundschaft noch vertieft hätten.

Warum hatte sie Leevi nicht gezeigt, was sie sich wünschte? Aus Vorsicht, natürlich; sie wusste, dass sie bislang ein fast märchenhaftes Glück gehabt hatte, weil sie nie schwanger geworden war, obwohl sie es oft riskiert hatte, sowohl mit Henry als auch mit anderen. Manchmal hatte sie gedacht, sie sei bestimmt unfruchtbar, so lange war es schon gut gegangen. Aber sie wagte nicht, sich darauf zu verlassen. Wenn Henry in einer entsprechenden Situation gewesen wäre – Abend für Abend allein mit einer Frau, die er anziehend fand –, dann hätte er die Gelegenheit ergriffen, das wusste sie. Männer brauchten für einen Augenblick der Leidenschaft nicht mit einem ruinierten Ruf zu bezahlen. Im Gegenteil, ihre Eskapaden lösten Bewunderung aus, vor allem bei anderen Männern, aber auch bei abenteuerlustigen Frauen. Ein Mann, der viele erotische Kontakte hatte, war männlich, eine Frau, die das für sich in Anspruch nahm, war eine Schlampe. Wohl deshalb hatte sie sich zurückgehalten und Leevi stattdessen signalisiert, dass die Gespräche ihr genügten: Da war nie mehr gewesen als ein Kuss auf die Wange, und einer auf die Stirn, als sie eines Abends im Park von Sainila spazieren gingen.

Sie wünschte sich, wieder mit Leevi zu reden, fast genauso sehr, wie sie sich wünschte, ihre Zweifel mit Henry zu teilen. Trotzdem war sie zufrieden, als sie nach dem ersten Drehtag in die Straßenbahn stieg und in die Stadt zurückfuhr. Leevi und sie waren immer noch Freunde, und sie hatte wieder einmal ihre Angst überwunden und ihre Szenen bravourös gespielt. *Sommernächte in der Laube* war als Komödie glanzlose Dutzendware, dennoch konnten es gute Dreharbeiten werden, und was sie selbst betraf, so hatte sie vor, das Bestmögliche daraus zu machen. Aber die Zweifel waren nicht verschwunden, im Gegenteil.

Wer einmal angefangen hatte, die Dinge, Menschen und Ereignisse wie in einem Narrenspiegel zu betrachten, der wurde diese Perspektive nicht wieder los.

Santeri Soihtu, der den ersten Liebhaber spielte, aber faulig aus dem Mund roch.

Uljas Laine, der auf seiner Holzkiste stand und sich über Frauen beugte, die alle größer waren als er, mit dem Ergebnis, dass er auf der Leinwand hochgewachsen und göttergleich wirkte.

Asta Heikel, die in einer Sprache, die sie nicht verstand, eine perfekte schauspielerische Leistung ablieferte.

Der Marschall, der einen Tagesbefehl nach dem anderen in einer Sprache verlas, die er äußerst schlecht beherrschte.

All die Schauspieler und Minister und Generäle und Fürsten und Präsidenten und Diktatoren, die einmal im Kinderkittel fotografiert worden waren, mit fetten Waden und weichem Mund

und staunendem Blick, während sie auf Kosenamen lauschten, die sie inzwischen längst vergessen hatten.

Und Molly, die fast immer ihr Licht unter den Scheffel stellte und nur selten sagte, was sie dachte.

Sie war seit Langem davon überzeugt, dass Shakespeare bereits alles formuliert hatte, was es zu sagen gab. Aber es war, als würde diese Erkenntnis sie erst jetzt mit voller Wucht treffen. Die Welt war eine Vorstellung, eine große Illusion, ein Schauspiel ohne Anfang und Ende. Eine lockende Chimäre, ein moralischer Morast, verborgen hinter einer Abfolge von schönen, aber unwirklichen Szenen, zu denen auch diese schaukelnde Straßenbahnfahrt durch den kühlen Maiabend mit seinem hohen knallblauen Himmel und den trügerisch weißen Federwolken gehörte.

4

In der zweiten Woche der Filmaufnahmen war ihre Nervosität verflogen. Sie übte morgens nicht mehr ihre Textstellen, und wenn sie sich von der Kostümassistentin und der Maskenbildnerin herrichten ließ, fühlte sie sich ganz und gar als Majorsgattin Vera Saraste. Zum Teil war das Leevi Koskimaas Verdienst. Sie hatten noch keine Gelegenheit gehabt, länger unter vier Augen zu reden als hier und da ein paar Minuten, doch in einer dieser Minuten hatte Leevi abermals *le bon mot* gefunden. Die Kamera liebt dich immer noch, hatte er gesagt, sie liebt Molly Timm genauso sehr wie früher. Ja, aber Asta Heikel liebt sie noch mehr, hatte Molly geantwortet, sie konnte es nicht lassen, nach Komplimenten zu fischen. Vielleicht, hatte Leevi lachend gesagt, aber auch Asta wird mal dreißig, und das passiert schneller, als sie denkt.

Das Selbstvertrauen befreite Mollys Gedanken und ließ sie während der Straßenbahnfahrten wandern, wohin sie wollten. Sie dachte oft an Henry, aber fast genauso oft an Leevi. Sie versuchte sich auszumalen, welche zusätzlichen Rollen Takolander ihr bei dem Treffen in der nächsten Woche anbieten würde. Sie dachte an den Volvo, der seit Juli vorigen Jahres abgestellt war und eine technische Überprüfung benötigte, und sie dachte an Korsnäs und daran, wie sehr sie sich dort hinsehnte. Obwohl es noch so schrecklich kalt war; in den Parks trug der Rasen morgens noch eine weiße Raureifkruste, dabei war es schon die dritte Maiwoche. Sie überlegte, wie Henry und sie zum Sommerhaus hinauskommen sollten, sie hatten davon gesprochen, einen Teil von Irenes Möbeln und Hausrat dorthin zu verfrachten. Bestimmt könnten sie Gerkmans Ruderboot auch in diesem Jahr mieten, aber das Problem war der Weg von Helsingfors nach Stensvik, denn der Volvo war ja unbenutzbar, solange es kein Benzin gab, und man konnte Sprossenstühle und zerbrechliche Karaffen und Weingläser nicht im Bus transportieren. Seit Molly mit Lilly die Wohnung der Mutter ausgeräumt hatte, ging ein Gedanke ihr nicht mehr aus dem Kopf: wie seltsam es war, dass die kleinsten Dinge – ein Fingerhut oder eine hübsche Tunika oder ein Einmachglas mit Bügelverschluss – den Menschen so lange überlebten. Vielleicht verloren sie ihre Attraktivität, besonders die Kleidungsstücke, aber solange sie nicht weggeworfen oder verbrannt, sondern aufbewahrt und verstaut wurden, lebten sie auf irgendeinem gottverlassenen Speicher oder in einer unbeachteten Ecke weiter und kamen wieder zum Vorschein, wenn jemand aufräumen musste, nachdem der Tod zu Besuch gewesen war: »Schau mal, weißt du noch, wie sie darin herumgelaufen ist?« Molly wusste nicht, ob das traurig oder tröstlich war, aber es war etwas, worüber sich grübeln ließ, wenn der Drehtag so lange gedauert hatte, dass sie es vor Müdigkeit nicht mehr schaffte, ein Buch aus der Tasche zu holen und zu lesen.

Aber ist das nicht … das ist doch Molly … Molly Timm! Die Frauenstimme war kräftig und tief, sie ließ Molly zusammenfahren. Sie war es gewohnt, in der Straßenbahn erkannt zu werden, und ihre erste Reaktion kam automatisch und folgte immer demselben Muster: Sie verscheuchte alles aus ihrem Kopf, was sich gerade darin befunden hatte, streckte den Rücken und prüfte, ob ihr Hut richtig saß und die Mantelärmel nicht hochgerutscht waren, und dann wappnete sie sich für das, was kommen würde, während sie zugleich ihr Mienenspiel so einstellte, dass sie freundlich, aber reserviert wirkte.

Die Frau, die ihren Namen gerufen hatte, saß auf der anderen Seite des Mittelgangs und trug eine Sonnenbrille und einen oben spitz zulaufenden schwarzen Hut mit enorm breiter, herunterhängender Krempe. Der Hut erinnerte an eine Hexe, und der surreale Eindruck wurde durch das Abendlicht verstärkt, das so rot war, dass das gesamte Wageninnere zu glühen schien.

Die Frau nahm mit einer anmutigen Geste die dunkle Brille ab und dann den Schlapphut, den sie auf den Sitz neben sich legte. Diese Maßnahmen bewirkten eine Metamorphose: Ihr Haar war elegant hochgesteckt, ihr Blick neugierig und warm, und die feinen Krähenfüße um ihre Augen herum machten sie nur noch schöner. Da fiel bei Molly der Groschen:

Fräulein Lilliehjelm? Lu!

Die Frau nickte lächelnd:

Genau die. Du dachtest wohl, schon wieder so eine anhängliche Verehrerin, oder? Ich habe gesehen, dass du zusammengezuckt bist.

Bin ich gar nicht, sagte Molly, obwohl sie noch gut wusste, dass Lucie Lilliehjelm fast nichts entging und man sie nur schwer täuschen konnte.

Oder vielleicht hast du mich erkannt und warst schockiert, dass ich so alt geworden bin!

Lu lächelte breit, als sie das sagte, und Molly lächelte zurück, während sie protestierend den Kopf schüttelte. Lu war unverändert, genau so, wie Molly sie in Erinnerung hatte, verspielt, aber von messerscharfer Direktheit.

Das passiert dir natürlich dauernd, sagte Lu in lässigem Ton. Alle wissen, wer du bist.

Nicht mehr so oft wie vor ein paar Jahren. Da hatte ich einen Film gemacht, den alle … du hast ihn vielleicht auch gesehen?

Unsere schöne Cousine Adèle? Natürlich habe ich den gesehen. War das nicht in dem Jahr, nachdem wir … *mon dieu*, wie lange ist das her?

Seit *Adèle*? Vier Jahre.

Nein, sagte Lu, und nun lag etwas schwer Deutbares in ihrem Blick. Ich meine, seit wir uns da draußen … begegnet sind und zusammen waren.

Das sind dann fünf Jahre, sagte Molly. *Adèle* kam im Frühling danach heraus.

Damals warst du sehr angesagt, stellte Lu lächelnd fest. Jedes Mal, wenn ich nach Finnland zurückkam und eine Zeitung kaufte, warst du drin. »Nie zuvor hatte meine Haut einen so schönen Schimmer.«

Die ironischen Anführungszeichen in Lus Stimme, als sie den Slogan von Havi aus dem Gedächtnis zitierte, machten Molly verlegen. Auf einigen der Reklamefotos war sie nur halb bekleidet gewesen, und jetzt konnte sie nicht umhin, daran zu denken, dass Lu sie einmal vollständig nackt gesehen hatte und in Positionen, die sie am liebsten vergessen wollte.

Dann bist du jetzt wieder nach Hause gezogen? Als Max vor dem Krieg von dir sprach, wohntest du in Paris.

Die Frage war ein Ablenkungsmanöver, um ihre Verwirrung zu überspielen. Es war, als ob dünne, aber Funken sprühende elektrische Leitungen durch ihren Körper liefen, und obwohl es in der Straßenbahn kühl war, fühlte ihre Haut sich warm an und vibrierte wie nach einem langen Tag in der Sonne. Genauso war es während jener Sommerwochen in Korsnäs gewesen: Obwohl Lu eine Frau war, reagierte Molly auf sie so, wie es ihr sonst erging, wenn sie sich in einen Mann verliebt hatte. Aber das wollte sie Lu nicht merken lassen, unter gar keinen Umständen.

Ich bin von Paris weggezogen, einen Monat, bevor Herr Hitler eingezogen ist, sagte Lu, wurde aber sogleich ernst:

Es war eine furchtbare Reise, aber ich bin froh, dass ich nach Hause gekommen bin. Hier ist es nicht lustig, aber woanders auch nicht, alle Länder sind entweder feindlich besetzt oder im Krieg oder fürchten einfach um ihre Existenz.

Wo wohnst du?, fragte Molly.

In der Georgsgatan. Zuerst habe ich im hinteren Tölö gewohnt, übrigens im selben Haus wie Bert Brecht. Aber so weit draußen kann man ja nicht wohnen.

Warum nicht?, hätte Molly gern gefragt, aber sie ließ es bleiben. Als sie nichts sagte, fuhr Lu fort:

Meine Güte, was für ein Gefolge der Brecht mitgebracht hatte. Ich konnte die Frauen und Kinder, die ich im Treppenhaus gesehen habe, kaum noch zählen.

Was hast du heute auf Brändö gemacht?, fragte Molly; sie war neugierig auf alles, was Lu betraf.

Ich war zum Nachmittagstee bei einem Bekannten, antwortete Lu. Einem gewissen Herrn Hartz. Aber in aller Ehrbarkeit, das möchte ich betonen.

Das ist ja genau neben dem Studio, in dem ich drehe!, sagte Molly.

Davon hatte ich keine Ahnung. Unter uns gesagt, ich weiß wohl, dass Lorenz nicht den besten Ruf hat. Aber im Augenblick ist er, soweit ich informiert bin, als Zwischenhändler tätig, damit unsere Armee geeignete Waffen bekommt. *Honi soit qui mal y pense!*

Molly nickte, verzichtete aber auch diesmal auf einen Kommentar. Sie war immer noch verwirrt, und das störte sie: Sie fühlte sich wie ein schüchternes kleines Mädchen, und das wollte sie nicht sein. Gleichzeitig sprudelten Fragen in ihr hoch, sie hätte gern etwas über das Leben in der großen weiten Welt erfahren und darüber, wie eine Nomadin wie Lu sich an die Beschränkung und Verknappung der Lebensumstände angepasst hatte. Auch fiel ihr auf, dass sie Max Esping nicht erwähnt hatten und dass das ebenso seltsam wie gefühllos von ihnen war.

Und als hätte Lu Mollys Gedanken gelesen, redete sie auch schon weiter:

Und unser lieber, lieber Max, er ist nicht mehr.

Nein, sagte Molly.

Dieser Krieg muss die Hölle gewesen sein, sagte Lu. Ich saß in Montmartre fest und habe nicht immer mitbekommen, wie schlimm es war. So viele Tote. Die Franzosen sind glimpflicher davongekommen, aber wie spaßig ist das wohl, wenn in deiner Hauptstadt plötzlich der Erzfeind regiert?

Frankreich hat im vorigen Krieg anderthalb Millionen Soldaten verloren, sagte Molly. Und vier Millionen wurden verwundet.

Lu nickte traurig, und beide versanken in Schweigen, während die Straßenbahn an der Elisabetsgatan nach links abbog und dann durch Kronohagen zur Endhaltestelle Salutorget fuhr. Molly wusste, dass sie beide an Max dachten. Und sie wusste, sie würde Lu erzählen müssen, dass sie, Molly, jetzt die Besitzerin des Sommerhauses war. Aber sie schreckte davor zurück; es fühlte sich fast so unangenehm an wie die Vorstellung, Lu zu gestehen, dass etwas in ihr passierte, etwas Kribbelndes und Knisterndes, auf dieser gemeinsamen Fahrt ins Stadtzentrum in einem Wagen der Linie KB.

Nachdem sie ausgestiegen waren, standen sie noch eine ganze Weile vor dem Restaurant *Kapellet* und redeten weiter. Aber es war jetzt anders. So als wäre die Straßenbahn ein auf magische Weise abgeschirmter Bereich gewesen, in dem sich die gesamte elektrische Ladung sammelte, eine Art Gegenteil des Faradaykäfigs. Hier draußen auf der Straße, im Licht des Sonnenuntergangs, verflüchtigte sich die Spannung, es war eher ein ganz normales Wiederanknüpfen an eine frühere Freundschaft. Hier konnte Molly dann auch endlich berichten, dass sie von Max, als er gestorben war, sowohl die Hütte in Korsnäs als auch den fast nagelneuen Volvo geerbt hatte.

Oh! Das ist ja …!, sagte Lu und wirkte ausnahmsweise einmal überrascht.

Wir waren ja Cousin und Cousine zweiten Grades, Max und ich, sagte Molly entschuldigend. Und seine Cousins in Amerika haben auf ihre Erbansprüche verzichtet, deshalb …

Während sie redete, fiel ihr Blick auf das bronzene Hinterteil der Havis Amanda[68], und unwillkürlich errötete sie, weil sie sich dadurch an das erinnert fühlte, was Max und Lu und sie damals an dem versteckten Strand getrieben hatten.

Meine liebe Molly, ich freue mich so für dich, sagte Lu mit Nachdruck, das musst du mir glauben! Wenn jemand ein Recht hat, sich da draußen aufzuhalten, dann bist du das, ich weiß doch noch, wie wohl du dich dort gefühlt hast! Anders als … wie hieß er, Mitja? Wie geht es ihm übrigens?

Er ist tot, sagte Molly.

Er auch! Mein Beileid. War es der Krieg?

Nein. Das ist schon vor dem Krieg passiert.

Lu merkte wohl, dass Molly nicht über Mitja sprechen wollte, denn sie wechselte sofort das Thema:

Lass uns einen Drink nehmen! Um zu feiern, dass Korsnäs jetzt dir gehört und dass wir uns so unverhofft wiedergetroffen haben!

Das würde ich so gern, sagte Molly. Aber ich muss nach Hause zu meinem … Mann.

Es stimmte, sie wäre wirklich sehr gern mitgegangen. Nicht nur, um Lu über ihr Leben auszufragen, über alles, was sich seit ihrer letzten Begegnung ereignet hatte. Sie spürte auch das Bedürfnis, sich Lu anzuvertrauen, ihr von allem zu erzählen, was geschehen war, von ihrem Erfolg mit *Adèle,* aber auch davon, wie sie Dringmann abgefertigt und wie er sich gerächt hatte, und von Takolanders Lockrufen und der schiefgelaufenen Anstellung am Theater und von Mitjas tragischem Schicksal und ihrer Mitschuld daran und von der turbulenten Beziehung zu Henry, von all den Unstimmigkeiten, die es zwischen ihnen gab, obwohl sie sich liebten.

Ach so, du musst zu deinem … Mann, sagte Lu lächelnd und imitierte perfekt Mollys kleine Pause und ihren Tonfall. Und wer ist er, wenn man fragen darf?

Henry, sagte Molly. Henry Gunnars, Journalist beim *Husis.* Aber wir sind nicht verheiratet, wir sind nicht mal verlobt.

Lu schien in ihrem Gedächtnis zu suchen.

Ist er älter als du?, fragte sie dann. Und von hier? Ich meine, hier in der Stadt aufgewachsen?

Ja und ja. Er ist von hier, und er ist vierundvierzig. Falls er mich nicht beschwindelt hat, natürlich.

Dann weiß ich, wer er ist, sagte Lu. Er war auf dem Normallyzeum, und ich glaube, wir haben als Gymnasiasten mal miteinander getanzt. Ein langer Frechdachs.

Ach so, sagte Molly nun ihrerseits und konnte nicht umhin, die Augenbrauen ein wenig hochzuziehen.

Lu sah es und fuhr sogleich fort:

Aber mehr war da absolut nicht, meine Liebe! Wollen wir den Drink auf einen anderen Abend verschieben?

Das wäre wunderbar!, sagte Molly und war erleichtert. Aber kannst du nicht im Sommer mal nach Korsnäs kommen? Bis

Stensvik fährt ein Bus, und von da holen wir dich mit dem Ruderboot ab. Zimmer haben wir genug, das weißt du ja.

Gern, sagte Lu, während sie in ihrer Handtasche kramte. Das wäre herrlich.

Sie fand, was sie suchte, und hielt eine Visitenkarte hoch. Molly nahm sie und sah, dass Lus Name und ihre Berufsbezeichnung in Schreibschrift gedruckt waren, die Tätigkeiten zuerst auf Schwedisch und dann auf Französisch: Übersetzerin, Dolmetscherin. *Traductrice, interprète.*

Ich stehe im neuen Telefonbuch, genau wie du. Aber nimm das hier, dann brauchst du nicht nachzuschauen!

Molly entschied sich dafür, den ganzen Heimweg zu Fuß zurückzulegen, obwohl die Abendluft kalt und rau war. Als sie das Alte Studentenhaus passiert hatte, sah sie Asta Heikel und Walter Venho, die Arm in Arm am Verlagsgebäude von *Hufvudstadsbladet* vorbeigingen, aber sie wollte nicht über die Straße laufen und sich zu erkennen geben. Vor weniger als zwei Jahren hatte sie auf ihren Spaziergängen in Tölö die Frischverlobten Eddie Heikel und Asta getroffen, und sie hatte sich noch nicht daran gewöhnt, dass jetzt Asta und Venho ein Paar waren.

Sie beschleunigte ihre Schritte und überquerte die Henriksgatan erst bei der Hauptpost, und ihr Blick fiel auf die Reklame an der Schmalseite des Glaspalastes: ein stilisierter, leuchtend gelber Neonkessel, aus dem ein dünner, rot leuchtender Kaffeestrahl sich unentwegt in eine gleichfalls leuchtende Tasse ergoss. Eine Werbung aus friedlicheren Zeiten, als der Glaspalast noch neu war, und sie wirkte wie Hohn: Molly hätte ihre Seele verkauft für einen richtig guten Kaffee und eine richtig starke Zigarette, am liebsten eine Gitanes, denn genau die hatte Lu Lilliehjelm im fernen Sommer 1936 geraucht.

Als sie nach Hause kam, saß Henry im grünen Sessel und las. Das Radio schwieg, wie neuerdings so oft. Sie waren übereingekommen, dass sie die Nachrichtensendungen nicht mehr ertrugen; die monotone Aufzählung immer neuer Kämpfe und

Besetzungen vermittelte ihnen das Gefühl, dass der große Krieg nie ein Ende nehmen, das Töten und Zerstören bis in alle Ewigkeit weitergehen würde. Nicht einmal mehr die Abendkonzerte verschafften ihnen Linderung, die Gewalt hatte sich auch die Musik unterworfen und ließ sie hohl und unheildrohend klingen.

Sie hatte ihm wieder einen Schlüssel gegeben, aber nicht ohne Vorbehalt. Und Henry war nicht bei ihr eingezogen, er hatte ein paar Kleidungsstücke und einen Pyjama in einem ihrer Schränke untergebracht, aber in seinem früheren Arbeitszimmer stand keine Schreibmaschine auf dem Tisch, und er übernachtete nur hin und wieder bei ihr. Am Morgen der Schlüsselübergabe waren sie beide in ausgelassener Stimmung gewesen, Molly, weil ihre Filmaufnahmen gut liefen, und Henry, weil die ersten Leserbriefe zu seiner Causerie über die *Aldebaran* eingetroffen waren. Als er den Schlüssel bekam, hatte er sie angelächelt und ihn mithilfe eines Federmessers an seinem eigenen Schlüsselbund befestigt. Er war an jenem Morgen sehr liebevoll gestimmt; bevor er zur Arbeit ging, hatte er sie in der Küche um die Taille gefasst und sie mitten auf den Mund geküsst. Molly hatte sich geniert, weil Doris, die Haushaltshilfe, gerade da war und sauber machte; sie hatte den Kuss gesehen und den beiden einen dreisten Blick zugeworfen.

Normalerweise tat Henry genau das Gegenteil von dem, was man ihm empfahl, aber diesmal hatte er Mollys Rat befolgt und eine empfindsame Plauderei unter dem Titel »Rund um Örarna« geschrieben, über seine Liebe zu dem Boot *Aldebaran* und zu Helsingfors. Als immer mehr entzückte Reaktionen kamen, in Form von Briefen an die Redaktion oder Bravorufen auf der Straße, hatte er zuerst darauf beharrt, dass der Text eine Bagatelle gewesen sei, eine kleine Zerstreuung zwischen seinen gewichtigeren Aufgaben als Reporter. Aber Molly sah, dass er die Aufmerksamkeit genoss, und als das Lob einfach nicht abreißen wollte – eines Abends rief wahrhaftig sogar Lilly in der Museigatan an, nur um zu berichten, wie begeistert sie und Karol von dem Artikel gewesen seien –, taute er so weit auf, dass er Molly gegenüber einräumte, »kleine, subjektiv erzählte Geschichten dieser Art können wohl auch ihren eigenen Stellenwert haben«. Das ist keine Geschichte!, hatte Molly entgegnet, du schreibst ja über das wirkliche Leben.

Sie verstand gut, warum »Rund um Örarna« so viel Zustimmung fand. Die Causerie zeigte Henry von seiner feinfühligsten Seite, sie enthielt lauter kleine, feine Szenen. Er beschrieb einen Frühsommerabend, kurz bevor die *Aldebaran* für die kommende Saison zu Wasser gelassen wurde, einen Abend, an dem die Amsel in einer Strandbirke sang und der Geruch von Firnis sich mit dem Duft des blühenden Flieders vermischte. Er schilderte einen Angelausflug an einem warmen und windstillen Julitag, mit dem noch jungen Hund Hugo, der auf der vorderen Sitzbank lag und Henry und seine Barsche mal mit ergebenem, mal mit fragendem Blick beobachtete. Es gab eine Szene, in der Molly sich selbst wiederfand: den Streit mit der Liebsten, als Henry vergessen hatte Benzin nachzufüllen, die lange Rudertour zurück nach Örarna und das trotzige Schweigen auf dem Heimweg durch die Sommernacht. »Aber als wir dann zu Hause ankamen, hat sie mir verziehen.« Und am Ende stand der Satz, von dem sie wusste, dass er so viele Leser mitten ins Herz treffen würde: »Der Teufel soll sie holen, diese tiefgefrorenen Kriegswinter, die gar kein Ende nehmen wollen.« Die Menschen sehnten sich jetzt danach, Texte zu lesen wie »Rund um Örarna«, persönliche Betrachtungen, die für eine kleine Weile das Kriegsgetöse dämpften, den Leser in eine Welt entführten, die es einmal gegeben hatte und eines Tages wieder geben würde, in der das Lebensgefühl einfach und innig war und die Worte klar und durchsichtig wie Wasser.

Henry würde sein Leben lang schwierig und unausgeglichen bleiben, das wusste Molly. Aber es war so viel Liebenswertes an ihm. Und sie war ja selbst launisch, auch das war ihr sehr deutlich bewusst. Während des Frühjahrs hatte sie miterlebt, wie Henry gegen seine Alkoholsucht ankämpfte, und zwar mit Erfolg. Er hätte jetzt auch mit seinen Kumpanen im *Bronda* oder im *Mikado* oder im *Rio* sitzen können, stattdessen saß er in ihrem Sessel und las Eyvind Johnsons Roman *Die Rückkehr des Soldaten*. Er hatte sein Fahrrad reparieren lassen und machte Abendausflüge mit Guido, sie waren nach Munksnäs und Haga geradelt und weiter hinaus bis Alberga und Bemböle und zurück, Henry war verschwitzt und glücklich gewesen, als sie in der Abenddämmerung nach Hause kamen, und er hatte gesagt, dass seine Schulter und seine Wade jetzt nicht mehr schmerzten. Es war gut, dass Henry und Guido einander hatten, denn auch Guido kämpfte gegen die Verlockung der Flasche, noch zusätzlich unter Druck gesetzt von seiner Ghita. Karsten Wahlman hingegen war spurlos verschwunden, Henry erwähnte ihn nicht mehr. Auch das war gut, denn mit Karsten hatte etwas nicht gestimmt, Molly hatte es nicht fertiggebracht, ihn zu mögen, obwohl sie es versucht hatte.

Es war ein Frühling der Hoffnungen, der Unruhe und der Trauer, und jetzt war Henry schlechter Laune, das sah sie sofort. Wenn er unzufrieden war, zog sich seine Stirn finster zusammen, eine senkrechte Falte bildete sich über seiner Nasenwurzel, und er wurde einsilbig, so wie jetzt:

Du kommst spät.

Langer Tag im Studio, sagte Molly, ebenso wortkarg. Sie reagierte jedes Mal stark, wenn Henry von einer düsteren Stimmung überwältigt wurde.

Außerdem bin ich vom Marktplatz aus zu Fuß gegangen, fuhr sie fort, als er sich wortlos wieder in sein Buch vertiefte.

Sie wollte Henry nicht erzählen, dass sie Lu getroffen hatte, weil sie ihm nicht verraten wollte, wer Lu war. Sie hatte nie detailliert berichtet, wer alles in jenem Sommer in Korsnäs gewesen war, sie hatte nur gesagt, sie habe dort einmal mit ihrem damaligen Verlobten Mitja, Max und einigen seiner Freunde ein paar Ferienwochen verbracht – Henry hatte sie nie über Mitja ausgefragt und auch nicht über andere Dinge, er schien das alles gar nicht wissen zu wollen.

Sie hätte natürlich die Begegnung mit Lu erwähnen können, ohne von Korsnäs zu reden, sie hätte einfach sagen können, dass Lu zu ihrem Bekanntenkreis gehörte und dass sie, als sie Henrys Namen erfuhr, sich daran zu erinnern glaubte, in der Schulzeit mit ihm getanzt zu haben. Aber Molly verzichtete darauf; sie wollte das überraschende Wiedersehen innerlich verarbeiten, ohne Henry mit hineinzuziehen. Außerdem war ihr plötzlich klar geworden, was Lus Abschiedsworte bedeuteten. Lu wusste, dass Molly im Telefonbuch stand, also musste sie nach ihr gesucht haben! Und wenn es nun gar kein Zufall war, dass sie sich dort im Wagen der Linie KB getroffen hatten, wenn die Geschichte vom Tee beim Waffenhändler Hartz nur erfunden war? Vielleicht hatte Lu Molly verfolgt und auf sie gewartet, so wie es einige Männer, verwirrte arme Kerle, in dem Jahr getan hatten, als *Adèle* im Kino lief? Ach was, sei jetzt nicht albern, beschimpfte sie sich selbst, und um Henry von seinem Buch loszueisen, fragte sie:

Wie war dein Tag?

Henry schaute widerwillig auf und sagte:

Interessant. Heute hat der Kurs angefangen.

Oh, sagte Molly, im Ministerium? Den hatte ich ganz vergessen. Und, wie ist dein Eindruck?

Henry zuckte mit den Schultern.

Ich weiß nicht so recht. Ich bin ganz schwermütig geworden.

Wovon denn?, wollte Molly wissen; manchmal musste sie die Dinge sanft und geduldig aus ihm herausfragen, manchmal war es besser, direkt zur Sache zu kommen.

Henry sah aus dem Fenster, als sehne er sich danach, ins Frühlingslicht hinauszugehen, obwohl das Grün auf sich warten ließ und immer noch ein schneidender Wind den Sand und den Staub in den Straßen aufwirbelte.

Es liegt nicht an dem, was sie sagen. Es ist das, was man indirekt heraushört.

Was denn zum Beispiel?

Sein Blick begegnete dem ihren, und sie sah Verzweiflung in seinen Augen.

Ich werde gezwungen sein, wieder als Kriegsreporter zu arbeiten. Ich weiß nicht wann, aber früher oder später.

Molly schüttelte den Kopf:

Ist es wirklich so schlimm?

Niemand spricht etwas offen aus, aber es liegt in der Luft, sagte Henry. Als sei alles schon beschlossen.

Er streckte die Hand nach der flachen Schachtel aus, die auf dem Tisch neben dem Sessel lag, und sagte:

Außerdem haben sie Guss Sandberg zum Delegationsvorsitzenden der Informationsbehörde gemacht. Das allein reicht schon, um den Mut zu verlieren.

Was bedeutet das?, fragte Molly.

Wenn es Krieg gibt, dann hat er Einfluss darauf, was geschrieben werden darf und was nicht. Möchtest du eine? Im Kurs heute hat jeder eine Packung Klubi bekommen, so als wären wir schon Männer im Feld.

Molly beugte sich vor und nahm begierig eine Zigarette. Henry kramte eine Streichholzschachtel aus seiner Hosentasche und gab erst ihr Feuer, dann sich selbst.

Es gibt keinen freien Willen mehr, sagte er dann. Nur noch Realpolitik und Zwang.

Er sprach die Worte feierlich aus, als wären sie eine Gedichtstrophe, die er auswendig zitierte. Molly dachte an die lächelnde Lu in der Straßenbahn vor gerade mal einer Stunde. Wenn irgendjemand sie an die Herrschaft des freien Willens glauben ließ, dann war es Lu Lilliehjelm.

Warum sagst du das?, fragte sie.

Es gab da im Winter so eine Situation bei Guido, sagte Henry. Erinnerst du dich an Thune, Guidos Freund, der im letzten Jahr ein paarmal bei uns war? Er hat das gesagt, als wir über Krieg und Politik sprachen.

Dieser versoffene Kerl?, sagte Molly scharf. Der hier bei dir herumsaß und lallte, als ich im vorigen Sommer von Mutter zurückkam? Ein grässlicher Mensch.

Man muss Verständnis für ihn haben, sagte Henry freundlich. Er hat viel mitgemacht.

Das weiß ich wohl, sagte Molly. Seine Ex-Frau ist Gabriella Linde, die *Das seidene Kissen* und *Der goldene Schrein* geschrieben hat. Die Mordgeschichte von damals kennt ja die ganze Stadt.

Die Mordgeschichte, ja, sagte Henry. Aber du weißt noch nicht alles. Bei der Gelegenheit, die ich meine, hatte er zu viel getrunken und sagte mir, dass …

Wann trinkt der denn nicht zu viel?, unterbrach ihn Molly.

Würdest du mich bitte mal erzählen lassen?, entgegnete Henry. Thune hat offenbar am ersten Kriegstag beinahe ein russisches Bombenflugzeug auf den Kopf bekommen. Und nicht nur das, vor vielen Jahren fuhr er zufällig mit seinem Auto genau an dem Morgen durch Kajsaniemi, als die Eisbären ausgebrochen waren, weißt du noch? Er behauptet, einer der Bären sei halb auf sein Auto gestiegen und hätte ihn gefressen, wenn er nicht schon so satt gewesen wäre.

Zum zweiten Mal innerhalb von zwei Stunden erlebte sie einen kleinen Schreck: Zuerst die Begegnung mit Lu, jetzt die plötzliche Erinnerung an den Eisbärenmorgen und an Onkel Egon, an den sie seit mehreren Jahren keinen Gedanken verschwendet hatte.

Diesmal entschied sie sich, Henry nichts zu sagen. Er hatte sich königlich amüsiert, als sie ihm anvertraut hatte, dass ihr Vater Einar bei der jungen Margit aus der Schneiderwerkstatt des Theaters gestorben war, und er wäre genauso entzückt gewesen, wenn er erfahren hätte, dass es sich bei dem Tierbändiger und Zirkuskünstler, der damals – vermutlich in betrunkenem Zustand – vergessen hatte, die Eisbärenkäfige auf Broholmen zu sichern, um ihren Onkel Egon handelte. Sie konnte förmlich hören, wie Henry über die neue Anekdote kicherte und sagte: »Ich verstehe schon, warum du selbst ein bisschen verrückt bist, Em.« Aber die »verrückte Em« hatte viel Sorgfalt darauf verwendet, die unordentlichen Teile ihrer Familiengeschichte vor den Mächtigen der Filmbranche geheim zu halten – als Kinostar sollte man möglichst aus einem strebsamen und nüchternen Milieu stammen –, und sie wollte jetzt kein Risiko eingehen. Am einfachsten war es, überhaupt nichts zu erwähnen, denn Onkel Egon hatte kurz nach dem Eisbärenmorgen den Zirkus DelSanto verlassen und war mit unbekanntem Ziel verschwunden; von einer entfernten Verwandten hatte Molly irgendwann gehört, dass Egon im Sommer 1937 in Belgien gesichtet worden war, er reiste damals mit einem litauischen Zirkus.

Das sind aber viele Zufälle, sagte sie und hörte selbst, wie verklemmt und steif das klang. Das Leben ist immer noch merkwürdiger als der skurrilste Roman!

Henry nickte und sagte:

Der arme Thune ist davon überzeugt, dass ein Fluch auf ihm liegt und dass es gar keine Rolle mehr spielt, was er tut oder will.

Er beugte sich zum Aschenbecher vor und drückte seine Zigarette mit einer heftigen Bewegung aus, und als er weitersprach, klang seine Stimme eindringlicher als vorher:

Ich neige nicht zum Aberglauben, aber Thune hat insofern recht, als die Realität absurd geworden ist. Und es scheint alles immer schlimmer zu werden. Ich befürchte, dass dahinter weitere Stufen der Absurdität verborgen liegen, die wir uns noch nicht einmal vorstellen können. Und auf dem Kurs … heute ist mir klar geworden, dass ich wieder rekrutiert wurde, dass ich ein Zahnradzahn bin, kleiner als ein Staubkorn, in einer Maschine von unfassbarer Größe.

Was Henry sagte, berührte Molly tief. Es war ungewöhnlich, dass er so viel auf einmal sagte, und dann noch in so leidenschaftlichem Ton, dass ihm fast die Stimme brach. Sie wusste, dass sie Geschwisterseelen waren in ihrer gemeinsamen Abneigung gegen alle Regeln und Reglementierungen, ausdrückliche und unausgesprochene, und sie dachte, dass sie hellhöriger hätte sein müssen, als Henry gegen die Übermacht seines Chefs Sandberg kämpfte, denn auch sie führte so einen Kampf.

Sie beschloss, Henry endlich von allem zu erzählen, was ihr durch den Kopf gegangen war.

Ich habe mich auch rekrutiert gefühlt, als wir im letzten Winter auf Sainila gedreht haben.

Ihre Blicke trafen sich, und er nickte.

Ich habe vermutet, dass da etwas war. Du wirktest heiter, aber auch ruhelos.

Sie erschrak schon wieder. Was hatte Leevi Koskimaa eines

Abends auf Sainila gesagt, nachdem er Molly abermals hatte versichern müssen, dass sie noch kameratauglich war? »Du bist jedes Mal gut, aber es wirkt, als würdest du eigentlich lieber etwas anderes machen.« Anscheinend waren Männer doch nicht so schlecht darin, die Seelenregungen anderer Menschen zu lesen, wie sie immer geglaubt hatte.

Als wir die Hälfte der Aufnahmen im Kasten hatten, gab es ein großes Dinner, sagte sie. Und da kam Axel Dringmann aus Helsingfors, um den Gastgeber zu spielen und bei Tisch zu präsidieren.

Ach so, der Direktor höchstpersönlich, sagte Henry.

Nicht nur Direktor, sagte Molly ruhig, ihm gehört die ganze Firma Taika. Und das Komische war, dass ich seine Tischdame sein sollte.

Was war daran komisch?

Erstens ist deine Nichte der Star in *Winterliebe*, nicht ich, sagte Molly geduldig. Und zweitens mag Dringmann mich nicht.

Warum nicht?

Das weiß ich nicht, log Molly. Darf ich dir jetzt von dem Abend erzählen oder nicht?

Natürlich, sagte Henry. Entschuldige, ich bin heute nicht ganz bei mir.

Dringmann war während des ganzen Abendessens nett zu mir, fuhr Molly fort. Normalerweise grüßt er mich kaum, aber jetzt war er so zuvorkommend, dass ich beschloss, ihm meine Meinung zu sagen. Ich hatte einige Gläser Wein getrunken, und das auf nüchternen Magen, das trug sicher dazu bei, dass ich mich getraut habe zu reden.

Sie verstummte und überlegte, wie sie am besten weitermachte, ohne durchblicken zu lassen, dass Dringmann und sie eine Vorgeschichte hatten.

Reden, worüber denn?, konnte Henry dazwischenfragen.

Über die Filme, die wir machen, sagte Molly. Kostümdramen mit Plots, die im neunzehnten Jahrhundert spielen, alberne Liebesabenteuer in der Laube, ein scheußliches Melodram nach dem anderen. Ich verstehe nicht, warum Kino nicht etwas Ernstzunehmendes sein kann!

Und das hast du zu dem Eigentümer von Taika-Filmi gesagt?

Ja. Aber bei Suomi sind sie vom selben Schrot und Korn. Ich sehe ja, was sie planen, ich habe Drehbücher von Taika und von Suomi bekommen, weil *Hauptmann Cornell* so gut gelaufen ist. Einfach nur mehr vom gleichen *Quatsch*! Es war eine Qual, die Hure zu spielen, aber auch von Gräfinnen und Offiziersfrauen hat man irgendwann die Nase voll.

Was hat Dringmann gesagt?, wollte Henry wissen.

Molly antwortete nicht gleich; sie hatte das Winterdinner auf Sainila wieder vor Augen, wie höflich Dringmann gewesen war, wie ausgesucht galant. Er hatte auf ihre offene Kritik mit einem geduldigen Lächeln geantwortet, sich wirklich bemüht, seine Sicht der Dinge zu erläutern, obwohl er sie nur zu leicht hätte abfertigen können, eine dreiunddreißigjährige Aktrice, die ihre beste Zeit hinter sich hatte. Und die einst *ihn* abgewiesen hatte, den mächtigen Axel Dringmann. Molly konnte nicht verhindern, dass plötzlich die früheren Erinnerungen in ihr aufstiegen, an das Fest im Restaurant *Rio* nach der Galapremiere von *Unsere schöne Cousine Adèle*. Die Bilder rasten im Zeitraffer durch sie hindurch: das gedämpft beleuchtete Lokal, all die herausgeputzten Menschen, die riesigen Festkandelaber, die man in den Ecken aufgestellt hatte. Der Ehrentisch, an dem sie, der konkurrenzlose Star des Abends, neben Dringmann saß, der während des Dinners eine Menge trank, wie die meisten anderen auch. Und Dringmanns krude Avancen, die bei Kaffee und Cognac kamen, als alle Reden gehalten waren, die Stimmung ausgelassen wurde und die Hemmungen fielen. Er hatte schon vorher die Grenzen des Schicklichen überschritten, hatte seine Hand mal auf Mollys nackten Rücken gelegt – ihre Abendrobe war kühn ausgeschnitten – und mal auf ihren behandschuhten Unterarm, aber nur für so kurze Momente, dass sie es nicht geschafft hatte, etwas zu sagen, bevor Dringmann lächelnd seine Hand wegnahm.

Dann aber begnügte die Hand sich nicht einmal mehr damit, unter dem Tisch auf ihrem Knie zu liegen, sondern wanderte abwärts bis zum Saum ihres Kleides, schob ihn samt dem Unterrock hoch und fing an, sich an ihrem Schenkel entlangzutasten. Molly konnte diese Dreistigkeit kaum fassen, aber nach wenigen Sekunden hatte sie sich gesammelt, wandte sich Dringmann zu und sagte mit einem Lächeln, das sie so strahlend wie nur möglich ausfallen ließ, im allersachlichsten Konversationston: »Ihre Hand gehört da nicht hin. Wenn Sie sie nicht sofort entfernen, dann schreie ich. Und Sie ahnen gar nicht, wie laut ich schreien kann, das Cognacglas da vor Ihnen auf dem Tisch wird zerspringen.« Das trunkene Grinsen in Dringmanns Gesicht erlosch, die Hand verschwand von ihrem Schenkel, tauchte aus der Versenkung auf und griff nach dem Cognacglas. Dringmann sagte nichts, drehte sich stattdessen zu der Tischdame an seiner anderen Seite um, der Gattin eines Schokoladenfabrikanten, und begann eine Unterhaltung mit ihr. Molly zog diskret ihren Kleidersaum wieder herunter, wartete einen Moment, versuchte zu berechnen, wo unter dem Tisch sich Dringmanns Fußknöchel befanden, neigte sich leicht nach links und trat mit dem rechten Fuß gezielt zu, so hart sie konnte. Ihre Abendschuhe hatten verstärkte Spitzen, und sie fühlte, dass sie den ungeschützten Knöchel genau erwischt hatte; der Volltreffer wurde dadurch bestätigt, dass Dringmann zusammenzuckte, kurz das Gesicht verzog und auf die besorgte Frage der Schokoladenfabrikantenfrau, ob alles in Ordnung sei, die Ausrede erfand, er habe nur gerade ein wenig Bauchzwicken gehabt.

Für diesen Augenblick, diesen impulsiven Tritt, hatte Molly dann jahrelang damit bezahlt, dass ihr erniedrigende Rollen zugeteilt wurden. Was Dringmann im letzten Winter bewogen hatte, ihr zu verzeihen, wusste sie nicht, aber es war wohl kaum ihre herausragende Darstellung der Gräfin Kuschelewa. Vielleicht hatte Dringmann den schmerzhaften Tritt schließlich vergessen, oder aber seine Freundlichkeit verdankte sich der neu erwachten Hoffnung, dass er doch noch ihre Gunst gewinnen und womöglich dort auf Sainila sogar in ihrem Bett landen könne: Bei manchen Männern schien es keine Grenzen dafür zu geben, wie aufdringlich sie sein und wie tief sie sinken konnten.

Er hat mir einen Vortrag gehalten, sagte sie jetzt zu Henry. Die Zeiten würden auch in Zukunft hart sein, und eine Nation sei ein kompliziertes Bauwerk, zu dem jeder Einzelne seinen Beitrag leisten müsse. Es gebe da viele Rollen, und unsere Rolle sei es, Augenblicke der Linderung und Realitätsflucht zu ermöglichen. Das hat er tatsächlich gesagt, »unsere Rolle«, als ob wir Kollegen wären. Und er sagte, die Künste müssten den Tiefsinn jetzt mal beiseitelassen und den Leuten das geben, was sie brauchten, um durchzuhalten. Es würden schon noch bessere Zeiten kommen, und dann könnten die Menschen wieder Ernst und Spitzfindigkeiten vertragen.

Henry lachte auf:

Hat er das wirklich gesagt, »Spitzfindigkeiten«?

Ja, und er hat noch viel mehr gesagt. Aber ich schaffe es nicht, alles zu wiederholen, davon kriege ich nur schlechte Laune.

Ich weiß, sagte Henry. Es ist, als würde man gegen eine Wand ankämpfen.

Ich blieb bei meiner Auffassung, berichtete Molly weiter, ich sagte ihm, dass niemand uns zwingen würde, uns nur mit Banalitäten zu beschäftigen. Daraufhin schlug er vor, ich solle mich als Teil einer Unterhaltungskompanie betrachten, als routinierte Offizierin, der nach Rollen wie Gräfin Kuschelewa und Frau Emeléus ein höherer Dienstgrad verliehen würde.

Henry lachte wieder, ein ungläubiges, höhnisches Lachen, zündete sich eine neue Klubi an und nahm gierig ein paar Züge.

Das Verrückte ist, fuhr Molly fort, dass ich selbst schon ähnliche Gedanken hatte. Ich weiß nicht mehr wann, aber ich erinnere mich, dass ich sie hatte.

Henry schaute sie an, und in seinem Blick war Wärme, aber er antwortete nicht. Bei dem Gedanken, dass sie wieder zueinandergefunden hatten, empfand Molly tiefe Liebe, und die Worte entschlüpften ihr, bevor sie darüber nachdenken konnte:

Und jetzt überlege ich, ob ich nach den *Sommernächten* aufhöre.

Was meinst du?, fragte Henry.

Dass ich keine Filme mehr machen will.

Henry schüttelte den Kopf:

Wie willst du deinen Lebensunterhalt verdienen? Am Theater sind die Gagen schlecht, du hast selbst gesagt, dass die Filmrollen dir sehr gelegen kamen, als du die Miete wieder allein bezahlen musstest.

In manchen Augenblicken hatte Molly den Verdacht, dass Henry trotz all seiner Reportagereisen, trotz all der Sauferei und Hurerei sich noch mehr nach Geborgenheit und Ruhe sehnte als sie. Dass er glücklich wäre, wenn er Helsingfors verlassen und sich irgendwo auf dem Land ansiedeln könnte, um dort an seinem geliebten Boot herumzukratzen und mit seinem Hund spazieren zu gehen. Dies war ein solcher Moment, und sie beschloss, ihm nicht zu erzählen, dass es bei ihren Rückzugsgedanken nicht nur um die Filme ging. Sie streckte den Arm aus, als Zeichen, dass sie gern noch eine Zigarette hätte, und sagte:

Wir werden sehen. Kommt Zeit, kommt Rat.

5

Was du jetzt aufgeben willst, sagte Lu, davon konnte ich immer nur träumen. Aber selbstverständlich helfe ich dir.

Sie waren am Restaurant *Brunnshuset* und den Brunnsparkswällen vorbei zum Strand hinunterspaziert. Molly hatte angerufen und ein Treffen vorgeschlagen, und nun redeten sie über die wichtigen Dinge, über die sie sich den ganzen Winter den Kopf zerbrochen hatte. Und doch fiel es ihr schwer, sich auf das Gespräch zu konzentrieren: Der Sommer war förmlich explodiert. Am Donnerstag vor Pfingsten, als Henry im Auftrag der Zeitung die Einweihung des Velodroms verfolgt hatte, war es noch so kalt gewesen, dass er nach den Radrennen mit rot gefrorenen Händen nach Hause kam. Jetzt war Sonntag, und eine laue Brise liebkoste Mollys und Lus Schultern, als sie in ihren dünnen Blusen am Strand entlanggingen, sie hatten ihre Frühjahrsmäntel ausgezogen und trugen sie über dem Arm. Im Park und am Bootshafen wimmelte es von Flaneuren, jemand ließ einen bunten Drachen steigen, die Kinder jauchzten und schrien, während sie über die Rasenflächen rannten, junge Männer sausten auf Fahrrädern vorbei, die Vögel sangen in den Bäumen, alte Frauen und Männer schauten benommen aus Torwegen in Strandnähe hervor und gingen dann, auf ihre Spazierstöcke gestützt, unsicheren Schrittes zum Wasser hinunter. Plötzlich duftete die Stadt wieder, oder besser: Sie stank, denn es war eine unselige Geruchsmischung aus Müll und blühender Traubenkirsche und geteerten Eisenbahnschwellen und Seetang und Hundekot und Parfüm und abgestandenem Schnaps und Fabrikabfällen und vielen anderen Dingen. Alles stand in Blüte, sogar die kargen Schären da draußen – Ugnsholmarna und Stora Räntan und Svartöarna bei Sveaborg – prangten in frischem Grün, und die Meeresbucht vor Gråhara glitzerte so blau, wie eine Bucht nur im Frühsommer glitzern kann.

Warum hättest du nicht das Gleiche machen können wie ich, wenn du dich dafür entschieden hättest?, wollte Molly wissen. Du bist doch ein Mensch, der sich was traut.

Getraut hätte ich mich natürlich, sagte Lu. Aber ich kann nicht auf der Bühne oder vor einer Filmkamera stehen. Ich kann keine andere Gestalt annehmen als meine eigene, und das Einzige, was ich singen kann, ist eine einfache Altstimme in einem Quartett, das habe ich in meiner Jugend gemacht.

Ich habe auch nicht viel Talent, sagte Molly. Und deswegen will ich mich zurückziehen.

Zut alors! Verdammt und zugenäht, sagte Lu und packte Molly impulsiv am Arm. Ich habe doch deine Filme gesehen! Und du musst wissen, dass ich dich einmal vor langer Zeit im *Nizza* singen gehört habe, bevor ich wusste, wer du warst. Wenn du singst oder sprichst, dann möchte man dir zuhören. Wenn du vor der Kamera stehst, möchte man dich anschauen. Wer so eine Präsenz hat, der braucht nichts anderes!

Molly war verlegen geworden und wusste nicht, was sie antworten sollte. Sie fühlte sich schon wieder wie elektrisiert; Lu hatte wahrhaftig auch eine Präsenz, und die warme Luft entführte ihre Gedanken zu den gemeinsamen Sommertagen von damals. Es gefiel ihr, dass Lu neben ihr ging und ihren Arm so energisch festhielt. Gleichzeitig fürchtete sie, jemand könne es sehen und seltsam finden. Sie hatten schon einigen Bekannten grüßend zugenickt oder mit ihnen Höflichkeiten ausgetauscht; unter ihnen waren auch die von Rausens, zu Mollys Erleichterung ohne Lilly und Karol im Schlepptau. Von den meisten, denen sie begegneten, wurde sie erkannt, das sah sie an den neugierigen Blicken der Menschen, und viele schienen sogar Lu zu erkennen. Es hatte eine Zeit gegeben, da hatte Molly sich in ihrer eigenen Prominenz gesonnt, aber jetzt genierte sie sich dafür.

Vielleicht ist das so, sagte sie. Und dafür sollte ich natürlich dankbar sein. Aber das alles hat auch unangenehme Seiten. Seifenreklame und Fotopostkarten, auf denen ich koloriert bin, sodass ich aussehe wie eine Kurtisane aus dem alten Paris … und ich will nicht für den Rest meines Lebens Gräfinnen und kecke Offiziersfrauen spielen!

Du hast neulich gesagt, es sei erniedrigend, eine Hure darzustellen, gab Lu zu bedenken. Als du von Dringmann erzählt hast.

Ja, sagte Molly. Aber das bedeutet nicht, dass es erhebend ist, Adelstanten zu spielen.

Am Anfang ihres Spaziergangs hatten sie sich eine ganze Weile auf Französisch unterhalten, ein paar Minuten auch auf Englisch. Das hatten sie getan, weil sie da gerade über ihre Liebe zu diesen Fremdsprachen redeten, aber auch, weil sie nicht wollten, dass jemand mithörte. Jetzt sprachen sie Schwedisch, und Molly fühlte sich unbehaglich bei dem Gedanken, dass jeder, der vorbeiging, sie verstehen konnte.

Können wir nicht irgendwo hingehen, wo nicht so viele Menschen sind?, fragte sie.

Lu sah erstaunt aus, es schien sie nicht im Mindesten zu stören, dass sie sich hier draußen zwischen all den Leuten über sehr persönliche Dinge austauschten.

Wir können zu mir gehen, sagte sie. Ich werde mein Hausmädchen bitten, uns ein paar Brote zu machen.

Sie griff wieder nach Mollys Arm, neigte sich zur Seite und ein wenig hinunter und flüsterte ihr ins Ohr:

Ich habe Kaffeebohnen, brasilianisch und frisch geröstet!

Das duftet himmlisch!, rief Molly. Wie in aller Welt hast du …?

Sie stand am größeren der beiden Wohnzimmerfenster und schaute hinunter auf den kleinen Park Trekanten, wo Bäume und Büsche zartestes Grün trugen. An der nördlichen Ecke befand sich der Eingang zu einem Schutzbunker, und von Skillnadskrönet her rollte gerade ein einsames Auto, an dem ganz hinten auf einem Gestell ein Holzgasaggregat befestigt war, in die Georgsgatan.

Sie hatten gewartet, während Lus Haushaltshilfe Elvi die Bohnen mahlte und den Kaffee aufbrühte. Lu hatte Molly aufgefordert, sich umzusehen, und war selbst in die Bibliothek gegangen, sie schien nach etwas zu suchen. Jetzt kam sie zurück und hatte einige Broschüren in der Hand; hier drinnen war ihr Gang weich und katzenhaft, obwohl sie so hochgewachsen war. Im selben Augenblick kam Elvi aus der Küche, sie trug ein riesiges Tablett mit Tassen und Untertassen, Milchkanne, Zuckerstreuer und einem Teller voll Sandwiches. Sie stellte alles auf den Tisch unter dem kleineren Fenster und entschuldigte sich, bevor sie wieder in die Küche ging.

Keine Ursache, Elvi, sagte Lu freundlich und wandte sich dann Molly zu:

Ich habe zwar kein Talent, aber ich habe Freunde. Und ich habe Elvi. Sie entschuldigt sich ständig, aber sie ist die Beste, die ich je hatte. Wenn ich sie zum Schlangestehen irgendwo hinschicke, bringt sie immer genau das mit, was ich bestellt habe. Aber ich mache es ihr natürlich leichter, in dem ich nichts Unmögliches mehr bestelle. Setz dich doch!

Elvi kam mit einem blank polierten Kupferkessel zurück und goss dampfenden Kaffee in ihre Tassen. Molly spürte, wie ihr Körper von Wohlbehagen durchströmt wurde. Der Kaffeeduft, die Sandwiches mit Räucherfisch und Radieschen, das Licht und das Grün da draußen, die intellektuelle Gesellschaft von Lu, die Gewissheit, dass Henry auf Örarna war und die *Aldebaran* zu Wasser ließ; das alles fühlte sich gut an, und die Trauer um Irene tat nicht mehr so weh.

Du wohnst sehr schön, sagte sie mit einem Blick auf das Fenster und die Baumwipfel dahinter.

Ich habe nicht nur Freunde, ich habe auch Ressourcen, sagte Lu. Daraus mache ich kein Geheimnis. Aber ich hätte alles hergegeben, um das zu bekommen, was du jetzt aufgeben willst.

Molly lächelte höflich und zeigte auf ein Bild, das über der Sofagruppe ganz hinten im Zimmer hing; es zeigte eine Frau in verschiedenen Blautönen, fast kubistisch, jedoch ohne die geraden Linien und Farbfelder des Kubismus, eher so, als wären ihre Gesichtszüge und Körperteile auseinandergenommen und dann Stück für Stück wieder zusammengesetzt worden, aber unordentlich und rabiat.

Genauso fühle ich mich manchmal, sagte sie. Ist das Braque?

Lu schüttelte den Kopf:

Fernand Léger. Ich habe es vor zwanzig Jahren in Paris gekauft.

Sie nahm einen Schluck Kaffee und seufzte zufrieden. Molly tat es ihr nach und spürte, wie der kräftige Geschmack sich ausbreitete, bis der ganze Mund davon erfüllt war. Sie kostete ihn lange aus, bevor sie in das Sandwich biss, das auf ihrer Untertasse lag.

Hast du keine Angst, dass der Duft ins Treppenhaus zieht und die Nachbarn so verrückt macht, dass sie bei dir einbrechen?

Nein, sagte Lu lächelnd.

Sie holte ihr Etui hervor und schüttelte ein paar Zigaretten heraus, hielt es dann Molly hin und sagte:

Ich glaube nicht, dass dies der richtige Zeitpunkt ist, um große Entscheidungen zu treffen. Aber natürlich musst du aufhören, wenn du sicher bist, dass du das willst.

Ich habe mich noch nicht entschieden, sagte Molly. Ich werde erst mal mit Takolander reden.

Hier, sagte Lu und reichte Molly die Broschüren, die sie aus der Bibliothek geholt hatte. Polyglott ist ein sehr renommiertes Büro. Und sie zahlen pünktlich.

Und du glaubst, ich bin gut genug?

Dein Französisch reicht bei Weitem aus. Aber dein Englisch könntest du noch verbessern. Kennst du einen guten Lehrer? Sonst kann ich mich gern umhören.

Ich hatte mal Unterricht bei einem Mister Kossloffsky, sagte Molly. Er steht immer noch im Telefonbuch.

Lu lächelte wieder:

Oh, der liebe Theo. Den wollte ich dir gerade empfehlen.

Ihr kennt euch?

We go way back. Er war mit einer Freundin von mir verheiratet.

Molly nickte, aber sie ärgerte sich auch ein wenig. Es war frappierend, dass Lu offenbar schon überall gewesen war und alle Menschen kannte. Schon damals in Korsnäs hatte Molly sich manchmal über ihre Trägheit aufgeregt und über ihre Art, die ganze Welt und ihre eigenen Privilegien für selbstverständlich zu halten.

Und sonst?, fragte Molly. Ich meine, gibt es noch andere Stellen, wo ich mich erkundigen kann?

Der Rundfunk vergibt manchmal Aufträge. Dein Finnisch ist doch auch gut?

Auf jeden Fall passabel, sagte Molly; sie fand es peinlich, sich selbst anzupreisen.

Bestimmt mehr als das, sagte Lu resolut. Du solltest dich nicht selbst kleinmachen.

Molly widerstand dem Reflex, verlegen den Blick zu senken, und fragte:

Wie ist es mit Belletristik?

Lu bekam einen gereizten Zug um den Mund.

Jeiiin. Das läuft alles über Schweden, und die schwedischen Verlage wollen uns nicht. Wir haben ein altertümliches Vokabular und eine schwerfällige Syntax.

Sie pustete einen schönen Rauchring und fuhr fort:

Aber es gibt ja das Schwedische Theater. Ich habe gerade einen Auftrag von Direktor Takolander. Bis Mittsommer soll der Text fertig sein, Premiere ist im Herbst. Und dann haben wir die Neuen – kennst du das Kleine Theater in der Alexandersgatan?

Lu betonte »das Schwedische Theater«, »Direktor Takolander« und »das Kleine Theater« auf eine Art, die dem Zuhörenden zu verstehen gab, dass sie sich diesen Institutionen und Menschen haushoch überlegen fühlte. Molly musste ein Kichern unterdrücken, bevor sie sagte:

Das Kleine Theater kann sich wohl nicht leisten, etwas übersetzen zu lassen. Anscheinend spielen sie vorwiegend billige Revuen. Was machst du für Takolander?

Feydeau. *La puce à l'oreille*, Der Floh im Ohr.

Eine Farce?

Natürlich. Hat Feydeau je etwas anderes geschrieben?

Das Treffen mit Takolander wurde zweimal verschoben, schließlich sollte es am Freitag, dem 13. Juni, stattfinden. Beide Male war es die Theatersekretärin Frau Backlund gewesen, die Molly anrief, um ihr zu sagen, dass die Zusammenkunft vertagt werden müsse. Das verhieß nichts Gutes, aber Molly wollte sich ihre Hoffnung so lange wie möglich erhalten. Einige Tage vor dem Termin traf sie zufällig Asta Heikel in der Schlange vor einem Milchgeschäft – Asta wohnte jetzt mit Walter Venho zusammen in der Fjälldalsgatan – und erfuhr, dass es sich bei der bislang noch nicht angekündigten Shakespeare-Premiere um *König Lear* handelte. Seit ihrem Besuch bei Lu wusste sie, dass für die zweite Premiere *Der Floh im Ohr* von Feydeau vorgesehen war, und sie sagte sich: Jetzt oder nie.

Nach den schönen Tagen im späten Mai war die Kälte zurückgekehrt und hatte den meisten Unternehmungen einen Dämpfer aufgesetzt. Die Innenaufnahmen für *Sommernächte in der Laube* waren im Kasten, und die Außenaufnahmen wurden jetzt in einem adeligen Garten nördlich des Bodomsees gedreht. Diesmal übernachteten die Schauspieler nicht auf dem Landgut, sondern wurden abends zur Bahnstation Grankulla befördert und von dort zurück nach Helsingfors. Es gab in dem Film auch Badeszenen, und Molly litt mit Santeri Soihtu und Asta Heikel, die etliche davon spielen mussten; Molly selbst hatte nur eine, und sie hoffte inständig, dass es wieder warm werden möge, bevor sie gedreht wurde. Es war eine Spezialität finnischer Inspizienten, den Drehplan so zu erstellen, dass die Badeszenen Anfang Juni aufgenommen wurden, wenn die Temperatur nachts beinahe bis zum Nullpunkt sinken konnte und die Schauspieler noch ihre Winterblässe hatten. Wären die *Sommernächte* ein Farbfilm gewesen, so wie *Vom Winde verweht*, dann hätten Asta und Santeri und die anderen kreideweiß und blau gefroren ausgesehen, während sie so taten, als würden sie am Seeufer herumtollen und flirten.

Freitag der Dreizehnte war ein freier Tag, und Molly war mit Takolander für neun Uhr verabredet. Henry begleitete sie ein Stück auf ihrem Weg, er hatte seinen letzten Kurstag im Ministerium und war schweigsam und missmutig; seine Laune war immer schlechter geworden, je länger der Kurs andauerte. Nach dem ersten Abend hatte er ihr nichts mehr erzählt, er hatte nur gesagt, sie hätten vertrauliche Informationen erhalten, und er habe sich zum Schweigen verpflichtet. Als sie in Richtung Zentrum gingen, führte Frau Paloheimo gerade vor dem Nationalmuseum ihren Dackel aus und bedachte sie mit einem kühlen Blick. Auch der Morgen war kühl, das Grün hatte einen Grauton, und die blühenden Fliederbüsche in den Parks verströmten keinen Duft. Nach zehn Minuten verabschiedete sich Henry mit einem kurzen »Hej« und ging die Alexandersgatan entlang zum Regierungsviertel.

Molly sah ihm nicht nach, und sie vermutete, dass er sich auch nicht umdrehte.

Es war ihr unangenehm, in dem leeren Theaterbau die Treppen hochzusteigen, und als sie Frau Backlund begrüßt hatte, in Takolanders Büro gegangen war und auf einem der Besucherstühle Platz genommen hatte, war sie immer noch nervös. Ihr linker Seidenstrumpf hatte an der Wade eine Laufmasche, und ihr Mut sank, als sie das sah, aber im nächsten Augenblick war sie wütend auf sich selbst: Sie war ja nicht hier, um ihre Beine zu präsentieren, im Gegenteil.

Takolander saß hinter seinem Schreibtisch, so elegant gekleidet wie immer, taubengrauer Anzug, weißes Hemd, eine Weste mit Perlmuttknöpfen und Krawatte. Er erhob sich, um Molly höflich zu begrüßen, und fragte nach den Filmaufnahmen: »Ach so, Sie drehen wieder für Taika? Und Jylhä führt Regie? Jaja, es wird sehr interessant sein, das Ergebnis zu sehen.« Dann ließ er sich wieder hinter dem Schreibtisch nieder und fing an, über das Repertoire zu reden, und nach weniger als einer Minute hatte er Mollys sämtliche Hoffnungen zertrümmert.

Asta Heikel hatte recht gehabt. Im November würde die

Premiere von *König Lear* stattfinden. Aber für Molly war keine Rolle vorgesehen.

Lu Lilliehjelm hatte genauso richtiggelegen. Feydeaus *Der Floh im Ohr* sollte im Oktober Premiere haben. Darin habe Molly eine Rolle, sagte Takolander, vielleicht nicht so großartig, aber auch nicht ganz klein. Außerdem, fügte er in gebieterischem Ton hinzu, sei sie die Einspringerin für die Königstochter Regan im *Lear*, sie müsse bei den Proben anwesend sein und sich bereithalten, Elsa Luts zu vertreten, wann immer sie erkrankt oder anderweitig verhindert sei.

Die Enttäuschung war so groß, dass Molly um die Festigkeit ihrer Stimme ringen musste.

Das habe ich doch bei *Hamlet* schon gemacht!

Verzeihung, was gemacht?, fragte Takolander.

Ich habe in den Proben gesessen und war bereit, bei Bedarf einzuspringen. Aber den Bedarf hat es nie gegeben.

Fräulein Timm, Sie müssen verstehen, dass ..., fing Takolander an, aber er wurde von Molly unterbrochen, die immer noch Mühe hatte, ihre Stimme unter Kontrolle zu halten:

Wenn Elsa die Regan spielt, wer spielt dann Cordelia und Goneril?

Frau Heikel wird Cordelia sein, und für die Rolle der Goneril hat uns das Nationaltheater gütigerweise Frau Simelius ausgeliehen.

Das verstehe ich jetzt nicht, sagte Molly. Helmi Simelius ist mindestens fünf Jahre älter als ich. Aber als Lears Tochter ist sie besser geeignet?

Sie war zornig und verzweifelt, denn während der Arbeit an *Galgmannen* war ihr bewusst geworden, dass sie endlich bereit war, dass sie jetzt genug gelebt und gedacht und gefühlt hatte, um zu begreifen, wie der Mensch in seinem Inneren beschaffen war. Sie hatte sich Gefahren ausgesetzt und Fehler begangen, und die hatte sie nicht nur überlebt, sondern sie war mittlerweile auch versiert in der Darstellung von Frauen und ihren Lebenssituationen. Aber diese Chance bekam sie nicht, und es war immer wieder die gleiche Gestalt, die sich ihr in den Weg stellte und ihrer Hoffnung die Flügel stutzte: ein selbstgefälliger Mann, ob er nun Takolander, Dringmann, Haarla oder Jylhä hieß.

Bei allem Respekt, Fräulein Timm, sagte Takolander, offensichtlich unangenehm berührt von Mollys ebenso offensichtlicher Empörung:

Mit dem Blankvers lief es zuletzt nicht so gut, und außerdem könnte ich mir vorstellen, dass Sie Zeit brauchen, um sich zu einer reifen Tragödin zu entwickeln. Und dass Sie bis dahin in unterhaltsamen Stücken überzeugender wirken.

Aber ich bin doch auf der Bühne nicht amüsant!, rief Molly aus. Das wissen Sie. Und wie soll ich mich denn entwickeln können, wenn ich mich im ernsten Fach nicht üben darf?

Sie müssen Geduld haben, sagte Takolander. Ich werde gute Rollen für Sie finden, aber bedenken Sie bitte auch, dass ich in jedem Herbst Absolventen der Schauspielschule unterbringen muss, für das Neue muss Platz sein. Und vergessen Sie nicht, dass Sie in zwei der erfolgreichsten Produktionen mitgewirkt haben, die das Theater seit Langem realisiert hat! *Galgmannen* und *Daniel Hjort* wurden über ein Jahr gespielt, das ist außergewöhnlich.

Die Hälfte der Vorstellungen fand ja in Schweden statt, sagte Molly trocken. Wen soll ich in der Feydeau-Farce spielen?

Das Gespräch wurde unterbrochen, denn Frau Backlund klopfte an die Tür und betrat mit zaghaften Schritten den Raum. Dokumente mussten unterschrieben werden, und Takolander warf Molly einen entschuldigenden Blick zu und griff nach seinem Füllfederhalter. Molly nickte und schaute zum Fenster hinaus, das zur Nördlichen Esplanade hin lag. Es hatte angefangen zu regnen, die Mauern des Kino-Palasts wirkten unscharf und grau. Ihr fiel auf, wie nah all die Gebäude beieinanderlagen, die für ihre Karriere wichtig gewesen waren: das Theater, der Kino-Palast und das andere Premierenkino, Astoria, die Studios der Filmgesellschaften in Kronohagen, die Redaktion von *Hufvudstadsbladet*, wo Henry arbeitete. Für ihre Filmrollen hatte sie immer gute Kritiken bekommen, auch in den finnischen

Zeitungen. Aber der Theaterkritiker von *Hufvudstadsbladet*, Helmer Bütow, Kürzel: Bow, hatte ihr stets nur ein oder zwei wortkarge Sätze gewidmet, wenn überhaupt. Sie warf einen Blick auf Takolander, der sich über seine Papiere beugte, mit gezücktem Füller und besorgt gerunzelter Stirn. Die Schauspielschule lieferte natürlich die Erklärung für sein Verhalten: Er war dort Dozent gewesen, bevor er ans Theater kam. Aber es ging nicht nur um die Konkurrenz der Neuen und Jüngeren. Da war auch eine Veteranin wie Gun Wideman, die anfangs ihren Neid auf Mollys Filmrollen hinter ständigem Nörgeln über ihre schlechte Artikulation und ihre unausgebildete Gesangsstimme versteckt hatte. Da war die herablassende Art eines Walter Venho, der sich so schwer etwas entgegensetzen ließ, weil er so überragend begabt war. Schließlich war da die seltsame Mischung aus warmherziger Freundschaft und kühler Konkurrenz zwischen ihr und Asta Heikel wie auch zwischen ihr und Elsa Luts. Am Anfang hatte sie geglaubt, dass Takolander Asta und Elsa den Vortritt ließ, weil er ein erotisches Interesse an ihnen hatte, so jung und schön, wie sie waren. Aber während des letzten Jahres hatte sie beobachtet, dass es Walter Venho war, den Takolander sehnsuchtsvoll anschmachtete, wenn er in den Kulissen stand und sich unbeobachtet glaubte.

Wenn Sie so unzufrieden sind, sagte Takolander, als Frau Backlund wieder gegangen war, dann muss ich Sie fragen, ist es möglicherweise so, dass Herr Ström und sein Kleines Theater versucht haben, Sie mit besseren Rollen zu locken?

Nein, sagte Molly und versuchte, sich nicht an das peinliche Treffen im Balderhaus im letzten August zu erinnern. Und jeder weiß ja, dass deren Repertoire noch magerer ist als unseres.

Takolander hinter seinem massiven Schreibtisch zog eine gekränkte Augenbraue hoch. Aber Molly scherte sich nicht mehr um die Etikette, sie sagte in scharfem Ton:

Sie haben mir die Frage nach meiner Rolle in der Farce noch nicht beantwortet.

Ihre Rollenfigur heißt Lucienne, antwortete Takolander würdevoll. Sie ist eine treue Ehefrau und Freundin, wird aber missverstanden von ihrem Gatten, der sich einbildet, dass sie ihm untreu sei. Verwechslung und Tumult, wie immer bei Feydeau.

Und was ist der Gatte für einer?, wollte Molly wissen. Takolander kratzte sich am Kopf und zog dann eine Schublade auf: Warten Sie einen Moment, ich habe das Original hier.

Er blätterte im Manuskript, dann hellte sich seine Miene auf, und er sagte:

Er ist ein temperamentvoller spanischer Edelmann, Don Carlos Homenides de Histangua.

Aha, sagte Molly. Und was hat er mit mir vor?

Er will Sie erschießen, Sie waren ja untreu.

Molly seufzte und sah Takolander direkt in die Augen. Die langen Monate des Zweifelns und Zauderns waren nun vorüber; sie wusste genau, was sie sagen wollte, und bevor sie begann, erhob sie sich aus dem Stuhl, um ihren Worten noch mehr Gewicht zu verleihen.

Als sie auf die Straße hinaustrat, hatte der Regen aufgehört, eine kühle Nebelbank war vom Meer her aufgezogen und hatte einen feuchten Schleier über die Stadt gelegt. Sie überquerte die Henriksgatan beim Tabunoff-Haus[69], drehte sich dann um und schaute auf das Theater, das sich fahl gegen all das Grau abhob. Es glich einer schmutzigen Schildkröte, und sie stellte sich vor, wie die Schildkröte aus dem Cholerabecken[70] gekrochen war und sich auf kurzen, krummen Beinen den Esplanadepark hinaufgeschleppt hatte. Aber dann waren ihr kurz vor Skillnaden die Kräfte ausgegangen, und das Tier hatte sich zur Ruhe gelegt. Da lag es nun seit achtzig Jahren, und es würde in alle Ewigkeit dort liegen bleiben, falls nicht irgendein erzürnter Diktator befahl, das Haus zu bombardieren, bis es zu Staub zerfiel.

Während sie dort stand, hörte sie ein dumpfes, anschwellendes Motorengeräusch, es dröhnte immer bedrohlicher in der gerade jetzt so schläfrigen Stadt. Sie spähte nach Norden, zum Åbovägen, und sah, wie sich eine Autokolonne in voller Fahrt näherte, und im selben Augenblick tauchten wie aus dem Nichts ein paar Polizisten auf. Sie versperrten ihr höflich, aber bestimmt den Weg, und plötzlich waren da Polizeistreifen auch an der Ecke zum Bulevarden und vor dem Theater. Schon donnerte die Kolonne an ihr und den anderen verblüfften Stadtbewohnern vorbei, die Autos waren groß und schwarz, und sie begann sie zu zählen und kam auf zweiundzwanzig. Alle Fahrzeuge waren benzingetrieben, und daher wusste sie, schon bevor sie flüchtig Uniformen und Offiziersmützen im Wageninneren wahrnahm, dass dieser Konvoi etwas Besonderes war. Er bog an der Kreuzung Skillnaden nach links ab und fuhr dann die Südliche Esplanade hinunter, wo er in der Dämmerung verschwand, ebenso plötzlich, wie er aufgetaucht war.

6

Am Mittsommerwochenende hatte Henry von Freitag an freibekommen, und an diesem Abend fuhren sie endlich nach Korsnäs. Die freien Tage waren an eine Bedingung geknüpft: Redaktionschef Forss hatte gesagt, sollte Deutschland der Sowjetunion den Krieg erklären und Finnland sofort mit hineingezogen werden, müssten alle ihren Urlaub abbrechen und in die Redaktion zurückkehren. Zwei Tage zuvor war die Generalmobilmachung ausgerufen worden. Als Henry ihr verriet, was der Vorbehalt bedeutete, zuckte Molly nur mit den Schultern, denn spätestens seit sie die Wagenkolonne beobachtet hatte, die sich auf der Südlichen Esplanade entfernte, war sie überzeugt, dass der Krieg jeden Tag ausbrechen konnte. Sie hatte Henry davon berichtet, und er hatte gesagt: Es ist eine Gruppe deutscher Offiziere hier, um zu verhandeln. Die hast du wohl gesehen.

Als sie den Bus nach Stensvik nahmen, hatten sie verhältnismäßig wenig zu tragen, nur fünf Gepäckstücke. Der Fischer Gerkman auf Sökö besaß seit dem Winter ein Telefon, Molly hatte ihn angerufen, und er hatte versprochen, das Ruderboot nach Stensvik zu bringen und ihnen die notwendigsten Lebensmittel zu besorgen; er hatte auch angeboten, dass Henry herüberkommen und mit der Redaktion telefonieren könne, wann immer er wollte.

Molly erinnerte sich an den Mittsommertag des vorigen Jahres: wie sie und Henry, Lilly und Karol und Karsten Wahlman mit allerlei Leckereien – geräucherter Lammschulter, Frühkartoffeln, Eiern bis zum Abwinken – gefeiert, sich herrlich betrunken und unten auf dem Bootssteg in den Morgen getanzt hatten. Jetzt gab es nur Henry und sie, Fisch in mehreren Varianten, Brunnenwasser und Malzbier, denn Greta und Wille Oljemark auf Solbacka hatten diesmal keine Lebensmittel geschickt, weil sie alle Hände voll zu tun hatten, und Molly wollte immer noch, dass Henry den Schnaps wegließ, es war für alle Beteiligten besser so.

Gern hätte sie Lilly und Karol auch in diesem Jahr zu Gast gehabt, aber Lilly hatte ihr eine Überraschung bereitet, als sie am Dienstag vor Mittsommer im Café *Ekberg* zusammensaßen. Die Schwestern hatten sich seit mehr als einem Monat nicht gesehen; als sie Irenes Wohnung ausräumten, waren sie sich jeden Tag begegnet, am Ende war jede der anderen etwas überdrüssig, und sie hatten eine Phase der Distanz verabredet. Auf dem Weg zum Café dachte Molly noch, mit ihrem Abschied vom Theater hätte sie eine große Neuigkeit zu verkünden, aber Lilly übertrumpfte sie: Die Überraschung der Schwester war mit bloßem Auge sichtbar, der Bauch wölbte sich schon ein wenig vor, Lilly war im vierten Monat und sah blendend aus. Die Pause hatte ihrer Freundschaft gutgetan, sie redeten offen miteinander über Gott und die Welt, über das Kind, das unterwegs war, »wenn es ein Junge wird, nennen wir ihn nach Karol und nach Gösse Taubert«, aber auch über Mollys Wagnis, am Theater zu kündigen, »sei so gut und sag Karol nichts davon, ich habe es Henry noch nicht erzählt«. Molly berichtete, dass sie ihren früheren Englischlehrer Mr. Kossloffsky angerufen habe und dass sie wieder Unterricht nehmen wolle. Sie sprachen über die Dreharbeiten für die *Sommernächte*, die im Juli weitergehen sollten, und über Henry und seine Rolle in Mollys Leben, und Molly verteidigte ihn und betonte, er rühre keinen Schnaps mehr an und sei jetzt ein anderer Mensch. Sie saßen über eine Stunde im Café, bevor sie den drohenden neuen Krieg erwähnten, und das taten sie vielleicht auch nur, weil die Zeitungen in dieser Woche Schlagzeilen über Truppenkonzentrationen an der Westgrenze der Sowjetunion und vor allem in Bessarabien und der Ukraine gebracht hatten: »Eine Gewitterfront zieht auf«, »Europa hält den Atem an«. Dann sagte Molly, dass sie und Henry am Freitag nach Korsnäs rausfahren wollten und dass Lilly, Karol und die

Kinder dort ebenfalls willkommen seien, es könne doch für alle schön sein, sich für einige Tage den bedrohlichen Überschriften und Radionachrichten zu entziehen. Lilly antwortete, sie wären so gern mitgekommen, aber in ihrem gesegneten Zustand möge sie sich das nicht zumuten, und außerdem sei Karol auch nicht gut bei Kräften: Jetzt war er es, der Alkoholprobleme hatte, er versuchte, die Schmerzen seiner Beinverletzung mit Drinks zu lindern, und er war verbittert darüber, dass er nicht mehr imstande war, sein Land mit der Waffe in der Hand zu verteidigen. »Diese teuflischen Wanjas haben mich zum Krüppel gemacht«, hatte er eines Abends zu Lilly gesagt, als er zu tief ins Glas geschaut hatte.

Die erste Nacht verbrachten sie damit, das kalte, feuchte Haus aufzuheizen, sie liefen in dicken Pullovern und Wollsocken herum und verfeuerten eine Holzladung nach der anderen im Küchenherd und im Kamin, und in der Morgendämmerung schlummerten sie erschöpft und vollständig bekleidet im Schlafzimmer ein, wo die Temperatur auf dreizehn Grad gestiegen war. Trotzdem war der erste Tag genau die Befreiung, nach der Molly sich gesehnt hatte. Es war eine Wohltat, nicht mehr in den Straßen der Stadt die Stimmen der Zeitungsjungen hören zu müssen oder zu sehen, wie die Menschen sich vor dem Fenster des Depeschenbüros drängelten, um die schwarzen Schlagzeilen zu lesen. Am Vormittag, als sie bei Gerkmans Fisch und Brot holten, sah sie, dass Henry verstohlen nach dem Zimmer schaute, wo das Telefon stand, aber er beließ es dabei. Nachmittags zersägte er ein paar kleinere Bäume, und dann nahmen sie einen Eimer und einen Korb mit, machten einen Spaziergang nach Rilax und kauften frische Milch und stallwarme Eier auf einem Bauernhof, den Gerkman ihnen empfohlen hatte. Als sie zurückkamen, heizten sie gleich den Kamin an, schwammen eine Runde im eiskalten Meer und wärmten sich danach vor der Glut auf. Später, nach einem einfachen Abendessen, spürte Molly, dass ihre Unruhe endlich nachließ. In den letzten zwei Jahren, seit dem Vorkriegssommer, hatte sie sich gehetzt und rastlos gefühlt, seltsam missmutig auch dann, wenn gerade alles gut lief. Jetzt ordnete sich etwas in ihrem Innern, und sie sagte sich, dass ihre Entscheidung, am Theater zu kündigen und Henry wieder in ihr Leben zu lassen, die richtige gewesen sei. Und es war wohl diese Gewissheit, die sie veranlasste, sich ihm zuzuwenden, als sie dicht nebeneinander in ihren Rattanstühlen vor dem knisternden Feuer saßen, und zu sagen:

Lilly erwartet übrigens wieder was Kleines.

Henry nickte nur zerstreut, und als er nicht antwortete, fuhr sie fort, impulsiv und ohne darüber nachzudenken, dass die beiden Dinge streng genommen nichts miteinander zu tun hatten:

Und ich habe am Theater gekündigt.

Diesmal war Henry überrascht, und er versuchte gar nicht erst, seine Bestürzung zu verbergen:

Wann denn? Und warum in aller Welt hast du nichts gesagt!

Molly wusste selbst nicht genau, warum sie es eine ganze Woche lang aufgeschoben hatte, Henry davon zu erzählen; trotz aller Umwege und Verwicklungen war er doch derjenige, der nun der Mann ihres Lebens zu werden schien. Sie hatte abgewartet, bis es eine Pause bei den Filmaufnahmen gab – je mehr Szenen der *Sommernächte* sie abdrehten, desto banaler erschien ihr der Film, und desto mehr festigte sich ihre Überzeugung, dass der Genie-Ruf, der Ilmari Jylhä vorauseilte, unbegründet war; manchmal ärgerte sie sich so über die miserable Qualität der Szenen, dass es ihr schwerfiel, sich auf etwas anderes zu konzentrieren.

Aber vermutlich hatte sie auch befürchtet, dass Henry über ihren Entschluss wütend sein würde, er hatte ja schon Einwände gehabt, als sie ihm gesagt hatte, dass sie beim Film aufhören wolle.

Und sie war selbst nicht frei von Zweifeln. Es gab Momente, in denen sie von Reue gepackt und wachgerüttelt wurde, »was um Himmels willen mache ich hier eigentlich?« Sie glaubte, ohne die Bühne leben zu können, aber was den Film betraf, würde es schwieriger sein: Nie mehr die verzauberten Augenblicke erleben zu dürfen, wenn die Aufnahme begann und alles Licht auf ihr ruhte, während der Rest des Studios im Dunkeln lag …

Zuerst blieb Henry stumm, und dann bildete sich diese senkrechte Falte über seiner Nasenwurzel. Aber nachdem er eine Weile geschwiegen hatte, holte er seine Zigaretten hervor – er war nach dem letzten Tag des Propagandakurses mit mehreren Schachteln der Luxusmarke Lucky Strike nach Hause gekommen –, bot ihr eine an und gab ihnen beiden Feuer, und als sie so dasaßen und rauchten, fing er plötzlich an zu lachen. Es war ein gedämpftes, diskretes Lachen, aber dann wurde es stärker und steigerte sich, bis es dröhnend wurde. Henry lachte stets tief unten im Bassregister, und jetzt lachte er so herzlich, dass auch Molly mitgerissen wurde, ihre Blicke begegneten sich, und als sie sah, dass seine Augen funkelten, begann es auch in ihr hochzusprudeln, zuerst nur ein vorsichtiges Kichern, aber bald lachte sie genauso laut und hemmungslos wie er. Als der Lachanfall allmählich abebbte, sah Henry sie heiter an und sagte:

Du bist verrückt, Em. Und vollkommen verantwortungslos. Aber leider mag ich dich wohl genau deshalb.

Molly lächelte ihn an und fragte:

Und deshalb, weil du auch ziemlich verrückt bist?

Na klar, sagte Henry. Wir sind beide Wahnsinnige.

In der Nacht kam er zu ihr und sie zu ihm. Es war besser, als es während des ganzen Frühlings je gewesen war. Aber nicht auf jene ungestüme Art, wie sie es besonders mochte und wie sie es vielleicht nach der gemeinsamen Lachsalve so kurz vor dem Schlafengehen erwartet hätte. Es war stiller, das Wort »innig« kam ihr in den Sinn. Und so war es gut, in diesem Augenblick vermisste sie nichts.

Nach seiner Abreise würde sie sich bruchstückhaft an ihre Gespräche erinnern. Zum Beispiel an ihre Frage: Wenn alle eine Katastrophe kommen sehen, warum hält sie dann niemand auf? Und an Henrys Gegenfrage: Vielleicht, weil wir alle die Katastrophe sind? Er begann dann, eine Geschichte zu erzählen, die er gelesen hatte, als er noch zur Schule ging. In Paris lebte ein Schneider, Reichelt hieß er, und er war davon überzeugt, ein Kleidungsstück erfunden zu haben, das auch als Fallschirm funktionierte; es war die Zeit der ersten gesteuerten Motorflugmaschinen. Reichelt zog einer Schaufensterpuppe nach der anderen den Anzug an und warf sie dann aus den Fenstern verschiedener Mietshäuser. Alle stürzten sofort ab. Aber Reichelt meinte, es läge nur an der zu geringen Fallhöhe, die dem Fallschirm nicht genug Zeit ließe, sich zu entfalten. So rief er an einem Februarmorgen Freunde und Journalisten am Eiffelturm zusammen, sogar ein Mann mit einer Filmkamera war dabei, und begab sich mit einigen von ihnen auf die erste Plattform, sechzig Meter über dem Boden. Er hatte den Fallschirmanzug an, der etwa zehn Kilo wog. Die Freunde rieten Reichelt von dem Sprung ab, und er selbst zögerte noch vierzig Sekunden, er stand auf einem kleinen Tisch, den er ans Geländer gestellt hatte, und er schaute immer wieder in den Abgrund hinunter. Dann sprang er, er landete nach knapp vier Sekunden und schlug eine zwanzig Zentimeter tiefe Delle in den gefrorenen Boden, er war sofort tot.

Warum erzählst du mir das, fragte Molly, sobald Henry verstummt war.

Ich weiß es nicht, bekannte Henry, vielleicht, weil es so viel über den Menschen aussagt, über unseren unheilbaren Optimismus und unsere ebenso unheilbare Hybris. Aber, fügte er hinzu, manchmal tritt der eine Fall ein, in dem die wahnwitzige Erfindung funktioniert, und dann machen wir alle einen großen Schritt vorwärts.

So weit, so gut, sagte Molly, aber die Geschichte hat wohl nichts mit dem Krieg zu tun?

Vielleicht nicht, antwortete Henry, aber ich bin mir nicht sicher.

Und der große Schritt vorwärts, wollte Molly noch wissen, zu welchem Ziel soll der uns führen?

Sie sollte auch in Erinnerung behalten, wie sie auf einem Pfad bei Rilax entlanggingen und wie sie Henry fragte, ob er Hugo immer noch vermisste, und wie er antwortete: »Hmmm, manchmal.« Da war sie kurz davor, ihm zu sagen, dass sie vielleicht darum bitten könnten, Hugo im Herbst zurückzubekommen, oder sich einen neuen Hund anschaffen. Gerade rechtzeitig schluckte sie diese Antwort hinunter, sie hätte immer noch keine Hundehaare im Bett oder auf ihrem Radiosofa haben wollen. Stattdessen blieb Henry plötzlich auf einer Lichtung stehen und machte sie auf die Vogelstimmen aufmerksam; später würde sie vergessen, von welchem Vogel Henry gesprochen und welchen Laut er imitiert hatte.

In der zweiten Nacht, nachdem sie sich geliebt hatten, erzählte sie ihm zum ersten Mal, wie sehr sie sich als Filmstar unter Druck und in Fesseln gefühlt hatte; sie sprach über die Havi-Reklame und die Fotopostkarten und über den Tag, an dem unter dem Kürzel »Bow« im *Hufvudstadtsbladet* gestanden hatte, dass sie »eine Frau von edelster nordischer Rasse« sei. Henry fing wieder an zu lachen, aber sein Lachen erstarb rasch, und als er wieder ernst geworden war, sagte er, er könne sie verstehen, und ihre Intuition verriet ihr, dass er es ernst meinte.

Im Laufe des Sonntags fühlte sie sich immer ruhiger, es war, als hätte die Welt da draußen aufgehört zu existieren, aber sie sah, dass es für Henry anders war. Nachmittags wurde er allmählich unruhig, er klaubte ein paar ungeöffnete Briefe aus seinem Rucksack, schlitzte sie mit einem Tischmesser auf, saß dann auf der Seeveranda und las mit gerunzelter Stirn. Als Molly ihn fragte, was das sei, antwortete er, »das sind nur Leserbriefe«, steckte sofort die Umschläge in den Rucksack zurück und zündete sich eine Zigarette an. Etwas später hoben sie das Kajak aus seiner Aufhängung, trugen es aus dem Schuppen und an den Strand hinunter, und als sie dort standen und auf die sonnenglitzernde Bucht hinausschauten, sagte Henry:

Ich muss zu Gerkmans und in der Redaktion anrufen. Ich weiß nicht … ich habe eine schlimme Ahnung.

Soll ich mitkommen?, fragte Molly.

Nein, bleib du hier, und wenn ich wieder da bin, essen wir.

Als er fast zwei Stunden später zurückkam, war er grau im Gesicht und sagte:

Es hat angefangen. Ich muss morgen früh in die Stadt fahren.

Was genau hat angefangen?

Die Deutschen sind in der Nacht in der Sowjetunion einmarschiert. Und die Russen haben unsere Truppentransporter im Schärengebiet von Åbo mit Fliegerbomben angegriffen und von Hangö aus mit Artillerie beschossen.

Molly schlief unruhig und merkte, dass es Henry genauso ging. Sie hatten noch lange auf der Veranda gesessen und das Halbdunkel der Dämmerung kommen und wieder verschwinden sehen, sie hatten ein tiefernstes Gespräch geführt und sich darüber verständigt, dass es besser sei, wenn sie hier draußen bliebe, solange alles so unklar war. Forss war nicht einmal sicher gewesen, ob Finnland sich schon im Krieg befand oder nicht, aber in absehbarer Zeit würde die Lage sich klären, und dann könnten sie telefonieren und entscheiden, wie es weitergehen solle: Henry würde in den nächsten Tagen wohl noch nicht irgendwo hinreisen müssen, ungeachtet dessen, wie sich das mit dem neuen Krieg entwickelte. Molly sagte, sie wolle ihn gern zum Bus begleiten, und sie nahmen nicht das Ruderboot, sondern gingen die ganze Strecke nach Stensvik zu Fuß, wie in jenem ersten Herbst.

Es war ein strahlender Morgen, die Luft fühlte sich wärmer an als seit Langem, die Vögel im Wald sangen wie verrückt, und als sie am Wendeplatz ankamen, war Henry nicht der Einzige, der mit dem ersten Bus nach Helsingfors wollte: Da warteten ein paar junge Frauen und eine Handvoll junger Männer, zwei von ihnen in Uniform. Auf dem Weg durch den Wald hatte Molly die bösen Gedanken dadurch verdrängt, dass sie davon redete, wie sehr sie sich nach dem Paddeln sehnte, sie wollte noch am Vormittag eine Tour unternehmen. Henry, der wusste, dass sie zur Tollkühnheit neigte, hatte ein strenges Gesicht gemacht: Du darfst nicht südlich von Pentala oder den Sommerinseln paddeln, versprich mir das. Warum denn nicht?, hatte Molly gefragt, es weht doch gar nicht. Glaub mir einfach, hatte Henry erwidert, bleib innerhalb des Schärengartens und geh kein Risiko ein. Versprochen, hatte Molly gesagt, und da war er stehen geblieben, hatte sich umgewandt und sie in seine Arme genommen, mitten in dem ganzen Gezwitscher. Sie hätte dort im Wald ewig so stehen können, sie fühlte sich eins mit ihm, umgeben von den Düften des Sommers und der Kakofonie der Vögel.

An der Bushaltestelle war sie zurückhaltender, vielleicht weil sie sah, dass die jungen Männer sie erkannt hatten und sie ungeniert anstarrten. Sie gab Henry einen leichten Kuss, sie hielten sich an den Händen, keiner wollte loslassen, aber dann bückte er sich, nahm seine Tasche vom Boden auf und sagte: Ruf mich gleich morgen früh von Gerkman aus an, wenn ich nicht zu Hause bin, dann bin ich im *Husis*. Molly blieb am Bus stehen und winkte, obwohl bei der Abfahrt eine dicke Staubwolke aufgewirbelt wurde, und durch den Staub hindurch glaubte sie zu sehen, dass Henry ganz hinten saß und zurückwinkte.

Als sie wieder in der Hütte war, dachte sie nicht darüber nach, dass heute Mittsommer war und sie ganz allein statt in Gesellschaft guter Freunde. Sie aß ein Butterbrot und ein hart gekochtes Ei und nahm sich vor, morgen mehr Lebensmittel zu besorgen. Sie füllte zwei Blecheimer mit frischem Wasser und holte Holz herein. Die Bucht lag immer noch spiegelblank da, und mit jeder Minute wurde es wärmer. Sie zog ihre Sportsachen an und Segeltuchschuhe mit Gummisohle, legte ein paar große flache Steine zur Stabilisierung in den Bug des Kajaks und paddelte dann in raschem Tempo am Sököstrand entlang nach Süden. Sie bog in Richtung Südwesten ab, steuerte das Boot in die Meerenge zwischen Pentala und Medvastö und hätte gern das Versprechen gebrochen, das sie Henry gegeben hatte: nur noch etwa einen Kilometer weiter, und sie wäre auf dem offenen Meer gewesen. Sie paddelte mit kräftigen Schlägen, ihre Arme waren stark, ihre Beine waren stark, auch ihr Herz war stark, sie war stärker als alle Diktatoren, alle Offiziere, alle Soldaten, alle Männer. Trotzdem entschied sie sich fürs Umkehren, »nur weil ich es versprochen habe«, sagte sie zu sich selbst, »nicht weil ich nicht mutig genug wäre.« Sie ruhte sich einen Augenblick aus, bevor sie zurückruderte, sie ließ das Boot treiben, nahm die Stille und das Licht in sich auf, hörte das Wasser unter dem Boden des Kajaks murmeln. Einen Moment lang glaubte sie, weit draußen auf See ein ganz schwaches Grollen wahrzunehmen, aber dann war es wieder still, und sie sagte sich, dass ihre Fantasie ihr einen Streich gespielt habe. Oder doch nicht? Bestimmt waren Kriegsschiffe im schmalen Finnischen Meerbusen unterwegs – Reval lag ja nur gut vierzig Seemeilen entfernt. Oder waren es vielleicht Schüsse der russischen Artillerie in Hangö, konnte die kaum spürbare Brise aus dem Westen das Geräusch bis hierhertragen?

Abends aß sie die letzte der geräucherten Flundern, nahm dann die Jallu-Flasche und ein Schnapsglas mit und ging hinunter zum Steg. Dort lag sie und genoss die Abendsonne, nur manchmal spürte sie einen Stich in der Brust, wenn die Kriegsangst sich Bahn brechen wollte. Oben im Wald sang eine Amsel, Henry hatte sie so oft auf die Melodie aufmerksam gemacht, dass sie gelernt hatte, sie zu erkennen. Er hing so sehr an diesem Vogel, und sie hatte angefangen, ihn ebenfalls zu mögen, obwohl er im Juli Blaubeeren kackte und überall Flecken hinterließ. Er fühlte sich am wohlsten in der Abend- und Morgendämmerung, wenn er ganz allein singen durfte, und in seinem Gesang war etwas Betörendes und Berauschendes; die Töne klangen tief und heiser, fast menschlich, wie ein tröstlicher Blues.

VI
Henry, im zweiten Sommer

Es war Ende August, und die Nächte waren schon schwarz und kalt. Im Morgengrauen lag Nebel in den Tälern, wenn man von den bewaldeten Bergkämmen auf sie herunterschaute, sahen sie aus wie große Seen.

Sobald die Sonne höher stieg und der Wind zunahm, begann sich der Nebel zu lichten. Die Decke verwandelte sich in Schleier, die auseinandertrieben, sich wieder verdichteten, sich abermals zerstreuten.

So waren sie, die seltenen Morgen, an denen alles still blieb. An denen keine Kleingefechte zwischen Spähtrupps in den Wäldern aufflammten, kein Gewehr- oder Artilleriefeuer zu hören war und die Dörfer, die vor Kurzem noch unter sowjetischer Verwaltung gestanden hatten, verlassen und schweigend dalagen. Ihre Bewohner waren in die Wälder geflüchtet, die russischen Truppen hatten sich zurückgezogen und sich neue Stellungen gesucht, in denen sie sich festsetzen konnten. Das Korn stand hoch und gelb auf den Feldern, aber niemand war da, um es zu ernten. Auf einem Hof grunzten ein paar hungrig zurückgelassene Schweine, am Rand eines anderen Dorfes blökte eine einsame Schafherde in ihrer Koppel. Aber meist hörte man nur das Rauschen des Windes in den Baumkronen.

An solchen Morgen nahmen manche Männer aus der Informationskompanie Zuflucht zu Märchen und Mythen. Der blutige, aber erfolgreiche Feldzug hatte sie beflügelt, Karelien hatte sie inspiriert. Sie schrieben, dass die frühmorgendlichen Nebelschleier tanzten, dass sie Geisterwesen seien, Waldnymphen, die ein Trauerritual für all die jungen Männer zelebrierten, die tot in den staubigen Straßengräben und im Sand der kiefernbewachsenen Heideflächen lagen.

Sowohl Olle Juselius als auch das berühmteste unter den vielen illustren Mitgliedern der Ersten Informationskompanie, der gefeierte Dichter und Essayist Arno Saavalainen, hatten in den letzten Wochen Texte dieser Art verfasst: Sie hatten die Zensur geschmeidig passiert und an der Heimatfront Begeisterung ausgelöst.

Henry hielt das alles für dummes Geplapper.

Aber er hatte während der Kriegswochen seine Reportagen mit der gleichen Besessenheit abgeliefert wie alle anderen, die Sache Finnlands und Kareliens war auch die seine. Und er war sich ziemlich sicher, dass die Liebe zur Natur bei ihm tiefer ging als bei dem Kosmopoliten und Dandy Saavalainen oder bei Juselius, dem Akademiker in vierter Generation. Henry brauchte keine Mystik, um auszudrücken, was er oben auf den Berghöhen oder unten an den Ufern des Ladogasees empfand. Er wusste, wie Nebel entstand und warum er sich verzog. Er wusste, welche Tiere sich in den Urwäldern herumtrieben und welche nicht. Und er erkannte so gut wie jeden Vogellaut, den er hörte.

Aber er hatte beschlossen: In dem neuen Krieg, den viele jetzt den Sommerkrieg nannten, würde er sich von seiner besonnensten Seite zeigen.

Dass er diese Entscheidung getroffen hatte, war in hohem Grade Mollys Verdienst.

Natürlich wusste er, dass in seinem Inneren Pathos und Desillusionierung um die Herrschaft kämpften, so war es schon seit seiner Jugendzeit gewesen, und er wusste auch, dass dieser Kampf sich in allem widerspiegelte, was er schrieb.

Und er hatte immer gedacht, das müsse so sein.

Aber jetzt hatte Molly ihm etwas verraten. Und zwar an ihrem letzten Abend in Helsingfors, bevor er abreiste, um sich der Ersten Informationskompanie anzuschließen: Sie hatte im vorigen Sommer auf Solbacka die von Greta aufbewahrten Zeitungen des Kriegswinters gelesen, und ihr war aufgefallen, wie der Tonfall seiner Berichte sich im Laufe des Krieges verändert hatte.

Die späten Reportagen seien die besten gewesen, hatte sie gesagt, denn sie seien frei von Ausschmückungen und ließen den Leser spüren, dass Henry sich nahe an der Wahrheit befand, dass er beschrieb, wie die Dinge sich verhielten, oder wenigstens zum Teil.

Er hatte sie gefragt, warum sie ein ganzes Jahr damit gewartet habe, ihm das zu erzählen. Sie seien damals auf Solbacka doch heftig zerstritten gewesen, ob er das vergessen habe? Danach waren sie wieder zu Liebenden geworden, und da habe sie das Gute, das sich zwischen ihnen entwickelte, nicht zerstören wollen. Und dann kam der November und die Premierenfeier für *Hauptmann Cornell*, und auf Henrys Wutausbruch folgte die Nacht der Abrechnungen, und danach hatte das Vergangene keine Rolle mehr gespielt.

Dafür hatte Henry Verständnis gehabt, aber er hatte auch zu bedenken gegeben: Genau dadurch, dass er sich diese Offenheit erlaubt habe, sei ja alles Folgende ausgelöst worden – Guss Sandberg und der Beauftragte der Speziellen Zensurbehörde, Magister Ekbladh, hatten gemeinsam dafür gesorgt, dass seine Reportagen nicht mehr erschienen und dass er für ein ganzes Jahr *Persona non grata* geworden war. Und trotzdem hatte er, als er nach dem Abschied von Molly im Zug nach Karelien saß, sich selbst ein Versprechen gegeben: So würde er von nun an schreiben, so aufrichtig, wie es nur eben ging. Er würde die Erfolge und Eroberungen schildern, und ganz gewiss würde er die Tapferkeit und die Zuversicht der Soldaten hervorheben, aber ohne Übertreibungen und Beschönigungen.

Es gab Dinge, die nicht ausgesprochen werden konnten, unter gar keinen Umständen. Aber vielleicht ließen sich Andeutungen zwischen den Zeilen einschmuggeln, kleine Nuancen, die nicht die Siege der Karelien-Armee schmälerten oder infrage stellten, die jedoch den Lesern eine Ahnung davon vermittelten, wie es den Männern wirklich ging.

Sodass die Zivilbevölkerung an der Heimatfront begreifen würde, dass die Soldaten auch diesmal nicht aus Stahl und Eisen waren, dass es sich um Männer und junge Burschen aus Fleisch und Blut handelte, die zu Tausenden starben, auch in solchen Wochen, in denen die Armee Schlachten gewann und Dörfer, Höhen und Felder eroberte.

Juli 1941. Der erste Monat des neuen Kriegs, des Sommerkriegs.

Wie schon so oft war es Marschall Mannerheim, der den Ton gesetzt hatte.

Manchmal dachte Henry, dass der Marschall, dieser Kosmopolit, der fließend Russisch, Französisch und Deutsch sprach, sich kaum dessen bewusst war, welches Gewicht seine Worte beim finnischen Volk nach dem heroischen Winterkrieg besaßen.

Den Begriff hatte Mannerheim in einem Tagesbefehl im Juni zum ersten Mal verwendet: der Winterkrieg. Dabei hatte er auch geäußert: Er brachte einen Zwischenfrieden hervor.

Genau so stellte sie sich jetzt nach Kriegsausbruch dar, jene unruhige Periode zwischen dem März des vorigen Jahres und dem diesjährigen Mittsommer: als ein zerbrechlicher, eigentlich totgeborener Zwischenfrieden, zu Bedingungen, die für die finnische Konfliktpartei inakzeptabel waren und offensichtlich auch unbefriedigend für die russische.

Schon während der ersten Tage im Feld hatte Henry gehört, wie die Soldaten die Formulierungen, die Mannerheim geprägt hatte, tastend in Gebrauch nahmen. Und sie sprachen vom Sommerkrieg. Die große Revanche: ein Krieg, der aktiv, erfolgreich und kurz sein sollte, ein Krieg, in dem sich Finnland an der Seite Deutschlands alles zurückholen würde, was es im unrechtmäßigen Märzfrieden des Jahres 1940 verloren hatte.

Aber das mit Deutschland durfte man nicht öffentlich sagen, und Henrys eigene Zeitung war äußerst nahe daran gewesen, ins Fettnäpfchen zu treten: De facto war es schon passiert, aber man hatte es geschafft, den Fuß so rasch zurückzuziehen, dass der Schaden sich auf ein Minimum begrenzen ließ. Am Sonntagmorgen, dem 22. Juni, als Henry und Molly draußen in Korsnäs noch eng aneinandergeschmiegt im Schlaf lagen, hatten die diensthabenden Redakteure voreilige Schlussfolgerungen aus dem Nachrichtentelegramm über Hitlers aktuelle Radioansprache gezogen, in der er proklamierte, dass Deutschlands Angriff auf die Sowjetunion begonnen habe. Hitler hatte Finnland erwähnt und den Ausdruck *im Verein* benutzt, und *Hufvudstadsbladet* hatte schnell ein Extrablatt mit fetter Schlagzeile gedruckt: »Finnland und Deutschland greifen gemeinsam die Russen an«.

Man hatte das Blatt im Depeschenfenster im Erdgeschoss aushängen und es dann weiterverbreiten wollen, aber glücklicherweise hatte man gezögert und zuerst Guido Grahn und Jannu Forss angerufen. Beide hatten entsetzt Einhalt geboten, und das Extrablatt war sofort zurückgezogen worden: Außerhalb der Redaktion hatten es nur ein paar schwedische Diplomaten zu sehen bekommen, und die hatten Schweigen gelobt.

Die Begriffsverwirrung und die Ungewissheit darüber, wie der Krieg eigentlich angefangen hatte, waren groß; kein Wunder, dass es einen Bedarf an konkreten und deutlichen Worten gab. Und als Henry hörte, wie die Soldaten die neuen Begriffe ausprobierten, begann er sie bald selbst zu benutzen.

Der Winterkrieg. Der Zwischenfrieden. Der Sommerkrieg.

Gegen Ende Juli, als die feuchte Hitze immer noch anhielt und das 7. Armeekorps im Osten des Ladogasees eintraf, hatte es sich schon vollkommen natürlich angefühlt, so zu reden.

Es stellte sich heraus, dass es viel schwieriger war als gedacht, auch nur ansatzweise wahrheitsgemäß zu berichten.

Die Wochen des Vorrückens waren anstrengend und grausam gewesen, die Kämpfe unbarmherzig und die Zahl der Toten vermutlich auf beiden Seiten erschreckend. Manchmal hatten die Russen, bevor sie die Dörfer räumten und ihre Stellungen aufgaben, noch verbrannt und zerstört, so viel sie nur konnten. Aber weit öfter hatten sie sich förmlich festgebissen, ganz gleich, ob die Abteilung aus Großrussen, Kalmücken oder

Tataren bestand, und mit einem Eigensinn und einem Mut gekämpft, der die finnischen Soldaten überraschte. In den Augen der meisten Bewohner Finnlands war der Bolschewismus eine Ideologie, die den Menschen strangulierte und versklavte; deshalb erschien es ihnen unbegreiflich, dass so viele bereit waren, dafür zu sterben. Oft legten sich die Sowjetsoldaten auf ihre Handgranaten und ließen sich in die Luft sprengen, oder sie erschossen sich, statt sich gefangen nehmen zu lassen. Viele Finnen fühlten sich davon angeekelt, aber Henry erinnerte sich an das Interview, das er während des Winterkriegs mit dem Gefangenen Schalimow geführt hatte. Sie hätten Order, hatte der Russe gesagt, sich lieber das Leben zu nehmen, als sich zu ergeben, und sie hätten die Erfahrung gemacht, dass die finnische Armee ihre Gefangenen sämtlich folterte und umbrachte. Außerdem, hatte er in seinem abgehackten Finnisch hinzugefügt, konnte ein ehemaliger Kriegsgefangener, der nach Russland zurückkehrte, dort wegen vermuteter Feigheit erschossen werden.

In den ersten Kriegswochen waren Soldaten von der sowjetischen Seite zur finnischen übergelaufen, meist Ukrainer oder Polen aus den russisch besetzten Teilen des Landes. Sie hatten erleichtert gewirkt, trotz der bevorstehenden Gefangenschaft, und sich über jede streng rationierte Zigarette und jedes Stück Roggenbrot gefreut. Aber dann war der Strom der Überläufer versiegt, und finnische Militärstrategen, die Einblicke in die Rote Armee hatten, mutmaßten, dass die sowjetischen Landser nun sowohl von Offizieren als auch von Politkommissaren streng bewacht würden.

Juselius, Saavalainen und viele andere schrieben gern über die Todesverachtung der Soldaten, ihrer eigenen wie der feindlichen, und sahen darin ein eindeutiges Zeichen edler Gesinnung. Henry aber mochte das Wort nicht. Er hätte »Todestrotz« vorgezogen, denn darin war er sich einig mit den anderen: Dem Tod musste man Trotz bieten, das lag für immer und ewig in der Natur des Menschen.

Dagegen verstand er nicht, worauf sich die Verachtung beziehen sollte: Für ihn war der Tod eine Majestät, die es zu fürchten galt. Im zivilen Leben durfte man sie manchmal vergessen, sogar über lange Zeiträume hinweg, aber hier stand die Majestät jeden Tag allen vor Augen, und sie schlug gnadenlos zu, wenn man es am wenigsten ahnte.

Die ersten Soldatenleichen hatte er schon bei der Eroberung von Korpiselkä gesehen. Es waren Russen, und sie hatten im Graben gelegen, als er zusammen mit einem Halbzug von Viitasaari aus auf einer Straße geradelt war, die sich am Ufer eines idyllischen Sees entlang schlängelte. Etwa zehn Tote waren es gewesen, und sie hatten alle auf dem Rücken gelegen, einige mit verkohlten Gesichtern, andere mit erstarrten Gliedmaßen, die auf die gleiche verdrehte Art aus dem Graben herausragten, an die er sich noch aus dem vorigen Krieg erinnerte.

Damals hatte oft *holotna* geherrscht, extreme Kälte, und die Toten hätten sich im tiefgefrorenen Zustand notfalls wochenlang gehalten. Jetzt war es an manchen Tagen dreißig Grad warm gewesen, und die Verwesung setzte ein, sobald die Totenstarre wich. Darüber war man sich bei den Stäben im Klaren, und die Evakuierungszentralen für die Gefallenen lagen nun näher, sie blieben den vorrückenden Truppen sozusagen auf den Fersen. Aber wie weit nach Osten oder nach Süden sollten die Zentralen der Armee auf ihrem Vormarsch folgen? Das wusste wohl niemand, denn bei den Mannschaften bestand große Unsicherheit über die Kriegsziele: Wie weit beabsichtigte die Armeeführung, über die frühere Grenze von 1920 hinauszugehen?

Als die Einheiten des 7. Armeekorps im Norden des Ladogasees angekommen waren und in südlicher Richtung weitermarschierten, nach Pitkäranta und dann bis nach Salmis und Manssila, hatte Henry sich für einige Tage wieder der Kompanie von Hauptmann Kauno Oksala angeschlossen, kurz bevor Oksala zum Major befördert und an die Front bei Viborg versetzt wurde. Es war jetzt eine andere Kompanie, die meisten der neuen Soldaten waren finnischsprachig und sehr jung. Aber einige alte Bekannte waren noch da, und einer von ihnen war der erfahrene Kanonier Henell. Er freute sich, Henry wiederzusehen, aber es blieb ihnen nicht viel Zeit. Noch am selben Nachmittag, als die Kompanie eine Attacke gegen einige russische Bunker auf einer Anhöhe ausführte, wurde Henell von der Kugel eines Heckenschützen getroffen: Sie durchschlug sein rechtes Auge, und er starb sofort. Das war eines der Vorkommnisse, bei denen Henry verzagt dachte, dass es nur Glückssache sei, wenn man den Krieg überlebte; mit Verstand hatte es nichts zu tun. Der Schütze hatte auf einem Baum gesessen und wurde später gefangen genommen, und Henry zog es vor, die Flucht zu ergreifen, bevor der Mann hingerichtet wurde – Heckenschützen konnten nicht mit Gnade rechnen.

Zum großen Teil war der Sommerkrieg ein Chaos, genauso wie es der Winterkrieg gewesen war. So waren die Kriege wohl schon seit Anbeginn der Zeit, dachte Henry: voller Unordnung, voller Irrwege und bestimmt von den bizarren Fügungen des Zufalls. Und wäre nicht der Tod ununterbrochen gegenwärtig gewesen, hätte das Chaos bisweilen an Komik gegrenzt.

Eines Nachts, als das Bataillon, zu dem Oksalas Kompanie gehörte, gerade Kollaa verlassen hatte und weiter nach Süden vorrückte, bewegte Henry sich gemeinsam mit einem Ordonnanzoffizier und einigen eskortierenden Soldaten von einer Stellung zur nächsten. Mithilfe von Kompassen gelangten sie durch einen Wald zu einer Autostraße, und dort sahen sie im Nachtdunkel, wie eine andere kleine Gruppe sich in entgegengesetzter Richtung entfernte. Hej, rief der Ordonnanzoffizier. Hej, hej, antwortete ein Mann aus der anderen Gruppe, und erst als sie hinter der Straßenkurve verschwunden war, wurde Henry und seinen Kameraden klar, dass es sich um Russen gehandelt hatte.

Aber immer häufiger war das Chaos brutal und grotesk. Eines Tages begleitete Henry einen Halbzug, der ein Dorf sichern sollte, das man für verlassen hielt. Als sie es durchkämmten, fanden sie einen russischen Soldaten, der aus irgendeinem Grund dort zurückgeblieben war. Er kam mit ausgestreckten Händen aus seinem Versteck hervor und sagte in flehentlichem Ton *Towarischtsch, Towarischtsch*[71] und *Gospodin, Gospodin.* Die finnischen Soldaten entspannten sich und senkten ihre Waffen, und da zerrte der Gefangene blitzschnell eine Handgranate hervor, entsicherte sie und warf sie auf einen Untersergeanten namens Sarjola. Der wollte die Granate auffangen und wegwerfen, reagierte aber zu langsam. Ihm wurde das halbe Gesicht weggesprengt, aber die anderen, darunter auch Henry, schafften es, in Deckung zu gehen, und kamen unbeschadet davon.

Diesmal wurde Henry Zeuge des Racheakts. Der feindliche Soldat wurde von Gewehrkugeln blutig durchsiebt und im Dorf zurückgelassen, und dann schleppten sie den fast genauso blutigen Sarjola den ganzen Weg zurück zum Feldlager. Bei ihm war noch ein schwacher Puls wahrnehmbar, sie hatten seinen Kopf und sein Gesicht verbunden und bedeckt, so gut es ging, damit sie die Verwüstung nicht sehen mussten, und trugen ihn auf einer Bahre, die sie aus jungen Fichtenstämmen und Zweigen rasch zusammengehauen hatten. Aber als sie ankamen, konnten die Sanitäter bei einer schnellen Untersuchung keinen Puls mehr finden und sagten, dass Sarjola zusammen mit anderen Gefallenen zur Evakuierungszentrale transportiert werden müsse, sobald sich ein Lastwagen auftreiben ließe.

Merkwürdig war – und es war tröstlich und erschreckend zugleich –, dass Henrys Gedächtnis so selektiv funktionierte. Viele der schlimmsten Anblicke, wie der des Kraters an der Stelle, wo sich das Auge des Kanoniers Henell befunden hatte, oder der blutigen Masse, die zuvor die linke Gesichtshälfte des Untersergeanten Sarjola gewesen war, konnte er verdrängen. Und auch die Erinnerung an den Gestank der gegnerischen Leichname, die viele Tage draußen in der Sonne gelegen hatten, vermochte er auszublenden.

Aber als sie das Lager bei Manssila aufgeschlagen hatten und er an mehreren Abenden hintereinander mit den Soldaten an einen kleinen See ging, um zu baden, konnte er nicht verhindern, dass ihn ein verendetes Pferd quälte. Es lag am Straßenrand, mager und schwarz und mit mehreren Schüssen getötet, es war zurückgelassen worden, nachdem die Russen abgezogen waren, und jetzt lag es da in der Wärme und verweste, und jeden Tag roch es mehr nach Camemberttoast. Der Gestank setzte sich in Henrys Nasenlöchern fest, nach ein paar Tagen ging er nicht mehr weg, und er wusste, dass er nie mehr Weißschimmelkäse essen würde.

Ähnlich war es mit der Szenerie, die sich beim Vorbeimarsch des Bataillons an Kollaa entfaltete. Der Winterkrieg hatte an allen Fronten enorme Zerstörungen verursacht, auch bei Viborg und Summa, wo Henry sich aufgehalten hatte, aber so etwas wie Kollaa hatte er noch nie gesehen. Mitten im Hochsommer war der Ort des schon legendenumwobenen finnischen Verteidigungskampfes noch immer völlig tot. Nicht ein einziger lebender Baum war stehen geblieben, nur zersplitterte und verkohlte Stämme. An den Ufern des unscheinbaren Flusses wuchsen saftiges Gras und grünes Gebüsch, aber ansonsten war die Gegend verbrannt, verwüstet, schwarz. Die feuchte, fast tropische Hitze trug zu dem Gefühl der Unwirklichkeit bei, genau wie die plötzlichen Wolkenbrüche und Gewitter aus einem tintengrauen Himmel, der kurz zuvor noch blau gewesen war. Über der ganzen Landschaft lag die auf unheimliche Weise erhabene, dräuende Atmosphäre des Krieges, und das verbrannte Kollaa suchte sich noch Wochen danach seinen Weg in Henrys Albträume, bis es durch aktuellere Höllenvisionen ersetzt wurde.

Aber es war ebenso bemerkenswert, wie gern die Erinnerung sich bei den kurzen Momenten aufhielt, die ihm Linderung verschafft hatten, Augenblicken der Gnade, in denen es ihm gelungen war, die Realität des Krieges zu vergessen.

Natürlich hatte er Heimweh, wie alle anderen auch, und wenn Feldpost von Molly oder Greta eintraf, las er die Briefe mehrmals. Im Juli hatte er sie oft gelesen, bevor er ins Zelt ging und sich schlafen legte, da spendeten die Sommernächte noch genügend Licht, jetzt im August brauchte man die Taschenlampe oder den Petromax[72].

Gerade weil er sich so sehr nach ihr sehnte, vermied er es, an Molly zu denken. Auch der Gedanke an Solbacka war nicht leicht, denn jedes Mal, wenn er einen Brief von Greta las, sah er vor sich, wie er mit Hugo die schattenkühlen Waldwege entlangging und wie der treue Gefährte, bevor er über den Feldrain sprang und eine aufregende Fährte ein Stück waldeinwärts verfolgte, sich umwandte, um sicherzugehen, dass Henry hinterherkam. Diese Bilder hielt er gerade noch aus, aber wenn er an Molly und das kühle Wohnzimmer mit dem grünen Sessel dachte, schnitt es ihm zu sehr ins Herz, und noch schmerzhafter war die Erinnerung an das friedliche Schlafzimmer zum Innenhof, vor allem nach dem Brief, den Molly ihm Anfang August geschickt hatte.

Stattdessen suchte er Trost in den täglichen Treffen und Gesprächen beim Militär. Zu Beginn des Julifeldzuges, als er oben in Korpiselkä die Bewohner von Vitasaari als Reporter begleitete, hatten er und ein Korporal namens Hietala eines Abends, als die Kompanie ruhte, in einem Weiher Barsche geangelt. Sie hatten mehr als achtzig Fische gefangen, sie über offenem Feuer gegrillt und großzügig allen angeboten, die sich in Reichweite befanden. Währenddessen hatten sie sich über ihre Angelleidenschaft unterhalten. Henry erzählte von den Brachsenschwärmen in den Buchten vor Box und von den ersten Augustwochen, als er zwischen den wogenden Blasentangwäldern weiter draußen im Schärengarten Hechte mit der Wurfrute gefangen hatte, er prahlte mit den Dorschen, die er mit der Langwurfschnur erwischte, und mit den proppenvollen Sprottennetzen nach dem Einsetzen des Herbstregens. Korporal Hietala redete über die wilden Sprünge der Lachse in den Stromschnellen, die silbrige Kaisermaräne, die man in Schweineschmalz braten musste, »je mehr Schmalz, desto besser«, und schilderte, wie die scheuen Bachforellen im Schatten der Birkenzweige, die tief über dem Wasser hingen, auf Insekten und Fischbrut lauerten. Nach der erfolgreichen Angelaktion und der Mahlzeit, vergoldet mit einigen Schlucken Jallu aus einem Flachmann, den Hietala aus seinem Rucksack geholt hatte, waren sie übereingekommen, dass sie in Friedenszeiten wieder einmal zusammen fischen wollten.

Dann war da der Tag der Versöhnung: die überraschende Begegnung mit Walter Venho in der ersten Augustwoche, als die finnischen Truppen sich nach einem russischen Gegenangriff aus Säntämä zurückgezogen hatten. Henry durfte auf einem Proviantlastwagen mitfahren, der auf Umwegen die neuen Stellungen ansteuerte, und seine Verblüffung war groß, als er plötzlich den Schauspieler erblickte. Noch erstaunter war er, als er sah, dass Venho Fähnrich war, also den gleichen militärischen Rang hatte wie er selbst. Ihre Begrüßung und der erste Wortwechsel waren steif und abwartend, aber dann schluckte Henry seinen Stolz hinunter, streckte noch einmal die Hand aus und sagte: Ich muss mich noch bei dir für die Sache im letzten Herbst entschuldigen, ich hoffe, du kannst vergessen, was da passiert ist. Venho taute sofort auf und antwortete: Wir waren beide schuld, ich habe Dinge gesagt, die ich niemals hätte sagen sollen. Henry hatte mit den Achseln gezuckt: Zu allem Überfluss hattest du ja auch noch recht, ich werde wohl nie wieder im Tor stehen. Venhos Blick war auf einmal warm und voller Sympathie: Mag sein, aber ich hätte mich nicht so aufführen dürfen.

Da konnte Henry seine Neugier nicht mehr zurückhalten: Während des Winterkriegs warst du auf Tournee, wie kommt es, dass du jetzt im Feld bist? Ein Anflug von Schuldbewusstsein zeigte sich in Venhos Miene: Damals dachte man wohl, ich könne auf der Bühne nützlicher sein. Er sah noch verlegener aus, als er hinzufügte: Ich habe einen Onkel im Verteidigungsministerium, er ist Oberst. Henry machte eine abwehrende Geste, um zu zeigen, dass ihm das egal sei, und erwiderte: Für mich hat die Zeitung gleich die Freistellung beantragt. Eigentlich war ich sowieso über der Altersgrenze, aber wir haben es sicherheitshalber so gemacht. Venho sah ihn ernst an und sagte: Ich habe mich jetzt freiwillig gemeldet. Sie hätten mich bestimmt sowieso einberufen, aber ich wollte von Anfang an mit dabei sein. Asta wollte mich gar nicht fortlassen.

Henry dachte an Astas Verzweiflung, nachdem Eddie Heikel gefallen war, sagte aber nichts. Stattdessen streckte er die Hand ein drittes Mal aus, und Venho nahm sie und drückte sie kräftig.

Henry fand nun einen Kommentar angebracht, auch wenn er wusste, dass es ein alberner war: Wir spielen jetzt in derselben Mannschaft, du und ich. Venho antwortete mit einem breiten Lächeln, ging dann zu seinem Zelt zurück und summte *Josef, Josef*[73] vor sich hin, während man aus südöstlicher Richtung entfernten Geschützdonner hörte.

Dies alles, das ganze blutige und absurde Chaos mit seinen lindernden Momenten der Kameradschaft und Loyalität, sollte den Menschen an der Heimatfront als eine Art Triumphzug dargestellt werden. Die Berichterstattung sollte sich auf Siege und Terraingewinne konzentrieren, und sie war durch zahllose Regeln eingehegt, Vorschriften und Verbote gleichermaßen. Im Winterkrieg hatte ein Mangel an Disziplin in dieser Hinsicht die Armeeführung hellhörig gemacht, und jetzt wollte man nichts dem Zufall überlassen: Während der gesamten Anfangsphase des Krieges wurden die IK-Männer mit ständig neuen Erlassen aus dem Hauptquartier in St. Michel bis ins Detail instruiert, auf eine besserwisserische Art, die Henry wütend und nervös machte. Und er war nicht der Einzige. An einem der letzten Junitage hatte er mit Calle Mellsten im Restaurant *König* zu Mittag gegessen, und Mellsten hatte sich darüber beklagt, dass das Hauptquartier die Informationsbehörde täglich mit Zurechtweisungen und minutiösen Anordnungen traktierte, genau wie im Winterkrieg.

Die Vorschriften: Schildern, wie die Bolschewiken unsere Kirchen im besetzten Karelien geschändet haben. Unsere berühmten Läufer und Speerwerfer porträtieren, wenn sie den Rekruten beibringen, wie man physische Hochleistungen vollbringt. Fotos von sportlichen Wettspielen und gemütlichem Beisammensein liefern, sodass der Leser den guten Geist der Karelien-Armee spürt. Bekannte Sozialdemokraten und Gewerkschaftsleute ausfindig machen, die positiv über den Krieg sprechen, damit die Heimatfront sieht, dass in dieser Beziehung Eintracht herrscht.

Ein paar Wochen nach Kriegsbeginn hatten mehrere Zeitungen eine ausführliche Bildreportage publiziert: »Wo die anderen sind, sind auch wir.« Die Fotos zeigten uniformierte Sportler, Schauspieler und Schriftsteller, die irgendwelche Tätigkeiten in der Nähe der Front ausführten, sodass der Leser den Eindruck hatte, sie alle nähmen aktiv am Krieg teil. In vielen Fällen stimmte das auch. Walter Venho und Santeri Soihtu kämpften beide, Venho nördlich und östlich des Ladogasees, Soihtu in der Offensive unten auf der Karelischen Landenge. Sportler wie der Speerwerfer Järvinen, der Fußballstar Oksala und der Eishockeyspieler Granström kämpften ebenfalls: Holger Granström leistete Dienst in der Flotte und fiel, kurz bevor die Reportage veröffentlicht wurde.

Aber auch der Sänger Uljas Laine und der Filmregisseur Severi Haarla kamen auf den Bildern vor, und von ihnen befand sich keiner im Feld. Und Asta Heikel und Kirsti Pera posierten in Lotta-Uniform, obwohl keine der beiden, soweit Henry wusste, zu den Lottas gehörte: Auch Molly hätte dort stehen können, dachte er.

Die IK-Männer wurden ebenfalls als Helden dargestellt. Mehrere von ihnen waren in der großen Bildreportage auf Schnappschüssen zu sehen, in einem Auto sitzend mit der Schreibmaschine auf den Knien, am Boden hockend mit gezückter Kamera, mit dem Mikrofon in der Hand vor ein paar Soldaten im Ruhelager. Mika Waltari war dabei, das erstaunte niemanden, aber auch Olle Juselius – »bekannt für seinen preisgekrönten Roman über den Winterkrieg« – und Arno Saavalainen wurde die Ehre erwiesen, ebenso wie den Radioreportern Raaska und Klinge.

War Henry neidisch?

Es ließ sich nicht leugnen.

Aber gleichzeitig war die Rolle der IK-Männer kompliziert, und es ging letzten Endes um die einfache, aber dramatisch aufgeladene Frage: kämpfen oder nicht kämpfen.

Hier kamen auch die vielen Verbote ins Bild: Es durften keine Ortsnamen genannt werden, und genaue Zeitangaben waren zu vermeiden. Ebenso die Namensnennung bei höheren Offizieren, am besten auch bei einfachen Soldaten, und die

Namen der Einheiten waren tabu. Begriffe wie Bataillon, Regiment, Division und Armeekorps waren untersagt, wohingegen das Wort Kompanie benutzt werden durfte, aber nur im Notfall: Im Hauptquartier bevorzugte man die Rede von Halbzügen und Gruppen. Dadurch wurden die Artikel so vage, dass die kämpfenden Soldaten bald der Meinung waren, die IK-Männer beherrschten nicht einmal die Grundlagen der militärischen Terminologie und hätten nicht die geringste Ahnung vom Krieg. Henry kam noch besser weg als manch ein anderer, weil er hochgewachsen war, gern einen Schnaps trank und wahrheitsgemäß behaupten konnte, ein fähiger Schütze zu sein. Juselius schnitt ebenfalls gut ab, während es für einen Dandy mit feinen Manieren wie Saavalainen schwieriger war. Die IK-Männer nannten sich gern »die vierte Waffengattung«, aber die Witzbolde in den Kampfverbänden prägten rasch einen boshafteren Ausdruck: *koiraslotat*, die männlichen Lottas. Darüber ärgerte sich der streng patriotische Olle Juselius so sehr, dass er sich bewaffnen ließ und schon oben in Korpiselkä Seite an Seite mit den Männern eines Halbzugs kämpfte. Henry war da zögerlicher. Als er den Angriff auf Soanlahti journalistisch begleitete, wollte ein junger Sergeant ihm eine Handgranate geben, aber Henry lehnte ab und sagte, dass er sich nicht mehr erinnere, wie damit umzugehen sei, und er fürchte, durch seinen Mangel an Praxis die eigenen Leute zu gefährden. Nach dem Tod des Kanoniers Henell jedoch wurde er von einer solchen Wut erfasst, dass er sich ein *Pystykorva* auslieh und an dem erfolgreichen Angriff auf die russischen Bunker oben auf der Anhöhe teilnahm. Er schoss, und er tat es mit dem Vorsatz zu töten, aber danach war er sich ziemlich sicher, dass er niemanden getroffen hatte.

In den Verboten war oft eine unangenehme Doppelmoral enthalten. Die Wörter »rot« und »Rote« durften nicht verwendet werden, denn sie hätten eigene Soldaten mit Sympathien für die politische Linke provozieren können. Im August begannen einige Zensoren, auch die Bezeichnung »Russe« zu streichen, vor allem auf Finnisch, weil *ryssä* dort einen abfälligeren Klang hatte als das neutrale *ryss* im Schwedischen. Um dieselbe Zeit hörte Henry, wie der Befehlshaber des 7. Armeekorps, Generalleutnant Talvela, in einem Radiointerview ungeniert von *ryssä* sprach.

Es war, als sei das Chaos des Krieges bis in die Sprache vorgedrungen. Und es war beklemmend für Henry, wie sich im Leben alles wiederholte und wie der Hass unter immer neuen Vorzeichen zurückkehrte. Während der ersten Wochen im Feld grübelte er viel über den Winterkrieg nach, aber auch über Dinge, die sich ereignet hatten, als er ein Junge oder ein junger Mann gewesen war. Er dachte an die Massenproteste des Jahres 1902, da war er gerade sechs geworden. Sein Vater Aron war einer unter Tausenden von Bürgern der Stadt Helsingfors, die gegen die russische Wehrpflicht demonstrierten, und einer von Hunderten, die sich auf die Treppen der Nikolaikirche flüchteten, als die berittenen Kosaken die Demonstranten jagten und mit ihren Reitpeitschen auf sie einschlugen; das hatte Aron erst erzählt, als Henry fast erwachsen war. Und er erinnerte sich auch daran, wie er und seine Freunde sich mit den Jungen prügelten, die auf das russische Gymnasium im Tabunoff-Haus gingen. Die hatten ihnen *tjuchna, tjuchna*[74] nachgerufen und dabei Bewegungen und Grimassen gemacht, die Trägheit und Einfalt andeuteten. Und Henry und seine Kameraden hatten zurückgerufen: *vanja, iivana, ryssä,* was im Finnischen ebenso herabsetzend klang.

Verachtung und Bösartigkeit schienen unbeherrschbar zu sein, Zeitalter um Zeitalter und Generation um Generation.

Über Siege musste stets ausführlich berichtet werden, mit dieser Konvention konnte Henry nicht brechen, er konnte höchstens weniger Superlative und emotionale Adjektive verwenden als Juselius und die anderen.

Sein Engagement war echt, er nahm Anteil an der Situation der Soldaten, und das zeigte er offen in seinen Texten. Aber engagiert war auch Olle Juselius, und da er sich gefühlsbetonter ausdrückte, galt er als überlegen, wie immer.

Henry fand, dass seine eigenen Reportagen ein realistischeres Bild davon vermittelten, wie es sich anhörte und aussah, als die finnischen Armeeverbände sich immer tiefer nach Karelien hineinkämpften. Es war ein kargeres, weniger glanzvolles Bild und genau deshalb wahrheitsgetreuer. Aber nur eine Spur, und keineswegs so wahrhaftig, wie Henry es sich gewünscht hätte. Die Heimatredaktion, vor allem Jannu Forss, hatte natürlich angedeutet, dass er gern den hochgestimmten Ton von Juselius übernehmen dürfe. Er vermutete, dass der beauftragte Zensor – es war wieder der alte Magister Ekbladh – Forss unter Druck setzte, genau wie er es seinerzeit mit Sandberg gemacht hatte. Aber Henry hatte eine ähnliche Botschaft auch von Oberst Luoto empfangen, mit dem er in Sordavala, am Tag nach der Rückeroberung der Stadt, in einer improvisierten Offiziersmesse einige Worte gewechselt hatte: »Jetzt ist nicht der richtige Augenblick, um Gefühle zurückzuhalten, Fähnrich Gunnars, die Heimatfront soll Grund zum Jubeln haben.«

Und an den Kern des Geschehens durfte niemand rühren, weder Henry noch Juselius noch irgendein anderer, über die schwerwiegendste aller Wahrheiten durften sie nicht einmal im Flüsterton reden.

Es wurden keine Zahlen bekannt gegeben, aber Henry war sicher, dass jeden Tag Hunderte finnischer Soldaten starben, hier im Osten und auch im Norden des Ladogasees und in der neuen Offensive auf der Karelischen Landenge. Weniger Finnen als Russen, genau wie im vorigen Krieg, das durfte man gern hervorheben: dass die Verluste des Feindes gewaltig waren, massenhaft. Doch über die eigenen, ebenfalls hohen Einbußen sollte nur in Form einzelner Fälle berichtet werden, es galt stets, sie zu individualisieren. Wenn viele auf einmal den Tod fanden, sollte das nicht geschildert, nicht einmal erwähnt werden.

An jenem grauen, diesigen Morgen war er gerade aus Sordavala zurückgekehrt.

Er hatte die Rückeroberung der Stadt journalistisch begleitet und über den kontinuierlichen sowjetischen Rückzug in den Häfen von Rautalahti und Karilahti berichtet. Dann hatte er Order erhalten, sich der Ersten Informationskompanie wieder anzuschließen; sie sollten ein eigenes Quartier in Manssila beziehen. Langsam und mühevoll hatte er sich wieder nach Süden durchgeschlagen, manchmal war er gratis von einer motorisierten Ordonnanz mitgenommen worden, und ein paarmal hatte er sich Kompanien angeschlossen, die sich per Fahrrad fortbewegten.

Die Hitzewelle schien endgültig vorüber zu sein. Mitte August hatten sowohl Molly als auch Greta von der schlimmen Trockenheit geschrieben, die dort drüben im Westen herrschte. Wie schon im vorigen Jahr würde die Ernte miserabel ausfallen. Aber hier im Osten hatten spätsommerliche Wolkenbrüche die Luft gereinigt und abgekühlt, was für Henry eine Erleichterung war. Der Monat Juli war die reine Hölle gewesen, mit einer erstickenden, gleichsam sauerstoffarmen Hitze und einem zitternden Sonnendunst, der die Konturen der Landschaft verschwimmen ließ. Die blutdurstigen Mücken wirkten so groß wie Handspindeln, Tag und Nacht tropfte der Schweiß herunter, in den Achselhöhlen und im Schritt klebte und scheuerte der Schmutz.

In Sordavala hatten die finnischen Truppen geschickt und resolut agiert, die Stadt von Westen, Norden und Osten her in die Zange genommen und in einem nächtlichen Manöver den Karmalasund überquert. Der Rückzugsweg nach Süden war den Russen abgeschnitten worden. Das Stadtzentrum hatte man nicht mit Artillerie beschossen, nur die Randbezirke, die eigenen Verluste waren gering gewesen.

Die Stadt war gut erhalten geblieben, alle zentralen Gebäude waren nach anderthalb Jahren unter sowjetischer Verwaltung noch intakt: das Gesellschaftshaus an der Karjalansilta-Brücke, das Rathaus, die Domkirche, das Schutzkorps-Haus. Die Russen hatten sogar einen Schotterweg, den die Finnen vor dem letzten Krieg nicht mehr asphaltieren konnten, mit Kopfsteinen gepflastert. Die Veränderungen in der Stadt waren überwiegend propagandistisch bedingt: Die Strandgatan war in Leningatan umbenannt worden, es gab jetzt eine »Straße der Sowjetjugend« und eine »Straße der Arbeitermacht«. Am Rathaus war das finnische Schild abmontiert und durch ein rotes mit Hammer und Sichel ersetzt worden, und im Amtsbüro hingen Porträts von Stalin und dem ukrainischstämmigen Marschall Woroschilow. Aber das kristallklare Wasser aus dem See Helmijärvi floss immer noch durch die Leitungen der Mietshäuser, und im Vakkosalmi-Park stand noch das Lotta-Café aus dem Winterkrieg.

Trotz der relativ schmerzfreien Rückeroberung war ein Todesfall zu beklagen, der Henry so hart getroffen hatte, dass er jetzt, in Manssila, noch immer daran denken musste.

Der Radioreporter Kaj Klinge hatte sich während des ganzen Kampfes weit vorn in den Stellungen befunden. Er war sofort nach der Befreiung des Territoriums auf den Berg Kuhavuori gestiegen, hatte sich dann an den Abstieg gemacht und war teils laufend, teils robbend, unter sporadischem russischem Beschuss in die Nähe des Stadtzentrums gelangt. Er war in Begleitung eines anderen IK-Mannes, Leutnant Eronen, der bewaffnet war und auch an den Kämpfen teilnahm. Zu irgendeinem Zeitpunkt trennten sich die Wege der beiden, und Klinge blieb im Schutz einer Baumgruppe stehen und machte sich Notizen. Ihm fiel eine Öffnung in einer Hecke auf, und er näherte sich ihr, um sie genauer in Augenschein zu nehmen. Da traf ihn die Kugel eines Scharfschützen, und wenige Tage später starb er im Feldlazarett.

Es war nicht nur der Tod Kaj Klinges; in der Woche in Sordavala hatten auch andere Ereignisse das Gefühl der Irrealität verstärkt, das sich während des gesamten Karelienfeldzugs in Henry festgesetzt hatte.

Das kurze Treffen mit Oberst Luoto in der improvisierten Offiziersmesse war fast bizarr gewesen. Der Oberst war nicht mehr er selbst, er redete schnell und forciert und befand sich in einer Art Euphorie, die aber nicht dem Zustand glich, wie er durch Alkohol hervorgerufen wird. Luoto war weder aufgekratzt, noch verhedderte er sich in seinen Gedanken, er schwankte oder lallte auch nicht. Er drückte sich deutlich und präzise aus, vielleicht noch klarsichtiger und scharfsinniger als gewöhnlich. Aber es war, als liefe alles in doppelter Geschwindigkeit ab, er sprach hart und gepresst, seine Bewegungen waren rasch und ruckartig, nicht mehr so sphinxhaft ruhig wie früher. Und sein Verhalten Henry gegenüber war schroff: Neben der Ermahnung, Gefühle nicht zurückzuhalten, erklärte er, Henry habe sich im vorigen Krieg als unzuverlässig erwiesen, und nun sei es Zeit, für die gemeinsame Sache sein Äußerstes zu geben, andernfalls sei mit Folgen zu rechnen. Auf Henry wirkte der für seine Besonnenheit bekannte Luoto jetzt seltsam hitzköpfig: Der Karelienfeldzug hatte offenbar auch ihm schwer zugesetzt.

Henry hätte gern gefragt, warum Luoto in Sordavala sei, welchen Auftrag es dort zu erfüllen gelte. Aber damit hätte er gegen das Reglement verstoßen und einen Mangel an Subordination gezeigt, deshalb schwieg er.

Etwas anderes beschäftigte Henry noch mehr: ob Luoto Walter Venhos Onkel war. Aber auch diese Frage konnte er nicht stellen, denn schon hatte der Oberst keine Zeit mehr für ihn und schloss sich stattdessen einer Gruppe von Majoren und Leutnants an.

Am nächsten Abend lief Henry seinem Journalistenkollegen Väinämö Kunnas über den Weg, Doktor der Philosophie und Leitartikelschreiber bei *Uusi Suomi*, jetzt jedoch Leutnant der Vierten Informationskompanie. Die Begegnung ereignete sich auf der Leningatan, die bald wieder Strandgatan heißen würde, und Leutnant Kunnas war angetrunken. Auf Henrys Frage, ob Guss Sandberg der Zeitung bereits seinen Stempel aufgedrückt habe, grinste er nur sarkastisch und schüttelte den Kopf, ohne sich deutlicher zu äußern. Dagegen wusste er von Gerüchten zu erzählen, die in den Journalistenkneipen von Helsingfors kursierten und behaupteten, dass Karsten Wahlman im Mai nach Deutschland gereist und noch immer nicht zurückgekehrt sei. Du und Wahlman, ihr seid doch gute Freunde, oder?, fügte Kunnas hinzu und sah Henry forschend an. Nicht mehr, antwortete Henry, es ist mir völlig egal, was Wahlman macht.

Einige Tage nach der Befreiung von Sordavala begutachtete er die Spuren des sowjetischen Rückzugs in den Hafenbuchten des Ladogasees. Am nachhaltigsten prägte sich ihm eine Szene in Karilahti ein. In Sordavala war die Kriegsbeute der Sowjets groß gewesen: vierzig Feldkanonen, zehn Panzerwagen, fast vierhundert Autos, fünfzehnhundert Pferde und Hunderte von Gefangenen. Der Löwenanteil der Autos befand sich in Karilahti, wo die Russen sie auf einen offenen Platz gefahren und dann kurz und klein geschossen hatten, das Fensterglas zerschlagen, viele in Brand gesteckt, sie ganz einfach so weit wie möglich in Wracks verwandelt. Henry stand lange davor und betrachtete die Verwüstung. Er hatte noch nie einen Autofriedhof gesehen, und dieser hier, so offenkundig aus Zerstörungswut und Panik heraus erschaffen, war ebenso eine Illustration menschlichen Wahnsinns wie die verstümmelten Leichen in einem Schützengraben, wo die Artillerie des Feindes einen Volltreffer gelandet hatte. Wäre er religiös, dachte Henry, dann hätte er in diesen Wochen tagtäglich geglaubt, Bilder aus der Apokalypse des Johannes vor sich zu sehen: Was für ein Glück, dass er es nicht war.

An jenem grauen, diesigen Morgen in Manssila kam auch der Moment, in dem er nicht mehr vermeiden konnte, an Molly zu denken und an die anderen zu Hause.

Und wie sich herausstellen sollte, wurde es auch der Augenblick, in dem sich alles zusammenzufügen schien. So als könne er zum ersten Mal richtig viele Aspekte zur selben Zeit wahrnehmen, als jene Perlenkette von Ereignissen – günstiger oder nachteiliger Art – und persönlichen Entscheidungen, die sein Leben ausmachte.

Stell dir vor, es hat fast fünfundvierzig Jahre gedauert, sagte er ironisch zu sich selbst, aber jetzt war er bereit, voll und ganz zu leben.

Zwei neue Texte, über Sordavala und Karilahti, hatte er zur Überprüfung ins Hauptquartier geschickt.

Ein anderer, weniger ambitionierter IK-Mann hätte sich vielleicht dafür entschieden, in der Unterkunft in Manssila zu bleiben und nach den Strapazen im Norden erst einmal Atem zu schöpfen.

Aber Henrys Rastlosigkeit ließ nicht nach. Er wollte mehr sehen, mehr hören, mehr verstehen – und mehr Artikel schreiben.

Deshalb bat er um die Genehmigung, sich anzuschließen, als ein Ordonnanzoffizier, zwei Pioniere und Olle Juselius sich zu den Stellungen in der Nähe von Säntäma auf den Weg machten. Die Pioniere sollten als Begleitschutz und Minenräumer fungieren, und die Gruppe sollte zuerst ein Stück nach Norden radeln, auf sicherem Boden, und dann zu Fuß ein Gebiet durchqueren, das ebenfalls als sicher eingestuft war: eine Strecke mit leicht hügeligen Äckern und Feldern und eine dicht bewaldete Gegend kurz vor dem Lager. Es hieß, dass die Russen demnächst angreifen könnten, um sich Säntäma zurückzuholen: Es sei wichtig, das Dorf und die Landenge zwischen den beiden kleinen Seen zu kontrollieren für den Fall, dass man weiter vorrücken wollte, in Richtung auf die Straße nach Prääsä und die Stadt Aunus. Außerdem munkelte man von einer bevorstehenden Großoffensive bis hinunter zum Fluss Svir oder noch weiter südwärts. Aber Henry war es nicht gelungen, die Gerüchte zu verifizieren, und er hätte ohnehin kein Wort darüber schreiben dürfen.

Bei Säntäma lag ein schwedischsprachiges Regiment, das überwiegend aus Österbottniern bestand, und Juselius wollte die Männer interviewen. Er sah nicht glücklich aus, als ihm aufging, dass Henry mitkommen wollte. Wir beide werden doch wohl nicht dieselben Stellungen besuchen, wenn wir für dieselbe Zeitung schreiben, sagte er frostig. Wir gehören jetzt nicht zum *Husis*, sondern zur Karelien-Armee, antwortete Henry genauso kurz angebunden. Juselius und er waren in jungen Jahren beste Freunde und Kollegen gewesen, aber die Konkurrenz der letzten Jahre hatte an ihrer Freundschaft gezehrt. Jaja, sagte Juselius, und seine Stimme hatte einen nörgelnden Unterton, aber kannst du mir nicht die Einundsechziger überlassen, ich habe mich dafür ja in Sordala zurückgehalten.

Die Einundsechziger – das Infanterieregiment 61 – waren diejenigen, die bei Säntämä stationiert waren, und Henry wusste selbst nicht, warum er unbedingt dort hinwollte.

Vielleicht befürchtete er, dass Olle Juselius, sollte der Angriff auf Säntämä oder sogar die Großoffensive beginnen, sich wieder einmal im Brennpunkt des Geschehens befinden und dafür gefeiert werden würde. Aber wenn er sich auch über Juselius ärgerte, der in jeder Lebenslage Alkohol ablehnte und angeblich kurz vor der Beförderung zum Leutnant stand, so glaubte er doch, von derart niedrigen Beweggründen frei zu sein: Es war nicht Eifersucht, die ihn antrieb, sondern sein Drang, zu beobachten, zu dokumentieren und dann den Lesern zu vermitteln, wie es an der Front zuging.

Er hatte den vorigen Krieg so sehr verabscheut, dass er den Blick noch nicht einmal davon abwenden konnte, als er zu Ende war.

Und jetzt verabscheute er den neuen Krieg genauso sehr.

Zwar konnte er nicht wahrheitsgemäß schildern, was die Soldaten ertragen mussten und wie viel Mut ihnen abverlangt wurde, aber er wollte jedenfalls sein Bestes tun.

Und dafür brauchte er die umfassende Kenntnis aller Vorgänge. Oder jedenfalls so viel Information, wie sich herausfiltern ließ.

Er füllte seine Feldflasche bis zum Rand mit Wasser und kontrollierte, ob sich alles Notwendige im Rucksack befand: ein kleiner Laib Roggenbrot, in Papier eingewickelt, fünf Zigaretten, Notizheft, Bleistifte, Taschenlampe, Taschenmesser und Essnapf, ferner ein Unterhemd und zwei einigermaßen saubere Fußlappen, und ganz unten lagen die Sardinenbüchse, die er in Sordavala aufgetrieben hatte, und ein kleiner blecherner Flachmann mit Jallu.

Dann knöpfte er seine Uniformjacke sorgfältig zu und stieg gleichzeitig mit den anderen aufs Fahrrad.

Juselius war immer noch wütend auf ihn und würdigte ihn keines Blickes.

Henry machte sich nichts aus Olles Groll, der mochte murren, so viel er wollte. Der graue Morgen war in einen Vormittag mit klarem Himmel, vereinzelten Schäfchenwolken und einer warmen südlichen Brise übergegangen: In den Minuten, bevor sie losfuhren, fühlte sich das Leben überraschend leicht an.

Als sie gen Norden radelten und an dem See vorbeikamen, in dem Henry und die anderen sonst schwimmen gingen, sah er zu seiner Erleichterung, dass irgendjemand, vielleicht ein Raubtier, die verrotteten Überreste des schwarzen Pferdes beseitigt hatte.

Trotzdem glaubte er, den schrecklichen Camembertgeruch noch in der Nase zu spüren, und sofort legte sich wieder ein Grauschleier über die lächelnde Landschaft.

Um das Widerwärtige aus seinen Gedanken zu verdrängen, dachte er an Molly.

Es wurde auch Zeit. Bald würde der Krieg vorbei sein, und dann würde er nach Hause zurückkehren, und diesmal würden sie beide alles richtig machen.

Keine halben Sachen mehr: Er würde die Wohnung in der Tredje Linjen kündigen und in ihren Mietvertrag eintreten und für die Miete aufkommen, vor allem dann, wenn sie Ernst machte mit ihrer Drohung, auch beim Film aufzuhören.

Oder vielleicht würden sie beide Wohnungen kündigen und sich stattdessen etwas ordentlich Großes suchen, mit vier oder mehr Zimmern.

Eine richtige Familie werden.

Molly war erst eine gute Woche nach Mittsommer aus Korsnäs zurückgekehrt. Ihr sei es dort draußen gut gegangen, hatte sie gesagt, sie habe sich ausgeruht und Bücher gelesen, Paddeltouren gemacht und nahrhaftes Essen zu sich genommen, das sie bei Gerkman und auf dem Bauernhof in Rilax kaufte. Unterdessen hatte Henry einige Tage in der Truppenunterkunft in

Filpfula verbracht. Seine Kompanie war dann nach Osten weitergezogen, aber er hatte von Hauptmann Lehmus und Oberst Luoto die Erlaubnis erhalten, nach Helsingfors zurückzukehren, eine Arbeitswoche bei der Zeitung einzulegen und sich dann auf eigene Faust zum Quartier an der Grenze zu begeben. Luotos Stimme hatte vor Ironie getrieft, als er die Genehmigung erteilte: Zuerst stoßen Sie mit mehreren Tagen Verspätung zur Gruppe, und jetzt haben Sie schon wieder Sonderwünsche. Sind Sie sicher, dass wir für Sie nicht ein eigenes Reich gründen sollten, mit eigener Verfassung?

Er war vor Molly in der Museigatan angekommen und hatte sie dann an der Bushaltestelle vor der Åbo-Kaserne abgeholt. Sie war sonnenverbrannt gewesen, hatte sich geschmeidig wie eine Gazelle bewegt und viel gelacht; man sah, dass sie es dort draußen gutgehabt hatte, und Henry fand, dass sie schöner war als je zuvor.

Es blieben ihnen nur zwei Tage und zwei Nächte, aber sie schliefen mehrmals miteinander, und es schien Henry, als sei da jetzt eine Gewissheit, eine Gelassenheit, die es vorher nicht gegeben hatte: Als hätten sie sich endlich dafür entschieden, dass sie füreinander bestimmt waren, es mochte kommen, was wollte.

Keiner von beiden hatte größere Liebeserklärungen gemacht oder von weiterreichenden Zukunftsplänen gesprochen. Sie hatten nur wenig über Mollys eventuelle Berufsperspektiven geredet, falls sie eine Beschäftigung im Übersetzungsbüro Polyglott finden sollte, und Henry hatte in der Schwebe gelassen, was man von ihm als Informationsoffizier erwartete und wo er sich voraussichtlich aufhalten würde: Es gab da ja so vieles, was er nicht erzählen durfte.

Er hatte sich für sein ausweichendes Verhalten an jenem Sonntag in Korsnäs geschämt und ihr nachträglich gestanden, dass er nicht nur Forss angerufen hatte, sondern auch seinen Kontakt im Verteidigungsministerium und den befehlshabenden Offizier der neu gegründeten Ersten Informationskompanie.

Molly hatte ihn angelächelt und gesagt, er solle sie nicht unterschätzen: Er war mehr als zwei Stunden weg gewesen, und bis zu den Gerkmans waren es nur gut zehn Minuten Fußweg, ihr war klar gewesen, dass er mehr als ein Ferngespräch geführt hatte.

Er hatte ihr nicht erzählt, dass einer der Briefe, die er damals geöffnet und gelesen hatte, von Glenda Norling aus Stockholm stammte. Glenda war an jenem Sonntag nach Helsingfors geflogen, um an der Pressekonferenz des Außenministeriums teilzunehmen, war aber schon wieder abgereist, als Henry in die Stadt zurückkehrte. Das bedeutete nichts. Henry würde von nun an keine andere Frau als Molly auch nur anschauen, er würde nie mehr flirten, nie mehr in Versuchung geraten, sich Fabrikmädchen zu kaufen. Außerdem glaubte er nicht, dass Glenda an ihm als Mann interessiert war: Sie fühlten sich intellektuell zueinander hingezogen, nicht körperlich.

Als sie in den beiden Tagen vor seiner Abreise zum ersten Mal miteinander schliefen, flüsterte Molly ihm ins Ohr, dass er nicht aufzupassen brauche. Er dachte, dass sie auf die sicheren Tage anspielte, war aber trotzdem vorsichtig. Lydia Salmi war einmal schwanger geworden und hatte das Kind heimlich abtreiben lassen, unter Umständen, an die Henry gar nicht mehr denken wollte: Sie war danach lange krank gewesen und traurig und wütend.

Erst als er Anfang August Mollys Brief erhielt, in dem sie ihm ein wenig verklausuliert schrieb, wie die Dinge lagen, wurde ihm klar, dass sie es damals im Juli schon gewusst hatte oder zumindest geahnt.

Während der Radtour dachte er darüber nach, wie alles gewesen war und was er sich für die Zukunft wünschte. Sie fuhren durch eine hügelige, üppig grüne Landschaft, die wie ein Bonbon für die Augen war, aber Henry war eigentlich gar nicht da. Er blieb ein kleines Stück hinter den anderen zurück, und als sie an einem Waldrand haltmachten, um etwas zu trinken und zu rauchen, schwieg er die meiste Zeit und nickte nur geistesabwesend zu dem, was gesprochen wurde.

Als sie weiterradelten, sagte Henry rigoros zu sich selbst, dass das neue Leben vollkommen sauber vor ihnen liegen müsse, vor Molly und vor ihm. Er fragte sich, ob der alte Schmutz sich durch Willenskraft wegspülen ließe, durch gedankliche Anstrengung, so ernsthaft und fokussiert, dass sie wie ein reinigendes Stahlbad wirkte: Er wusste, dass er zu höchster Konzentration fähig war, wenn die Notwendigkeit bestand.

Aber das erforderte vermutlich Reue und neue Vorsätze, und wenn dem so war, auch Taten.

Er musste Molly mehr über seine Vergangenheit erzählen, als er es bisher getan hatte, vielleicht musste er ihr so gut wie alles erzählen.

Damit sie einander besser verstanden und nie mehr in Situationen gerieten, in denen sie einander verletzten, so wie in jener Novembernacht im vorigen Jahr, als er sich zuerst auf der Premierenfeier wie ein Verrückter benommen hatte und dann zu Hause wie ein Monster, weil Molly zornig auf ihn gewesen war.

Er würde netter zu den Menschen sein, die er nicht mochte, die aber Molly etwas bedeuteten. Den ganzen Sommer lang war er Lilly und Karol Stadius nicht begegnet, aber früher oder später würde er sie treffen, und dann würde er das Kriegsbeil begraben und Lilly freundlich entgegenkommen. Und dem armen Karol, der offenbar sehr verbittert darüber war, dass er nicht mehr zum Soldaten taugte, sondern nur noch für die Heimwehr. In Zukunft würde Henry außerdem Molly den Gefallen tun und sie zu Festen bei den von Rausens und den übrigen hochnäsigen Freunden von Karol begleiten, er würde gute Miene zu allem machen und sich hinterher nicht ironisch über die anderen Gäste äußern.

Der kameradschaftliche Handschlag mit Walter Venho hatte ihn erleichtert. Sie würden nie enge Freunde werden, und das war auch nicht nötig: Henry hatte das Gefühl, dass auch Molly eine Abneigung gegen Venho hegte. Aber Venho würde bald Asta heiraten. Er würde regelmäßig auf Solbacka zu Gast sein, und das bedeutete, dass Henry und er miteinander auskommen mussten.

Denn die Besuche auf dem Hof wollte Henry beibehalten. Dort waren Erinnerungen aufgehoben, die bis in seine Kindheit zurückreichten; die Radtouren mit seinem Vater Aron und Großvater Fritjof nach Box, von dort aus die Bootsfahrten zum Angeln, die Heuernte, bei der sich das ganze Dorf versammelte, das erste Besäufnis mit Kasse Wahlman. Und es gab auch neuere Glücksmomente, die langen Spaziergänge mit Hugo oder das erste Mal, als Molly mit ihm hinausgekommen war und Wille und Greta sie in ihrem Phaeton am Bahnhof von Karis abgeholt hatten: Obwohl die Schwester und der Schwager während der Autofahrt noch schüchtern gewesen waren, hatte Henry gemerkt, dass Molly sich mit den beiden gut verstehen würde.

Am Rand des Waldgebietes vor Säntämä stieg der Ordonnanzoffizier vom Rad. Die anderen bremsten und taten es ihm nach, und dann wurden die Fahrräder sorgfältig mit Ästen und Zweigen getarnt; die Gruppe würde in einigen Tagen auf derselben Route nach Manssila zurückkehren. Wieder die gleiche Routine, ein paar Schlucke Wasser und eine Zigarette, und dann machten sie sich zu Fuß auf den Weg am Feldrain entlang, den Wald zur Rechten; erst nach etwa anderthalb Kilometern würden sie abbiegen und ihn durchqueren.

Henry ließ die anderen vorausgehen und hing weiter seinen Gedanken nach.

Als er auf den Feind geschossen hatte, mit der Absicht zu töten, nachdem der Kanonier Henell gefallen war, waren blitzartig die Bilder aus dem Frühling 1918 wiederaufgetaucht. Noch zehn Jahre nach dem Bürgerkrieg hatte er Solbacka nicht besuchen können, ohne an jene Hinrichtung zu denken und von Schamgefühlen überwältigt zu werden. Dazu hatte gewiss auch das abweisende Verhalten seiner Großmutter und seines Großvaters beigetragen, Hedvig und Fritjof hatten ihn danach nie wieder so liebevoll behandelt wie vorher. Dennoch war es ihm gelungen, das Geschehene allmählich zu vergessen, er hatte viele Jahre nicht mehr daran gedacht. Bis der verdammte Wahlman ihn daran erinnert hatte, und nicht nur das, er hatte ihn zur Rede gestellt.

Sollte er Molly davon erzählen, sollte er bekennen, was er getan hatte, als er noch jung und dumm war?

Nein.

Denn sie würde es nicht verstehen. Und das Furchtbare war ja, dass er es selbst nicht verstand. Die Jahrzehnte, die seitdem vergangen waren, hatten keine Klarheit gebracht, weil er sich gegen das Grübeln entschieden hatte. Und seine Selbstbefragung nach dem Abend mit Wahlman hatte ihm auch nicht dazu verholfen. Es hätte alles einfacher gemacht, wenn sein jugendliches Ich ein fanatischer Anhänger der Weißen gewesen wäre oder wenigstens einer der begeisterten Freischärler, die im Reallyzeum an der Elisabetsgatan eingesperrt worden waren, nachdem die Roten die Macht übernommen hatten. Aber als von der Goltz und seine deutsche Division die Hauptstadt zurückerobert hatten, als Henrys ehemalige Schulkameraden aus der Gefangenschaft im Lyzeum befreit worden waren und sich verschiedenen Korps und Strafbataillonen anschlossen, war er selbst nahezu gleichgültig geblieben und hatte sich herausgehalten – eben deshalb war er ja in jenem Frühjahr nach Solbacka gefahren, um nicht an den Vergeltungsmaßnahmen teilnehmen zu müssen.

Und doch war er dann auf den Lastwagen geklettert, war mitgefahren und hatte sich an der Menschenjagd beteiligt.

Und an den Exekutionen.

Warum? Um sich anzupassen, um seine Pflicht zu erfüllen?

Er wusste es nicht. Er wusste nur, dass er, der sich immer gern im Zielschießen geübt hatte und in den Jahren zuvor sogar Mitglied eines Schützenvereins gewesen war, danach nie wieder Gefallen an Waffen gefunden hatte.

Wie hätte er es Molly erklären sollen, wenn er es nicht einmal selbst verstand? Und wie sollte sie ihn lieben können, wenn sie erfuhr, dass er ein Mörder war?

Plötzlich wurde ihm etwas klar, was er bis dahin nicht begriffen hatte: Dass sein Widerwille gegen die gemurmelten Gebete seiner Mutter Saga und ihre Tiraden über die Erbsünde und das Jüngste Gericht nach dem Frühjahr 1918 zugenommen hatte. Ihre angsterfüllte Religiosität hatte vorher schon Erstickungsgefühle bei ihm ausgelöst, aber nach seiner Tat war es schlimmer geworden. Wie erbärmlich, dass er ihr in der letzten Zeit ihres Lebens ebenso sorgfältig ausgewichen war wie dem Gedanken daran, dass er dort in jener Reihe gestanden und einen Schuss abgegeben hatte.

Die Sonne schaute wieder zwischen zwei Schäfchenwolken hervor, sie wärmte angenehm, und die Wärme rief ihm einen Sommerabend vor dem Winterkrieg in Erinnerung. Eine Premierenfeier, er hatte vergessen, wie der Film hieß, aber es war die Zeit, als Molly noch zwielichtige Frauengestalten spielte, so war es auch in diesem Fall. Das Fest fand im Restaurant *Fiskartorpet* statt, im Runden Saal, der erst vor einigen Wochen eingeweiht worden war. Es wimmelte von Schauspielstars und Geschäftsleuten und verwöhnten Oberschichtgören, es war eine geschwätzige und oberflächliche Gesellschaft, und nach einem pflichtschuldigen Tanz lockte er Molly in den Garten hinaus. In der späten Dämmerung standen sie unten am Wasser und schauten auf die Bucht Bredviken, er rauchte eine Zigarette, und den anderen Arm legte er um ihre Taille. Sie lehnte den Kopf an seine Schulter, sie duftete nach Parfüm, und um sie herum duftete es nach Rosen und Beifuß, und in der Nähe schlug ein Specht Trommelwirbel hoch oben an einem Baum. Er ahnte, dass sie in diesem Augenblick glücklich war, und auch er war glücklich. Nicht weil sie dem Fest entronnen waren, sondern weil es gerade Molly war, die dort in der anbrechenden Dunkelheit neben ihm stand und sich an seine Schulter lehnte.

Er konnte ihr nicht erzählen, dass er einmal an der Tötung eines Landsmanns, nein, mehrerer Landsleute beteiligt gewesen war. Nicht jetzt, da sie sein Kind trug. Und auch nicht später, wenn das Kind geboren war.

Aber sollte er ihr stattdessen von Lydia Salmi erzählen, von dem brutalen Abbruch der Schwangerschaft, bei dem er nicht mitreden durfte, und davon, wie Lydia einige Jahre später, als sie wieder zu sich gekommen war, ihn betrogen und dann den verfluchten von Hellens geheiratet hatte?

An ihrem letzten Abend in Helsingfors hatte Molly ihm eröffnet, dass der Musiker, mit dem sie in den Dreißigerjahren länger zusammengelebt hatte, durch Selbstmord gestorben war. Bis dahin hatte Henry nur von der Alkohol- und Kokainsucht des Mannes gewusst und geglaubt, der Drogenmissbrauch hätte ihn umgebracht. Wenn er ihr von Lydia und ihrem Verrat berichtete, dann würde Molly vielleicht verstehen, dass auch er Narben davongetragen hatte, und mehr Nachsicht mit seinen dunklen Stimmungen und seinen Eifersuchtsanfällen haben?

Aber nein und nochmals nein.

Es konnte nichts Gutes dabei herauskommen, das eigene Versagen in der Vergangenheit vollständig vor dem Menschen auszubreiten, den man sich ausgesucht hatte, um den Rest des Lebens mit ihm zu verbringen.

Dieses Lebens, das von Grund auf so unsicher war, dass man es jederzeit verlieren konnte, von einer Sekunde zur anderen. In dem jeder Mensch sich in jedem Augenblick von einer geliebten Person, die wichtig war für alle, die ihr nahestanden, in einen erstarrenden Haufen Unrat verwandeln konnte.

Die eigenen Missetaten, die eigene Verbitterung, die eigene Trauer: Sie waren genau das – die eigenen Angelegenheiten. Man konnte sie nicht mit anderen teilen, es gab dafür keine Absolution.

Es galt nur, das Leben auszuhalten und weiterzumachen.

Aber dann dämmerte ihm die Erkenntnis, dass es einen Ausweg gab, und dass er ihn bislang verschmäht hatte.

Schreiben!

Er würde schreiben. Nicht so wie bisher, denn trotz seiner guten Absichten genügte das nicht.

Sondern kühner, direkter, schonungsloser. Mit einem Blick, der niemals auswich, der unbeirrbar den Menschen und seine Daseinsbedingungen so erfasste, wie sie waren.

Er fühlte sich derart befreit durch diesen Gedanken, dass

es auf einmal ganz leicht war, dort am Feldrain entlangzuwandern; endlich hatte er begriffen, wie er leben sollte.

Jetzt würde er einfach das schreiben, was das Hauptquartier verlangte, aber wenn der Krieg vorbei war und man wieder sagen durfte, wie die Dinge sich verhielten, dann würde er genau das tun.

Er hatte es zutiefst bereut, nicht an dem Romanwettbewerb teilgenommen zu haben, vor allem als Juselius mit seinem hingepfuschten Werk als Sieger vom Platz gegangen war. *Dem Tod ins Auge sehen*, du lieber Himmel: Juselius hatte seinen Stoff von Leutnant Rosnell geborgt, während Henry die Entscheidung getroffen hatte, sich *keinen* Stoff zu borgen, weder vom Soldaten Mattsson noch vom Kanonier Henell noch von sonst jemandem.

Vielleicht, weil es Mattsson so schlimm getroffen hatte, vielleicht auch nur, weil Henry feige gewesen war und den Absprung nicht gewagt hatte, das wusste er nicht mehr genau.

Viele Jahre lang hatte er im *Bronda* und den anderen Lokalen gesessen, wo die Journalisten und die Künstler verkehrten. Er war neidisch auf die Schriftsteller gewesen, die richtigen, die Bücher veröffentlichten, so wie Saavalainen und Waltari und Elmer Diktonius[75] und Gabriella Linde und Tito Colliander. Und nun auch noch Olle Juselius. Schriftsteller schrieben für die Ewigkeit, die Arbeit für die Zeitung war, als würde man etwas ins Wasser schreiben. Und doch hatte Henry abgelehnt, als sich die Möglichkeit bot, als er endlich den tiefgründigen Stoff, die ergreifende Erzählung gefunden und außerdem jede Ermutigung bekommen hatte, die er sich nur wünschen konnte, von Molly und seinem Freund Guido und sogar von Karsten Wahlman. Diesen Fehler würde er korrigieren. Wie oft hatte er die Betagten unter den Schriftstellern heimlich beobachtet und gedacht, dass sie von einem gewissen Alter an mit dem Tod um die Wette schrieben. Aber jetzt! Verdammt noch mal, es waren ja jetzt die Allerjüngsten, die sich nicht nur beim Schreiben, sondern bei allem, was sie taten – lachen, sich amüsieren, lieben, hassen, saufen –, im grausamsten nur denkbaren Wettlauf mit dem Sensenmann befanden! Und sie machten weiter, während immer größere Teile der Welt sich von Finnland abwandten. Während des Winterkriegs hatte es hier von ausländischen Korrespondenten gewimmelt, man hatte die Armee des kleinen Landes und die Widerstandskraft der Bevölkerung bewundert und ausführliche Reportagen geschrieben, die in den Zeitungen von New York, London, Paris zu lesen waren. Jetzt war Karelien nur noch ein unbedeutender Nebenschauplatz, während die Welt ihr Augenmerk auf die deutsche Invasion in der Ukraine und im Baltikum richtete. Aber so würde es nicht bleiben, denn er, Henry Gunnars, würde schreiben wie der Teufel! Er würde keine Privilegien mehr beanspruchen, Luoto und Mellsten und die anderen nicht mehr enttäuschen, wie er es so oft getan hatte; solange der Krieg andauerte, würde er alle Instruktionen bis ins kleinste Detail befolgen und liefern, was die Karelien-Armee und die Menschen an der Heimatfront brauchten, um durchzuhalten. Aber danach! Da würde er alles aufschreiben, was man nicht hatte sagen dürfen, und er würde ein echtes Wahnsinnsbuch daraus machen! Er würde vom Winterkrieg berichten, von der falschen Entscheidung für eine Gegenoffensive kurz vor Weihnachten, die Eddie Heikel und andere das Leben gekostet hatte, von der furchtbaren Artilleriekonzentration und den unablässigen Angriffen bei Summa und Kollaa, er würde über Mattsson schreiben und über alle, die es nervlich nicht verkraftet hatten. Und er würde vom Tod erzählen, wie er ihn jetzt im Sommerkrieg erlebt hatte, vom Sterben in der unbarmherzigen Julihitze und in der rauen Feuchtigkeit im späten August, er würde über Henell und über Sarjola schreiben und über die Feindesleichen, die man der Verwesung überlassen hatte, und über das Pferd, und er würde es seinem Land zuliebe tun, aber zuallererst Molly und dem Kind zuliebe, damit nie wieder ein solches Grauen über die Welt käme, und er würde auch um der russischen Soldaten willen schreiben, denn waren sie nicht genauso in den Krieg gezwungen worden, wie es Soldaten zu allen Zeiten widerfahren war, und obwohl er sie hasste und von ekelhaften Albträumen heimgesucht wurde, in denen die sowjetische Flotte mit flatternden roten Wimpeln in den Häfen von Helsingfors lag und russische Panzerwagen über die Alexandersgatan rollten und russische Soldaten im Esplanadepark patrouillierten und jede Frau, die sie sahen, verhöhnten und bedrohten, waren sie doch auch Menschen, das ließ sich nicht abstreiten, »hej, hej«, hatte der russische Patrouillenführer dort in der Sommernacht auf dem Waldweg gesagt und gelächelt, sodass seine Zähne im Dunkeln weiß schimmerten, aber nur wenige Tage später hatte der andere Soldat, der allein unterwegs war, lieber Sergeant Sarjolas Gesicht weggesprengt, als sich gefangen nehmen zu lassen; darüber wollte er schreiben, über diesen vollkommenen Irrsinn, diese Welt, in der die eiskalten Mollklänge der Granatenangriffe den Gesang der Vögel verdrängt hatten, diese sinnlose Zerstörung, über die Hunderttausende, bald vielleicht Millionen von Männern und Jungen, die gezwungen wurden, ihr Leben zu opfern, weil alternde Herrscher nicht imstande waren, Frieden zu schließen, weder mit anderen noch mit sich selbst, er würde darüber schreiben, wie der Hass in ihm sich jeden Tag mehr verhärtete, der Hass auf die Männer, die ganze Völker in den Krieg schickten, während sie selbst mit ihren verfallenden Körpern hinter hohen Mauern in Deckung blieben, über das alles und noch mehr würde er schreiben, und es war seltsam, wie stark er

Epilog
Molly

Kurz vor Einbruch der Dämmerung rief Greta Oljemark an, so wie gestern und vorgestern auch.

Als Molly gerade den Hörer aufgelegt hatte, kam ein Anruf von Lilly.

Molly war sich oft selbst genug gewesen, und sie wollte es auch weiterhin sein.

Aber jetzt war es ein Trost, Verwandte und Freunde zu haben. Auch Ghita und Guido Röman hatten sich gemeldet und ihre Unterstützung angeboten, Molly brauchte nur Bescheid zu sagen.

Greta hatte versprochen, sich mit ihr um die Beerdigung zu kümmern, und war unterwegs nach Helsingfors. Molly fand das nur natürlich, außer Henry hatte Greta keine Geschwister.

Lilly hätte auch gern geholfen, aber Molly hatte mit Tränen in den Augen gesagt, dass Lilly schon zu viel auf sich genommen habe. Vor nicht einmal einem halben Jahr das mit Irene, und außerdem hatte sie Lasse und Evert, und Karol, und das dritte Kind, das unterwegs war.

Lillys Antwort war noch direkter gewesen als sonst: Ich habe meinen Mann noch, du nicht. Aber mach es, wie du willst.

Über das, was geschehen war, wusste sie nicht allzu viel.

Das lag daran, dass sie kaum Fragen gestellt hatte, sie hätte sicher mehr erfahren, wenn sie nur gewollt hätte. Als Olof Juselius anrief, um zu kondolieren, hatte er gesagt, sie könne ihn alles fragen, er sei aber nicht sicher, ob er ihr alles schildern wolle.

Es war eine Mine gewesen.

Henry war genau daraufgetreten, mit seinem ganzen Gewicht. Er war von der Explosion nach vorn geschleudert worden, hatte beim Fallen eine zweite Mine ausgelöst und war dann liegen geblieben.

Er war für sich allein gegangen, hinter den anderen und ein kleines Stück abseits, auf dem Acker. Sie hatten gesehen, dass er über etwas grübelte, vielleicht einen neuen Artikel. Sie hatten ihn in Ruhe gelassen, bis sie sich der Stelle näherten, wo sie in den Wald abbiegen sollten. Henry musste tief in Gedanken versunken gewesen sein, denn der Minenräumer hatte ihm ein Zeichen gemacht und ihm zugerufen, er solle dort nicht weitergehen und sie würden gleich das Waldgebiet durchqueren, aber er hatte nicht reagiert.

Ein paar Sekunden später war es passiert. Er hatte keine Chance gehabt, er war wohl sofort tot gewesen. Die anderen hatten sich auf den Boden geworfen und nur Schrammen abbekommen: Dass Henry für sich gegangen war, hatte sie gerettet.

Es stellte sich heraus, dass genau dort ein Minenfeld anfing.

Aber das Merkwürdigste, hatte Juselius gesagt, war das mit dem Pferd.

Sie waren zu Henry hinübergekrochen, grau vor Staub und voller Entsetzen, und hatten sogleich beratschlagt, wer von ihnen sich zum Lager nördlich von Säntämä auf den Weg machen sollte, um Hilfe zu holen. Sie wagten nicht, Henry selbst zu transportieren: Sie sahen, dass er schlimm zugerichtet war, aber sie waren nicht ganz sicher, ob er nicht doch noch lebte.

Während sie dort standen und mit zitternden Stimmen Rat hielten, kam ein schwarzes Pferd vom anderen Ende des Ackers herübergelaufen und passierte die Stelle, an der Henry lag, in einem Abstand von nur zehn Metern.

Das ganze Gelände war vermint, aber das Pferd trabte unverletzt auf seinen vier Beinen dort, wo Henry auf zwei Beinen nicht durchgekommen war.

Molly hatte am Telefon nichts gesagt, nur zugehört.

Juselius hatte abschließend geäußert, dass Henry ein guter Kamerad und ein fantastischer Schreiber gewesen sei, den alle in der Kompanie und bei der Zeitung vermissen würden.

Molly hatte genickt, bis ihr klar wurde, dass sie auch etwas sagen sollte, weil man ihr Nicken ja nicht hörte.

Danke, hatte sie gesagt.

Als der Sarg in Helsingfors eintraf, hatte sie den Bestatter angerufen.

Wunder kann ich nicht vollbringen, waren seine Worte. Ich rate Ihnen, ihn so in Erinnerung zu behalten, wie er war, als sie ihn das letzte Mal gesehen haben.

Während der ersten Tage, als der Schmerz erbarmungslos wütete, hatte sie gedacht, dass es der armen Asta trotz allem noch schlimmer ergangen sei als ihr.

Walter Venho war am Tag nach Henrys Tod im Kampf gefallen, sodass Asta nun sowohl einen Ehemann als auch einen Verlobten verloren hatte.

Aber dann dachte Molly:

Max war nie mein Mann, und doch hatte ich ihn furchtbar gern. Und dann Mitja, der noch nicht einmal einen Krieg brauchte, um zu sterben.

Ich habe drei Männer verloren.

Und einer ist der Vater meines Kindes.

Ihr war in den Sinn gekommen, dass an den Männern etwas grundlegend falsch sein musste. Dass ihr Leben so war, als würde jemand ein Haus bauen und gleich zu Anfang einen Fehler machen: Wenn der Betonsockel oder das Steinfundament nicht solide gefertigt ist oder der Boden morastig, dann wird das Haus brüchig und marode, obwohl es erst einmal dasteht und prächtig aussieht und allen vortäuscht, dass es robust und stabil sei.

Henry hatte ihr auch in diesem Krieg nicht oft geschrieben. Sie hatte es gelassen hingenommen, denn sie wusste, woran es lag. Seine Artikel hatten fast jeden Tag in der Zeitung gestanden, er musste die ganze Zeit gearbeitet haben. Wenn er in der Unterkunft an seiner Schreibmaschine saß – in seinem letzten Brief hatte er mitgeteilt, dass sie Läusebefall hatten –, dann war es für das Land, für die Zeitung, für die Zukunft.

Er hatte in den Briefen nicht davon gesprochen, aber sie wusste, dass er den Krieg verabscheut hatte.

Und sie wusste auch, dass die Kameradschaft unter den Soldaten und der Mut, den sie jeden Tag bewiesen, für ihn etwas Kostbares gewesen waren. Und dass er die *Aldebaran*, Solbacka und seine Angelei geliebt hatte.

Und sie? Und das Kind?

Er hatte ihr nie gesagt, dass er sie liebte. Aber er hatte es ihr geschrieben, nicht nur einmal, sondern zweimal.

Und in einem seiner letzten Briefe hatte er so schön umschrieben, wer da bald kommen würde: »Das kleine Wesen«.

Sie ging ins Schlafzimmer und schaute hinaus auf den dunklen Hof.

Es wehte stark, die große Hängebirke wurde vom Wind geschüttelt, und die Flaggenleine schlug einsam und verlassen gegen die Stange.

In der Zeitung stand, dass die Armee neue Heldentaten vollbracht hatte und bis zu einer Stadt namens Aunus und einem Fluss namens Svir vorgerückt war.

Es ging sie nichts an. Ihr Krieg war vorbei. Aber der Krieg der anderen würde noch lange dauern, das hatte sie begriffen. Es war fast Mitte September, niemand redete mehr vom Sommerkrieg.

Am Nachmittag war sie zu Mr. Kossloffsky in die Berggatan gegangen und hatte die Unterrichtsstunde absolviert, obwohl sie zuerst hatte absagen wollen. Sie hatte ihm nichts von Henry erzählt, so gut kannten sie einander nicht, Kossloffsky und sie.

Aber unter den neuen Vokabeln, nach denen sie ihn gefragt hatte, war eine, die ihren gegenwärtigen Zustand beschrieb.

Mit Kummer beladen.
Burdened by grief.

Im Juni war Henry eifersüchtig geworden, als sie Kossloffsky angerufen hatte, um Stunden zu verabreden. Henry hatte es nie zugeben wollen, aber er mochte es nicht, wenn sie Englisch oder Französisch sprach, er selbst beherrschte die eine Sprache nur schlecht und die andere gar nicht.

Damals hatte sie sich geärgert. Jetzt dachte sie mit Wehmut daran zurück und musste heftig zwinkern, um nicht loszuweinen.

Törichter Henry.

Sie fragte sich, ob das Kind ihr Kraft geben oder Angst einflößen würde, wenn es sich erst richtig bemerkbar machte: Sie war nie besonders kinderlieb gewesen.

Sie hatte sich fremde Identitäten ausgeliehen, um sich nicht für eine eigene entscheiden zu müssen. Nun hatte das Leben für sie die Entscheidung getroffen: Ob sie wollte oder nicht, sie würde die Mutter des kleinen Wesens sein.

Es wurde jetzt rasch dunkel. Sie verließ das Schlafzimmer und ging durch den Flur ins Wohnzimmer, es war an der Zeit, die schwarze Gardine vorzuziehen.

Etwa einen Meter vor dem Ganzkörperspiegel im Flur blieb sie stehen und betrachtete sich. Eine undeutliche Gestalt, eher eine verschwommene Silhouette als ein Mensch mit Gesichtszügen und Konturen.

Sie ging näher heran, sodass ihr Gesicht hervortrat, schaute trotzig in den Spiegel und begann vorsichtig die Worte zu murmeln, die sie früher so oft wie eine Beschwörungsformel mechanisch wiederholt hatte:

Ich. Bin.

Nachschrift

Die Arbeit an *Dämmerung* (Skymning 41) begann Ende 2019, als ich die Nationalbibliothek in Helsingfors aufsuchte, um zu recherchieren. Aber in gewisser Weise hatte mich die Idee zu diesem Buch schon während meiner gesamten Schriftstellerlaufbahn umgetrieben: Ich hatte nach einer Form gesucht, vom Winterkrieg und vom Anfang des Fortsetzungskrieges zu erzählen, ohne meine eigene Familiengeschichte zu schildern.

Im Herbst 2020 fing ich an zu schreiben. Seit dem Februar 2022, als ich fast die Hälfte fertiggestellt hatte, verlieh der russische Invasionskrieg in der Ukraine der Arbeit eine neue, düstere Kontur.

Ich möchte meinen Verlegern Tapani Ritamäki, Daniel Sandström und Antti Kasper für ihre vorbehaltlose Unterstützung und ihren kenntnisreichen Rat danken. Ich danke außerdem Laura Beck, die den Roman nicht nur ins Finnische übersetzt, sondern auch mit scharfsinnigen Kommentaren begleitet hat.

Helena Pilke, Carl-Fredrik Geust, Henrik Meinander, Riko Eklundh und Pekka Tuomikoski haben mich großzügig mit Quellenmaterial und historischen Fakten versorgt. Pilke, Geust, Meinander, Eklundh und Vesa Karonen haben das Manuskript gelesen und wertvolle Gesichtspunkte eingebracht. Genau wie in früheren Romanen habe ich mir bei der Geschichte Finnlands gewisse Freiheiten erlaubt. Trotz der Hilfe, die ich erhalten habe, übernehme ich ganz allein die Verantwortung für eventuelle Fehler und Nachlässigkeiten.

Lena Frölander-Ulf hat das Manuskript schon im Entstehungsprozess portionsweise gelesen und wichtige Beobachtungen beigetragen. Nochmals danke, liebe Lena!

Andrew Eriksson im Antiquariat Runeberg hat mir geholfen, relevante Literatur zu finden. Henrik Huldén ermöglichte mir den Zugang zum Bildarchiv seiner Familie, ebenso Caj Grönholm. Sara Ehnholm Hielm hat die Arbeit am Manuskript, insbesondere an der Erzählung von Molly Timm, durch ihre detailgenaue Lektüre in der Schlussphase bereichert. Dank gebührt auch Anna-Lena Laurén, Mårten Westö, John-Eric Westö, Hans Michelsson, Dag Wallgren, Mikko Perttilä, Joanna Isaksson und Leo Löthman.

Der große Erfolg des autofiktionalen Romans scheint dazu geführt zu haben, dass der Kontrakt zwischen Schriftstellern und Lesepublikum neu ausgehandelt worden ist. Fragen wie diese gab es schon immer, aber sie werden heutzutage mit größerer Wissbegier gestellt als früher: Ist das alles wahr, basiert es auf realen Ereignissen, haben die Hauptfiguren Vorbilder in der Wirklichkeit?

Ich möchte betonen, dass alle wichtigen Personen in *Dämmerung* fiktive Gestalten sind. Ich habe Familiennamen benutzt, die in Helsingfors und im übrigen Finnland üblich sind, aber die Leser sollten nicht in der Chronik der betreffenden Familien nach meinem Romanpersonal suchen. Wie in früheren Romanen habe ich mich dafür entschieden, ein fiktives, aber wirklichkeitsgetreues Helsingfors zu schildern, und ich bedaure es, wenn jemand sich durch die von mir angewandten Methoden verletzt fühlt.

Aus gegebenem Anlass möchte ich besonders hervorheben, dass sich hinter den Roman-Ärzten der Klinik Rauha *keine* Porträts der Psychiater verbergen, die während des Krieges im real existierenden Krankenhaus Rauha tätig waren. Die Romanpassage ist eine frei erfundene Schilderung des Dilemmas der Psychiatrie in einer Gesellschaft, die in einen Krieg hineingezogen und zur Militarisierung gezwungen wird.

Es wäre für mich sehr viel schwieriger gewesen, dieses Buch zu schreiben, wenn ich das Werk des Journalisten Gunnar Johansson (1903–1942) nicht gekannt hätte. Weder Henry Gunnars noch sein Konkurrent Olof Juselius sind Porträts von Johansson, aber sein Œuvre und sein Schicksal haben mich inspiriert. Einige Details im Roman und auch einzelne Formulierungen in den Artikeln von Henry Gunnars stammen aus *Soldater* (Soldaten), dem Buch mit Gunnar Johanssons Briefen von der Front, das kurz nach seinem Tod erschien. Manche Einzelheiten sind außerdem der Anthologie *I fält med Finlands armé 1941* (Im Feld mit Finnlands Armee 1941) entnommen, die Texte von Johansson und anderen Kriegskorrespondenten enthält.

Zum Gedenken an Erling Vestö, 2.1.1911–13.2.1940 (Summa), und Gunnar Hedberg, 12.4.1912–20.8.1941 (Säntämä).

Helsingfors, im Juni 2023
Kjell Westö

Nachwort der Übersetzerin

Die Finnlandschweden

Der deutsche Dichter Bertolt Brecht begegnete im finnischen Exil einem »Volk, das in zwei Sprachen schweigt«. Eine davon war das Schwedische. Und das kam so: Bevor Finnland 1809 an Russland fiel, war es über 700 Jahre lang Teil des schwedischen Reiches. In jener Zeit entstand durch Zuzug und Besiedlung aus Schweden, aber auch durch mitteleuropäische Einwanderer, die statt des Finnischen eher das Schwedische übernahmen, die Sprachminorität, die wir heute als Finnlandschweden bezeichnen. Schwedisch blieb bis ins 19. Jahrhundert die Kultur- und Verwaltungssprache und verbreitete sich deshalb auch in den gehobenen Schichten der finnischen Bevölkerung. Dennoch ging der schwedischsprachige Anteil, der im Mittelalter bei 25 Prozent gelegen hatte, seither kontinuierlich zurück. Um 1940, zur Handlungszeit des Romans *Dämmerung*, als auch Brecht sich in Finnland aufhielt, stellten die Finnlandschweden noch knapp zehn Prozent der Gesamtbevölkerung. Heute sind es etwa fünf Prozent, Tendenz sinkend.

Ihre Population konzentriert sich seit jeher auf die Region Österbotten an der Westküste, einen vergleichbar großen Küstenstreifen im Süden, den Åland-Archipel im äußersten Südwesten sowie einige Sprachinseln in den Städten. Mittlerweile sind allerdings die Mischungsverhältnisse zwischen finnisch- und schwedischsprachigen Familien im ganzen Land fluider geworden, was wiederum dazu beiträgt, dass der Anteil der schwedischen Muttersprachler unaufhaltsam abnimmt.

Der Begriff *finlandssvenskar*, »Finnlandschweden«, wurde

erst 1912 durch den Sprachwissenschaftler Rolf Pipping geprägt. Nachdem Finnland 1917 unabhängig geworden war, wurde die Zweisprachigkeit in der Verfassung verankert. Schwedisch ist also die zweite Nationalsprache (im Gegensatz zu den seit 1995 offiziellen »Minderheitensprachen« Sami, Romani und Gebärdensprache). Seit dem 19. Jahrhundert, als die finnische Identität und Literatur immer stärkere Konturen gewannen (übrigens maßgeblich gefördert durch Schriftsteller und Gelehrte mit schwedischsprachigen Wurzeln), gab es wiederholt heftige Auseinandersetzungen über das Verhältnis der beiden Sprachen. Sie flammten in den 1930-er Jahren noch einmal auf und erhielten in jüngster Zeit neue Nahrung durch die Ausbreitung des Rechtspopulismus.

»Als Finnlandschwede bist du es gewohnt, keine Rolle zu spielen. In Finnland nicht, weil du kein Finne bist, in Schweden nicht, weil du kein Schwede bist. Im Ausland schon gar nicht, weil niemand weiß, dass es dich und dein Volk überhaupt gibt.« So formulierte der Journalist Mikael Krogerus, finnlandschwedischer Herkunft, aber schon lange Wahlschweizer, im Jahr 2025 seine Sicht der Dinge – mit jener Mischung aus Lakonie, Melancholie und Ironie, die man, auch im persönlichen Umgang, häufig bei Finnlandschweden antrifft. In der Tat sind die Existenz und die Situation dieses »Volkes« (das sich nach Ansicht von Ethnologen durchaus als ein solches betrachten darf) im restlichen Europa noch immer erklärungsbedürftig – und damit auch das Vorhandensein einer eigenständigen finnlandschwedischen Literatur. Die Neigung zum Schweigen zeigt sich bei den beiden größten Sprachgruppen Finnlands vorwiegend in der mündlichen Kommunikation, während ihre Lust an der literarischen Äußerung sehr ausgeprägt ist, und das gilt, proportional betrachtet, umso mehr für die schwedischsprachige Minderheit.

Dass die Finnlandschweden »keine Rolle spielen«, ist eher eine kokette Tiefstapelei: Bis weit ins 20. Jahrhundert hinein war das kulturelle und gesellschaftliche Leben, vor allem in der Hauptstadt Helsinki/Helsingfors, deutlich von ihnen geprägt, ganz abgesehen davon, dass weltberühmte Künstlerpersönlichkeiten wie der Komponist Jean Sibelius oder die Malerin und Schriftstellerin Tove Jansson, die Erfinderin der »Mumintrolle«, aus dem schwedischsprachigen Milieu stammten. Und die bilinguale Konstellation, in die jede Gruppe ihre Traditionen einbrachte, hat in der nationalen Mentalität dauerhafte Spuren hinterlassen.

Sie wirkte sich jedoch nicht nur fruchtbar aus, sondern führte auch zu wechselseitigen, zum Teil ebenso langlebigen Ressentiments. Für nicht wenige finnische Muttersprachler haftet dem Schwedischen noch immer der Ruch des Elitären an, weshalb sie sich weigern, es zu praktizieren, obwohl (oder gerade weil) es in den Siebzigerjahren zum Schulpflichtfach für alle Finnen wurde. Die Finnlandschweden wiederum müssen, vielfach nun auch in traditionell schwedischsprachigen Gebieten, das Finnische beherrschen, um im Alltag zu bestehen. Sie können also ihre verfassungsmäßigen Rechte immer weniger wahrnehmen und beklagen – soziolinguistisch formuliert – einen »Domänenverlust« ihrer Muttersprache. Den aber dürften unter der zunehmenden Dominanz des Englischen in Europa beide Sprachen auf lange Sicht erfahren.

Das Finnlandschwedische weist gegenüber dem »Reichsschwedischen« charakteristische Unterschiede auf, die sowohl die Phonetik als auch Wortschatz, Idiomatik und Syntax betreffen. Naturgemäß ist es im Lauf der Jahrhunderte zu etlichen Interferenzen mit dem Finnischen gekommen. In Schweden nennen manche die Sprachvarietät liebevoll »Muminschwedisch«, andere pflegen die Vorurteile, die Kjell Westö im Roman *Dämmerung* kurz thematisiert: »Wir haben ein altertümliches Vokabular und eine schwerfällige Syntax,« sagt die finnlandschwedische Kosmopolitin und Übersetzerin Lu Lilliehjelm. Auch darin schwingt so etwas mit wie wehmütige Ironie und eine Prise Koketterie. Die skandinavische Literatur jedenfalls wird durch das Finnlandschwedische um eine unverwechselbare Farbe und Tonalität bereichert, die niemand missen möchte.

Kristina Maidt-Zinke

Anmerkungen

1 Hanna Taini (1911–1996): die »Grande Dame« des finnischen Kinos der Dreißigerjahre.
2 Santeri Soihtu: von Kjell Westö erfundene Figur.
3 Kullervo Kalske (1912–1977): beliebter finnischer Filmschauspieler in den Dreißiger- und Vierzigerjahren.
4 Kirsti Pera: von Kjell Westö erfundene Figur.
5 Machorka: russischer Tabak-Grobschnitt mit hohem Nikotingehalt.
6 Tito Colliander (1904–1989): finnlandschwedischer Schriftsteller russisch-orthodoxen Glaubens.
7 Jascha Golowanjuk (1905–1974): in Odessa geborener schwedischer Schriftsteller, Geiger und Schauspieler.
8 Gabriella Linde: von Kjell Westö erfundene Figur.
9 Lola Lola: Marlene Dietrich, nach ihrem Rollennamen im Film *Der blaue Engel*.
10 Korporal Pinsel: Spitzname für Adolf Hitler, auf den Schnurrbart anspielend.
11 *leidun:* »Langeweile«, im Dialekt der westfinnischen Region Österbotten.
12 *stoi*: russisch »halt«.
13 Schutzkorps: paramilitärische Organisation mit starken Verbindungen zu rechtskonservativen und nationalistischen Kreisen, als Rumpftruppe der Weißen Armee ((siehe Anm. 60)) auf der Siegerseite des Finnischen Bürgerkriegs 1918; wurde 1944 auf Betreiben der Sowjetunion aufgelöst.
14 *kessu*: finnisch »Knaster«, »Kippe«.
15 Eisbärenmorgen: legendärer Ausbruch von Eisbären aus

einem Wanderzirkus in Helsingfors in den Dreißigerjahren.

16 Blancheteater: privates Theater in Stockholm, das von 1879 bis 1961 existierte.

17 Runar Schildt (1888–1925): finnlandschwedischer Schriftsteller, Cousin des Verlegers Holger Schildt.

18 *Hufvudstadsbladet*: »das Hauptstadtblatt«, größte schwedischsprachige Tageszeitung Finnlands mit Verlagssitz in Helsingfors, 1864 gegründet.

19 *Husis*: populäre Abkürzung für *Hufvudstadsbladet*.

20 Linnanheimo, Rakel (1908–2004) und Regina (1915–1995): vielbeschäftigte finnische Filmschauspielerinnen in den Dreißigerer- bis Fünfzigerjahren.

21 »Wer soll den Schwanz der Katze aufrichten…«: finnlandschwedisches Sprichwort, im Sinne von: Findet sich niemand, dich zu loben, so lobe dich selbst (Erasmus von Rotterdam).

22 Lotta-Frauen: »Lotta Svärd« hieß, nach einer Figur aus der Gedichtsammlung *Fähnrich Stahl* von Johan Ludvig Runeberg, Finnlands freiwillige Frauen-Hilfsorganisation zur Landesverteidigung; 1920 gegründet, 1944 aufgelöst.

23 *Der Diamant auf dem Märzschnee: Demanten på marssnön,* Lied des finnlandschwedischen Komponisten Jean Sibelius, Text von Josef Julius Wecksell.

24 Tredje Linjen: »Dritte Linie«, Straße in Helsingfors im damaligen Arbeiterviertel Berghäll.

25 Elanto: finnische Konsumgenossenschaft, 1905 gegründet.

26 Jallu: Abkürzung für *Jaloviina,* finnischer Verschnitt aus Kognak und Getreidebrand.

27 Schutzbaum: nach germanischem Volksglauben neben ein Haus gepflanzter Baum, der die Bewohner vor Unheil behüten soll, in Skandinavien weitverbreitet.

28 Fempennistullen: »Fünfpfennigzoll«, ehemalige Zollstelle an der Västra Chausséen (seit 1942 Mannerheimvägen), wo bis 1906 die westliche Stadtgrenze von Helsingfors verlief.

29 *Uusi Suomi*: »Neues Finnland«, finnischsprachige Tageszeitung, die von 1919 bis 1995 in Helsingfors/Helsinki erschien.

30 »Nun werden meine steifen Glieder…«: von Kjell Westö abgewandeltes Liedzitat des schwedischen Dichters Carl Michael Bellman (1740–1795).

31 Muttersprachenlehrer: Lehrer für Schwedisch an schwedischsprachigen bzw. Finnisch an finnischsprachigen Schulen.

32 Amos Anderson (187ß-1961): finnischer Verleger, Mäzen und Kunstsammler, ab 1920 Eigner von *Hufvudstadsbladet*.

33 Edith Södergran (1892–1923): Lyrikerin, Feministin, Begründerin des finnlandschwedischen Modernismus.

34 Augustin Ehrensvärd (1710–1772): schwedischer Graf, Feldmarschall und Künstler, Erbauer der Festung Sveaborg (finnisch Suomenlinna) vor Helsingfors.

35 Lahtis: schwedischer Name der finnischen Stadt Lahti.

36 Theaterpalais an der Kreuzung Skillnaden: Svenska Teatern, das Schwedische Theater, schwedischsprachiges Staatstheater Finnlands. Der Bau entstand 1866 nach einem Entwurf des russischen Architekten Nikolai Benois.

37 Wäinö Aaltonen (1894–1966), finnischer Bildhauer.

38 Jalmari Ruokokoski (1886–1936): finnischer Maler, Expressionist.

39 Nachrichtenjäger: schwedisch *notisjägare*, seit dem 19. Jahrhundert abwertende Bezeichnung für freie Journalisten, die um den Verkauf von Gerichtsreportagen und Sensationsmeldungen konkurrierten.

40 Schildts: Schildts Förlags Ab, 1913 gegründet, ab 1920 bedeutendster schwedischsprachiger Verlag in Finnland.

41 Olof Enckell (1900–1989): finnlandschwedischer Schriftsteller und Literaturwissenschaftler, im Winterkrieg Frontkorrespondent für *Hufvudstadsbladet*.

42 Mika Waltari (1908–1979): weltweit erfolgreicher finnischer Schriftsteller. Arno Saavalainen: von Kjell Westö erfundene Figur.

43 Jarl Hemmer (1893–1944): finnlandschwedischer Schriftsteller.
44 Bertel Gripenberg (1878–1947): finnlandschwedischer Dichter mit ausgeprägt rechtsnationaler Gesinnung.
45 *Pystykorva*: finnisch »Spitz« (Hunderasse), Slangwort für ein russisches Gewehr vom Typ Mosin-Nagant.
46 Walpurgisabend: Walpurgis (finnlandschwedisch *Vappen*) wird in Finnland traditionell am 1. Mai als Fest der Studenten und Arbeiter gefeiert und am Vorabend mit Partys eingeleitet.
47 IFK: Abkürzung für *Idrottsföreningen Kamraterna*, schwedisch »Sportverein Die Kameraden«, 1897 gegründeter Sportklub in Helsingfors, seit 1907 mit Fußballabteilung.
48 Maria Åkerblom (1898–1981), Begründerin einer evangelikalen Bewegung im Finnland der 20-er Jahre, hielt Predigten in einem schlafähnlichen Trancezustand.
49 KEK: Abkürzung für *kaatuneiden evakuoimiskeskus,* finnisch »Gefallenen-Evakuierungszentrale«.
50 Nyrki Tapiovaara (1911–1940): finnischer Filmregisseur, Modernist.
51 Nils Ferlin (1898–1961): schwedischer Poet und Bohemien. Berühmt wurde sein Gedicht *Stjärnorna kvittar det lika,* »den Sternen ist es egal« (ob jemand geboren wird oder stirbt).
52 Cheviot: Wollstoff, benannt nach einer Schafrasse aus den Cheviot Hills in Northumberland.
53 Bandy: Vorläufer des heutigen Eishockeys.
54 Wulffsche Ecke: von dem Schweden John Settergren entworfenes Jugendstilgebäude in Helsingfors, bis 1965 Sitz der Papierhandlung Wulff. In den 80-er Jahren abgerissen, die Fassade blieb erhalten.
55 Träskända: 38 km nördlich von Helsingfors gelegene Ortschaft (heute Stadt), zu der Ainola gehört, das 1903 erbaute Anwesen des Komponisten Jean Sibelius.
56 Erik von Frenckell (1887–1977): finnlandschwedischer

Geschäftsmann, Politiker und Sportfunktionär, zeitweilig Bürgermeister und Stadtdirektor von Helsingfors.

57 Leopold (Polle) Grönroos: von Kjell Westö erfundene Figur, erschien schon 2014 in seinem Roman *Hägring 38* (dt. Das Trugbild).

58 *Sowjetski Sojus*: russisch »Sowjetunion«

59 *Svabodan*: von russisch *svoboda*, »Freiheit«, die ersten Monate nach der Februarrevolution und dem Sturz des Zaren 1917, in Finnland geprägt von Reformhoffnungen bei gleichzeitigem Zerfall der öffentlichen Ordnung.

60 die Weißen: die »Weiße Armee«, rekrutiert aus bürgerlichen und agrarischen Kreisen, besiegte im Finnischen Bürgerkrieg 1918 mit deutscher Hilfe die »Rote Armee«, in der aufständische Arbeiter und Landarbeiter kämpften.

61 Nils Personne (1850–1928): schwedischer Schauspieler und Regisseur.

62 Fimbulwinter: in der nordischen Mythologie eine Eiszeit mit drei strengen Wintern, eine der vier Katastrophen, die den Niedergang der Götter (Ragnarök) ankündigten.

63 Zeit des Großen Unfriedens: Zeit der russischen Besatzung Finnlands während des Großen Nordischen Krieges, 1714–1721.

64 *Katarina und der Graf von Munksnäs*: 1943 verfilmtes Melodram aus dem Helsingfors des 19. Jahrhunderts.

65 Ester Toivonen (1914–1979) : finnisches Fotomodell, Miss Finnland 1933 und Miss Europa 1934, später Filmschauspielerin.

66 Elsa Soini (1893–1952) und Seere Salminen (1894–1977): finnisches Autorinnenduo. Ihre Hörspielserie *Suomisen perhe*, »Familie Suominen«, lief ab 1938 zwanzig Jahre lang im Radio und wurde teilweise verfilmt.

67 »Der Keil«: schwedisch *Kilen*, finnisch *Kiila*, avantgardistische, politisch linksgerichtete Vereinigung von Künstlern, Schriftstellern und Kritikern in Finnland, Mitte der Dreißigerjahre gegründet.

68 Havis Amanda: »Geliebte des Meeres«, Bronzestatue einer

nackten Meerjungfrau im Zentrum eines Brunnens auf dem Salutorget (Marktplatz) von Helsingfors, von dem finnlandschwedischen Bildhauer Ville Vallgren gefertigt und 1908 aufgestellt, damals skandalumwittert, heute Wahrzeichen der Stadt.

69 Tabunoff-Haus: Schulgebäude in Helsingfors, von dem russischen Kaufmann Nikifor Tabunoff 1863 erbaut, beherbergte 1927–1958 das Finnische Privatlyzeum.

70 Cholerabecken: volkstümlicher Name für das westliche Hafenbecken in Helsingfors seit 1893, als dort ein Heringsfischer auf seinem Boot an Cholera erkrankte und seine Exkremente im Wasser landeten.

71 *Towarischtsch*: russisch »Genosse, Kamerad«. *Gospodin*: serbisch »Herr«.

72 Petromax: Starklicht-Petroleumlampe, 1910 von dem Berliner Kommerzienrat Max Graetz entwickelt.

73 *Josef, Josef*: finnische Version des 1938 von den Andrew Sisters eingespielten Boogie *Joseph, Joseph*.

74 *tjuchna* (auch *chukhna*): russisches Schmähwort für »Finne«. *vanja, iivana*: finnische Umdeutung des Vornamens »Iwan« zum Schimpfwort für »Russe«. *ryssä*: finnisch, vom schwedischen *ryss* hergeleitete, stark herabsetzende Bezeichnung für »Russe«.

75 Elmer Diktonius (1896–1961): Schriftsteller, einer der bedeutendsten Vertreter des finnlandschwedischen Modernismus, Sozialist.